U0939633

微语红楼

红楼梦学刊微信订阅号选萃 

《红楼梦学刊》编辑部 | 主编

文化艺术出版社
Culture and Art Publishing House

图书在版编目（CIP）数据

微语红楼：红楼梦学刊微信订阅号选萃. 二/《红楼梦学刊》编辑部主编.—北京：文化艺术出版社，2018.9

ISBN 978-7-5039-6559-3

Ⅰ. ①微… Ⅱ. ①红… Ⅲ. ①《红楼梦》研究—文集 Ⅳ. ①I207.411-53

中国版本图书馆CIP数据核字（2018）第198516号

微语红楼

红楼梦学刊微信订阅号选萃（二）

主　　编　《红楼梦学刊》编辑部
责任编辑　叶茹飞　周进生
特邀编辑　卜喜逢
封面底画　谭凤环
装帧设计　顾　紫
出版发行　文化艺术出版社
地　　址　北京市东城区东四八条52号　（100700）
网　　址　www.caaph.com
电子邮箱　s@caaph.com
电　　话　（010）84057666（总编室）84057667（办公室）
　　　　　（010）84057696—84057699（发行部）
传　　真　（010）84057660（总编室）84057670（办公室）
　　　　　（010）84057690（发行部）
经　　销　新华书店
印　　刷　国英印务有限公司
版　　次　2018年12月第1版
印　　次　2018年12月第1次印刷
印　　张　30.375
字　　数　420千字
开　　本　710毫米×1000毫米　1/16
书　　号　ISBN 978-7-5039-6559-3
定　　价　98.00元

出版说明

“红楼梦学刊微信订阅号”诞生于2014年3月，至今已经四个半年头了。这四年半间，在广大《红楼梦》爱好者的支持与帮助下，订阅号有了较好的发展。我们以开放的态度，坚持趣味性、即时性、新闻性并重，刊发适合广大普通爱好者阅读的文章，以求能激发读者的兴趣，传扬我们的优秀传统文化。

2016年12月，我们编辑了第一本“红楼梦学刊微信订阅号”的文章选萃集《微语红楼——红楼梦学刊微信订阅号选萃（一）》，时隔两年，我们再次推出《微语红楼——红楼梦学刊微信订阅号选萃（二）》，使这个文集成为一个系列，也作为“红楼梦学刊微信订阅号”的阶段性成果。

本次选文时间跨度较长，自2016年10月至2018年5月，共选文66篇。因作者较多，而本书容量有限，故而入选作者仅能选择一篇来结集，这是很遗憾的事情，也使得很多优秀的文章不能在文集中呈现。本次结集的文章涵盖的方面较多，有人物评论，也有文本赏析，还有比较文学等，很多文章个性独具、灵光闪现，可以说是能够代表广大《红楼梦》爱好者的水平的。以上是对本次结集的说明，希望大家能继续关注并支持我们！

“红楼梦学刊”微信订阅号ID：hlmxkzzs。

红楼梦学刊微信订阅号

2018年10月19日

目　录

从《红楼梦》前八十回里的两次丧事描写说起

王　阳
四川师范大学文学院

在《红楼梦》前八十回里，曹公雪芹将镜头聚焦在宁国府，写了前后发生在宁国府里的两次丧事。这两处成为《红楼梦》前八十回里独有的丧事描写，而作者将视角定位在“爱情主线”发生地荣国府之外的宁国府里，不能不说这是作者要表现“家庭主线”时的一种情节架构模式。即将理想中的诗意与欢快主要铺设在荣国府、大观园，而将现实中的悲丧铺设在宁国府；将“爱情主线”“青春主线”摆在荣国府，而将家族衰败主线摆在宁国府。从中不难解读出曹公双线结构架构的苦心。

一、秦可卿与贾敬丧事描写对比

秦可卿的丧事出现在文中的第十三回、第十四回、第十五回，前后跨度为三回。是两次丧事中写得最完整、最具体、最能展现贾府社会关系、家族财力的一场。

贾敬的丧事出现在文中的第六十三回、第六十四回，前后跨度仅占两回。准确地说只有第六十三回后半回以及第六十四回前半回，只是简单地作了一些交代。

我们可以从几个方面将前八十回中这两次丧事的细节作一些对比：

1.参与人数

秦可卿之丧，贾府四代中人齐集，代字辈、文字辈、玉字辈、草字辈列上名目的就有二十九人之多，另外更有秦氏、尤氏眷属参与。

至贾敬死时，正逢国丧，就连直系子孙贾珍、贾蓉也是后面专程告假奔丧，执事人列出名字来的也只有贾琏等七人，主要集中在玉字辈和草字辈中，辈分较高的代字辈没有参与。送殡时，贾母、宝玉、凤姐这几位主要人物也没有出场，不能不说其出殡时的冷清。

秦可卿是贾府第五代孙媳，而贾敬是贾府第三代裔孙；秦可卿因淫丧，贾敬因误食丹药中毒而死；秦可卿是小官员家抱养来的女孩，贾敬是贾府正支，有世袭官职在身。按理说贾敬的丧事应该较秦可卿丧事更为隆重，但是参与人数却大量减少，不能不说是家族衰败、财力不济的征兆。

2. 执事数量

秦可卿丧事时，用的是之前坏了事的义忠亲王老千岁预定的樯木棺材，“帮底皆厚八寸，纹若槟榔，味若檀麝，以手扣之，玎珰如金玉”[①]。因嫌执事不多，又为贾蓉捐官来增加执事数量，“一色光艳夺目”[②]，最后使得“大殡浩浩荡荡，压地银山一般从北而至”[③]，规模庞大。

贾敬的棺木是原先备好的，质量好坏无从提及。执事数量也没有明写，只是借着几个半瓶醋的读书人“丧礼与其奢易莫若俭戚”[④]来表现执事规模，描写呈一笔带过之势。

由大写特写到一笔带过，不只是作者“互见”手法的运用，更有深层次寓意在其中。

3. 丧事过程

秦可卿丧事时，停灵四十九日，极尽富贵之能事。僧道齐集，一道为“淫丧”的秦可卿解怨赎罪。

贾敬丧事，却未明写时日，“目今天气炎热，实不得相待……三日后便开丧破孝。一面且做起道场来等贾珍”[⑤]。“实不得相待”“便”等字眼，写出了管事人对贾敬丧事结束越快越好的架势。

4. 祭拜人数

秦可卿丧事时，前后吊孝有署名的人便有大明宫掌官内相、忠靖侯

夫人、当日八公后人、南安郡王之孙、西宁郡王之孙、平原侯、定城侯这些有爵位的人，路祭的更有东平王府、南安郡王府、西宁郡王府、北静郡王府以及诸同僚属下祭棚，一路上荣华、富贵、权势尽显。

到贾敬丧事时，只草草数语、一笔带过，对于祭祀人员等，只以“迎宾送客”四字代替，路祭更是没有提及。

通过这两次丧事描写的对比，从中可看出贾氏两府的经济能力、政治势力走向衰败的过程。

二、前八十回两次丧事描写在整个小说情节架构中的作用

同样贾家的丧事描写，为什么都要选择宁国府来写，而不把丧事分散开来，荣国府、宁国府各一呢？笔者认为其原因在于宁国府是贾氏宗族的长房，而贾氏宗族现任族长乃是贾珍，“彼乃宁府长孙，又现袭职，凡族中事，自有他掌管”[⑥]。用长房、族长的双重身份者来经历这两次丧事，通过展现与对比，可以更有代表性地撕开整个家族走向衰败过程中丑相环生、江河日下的景况。

秦可卿之死是在第十三回:“秦可卿死封龙禁尉，王熙凤协理宁国府。”其事在小说中的第一次提及却是在第十回:“金寡妇贪利权受辱，张太医论病细穷源。”其病的一个转折点是在第十一回:“庆寿辰宁府排家宴，见熙凤贾瑞起淫心。”将贾敬寿辰的聚会与秦氏的死紧密相连。贾敬之死是在第六十三回:“寿怡红群芳开夜宴，死金丹独艳理亲丧。”将宝玉的寿辰、青春期男女的一次夜间欢会与贾敬的死紧密相连。可以看出，两次丧事描写在情节连续性上都是与寿辰时的欢会描写紧密相连，颇有一种《庄子》“方生方死，方死方生”[⑦]的意味，生与死紧密相连，生命在自然界轮回中相互交替转换，共同呈现出生命不息与生命交替的意义。那么，放在《红楼梦》中，就是将人世间记载年岁增长的寿辰与人生命终结的丧事紧密相连，从小说主题来看，也有着“乐极哀来”的意义。不论

从整部小说的架构还是两次丧事的架构，这一“乐极哀来”的叙事模式是很明显的。它的作用是在大的主题下用小的事件来凸显“乐与哀连、乐中藏哀”。

秦可卿死前曾托梦王熙凤，家中立马会有“烈火烹油、鲜花着锦”[8]的盛事，在其丧事之毕就传来了元春省亲的喜报，整个家族进入了覆亡前的“回光返照”阶段，整个家族表面上复回繁盛，整体描写呈哀事连着盛事的态势；贾敬死后，贾珍、贾蓉、贾琏三人与二尤的丑事将柳湘莲口中“你们东府里除了那两个石头狮子干净，只怕连猫儿狗儿都不干净”[9]的判言赤裸裸地展现在读者面前，其后紧接着又是二尤之死，整体上是以哀写丑、以哀衬丑、以哀连衰。两次丧事，一次哀连着盛，一次哀连着衰，其背后隐藏着的是贾府在“回光返照”之际由上升走至顶点，又逐渐下降，终至覆亡的抛物线式的家族命运。

与两次丧事紧密相关联的是贾珍和贾蓉二人。秦可卿死后，面对丧妻之痛的贾蓉像是消失了一般，在整个丧事过程中没有出现过正面描写；贾敬死后，再一次面对亲人去世的贾蓉终于回到了悲痛现场，来表现一二。当他和父亲贾珍听到“两个姨娘来了”之后，贾蓉的表现是“便和贾珍一笑”；听到要他回家时的反应是“得不得一声儿”[10]，飞马回至家中与两位姨娘调情；听到贾琏有意于尤二姐时，心里却打着“素日因同他姨娘有情，只因贾珍在内，不能畅意。如今若是贾琏娶了，少不得在外居住，趁贾琏不在时，好去鬼混之意”[11]。亲人之丧挡不住不肖子孙的淫心滥情。贾珍在秦可卿死之后，“哭的泪人一般”，和族中长辈哭诉着“谁不知我这媳妇比儿子还强十倍。如今伸腿去了，可见这长房内绝灭无人了”[12]。竟至于“恨不得代秦氏之死”[13]，公爹面对儿媳去世有这么强烈的悲痛，其丑态背后隐藏着的也就只有“爬灰”之诮了；到其父亲去世时，其除了表现孝悌之义时表现出一些悲痛来，骨子里却没有多少痛苦，依然以“聚麀”为能事，将诗礼之家背后隐藏着的乱伦之事放大表现出来，最后又间接地将二尤送向各自的命运末途。

作者写秦可卿的丧事，过程极其隆重繁盛，开销极其奢侈，是贾府有钱有势的表现，庚辰本回后批语所言："写秦死之盛，贾珍之奢，实是却写得一个凤姐。"[14]事实也是这样，秦可卿丧事的过程，极写两人：一为贾珍，一为凤姐，写贾珍是极露其丑，写凤姐是尽显其强与能。秦可卿死后，庞杂的丧事外加尤氏犯了旧疾，只能推出王熙凤出来管事，王熙凤出场时面对的烂摊子是："头一件是人口混杂，遗失东西；第二件，事无专执，临期推委；第三件，需用过费，滥支冒领；第四件，任无大小，苦乐不均；第五件，家人豪纵，有脸者不服钤束，无脸者不能上进。此五件实是宁国府中风俗。"[15]王熙凤之前只是将宁国府管理上的积弊看在心里，却没有合适的理由参与其中进行指正，秦可卿之死给了她充分的机会展示自己的才能。虽然是"协理宁国府"，却一下子将宁国府管理上的积弊用自己强硬的手段解决，尽显其能其强。同时，借着这次机会，她开始走上了靠自己心机与胆识游走于官府和富户之间、专心于谋财生事之道路。及至贾敬丧事时，却只能靠着能力平庸的尤氏来应对，之前能够兼理两府事宜的凤姐此刻也因身体问题出不来，只能偶尔"扎挣过来，相帮尤氏料理"[16]。当然，从叙事需要来说，"协理宁国府"已经让王熙凤的能力尽显，不需要在后面一场丧事中再进行反复描写；更重要的是，整个家族在应对贾敬丧事时，也不需要凤姐过多参与。其中一方面是因为凤姐的身体已经没有了秦可卿丧事时兼理两府的可能，另外，随着家族经济能力、政治势力的衰落，以及与国丧交叉两项，贾敬丧事已经没有过多事情需要料理。

通过这两次丧事描写，从中可看出贾氏两府经济能力、政治势力走向衰败的过程，贯穿了贾府由盛转衰的过程。这两次丧事描写，不只是贾府中经济实力、政治地位的下降，同时更是一个将封建旧家族临近覆灭时的丑恶的一面拉出来，到最后彻底撕开来给读者观看的过程。在这一变化过程中，将贾府败落的真实原因也作了充分揭露：子孙不肖。整个贾府在这个过程中已经犹如一架已经走向破败的机器一般，之前还有着光鲜的外表，到这时已经彻底由内到外开始腐败，江河日下之势已经难以抵挡了。

到第八十回后贾母丧事时，整个家族已经再也撑不起奢侈，再也没有耍大牌的能力，只能将就了事了。里外只有凤姐夫妻二人照管，参与执事的男仆女仆总共才有三十多人，“这回老太太的事倒没有东府里的人多”[17]，不敷差遣。丧事也没有足够的银钱支撑，里外乱成一锅粥，面对派活，仆役也多是“勉强应着”。诸方面不利因素只能导致整个丧事草草收场，大家族的空架子彻底暴露在世人面前，贵族的脸面彻底被丢尽。“三春去后诸芳尽，各自须寻各自门”[18]的既定结局已经沿着规定路线走向了“为官的，家业凋零；富贵的，金银散尽”[19]的命途终点，毫无挣扎地走向末路。

纵观《红楼梦》，喜事丧事交杂其中，生死交错、乐悲交织、笑哭参半，前八十回的两次丧事，已经表明了贾氏走在由盛到衰的路途中，其间是经济能力的衰退、政治地位的下降。到后八十回写贾母丧事时，“百足之虫死而不僵”的空架子最终被打破，在一帮不肖子孙的合力摧毁下，贾母身后风光的可能性已经彻底丧失，九斤老太一代不如一代的感慨在短短几年内得以展现，贾府后代一群“现世宝”将家族之势彻底引向末路。《好了歌》中有一句叫作“荒冢一堆草没了”[20]。那么留给贾府诸人的，可能是连这一堆荒冢都没有，最终落得“一片白茫茫大地真干净”的结局。一切荣华富贵终归于空，一切“色”趋于“空”，真正是“乐极悲生，人非物换。究竟是到头一梦，万境归空”[21]。

注释

①⑬（清）曹雪芹著，无名氏续:《红楼梦》，人民文学出版社2008年版，第173页。

②同①，第189页。

③同①，第190页。

④⑯同①，第885页。

⑤同①，第880—881页。

⑥同①，第66页。

⑦庄子著，郭象注，成玄英疏:《庄子注疏》，中华书局2011年版，第35页。

⑧⑱同①，第170页。

⑨同①，第992页。

⑩同①，第882页。

⑪同①，第897—898页。

⑫同①，第171页。

⑭(清)曹雪芹著，脂砚斋评:《脂砚斋重评石头记(庚辰本)》，人民文学出版社1975年版，第301页。

⑮同①，第178页。

⑰同①，第1477页。

⑲同①，第86页。

⑳同①，第17页。

㉑同①，第3页。

议秦可卿葬礼之仪

乔治桑
江苏省连云港市

秦可卿忽然就死了！

她虽然出身卑微，但这似乎并不妨碍她嫁入豪门。其又生得面容姣好，体态风流，素有“兼美”之称。平日里也是言语温婉，公公待她自不消说，婆婆待她视如己出，夫妻相敬如宾，与心狠手辣的大管家凤姐也素有亲厚，对待下人也不拿大，竟是“没有人不疼她、不和她好的”。就连老祖宗都说她是“好个孩子，要是有些缘故，可不叫人疼死”。

可卿自打攀了这宁国府的高枝儿，轻轻松松地就得到了贾府从上到下一致的交口称颂。住在“神仙也可以住得了”的屋子里，其平日所用所费无不是稀罕物儿，件件有出处，样样有来头，色色皆是旁人所不及的。然而，就是这样一位体态袅娜、颜色绝美的可人儿，却在贾府的鼎盛时期，抛却了金门玉户神仙府，正值妙龄便香消玉殒，突然伸腿去了。

作者给秦可卿这个可人儿安排了一个极其短暂的人生之路，让她在生前享尽了人间的富贵风流，给她死后的葬礼也是极尽奢靡。惜字如金的曹雪芹，却在描述可卿的葬礼上，给予了浓彩重墨的一笔。

对于可卿的葬礼，作者省去了候夜、送终、落地等一些细小环节，重点突出了一些奢华的程序，虽然程序繁杂，却也有条不紊。基本还原了明清时期豪门贵族的葬礼规程。

一、择日停灵

择日停灵这个程序，作者交代是由“钦天监阴阳司”来完成的。钦天监夜观星象，掐指一算，“择准停灵七七四十九日”。停灵，即将尸体迁至尸床之上，覆盖尸身，此床移至厅堂的正中，头朝南。停灵时间长短，需请阴阳生（天文生）推算，各人停灵日数不等。阴阳生，又称天文生，有在地方任职的，也有通过考核选拔，在钦天监任职的。钦天监，起自秦、汉、南朝时期，也称司天台、司天监等，数度更名，明初正式改为钦天监。在钦天监供职的官吏负责掌管观天象、推算节气、制定历法，时人认为会推算历法的人，也懂得占星术，皇家婚丧大典的择日也由他们定夺。钦天监官吏在宫廷任职，不允许改迁他官，无特旨不能升调、致仕，子孙世业。钦天监的天文生或阴阳生，通常掌管朝廷及皇家的风水术数，地方的则多掌管地方官府的术数活动。虽然他们也会应民间之请进行术数，但钦天监阴阳生并非寻常人家轻易能请到的，宁府的权势之大由此可见一斑。“钦天监阴阳司”应是作者虚构的职务了，并没有钦天监并阴阳司一说，只有掌管风水术数的阴阳生。因第十四回中，提及“阴阳司吏”，似此处“阴阳司”又非“阴阳生”之讹。停灵日数多为单数，阴阳司吏算得可卿丧礼需停灵四十九日，而尤二姐的丧礼，停灵日却只有三日或七日。

二、送讣闻

天文生算得出殡入葬日期后，会写下殃榜。接下来便是送讣闻，可卿的讣闻是在“三日后开丧传送”[①]（本文中所有《红楼梦》引文都来自人民文学出版社出版的《红楼梦》1982年版，下面不再标示）。其间要设帷堂、设奠、奠酒。护丧，司书代丧主书写及派发讣告。据《清稗类钞·丧祭类》载，报丧文，“详具死者之姓号、履历及生卒年、月、日、时，卜葬或浮厝之地及出殡日期”，以便亲朋及时祭奠服丧。作者虽然没有明写讣闻的内容，但大致也不外乎此。

清代民间丧葬习俗，人死后，要立刻派报丧人到亲友家报信，有的要送“报丧帖”。报丧人要拿一把伞，到了亲友家，将雨伞头朝下，柄朝上竖在堂前，主人一看，就知道该人是来报丧的，于是，马上给报丧者做些茶点吃，同时，为死者准备“纸火”（蜡烛、香纸一类东西）；设帷堂，缝白布为帷幕，以障内外；设奠，执事们将放了脯醢的奠桌安放于尸体东首的当肩之处；奠酒，将斟了酒的酒盏放在奠桌之上，再用布帛将酒、醢覆盖[②]。死者是宁府的长孙媳妇，这些细节想必也是一样不会少。

三、设道场做法事

设道场做法事，这从来就是富豪家族十分注重的事。常人春在《红白喜事——旧京婚丧礼俗》中记载得非常详细，其所做道场经忏因僧侣、道士以及作用的不同，而分称番经、道经、萨祖铁罐度施食（老道焰口）、居士经、禅经、瑜伽焰口、地藏十王宝灯——传灯焰口及外佛事[③]。这些道场经忏延续时间皆较长，如道经是依丧家停灵日子的多寡决定的。道经从接三日起，直到伴宿（发引的头一天）都要有经。禅经也是与停灵的日子相结合，日子越长，禅经也就做得越长，耗资巨大。其中，水陆道场花费最为可观。民国时期的段祺瑞、吴佩孚、曹锟、江朝宗等人，请一百五十位僧人做水陆道场，仅此一项，耗资五千银圆。可卿的葬礼，停灵天数足足四十九天，请了僧道三百余位念对台经，开销之巨不言自明。民间小户人家是铺不起这排场的，至多也就是意思一下。对于可卿丧礼的道场，作者写得很详细。

道场，在这里是水陆道场的省称，指设斋供奉，超度所谓水陆众鬼的法会。此俗相传始于梁武帝时期，宋代很流行。到了元、明、清又不断地增加了新的内容。明代小说《金瓶梅》中就写到李瓶儿的葬礼，其中对做斋七的习俗就进行了详细的描述，此处不再赘述。可卿的葬礼，在做斋七的这四十九日内，请了一百零八位禅僧在大厅上拜大悲忏，超度亡魂；另设坛天香楼，又请九十九位全真道士，打四十九日解冤洗业醮，超度亡灵；然后停灵会芳园，还另请五十位高僧、五十位高道，在灵前对坛按七做好事，以求托生转世之福。如此算下来，不包括钦天监的人马，单请僧人道士就达三百零七人之众。其规模之大，令人叹为观止！

接下来的程序就是做斋七。七七追荐源于旧时人们对生死的认知，认为人死后还会转世，从刚死之日算起，每七天为一期，期满后即可再降生。若第一期满未得生缘，须再等一期。最多到第七期，必定降生。由于死至生间祸福未定，需每隔七天祭奠一次，请僧道替死者诵经修福，直到满七七四十九天为止。其活动有：招魂、开吊、礼鬼、解结、结亡、供斋饭、摆灵座灵床、开方破狱、破血河等。可卿停灵是七七四十九日，此日期恰与七七追荐耗时吻合，作者虽没有对每一项作详尽的描述，按当时习俗，仪程大体如下：

首七，又名头七，一般在死后第六天举行。《杭俗遗风》曰：做七须在第六日上，故首七名曰“敲头六儿”。要用土地庙的和尚来做，首七要敲打。内容是拜十五忏，挂功德画，张挂榜文，不放焰口，观一下灯就结束。当然，也有从第七日开始做首七的，《清稗类钞 · 丧祭类》载：“太仓丧礼，孝服尚白，用僧道十室而八九。七日设祭，谓之烧七。”也有民间习俗认为，首七是死者上望乡台的日子，家中诸事，死者能见，故家人皆身着白孝服，通宵不眠，为死者守灵。笔者家乡的葬礼至今仍沿袭此种习俗。至于可卿的头七，依据哪一种习俗，作者没说，笔者也就不得而知了。

二七，在死后第十四天举行。因二七与煞期不远，有兼煞七法坛或轮做送七。

三七，由和尚念受生经，晚上放焰口。佛教用《金刚经》，道教用《度人经》。焰口，为梵文的译音，也称“面然”，是饿鬼王的名称。为了避免死者投生饿鬼，丧家要遍施食于鬼神。其仪式通常在黄昏时举行。以净器盛食，右手按器，口念经咒，后称如来名号，再取食尽投地上，以做布施，超度饿鬼。

四七，按民俗，多由亲戚出钱请和尚念经。据《民社北平指南》载："亦有按七唪经者，僧道番尼无定，有同时对举者，曰'对台经'。普通皆用僧，以其价廉耳。"能够举办对台经的多为富豪之族。秦可卿的丧礼中就是采用了僧、道、尼并举的对台经。可见其开销巨费。

五七，作者在这一阶段写得尤为细致。这也是七七中最重要的一个"七"。相传在此期间亡魂须过严厉的五殿阎王关，按俗应请道士做。道士之功德有五，名曰符、朝、忏、炼、灯。符者，须先一日发符，招请神将；朝者，朝天上表；忏者，志心朝礼拜忏；炼者，水火炼度焰口；灯者，即观灯。更有破地狱，跪五方，种种作法。同时还要烧五七纸。故作者对五七这一日写得比较具体，主要做了如下描述：

1.应佛僧要开方破狱。开方（放），即开度。破狱，僧人诵念《宗镜录》中的《破地狱偈文》，以求佛祖开恩，拯救亡灵出地狱得解脱而往生。

2.传灯照亡。亡灵的冥途迢迢，暗无天日，须将燃灯置于亡者脚后，明灯指路，以照亡灵。

3.参阎君，拘都鬼。参拜阎君，拘拿鬼城中的鬼卒。

4.延请地藏王。地藏王即地藏菩萨，因其能够"安忍不动如大地，静虑深密如秘藏"，故名地藏。依佛教说，他于释迦寂灭之后，弥勒未生之前，一直在"人天地狱"之中救苦救难。

5.开金桥。旧时人传说"善人"死后鬼魂所走的桥是金桥，"恶人"死后鬼魂走的是奈何桥。为善人开金桥，使其来世托生于福禄之地。

6.引幢幡。状似高杆旗子。幢，杆头安装珠宝，杆身装饰有锦帛的旗子。幡，一种垂直悬挂于高杆上的窄长旗子。

7.道士们要伏章申表。道士斋醮时，俯首屈身向上帝奏告文书，恭读表章。

8.朝三清。道教合称该教的最高境界"玉清""上清""太清"为"三清”，也称居住在其中的“玉清元始天尊”“上清灵宝天尊”“太清太上老君”三位尊神为“三清”。

9. 叩玉帝。玉皇大帝是道教所尊奉的最高天神。

10. 禅僧们行香。

11. 放焰口。焰口，据佛教传说，地狱中的饿鬼腹大如山，喉细似针，一切饮食到了口边即化为火炭，故称焰口。僧道替丧事人家念“焰口经”及施舍饮食于众鬼神，为饿鬼超度。

12. 拜水忏。水忏又叫慈悲水忏，佛教经文之一。是唐代悟达禅师遇异僧用水替他洗好人面疮后，他为报恩而作。念“水忏经”可以为死者祈求免除冤孽灾祸。

13. 还有十三众尼僧，搭绣衣，靸红鞋，在灵前默诵接引诸咒。“接引咒”是接引死者至“极乐世界”的咒语。

作者在文本中交代，那开方破狱，传灯照亡，参阎君，拘都鬼，延请地藏王，开金桥，引幢幡皆是应僧佛所为；搭绣衣，靸红鞋，在灵前默诵接引诸咒则由十三众尼僧做了；道士们只管了伏章申表，朝三清，叩玉帝这几件法事，似与民俗有些不符，许是各地风俗有异也未可知，此处存疑，尚待考证。此日法事大举，宾客众，凤姐亦尽力为之，寅正起，卯二刻至，于会芳园登仙阁停灵处，各处指挥调度，供茶烧纸，无不妥帖。

六七，按俗应由女婿操办，如女婿较多，则免做或改做七七。六七以前，灵前只供素菜，六七正日，须女婿开荤。从早点心起，酒席汤饭，均宜咸备。若尚无女婿，亲属中小辈代之。因可卿妙龄无子而亡，想必此七当免。

七七，又称满七、断七，此日，丧家要举行隆重祭奠，亲朋好友均来焚楮钱，也有到墓前拜祭的，祭毕，孝子烧孝鞋、丧杖等物，并撤灵堂，放焰口。[④]

四、大殓

通常进入大殓程序时，应该是将尸首入棺。因为可卿死得突然，棺木尚未打造完备，需先选木材。薛蟠送了贾珍一副棺木，帮底皆厚八寸。清代的一寸相当于现在的3.2厘米，其帮、底厚度各为25.6厘米。纹若槟榔，味若檀麝，叩击有玎珰如金玉之音。乃是“万年不腐”的有价无市之物，号称是来自潢海铁网山上的樯木，此又是作者杜撰的稀罕宝物，为何名“樯”，个中缘由，自有方家之言，吾不敢妄度。

自顺治后期，满族一律改火葬为土葬后，棺材的形式，也是满汉有别。满族人的棺材形状呈屋脊形，内部高大，外部彩绘，富家还会在棺材上雕刻花纹⑤。据《绥化县志》载：“旗籍棺大如帐室，下宽上锐，盖厚底薄，后小于前，内以纸布糊，外加绘事。宗室棺材前悬挂木制葫芦……”棺前是否有木葫芦的悬挂，也是满汉棺材的重要区别之一。作者只言可卿是养生堂抱来的，究竟是满族还是汉族，无人知晓，唯一明确的是，文中没有提及棺前有木葫芦悬挂着。

大殓的程序是抬棺于灵堂中央的偏西处，置于两凳之上，棺中放入棉被，棉被的四角置于棺外。移尸于大殓床，将大殓床上的衾被掩上，再将衾被下的布绞直结三道、横结五道，结绞毕，举尸入棺。将死者生时的头发、牙齿、刚死时剪下的指甲，填在棺中的四角，并用卷起的衣服填满空缺之处，固定尸身，最后将垂于棺外棉被的四边以先掩足、次掩首、先左后右的顺序覆盖，在主丧、主妇凭棺痛哭后，妇女回避，工匠入内，盖棺，下钉⑥。至此，生死阴阳两隔，永不相见。

五、设铭旌、魂帛

铭旌也称铭、旌铭。在治丧时设立。《仪礼·士丧礼》记载，“为铭各以其物……书铭于末，曰某士某之柩”。郑玄注曰：“铭，明旌也，杂帛为物，大夫士之所建也，以死者为不可别，故以旗识之。”铭旌是出殡时张举在灵柩前的旗幡，祭奠时倚放在灵座之右，入葬时覆于棺盖上。铭旌的使用主要限于官员，平民之丧不用铭旌。清朝时期的丧葬铭旌有严格的等级定制，《钦定大清会典》记载：铭旌以绛帛，三品以上九尺，五品以上八尺，八品以上七尺，九品官或有顶戴者为五。这种旗帜既有引魂、炫耀官职的作用，还可以增加出殡仪仗的气势。

贾蓉只不过是个黉门监，一个国子监的监生，其妻之丧不仅执事受限，铭旌也不能够十分体面。赶紧捐了个官位，那铭旌上就可以大书：“奉天洪建兆年不易之朝诰封一等宁国公冢孙妇防护内廷紫禁道御前侍卫龙禁尉享强寿贾门秦氏恭人之灵柩”。这也是沿袭了明朝的体制，大清律规定，五品官之妻称宜人，四品官之妻称恭人。若是丧礼，按当时旧俗，可将死者的等级再提高一级，于是，秦可卿一死，竟连升三级！又体面，又风光。也因为捐了这龙禁尉的官，执事也相应多了（至于“全副执事”的详细清单，若要细列，不少于千字，本文从略，不作细谈）。终归所有执事陈设皆系新制，光艳夺目。

六、出殡

大殓之后，要将灵柩停放一段时间后再进行安葬，停柩待葬谓之“殡”。《礼记·檀弓上》云：“周人殡于西阶之上，则犹之宾也。”殡取义于宾，意为宾客。装载死者的灵柩将离家远行，犹如宾客。停柩的地点一般在正堂的西阶，有的则停于宗庙，后世还常常把待葬的棺柩暂寄在佛教寺院中[7]。可卿的灵柩便是停在铁槛寺里。

出殡也称发引。发引前一日称“伴宿”，因次日发引，故亲朋好友此夜可留宿。宁府的伴宿之夕，还请了两班小戏及耍百戏的，“一夜中灯明火彩，客送官迎，百般热闹”。

及至次日天明，吉时一到，开始送殡。六十四名青衣请灵，铭旌上大书："奉天洪建兆年不易之朝诰封一等宁国公冢孙妇防护内廷紫禁道御前侍卫龙禁尉享强寿贾门秦氏恭人之灵柩"。其中，最引人注目的莫过于前来送殡的官员。

在清代，王侯贵族的等级划分依次为：亲王、郡王、公、侯、伯、子、男。这日，前来送殡的，有四郡王：东平王、北静王、南安郡王、西宁郡王。除了缮国公之孙因祖母亡故守孝没来，当时的八公来了七公。还有诸王孙公子，不胜枚举。堂客来了有十来顶大轿，三四十小轿，连家下大小轿车辆，不下百余乘。

各色执事、陈设、百耍，浩浩荡荡，摆了三四里远。沿途路旁又摆了四位郡王的各家路祭。所谓路祭，在清代时期，通常是由死者生前的友朋联合集资购置酒食祭品，在灵柩经过的大街上彩棚高搭，摆筵设席，和音奏乐。推荐一名声望较高的长者主祭，灵柩一到，众人皆跪伏迎接，主祭者献祭品于柩前，行一跪三叩之礼，宣读祭文，孝子哭谢，灵柩继续前行⑧。据《清稗类钞·丧祭类》载，富贵之家，路祭多至数十起者。可卿葬礼的路祭，是由四郡王自家组织的，自然不需集资，那筵席和祭品的规格更非寻常人家可比。"一时只见宁府大殡浩浩荡荡，压地银山一般从北而至。"随后出城，直奔铁槛寺而去。

至此，秦可卿的葬礼即告谢幕。

在前八十回里，曹公也写过一些丧事，贾瑞、尤二姐、秦钟这三个人的葬礼，只是略点笔墨，一带而过，其简俭就不消说了。只说宁国府老太爷贾敬的葬礼，虽说他的辈分地位要高过他的长孙媳妇秦可卿，但是，葬礼的规模较之可卿就不可同日而语了。为了凸显可卿丧礼的隆重奢华，也是为了避免重复笔墨，作者安排贾敬死在老太妃送灵之日，因贾府上下去给老太妃送灵，府内无人，兼天气炎热，贾珍也无意尽其所有为老父治丧，其丧仪便显得仓促粗简，不能从容。只在"三日后便开丧破孝，一面且做起道场来"，寿木是"早年备下寄在此庙的，甚是便宜"；外头之事只是"暂托了几个家里二等管事人"应付，大管家凤姐在荣国府忙别的事情，根本没露面；执事的仅由六七个贾氏子孙承担了；是否有前来送殡的公侯王爵也只字未提；言语中无不透露出因陋就简的信息来。由此种种，较之秦可卿的葬礼规模，这位宁国府老太爷贾敬的葬礼就显得不大奢华了。

尽管作者对可卿丧葬仪式的篇幅着墨甚多，但还是省去了整套仪程的首尾细节，若要写全，篇幅太过冗长。但这已经足以显示出可卿葬礼之奢华。丧葬礼仪的出现，是源于人们原始信仰中认为灵魂不死，以及对鬼神的崇拜。《孟子·滕文公》中说："盖上世尝有不葬其亲者，其亲死，则举而委之于壑。"从最早的猿人出现算起，人类已有三百万年的历史，在遥远的荒古时代，早期原始人没有安葬死者的习俗。从最原始的弃尸荒野，任鸟兽啄食，到衣覆尸身入土掩埋，丧葬礼仪的出现也只是数万年前的事⑨。

若说元春省亲是通过生者来彰显贾府的"繁花着锦"之华美，那么可卿之丧，则是透过死亡写出了另一番"烈火烹油"之奢靡。归根究底，可卿从第五回出场，到十三回死亡，真是来也匆匆，去也匆匆。虽说是活得不大久，但是，她的一生，由生至死，无比奢华，这却是无可争议的事实。她的葬礼，是整个文本中的一部重头戏。所有相关葬礼的章回中，独独她的葬礼显得格外奢华抢眼。

因作者在开篇即声明书中所写之事均年代无考，笔者只能依据《红楼梦》的成书年代，查阅古代丧葬仪式的相关资料，对可卿葬礼的仪式作个简单的注解，奈何吾辈浅薄无知，有不到之处在所难免，恳请方家给予指正为感。

注释

①（清）曹雪芹、高鹗：《红楼梦》，人民文学出版社1982年版，第177页。

②⑤ 胡中生：《家族丧葬文化——"中国家族文化"第二讲》，https://wenku.baidu.com/view/4801cad376a20029bd642d84.html。

③徐吉军：《中国丧葬史》，江西高校出版社1998年版，第499页。

④陈华文：《丧葬史》，上海文艺出版社1999年版，第45页。

⑥⑦⑧岑大利：《清代满族的丧葬习俗》，《故宫博物院院刊》1992年第4期。

⑨周苏平：《中国古代丧葬习俗》，陕西人民出版社2004年版，第1、23页。

从宝玉挨打看《红楼梦》的时间叙事

夏　和
中国艺术研究院

宝玉挨打，是大观园“花柳繁华”中颇有分水岭意味的巨大风波，也是众人搬入大观园不久后发生的最严重的事件。此事千头万绪，各种机缘巧合碰撞在一起，不仅引发了父母亲情之间的无限冲突，而且为大观园的风云流散埋下了伏笔，也开启了宝黛爱情悲剧的萌芽。各类人物纷至沓来，诸多情节牵三挂四，给刚搬入大观园的青葱少年最严重的警告，也展现了许多我们曾经很喜欢的人物内心深处不为人知的一面。

元妃省亲完毕，未免园子落魄、花柳无颜，一声令下，众人于二月二十二日搬入大观园。正在宝玉心满意足之际，又熬过了“魇魔法”的戕害，在接下来本应祥和愉悦的端午节里，不仅连连惹祸，而且遭遇了平生中最惨烈的暴打，被曹雪芹以浓墨重彩甚至让时间停顿的方式进行了渲染与铺叙。

我们知道，中国古代小说都受到史传意识影响，“以年系月，以月系日，以日叙事的模式，为古代小说时间机制的基本特征”[①]。但文字的线性特征不可能让每时每刻的事情都在纸上显现出来，即使写编年史，也不能真的按流水账式样来写，且《红楼梦》中有如此众多的人物、如此复杂的家庭、如此琐碎的事情，如何详略得当、疏密有致地安排时间和空间就成了叙事的关键。因此小说中的时间，即使像曹雪芹这样宣称“追踪蹑迹，不敢稍加穿凿”[②]的小说，也不可能是故事时间的完全再现，也是经过重新组合与再创造的叙事时间。

为了与具体时间相吻合，《红楼梦》采取了与其他长篇白话小说如

《三国演义》《水浒传》《金瓶梅》等点明朝代、邦国的不同做法，反而是“无朝代年纪可考”。但情节的具体时间还是有迹可循的，尽管五次增删的创作过程让不少地方都存在错乱，版本的复杂演变在提供了诸多信息的同时也增添了多种时间异文，“勉强支持了一二年”“隔了七八年”“又不知历几时几劫”等类似模糊语言也干扰着我们的判断，但小说中仍有非常详细的年、月、日的处理，有的甚至精确到了某一点。比如“真是闲处光阴易过，倏忽又是元宵佳节矣”“展眼元宵在迩，自正月初八日就有太监出来了”“已到腊月二十九了，各色齐备”“至次日，乃是四月二十六日”“这日正是端午佳节”“择于八月二十日起身”“至十五日五鼓”“时已丑正三刻，请驾回銮”等。这种对时间安排的细致与连贯又似乎暗示我们《红楼梦》的叙事时间都是有迹可循的，甚至可以为其列出年表。

宝玉挨打事件中我们可以明显地看到曹雪芹对叙事时间井井有条的安排以及叙事节奏回环往复的调节。从第二十九回开始，到第三十五回结束，曹雪芹详细写了众人搬入大观园后，从五月初一至五月初七每一天的事件，这段时间不仅事件繁多，紧密相连，而且线索清晰，详略得当。宝玉被打是在五月初六下午，这半天从第三十一回下半回写起，直至第三十四回结束，整整用了三回半的篇幅。短短的半天内，有暗流、有前奏、有余波，还有时空的自如转换，真令人眼花缭乱，应接不暇。

但实际上从第三十回的五月初四就慢慢酿下了祸起的根源。马上就是端午节了，可初四这一天对宝玉来说却是非常悲催的一天，事事不顺。虽然与黛玉和好了，可因为说话不注意，惹得薛宝钗生气，讽刺挖苦了宝黛，二人讪讪；紧接着贵公子的通病让他不仅惹怒了王夫人，撵出了金钏儿，而且平生第一次踢了人——还是怡红院首席大丫鬟袭人，以致吐血。

这三件事的直接后果就是导致第二天王夫人的端午家宴众人都心绪不佳，各有各的忧愁。宝玉见宝钗淡淡的，也不和自己说话，情绪也就不高；王夫人见宝玉无精打采，以为是昨日金钏儿的事，也就不理他；黛玉以为宝玉是因为得罪了宝钗心中不自在，也就形容懒懒的；凤姐因为王夫人已经告诉了她金钏儿的事情，知道王夫人不自在，也就不敢说笑。几个主要人物各有各难念的经，本应和谐愉悦的端午节就这样在众人淡而无聊的聚会中结束了。

下面我们简要从大的方面梳理一下五月初六下午这半天发生的事情：

1.史湘云的到来，不仅引出了金麒麟的故事，有对第二十九回宝玉从张道士等的贺物中挑了一件赤金点翠的麒麟的呼应，还有“因麒麟伏白首双星”的千里伏线，尽管我们还不能确定这“双星”是谁、“白首”究竟是指“离”还是“合”。

而且史湘云带来了四个绛纹石戒指，其中一个正是送给金钏儿姑娘的。但此后再没提这个戒指的下落。

2.贾政让贾宝玉出去会贾雨村，宝玉先与湘云议论了一会仕途经济，不仅引出了之前二宝之间的对立，而且也引发了宝玉对黛玉的赞扬，令宝黛爱情上升到新的高度。之后宝玉又向黛玉表白心事，却在后半段错把袭人当成黛玉，让袭人把表白听了个正着。而宝玉的连番磨磨蹭蹭以及见客后的葳葳蕤蕤已经让父亲贾政一肚子火气。

3.接下来发生的事情直接让贾宝玉成为贾政暴怒下的出气筒：一是忠顺王府长史官来向宝玉追问蒋玉菡的下落，说蒋玉菡以前一直好好待在府里，如今竟找不着，传闻他现在和宝玉相厚，请宝玉将其放回。贾政在厅上见长史官，所以一听和宝玉有关，立刻将他唤进厅上。宝玉欲要不认，谁知长史官连二人互换汗巾的事都知道，宝玉不得不说出蒋玉菡在紫檀堡买田与房舍的事。贾政此时已气得目瞪口呆，一面送长史官，一面吩咐宝玉不许动，要回来问话。出来送客的贾政恰又碰见乱跑的贾环，环三爷趁机告状说宝玉强奸不遂导致金钏儿跳井。

之前就已经对贾宝玉一肚子火气的贾政彻底被激怒了，气得面如金纸，“喘吁吁直挺挺坐在椅子上”“眼都红紫了”，命众人关门，谁要往里传信就打死；拿大棍，用索子把宝玉捆上，要将宝玉打死，免得将来羞辱祖先。找不到人报信的宝玉终于被父亲痛打了一顿，以至于“面白气弱，底下穿着一条绿纱小衣，皆是血渍…… 由臀至胫，或青或紫，或整或破，竟无一点好处……”

这半天实在太漫长了，各种似乎是“无事之事”的家长里短慢慢聚集到一起，终于酿成宝玉被打的风暴中心，而风暴过后的一些余波微澜又为后面的故事展开伏脉。再加上不断对以前发生的事件的插叙和对以后有可能发生事件的预叙，不仅增加了故事的容量，也让时空在不断的转换中参差变化，避免平铺直叙的单调。比如中间穿插的湘云与袭人闲谈时提到的十年前的事情，以及湘云捡到的金麒麟之千里伏线的故事，都给了情节无限烟波的缥缈之感。

而这半天的叙事节奏之所以这么慢，是因为这半天发生的事情对宝玉的一生都很重要，甚至具有分水岭的意义。首先，这半天的中心事件是宝玉挨打，这是父与子以及母与子矛盾的公开化，也是封建规范和宝玉观念的大较量。无论贾政与贾母的母子情，还是贾政与贾宝玉的父子谊都受到了挑战。其实先得到信的是王夫人，当王夫人慌忙赶来时，只会抱住奄奄一息的贾宝玉痛哭流涕，而无法制止自己的丈夫，除了痛哭贾珠的早逝，就是以与宝玉同赴阴司做要挟。

随后赶来的贾母则怒斥了贾政，可怜自己一生没养个好儿子，并连声吩咐要和王夫人、宝玉回南京，离了贾政的眼，大家干净。面对老太太的怒火，贾政只能苦苦叩头认罪。在这里，祖孙情压过了母子谊，老太太的溺爱、母亲的维护甚至父亲的心疼与灰心，最终让贾宝玉取得了胜利。他不仅没把贾政的教训放在心上，而且不合封建制度的行为观念更变本加厉了。看到宝钗的关怀，宝玉“不觉心中大畅，将疼痛早丢在九霄云外，心中自思：‘我不过捱了几下打，他们一个个就有这些怜惜悲感之态露出，令人可玩可观，可怜可敬。假若我一时竟遭殃横死，他们还不知是何等悲感呢！既是他们这样，我便一时死了，得他们如此，一生事业纵然尽付东流，亦无足叹惜，冥冥之中若不怡然自得，亦可谓糊涂鬼祟矣。'”（三十四回）他在疼得迷迷糊糊的时候，想的还是蒋玉菡和金钏儿的痛苦。而在后来黛玉说宝玉“你从此可都改了罢”时，宝玉长叹一声，说道：“你放心，别说这样话。就便为这些人死了，也是情愿的！”（三十四回）尤其是贾母“过了八月才许出二门”的庇护政策对宝玉的行为起了推波助澜的作用，最终让本就无法无天的贾宝玉越发得了意，日日在园中游卧，花团锦簇般的生活扑面而来，大观园的青春与美好次第展开，而我们也终将看到人生有价值的东西之毁灭。

宝玉被打引发的第二个后果也是当时的贾宝玉一直不知道的，即他的首席大丫鬟袭人背后在母亲那里给自己的美好生活埋下了一个随时可能引爆的炸弹，让大观园最终风云流散。

事情是这样的：王夫人让个婆子到怡红院叫个跟宝玉的人来问话，谁知首席大丫鬟袭人亲自出马，在回复了宝玉的伤势以及取了两瓶彩云经手的香露（这恰是后来彩云偷露给贾环的伏线）之后，王夫人又问袭人是否听到贾环告状，明明听到焙茗说过金钏儿的事是三爷说的，可袭人却偏偏说不知道，并将宝玉与琪官事情的性质定义为“霸占”。袭人还建议王夫人想法把宝玉搬出园外来住以免将来不才之事，且以“日夜一处，起坐不方便”黑了林黛玉一次。

宝玉必将搬出大观园，可却不应该是以这样的缘由。二知道人说得好：“揣宝玉之心，须众女郎得驻颜之术，年虽及笄，无庸出嫁，只挈伴在大观园中，妆台联句，绣户飞觞，口餐樱桃口之脂香，裙易石榴裙之水渍，聚而不散，老于是乡可耳。”③这是贾宝玉的理想，与姐妹们一直相伴于大观园中，可女儿们会长大，贾宝玉也要娶亲生子。时间是贾宝玉的大敌。可他绝不会想到更大的敌人正是自己的身边人。感激不尽的王夫人很快就给了袭人以姨娘的待遇，也最终导致了大观园的风云流散。

宝玉被打的第三个重大意义则是对宝黛爱情的影响。宝黛爱情在这一天发展到知己的新阶段，此后，我们再也没有看到黛玉的小性儿以及宝黛之间的口角；却也为二人的爱情悲剧铺垫了基础。宝黛无论多么情深义重，可颦卿命不久矣，奈何？文中写宝玉记挂黛玉，便支开袭人，让晴雯给黛玉送去了两条半新不旧的手帕子。黛玉先是不解其意，思忖一时，方才大悟，不由神魂驰荡，悲喜惧愧，五味杂陈。不由题诗三首，还要往下写时，“觉得浑身火热，面上作烧，走至镜台揭起锦袱一照，只见腮上通红，自羡压倒桃花，却不知病由此萌”。黛玉终究输给了时间，也无法掌控命运。

由此，宝玉挨打这么一件看似离《红楼梦》结局非常遥远的事件，却开启了《红楼梦》中所有悲剧的大门：父权制失去了权威，贾府最被看好的继承人在旁门左道上越走越远；宝黛爱情最终以黛玉病死而宣告结束；那个曾经“花招绣带，柳拂香风”的大观园也最终只落得个幽冷凄清。

尤其值得我们注意的是，这充满了烦琐芜杂之事的半天，是以宝钗“到房里整哭了一夜”而结束，也实在是神奇之文。按理来说，宝玉被打，要么是宝玉身疼了一夜，要么是林黛玉心疼了一夜，可偏偏都不是，而是贾宝玉未来的妻子薛宝钗被薛蟠气得整哭了一夜，令人感叹。这或许可以更好地帮助我们理解，为什么宝玉被打后薛宝钗第一个来看望且送来了丸药；而她的整夜痛哭也许真含有被呆霸王薛大傻子说中心事的尴尬与痛苦。“生活是杂色的，任何重大的历史事件一还原便是一团琐碎的细节。”④而恰恰是在这团琐碎的细节中蕴含了偶然中的必然，孕育了后来的重大事变。

宝玉挨打事件充分展现了曹雪芹对叙事时空的把控与推进。时间似乎停滞了，在人物一个个有次序的登场中，故事的发展从贾母房中 — 怡红院 — 怡红院外 — 贾府厅上 — 贾政书房 — 贾母房中 — 贾府二门外 — 怡红院 — 王夫人房中 — 潇湘馆 — 薛家展开，不知不觉中，近四回的篇幅已过，时间也从午间到了掌灯时分，又到了二更。我们几乎无法理会现在是什么时候，而是在不断的空间转换中看这场风暴是如何上演又是如何谢幕。有时在某一空间内，我们还会随着人物的谈话而神游不同的时空，如湘云和袭人在怡红院谈天时，先把我们带到了十年前两个女孩喁喁细语的西边暖阁，又让我们看到了湘云现在在家里的辛酸，还有潇湘馆黛玉旧年好一年的工夫才做了个香袋的情景……我们不会仔细追究这些事件的时间，曹雪芹也不想细细交代，在这种非线性的时间叙述中，我们更容易忽略具体时间，而只注重欣赏稳定空间中的各色事件带来的诗情画意。

《红楼梦》前八十回共写了大约十五年间的事情，元妃省亲之前的十七回半写了十二年的事情[⑤]，平均算下来，也要一回多写一年的事情，有的还是一回写好几年的事情，如第一回就写了四年的事情。而自大观园正式得名，尤其是宝玉和群钗搬入大观园之后的六十三回只写了三年的事情，但这三年并非平均分配，从宝玉挨打事件我们可以看得尤为清楚。自众人搬进大观园后，曹雪芹对时间的叙述更为详细。贾宝玉在大观园中的生活主要是在这三年里，这是他人生历程中的重要三年，他的美好愿望与理想破灭都发生在大观园里的这三年中。为了造成盛衰的强烈对比以及宝玉最终的“悬崖撒手”，曹雪芹已尽量拉长了大观园的欢乐时光，宋淇曾经说：“作者利用大观园来迁就他创造的企图，包括他的理想，并衬托主要人物的性格，配合故事主线和主题的发展，而不是用大观园来记录作者曾见到的园林。”[⑥]因此，自大观园建成后，全书的叙事速度理所当然地减慢，开始用数回写一年甚至只写一天或半天的事情。

“时间的每一片刻无不背上负重而腹中怀孕。在具体人生经验里，各个片刻有不同的价值和意义。”[⑦]选择并善于表现适当的某一时间往往是长篇小说中叙事节奏控制的难点。而对于《红楼梦》，尤其是大观园中具有标志性的时间，曹雪芹对自己的如椽巨笔从来都是毫不吝啬的。如五月初六的宝玉被打用了近四回的篇幅；同年八月二十五日刘姥姥带来的欢乐时光也占用了四十、四十一、四十二近三回；后来的茉莉粉、玫瑰露等事件也是用了近三回来写（五十九至六十一回）。此外，宝玉的生日（六十二至六十三回）、抄检大观园（七十三至七十四回）等都是重头戏。

这些叙事节点的突出，既让我们像宝玉一样沉浸在大观园的欢乐中而不愿清醒，也让我们一步一步看到了大观园走向灭亡的必然结局。

中国文人向来讲究时间的分割艺术，或惜字如金，或笔如泼墨，《红楼梦》的诗意在大观园中表现得淋漓尽致。曹雪芹非常注重在这个固定环境中时间和空间的设置，尽管其中充斥着大量的“无事之事”，但我们却可以在琐碎细致中穿梭于怡红院、栊翠庵、潇湘馆，流连于“黛玉葬花”“龄官画蔷”“湘云醉眠”“宝玉挨打”等一幅幅经典性场景，感受大观园的欢乐以及“无可奈何花落去”的悲凉，并在时空的大开大阖，过去、现在与未来的互往中反复品味曹雪芹深沉的历史感与盛衰感。

但这并不意味着《红楼梦》中的时空完美无瑕。尽管《红楼梦》已摆脱了中国古代许多小说以情节连缀成篇、以许多横截面展现人物而不是在时空转换中叙写人物成长经历的方式，但《红楼梦》中的时空设置还是有不少错乱。宝玉挨打一节中就有不少。比如，五月初五中袭人被踢明明是五月初四日的事，可晴雯却说“前儿”；再如，王夫人因金钏儿跳井而难过和宝钗诉说原准备拿两套给黛玉作生日的新衣服给金钏儿装裹，又怕黛玉忌讳，最后宝钗贡献出了自己新做的衣服。我们知道，黛玉的生日是二月十二，如果说是为今年的生日则已经过了，若说是为明年的生日，则岂不太早？ …… 我们拿着放大镜来看时，这些本来不会引起读者关注的地方就都成了问题了。

评点家们曾对小说中的时序错乱提出独特的看法，张竹坡在《批评第一奇书〈金瓶梅〉读法》第三十七条这样评论《金瓶梅》的时间安排：

《史记》中有年表，《金瓶》中亦有时日也。开口云西门庆二十七岁，吴神仙相面则二十九，至临死则三十三岁。而官哥则生于政和四年丙申，卒于政和五年丁酉。夫西门庆二十九岁生子，则丙申年；至三十三岁，该云庚子，而西门庆乃卒于“戊戌”。夫李瓶儿亦该云卒于政和五年，乃云“七年”。此皆作者故为参差之处。何则？此书独与他小说不同。看其三四年间，却是一日一时推着数去，无论春秋冷热，即某人生日，某人某日来请酒，某月某日请某人，某日是某节令，齐齐整整捱去。若再将三五年间甲子次序，排得一丝不乱，是真个与西门计账簿，有如世之无目者所云者也。故特特错乱其年谱，大约三五年间，其繁华如此。则内云某日某节，皆历历生动，不是死板一串铃，可以排头数去。而偏又能使看者五色迷目，真有如捱着一日日过去也。此为神妙之笔。嘻，技至此亦化矣哉！真千古至文，吾不敢以小说目之也。⑧

张竹坡为抬高《金瓶梅》的地位而“不敢以小说目之”，并对书中一些时间的错乱提出赞赏的看法，认为是“神妙之笔”，曹雪芹也在第一回谈到自己的创作主张时说“不过只取其事体情理罢了，又何必拘于朝代年纪哉！”曹雪芹“批阅十载，增删五次”的自白固然让我们对成书过程执着不休，可前辈的另外一些见解或许对我们思考《红楼梦》中时空的错位能从另一角度给予某种启示。

《红楼梦》前八十回已经牵扯不清，再加上后四十回更是雪上加霜。就前八十回中对人物命运的暗示以及对叙事节奏的安排来看，八十回后如不对这种节奏做大的调整，譬如采用现代小说中常见的省略或概要，那么八十回后应远比四十回的篇幅漫长得多，否则很难对前文已预示的一切做出完满的交代。但续书并没有改变这种节奏，紧接着“山雨欲来风满楼”形势的第八十一回一揭开，却是“无比啴缓、异样无聊的‘闲适’‘雍容’的‘文章’”⑨，而又要仓促完稿，结果便造成了前八十回与后四十回两副截然不同的笔墨。后四十回中不仅系年、人物年龄糊里糊涂，自第九十七回也就是黛玉死的前后，叙事中已经连月份都很少见到了，我们重新看到了以前小说中常用的“一日”“某日”“次日”“初一”“初二”等过于模糊的时间处理，也许续书者已实在不能合理安排故事发生的时间，一些人物的故事不能展开，另一些人物的命运和性格也只能草率处理，只能给事件找个发生的时间加速叙述进程。也许，我们对后四十回不能太苛求了，毕竟续书难，续《红楼梦》更难。

注释

①鲁德才：《古代白话小说形态发展史论》，南开大学出版社2002年版，第53页。

②（清）曹雪芹、高鹗：《红楼梦》，人民文学出版社1982年版。以下有关引文皆出于此，恕不另注。

③一粟编：《古典文学研究资料汇编·红楼梦卷》，中华书局1963年版，第91页。

④周月亮：《读〈红楼梦〉前五回断想》，《名作欣赏》1997年第2期。

⑤大观园建立之前所叙述的时间主要参考沈治钧的《红楼梦成书研究》中的第四章第一节，中国书店2004年版。

⑥宋淇：《红楼梦识要——宋淇红学论集》，中国书店2000年版，第14页。

⑦钱锺书：《七缀集》（修订本），上海古籍出版社1994年版，第47页。

⑧王汝梅、李昭恂、于凤树校点：《张竹坡批评第一奇书〈金瓶梅〉》，齐鲁书社1991年版，第36—37页。

⑨周汝昌：《红楼梦新证》（增订本），人民文学出版社1976年版，第893页。

元春：担了繁华，吞了寂寞

林梅朵
河北省霸州市

有人说，妙玉是《红楼梦》中最寂寞之人，正青春年少，却只能独居于青灯佛案旁。的确，比起大观园中公子小姐们的热闹场景，妙玉是孤凄的。栊翠庵的花木是最繁盛的，老太太说：到底是他们修行的人，没事常常修理，比别处越发好看。旁人眼里的“没事”，正是她的空寂啊。

可寂寞如妙玉，仍可以中秋夜半，悄悄走出去，听一听借着水音的笛声，赏一赏朗秋的清池皓月，将正在联诗的黛玉湘云请进庵堂，给她们未曾结尾的五言诗一口气续上十三联。也可以在老太太带着众人前来时，独将宝钗黛玉请进耳房，与她们同品那沉淀了五年的梅花雪水烹出的好茶，在黛玉不防头问一句“这也是旧年的雨水”时，立即回敬她一句“你是个大俗人！”这等直抒胸臆，谁能够？她可以高傲怪诞，守着自己的小世界毫不妥协，在这层意义上，妙玉是自由的。

谁说十二钗中妙卿最为寂寞？君不见尚有一人，较妙玉更甚？

她金尊玉贵，却羡慕着小门小户的骨肉团聚；她高高在上，却一个人体味着“高处不胜寒”的凄清。

她就是元春。

元春被选入宫去，不知是何年月的事。只听冷子兴说，“现因贤孝才德，选入宫作女史去了”。不知元春进宫，和哥哥贾珠早亡有没有关系。若论家族兴衰的责任，自然是落到长子肩上，珠虽早慧，十四岁进学，却不到二十岁就死了。本是娇滴滴的妹妹元春一下子成了这个家里的老大。她在宫中是如何小心勤勉，才从女史升至贵妃地位的，自是一言难尽。她这样积极努力是负有家族的使命吗？只可推测，不知其情。

我们只知道，元春是个好女儿，未入宫时，她念及母亲将近年迈才又得一子，所以对弟弟万分怜爱，亲自为宝玉启蒙。三四岁的宝玉，已有姐姐教的几本书、数千字在胸中了。那时姐弟俩的感情多深呐！可惜，时间是最无情的。元春入宫时，宝玉还是个孩子，姐姐在宫中虽“眷念切爱之心，刻未能忘”，可孩子家的宝玉却逐渐模糊了这份情。

“才选凤藻宫”是元春一生中的大事，人人忍不住激动和兴奋，“宁荣两处上下里外，莫不欣然踊跃，个个面上皆有得意之状，言笑鼎沸不绝”。而她最牵挂的弟弟宝玉此刻心里只装着两件事：眼前秦钟的病，和远方黛玉的平安。

贾琏听闻贵妃的喜讯，带着奔丧回来的黛玉日夜兼程从苏州往回赶，宝玉“只问得黛玉‘平安’二字，余者也就不在意了”。不怪宝玉薄情，姐姐进宫时他才多大呢，要一个孩子将儿时的事情牢记不忘，亦不许被哗哗的时光流水所冲淡，也太难为他了。

省亲时，荣府如鲜花着锦、烈火烹油般热闹。为着她回一次娘家，家里盖了神仙幻境般的大观园。她来了，却哭了：“当日既送我到那不得见人的去处，好容易今日回家娘儿们一会，不说说笑笑，反倒哭起来。一会子我去了，又不知多早晚才来！”其实，这不过是作者要这样写罢了，真正选入宫中的女子，何曾有省亲一说？她们想这样真情一哭都是无处可去的。

即便是省亲了，又如何呢？她想在家里放开怀抱说说笑笑一回，可以吗？一套皇家礼仪就将她和亲人隔山隔水，咫尺天涯。

祖母、母亲等人均要给她行礼，父亲连面也不能见，只能隔着帘子请安，开口称臣，说上一套“臣，草莽寒门，鸠群鸦属之中，岂意得征凤鸾之瑞……虽肝脑涂地，臣子岂能得报于万一！”这样的颂上之语。

什么爹爹女儿骨肉相聚？彼此的思念之苦、别离之痛，斟酌了再斟酌，说出来的只能是那冷冰冰的官场套话。

纵然亲情如海深，抵不过皇家的规矩比天大。

元春那句“田舍之家，虽齑盐布帛，终能聚天伦之乐；今虽富贵已极，骨肉各方，然终无意趣”，是漫长的宫中岁月日日心中所念之词，若非面对亲人面，敢对何人说？宫中事体错综复杂，稍不留神即获大罪。你身被荣恩，不思感恩戴德，却抱怨不如田舍之家粗食布帛有意趣？踌躇欲说心中事，鹦鹉前头不敢言。

身为贵妃娘娘，元春和娘家之间的联络全凭太监来往传话，这来往之间，可以赏赐礼物，可以猜谜作诗，唯独不能略诉衷肠。

就是在短暂相聚中邀嫂子妹妹们一起作些诗，也不会有海棠诗社中那种欢快的雅趣。不过是些“园成景备特精奇”“楼台高起五云里”“华日祥云笼罩奇”这样的歌颂体，夹杂些“奉命何惭学浅微”“自惭何敢再为辞”式的自谦。这样作诗，才真正是“终无意趣”呢！

宝钗对宝玉说：那上头穿黄袍的才是你姐姐呢。在众姊妹心中，“黄袍”一词代替了“姐姐”两个字，让姊妹们诚惶诚恐，在她面前只有放不开的生疏。

元春说自己“素乏捷才，且不长于吟咏”，可你看她将“红香绿玉”改为“怡红快绿”，将“有凤来仪”赐名“潇湘馆”的才情，寥寥几个字就意境大增，若要写些风流别致诗句料也不难，她为何不写？

海棠诗社中，你一句“月窟仙人缝缟袂，秋闺怨女拭啼痕”，她一联“晓风不散愁千点，宿雨还添泪一痕”，这样的诗句因真情真景而动人，却万不能出自贵妃之手。身为高贵的皇妃，你能“缝缟袂”“拭啼痕”吗？你能“愁千点”“泪一痕”吗？连王熙凤在老太太寿辰时受了委屈还说，“便受了气，老太太好日子，我也不敢哭的”。在最讲究吉利祥和的皇宫里，天天都是“好日子”，谁敢有愁有泪？纵使回家一趟，也不敢说错一句话，她的笔，只能写下“天地启宏慈，赤子苍头同感戴，古今垂旷典，九州万国被恩荣”这种句式。

若元春未进宫去，是否也会偶尔回娘家和嫂子妹妹们一起起个诗社呢？海棠社初成之时，黛玉打趣探春的别号“蕉下客”：“你们快牵了她去，炖了脯子吃酒。”宝钗讽宝玉是“无事忙”。冬日的芦雪庵里，作诗不及格的宝玉被李纨罚去栊翠庵乞红梅。湘云更热闹，联诗中逞才，一个人大战宝钗、宝琴、黛玉三个人……这些热乎乎的戏谑亲昵，蒸腾腾的欢快恣意，元春从离家的那一日起，就注定再也没机会感受到了。

逢年过节，她也惦记着家里的热闹。

元宵节那天，小太监送出了一个四角平头白纱灯，上有贵妃作的灯谜一首，让众人猜了写在纸上，再每人作一个进去——出嫁的女儿是多想参与到娘家的灯节中热闹一番啊！虽然隔着高高的宫墙，虽然彼此不能见面，她仍有着深深的渴望。

可是如愿了吗？

“宝钗等听了，近前一看，是一首七言绝句，并无甚新奇，口中少不得称赞，只说难猜，故意寻思，其实一见就猜着了。宝玉、黛玉、湘云、探春四个人也都解了，各自暗暗的写了半日。”

“只说难猜，故意寻思”又“各自暗暗的写了半日”，他们心中的元春早已不是能够亲热的大姐姐了，而是那位高高在上的贵妃娘娘，在一个灯谜面前也不肯露出本心本意。众人所作的灯谜皆恭恭敬敬用楷书写了送进宫去请娘娘猜。无论猜得对与不对，“都胡乱说猜着了”——她一片亲热之心，只换来亲人们不温不凉的尊敬与恭顺，这种玩法有什么意思？

宫门一入深如海，从此家人似路人。

“喜荣华正好，恨无常又到。眼睁睁，把万事全抛。荡悠悠，把芳魂消耗。望家乡，路远山高。故向爹娘梦里相寻告：儿命已入黄泉，天伦呵，须要退步抽身早！”

元春至死，最不放心的仍是家中事。她薨逝时，合家俱痛哭不已。这些眼泪中，有几滴是对亲人的哀痛，又有多少是对富贵靠山倒下的惋惜呢？

当亲情中掺杂了企望的水分，任是神仙也难再分辨得清。

二十年来辨是非，榴花开处照宫闱。
三春争及初春景，虎兕相逢大梦归。

元春的判词是正钗第二首，仅在宝黛合一那首之后，可见她虽出场不多，却是极其重要的一个。贾家姊妹中，她飞得最高，可有谁能明白这最高处的累，和那裹紧七情六欲不能露、藏起思乡之泪不能流的苦？

皇帝庞大的后宫中，美丽女子从不稀缺，她也不过是姹紫千红开遍的皇家园林中的一朵，得一时之宠已属万幸，何敢奢望“山无棱、天地合”式的爱情？日日过着伴君如伴虎的日子，她只有小心翼翼一条路可走。荣宁两府人人以贵妃为荣，只有元春自己知道，她身上一边系着贾家赫赫扬扬的荣华富贵，另一边系着的，却是无可奈何的殚精竭虑和逃不开扯不断的终生寂寥。

说林黛玉坐轿子

潘学军
广西南宁市青秀区

第三回乃《红楼梦》重要之章回。曹公斟酌如何写好这部大书时，甚是煞费心机。他颇具匠心从第三回写起，看似漫不经心，却运如椽之笔：文笔绵密，暗藏机杼；大匠运斤，收放自如；文思精妙，以小见大。从黛玉进贾府写起，先从水路坐船而来，至京都，上岸坐轿子后又走一小段陆路，最后进贾府，缓缓写来：

> 且说黛玉自那日弃舟登岸时，便有荣国府打发了轿子并拉行李的车辆久候了。这黛玉常听得母亲说过，他外祖母家与别家不同。他近日所见的这几个三等的仆妇，吃穿用度，已是不凡了，何况今至其家。因此步步留心，时时在意，不肯轻意多说一句话，多行一步路，惟恐被人耻笑了他去。
>
> 自上了轿，进入城中，从纱窗内往外瞧了一瞧，其街市之繁华，人烟之阜盛，自与别处不同。又行了半日，忽见街北蹲着两个大石狮子，三间兽头大门，门前列坐着十来个华饰丽服之人。正门却不开，只有东西两角门有人出入。正门之上有一匾，匾上大书“敕造宁国府”五个大字。黛玉想到：“这是外祖之长房了。”想着，又往西行不多远，照样也是三间大门，方是荣国府了。却也不进正门，只进了西边角门。那轿夫抬进去，走了一射之地，将转弯时，便歇下退出去了。后面的婆子们已都下了轿，赶上前来。另换了三四个衣帽周全十七八岁的小厮

上来，复抬起轿子。众婆子步下围随至一垂花门前落下。众小厮退出，众婆子上来打起轿帘，扶黛玉下轿。黛玉扶着婆子的手，进了垂花门，两边是抄手游廊，当中是穿堂，当地放着紫檀架子大理石的大插屏。转过了插屏，小小三间内厅，厅后就是后面的正房大院。正面五间上房，皆是雕梁画栋，两边穿山游廊厢房，挂着各色鹦鹉、画眉等鸟雀。……

为论述需要，恕我把原文引得太长。多数读者读此段熟悉之文，或许觉得平淡无奇，烦琐啰唆，不感兴趣。我阅读，则激赏有加：或如走山阴道上，景随步转；或如曲径探胜，柳暗花明；或如颊上三毫，历历如绘。那么，这段文字暗藏着曹公写作上的什么机杼呢？ 且听我慢慢道来。

一、千头万绪，此乃一部大书之起端

第一回写士隐家之荣枯，以暗写贾家之兴衰。士隐之家乃地方小望族，贾家乃天下大望族，写甄家之荣枯以隐写贾家之荣枯，一小一大，此曹公以小写大之笔法也。

写士隐又带出雨村。雨村宦海沉浮，忽隐忽现，乃一结构性人物，对贾家衰败而言，又系一关键性人物。雨村被罢官之后，坐馆于如海之家。后由如海荐于贾政，旋补金陵应天府之职。曹公叙完雨村，却先按下不表，至第四回出宝钗、理葫芦庙一案时再叙。笔锋一转，旋即接叙黛玉进贾府，方起《红楼梦》整部大书之端绪。

《红楼梦》一部大书，洋洋百万字，人物众多，结构繁复，曹公从何而写？ 落笔时颇费周折。写黛玉进贾府，偏于黛玉弃舟登岸坐轿写起，却又不细写黛玉如何坐船。删繁就简，最要紧之笔墨留于关键之处。

黛玉家于秀丽之维扬姑苏，贾家于繁华阜盛之京都。自姑苏至京都再至贾府，一远一近，此曹公由远至近之写法也。

之前，借雨村带出黛玉，今又借黛玉进贾府，带出贾母、邢王二夫人、凤姐、李纨、迎春、探春和惜春等，诸多重要人物，悉数登场。更有甚者，于黛玉耳听目睹心思之中，千呼万唤，宝玉方登台亮相，颦卿始得一睹，读者方能悦目。曹公之笔竟如此狡黠，不细读不得其妙也。宝黛初会，述“木石前盟”于一瞬，写还泪情债于梦幻，万古天地之大情，于此拘定，可谓销魂蚀魄之文也。

花开两朵，各表一枝。雨村之人不虚设，由黛玉处收，至宝钗处放。一收一放，奸雄之相原形毕露。第四回表宝钗进京，与雨村有关。第五回写宝玉梦游，为诸钗命运结局揭开神秘面纱。第六回姥姥进贾府告借，从芥豆之微写起，此乃由小写大，从远写近之笔法也。刘姥姥乃一部大书之归结者，一荣一枯，一盛一衰，于此已埋下伏笔。

由此观之，写黛玉弃舟登岸，坐轿子进贾府，乃提端扯绪、承前启后之文。承前者：结甄家之荣枯，又旁写雨村之着落为人，画宁荣二府之丘壑于读者目中心中。如此，读后面之文，方才不乱。启后者：《红楼梦》重要之人物，如宝黛、熙凤，主线人物，如期而至。于第五回预设诸钗之命运结局，第六回写刘姥姥乃开局人、收局人前后呼应，一部大文之脉，开源头于此也。

“且说黛玉自那日弃舟登岸时，便有荣国府打发了轿子并拉行李的车辆久候了”，如此文字，司空见惯。初读如看山平缓无奇，又如一堆乱麻，无端无绪；再读则觉平中隐秀，乱中有绪。纲举目张，第三回乃全书之起端，照前映后，千里伏笔，已于此处，神不知鬼不觉埋下伏笔矣。曹公之笔不得不谓之奇，文不得不谓之妙也。

二、独特视角，此乃一部大书之写法

“自上了轿，进入城中，从纱窗内往外瞧了一瞧 ……”

曹公“狡猾”之笔，常常引人入艺术之妙境，而使人不知不觉也，如宝玉之梦游，自然而然。此段文字，如一根无形之线拴读者之心而非读者之手，将读者缓缓引入红楼故事情境之中。黛玉从轿子纱窗往外瞧，此乃“引线”之端也，将读者视线由轿里引向轿外。此地非黛玉熟悉之维扬姑苏，亦非读者现实中之境地，此乃贾府所在之京都。黛玉眼中看，心中想，视角独特。从一陌生视角开始作文，新奇新颖。何以见得？

其一，从仆妇写起，以写贾家之非凡。未进贾府之前，黛玉仅听母亲说贾家如何如何，今弃舟登岸，于贾府大门前看到几个三等仆妇，服饰华丽，悠闲自得，自与别家不同。仆妇尚且如此，由此可知贾家乃诗礼簪缨之族，钟鸣鼎食之家，自然非凡。此等处笔墨与第六回刘姥进贾府，至荣国府大门之时，看到几个下人，挺胸叠肚、指手画脚之神态，异曲同工。两处之写，恰好前后映照，重而不犯。曹公之笔，自是高明。

其二，写贾家所处京城之富庶繁华。“自上了轿，进入城中，从纱窗内往外瞧了一瞧，其街市之繁华，人烟之阜盛，自与别处不同”，此处与前文第一回合而观之，其意甚妙。第一回写石头凡心已炽，央茫茫大士、渺渺真人携至红尘受享。红尘中之“昌明隆盛之邦”“诗礼簪缨之族”“花锦繁华之地”“温柔富贵之乡”，于此处找到了着落。归结前文，开启下文，笔笔不空。写贾府所处京城之富庶繁华，自是风流第一等之地，宝玉与诸钗之居所，自是另一番胜境。

其三，交代贾家座落，历历在目。及黛玉至贾府，笔法由远至近，如摄影机之长镜头，“焦距”由远慢慢拉近；又如妙手握兔毫，贾府之院落座次、楼宇轩阁，一一纷呈。“又往西行不多远，照样也是三间大门，方是荣国府了”，贾家宁国府于东，所以称之为“东府”，荣国府于西，所以称之为“西府”。于此写明，勿得错看。千勾万镂，文之丘壑，意味隽永。曹公借黛玉一双俊眼，为读者画出宁荣二府之“腹稿”，二府已隐然于读者心中矣。

其四，写贾府之富贵与众不同。黛玉从轿子纱窗往外看，先是贾家大门及大门摆设，后又写宁国府，再写荣国府。眼到笔到，一丝不乱。

大门放置大石狮子，已不是一般人家。“敕造宁国府”，“敕造”之“敕”乃皇帝对功高大臣之命令，有赐予恩准之意。“敕造”二字又见贾家地位，如此显赫出众。由黛玉眼中写大门匾额，进而写贾家富贵权势，超群拔众。曹公之笔，字字写来，层层递进。井然有序，如见眼前。

其五，写贾家乃诗礼旧族。黛玉坐轿下轿，不走正门走角门。行走时，轿夫先下，另换上三四个十七八岁小厮复又抬轿，至垂花门落下，小厮避开，黛玉方由婆子搀扶下轿。如此这般落笔，读之烦琐。非烦琐，而曹公实即写一“礼”字也。不走正门走角门者，“礼”也；轿夫退出不得入内者，“礼”也；换小厮抬轿，避开小厮，黛玉才下轿者，“礼”也。只一写黛玉坐轿下轿之笔，一来二往，上上下下，不可小觑，大有玄机，此乃写贾家“诗礼旧族”之特笔也。后文刘姥有言，贾家乃“礼出大家”，于此已先点一笔矣。前呼后应，笔笔不虚。

写黛玉坐于轿上“看”，便“看”出曹公写作诸多玄机，“看”出诸多艺术景色。此等“看”之手法，曹公于小说中每每使用，如第六回写刘姥进贾府，眼中“看”出贾府豪华富贵及凤姐、平儿之言行、穿着与礼数款段，令人目不暇接；第十七回以贾政、贾珍、宝玉和一帮清客相公游园题额之“看”，来大书大观园诸景色，峰回路转；第四十回刘姥在贾母诸人引领下，游园再“看”一次，烘托渲染一番，以增强艺术效果；第十八回写元春省亲，“看”到贾家为元妃省亲开支之奢华靡费，堪称天上人间；第五十三回以宝琴独特之视角，“看”贾家除夕祭宗祠，礼仪肃然井然；等等。如此笔法，同是一“看”，故技重演却又屡出新意，曹公之笔如杂耍之万花筒，奇妙无穷。

三、有空即入，此乃曹公写人叙事之笔法

《红楼梦》乃网状之结构也，但“散”而有形，“散”而不“乱”。大略观之，东一句西一句，然曹公之笔，散而有形。脂批美其名而称之，或曰

"有空即入"，或曰"横云断岭"，或曰"密不容针"。其意似断却接榫，似乱而井然。黛玉进贾府，写其坐轿子，每至一新地方，之前只听母亲说，却不知底里。因之，于此段此处，笔法细如牛毛，曹公冷不防插写一笔，"因此步步留心，时时在意，不肯轻意多说一句话，多行一步路，惟恐被人耻笑了他去"，不只写黛玉眼中"看"，又写黛玉心中"想"，此"想"乃由"看"生发而出。借此一"想"，乃写黛玉之心机、自尊、多疑、聪敏等性格也。此正与"心较比干多一窍"之笔异曲同工，令人拍案叫绝！何谓"似断却接榫"？何谓"横云断岭"？此处写黛玉心机，与下文写黛玉吃茶吃饭文字对看，岂不正是"似断却接榫"了？写黛玉轿上眼"看"心"想"，暂且按下不表，似"断"了，然又于同一回中，于贾母处吃饭吃茶时，黛玉之眼"看"与心"想"正又连上，岂不正是"横云断岭"？

如此笔法，于小说中比比皆是，以下再略点几例。如第六回写刘姬告借，其间忽插写贾蓉借玻璃炕屏，暗写凤姐与贾蓉之关系；第七回写周瑞家的送宫花，忽插写周瑞家的女儿来求告，暗写贾府之势与凤姐手段；第十七回写贾政、宝玉大观园题对额前，忽提及贾雨村，看似闲闲一笔，实又为后文伏笔；第七十五回写贾母诸人赏月之前，有空即入，又点江南甄家被抄，写彼即写此，此又乃脂批所说"打草惊蛇"之笔也。诸如此类之笔，看似零星琐碎，却又照前映后，读红楼切勿错过。

四、坐轿之种种，此乃生活之艺术化

以上引文，只叙黛玉坐轿一事，一前一后，一上一下，井井有条，常令我赞叹不止。从生活而来，却又自然而然；似平淡无奇之文字，却又透出浓郁之生活气息，此正小说艺术之美也。

曹公写黛玉坐轿之一看、一想及上下轿过程，非空穴来风也。既是生活之艺术化，又是艺术化之生活。怎讲？先自轿子常识说起。

古代科学水平不高，交通工具或车马，或舟船。古书上常车马并举，马车之外尚有牛车。战国时期赵武灵王胡服骑射，从匈奴处学来骑马。此后，骑马之风渐盛。没车没马没船只能用双脚走。至于轿子何时出现，已难说清。至清代，轿子已是一种常见交通工具。它不像马、船与车一样走长途，仅是短途代步工具。轿子亦称肩舆，顾名思义，即用人肩来抬走之“车”也。“舆”乃车之义，“舆”又通“舁”，即共抬之义。清人王士禛于其《池北偶谈·谈故》中，对轿子考证颇具意趣。其考证轿子用于官场上应始于五代之后。清代，以轿作代步工具，有等级上之讲究，如三品及以上官员用四人抬之轿子，四品及其以下官员，只能用两人抬之轿子。皇帝乃九五之尊，所坐之轿称玉辇。乾隆时钦定《皇朝礼器图式》记载，皇家大轿，一顶由三十六人抬，此乃最高规制之礼遇也。清代，满人尚武，一般级别官员尤其是旗籍官员，除亲王与一品大员或年龄较大、行走不便者允许乘轿外，其余则一律骑马。所怕者乘轿致使官员贪安求逸，丧失斗志。此外，乘轿又体现为一种恩赐或特权，无皇上恩准，除了等级或规定可乘坐轿子外，其余则视为僭越，违者问罪。乾隆十五年谕：“本朝旧制，文武、满汉大臣，凡遇朝会皆乘马，并不坐轿。从满洲大臣内有坐轿者，是以降旨禁止武大臣坐轿，未禁止文大臣。”可见，禁乘轿子，于武官尤甚。

之后，尤其于晚清，等级森严之乘轿规制渐被打破，至民间一些富有人家，乘轿已是常事。作代步工具之轿，既有等级上之规定，亦有财富地位上之象征。普通人家婚嫁，女子坐全封闭之花轿，已渐成风俗。老人、乡绅、士大夫出行多乘轿子，不再受违制之惩治。后又泛滥至科举登第者、捐钱买官者亦叫家人准备轿子。更有甚者，唱戏之优伶亦乘轿，当时有人戏谑：“僭滥之极。”此后，因“轿贵车廉”，制作轿子费用不菲，雇人抬轿费用尤高，仅有经济宽裕之官员乘轿。经济不甚宽裕，或由于其他原因，官员亦有乘畜力车者。至清代咸丰和同治年间，京中之小官员坐不起轿子而乘坐骡子拉之畜力车，屡见不鲜。后来，轿子不用人力抬而改用马驮，因之叫“马轿”。

清人刘献廷《广阳杂记》中写道，扬州有一“飞轿”，专用于妇女上山烧香拜庙。为防止外人看见，此轿多用竹子编成。轿夫行走于山路，健步如飞，因之得名“飞轿”。更有趣者，据《清流县志》记载，有一县官，惠政于民者数年，任内连一妇女之面不曾见过。清流县民间广为流传：“好个清流县，家家挂竹片。做了几年官，不见妇女面。”正是这种“规矩”之真实写照。

那么，黛玉坐轿子呢？于当时看来，除上述遵守礼制之原因外，还应是遵守女子外出须坐轿以避外人之“规矩”。黛玉出身于“钟鼎之家，却亦是书香之族”，待字闺中，守礼而讲“规矩”。因之，不得于众目睽睽之下，毫无避讳，以脚力行走，须以轿子代步。曹公写世情，不照搬照抄，以世情写黛玉而黛玉活，艺术源于生活而又高于生活。

在《红楼梦》中，除第三回写黛玉坐轿外，写坐轿子之处颇多。第二回写雨村上京赶考中进士，乘坐大轿上任，前后有军牢快手簇拥，好威风！如此大轿，两边开窗，娇杏眼尖，因之能从轿窗往里看，瞥见雨村面善，成就一段姻缘。第十三回可卿丧礼，首七第四日大明宫掌宫内相戴权，备祭礼，坐大轿，打伞鸣锣来上祭，好气派！第十四回于可卿送殡路上，有与贾家一起称为“八公”之六家子孙，及其他郡王及各侯伯子孙来路祭，皆乘大轿或小轿，浩浩荡荡，不下百十来乘。第十八回写元妃归省，于贾家上下焦虑等待之中，太监抬着版舆缓缓行来。“舆”者，按皇家礼制，即大轿也。此轿，较之普通轿子宽大，以示皇家非凡之地位与气派。第十九回写宝玉去探望袭人，回来时为遮人眼目，袭人哥哥花自芳雇了一顶小轿给宝玉乘坐。第二十九回贾家为元妃于清虚观打平安醮，至清虚观路上，贾母乘坐八人大亮轿，李氏、凤姐与薛姨妈则是四人轿，其余如黛玉与宝玉则坐车。

由以上不同人物不同场合所坐轿子观之，其寓意各各不同。雨村、戴权、八公子孙及诸郡王子孙和元妃省亲所坐之轿或舆，此乃按官场中之礼制乘坐。对此，尽管小说中没有明写，仅写大轿或小轿，但作为丧礼或嘉礼，此皆按当时礼制之种种规定来执行，不得违制。至于宝玉从袭人家回来乘坐之轿仅作日常生活代步工具。作为大家之贵介公子，亦体现出与众不同之优越与厚遇。贾母乃贾家“太上皇”，其所乘坐八人大轿，既有礼制等级之规，亦体现作为家族中尊者之优厚礼遇。凡此种种，坐轿之形形色色，皆当时社会现状之真实反映，曹公信手拈来，为我们展现了既平常又真实有趣之生活画面。

古代车马并举，至清代已有“马轿”。除轿之外，代步工具尚有车子。对此，《红楼梦》亦有写及。清代之车是畜力车，且多是用骡子拉。第三回中黛玉与贾母等贾府人见面后，首要见者乃贾赦。在邢夫人引领下，黛玉坐一辆驯骡拉之清紬车。第七十五回写尤氏天黑时从贾母处回宁国府，所坐之车亦是畜力车，因是“没有一箭之路”，所以“不用牲口，只用七八个小厮挽环拽轮”，曹公于《红楼梦》中写轿子或车子，此乃生活之艺术化也。

五、结语

对于黛玉坐轿子，结合小说文本就谈这些。或许有读者读到本文开头这段引文时，嫌琐碎，不耐烦。其实，曹公笔法，该繁时繁，该简时简。黛玉进贾府，《红楼梦》之重头戏也，曹公以繁笔写之。写黛玉坐轿子之文笔，笔法细如牛毛，却如剥茧抽丝，条分缕析：一则对贾府作概貌性介绍，即于第二回冷子兴“演说”之后，再借黛玉进贾府之笔，精雕细琢；二则借此写众多重要人物出场；三则黛玉进贾府，黛玉是主要人物，亦需浓墨重彩皴染一番；四则借此以写当时社会与轿子有关之世情、世态及礼制。仅写黛玉坐轿子一段小文字，味如橄榄，隽永耐嚼。曹公借黛玉进贾府，由黛玉坐轿子而开写一部大书，其笔法或由小至大，或由远至近，或由此及彼，玄机暗藏，变幻莫测。如此等之文，书中不少，须细品，隐秀之处如观山，景随步换，时时令人激赏。

宝钗独白：扑蝶后，我才知道爱情的模样

笙歌拂衣
广州红迷会

一

小学毕业考试后，是漫长的暑假，去同学家玩，同学说了两件旧闻：数学老师在追班上年龄最大的女生，听说很快要结婚了；班上男生神秘转校，是因为他给女生写情书了，女生告诉了老师，老师报告了学校和家长。在风化问题被严禁又没电视网络的时代，我惊掉了下巴。同学怎么知道的，不过也是听人说的，但总有第一个发现端倪的人。年代久远，第一个发现端倪的同学已无可考了。

隔了几十年的时光，我想，两桩爱情的第一个发现者，要么是因为爱情的证据出现时太过赤裸裸，要么是他们特别早慧。还有一种可能，他们的青春提前来临，心中也有未明将明的暗恋，大略知道爱情的样子，所以看得懂、猜得出。因为同类易认，就如玫瑰的蓓蕾才冒出枝头，玫瑰们就知道又有一朵玫瑰即将盛开；就如蛙鸣一起，别的青蛙马上听出是同类，于是应声相和。

黛玉和宝玉第一次见面就自来熟。林黛玉心下一惊："如何这等眼熟，倒像是哪里见过的。"宝玉则笑说"这个妹妹我见过的"，并马上求证："可有玉没有"。得知黛玉没有，宝玉失望地摘下自己的通灵宝玉就猛摔。

这种自来熟，经历过爱情的人，一定会把它叫作来电、有感觉、一见钟情，意大利人则会说：闪电击中了他们。

但此时的宝玉和黛玉，不过是几岁的儿童。于是我们只说他们一见

如故。

但两个玉儿的爱情DNA前世自带，只等时机一到，爱情自然呈现。就如男婴身上有男子的染色体，青春一来，少年就会长出胡子，喉结变大。

元春省亲时，宝钗十五岁，宝玉十三岁，黛玉十二岁。宝玉、黛玉前世的爱情基因，在青春期来临时，开始发挥作用，爱情的花蕾开始盛放。

大观园筹建前，也有过一些迹象，比如宝玉听宝钗的劝，不喝冷酒，黛玉就有些小醋意，借着雪雁说宝玉拿宝钗的话当圣旨。但这样的醋意不仅小情侣有，就是好兄弟、好闺密之间也会有。

但大观园修建后，二人的小醋小吵小闹再不能用亲情、友情、闺密等关系来模糊了。那分明就是爱情的样子。

二

第一件是极小的事。宝玉的佩饰被小厮们当奖赏一哄解去，黛玉以为她送宝玉的荷包也没了，二话不说就将准备送宝玉的香囊剪了。被黛玉误解的宝玉很生气，但还是将黛玉的东西珍重地从衣服里面拿出来澄清。黛玉见了又气又悔又急，泪眼蒙眬。宝玉转而服软哄黛玉开心。黛玉不听，宝玉再哄。最后黛玉不哭不吵了，二人和好，说说笑笑的。

这太像爱情偶像剧：一个赌气一个解释，一个哭一个哄，转瞬又晴空万里。

第二件是举手之劳的事。元春要宝玉作四首诗，黛玉发现宝玉急，和他说：我帮你写。于是有了四首之冠的《题咏稻香村》。可作对比的是宝钗的态度，她只是顺便看了看，提醒宝玉，元春不喜欢“绿玉”，改成“绿蜡”就好。

表姐是提醒，提醒了，听不听是你的事，后果自负。

爱人是承当。好是你的，坏了，就算我的。

第三件也是极小的事。宝玉怕黛玉才吃了饭睡觉对身体不好，便编故事逗黛玉。借故事暗夸林黛玉法术无边、口齿伶俐、机谋深远，最标致美貌。这一节，最是缠绵甜蜜：宝玉撒赖要和黛玉枕一个枕头；黛玉为宝玉揩拭脸上的胭脂膏；黛玉笑侃冷香丸暖香丸；宝玉呵黛玉痒；黛玉娇俏无比，对宝玉的称呼多变而亲昵："宝玉""二哥哥""蠢才"；两人都很放松，黛玉一会说宝玉是她命中的天魔星，一会又笑骂宝玉是烂了嘴的。

第四件还是极小的事：史湘云来贾府拜年，被爱情弄得心神有些乱的黛玉，完全不像个贞静的淑女，一会计较大舌头的湘云将"二哥哥"叫成了"爱哥哥"，一会得知宝玉从宝钗那儿来便冷笑："我说呢，亏在那里绊住，不然早就飞来了。"于是宝玉、黛玉又是吵架又是赌气，爱情里才有的话频频从黛玉口中带出。黛玉三次说到死："我死，与你何干""偏说死！ 我这会子就死""不如死了干净"。整个过程又像爱情偶像剧的台词，女主角生气赌气，以死试探，男主角解释、讲理、劝慰。最后互相表白，黛玉说"我为的是我的心"，宝玉回应"我也为的是我的心"。

这样的吵嘴无论如何赖不到亲情友情身上，已经具有爱情的全部特征：无来由的飞醋；活着变得不再重要，死亡挂在嘴边；说哭就哭了；坦诚表白自己的心。

在昆德拉的《不能承受的生命之轻》中，托马斯离婚后当着快活的单身汉，在床上阅女无数，还有长期的情人萨宾娜。托马斯对萨宾娜极为欣赏，却没有爱情，哪怕他俩见面就会脱衣服，完事后会抱着聊天谈心。而当女主角特蕾莎出现时，托马斯却被击中，只觉得她像篮子里的一个婴儿，冒出保护她一生的冲动。特蕾莎感冒，托马斯只想和她一起死去。之后，一想到特蕾莎，他脑中就响起"非如此不可"几个字。于是他知道丘比特之箭射中了自己。爱情让死亡变得不再可怕，即使是柔弱的、胆小的、浪荡的人，也可以坦然赴死，这大约是古今中外爱情共同的特征。

第五件事似乎和爱情无关，但充分见证了黛玉对宝玉的相知程度。省亲后是宝钗生日，女子多的地方就有事故，黛玉、湘云、宝玉三个就拧死了，互相不理。从中调解的宝玉被黛玉、湘云两个毁谤，灰心失望中参禅悟道，写下两首表示觉悟的诗和曲。旁观的袭人很忧心，批书人脂砚斋也担心，宝钗也因为担心撕了宝玉写的偈子。只有黛玉不当一回事，很笃定地对袭人说“无甚关系”。然后当面问宝玉“至贵者为宝，至坚为玉，尔有何贵，尔有何坚”。宝玉不能答。黛玉又在宝玉的偈语“无可云证，是立足境”后，续了一句“无立足境，是方干净”。宝玉马上知道自己离觉悟还远，于是打消了参禅的念头，继续过着富贵闲人的生活。

多少人当诤友当得反目，多少知音在考验前割席。然而，哪怕宝玉参禅去了，林黛玉轻轻几句话，就让贾宝玉回到正常轨道。黛玉就是宝玉的命中注定。就如三个月后，宝玉偷看禁书，看到黛玉藏之不迭时，黛玉一句话就吃定了他：“你又在我跟前弄鬼。趁早儿给我瞧，好多着呢。”宝玉就乖乖投降了，一面交书一面叮嘱不要告诉人。

在这些事情里，黛玉都占据主动权，吃定了宝玉。不管有理无理、有事无事、急与不急、恼与不恼，宝玉都会随着她的喜怒哀乐而欢喜悲愁。

三

二玉的爱情有四个阶段：

一是初见，将前世的因果挑明。因为绛珠要还神瑛侍者前世的灌溉之恩，故一同下世为人偿还。他们注定会相爱，所以见面彼此特别亲切。之后，作者写他二人相处，总不忘强调他俩比别的姐妹更谈得来，也更和睦。

二是少男少女阶段：以元春省亲为节点，前后只有几天的时间，却集中细写本文第二部分中的五件事情，交代二玉的爱情之花已经长出蓓蕾，两人已经开始 HOLD 不住了。

三是搬到大观园后，以三月中为时间点。以《西厢记》《牡丹亭》为媒介，正式昭告读者：二玉的情就是爱情。因为《西厢记》《牡丹亭》的主线就是男女私情的。作者写两人同看《会真记》，写黛玉听《牡丹亭》戏词的缠绵和心痛，夹写小红与贾芸的爱情，暗示读者，黛玉宝玉和小红贾芸一样，都沉浸在爱情中不能自拔。

四是端午前后，二玉定情。时间只有几天，爱情的故事却如夏天的雨点一样密集：

先是黛玉在潇湘馆自叹“每日家情思睡昏昏”，宝玉则以《西厢记》试探；黄昏时黛玉去怡红院，吃了晴雯的闭门羹痛入肺腑。伤心一晚的黛玉遇芒种节，葬花时随口吟出《葬花吟》，旁听的宝玉灵魂被震撼。一个生命以这样的方式向另一个生命走去，二人误会全消。接着宝玉出去吃花酒，心中却不忘他的林妹妹，写出了“滴不尽相思血泪抛红豆，开不完春柳春花满画楼”的《红豆曲》。

很快到了端午节，张道士给宝玉提亲，二人发生有史以来最大的一次争吵，句句都是发狠赌咒，“天诛地灭”都出来了。争吵中，金锁、通灵玉这些哑巴物件又被殃及，宝玉不仅摔玉还找东西砸玉。二人吵闹惊动贾府所有女眷。各自最贴身的丫头都来相劝，王熙凤、贾母亲自出面调解，宝玉、黛玉才和好如初。“我便死了，魂也要一日来一百遭”出自宝玉的刚口。

没两天，宝玉在湘云面前公然称扬黛玉是他知己，袭人补出宝玉对宝钗的生分。黛玉恰好听到，无限感慨。宝玉对黛玉终于剖明心事，虽然赤裸裸地表白“睡里梦里也忘不了你”“死了也甘心”被袭人听去，但最重要的“你放心”黛玉接住了，从此对宝玉再无猜忌和嫌疑。宝玉晚上再送一对旧手帕给黛玉，二人定情。正应了黛玉的揣度“近日宝玉弄来的外传野史，多半才子佳人都因小巧玩物上撮合，或有鸳鸯，或有凤凰，或玉环金珮，或鲛帕鸾绦，皆由小物而遂终身”。

至此，二玉的爱情尘埃落定。

四

读者看着如此热闹的情始、情萌、试情、定情，但二玉身边的人，却只有两个聪明人了解。一个是紫鹃，一个是宝钗。

紫鹃不用说了，看得真。她曾以林姑娘要回南大胆试探宝玉，还真心劝黛玉趁贾母在，赶紧定下婚姻大事。紫鹃能看出来，得益于几个有利条件。一是黛玉一入贾府，便是紫鹃服侍。二是紫鹃对黛玉特别尽心，黛玉也对紫鹃极好，比她从苏州带来的还要好，因此，有什么事，黛玉并不刻意瞒她。三是紫鹃日夜跟在黛玉身边，黛玉的心事想瞒也瞒不住。

相比而言，宝玉的心事反不容易被人猜中。因为他从小有别人没有的怪毛病：爱猴在女孩们身上，只要女孩儿服侍，没分寸到吃她们嘴上的胭脂；为她们熨衣服、洗手帕、篦头发则是常事；连画上的美人，他都觉得有义务陪她……他对女性的体贴、亲昵、疯傻、怪诞的行为，便是爱情的绝佳掩体。不管他对黛玉多亲昵体贴，不管和黛玉如何吵闹赌气，都不引人多心怀疑。因为他和之前没什么不同！黛玉刚入贾府时，王夫人便对黛玉说，贾宝玉就是一祸根怪胎，一时疯疯傻傻，一时又甜言蜜语。第七十九回，香菱还看不出二玉的关系，以为黛玉的泪水是宝玉性情怪异导致，“怨不得林姑娘时常和他角口气的痛哭，自然唐突他也是有的了”。

袭人突然听到宝玉说“睡里梦里也忘不了你”，吓得魂飞魄散，原因在于宝玉表白太大胆，更因为宝玉的性情，使得袭人从没疑心过大家公子贾宝玉会对千金小姐有私情。在袭人眼里，宝玉和黛玉好，和湘云好，都是兄妹之间的亲情友谊。

袭人从没意识到宝玉对黛玉的情早已脱离了亲情的范畴。因此，二玉之间的吵架她看不懂。因为看不懂，她抱怨宝玉不懂事，动不动就摔命根子，她的相劝，特别招读者厌恶。

看二玉吵闹，袭人是想不明白的：这一对兄妹，咋做哥哥的不像哥哥，当妹妹的不像妹妹。妹对哥不恭，哥对妹也缺少爱护。不说别的，端午节明知林姑娘生病，还和她吵嘴，平时骂小厮们不体贴女孩子，结果自己也一样。林姑娘多病，大家都让着她，再有不对，生着病也不能和她吵嘴。这是闹得最凶的一次吵架，袭人始终向着黛玉。不是袭人支持二玉爱情，而是作为宝玉的丫头，她的主子和妹妹吵架了，她当然要劝兄妹和好。宝钗生日那天黛、湘、宝玉三人大吵，袭人并不偏向私人关系更好的湘云，也是一样的道理。三兄妹吵了，本着和睦原则，她做下人的只能劝和。三人闹得最僵的时候黛玉来察看宝玉的动静，说明黛玉想和解，那就帮黛玉一把，让她了解宝玉的情况，袭人很自然地就将宝玉才写的偈子交给了黛玉。

袭人和宝玉天天待在一块，都看不出宝玉的爱情，自然更看不出黛玉的心事了：经常歪派宝玉，老是不分青红皂白，眼错不见，就剪了香囊；刚还好好的，又哭了，又恼了；好容易求湘云做的扇套，黛玉就给铰了，她得赔小心再求湘云，湘云问罪，她还得小心解释……

袭人一直不明就里，故而一直抱怨二玉不好好相处，老是吵闹不得安生，直到误听了宝玉的表白"死也甘心"后，袭人才猛然醒悟。小心提醒王夫人最好将宝玉搬出大观园后，她自以为去了责任，她轻松了。此后，她再也不劝宝玉了，对黛玉也再没有微词了。因为她懂了。

当然，定情后的宝玉黛玉和睦得很，再也没吵过架，发乎情，止乎礼，厮抬厮敬的，自然也不用袭人再劝再啰唆。

五

袭人对宝玉有深切的爱，早就和宝玉有肌肤之亲，又日日跟在宝玉身边，可直到宝玉赤裸裸地表白后才猛然醒悟。袭人如此，别人就更不明白了。

但有一个人例外，那就是薛宝钗。

宝钗之心性，顾诚谓之空，的确如此！事来心始现，事去心随空，这句话说来禅意满满，但做得到的人却没有多少。宝钗爱说教，这些道理她却从不讲，但她却是大观园唯一做到的人。

宝钗对二玉关系的看法，以第二十七回扑蝶为转折点，或者说以滴翠亭为分水岭。

宝钗扑蝶发生在芒种节，离端午节只有几日，离二玉定情也只隔几天。扑蝶前，宝钗以为二玉就是兄妹：

> 且说宝钗、迎春、探春、惜春、李纨、凤姐等并巧姐、大姐、香菱与众丫鬟们在园内玩耍，独不见林黛玉。迎春因说道："林妹妹怎么不见？好个懒丫头！这会子还睡觉不成？"宝钗道："你们等着，我去闹了他来。"说着便丢下了众人，一直往潇湘馆来。正走着，只见文官等十二个女孩子也来了，上来问了好，说了一回闲话。宝钗回身指道："他们都在那里呢，你们找他们去罢。我叫林姑娘去就来。"说着便逶迤往潇湘馆来。
>
> 忽然抬头见宝玉进去了，宝钗便站住低头想了想：宝玉和林黛玉是从小儿一处长大，他兄妹间多有不避嫌疑之处，嘲笑喜怒无常；况且林黛玉素习猜忌，好弄小性儿的。此刻自己也跟了进去，一则宝玉不便，二则黛玉嫌疑。罢了，倒是回来的妙。想毕抽身回来。

中国古代小说很少有心理活动描写，《红楼梦》是个例外，但多用于表现黛玉、宝玉的内心世界。这一段却意外地细写了宝钗的所思所想，从这段心理活动可知：宝钗以为二玉就是兄妹，她根本没想到大家公子和千金小姐之间会有私情。

然而，笔者前面列举了，此时的宝玉、黛玉，爱情之火已把他们烧得难耐，几天后二人就定情了。宝钗以为的“不避嫌疑”“嘲笑喜怒无常”，黛玉的“素习猜忌，好弄小性儿”，全因爱情而起。

没有爱过的宝钗，还不知道爱情的模样，当宝黛爱情站在她面前，她认不出来。读者却在二玉初见时就心里窃笑了“逃不掉了，你们必然相爱”。

宝钗后来和黛玉坦诚，西厢牡丹、元人百种她小时候都看过，而且比黛玉看得还多。但宝钗看这些书时，她的年龄才几岁。开发太早，效果不好。和两个同样聪慧的女子讲爱情，一个几岁，一个十几岁，各自的收获能一样吗？

因为不知道有个叫爱情的东西光顾二玉。宝钗和他们的来往就只以表姐自处，并没有想到避开以下嫌疑：情敌嫌疑，打扰二玉谈恋爱的嫌疑。因为不爱宝玉，宝钗从没黛玉那些小性儿和飞醋。莺儿都听得出金玉上的字是一对，但宝玉和黛玉吵闹，不见她开心得意，二人亲密也不见宝钗郁忿恼火，完全就是不在意的样子。不在意，也就没想过要伺机争抢，要让二玉生隙，要制造点事故让二玉互相怀疑、误会。

宝玉要黛玉的爱情，宝钗要的却是黛玉的友情。宝钗怕自己跟进去，二玉可能又吵架，便返身走了。抽身走了的宝钗，心无所系，心里澄明，才有无牵无挂的扑蝶之举。若是宝钗对宝玉有一丝丝爱情，对黛玉有一丝丝嫌隙，宝钗绝不可能替他们考虑，也不可能去轻松地扑蝶。宝钗少见的玩得这样天真，最稳重的人反有了孩子的模样。那一对看似最天真烂漫、最有赤子之心的人，反心有挂碍，难以轻松。对着一锦囊落花，想到爱情和生命的不可捉摸，悲伤难抑。但也正因为共同的悲伤，二玉的爱情越来越契合。人生无常，得失难以算计。宝钗得到了空明，却从不知爱情的滋味。二玉被爱情折磨，却更懂得生命的意义和深刻。

幸而宝钗扑蝶去了。前一天晚上，黛玉才见宝钗进了怡红院，她两次叩门，宝玉宠爱的丫头晴雯却说：“二爷吩咐的，一概不许放人进来呢！”爱情有时无坚不摧，无往不胜，经得起父母的拆散、生死的考验，有时却是最精美的瓷器，经不起最细小的沙子轻轻地划过。无意听到的一句议论，不经意瞥见的一对背影，都可能导致无言的结局。世上有多少人因为误会而相爱，因为了解而分手，就有多少人因为了解而相爱，因为误会而分手。何况，此时的黛玉，闭门羹的误会还没解开，再看到宝钗宝玉双双走进潇湘馆，敏感多疑的心哪还能承受。宝钗无意中避免了最相知的爱人因误会而分手的可能。

因为不知爱情光顾二玉，宝钗之前的一些很不好懂的言行就变得极好懂了。

芒种节黛玉没来，宝钗第一个说我去闹了她来，称呼黛玉是“好个懒丫头”；滴翠亭要金蝉脱壳，宝钗脱口而出的是“颦儿”，这些，全是不拿黛玉当外人的称呼和做法。因为真拿对方当知己好友，会主动为她考虑，做对她有利的事，自己有麻烦了，首先想麻烦的人也会是她。

因为不知，所以没想过要避嫌。李纨、凤姐、宝钗都拿二玉的婚事开过玩笑。宝玉中魔魇病好后，宝钗也拿黛玉开涮：“我笑如来佛比人还忙：又要讲经说法，又要普度众生；这如今宝玉、凤姐姐病了，又烧香还愿，赐福消灾；今才好些，又管林姑娘的姻缘了。你说忙的可笑不可笑。”

因为不知，所以没想过要刻意回避什么。省亲作诗，有黛玉当宝玉的枪手，宝钗还是凑过去指点。

因为不知，省亲后二玉吵架到高潮时，宝钗走去拉走了宝玉，以致黛玉更气。如果知道，宝钗就让探春去拉架了。

因为不知，宝钗每日给贾母等请安后，都会拐到宝玉那儿坐坐。于是，读者看到黛玉宝玉才亲密相处一会，宝钗便出现了，好像宝钗时刻在盯梢一样：宝玉讲耗子精，黛玉吃闭门羹，都可见宝钗的身影。

六

但毕竟是看过西厢牡丹的人，当爱情反复向宝钗展现她的模样时，宝钗终于懂了。

扑蝶前，二玉的爱情以猜忌、小性、吵架、眼泪的模样令人看不懂。扑蝶累了，宝钗想歇一歇，爱情又以“奸淫狗盗”的模样出现在宝钗面前。坐着喘气的宝钗把小红想用鲛帕“勾搭”贾芸的事儿听个干干净净。

滴翠亭之后，故事是这样发展的：宝黛消除误会，重新和好；当天下午，宝玉吃冯紫英的花酒时吟出《红豆曲》；当天晚上，元春的端午赐礼到了大观园，独宝玉、宝钗的礼物一样。第二天，三人再见面。知道私情这东西真的会在大家世族发生的宝钗，心理活动变成了“昨儿见元春所赐的东西，独他与宝玉一样，心里越发没意思起来。幸亏宝玉被一个林黛玉缠绵住了，心心念念只记挂着林黛玉，并不理论这事”。

宝钗昨天还以为二玉的关系就是兄妹，此时却突然明白了是“缠绵”。

“缠绵”二字非常耐人琢磨。宝钗的道德黄线很严，她平时里珍重芳姿昼掩门，被哥哥歪派留心宝玉便整哭了一夜。同是私情这事，小红递帕是“奸淫狗盗”，带着强烈的谴责和鄙视，黛玉却是没有道德褒贬的“缠绵”二字。同是犯了当时最严的禁忌，宝钗的评价却如此天差地别。同是杀人行为，路人仇人评判是“该死”，亲人只是痛惜他做“糊涂事”。“奸诈”“刻薄”的人在爱他的亲友那里，则是“机智”“幽默”。“奸淫狗盗”和“缠绵”，顿现黛玉、小红与宝钗的远近亲疏之别。

贾府的年轻一辈，堪为宝钗良友的，也只有二玉了。迎春没主见，探春、惜春还小，凤姐太俗也没空，李纨的心都在儿子身上，湘云经常不在贾府。在意二玉的宝钗时常想加入他俩的队伍，二玉有事时，宝钗很少缺席。看清二玉的关系后，宝钗开始有意躲避。

扑蝶后马上就是端午，二玉大吵，宝钗的身影彻底湮灭。宝玉看宝钗的红麝串子发呆时，宝钗转身就走。黛玉当着她的面取笑宝玉看成了呆雁，她装傻。因为跟着取笑宝玉，黛心岂不暗地里心疼宝玉，但若是解释，则会越描越黑。

明白黛玉对宝玉的私情后，宝钗对黛玉的锋芒一律避让。清虚观看戏，林黛玉当众给宝钗难堪："他在别的上还有限，惟有这些人带的东西上越发留心。"宝钗也装没听见。

一心只想着讨好黛玉的宝玉，在宝钗面前失言了："怪不得他们拿姐姐比杨妃，原来也体丰怯热。"就算是现在，一个少女，被当众说"大家都说你胖，原来你果然胖"也会不舒服的。何况，比的不是什么好人物，是无耻乱伦嫁父子两代又祸国殃民的杨妃，会劝黛玉莫看禁书的宝钗焉能不心中大怒。

这小两口自己缠绵，不用危害旁人吧。这接二连三地针对自己，当宝钗是迎春，可以拿针使劲戳随便戳吗？宝钗"唉哟"了，先借靛儿回击了宝玉，黛玉得意，也一并回击过去。因为善良大度不是可欺。与人相处当和善，若有矛盾，能和解就和解，能不计较就不计较，但绝不和迎春一样，不计较到毫无原则和底线的地步。

又几天后，宝钗劝薛蟠别去招惹贾府的凤凰蛋，智商不如妹妹的薛蟠被驳得哑口无言，反诬宝钗因金玉而对宝玉有私心。如果说金玉对二玉有情感上的压力，考验着两个玉儿的爱情，那重视闺阁名声的宝钗则因金玉有很重的道德压力。被亲哥这样冤枉，宝钗像冤窦娥，哭了一晚上，却被黛玉刻薄："姐姐也自保重些儿。就是哭出两缸眼泪来，也医不好棒疮！"被亲哥伤着的宝钗，无心计较，只是快点走开。

至此时，爱情的模样，真的不美好。

要二玉定情后，爱情才能以最美丽、最善良的样子呈现在大观园。

那时，友情也将以最美丽、最善良的样子呈现在大观园。

宝玉伤好后，作者笔调一转，宝黛钗之间，从风雨兼程变为天清月明，各种温馨、亲密、体贴、默契跃然纸上。若大观园是理想之地，那理想的样子，就是爱情、友情、亲情都完美加持。

金兰契，不是几两燕窝、帮你守住秘密就能让曹雪芹冠以“金兰契”的，它如爱情一样，要走过一道又一道山坡，要蹚过一条又一条河流。

一个珍重芳姿昼掩门的人，一个被哥哥说留心宝玉便哭一夜的人，一个将私情视为“奸淫狗盗”的人，明知她看淫词艳曲，明知她有私情，却从不说破，不仅瞒着，发现她露出破绽时，私下还以自己的亲身经历提醒她：下次小心啊，万一被人发现呢。不仅如此，看到她的窘境还主动加以援手。这一切的背后，一定有他人所不知的豁达与深情，远远敌过禁书与私情。

宝玉的丝帕、宝钗的燕窝，一个安了黛玉的心，一个安了黛玉的身。他们一起，让黛玉这个孤儿在风刀霜剑的人世间得以前行。

葬花的隐喻和黛玉的隐忧

胡联浩
广东省地质科学研究所

《红楼梦》写的都是家长里短，没什么惊心动魄的场面、跌宕曲折的情节。然而，读过《红楼梦》的人，却能一口气报出黛玉葬花、凤姐理丧、探春结社、宝钗扑蝶、湘云眠茵等经典故事情节来，这些经典情节塑造了一个个鲜活而令人难忘的人物形象。无疑，黛玉葬花是《红楼梦》经典情节中的代表。之所以能成为经典中的经典，除了葬花最能反映黛玉多愁善感的才女形象外，更重要的是巧妙地借用葬花的隐喻含蓄地表达黛玉的忧思。这是黛玉的聪明之处，也是作者的巧妙构思。

一、葬花的隐喻

“花”在中国古典诗词等文学作品中有着显豁的意象，因而“葬花”也相应有特殊的隐喻。

首先，花喻女儿。女儿有鲜花般娇艳的容颜、短暂的青春，因而与花有着不解之缘，人们常把女儿比作花，把花比作女儿。历代文人以花喻女人，留下许多脍炙人口的佳句，如“一自西施采莲后，越中生女尽如花”“去年今日此门中，人面桃花相映红”“玉容寂寞泪阑干，梨花一枝春带雨”“照花前后镜，花面交相映”“名花倾国两相欢，常得君王带笑看”。《红楼梦》中以玫瑰花喻探春，以牡丹花喻宝钗，以芙蓉喻黛玉，以海棠喻湘云等。

其次，花喻青春年华或美好时光。鲜花从含苞待放到鲜艳夺目再到凋谢飘零，美好而短暂，如同青春时光，故把美好的青春叫作“花样年华”。花常用来表达韶华易逝、青春难再，如“有花堪折直须折，莫待无花空折枝”中以折花喻珍惜青春。

最后，花隐喻情或爱情。爱情如鲜花般美好的感情，古人常以花隐喻爱情。如温庭筠《南歌子四首其二》:“终日两相思，为君憔悴尽，百花时。”刘禹锡《竹枝词》:“花红易衰似郎意，水流无限似侬愁。”李商隐《无题》:“春心莫共花争发，一寸相思一寸灰。”在古代，桃花、蔷薇都有用来表达爱情，现代有玫瑰表示爱情。《牡丹亭》中“睡荼蘼抓住裙钗线”,《红楼梦》中宝黛桃花树下共读《西厢》，均有此隐意。

林黛玉在《葬花吟》中以花喻己，“明媚鲜妍能几时，一朝飘泊难寻觅”“花魂鸟魂总难留，鸟自无言花自羞”“一朝春尽红颜老，花落人亡两不知”等句，花兼喻女人、青春和爱情，葬花也就意味着生命短暂、韶华不再、情深不寿。

二、黛玉的尴尬身份

《红楼梦》的作者编造了一个理由，让林黛玉、薛宝钗先后长住贾府，由此开始了她们的爱情婚姻纠葛。虽然钗、黛都客居贾府，但是身份却大有不同。薛家只是借住，一切生活起居均由自己解决，并且薛家在京有房有地，可随时搬走。黛玉的身份则比较尴尬，这对她的性格、心理产生很大的影响。

黛玉在贾府的身份有一个变化的过程。母亲去世后是客居贾府，黛玉初进府，是外客，住久了成了熟客，也就有了半主半客的身份。黛玉的身份在其父林如海亡故之后有所不同，以主为主，以客为次。主要区别就在于短住和长住、有家与无家的区别。以前的黛玉是有家的，是短住，她父亲可能随时接她回去。父亲去世又无兄弟姐妹，林家别的亲戚也是极远的且流离不定，这时的黛玉成了无家可归的孤儿，正如凤姐对贾宝玉说的“你林妹妹可在咱们家住长了”。但她的身份在本质上却没有根本的区别。之所以没有根本区别，就在于林黛玉一直只是在贾家寄养，而不是收养。收养是收下别人的儿女作为自己的儿女来抚养，需要改变身份（成为养女），但贾政和王夫人一直只是林黛玉的舅父、舅母，贾母一直是林黛玉的外祖母，所以，黛玉还是以亲戚身份寄养在贾家。正因为是寄居，黛玉在父亡前也是半主半客，与薛家的客居身份略有不同。

尽管林父亡故后，林黛玉多年住在贾府，待遇上与三春等人无异，但终究还是客，正如第二十六回黛玉自己感叹的那样：“虽说是舅母家如同自己家一样，到底是客边。父母双亡，无依无靠，现在他家依栖。”说明此时贾家对林黛玉来说还不是“自己家”。所以，黛玉在贾家，大多时候被当作自己人，如贾母说：“提起姊妹，不是我当着姨太太的面奉承，千真万真，从我们家四个女孩儿算起，全不如宝丫头。”把黛玉当作贾家女孩儿之一。但有些问题上，却仍无法当作自己人，如凤姐对平儿说：“林丫头和宝姑娘他两个倒好，偏又都是亲戚，又不好管咱家务事。”在管家问题上，黛玉与宝钗同属亲戚，是客。又如凤姐和黛玉开玩笑：“你既吃了我们家的茶，怎么还不给我们家作媳妇？”也是把黛玉排除在“我们家”之外。这也就难怪袭人说林黛玉“不是咱家的人”时，旁人也没有异议。

所以，黛玉在贾府，一直是似主非主，似客非客。这种尴尬身份是造成她敏感性格的原因之一，也正是这种客与非客的矛盾身份，《葬花吟》中才有强烈的寄人篱下之悲。

三、黛玉的隐忧

伤春、悲秋是诗歌的两大母题，第二十三回双玉读曲后走到梨香院墙角上，林黛玉听戏文“原来姹紫嫣红开遍，似这般都付与断井颓垣”等句，又想起“水流花谢两无情”“流水落花春去也，天上人间”“花落水流红，闲愁万种”之句，勾起黛玉忧思。黛玉的葬花之举及《葬花吟》正好以“葬花”隐喻相对应，表达对人生、青春和爱情的隐忧。

一是对生命的忧虑。黛玉自幼体弱多病，“请了多少名医修方配药，皆不见效”，心中自知，她的病好不了，“若要好时，除非从此以后总不许见哭声”，可她总是多愁善感，眼泪不干。鲜花的凋零就仿佛看到了自己的将来，“侬今葬花人笑痴，他年葬侬知是谁。试看春残花渐落，便是闺中女儿老死时。一朝春尽红颜老，花落人亡两不知”，葬花是她对生命的忧虑。

二是对美好时光的忧虑。自黛玉进贾府以来，有贾母痛爱，有宝玉真情相待，自然舒畅快乐。但她寄人篱下的尴尬身份总难事事如意，“柳丝榆荚自芳菲，不管桃飘与李飞”“一年三百六十日，风刀霜剑严相逼”，充满世态炎凉、人情冷暖的愤懑与忧虑。“愿侬胁下生双翼，随花飞到天尽头”，她追求和幻想的自由、美好、幸福的生活却好似葬花般终不可得。

三是对爱情的忧虑。贾宝玉、林黛玉的爱情种子从第一次见面时即已种下。但二人爱情种子的萌芽，则在元春省亲之后。搬到大观园长住后，更是像春天一样疯长。二人虽然互相有意，只是碍于男女大防的礼教要求，只能委婉试探，在人前不能露出一丁点形迹来。心事不能告知，也不能明确对方的心事。爱情刚来临时的黛玉，常常坐卧不宁，临风洒泪，忽喜忽忧。“青灯照壁人初睡，冷雨敲窗被未温。怪奴底事倍伤神，半为怜春半恼春。”将闺中女儿思春时特有的情态作了委婉的描写。第三十二回，宝玉黛玉的爱情渐渐清晰，彼此心知。然而，黛玉的心理活动却道出了这段爱情的隐忧与结局：“所悲者，父母早逝，虽有铭心刻骨之言，无人为我主张。况近日每觉神思恍惚，病已渐成，医者更云气弱血亏，恐致劳怯之症。你我虽为知己，但恐自不能久待；你纵为我知己，奈我薄命何！想到此间，不禁滚下泪来。”古时，婚姻要父母之命，媒妁之言。黛玉父母兄弟俱无，寄人篱下，无人作主。她和宝玉的刻骨铭心之言，对外祖母、舅舅、舅母却是难以吐露的，更难主动要求他们作主。“三月香巢已垒成，梁间燕子太无情！明年花发虽可啄，却不道人去梁空巢也倾。”爱情的香巢筑成了，无情的命运也来了，终将夭折。

黛玉对生命、青春、爱情的忧虑无法言说，难以排遣，只有借“葬花”委婉道来。《红楼梦》的作者巧妙地以“葬花”告诉我们黛玉心中永久的痛，同时预示了黛玉香消玉殒、爱情夭折的结局。当然，这同时也是大观园众女儿的归宿。

王熙凤在秦可卿葬礼上的行为分析

晓月清风
天津市宁河县

王熙凤是个充满争议的人物，她既有理家之才，又有作威造孽的劣迹。这种劣迹不是天性生成或者一蹴而就的，而是在她理家之时，在掌权、行权的自我陶醉中，逐渐滋生、壮大起来的。在可卿葬礼一节，淋漓尽致地体现了凤姐的这种变化。我们通过研究凤姐的心路历程和对其行为进行分析，可以更全面地掌握人物，也有助于我们更好地理解《红楼梦》的思想。下面试着分析一二。

一、跃跃欲试

贾珍邀请凤姐协理宁国府，王夫人以凤姐年轻、未经过丧事为由推辞。这番话正说中凤姐的心病，她也急欲通过操办婚丧大事为自己正名。可以说，王夫人的推辞反而激起了凤姐证明自己能力的欲望。待得贾珍情真意切地说出“婶子不看侄儿、侄儿媳妇的分上，只看死了的分上罢”[①]，王夫人心意略有松动，凤姐立即直言请命，又以外依贾珍、内询太太之由来说服王夫人，急切的心情溢于言表。凤姐放下矜持，自己请命，一方面和她的性格有关，她本就是一个个性张扬的人，从黛玉进荣国府一节，她的装扮和言行即可略窥一二。其日常表现为最喜揽事办，好卖弄才干。如此良机早已让凤姐心痒难耐。另一方面，她与可卿素日交好，可卿临死尚且托梦与其作别，二人之情深可见一斑。贾珍的一番言语不仅让王夫人心意回转，也应该触动到了凤姐心中柔软的部分，开口请命也就顺理成章了。

第三方面，凤姐在荣国府的压抑感也是其急于出头、一展才干的一大因素。凤姐被借调到荣国府理家，虽然得到贾母的支持，但是自上而下的压力，使得凤姐谨小慎微，不得恣意。首先，婆婆邢夫人就对她很不待见，说她“雀儿拣着旺处飞，黑母鸡一窝儿，自家的事不管，倒替人家去瞎张罗”[②]，还在迎春面前挑拨离间，甚至会当着众人给凤姐没脸。可以说邢夫人非但不支持凤姐，反而拆台，坐等看笑话。其次，凤姐理家直接对王夫人负责，其处理事务稍有偏颇，就有可能传到王夫人耳中，不免过问。黛玉初进贾府，王夫人询问凤姐月钱是否已经发放就属此例。后文中这类事情也不少，比如赵姨娘丫鬟的月钱被克扣及绣春囊事件，王夫人都曾问及甚至责问凤姐。凤姐曾对贾琏说：“……太太略有些不自在，就吓的我连觉也睡不着了。”[③]此话虽有夸大的地方，但凤姐“捻着一把汗儿”[④]还是有的。最后，荣国府众仆也不好惹。平儿曾说：“你们素日那眼里没人，心术利害，我这几年难道还不知道？二奶奶若是料差一点儿的，早被你们这些奶奶治倒了。饶这么着，得一点空儿，还要难他一难，好几次没落了你们的口声。众人都道他利害，你们都怕他，惟我知道他心里也就不算不怕你们呢。”[⑤]对于这些仆人，凤姐也有清醒的认识：“咱们家所有的这些管家奶奶们，那一位是好缠的？错一点儿他们就笑话打趣，偏一点儿他们就指桑说槐的报怨。‘坐山观虎斗’‘借剑杀人’‘引风吹火’‘站干岸儿’‘推倒油瓶儿不扶’，都是全挂子的武艺。”[⑥]从平儿和凤姐的两段话可以看出，即使能力强如凤姐，荣府的众仆妇尚且要伺机刁难、捉错取笑，等到探春理家时出现刁奴暗蓄险心欺负幼主、众仆各安异心的事情也就不足为怪了。可以说，上至邢王两位夫人，下至荣府众仆妇，这无处不在的压迫感逼迫凤姐必须恪尽职守，做事妥当，稍有差错便会惹人耻笑。鸳鸯就曾感叹凤姐为人难做。在这样的环境下，尽管凤姐越发历练老成，但是因为没有操办过婚丧大事，恐人还不服，所以凤姐锐意要在可卿葬礼有所表现。这也是她证明自己的一大良机，于是出现了凤姐跃跃欲试、主动请命的情节。

尽管凤姐请命之言句句在理，无奈王夫人没有明确表态，凤姐不敢擅接宁府对牌，只看着王夫人。之前是言语请命，现在是目光相求，将凤姐的迫切之情表现得淋漓尽致。及至王夫人首肯，凤姐方笑着回话贾珍，一大段文字至此方见凤姐笑，应是其心愿得遂，如释重负的外在表现。

二、恪尽职守，建立威严

（一）未雨绸缪，成竹在胸

凤姐协理宁国府，没有仓促上任，而是先梳理头绪。她将宁府积习总结为五弊，并认为这五弊是宁国府中的风俗，可见其由来已久，根深蒂固。其实，在焦大醉骂一节，凤姐已经领教过此种“风俗”，并直斥尤氏“软弱”“没主意”，建议将焦大放逐田庄，以正规矩。从凤姐的建议可以看出，其处理事务的果决与干练，为后文责打迟到者伏脉。正因为凤姐平时有所留心，早已对宁府弊端洞若观火，才有充足的信心去协理宁国府，也才能在上任之前即总结出宁府弊端。一方面表现了她的能力出众，另一方面也因成竹在胸。这两方面也是凤姐敢于仓促之间接手协理宁国府这项任务的前提条件。

（二）整治五弊，初见成效

凤姐初至宁国府，在分配工作前，先按花名册一一看视，观其人，任其职，做到量才而用。这一细节表现了凤姐有识人之才，能在极短的时间内，通过对方的气质或谈吐，判断出对方的能力大小及所适应的工作。后文中因小红的记忆力与谈吐而收为己用，也是凤姐识人之明的一处体现。在整治宁府五弊方面，凤姐对症下药，通过责任到人、事有专责的制度，杜绝宁国府的管理漏洞，并且严格时间观念及领牌回事制度。一顿大棒下来，又抛出一颗甜枣："说不得咱们大家辛苦这几日罢，事完了，你们家大爷自然赏你们。"[⑦]凤姐真是深谙管理之道，不仅以严格的制度约束下属，而且画了一张很大的饼，增强下属努力工作的动力，可谓恩威并重。这些措施实行之后，效果明显，"众人领了去，也都有了投奔，不似先时只拣便宜的做，剩下的苦差没个招揽。各房中也不能趁乱失迷东西。便是人来客往，也都安静了，不比先前一个正摆茶，又去端饭，正陪举哀，又顾接客。如这些无头绪、荒乱、推托、偷闲、窃取等弊，次日一概都蠲了"[⑧]。从这些表现可以看出，凤姐的治理方向准确，制度完备，一举杜绝了宁国府的种种弊端，为协理宁国府走上正轨开了一个好头。

（三）凤姐立威

凤姐上任，先给众仆一个下马威，直言要破旧立新，有错必究。然后她以雷厉风行之姿整治五弊，成果斐然。偏偏在凤姐威重令行、心中十分得意的时候，有宁府下人于紧要日期犯错迟到，这正给了凤姐杀一儆百、借此立威的契机。凤姐立威，讲究技巧。先将迟到者晾在一边，再从自家做起，批驳荣府执事人的错误开销，以警宁府众仆。从处理荣府事务可以看出凤姐能力之出众、条理之清晰：其一，过耳即知账目对错；其二，上一项事物缴清回押，验证相符，方发放下一项对牌；其三，一概登记造册。这严谨的作风及不容混淆的账目，对宁府众仆起到了威慑的作用，谁还敢怠慢？这时再处理迟到者，无不敬服。凤姐顺势又立重典，宁府众仆完全领略了凤姐的厉害，"不敢偷闲，自此兢兢业业，执事保全"[⑨]，这完全是凤姐之功。

（四）恪尽职守，不辞辛苦

凤姐每日卯正二刻点卯，戌初之后亲自视察各处，方才回府，可谓早出晚归。在协理宁国府的同时，她还要兼顾管理荣国府。在可卿发引日近的情况下，可巧赶上缮国公诰命亡故、西安郡王妃华诞、镇国公诰命生男、王仁连家眷回南以及迎春染病等事，忙得凤姐没工夫吃饭，连坐卧都不得安静。但是她却十分欢喜，宁可日夜不暇地工作，也不偷安推托。这是权力的满足感带给人的精神愉悦，尽管身体乏累，凤姐依然累并快乐着。

更难能可贵的是，久无音信的贾琏打发兴儿报信，虽然凤姐急于想知道细情，但是碍于宁府事情繁杂，唯恐因为回荣府而有延迟失误，只能忍耐到晚上回府详问。体现了凤姐恪尽职守、不以私废公的优点。

三、渐生骄大之心

凤姐整治五弊，威重令行，心中十分得意，此时已暗生骄大之心。贾珍吩咐每日以上等菜送与凤姐独享，无疑也助长了她的气焰。于是出现了凤姐离群独坐、来客不与迎会的现象。这并不是凤姐没有时间，因为从卯正二刻至戌初时分，只有午初刻允许下人领牌回事，可以说，她有大把的时间。但此时凤姐已将自身置于众妯娌之外，以掌家人自居，不屑于送迎之事，渐渐自骄自大起来。而之后的责打迟到者，多少也与此种心态有关。当时已是五七第五日，临近发引，整个丧事接近尾声，在此期间凤姐威重令行，众人也不敢懈怠。按理，凤姐作为借调人员，临时协理宁国府，对于那位有脸面的迟到者，适当教训一下即可。正所谓，打狗还要看主人，何况还是一只有脸面的“狗”。但是，此时凤姐骄大之心已起，对下人严苛的性格也随之暴露无遗。这和周瑞家的评价凤姐“待下人未免太严些个”[10]正相合榫。后文兴儿评价凤姐“小的们凡有了不是，奶奶是容不过的……如今合家大小除了老太太、太太两个人，没有不恨他的”[11]。对自家仆人苛刻，私下尚有流言、怨恨，何况是临时协理？此处凤姐处罚过重，有失于周全之嫌，这与其自身性格和日益骄大的心态不无关系。

凤姐面对宁荣二府的纷繁事务，以出色的把控赢得了合族的交口称赞。又因为众妯娌羞口羞脚、惧贵怯官，更显得凤姐举止舒徐，言语慷慨，珍贵宽大，致使凤姐骄心更盛，挥霍指示，任其所为。此时凤姐因为恃才傲物，已经到了目若无人的地步，骄大的气焰发展到顶峰。她的这种转变，多少也和其在荣国府不能恣意有关。荣国府的压抑逼迫凤姐必须谨小慎微行事。从不能尽兴而为的荣府借调到宁府，环境突变，凤姐得到绝对的信任和无条件的支持，可谓如鱼得水。再加上她尽展管理才华，整治五弊卓有成效，赞誉声一片，致使凤姐的自满心理得到空前的膨胀，难免有些飘飘然，为其日后弄权埋下了伏笔。

四、凤姐弄权

凤姐骄大之心日盛，贾府族中诸人皆能权且在铁槛寺下榻，唯独凤姐嫌不方便，移步水月庵，其居功自傲的心理展现无遗。这也为之后的凤姐弄权提供了空间。净虚以重金利诱凤姐，发一封信帮张家打官司。凤姐的反应值得玩味，一开始她本无意插手此事，但是口头上还要申明自己有能力处理此事，只是不屑于管。凤姐一边吹嘘自己的能力，一边用自己不等银子使为借口搪塞净虚。没想到净虚以“没手段”出言相激，恰恰击中凤姐的弱点。连日来她大权独揽，挥斥方遒，正是意气风发之时，一片赞誉声中竟然骤起贬低之音，凤姐焉能容忍？于是逞能应允，这既是凤姐近日于宁府掌权行权、任其所为的惯性使然，也是其多事逞才的性格体现。精明如凤姐，却因为骄大自满、逸才踰蹈而被净虚钻了空子。凤姐逞能应承下此事，不得已假借贾琏名义修书方做了了结，自此踏上了恣意而为、作威造孽的不归路。后文中因尤二姐而牵扯的诸多事件，就是凤姐此种劣迹的延续，且有愈演愈烈之势，日后难免不波及贾府。

五、结语

综上所述，从王熙凤在可卿葬礼上的行为可以看出，她有着出色的理家才能，不仅善于发现问题、解决问题，还能恪尽职守、以身作则。但是因为其喜欢揽事办和好卖弄才干的性格，让她对掌权、行权有着热切的渴望，这种对权利的热衷又滋生了骄大自满的作风，进而使她掉入弄权造孽的深渊。一方面，凤姐能扶贾府之即倒，以出色的管理才能，东拆西堵，延缓了贾家败落的发展趋势；另一方面，凤姐的弄权造孽又加重了贾府的一败涂地，可谓雪上加霜。可以说，凤姐既是撑家之栋梁，又是倾家之蛀虫。作者在彰显凤姐之才的同时不隐其恶，将才与恶对写，形成了鲜明的对比，使其人物形象更立体、更鲜活、更深刻，给读者一个完整的艺术感受。

除此之外，我们还该看到，凤姐的性格缺陷在她的转变过程中占据了主导地位。与之相反，贾雨村的堕落轨迹，更多的源于社会因素。二者一为内因，一为外果。二人被脂批称为“乱世之奸雄”[12]，却有着截然相反的表现：雨村身居庙堂，才干优长，却醉心钻营，甚至不择手段；凤姐虽有弄权劣迹，但一心扶贾府于将倾，可谓尽心竭力。难怪作者会发出“金紫万千谁治国，裙钗一二可齐家”[13]的感叹。此句骂死宝玉，贬尽一众顶冠束带者，这也是作者立意为闺阁立传的一个重要原因。作者一方面赞扬凤姐之才，另一方面又深刻揭示造成家庭与社会悲剧的内因外果，“使天下痴心人同来一警”[14]，这也是作者通过作品要向我们传达的信息。

注释

①（清）曹雪芹、高鹗：《红楼梦》，人民文学出版社2005年版，第177页。

②⑪同①，第912页。

③④⑥同①，第205页。

⑤同①，第757页。

⑦⑧同①，第182页。

⑨同①，第185页。

⑩同①，第96页。

⑫⑭（清）曹雪芹、高鹗、朱一玄:《红楼梦脂评校录》，齐鲁书社1986年版，第213页。

⑬同①，第179页。

龄官与宝玉的“禅悟”和“情悟”

龚小虹
郑州外国语学校

《红楼梦》里，笔者特别喜欢龄官这个角色，貌和才倒在其次，更重要的是德性。正因为对龄官有着这样的情缘，笔者才会进一步思考曹公为何要设置这个角色，其用意到底何在？

大凡有小说创作经历的人，都明白每一个人物角色的安排都有他存在的合理性、意义和价值。像文学大家曹公那更不必说，笔下皆无闲人，不论角色大小，凡是他生画出来的人物，必然负责任地倾注所有的心血和情感去完成他们。龄官，这个梨香院里戏唱得最好的小旦，虽然在《红楼梦》里出场的次数并不多，其影响力却非同小可，她可是让贾宝玉对情感、对人生有过大悟的人。一个能让他人在他自己的运命和人生轨迹里悟了两次的人，足见她的能量和气场。

在第二十二回里，贾宝玉第一次大觉大悟、第一次参禅就跟龄官有很大的关系，若无她，恐怕宝玉便没有这次“禅悟”的机缘了。为何如此说呢？ 这就要从薛宝钗的生日说起了。贾府上下要给将笄之年的宝钗过生日，这个生日还是比较重要的，古代女子十五岁要行“笄礼”——把头发梳拢来，挽一个髻，插上叫作笄的首饰，加笄后就表明已成年，所以贾母尤为重视宝钗的生日，亲自蠲资二十两，让凤姐为宝钗置办酒戏庆生。生日当天，在贾母的内院搭上了戏台子，让梨香院的十二个学戏的女孩子演唱新出的小戏，这里便有小旦龄官。相让点戏的时候，宝钗为了迎合贾母爱热闹戏文的喜好，便点了一出《鲁智深醉闹五台山》，向宝玉推荐了其中一支填得极好的曲子《寄生草》，宝玉便央告宝钗念与他听，宝钗道："漫揾英雄泪，相离处士家。谢慈悲，剃度在莲台下。没缘法，转眼分离乍。赤条条，来去无牵挂。那里讨，烟蓑雨笠卷单行？一任俺芒鞋破钵随缘化！"[①]好一个"赤条条，来去无牵挂"，宝玉听了，喜不自禁，拍膝叫绝，大赞宝钗无书不知。但是，此时的宝玉作为一个外行人，也只是在看热闹罢了，他并没有真正领悟曲文的深意。因为人处于顺境之中，很多东西往往是看不透、唤不醒的，只有在经历了一番曲折和波澜之后，才会对人生、对世事有更深的认知或觉悟，这就如同你若想知道大海到底有多么的无情就必须要经历它的惊涛骇浪、狂澜恣肆。

在这一天的热闹戏中，小旦龄官是全程参与的，她一直在尽心尽力诠释好自己的角色，让观众们为之倾倒和折服。在曲终人散后，欣赏她的贾母便命人带来面见和打赏。本来一切都要归于平静了，一石又激起了千层浪，龄官是身在红楼，不由己，她被心直口快、率真爽朗的史湘云指出在扮相上活像一个人——林黛玉，宝玉怕湘云无心之言惹恼了敏感多心的黛玉，又担心她和黛玉因此不合，忙对其使了个眼色，暗示湘云就此打住。谁知天不遂人愿。宝玉的这一举动不仅怒了湘云，而且恼了黛玉。她们都嗔他多事。两个女孩之间的情绪战由此拉开了序幕。她们最后赌气都不理宝玉。天知道他的心都在这二人身上，如此恳切尽情地周旋于她们之间，却遭到她们的误解和指责，这让他倍感委屈和苦闷。一个龄官，引爆了三个人之间的矛盾，让彼此说不清道不明地纠缠在一起。如果没有这个扮相上像黛玉的龄官，便没有他们之间的这场剪不断理还乱的纠葛，那么就没有宝玉后来的参禅。

落了两处贬谤、疲于应付的宝玉陷入了深深的苦恼和不被理解的孤独中——然而这倒为他的参禅提供了极好的心理环境。此情此境，让宝玉想起了《南华经》上所云"巧者劳而智者忧，无能者无所求，饱食而遨游，泛若不系之舟"，又曰"山木自寇，源泉自盗"等语。因此越想越无趣。"再细想来，目下不过这两个人，尚未应酬妥协，将来犹欲为何？"想到黛玉所说的"与你何干"，又想到白天听到的曲文"赤条条，来去无

牵挂”，一种让人心碎肠断的孤独感油然而生，宝玉泪如雨下，细想其中味，继而不禁大哭起来——对于宝玉的这一举动，庚辰本的双行夹批道：“此是忘机大悟，世人所谓疯癫是也。”② 顿悟的宝玉立即提笔占一偈云：“你证我证，心证意证。是无有证，斯可云证。无可云证，是立足境。”在庚辰本的双行夹批中评道此时宝玉“已悟已觉，是好偈矣”。宝玉恐别人不能理解，又填了一支《寄生草·解偈》：无我原非你，从他不解伊。肆行无碍凭来去，茫茫着甚悲愁喜？纷纷说甚亲疏密？从前碌碌却因何？到如今，回头试想真无趣！在庚辰本的双行夹批中评道，宝玉“此日是禅悟”。可见，人在现实中碰了壁，往往喜欢用消极避世的方式来寻求精神上的解脱，获得心灵上的宽慰，正所谓逃大造，出尘网，方可释怀。

虽然宝玉此次参禅并不彻底，并没有就此走出人世迷津，但是宝玉在参禅的道路上又前进了一步，他又一次接受了庄子的逍遥世外的精神洗礼，这为他后来真正彻悟和超脱留下地步，曹公可谓伏脉千里，草蛇灰线。正如庚辰眉批所云：宝黛“始终跳不出警幻幻榜中，作下回若干回书”，看来“心净难”，若都开悟了，我们也就看不到曹公二十二回后的妙文了。再回过头来细想一下，宝玉的此次“禅悟”的诱因便是那场“龄官像黛玉”的风波，可以说没有龄官，便不可能有这场风波，也就不可能有宝玉的“禅悟”，龄官之角可谓妙也！

然而，事情到此并没有结束，龄官还没有完成她在《红楼梦》里的使命，她还要继续出场，继续启发宝玉，让宝玉“情悟梨香院”。在“情悟”之前，宝玉是怎么样看待自己与女性之间的情缘关系的呢？宝玉认为生在琼闺绣阁中的女儿是极清静洁白的，秉天地钟灵毓秀之德，他非常尊崇她们，他对生活在自己身边的那些女孩子用尽了心思，无论上到姑娘小姐，下到丫鬟奴婢，他无不真诚以待，对她们欣赏敬爱而又悲悯感怀，“每每甘心为诸丫鬟充役”，即使为这些人死了也是情愿的，对大观园里的女性的不幸遭遇，他又抱有极大的怜悯和同情之心。他的泛爱之心，他的博爱之情，都交付于那些清水芙蓉般的女孩们。宝玉以为，自己只要以真心待她们，必然能得到同等的相待，他所钟情爱怜的女孩们也必都钟情爱怜于己，投之以桃必能报之以李。他也曾恳切地乞求“只求你们同看着我，守着我”。在他痛遭鞭笞之后，这些女孩们一个个怜惜悲感泣泪，让他心灵上获得极大的满足，以至于忘记了肉体上针挑刀挖般的苦痛，这样的经历更加重了他的痴念。因此，他有时自我悲感道：“比如我此时若果有造化，该死于此时的，趁你们在，我就死了，再能够你们哭我的眼泪流成大河，把我的尸首漂起来，送到那鸦雀不到的幽僻之处，随风化了，自此再不要托生为人，就是我死的得时了。”他以为他死了，他所牵念的这些女孩子们的眼泪会单葬他，他以为他可以得到所有人的眼泪。

如此深情的宝玉真的能如愿以偿吗？当他百无聊赖之际，翻看《牡丹亭》曲以解烦腻，终不能惬怀之时，想起了梨香院里的小旦龄官，便特意去寻她。见了之后，才发现原来这个袅袅婷婷美如黛玉的龄官就是那日蔷薇花下痴痴画“蔷”的女子，宝玉顿时起了痴念，愿意亲近于她，便走到她的身旁坐下，不想龄官忙起身躲避，这简直就是给从未被厌弃过的宝玉当头一击，瞬间涨红了脸，只得讪讪地走开了。宝玉何曾遇到这样的尴尬和冷遇，他所欣赏和爱怜的女孩子们不都是以同样姿态待他么？宝玉心里放不下，待到他发现了真相，他才恍然明白“画蔷”的深意：龄官的心意全在贾蔷的身上，原来她是钟情于贾蔷的，她和贾蔷之间的纠葛缠绵，又是何等的痴情。长相和禀性极像黛玉的龄官，身上有太多黛玉的影子，恰恰只有这样的奇女子，才能让宝玉醒悟：他不可能全得众人的眼泪，从此后，只是各人只得各人的眼泪罢了。从这件事后，宝玉深悟：“人生情缘，各有分定。”人与人之间，如果没有那份情缘就得不到那份爱情和友情，而缘分，各人自有各人的。泛爱之心被击碎的宝玉，该何去何从呢？我想他应该在自己的情缘里书写爱的华章，也许这是美好的期盼，也许这是人生的奢望，但至少追求过，方能无悔。

龄官带给宝玉的“情悟”，跟带给他的“禅悟”是不一样的，“情悟”

彻底颠覆了宝玉的“情观”，让他对人生情缘有着跟以往决然不同的认知，让他认识到在复杂的人生情网里，他只能编织属于自己的那个网结；而“禅悟”只是一定程度上“人生观”的变化，他仍旧是堕入迷津之中无法自拔的，而且他的开悟还不及黛玉，黛玉的一句“无立足境，方是干净”，岂不更透彻。再者，“情悟”则是来自龄官情感经历的直接启发，而“禅悟”龄官只是一个诱因和导火线，她并没有主动地参与进去，可以说她是被无辜地卷入了一场风波之中，但她却不可少。多情的宝玉是不是应该对龄官心怀感恩呢？

笔者不能不敬服曹公的匠心独运！此后，在《红楼梦》里，我再也找不到龄官的身影了，大概她已经完成了她的使命，便悄无声息地隐退了。可是我时常还会猜想她的结局：或许她和贾蔷有情人终成眷属了，或许她独自去了大观园外面的世界，再或许去了那没有人间烟火的极乐世界了……无论有多少种可能，出于对她的情缘，笔者深切地祈望她快乐。

注释

①（清）曹雪芹：《红楼梦》，长春出版社2006年版，第151页。下文均引自此版本。

②（清）曹雪芹著，脂砚斋主人评点：《脂砚斋重评石头记》，天津古籍出版社2006年版，第185页。下文均引自此版本。

宝玉挨打的必然与偶然

喜　逢
中国艺术研究院红楼梦研究所

本周文章以宝玉挨打为主题，作为最后一篇，实不知该从何写起，前面各位老师论述详且备矣，却没为后来者留地步，然已应诺，自不能赖账，只得仓促成稿，聊以塞责。

每读《红楼梦》，至第三十三回宝玉挨打，总感觉心跳加速，那盖在宝玉身上的板子，让我小腿转筋、心有戚戚，仔细琢磨，当与童年挨揍的经历有关。作为七零后的一代，没有经过棍棒教育的是极少数的人，仿佛没有棍棒这一杀器，孩子是必定不能成才的。这种教育模式是有传承的，中国奉行棍棒底下出孝子的教育模式，笔者初为人父，偶然气恼，也有打娃屁股的冲动，由此可见传统的影响力，也可见社会的惯性。

仔细思索，笔者所挨笞挞，却又与宝玉大有不同。笔者大多是因为调皮捣蛋，无关于人生态度，而宝玉挨打的原因，从近处看，却是淫辱母婢致人跳井、结交优伶等大事；从远处来看，却是自小就不入贾政的法眼，与贾政之期盼格格不入，那盖下来的板子，又岂仅为这二三事而来？

借宝玉挨打一题，笔者仔细想了想宝玉为什么会挨打，此中缘由定是在贾政与贾宝玉身上，下文略做分析，看贾政为什么要打宝玉。

一、宝玉挨打的必然性

要分析必然性，我们必须要看实施笞挞的贾政和被笞挞的贾宝玉之间的差异，有了差异才会有矛盾，才会有笞挞发生。

我们先来说贾政。

《红楼梦》中的很多人物命名，都可以通过谐音来进行阐释，如娇杏（侥幸）、霍启（祸起）、贾雨村（假语村言）、甄士隐（真事隐去）等，基于此，贾政也被很多的论者给解释成“假正”，或者是“假正经”。笔者无意就贾政与“假正”这一问题去深究，但因本文确涉及此问题，故而略作阐释。

大多的谐音解读，都来源于脂批，而“假正”却并非如此。友吴铭恩先生代检脂批，未曾于脂批中查得此二字。将贾政解读为“假正”或者“假正经”，早期的来源大约是哈斯宝、俞平伯等人的论述。俞平伯先生在《读红楼梦随笔》中说道：“贾政者，假正也，假正经的意思。”[①]如此一来，贾政与“假正”“假正经”就拉上了关系。

然而，笔者认为贾政是“假正”或者是“假正经”，当从两个方面来看，其一为贾政对自己的要求是什么；其二是他人的评价。两方面结合则可较全面地反映贾政是不是“假正”或者“假正经”。

关四平先生在《无可奈何花落去——论贾政的人生悲剧及其文化意蕴》一文中，对贾政这一形象作了总结：

> 在家庭中，贾政主观上严于律己，勤于修身，谨于治家，处处按儒家的教条规范自己的言行，从不越雷池一步。他“入则孝，出则悌，谨而信，泛爱众，而亲仁”（《论语·学而》）；他“贤贤易色，事父母，能竭其力”（同上）；他深信“君子不重，则不威”（同上），庄重威严，不苟言笑，“敏于事而慎于言”（同上）。他竭思尽虑，试图把自己塑造成一个教子成龙的严父形象，一个治家有方的家长形象，一个恪尽孝道的孝子形象。[②]

关先生对于贾政在小说中的总结是非常全面的，贾政无疑是一个对自己有着严格要求的人，是符合礼教要求的君子，也是礼教的笃信者。

他要求自己在方方面面都合乎礼教的要求，按照圣人的话来处世，成为一个正直的人。从此点来看，贾政并非“假正”，至少在他自身认为，自己是正直的。

从小说中人物的评论来看，冷子兴谓贾政为“酷爱读书”，林如海评价贾政为“谦恭厚道”，不是“轻薄仕宦”，在这些人的眼里，贾政是礼教规范下的标准的读书人，无关于假正、假正经。从贾政在小说中的表现来看，我们可以说他是食古不化，或者是没有思想，但是将假正或者假正经扣在他的头上，则未免有些冤枉。

细细想来，对贾政假正或者假正经的评价，大多是将他放在贾宝玉的对立面上得来的。贾宝玉是正的，则贾政自然而然就成了假正、假正经了。此种判断，难免有非此即彼的嫌疑，将好与坏、黑与白，当成了绝对的对立，也将《红楼梦》肤浅化了。笔者认为《红楼梦》是探索的小说，而非判断的文字。

“政者，正也”，贾政名字之来源或是与儒家经典中的这句话有关。理由有二：

其一，贾政笃信于儒家；

其二，贾政之所言所行，以儒家标准来看，是正，非假正。

而贾字，或与“假作真时真亦假”中的假字有关，与《红楼梦》中贯彻全书的真假之辨有关。

将贾政直接理解成假正，或者是假正经，是不合适的。

在创作的过程中，曹雪芹必然会有着思想上的倾向，贾政毕竟不是曹雪芹的思想寄托者，曹雪芹只是按照“追踪蹑迹”的原则，将世道人心加以典型化，作一世态的推演。在曹雪芹的眼中，将贾政这类型的人物，置于《红楼梦》中的大环境下，自然会发生贾政身上的事情。

但是，这毕竟与“正”与“不正”这种是非判断无关了。

如此看来，贾政是个礼教要求下的正人君子。

那他又是如何成为这样的人的呢？

人生于世，自然会受到方方面面的影响，面对这些影响，有些人坚持自我，有些人迷失了自我。

第四十五回中，赖嬷嬷说道：

> 当日老爷小时挨你爷爷的打，谁没看见的。老爷小时，何曾像你这么天不怕地不怕的了。还有那大老爷，虽然淘气，也没像你这扎窝子的样儿，也是天天打。还有东府里你珍哥儿的爷爷，那才是火上浇油的性子，说声恼了，什么儿子，竟是审贼！[③]

从这段话中，我们读出两点：一是贾政小时候也没少挨打；二是贾家的教育方式就是棍棒教育。

刘敬圻先生在《贾政与贾宝玉关系还原批评》一文中，提出了“主流文化的价值期待”的说法。以此种说法，来解读贾政的养成，比较恰当。

我们大可猜想，年幼的贾政，或者也并不把儒家的思想、主流的价值期待当作自己的人生追求。同宝玉一样，他也是喜好玩乐的，但是在家族教育、社会主流价值期待等的影响下，逐步变成一个方正的、古板的、僵化的人。他的身上必然寄托了老一辈的社会认知与价值判断，贾政也或者有对老一辈的刻意模仿与学习过程。在这个过程中，养成了的贾政，自然与幼时的贾政有了天壤之别。

贾政经过父祖的教育，终于被主流社会同化了。

我们再来看贾宝玉。

宝玉是《红楼梦》的绝对主角，在贾宝玉身上，曹雪芹寄托了自己深深的情怀。关于此点，他人论述太多，在此仅作简述。

《西江月》中将宝玉形容为“潦倒不通世务，愚顽怕读文章”，并且“哪管世人诽谤”，以至于“于国于家无望”。这两首《西江月》是将贾宝玉放在主流价值观下的判断，但我们也可读出宝玉的乖张与坚持，那就是贾宝玉只想按照自我的价值判断来行事，不去管世人的评说。

贾宝玉是拒绝被主流社会同化的。

贾政与贾宝玉，正是这两个极端。而作为教养宝玉的主体，贾政自然会以自己的社会认知与被教育经验来教导宝玉。前文已略述贾政之养成经历，那么，这种经历就会被挪移到宝玉身上，这是一种惯性，是一种不用思考就会体现出来的力量。

贾政是想修身、齐家、治国、平天下的，这是贾政的追求。虽然在读者看来，这是贾政的奢望，但贾政却不会这么认为。作为贾政的儿子，贾政也会要求宝玉去走这样的一条路。

而宝玉呢，自抓周开始就显示出与此要求的格格不入，就被贾政所嫌恶，经闹学堂、袭人改名等事，贾政更是怒其不争。虽然在试才题对额中，宝玉大放异彩，但作为受传统教育的贾政看来，此仍是小道，虽显聪明与文采，但并非是必需的。在贾政看来，《诗经》、古文是无须下功夫的，最要紧的是将《四书》学好。这与宝玉的读书观有着天壤之别。

当被同化了的贾政遇到拒绝被同化的宝玉，这顿笞挞似乎是很难避免的，或早或迟而已。

二、宝玉挨打的偶然性

以笔者幼时的挨揍经验来看，在一段较长时间内，揍虽不可避免，但挨揍总是有突发事由的，很少有人被父母没事的时候拉来打一顿。宝玉的这次挨打，却是三事所堆积出来的，董学勤先生在《从宝玉挨打看贾政其人》一文中，将宝玉挨打的原因归结为“三气”：

> 一“气”。贾雨村来访，要见宝玉，宝玉半天才出来，“既出来了，全无一点慷慨挥洒谈吐，仍是葳葳蕤蕤……二“气”。忠顺亲王府长史官来贾府向宝玉讨要王爷宠幸的戏子琪官……三“气”。贾政正要审问宝玉之时，贾环趁机添油加醋诬告宝玉

淫辱母婢金钏儿致其投井自尽……[4]

这“三气”如果再一一细思之，则又体现出不同的感觉。笔者略述之。

其一，贾政认为贾雨村是有才的人，从贾政帮贾雨村谋官，欲请贾雨村给大观园题对联等事可以看出，贾政是非常欣赏贾雨村的，同时，贾政也会认为贾雨村是有大前途的人。在贾政看来，多与仕途中人交流，交流一些仕途经济之类的经验，是有利于宝玉成长的，所以在贾雨村过府拜访的时候，贾政要宝玉相陪。一方面，可以增加宝玉的见识；另一方面，也未尝没有培养宝玉人脉之意。而宝玉的表现，则将贾政的愿望踩到了泥里。希望越大，失望越大，贾政之气，可以想象。

其二，贾政是一个古板的人，与贾赦、贾珍之流不同，贾政更喜欢和清客文人交往，全书未见贾政有何风流迹象。作为一个严以待己、以礼自守的人，贾政自然对结交优伶等事极为厌恶。在贾政看来，贾宝玉也必须要秉承自己的价值判断来对待此种人物。在贾政的认知中，贾宝玉以往之错大多基于不好读书，或者喜在内帏厮混。而琪官之事突破了贾政对贾宝玉的认识，贾宝玉竟然与优伶搅在了一起，这在贾政看来就不是一件小事。更让贾政反感与担忧的是，此事竟然涉及忠顺王府，这就对贾府有了威胁，问题就更为严重了。

其三，淫辱母婢，导致婢女跳井死亡。仅此一点，就可从三个方面来看：首先，宝玉犯了“淫”字；其次，宝玉是不孝的，第六十三回中林之孝家的说：“便是老太太、太太屋里的猫儿狗儿，轻易也伤他不的。”而此时，宝玉是导致了王夫人屋里的丫环丢失性命，这便是十足的不孝；最后，世族之家是非常在意名声的，金钏儿跳井，导致贾府失去了“宽柔以待下人”的名声。这三点是贾政所不能接受的。

仔细品味这“三气”，当可感觉出贾政对宝玉的失望、生气与挫败感。此三事累积在一起，宝玉就只能挨打了。

三、小结

贾政一心想将宝玉导入所谓正规，但是从前三十二回看，贾政是失败的。相对于贾政的要求来说，贾宝玉是冥顽不灵的，而且所犯错误也是越来越大，后果也越来越严重。作为一个从小接受父亲棍棒教育的儿子，作为一个活生生的、望子成龙的父亲，在面对宝玉表现出来的种种问题的时候，贾政束手无策，只能一怒之下，拿起了棍棒。

而引发这次冲突的最核心问题，是父子二人价值观的不同。宝玉挨打，实际是两种价值观的矛盾与冲突。曹雪芹借这种冲突，深化了《红楼梦》的思想性，也给人更多思考。

在前八十回中，曹雪芹突破了以利益引发冲突的写法，转而以人之价值观的冲突来引发事件，推进故事的发展，此是一伟大创造。

为避免与前几位老师重复，笔者选择将宝玉挨打一文，放在挨打的必然性与偶然性上来进行分析。所剩时间太短，此文未经沉淀，浅薄之处难免。敬请读者谅之。

注释

①俞平伯：《读红楼梦随笔》，《俞平伯全集》（第六卷），花山文艺出版社1997年版，第38页。

②关四平：《无可奈何花落去——论贾政的人生悲剧及其文化意蕴》，《红楼梦学刊》1993年第4辑。

③（清）曹雪芹著，脂砚斋评，吴铭恩汇校：《红楼梦脂评汇校本》，北方联合出版传媒（集团）股份有限公司、万卷出版公司2013年版，第542页。

④董学勤：《从宝玉挨打看贾政其人》，《现代语文》（学术综合版）2014年第2期。

红梅与妙玉

刘雪霞

上海工程技术大学

“春梦随云散，飞花逐水流”，贾宝玉在太虚幻境听到的第一句歌词，就点明《红楼梦》主题所在：梦与花。《红楼梦》为闺阁昭传，可谓一部“群芳谱”。“芳”指书中女子，也指《红楼梦》用诗化的笔墨写出的四季花品。

小说以一年四季的光阴流转和花事变换来推动情节，伴随花事变换的，是人的行为：赏花咏花，饯花葬花。人品花，花喻人，《红楼梦》里有大量的花草与人物的象征。大观园中宝玉和诸裙钗居所里的植物，也与居所主人的性格和精神特质有对应关系：黛玉的潇湘馆植竹，宝钗的蘅芜苑植仙藤异草，宝玉的怡红院“蕉棠两植”，迎春的紫菱洲则是“蓼花苇叶，翠荇香菱”。

在这些居所与花草的关系中，最引人注意的是李纨的稻香村和妙玉的栊翠庵。李纨青春丧偶，如槁木死灰，然而稻香村外是几百株喷火蒸霞一般的杏花；妙玉身居尼庵，带发修行，而栊翠庵外，是十数株如胭脂一般的映雪红梅。

杏花与李纨的关系，暂且不论。这里重点讨论红梅与妙玉。

一、梅花在《红楼梦》中的地位

首先，梅花是联结《红楼梦》中梦境与现实的一个起点。《红楼梦》第一次写到赏花，就是赏梅。小说第五回，贾宝玉梦游太虚幻境，起因就是去宁国府赏梅。“东边宁府中花园内梅花盛开，贾珍之妻尤氏乃治酒，请贾母、邢夫人、王夫人等赏花。”

太虚幻境的想象与设定，也许是受了《离骚》的影响。《离骚》写了两个世界，现实的世界和神灵的世界。在现实中寻觅理想而不得，于是作者上天入地，进入神灵的世界，“上下求索”。

《红楼梦》也写了两个世界的对立：宁国府——太虚幻境；荣国府——大观园；现实——梦境。从贾府这个现实世界，进入太虚幻境这个梦境世界的起点，就是梅花。

如果说《红楼梦》中“两个世界”的设定是受了《离骚》影响，那么，大量“芳草美人”的喻托，则是直接来源于《离骚》。第十七回“大观园试才题对额”，描写蘅芜苑的芳草时，宝玉说：“想来《离骚》《文选》等书上所有的那些异草，如今年深岁改，人不能识，故皆象形夺名，渐渐的唤差了，也是有的。”“蘅芜”二字，就是《离骚》中的两种芳草。

《离骚》对中国古典文学的影响，不在它的体式，更多在于它对中国文人精神的塑造和写作手法的影响，比如悲秋的传统，九死不悔的执着，香草美人的喻托。秽草以喻谗邪，芳草以喻君子，是《离骚》显著特征之一。“扈江离与辟芷兮，纫秋兰以为佩”一句，王逸《楚辞章句》注曰：“佩，饰也，所以象德。故行清洁者佩芳，德仁明者佩玉，能解结者佩觿，能决疑者佩玦，故孔子无所不佩也。”

“行清洁者佩芳”，所以屈原以江离、白芷、秋兰为佩饰，象征着他高洁的品行。“朝饮木兰之坠露兮，夕餐秋菊之落英”句，屈原更是以木兰花上的露珠为饮品，以秋菊初开的花瓣为食物，象征其爱洁的天性。

《红楼梦》的创作，从灵感来源到浓郁的诗境美，都从中国古典文学中汲取了大量营养。小说中的芳草，也如《离骚》一样，被赋予了人的品格。如牡丹，“花之富贵者”，喻宝钗；桃花，以其质轻与世俗性，喻袭人；玫瑰，以其芬芳和多刺，喻探春……那么，栊翠庵的红梅，必然也喻示着庵内主人的某种品格。

其次，《红楼梦》写一年的花事，从梅花开始，又到梅花而终。全书第一次写花事，是赏梅。之后是春天，三月桃花盛开，落红满地，宝黛共读《西厢》，共葬桃花。接着初夏到来，四月二十六日，祭饯花神的芒种节，“凤仙石榴等各色杂花，锦重重的落了一地”，黛玉葬花，赋《葬花吟》。石榴花是元春的代表花，而这一日，又是宝玉生日。到五月蔷薇时，龄官画蔷，金钏儿投井。八月桂花开，贾政点了学差，离家赴任，探春建海棠诗社，咏白海棠，题菊花诗。九月已到深秋，凤姐生日，贾琏偷情，“秋花秋草秋不尽”，黛玉赋《秋窗风雨夕》。至第五十回，寒冬大雪，咏红梅花，一年花事终结。

最后，是新的一年花事循环，第七十回，林黛玉重建桃花社，史湘云偶填柳絮词…… 光阴荏苒，花开花落。然而，花草荣枯，循环不断，人世的盛衰，却不会循环，一旦衰败，永无再来。黛玉的桃花社，终于没有建成，大观园的花事，到梅花而走向终点。

花与诗，是牵引全书情节走向的一条引线，这条引线的起点与终点，都是梅花。梅花既然是妙玉的化身，它在小说中占有如此重要的地位，那么，妙玉在《红楼梦》中的地位又是什么？

二、梅花与妙玉

《红楼梦》第一次赋予梅花品格，也是第五回。在赞仙姑的赋里，有“其素若何？ 春梅绽雪。其洁若何？ 秋菊被霜。”这里的梅和菊，或素或洁，皆有品格。而梅是妙玉，菊是黛玉。

梅兰竹菊，花中四君子，妙玉和黛玉分别占其二。梅与兰，是妙玉；竹与菊，是黛玉。妙玉的来处“蟠香寺”，因梅而得名；妙玉的茶水，是梅花上的雪；妙玉的门前，种着梅花。妙玉的判词则是“气质美如兰”。黛玉的潇湘馆种着千杆竹；黛玉“潇湘妃子”的称号，与竹相关。菊花诗黛玉夺魁，“孤标傲世偕谁隐，一样花开为底迟？”“一从陶令平章后，千古高风说到今”，把黛玉直比陶渊明，喻其孤高与隐逸。

此处以梅与菊赞仙姑，喻黛玉与妙玉为仙。宝玉是天上的神瑛侍者，黛玉是天上仙草，妙玉则“才华阜比仙”。《红楼梦》中，人间的仙者，唯“三玉”也。妙玉在小说中的重要性，作者很早就给出了暗示。

《红楼梦》把妙玉与梅花直接联系在一起，有三次。即第四十一回、第四十九回、第五十回。

第四十一回，栊翠庵品茶，妙玉用梅花上的雪烹茶，款待宝、黛、钗三人，雅致之极。但这一节文字有玄机暗藏，不能仅看作妙玉的生活品味与小资情调。这梅花上的雪，是“五年前”妙玉“住在玄墓蟠香寺时所收”。玄墓当指玄墓山。玄墓山与蟠香寺都是江南赏梅胜地，典籍记载可见。

试想，一瓮雪历时五年，从南运到北，能不融化而变质？如何饮用得？况且，京城之雪比江南多，何必定要从江南带一瓮雪来？若是因为京城天寒，有雪而无梅，那么，后文的“红梅傲雪”景象，也就不存在了。可见，此处不是写实，而是隐喻。用梅花上的雪烹茶也好，栊翠庵“红梅映雪”也好，都不能当实际生活去解读。作者醉翁之意不在梅，在妙玉也。

此回写梅花与妙玉的关系，用的是暗笔。似明似暗，轻轻一点，点明妙玉来历，暗中隐伏梅花。

第四十九回，写宝玉眼中所见妙玉门前的红梅，用的则是摄影式的直笔。“于是走至山坡之下，顺着山脚刚转过去，已闻得一股寒香拂鼻。回头一看，恰是妙玉门前栊翠庵中有十数株红梅如胭脂一般，映着雪色，分外显得精神，好不有趣！”

《红楼梦》写景，一向惜墨如金。这一段对梅花的描写，看似也着墨不多，但从香、色、韵写红梅，有摄魂追魄的效果，文字不着纤尘，尽得寒香之妙。

第五十回，芦雪广联句，宝玉访妙玉，乞红梅，赋梅花诗。此回重心，是湘云与妙玉。芦雪广联句，为湘云作传，梅花诗为妙玉作传。

宝玉“不知费了多少精神”从妙玉处折来的梅花，作者用了十二分精神去刻画。“原来这枝梅花只有二尺来高，旁有一横枝纵横而出，约有五六尺长，其间小枝分歧，或如蟠螭，或如僵蚓，或孤削如笔，或密聚如林，花吐烟脂，香欺兰蕙，各各称赏。”

“或如蟠螭”“香欺兰蕙”，寓含“蟠香”二字，回应第四十一回“玄墓蟠香寺”，再次点明妙玉来历。梅花指妙玉，至此已确然无疑。

三、梅花的多重意蕴

梅花以清高孤洁闻名，有“花中清客”之美称。但是，追溯梅花象征意义的形成过程，我们发现，梅花并非从一开始就被赋予了人的品格。从自然界植物到单纯的审美对象，再到君子“比德”的品格象征意义，有一个变化的过程。

（一）梅花象征意义的形成过程

梅花在先秦并无象征意义。《离骚》众集香草却无梅；《尚书》《诗经》中的梅，或为调味品，或为果食，或取用其材，未见及其花者，更未赋予其人格特征。《尚书》：“若作和羹，尔惟盐梅。”——梅是一种调味品。《诗经》：“摽有梅，其实七兮。”——梅是一种果实。“终南何有？有条有梅。”——梅是作为木材。

六朝略有咏梅之作，至唐而吟咏滋多。唐朝的咏梅诗，大多是作为审美对象，重其自然属性。到宋代，理学盛行，不同于唐代豪迈宏阔的气象，宋人更注重精神的内敛与理性。周敦颐的《爱莲说》，把植物与君子品格的象征意义明确化了。梅花也以其清雅俊逸、凌寒傲霜的姿态，被推为群芳之首，并被赋予君子的品格，咏梅之风大盛。如苏轼“玉骨那愁瘴雾，冰姿自有仙风”，喻其质洁；陆游“雪虐风饕愈凛然，花中气节最高坚”赞其气节；“无意苦争春，一任群芳妒”，写其高风。梅的外观、标格，至此有了固定化的精神特指和文化内涵。

（二）梅花的高洁与柔弱

我们读到的咏梅诗，最多的是宋诗。《全宋诗》中所收咏梅诗四千多首。梅花坚贞高洁的品格象征，也多在宋诗中出现。但是，解读梅花意象在《红楼梦》中的指向，不能仅局限于宋诗。六朝两位诗人的咏梅诗，很值得引起我们的注意。其一是鲍照的《梅花落》：

中庭多杂树，偏为梅咨嗟。问君何独然？
念其霜中能作花，露中能作实。
摇荡春风媚春日，念尔零落逐风飚，徒有霜华无霜质。

这里，对梅花侧重在同情，而不是欣赏和赞美。最后一句“徒有霜华无霜质”，更含有批评的意味，意指梅花质弱，不耐霜雪，终归零落。

其二是南朝梁何逊的《咏早梅》，也是六朝咏梅名篇。

兔园标物序，惊时最是梅。
衔霜当路发，映雪拟寒开。
枝横却月观，花绕凌风台。
朝洒长门泣，夕驻临邛杯。
应知早飘落，故逐上春来。

梅花“衔霜”“映雪”，早绽却又早陨。诗人赞其美，叹其孤，悲其遇。曹雪芹之于黛玉和妙玉，不也是“赞其美，叹其孤，悲其遇”吗？

从这两首诗，以及妙玉的精神气质和命运结局，我们可以比较肯定地认为，《红楼梦》中梅花的象征意义，除了指向高洁的品格，还指向“徒有霜华无霜质”的柔弱。

梅花象征着清洁孤高。清洁孤高，是妙玉与黛玉共有的性格特征。黛玉“孤高自许，目无尘下”，妙玉“自谓蹈于铁槛之外”“万人不入他目”，二人都爱洁成癖。如果说妙玉爱洁是喻托法的暗写，黛玉的爱洁，则是直写。妙玉要砸掉刘姥姥用过的茶杯，暗示她的精神与生理洁癖。第二十五回“魇魔法姊弟逢五鬼”，宝玉的脸被烫伤，不让黛玉看，“知道他的癖性喜洁，见不得这些东西”，直写黛玉洁癖。

但是，现实生活中，爱洁的结果是什么？屈原爱洁，最终“不周于今之人兮”“吾独穷困乎此时也”，身投汨罗；黛玉爱洁，“一年三百六十日，风霜刀剑严相逼”；妙玉爱洁，则“过洁世同嫌”。二人的结局，一个是“玉带林中挂”，一个是“冷月葬花魂”。（丁羲元先生指出，“冷月葬花魂”，不是预示黛玉的死亡，而是暗示妙玉的结局。）

黛玉与妙玉是世之高洁者，又是世之寂寞者。如梅花般“寂寞开无主”，但她们的仙姿清韵，令人赞叹仰慕。面对世俗的强大，她们又是无力的，如梅花般衔霜傲雪，却又摧折于霜雪，最终“零落成泥碾作尘”。

（三）红梅花的入世与离尘

妙玉这个人物形象，是入世与出世两种人生态度的矛盾结合。她以庄子的“畸人”自居，自称“槛外人”，并非如欧丽娟女士所说，是她“沾沾自喜”的标榜，而是她在精神上拥有“畸人”的特质——“畸于人而侔于天”，不合时宜，却合乎自然。她身在佛门，相对与尘世，是在“铁槛之外”。但她又无法超越自我，她的青春热情和生活态度，沉陷于情与物的执着，心灵上实在“槛内”。红梅在《红楼梦》中的另一重喻托，就是喻示妙玉既在红尘之内，又在红尘之外。

第四十九回，妙玉门前的红梅，“如胭脂一般，映着雪色，分外显得精神”，红梅花傲岸美丽的姿态，散发着青春的艳丽和一派勃勃生机，让我们感受到妙玉的美丽与人格光华。但这美丽的姿态却不是一个出家修行之人应该有的清寂与单调。“红”与“胭脂”，在《红楼梦》中更是有着特殊的寓意。

“红”在中国传统文化中，象征热情、吉祥和喜庆，蕴含着中华民族积极向上的进取态度；同时，“红”又喻指“女性”。《红楼梦》作者自称“悼红”，主人公贾宝玉则是“怡红”。小说的主题来源，《西厢记》“花落水流红，闲愁万种，无语怨东风”，寓含“红颜薄命”。“红”代表生命绽放的话，“落花”则代表生命的凋零。随水而逝的落花，是众女子青春逝去，或生命不再。人世的悲欢离合与生命的无可奈何，就是《红楼梦》所要抒写的巨大悲哀。

“红”又是胭脂。贾宝玉有“爱红”的毛病，这个“红”就是女子嘴上的胭脂。妙玉门前的红梅，“如胭脂一般，映着雪色”，意味深远。

另外，“红”是贾宝玉的生命色。怡红院的匾额是“怡红快绿”，贾宝玉生命的喜悦，就在“红”“绿”之间。妙玉门前种着红梅，她使用的杯子是“绿玉斗”，也在“红”“绿”之间。

妙玉与宝玉，同为“美玉”，同为“畸人”。二人的关系，绝不是世俗化的暗恋和意淫，更多是精神上的同质性。妙玉的“欲洁何曾洁，云空未必空”的矛盾，是入世与出世两种人生态度的矛盾，这种矛盾挣扎，是宝玉的挣扎，也是《红楼梦》作者的挣扎。作者把自己和主人公宝玉的这两种生活态度，分别由黛玉和宝钗承担。黛玉承担其出世的理想，宝钗承担其入世的沉迷。妙玉出世的特征，是黛玉的侧面；入世的特征，则是宝钗的侧面。

《红楼梦》常把梅与菊联系在一起。第五回，用梅与菊来喻仙姑。第四十一回则暗写栊翠庵内种着菊花。贾母带刘姥姥品茶栊翠庵，“至院中见花木繁盛”。当时是秋天，“我花开后百花杀”的菊花时节，此时盛开的，定是菊花了。梅与菊又一次并置，除了喻妙玉与黛玉都是“花中君子”，都具傲骨和逸气，也喻示本是“槛外人”的妙玉，精神上有入世的倾向，身在“槛内”的黛玉，精神上有出世追求。

用来烹茶的梅花上的雪，也有双重喻托。梅花与雪，一方面，让我们联想到黛玉的轻盈和纤尘不染。另一方面，也让我们想到宝钗的“冷香丸”。冷香丸也与花有关，是用四季花蕊制成。收集四季花蕊和收集梅花上的雪一样，耗时费力。冷香丸“从南带至北，现在就埋在梨花树底下”。妙玉这一瓮雪也是从南带到北，也是埋在地下。梅花上的雪，花的寒香和雪的寒冷，蕴含“冷香”二字。何况还有“雪”与“薛”的联想。

第五十回宝玉所作《访妙玉乞红梅》，“入世冷挑红雪去，离尘香隔紫云来”句，明点“入世、离尘”，喻妙玉有“入世”和“离尘”双重特征。妙玉身上既有对世俗生活的热情与陷溺，又有超世俗的精神追求，这个形象乃是黛玉和宝钗两个形象的集合。

而妙玉与宝玉的关系，以及她在《红楼梦》中的定位，通过第二十三回宝玉所作《冬夜即事》诗，我们可以得到比较肯定的启示。

二月二十二日，宝玉随众女儿搬进大观园。“且说宝玉自进花园以来，心满意足，再无别项可生贪求之心。…… 他曾有几首即事诗，虽不算好，却倒是真情真景。”其中，《冬夜即事》写到梅花。

梅魂竹梦已三更，锦罽鹴衾睡未成。
松影一庭惟见鹤，梨花满地不闻莺。

梅是妙玉，竹是黛玉，鹤是湘云，梨花与金莺，是宝钗。

梅与竹，前文已论及，分别指妙玉与黛玉。鹤，当指湘云。小说中，屡屡以鹤比湘云，湘云的纯朴、疏阔，也一如“野鹤闲云”。梨花与金莺则指宝钗。宝钗曾住梨香院，宝钗的冷香丸埋在梨花树底下，梨花的颜色，与雪（薛）相同。黄金莺是宝钗丫鬟，金也指向金锁，是宝钗的属性。黛玉的潇湘馆里，后院种着梨花；宝钗的室内案上，瓶里供着菊花。这岂是偶然？

宝玉梦中之人是黛玉，而宝玉之魂，却是妙玉。书中三个重要女性，钗、黛、湘，皆与宝玉有情爱关系。据张爱玲对早期版本的研究，宝钗婚后早逝，宝玉续娶孀居的湘云。这就是第三十一回“因麒麟伏白首双星”的寓义。

妙玉排在三个主要女性角色之前，那么，妙玉在《红楼梦》中的定位，也就清晰了：三个女性角色是辅，宝玉与妙玉是主。正如梅花是“贾府—梦境”之间的一个联结，宝玉与妙玉，分别在“槛内—槛外”“现实—理想”的两端。二人乃是一个形象的两个侧面，互为观照。

四、结语

因为妙玉这个人物形象具有复杂性和多重性特征，梅花在《红楼梦》中的意象所指，也具有多重性。梅花的象征意义主要有三种：第一，喻指妙玉的仙姿逸韵和精神高标；第二，喻示妙玉不耐寒风摧折，终归零落；第三，喻示妙玉精神上有入世与离尘两种矛盾的冲突。

梅花在《红楼梦》中的重要性，正是源于妙玉这个形象的重要性。《红楼梦》的起点与终点，指向主人公贾宝玉。妙玉因是宝玉副本，妙玉的代表花——梅花，也就成为《红楼梦》中一年花事的起点和终点。

亲情中的失败者——贾政

王汇涓
新乡学院

贾政在贾府中处境尴尬：在贾府男人群里，他是一个格格不入的正统者，寂寞独行；在贾府的女人群里，他也是一个失败者，尴尬孤独。

一、男人群里的一个孤独正统主义者

（一）一个真正的正统者

贾政曾经做了一个“砚台”的谜语，内中有句：“身自端方，体自坚硬。”（人民文学出版社1982年版《红楼梦》第二十二回，下引《红楼梦》原文皆出自此书，不再一一注明。）《红楼梦》中的谜语往往和人物形象相吻合，在作者心目中，贾政就是如砚台般“端方”。他从小深受儒家文化的影响，接受了儒家的科班教育，加之“来往诸客屏侍座陪者，悉皆才技之流”（第十八回）。算得上是贾家的一个忠实正统主义者，是一个最标准意义的读书人。在妹夫林如海眼中，“其为人谦恭厚道，大有祖父遗风，非膏粱轻薄仕宦之流”（第三回），所以，当林如海想推荐女儿的老师贾雨村的时候，毫不犹豫迈过了地位更高、世袭荣国公的大舅兄贾赦，直接选择了他。贾政也果然不负所托，不仅为雨村推荐官职，而且就此和雨村结为好友，大观园题咏的时候，贾政是惦记着“将雨村请来，令他再拟”，希望雨村参加自己家的文章盛事，而恰恰就在这次游玩中，“有雨村处遣人来回话”（第十七回）。窥一斑而见全豹，从一来一往中可见贾政与贾雨村平日里彼此看重，往来不绝。贾雨村是知名的才子，他与贾政的交好可以看作出于对贾政的了解和对林如海评价的认可。的确，和一味好道对家中大事都可以置若罔闻的贾敬相比，和“作什么左一个小老婆右一个小老婆放在屋里”（第四十六回）的贾赦相比，和“听见两个姨娘来了，便和贾珍一笑”（第六十三回），内有无限隐情的贾蓉父子相比，和国丧家丧之中偷娶尤二姐的贾琏相比，甚至和“潦倒不通世务，愚顽怕读文章”（第三回）的宝玉相比，贾政都更符合封建社会的规范，在贾府的这群老爷少爷中，他是一位难得的正统儒家继承人。

（二）一个孤独者

贾政对贾家的这些男人们是颇有点规劝之意的，可惜有行动而无实际收获。

贾珍为可卿丧礼用了豪华棺木，只有贾政规劝，可他的理智在和贾珍的对可卿情感的拉锯战中，自然处于下风。他的亲兄长贾赦和他的思想更是格格不入的，面对贾环所作的诗词，贾政骂他“将来都是不由规矩准绳，一起下流货”（第七十五回），平日里不多言语的贾赦此时估计是多喝了几杯酒，刚才已经对着贾母讲出了那个偏心的笑话，对待母亲尚且如此，对待贾政这位兄弟更是自然流露出了一些心声。贾赦公然与贾政唱起了对台戏，对他的所谓的“规矩”暗暗敲打：“咱们的子弟都原该读些书，不过比别人略明白些，可以做得官时就跑不了一个官的。何必多费了工夫，反弄出书呆子来。所以我爱他这诗，竟不失咱们侯门的气概。”贾赦借着贾环隔山打牛，讽刺贾政“可以做得官时就跑不了一个官的”，大约贾赦不会忘记贾政官职是靠着父亲上了遗本，皇帝体恤先臣而额外赐给的。在贾赦看来，这个和自己一样得了父母好处才做官的弟弟天天摆出标准读书人的款儿，天天谈什么“规矩准绳”，是相当可笑的，于是借薄醉微醺之机，嘲弄他就是那“多费了工夫”“弄出的书呆子”，甚至刻薄地说出贾政对贾环的批评失了“侯门的气概”。这看似玩笑的语言里实际上抒发了贾赦很多年来对贾政积蓄起来的不满，是二人关系的真正揭露，贾赦已经把话说到这个份儿上，贾政还要对兄长规劝，恐怕总是白费力气。

贾政在两个儿子面前，都是不可亲近的严父形象，宝玉对他是能躲则躲，走路都盘算着绕开他："再或可巧遇见他父亲，更为不妥，宁可绕远路罢了。"（第八回）听说贾政叫他，全家人都为宝玉捏了一把汗："袭人正记挂着他去见贾政，不知是祸是福。""那林黛玉听见贾政叫了宝玉去了，一日不回来，心中也替他忧虑。"（第二十六回）父子关系在他人眼中恶劣如此，可惊可叹。不仅宝玉如此，贾政的另一个儿子贾环也是如此，见了父亲，立刻"唬的骨软筋酥"（第三十三回），在别的事情上并不投缘的兄弟两个在对待父亲的态度上，却难得一致，当然，这是令贾政最为尴尬的一种一致。

继承了贾政这位读书人正宗衣钵的估计只有两个人：一个是他的儿子贾珠，一个是贾珠的儿子、他的孙子贾兰，可惜，贾珠早逝，贾政希望成空，贾兰尚小，尚不能成就气候。在贾府中，正统主义者贾政尴尬孤独，寂寞独行。

二、女人群里的一个亲情失败者

（一）与贾母的教育权之争

和贾母的关系里，贾政并无过错，但是贾母年迈，已经没有精力对满堂儿孙都照顾周全，于是在贾母心里，贾政的定位就从自己的爱子转化成自己爱孙宝玉的"老子"，这一转化，贾政对母亲的孝心就经常性被母亲忽略，母亲看到的，只是他对宝玉的苛求而已，在贾母嘴里心里，这个宝玉的"老子"是个十分过分的角色，"才他（宝玉）老子拘了他这半天，让他开心一会子罢"（第十八回），"好生带了宝玉去，别叫他老子唬着他”（第二十三回），一个“拘”字，显示了母亲对贾政耐心苦心管教儿子的不认同，一个“唬”字更是曲折地表现了对贾政的不满。她默认贾政和宝玉在一起，就是一种对宝玉的“难为”，这种感觉甚至强烈到“知（贾政）不曾难为着他（宝玉）”“心中自是喜欢”（第十八回）。由此看来，贾母虽然表面认可贾政对宝玉的教育权，但潜意识里对贾政管教宝玉是颇有点意见的。到了宝玉生病时，贾母就借着对赵姨娘怒骂表达了对贾政的指责；甚至在外人张道士面前，贾母也不掩饰对贾政的不满：“又搭着他（宝玉）老子逼着他念书，生生的把个孩子逼出病来了。”（第二十九回）贾母由于对宝玉的溺爱，已经把贾政放在了宝玉和自己的对立面上，这对贾政来说，显然不是很公平。但是，贾母虽然有时也指着他来吓唬宝玉，希望宝玉听话：“以后再私自出门，不先告诉我们，一定叫你老子打你。”（第四十三回）但归根结底，贾母是不希望他过多插手宝玉的教育的。贾政的悲剧在于他有着特定时代的固有属性，不可能有脱离这个时代的超脱，即使知道母亲不喜欢，让他放弃对儿子的管教还是绝对不可能的。贾政对宝玉的不能不管教和母亲对宝玉的溺爱有过一次大的冲突，那一次，贾政是铁了心要完全掌控儿子的教育权，免得儿子将来到了“弑君杀父”（第三十三回）的程度，但是，贾母借着王夫人说出了：“他将来长大成人，为官作宰的，也未必想着你是他母亲了。你如今倒不要疼他，只怕将来还少生一口气呢。”这些指桑骂槐的话使贾政顿觉“无立足之处”，他实在无法背负母亲如此沉重的指责，于是，刚才还愤怒而执着的贾政在贾母面前一跪再跪，精神上更是一败涂地，就此，再也不敢起和贾母争夺教育权的念头。

（二）对妻妾关怀的缺失

不能见宠于贾母的贾政在夫妻关系中，也是一个失败者，这种失败，主要表现在他对妻妾关怀的缺失上。社会传统所给他的那种家长尊严的设定使他丧失了夫妻之间的情趣。他的妻子王夫人与他关系十分疏离。

王夫人的姐妹薛姨妈带着儿女来贾府探亲，贾政便“使人上来对王夫人说”（第四回），要留下王夫人的这些亲戚，表面看起来是夫妻间的和睦表现，也算当着人给足了王夫人面子，但是，“使人上来对王夫人说”这几个字，总让人隐隐觉得夫妻二人关系并不十分亲近，连这等事情都不曾事先商定，到得事情上才来走一个客套的形式。而且，同回书还有一处细节让人觉得贾政与王夫人甚少居住在一起，“每日或饭后，或晚间，薛姨妈便过来，或与贾母闲谈，或与王夫人相叙”，此时贾政并未宦游，如果长居王夫人房中，估计薛姨妈不会如此经常方便地出入吧？平日里，王夫人和贾政的会面可能少之又少，以至于二人的亲儿子宝玉看到贾政在王夫人房中商议事情，书中居然用到“可巧”（第二十三回）二字，可见这场面多么不易见到。贾政和王夫人的情爱，早就名存实亡。

贾政有两个姨娘，周姨娘并不得宠，在贾政房中只是个模糊的影子，除了就班点卯外，别无故事，赵姨娘却不同，她是贾政的爱妾，贾政经常歇宿在她房中，两人甚至还能谈谈给两个儿子娶什么样的妾这样的私房话，她还为贾政生下了一儿一女，但是，对这样的一个女人，贾政也是缺失庇佑的。赵姨娘在家里的实际地位十分低下，她是贾政名正言顺的妾，可在贾府中，地位尚比不得两个未过明路的小一辈的妾——贾琏的妾平儿和宝玉的妾袭人。赵姨娘虽然深深憎恶这一点，但是也从未奢求过贾政帮自己提高地位，身边的人是最了解贾政的，当赵姨娘宁肯选择魇魔法都不肯寻求贾政的援手，大约也只说明了一件事，她虽然糊涂昏聩，但也看出了贾政是不会为这些事情对她施以援手的，她根本对贾政不抱任何希望。贾政的行事风格是：“素性潇洒，不以俗务为要，每公暇之时，不过看书着棋而已，馀事多不介意。”（第四回）连督造大观园这种大事在他那里都是“俗务”，他甚至连贾珍、贾琏谁负责什么都不清楚，“贾政听了，便知此事不是贾珍的首尾，便令人去唤贾琏”（第十七回），可谓糊涂至极。侍奉过元妃的僧尼“贾政正想要发到各庙去分住”（第二十三回）。贾芹的母亲偶然动了念想，想为贾芹讨要一个差事，去求了凤姐，凤姐“便依允了”，结果，凤姐想了主意告诉王夫人，王夫人和贾政商量，贾政惯例叫了贾琏具体实施，凤姐叮嘱了贾琏，连环套下来，本该贾政做主的事情就这么偷梁换柱，被凤姐把持。这件本该贾政当家的差事，凤姐居然可以不假思索地应允，只能说明，这种事情不是第一件，也绝对不是偶然的一件，这种事情，在凤姐看来，已成常态，所以，她才敢答应得如此爽快。由此，我们也能感觉出，凤姐为什么不把赵姨娘放到心上了，贾政连自己的家族中如此重要的事情都不肯用心，被人随意拨弄，赵姨娘的事情，他就更“潇洒”地不肯放在心上了，凤姐等人趁机对赵姨娘肆无忌惮地踩踏，完全是基于对贾政长期的了解，实际的蔑视。赵姨娘的不肯求助，也基于同一原因。

贾政努力做着贾府的正统者而不被接纳，贾母的好儿子而不得承认，妻妾们的好丈夫而实际恰恰相反，他努力归正着自己和周边人的人生轨迹，可惜收效甚微。

宝玉——叫不醒一个装睡的人

百　合
中铁三局三公司

一

春天，和姐妹们一起放风筝，在桃花社里填柳絮词；夏天天热，妹妹懒懒的，姐姐淡淡的，没人搭理顶无聊，不想洗澡，也别跟我提水晶缸里还湃着果子，才不要吃，不如撕扇子玩吧——嗤啦一条，嗤啦一条，换姑娘千金一笑；秋天开螃蟹宴，席上喝的是合欢花浸过的酒，记得池子里的破荷叶不要拔呀，妹妹还要“留得残荷听雨声”；冬天，干脆一起来烤鹿肉吧，烤得滋滋冒油也口水直流，还要去栊翠庵踏雪寻梅，折姿态上好的一枝来插瓶，又红又香，众人围着啧啧赞叹——这些吉光片羽的段落影像感丰沛，如唯美的文艺电影画面，连缀成了富贵闲人宝二爷的四时岁月。

都是在世上走一遭，但生活于他，竟可以如此省心又如此丰富，如此闲散又如此绮丽，宝玉这种活法引一代一代的草根读者意淫向往。

现在，静下心来想一想，是什么为他托起了这些惬意欢畅？可以一边厢“宝鼎茶闲烟尚绿，幽窗棋罢指犹凉”，一边厢“吟成豆蔻诗犹艳，睡足酴醿梦也香”。

陈文茜有言：“你觉得生活容易，是因为有人帮你承担了难的部分。”正可挪用过来做答案。

先是祖上。没有好爸爸得有好爷爷，没有好爷爷得有好太爷，前人栽树后人乘凉，蒙祖余荫这个词不是随便用的。宝玉这块青埂峰下的顽石，虽然无才去补苍天，但非常善于钻研投胎技术，一出生就有个好出身。宁荣二公自不必说，当初宁公之子贾代化在战场上浴血厮杀身负重伤，是仆人焦大把他从死人堆里背出来，整整两天自己忍饥挨渴喝马尿，将好不容易找来的半碗水喂了他，九死一生才捡回一条命，是他们提着脑袋用生命和鲜血给子孙后代挣来了荣华富贵。正因经历当年的不易，焦大才对他们的败家行径痛心疾首，大叫着要“去祠堂里哭太爷去”。八月十五中秋夜，贾珍饮酒作乐时忽听得隔墙传来的毛骨悚然的诡异长叹，便是祠堂里先祖发出的一声悲鸣。

再是亲人。朝里有人好做官，更何况是宫里。宝玉的亲姐姐元春在三千佳丽的竞争中脱颖而出，做了皇帝的贤德妃，是她为身后的娘家赢来了皇恩浩荡，让贾家鲜花着锦、烈火烹油更上一层，连凤姐都要调侃着称贾琏一声“国舅老爷大喜”。但是有几人能体会元妃的不易？历来伴君如伴虎，无一日不朝乾夕惕，唯恐引来杀身之祸殃及全家。面上看来风光无限，但省亲时一句“送我到那不得见人的去处”便漏了底儿，那才叫说多了都是泪。在做人上，元春更是低调再低调，省亲之夜，一见“天仙宝境”四字，连忙让换成“省亲别墅”。临上轿前反复叮嘱“倘明岁天恩仍许归省，万不可如此奢华靡费了”。直说了吧，就是“这有钱也不是这么个花法啊”！

不怪元妃心疼，贾府为了这几个小时的归省，盖了这么大个园子，再大的家业，这么干也难免亏空。

二

人前既然充了门面，人后就不免为钱日夜发愁。贾琏面对这宫里太监隔三岔五的“暂借”不胜其烦，做开发财梦：“这会子再发个三二百万的财就好了。”凤姐不得不当着对方的面半真半假地说先把她的两个金项圈当了去。

连局外人冷子兴都知道:“如今外面的架子未倒，内囊却也尽上来了。”所以有点头脑盘算的，都明里暗里找后路，有的为己，有的为公。

李纨知道储蓄，积谷防饥，为自己和儿子攒点体己以防万一。不吭不哈，只进不出。凤姐一时兴起替李纨算了笔账，又是月钱又是收租又是分红，抖出李纨一年下来能有四五百两银子的节余。

凤姐本人则熟谙资本运作，拿佣人们待发的月钱放高利贷，也算打个时间差投资理财项目，以公谋私。

宝钗劝说邢岫烟咱们如今不比从前，该俭省的就俭省，因为知道四大家族同气连枝一损俱损，要居安思危，未雨绸缪。

秦可卿临死，还托梦给凤姐，时局易变圣心难测，谨防乐极生悲，要为这赫赫扬扬的家族想好退路:“但如今能于荣时筹划下将来衰时的世业，亦可谓常保永全了。”因为贾府目前祖茔虽四时祭祀，但没有专款专用钱粮；家塾私立，也没有专款专用的供给。针对这个漏洞，她提的建议高明至极:不妨趁现在富贵之时，在祖茔周边多置田产，索性把家塾也迁到祖茔旁边。将来万一犯了罪，家产要充公，但国法规定祭祀产业可以不充。这样一来，即使败落下来，子孙也依然有学上，有田种，读书务农做个耕读之家，也算是一条退路。真是高瞻远瞩、深谋远虑，看来从过去到未来，房地产投资都永不过时。

最让人惊喜的是探春，理家期间她既节流又开源，双管齐下。一边蠲掉府里不必要的开支，一边锐意改革搞创收。探春极具商业悟性，跟赖家的女儿聊了回天，竟然一下子开了窍，“一个破荷叶，一根枯草根子都是值钱的”，开始在自家推行新政，实行承包责任制，就这么一点小变动，给家里一年省出几百两银子的开销。

三

有人在背后日夜筹谋，但也有人尚不知时艰。未来的荣国府接班人宝玉，就一点危机感都没有，何止于他，贾珍、贾琏、贾蓉，哪一个不是躺在祖宗的基业上混吃等死。贾府阴盛阳衰，运筹帷幄本应是男人们的事，可这些却全让精明贤达的女主人们代劳了，无怪老曹发出一声喟叹："金紫万千谁治国？裙钗一二可齐家。"

就连怡红院的大丫鬟们，也被宝玉惯出了骄奢之风。

袭人"手中散漫"，晴雯自己说"玻璃缸、玛瑙碗不知弄坏了多少"，清明如麝月也难逃此染。晴雯生病时，请来的大夫要给车马钱，按惯例需得给一两银子。麝月拿了一块银子，竟不认识秤，不知道一两银子是多少。宝玉道："拣那大的给他一块就是了。又不做买卖，算这些做什么！"麝月听了，便放下戥子，拣了一块掂了一掂，笑道："这一块只怕是一两了。宁可多些好，别少了，叫那穷小子笑话，不说咱们不识戥子，倒说咱们有心小器似的。"办事的婆子笑他们："那是五两的锭子夹了半边，这一块至少还有二两呢！这会子又没夹剪，姑娘收了这块，再拣一块小些的罢。"麝月早掩了柜子出来，笑道："谁又找去！多了些你拿了去罢。"

这一段看的人呵呵了，婆子心里一定说："土豪啊土豪，我们一直做朋友吧！"麝月再是个明白人，但奈何怡红院固若金汤自成一统，大家都不拿钱当回事儿，床下面就放着一吊一吊零花钱，谁想赌时拿一吊出去就是，哪里知道家里财务形势之严峻。就像懵懂小儿，虽然耳边常听人喊"狼来了"，但是日子久了，没有亲见，只当大人在唬人。

《红楼梦》捱到最后，怡红院里只剩了麝月留在宝玉身边，穷困潦倒举家食粥，当被一文钱困住动弹不得时，麝月可曾闪回自己当初为摆阔而随便丢出去的那几两银子，现在想起会不会心疼得想挠自己？

四

在一定程度上，对钱财的态度，就是对现实的态度。理财能力是一个人最核心的生存能力之一。财商高低决定了一个人对风险的预判应对和对自身生活的掌控能力。

文艺女生林黛玉，文艺归文艺，但财商绝对不低。她能对探春的改革大加赞赏，还忧心忡忡对宝玉说："如今若不省俭，必致后手不接。"宝玉却满不在乎道："凭他怎么后手不接，也短不了咱们两个人的。"

黛玉听了，什么也没说，转身就往厅上寻宝钗说笑去了，似乎与宝钗更有共同语言。这个回应与平常很不一样，按黛玉的个性，至少应该尖酸刻薄一下才符合套路，而这一次不同，黛玉居然破天荒选择了收声。

黛玉变了。从一开始写"何不食肉糜"式的"盛世无饥馁，何须耕织忙"，到如今的"咱们家里也太花费了，我虽不管事，心里每常闲了，替你们一算计，出的多进的少"，看得出这不是一时兴起，而是已经在经常性地思考家计。凤姐曾经隐晦地提到有事求黛玉帮忙，黛玉打趣她"使唤人"，两人虽没有明说，但凤姐能有什么求黛玉呢？诗词文章不可能，针黹活计更不可能，不外乎就是帮忙理理账目、记记流水，黛玉因此掌握了几分贾府财务的核心机密，才有了以上的忧虑。她说的是"咱们家"而不是"你们家"，这表明在此地生活多年，潜意识里她已经不拿自己当外人，将贾府视为了自己家。

她生出了主人翁的责任感，开始试着降落烟火人间，操心一饭一蔬、一丝一缕的来处和去处。梨香院的戏子小厨房里的菜，廊下的鹦鹉院子里的鹤，乃至一砖一瓦、一花一竹，这些费心维系的场面讲究，哪一样不是靠一两一两的银子养？而收支严重失衡，这表面上的繁荣还能维持多久？一大家子人未来将何去何从？人无远虑必有近忧，是该好好采取一些措施了。聪慧的少女开始蜕变成熟，变得理性务实，她懂得仰望星空，也要脚踏实地，这是多么令人欣喜又欣慰的成长。

遗憾的是，宝玉的心智还停留在少儿区。他拒绝长大，理财这种事他不懂，也不想懂。危机感衍生自责任感，一个溺爱中长大，从来没有培养过责任感的人，不可能有危机感。他有的只是扬扬得意的优越感，无视大局，只用小儿女情怀抖机灵：再怎么没钱，也不会亏到你我头上。未曾料，黛玉与他的思想早已不在一个频道，更不在一个境界上。

成长已经不同步，这对号称知己的灵魂伴侣，在财政这个看似庸俗却最现实的问题上，在这里第一次发生了实质性的分歧，原本一致的三观上迸出第一道裂痕，看得人不由心里咯噔一下。黛玉对嬉皮笑脸的宝玉那傲然地一转身，是失望也是鄙视，仿佛在说：“我叫不醒一个装睡的人，给你个背影自己体会去吧。”

香菱影娟魄寒的爱情江湖

张桂琴
仪征红迷会

世事如白驹过隙，瞬息万变，“等闲变却故人心，却道故人心易变”。缘聚缘散，人总是在那回眸之间，美丽便消失了。心痛，可却只能无奈，蓦然回首，清泪暗弹。月有阴晴圆缺，人有悲欢离合，那些纷纷扰扰的爱恨情仇，已恰似一江春水向东流。情爱中的主角，也是“乱哄哄，你方唱罢我登场”。

香菱是《红楼梦》中第一个出场的不幸的女儿，万艳同悲第一人，自幼被拐子偷了去，等到初长成，便成了待卖的“商品”。“酷爱男风，最厌女子”的冯渊一眼看中了她，立意买去做妾，立誓从此不再结交男子，也不再另娶，此乃祸根也。拐子无良，又为赚钱，第二日又将英莲卖予“丰年好大雪”的薛家“呆霸王”薛蟠，意欲卷走两家银子，逃往他乡。薛蟠也一眼看中了香菱，与冯渊起争执，互不相让，导致冯渊被薛蟠打死。香菱应是个一等一的美女，有人评说她是《红楼梦》中最美的女孩儿，根据是第七回“送宫花贾琏戏熙凤　宴宁府宝玉会秦钟”中周瑞家的与金钏儿的对话：“倒好个模样儿，竟有些像咱们东府里蓉大奶奶的品格儿。”“我也是这么说呢。”东府的蓉大奶奶秦可卿，兼有薛、林二人之美，又是主子奶奶，香菱之美丽绝不会在可卿之下，否则，周瑞家的和金钏儿断不肯下此评语。

英莲变成了香菱，质地高洁的莲委落红尘，成为野草闲花群落中的一株菱花。遭此磨难的她，依然浑融天真，毫无心机，总是笑嘻嘻地面对人世的一切，恒守着她温和专一的性格。终得薛姨妈怜爱，摆了几桌酒席，明堂正道地给了薛蟠做妾。薛蟠爱香菱吗？我想最初是爱的，如果薛蟠有爱的能力的话。然而薛蟠是个没有长性的人，他的爱能持续多久？他的情会有多深？且看贾琏和王熙凤两口子是如何为香菱抱屈的，也琢磨下作者是如何运用机括来写菱卿事的：

> 贾琏笑道："…… 生的好齐整模样。我疑惑咱家并无此人，说话时因问姨妈，谁知就是上京来买的那个小丫头，名叫香菱的，竟与薛大傻子作了房里人，开了脸，越发出挑的标致了。那薛大傻子真玷辱了他！"熙凤道："…… 那薛老大也是'吃着碗里看着锅'的，这一年来的光景，他为要香菱不能到手，和姨妈打了多少饥荒。也因姨妈看着香菱模样儿好还是末则，其为人行事，却又比别的女孩子不同，温柔安静，差不多的主子姑娘也跟他不上呢，故此摆酒请客的费事，明堂正道的与他作了妾。过了没半月，也看的马棚风一般了，我到心里可惜了的。"

香菱的判词"莲枯藕败""平生遭际实堪伤"，暗示了她一生遭遇不幸。在《红楼梦》第六十三回"寿怡红群芳开夜宴"中，她抓的是一枝并蒂莲，题着"联春晓瑞"和一句宋诗"连理枝头花正开"。这是宋代女诗人朱淑真《落花》诗的一句，全诗为："连理枝头花正开，妒花风雨便相催。愿教青帝长为主，莫遣纷纷落翠苔。"也是对香菱悲剧命运的预见。

薛蟠寻花问柳，终致被痛打，香菱哭得眼睛都肿了。有人据此判断香菱是爱薛蟠的，虽然后者不配得到这种痴情。对此，笔者不敢苟同。香菱没有选择爱与被爱的权利，她只能选择顺从命运。薛蟠是她生命中唯一的男人，她只能习惯，"嫁乞随乞，嫁叟随叟"。也许是相处久了，或多或少有些喜欢，但绝对不是爱。她唯一的男人，她的依靠（虽然并不能成为她的依靠），被人打了，她怎么能不哭呢。一哭男人被打，二哭男人寻花问柳，三哭未来渺茫，如此痛哭，眼睛焉能不肿。

薛蟠外出做生意，给了薛宝钗带香菱进入大观园的机会，香菱的人生在这里亮起了一片暖色，点燃了她生命中沉睡的潜质。她拜黛玉为师，几经失败，终于成功，梦中得句，写出了“精华欲掩料应难，影自娟娟魄自寒”“博得嫦娥应借问，缘何不使永团圆”的精彩诗句，赢得众人赞赏，被补为“海棠诗社”的社员。给香菱的人生带来了几许慰藉，也给了读者一些小小的安慰。

香菱的这首《咏月》在首联便直入主题，通过“精华”“娟娟”“寒”三个词，把所咏对象——月亮（根据时间推算，此时应快到下旬，故为下弦月）的精气神都烘托了出来；接下来的颔联从天上自然承接到人间，通过“砧敲”“鸡唱”“白”“残”等情景的组合进一步增添当晚月亮清冷孤寂的意境；颈联为“转”，转向人事或议论，点明咏物之用，参看本诗的颈联，也成功地做到了此点，其中“红袖”二字便已点明咏者身份和视角，闺阁相思之情已然透露；尾联之合，当为继续发挥，或能题外引申。观本诗之尾联，系为承接颈联而合三联，全盘托出了诗人的咏月情思：自幼被卖，吃尽苦头来到大观园，面对西沉残月、千里清辉，诗人自感身世飘零，盼望与家人团圆的心绪便油然而生。但残月尚有团圆之日，而香菱却永无团聚之时，回到故乡的只是一缕香魂。全诗的立意全在一个“寒”字上面，整首诗歌的格调也由此而定，通过各联的层层铺垫和渲染，营造出了一幅清冷孤寂的情境。天地的清冷孤寂，也正是诗人内心的清冷孤寂，这种天人合一、物我两忘的境界也正是中国传统诗歌所要追求的至高境界。虽为咏月，却正是香菱悲惨遭际的自况。读罢此诗，不由人不为之潸然泪下。

香菱对于诗歌的热爱不能为常人所理解，但黛玉、宝玉是懂香菱的：“这正是‘地灵人杰’，老天生人再不虚赋情性的。我们成日叹说可惜他这么个人竟俗了，谁知到底有今日。可见天地至公。”但天地是不公的，一个苦苦追寻美丽、浪漫、自由、快乐生活的天真的花季少女，一年之后又会有怎样的命运等待着她？慈悲的曹公，为可怜、可悲、可叹的香菱留下了一段天真烂漫、欢快诗意的日子。然而，这也是香菱舛苦命运到来的伏笔。薛蟠外出做生意黏上了夏金桂，使得香菱“香魂返故乡”。

世界上有很多东西是可以挽回的，譬如良知，譬如体重。但是不可挽回的东西更多，譬如旧梦，譬如岁月，譬如对一个人的感觉。薛蟠对香菱的情已逝，香菱的心中情也难再相付。香菱有没有爱上薛蟠、有没有为不该为的薛蟠伤心已不重要，重要的是她为不该为的薛蟠丢了性命。

香菱是美丽的，她的人生是令人扼腕叹息的。她与冯渊是一种孽缘，一切尚未开始便结束了，彼此擦肩而去，如烟花的瞬美，已悄然而逝。在芸芸浮生千万里，缘起缘灭。和薛蟠在一起，暂时有了家，有了可以栖息之所。她唯一的追求，就是能和园子里的小姐们一起读书作诗。幼年被迫离家的惨痛，那一度思量，一阵心痛，或许会在读写中真正忘却。短暂的大观园生活，使香菱（英莲）的生命蒙上了一道惘然的美丽。

甄家丫头娇杏“偶因一着错，便为人上人”，甄府千金英莲却是“有命无运，累及爹娘”。元宵节与家人离散后，英莲的生命从此如落花、如流云、如飞雨、如飘尘，她与冯渊的初相逢，便使得冯渊坠入情网，怎奈又落入呆霸王薛蟠之眼，以致冯渊命归黄泉。甄英莲从此变成了香菱、秋菱，“菱花空对雪澌澌”。如果说娇杏与雨村的初相见成就了一段善缘，那么英莲与冯渊、薛蟠则是催命的孽缘。

冷面郎君柳湘莲的戏剧人生

刘海梅（绿衣）
绵阳师范学院附属学校

喜欢演戏的人容易把生活与戏剧混为一体，以为生活就是戏，戏就是生活，必须要有强烈的冲突方不负一生。1983年版《射雕英雄传》中黄蓉的扮演者翁美玲就把自己的男朋友当成了郭靖，可惜汤镇业在生活中不愿意扮演郭靖那样的角色，做不到郭靖那样专一，于是戏没拍完，翁美玲就因情自杀。

《红楼梦》里贾府养的十二个专业演员，龄官的画蔷、芳官的打架都是令人难忘的好故事。作为戏班票友的柳二郎同样在台上台下演出了轰轰烈烈的人生故事。

柳湘莲本是世家子弟，能够入宝玉法眼，自然长相俊美；美也就罢了，还多才多艺，吹笛弹筝无不擅长，雅意横生，惹人喜爱；这么个妙人儿还喜欢演戏，经常上演缠绵悱恻的生旦风月戏。舞台上他就是那行如扶风、面如芙蓉的美娇娘，为情生，为情死，情不知何起，却一往而深。他扮演的眼波流转的温柔美娇娘俘获了大批铁杆迷妹、迷弟，如果柳二郎生在今天，谁能与他争天下？

柳湘莲在戏台上那一处衣袂飘飘、那一眼深情款款，一下网住了在风尘里久经打磨的尤三姐。尤三姐这个天生的尤物不满足于天生丽质，偏喜欢打扮得出色，自有一种万人不及的风情体态，把贾府那一众男子迷得魂不守舍，她也落得衣食上占些便宜，过着挑三拣四的生活。谁能知道看一场戏，看一眼冷面郎君就能让放荡不羁爱风流的三姐收心养性呢？ 三姐要从风尘岁月里退隐了。她打定主意，柳湘莲来则两人结成姻缘；如无缘分见面，就青灯黄卷守庵门。三姐要洗脱一身的风尘味，做个贤良淑德的良家女子。

只是三姐下此决心时，柳湘莲并不知道自己有这么个迷妹，有这么个痴心恋人，他一如既往地快意人生，赌博喝酒，眠花宿柳。

美艳度爆表的柳湘莲可不只有三姐一个粉丝，他因故到赖大家陪坐一下，就能让薛蟠想入非非，着了道儿。薛蟠仗着自己家“珍珠如土金如铁”，以为撒几个钱就可以把又穷又美的戏子柳湘莲弄到手、包养下来。薛蟠看走了眼，柳湘莲可不是蒋玉菡，能够被达官贵人包养；更不像学堂里的香怜、玉爱等，有几个银子他们就会上赶着讨好卖乖。冷到酷的柳湘莲在舞台上多情娇弱，在生活里却是喜欢行侠义之事，充满阳刚之气。他酷好耍枪舞剑，直男气息直破书页，怎么能够被一个草包薛蟠包养呢？薛蟠这样的想法，在柳二爷看来是对自己身份的侮辱，于是他把这个敢觊觎自己的薛蟠打得一佛出世、二佛升天，不看在宝玉等人面子上打死都有可能。后来机缘巧合，柳湘莲又救了薛蟠，薛蟠就不记得柳湘莲打过自己，只记得他救过自己，对柳二哥是巴心巴肝地维护。当柳湘莲订亲后，薛蟠想的是尽己之钱帮助柳湘莲。真是断袖不成友谊常在，只要有你在身边就好，最起码有你的消息也好，薛蟠不愧是柳二爷的头号粉丝。

在帅哥美女堆里打滚的宝玉对柳湘莲也是心心念念，难以相忘。在赖大家里，明明两人已经见礼，宝玉还非要赖尚荣把柳二郎留下来，非得两人吃个体己茶细述一番才行。不知两人在一起有什么好说的，宝玉走的文艺范儿，柳爷走的江湖路。只是宝玉没有唐突柳二郎，两人明显是宝玉主动粉柳湘莲的戏码。

冷面冷心的柳湘莲为何能如此受欢迎？穷、好看、演个小旦很成功就能被别人倾心以待吗？当然不是！

柳湘莲性情豪爽，不拘细事，虽然赌博吃酒、眠花卧柳，这和当时的男子并无二样，但是他对朋友是忠信的，花钱是大方的。虽然“一贫如洗”，也要留几百钱为朋友秦钟重修坟墓；虽然“纵有几个钱来，随手就光的”，却早在十月初一之前就“打点下上坟的花销”。对待亡故的朋友尚且如此，对待活人就更不必说了，红楼四侠之一的他确实当得起“侠”字，侠义人生过得顺风顺水。他的侠还表现在英勇机智且不畏权贵，面对薛蟠对自己的调戏，他用计顾全了朋友赖尚荣的面子又痛打了薛蟠，但未伤其筋骨。五年后柳二爷看到薛蟠财物被劫，性命堪忧，他又挺身而出救下了薛蟠，两人结下生死情谊。柳湘莲的侠不只是快意江湖，还是怀有仁慈之心的侠。

柳湘莲不掩饰自己的喜好，确实把生活过成了自己喜欢的样子，把本来要置房结婚渐趋平稳的普通生活硬生生地加上了戏剧冲突。

古人都说娶妻娶德，柳湘莲没这样的想法，偏说“我本有愿，定要一个绝色的女子”，于是在只听贾琏说尤三姐是个绝色的后就订亲了。后来他听宝玉说三姐在宁国府里待过，与宝玉也混过一月时，马上表示自己看重贞烈，马上毫不犹豫地悔婚，跌足道:“这事不好，断乎做不得了。你们东府里除了那两个石头狮子干净，只怕连猫儿狗儿都不干净。我不做这剩王八。”柳湘莲并不介意自己此前许婚，现在他不想和尤三姐成婚了就当机立断退婚，忠实于自己的内心。

也许柳湘莲并不是看重贞烈，只是戏演多了，自己也难免入戏。所以尤三姐还剑时自刎了，他的态度又变了，哭泣道:“我并不知是这等刚烈贤妻，可敬，可敬。”他扶尸大哭一场，哭什么？ 三姐自尽也不能证明或者挽回自己的清白，也未必他就不做王八。明显他哭的是三姐为自己而死，自己却不知她情深就此错过。他喜欢的是三姐对自己的爱用这样强烈的戏剧方式表现了出来，于是他承认她是自己刚烈的妻。

是啊，天生尤物三姐容颜本就不一般，来见柳湘莲时又精心打扮过，拥有摄人心魄的美；性情又这等刚烈，只凭见一面就可以为自己而死，那一剑下去让结亲、退亲的事变得如烟花一样美丽却又短暂，极大地震撼了柳湘莲。

此时，柳湘莲经常表演的戏与他的生活融为了一体，只是他没想到生活比舞台上的戏还要戏剧化，还要惊心动魄！他哪里能分清这是戏还是生活呢？他不能不沉溺在这样剧烈的戏剧冲突中，于是，他从眠花宿柳的豪侠、风流缠绵的戏子到将万根烦恼丝一挥而尽，随瘸腿道士出家浪迹天涯。这不过就是瞬间的事儿，回想他的订亲，两者草率如出一辙。这段根本就没开始的情感从三姐死后倒获得了新生。

说到底，柳湘莲并不被社会主流看好，他不爱读书、好演戏、有点钱就大手大脚花尽，算是社会边缘人。作为边缘人，他当然也没把社会规则、道德标准放在心上。要不他不会暴打薛蟠，不会唐突地在面对地位高出自己很多的贾琏前退婚。有时想，如果他在妓院里遇到绝色美女，经过交往，她能爱他爱到为他去死，他也许都会娶她为妻。他所谓的“不做这剩王八”只不过是他不能理解尤三姐，她都没见过自己，怎么可能对自己有深厚的情感？既然两人并无深厚的感情，当然他不想娶一个陷入风月泥淖中的女子，不想被婚姻束缚，他虽然是侠，但不是救世主，他只救他认为可救的人，而三姐显然不在其中。

柳湘莲冷的是面，随的是心，戏剧化的是人生。他入戏太深，一般的淡泊情感难以打动他，冷面郎君柳二郎正好喜欢这与众不同的一生，正好喜欢这段美如花、短如烟、烈如酒的情缘，借此缘看透世态，来个不一样的人生收梢。

浑融天真莲转菱，幽谷乖蹇哭劫生——说香菱

菡　萏
湖北省荆州市

香菱是红楼里最为命苦的一个女孩子，不仅貌美还兼具许多特质，身上涵盖了女性几乎所有的优秀品质。也是书中第一个出场的女子，位居薄命司副册之冠，在通部粉黛里排名第十三。十二钗一过，作者便为其另起炉灶，像一朵迷人、令人惋惜心疼的小花，虽不能飞雁惊鸿，却在转身不经意处，陡然惊艳。我们读她不仅是内心的一份感动和绵绵不绝的热泪，更多的是对人性冷漠的一种鞭挞与思考。

香菱的一生很是曲折，充满了传奇色彩和戏剧性。她实是小姐，却身为奴婢；她具金闺花柳之质，却饱受精神和肉体的双重折磨。即便如此，依旧保持着自己的微笑，用一句“记不得了”便把往事烟消掉了。她就是用这种华丽的微笑掩盖了内心的苦痛，这是我们最为感动的，也是最不忍的。如果说痛苦和欢乐是一个人的左右两个心室的话，那么她跳动的永远是那个快乐的心室，因为痛苦的大门，早已被她含着眼泪紧紧关闭了。

香菱的一生可谓伤痕累累，遇到的几乎都是坏人。她遇到的第一个坏人是拐子，也就是这个拐子改变了她的一生，把她从一个千金小姐变成了一个任人买卖的婢女，要不然她同样可以过着奴婢成群，双亲怜爱的日子。在与拐子生活的七八年间，她屡遭磨难，如惊弓之鸟，没有一丝安全感。当当年的小沙弥套问她家乡年纪时，她因被拐子打怕了，不敢实说，只是摇头，言记不得了，拐子系她亲爹，因没钱才要卖她。可见拐子一直在打骂虐待这个美丽的少女，实是个恶魔！

她遇到的第二个坏人是薛蟠。薛蟠到底是一个什么样的人？可能有些人读《红楼梦》，并不觉其恶，反而觉其豪爽温热。这只是他的一面，是我们用内部人的眼光在看他。在外人眼里，他们家就是金陵一霸，是横行霸道、倚财仗势之门，即便是打死个把人也形同儿戏，依旧能大摇大摆扬长而去，国法纲纪置若罔闻。薛蟠进京入住贾府后，更是狂嫖滥赌，无所不至，比当初还要坏上十倍，实是个无恶不作之徒。他进贾府家学，也是因为动了龙阳之兴，学里多数子弟均被他哄骗上手，包括香怜、玉爱、金荣等。第十回中，金寡妇说那薛大爷一年不给不给，这二年也帮了咱们有七八十两银子。己卯侧批："因何无故给许多银子？金母亦当细思之。"蒙侧批："可怜！妇人爱子，每每如此。自知所得者多，而不知所失者大，可胜叹者！"可见世上哪有免费的午餐，同时也说明薛蟠的骄奢淫逸、荒淫无度。

薛蟠对香菱，起初肯定是向往的。凤姐对贾琏说过："那薛老大也是'吃着碗里看着锅里'的，这一年来的光景，他为要香菱不能到手，和姨妈打了多少饥荒。也因姨妈看着香菱模样儿好还是末则，其为人行事，却又比别的女孩子不同，温柔安静，差不多的主子姑娘也跟他不上呢，故此摆酒请客的费事，明堂正道的与他做了妾。过了没半月，也看的马棚风一般了，我倒心里可惜了的。"虽是这样，但那时香菱的日子还算是风平浪静，顺风顺水的。第六十二回斗草时，香菱说她有夫妻蕙；宝玉过生日时，她擎了一根并蒂花，上面写着"连理枝头花正开"，可见那时她和薛蟠尚能和谐相处。香菱实是个对生活要求很低的人，能容得下便好。到了夏金桂进门，千方百计刁难陷害后，薛蟠便觉其碍眼，看得草芥不如，以至于棍棒相加，更别提夫妻之道了。

香菱遇到的第三个坏人，就是门子。当年拐子租住的就是他家的房屋，他明知道香菱的真实身世，并未告知，还为雨村出谋划策，简直就是一个地道的奴才。在这里，我们权作一种人性的冷漠，不去理论。

香菱遇到的第四个坏人是贾雨村。雨村心机颇重，是个忘恩负义，狼心狗肺之徒，明知道香菱系英莲，为保住乌纱，讨好贾王二府，装作不知，香菱的身世也就石沉海底，永无天日了。雨村穷困潦倒之时，靠卖字撰文为生，虽胸存大志，怎奈神京路远，非他所能抵达，多亏香菱之父甄士隐慷慨相助，为其封了五十两纹银，外加两套冬衣作为盘资，才得以赶上春闱。看到这里，观者几欲坠泪，两套冬衣足见甄士隐考虑之周到，待人之温暖。想香菱落难之时，除了宝玉忧叹，何曾有人倾情相助！这是作者对人性血淋淋地批驳，甄家乃姑苏望族，她若不丢失，也是一个千娇万贵的大小姐，父母的心头肉、掌上珠，只可惜命运多舛，命薄若此。

贾雨村春闱高中后，又娶甄家丫鬟娇杏为妾，不久后扶正，这个奴婢都比香菱过着千好万好的日子，我们怎会不为之一叹。后来雨村被革职，又依附门生林黛玉投靠贾家得以起复应天府，接手的头件公案便是两家争夺一婢，打死人命一事。小沙弥道出原委，并故作聪明为其筹谋，想雨村何等样人，一代奸雄，怎会不知如何处理，只是碍于颜面，借坡下驴而已。《红楼梦》无一处闲笔，在他和门子对话中间，作者轻描淡写插入一句“王老爷来拜”，也就是说薛姨妈王家的势力到了，薛家倚财仗势，这个仗势仗的就是薛姨妈娘家之势。那时雨村就心知肚明，内有成算，但回来后仍佯装不知，并一再冠冕。脂砚斋挥笔一连批了几个“假”字。最后即使知道香菱就是当年的英莲，恩人之女，为了头上乌纱，笼络住这股人脉，还是置英莲死地而不顾，断送了她唯一一次归家的机会。他的夫人娇杏也不会不晓得，就是这些人的冷漠，把香菱的命运进一步推向了深渊。

香菱遇到的第五个坏人是夏金桂，一个“外具花柳之姿，内秉风雷之性”的人，从小娇生惯养，喜怒无常，养成唯我独尊的性格，是个瞧万万人都不如己的人。对香菱这个才貌双全的小妾更是妒火中烧，栽赃陷害无所不至，大有宋太祖灭南唐之意，卧榻之旁岂容他人酣睡！续书里把她发挥得更是不堪，水性杨花，大有娼门之色。也就是说这个夏金桂除了貌美之外，几乎一无是处，和薛蟠正是旗鼓相当，天造地设的一对，一个只有貌，一个只有钱。香菱夹在毒妇恶夫之间，怎会有太平的日子过。再者薛蟠本是草莽，外强中干，又喜新厌旧，几招过后，便臣服于夏金桂，对香菱厌恶之极。

因为薛蟠，香菱又遇到了薛姨妈，也就是她的婆婆。不能说薛姨妈这个人有多么的不好，但就其为人，也好不到哪里去。薛姨妈的特点：一是纵子，溺爱不明；二是只要一出事，首先想到的便是找亲戚帮忙或出钱摆平。我们从第四十七回可窥一斑，薛蟠调戏柳湘莲不成，反遭痛打，薛姨妈意欲告诉王夫人，遣人寻拿柳湘莲，却被宝钗劝住说："如今妈先当件大事告诉众人，倒显得妈偏心溺爱，纵容他生事招人，今儿偶然吃了一次亏，妈就这样兴师动众，倚着亲戚之势欺压常人。"此乃中肯之话，也是实话。还有第八十回，夏金桂也说："谁还不知道你薛家有钱，行动拿钱垫人，又有好亲戚挟制着别人。"所以看红楼很难对这个姨妈产生好感。

我们再看薛姨妈待香菱如何？ 香菱是一个温柔、安静、贤淑的女子，说话办事懂礼知分寸，且心地纯良，是个非常好的女孩子，平日里不会做出什么出格之事。随薛蟠进京后，先给薛姨妈使唤，后来一直服侍薛蟠。到了第七回，周瑞家的送宫花时，她已留了头，说明已是薛蟠的小妾。在古代妾是一种很尴尬的身份，介于半主半仆之间，对上你是仆，但对下你是主，也要呼奴唤婢的。但在薛姨妈眼里，你是我们家买来的就永远是我们家买来的，这是铁定的事实。尽管知道香菱很好，温柔安静，一般的主子小姐都跟不上，但心里并不真正看重和怜爱香菱。

薛蟠挨打后无颜见人，要出远门。薛姨妈先是叫香菱和自己睡，结果宝钗说："妈既有这些人作伴，不如叫菱姐姐和我作伴去。"薛姨妈说："正是我忘了，原该叫他同你去才是。我前日还同你哥哥说，文杏又小，道三不着两，莺儿一个人不够服侍的，还要买一个丫头来你使。"薛姨妈首先想到的是一直委屈了自己的女儿，不够人使，她们口里说的作伴只

是涵养，实是充役。在其心目中，她的女儿是最娇贵的，而香菱只配服侍人，可见一个买字便拘定了一个人的一生，宁不悲乎！一直到第八十回，夏金桂容不下香菱，变着法地陷害香菱。薛姨妈的做法就是，赶快找个人牙子，不拘几个钱卖掉完事。你想想香菱从十二三岁便进入薛家，一晃好多年过去了，现在的身份早已是一个明堂正道、尽人皆知的妾了。虽然没生下个一男半女，也不能说卖就卖，张口就来，再者大家族哪有卖妾之说，撵了便是。就是在贾府，丫鬟大了，有的还开恩放出去，自己另行择夫，相信后来的袭人绝不会是被卖出去的。读此便觉得十分可恶，也只能为香菱一大哭！

另外薛姨妈还小气吝啬，对香菱很是苛刻。他们家是珍珠如土金如铁的豪门大户，以富著称。第六十二回，香菱和芳官、蕊官、藕官、荳官斗草，被荳官推到积水里，裙子湿了半扇。宝玉跌脚叹道："你们家就是一日糟蹋这一百件也不值什么……但姨妈老人家嘴碎，饶这样着，还说你们不知过日子呢。"这里的"你们"二字自然不会包括宝钗，也不会有薛蟠在内。薛蟠从小就挥金如土，使钱弄性，不像宝玉想挥霍都没得钱。薛家包括奴仆本来就那么十几个人，主要还是指香菱，这是天下婆婆的通病，儿子花多少钱都不在乎，媳妇一用就心疼。宝玉这样的外人都知道姨妈嘴碎，肯定平日薛姨妈经常唠叨数落香菱。宝玉还说免得惹姨妈生气，让香菱等着不动，自己回去把袭人的裙子拿来换上。这是宝玉的心细之处，我们也不难看出这个书中口口声声说的慈姨妈，对香菱有多么严格。曹侯写文一向绵里藏针，总是在不经意处刺你一下，前面所说的什么宝琴相送之类的话，只是障眼法，为何情解石榴裙，就是惧怕婆婆。书中还有一句，说宝玉此话，正撞在香菱心坎上了，可见薛姨妈嘴碎，不喜欢香菱是实。

实际富家的生活并不是我们想象的那样，挥金如土，你得看是谁！越有越奸这句话是不错的，给这样的人家做媳妇不是一件易事。像邢岫烟没等过门，因为戴了一块探春送的玉佩，宝钗都教育过她，此一时不比彼一时了，你看我身上可有这些富丽闲装，要一切从简才是等。虽说一针一线，当念物力维艰，但也不能太过，他们家的钱，只不过都大把大把花在外面打官司，吃喝嫖赌，奸男占女上了。

当然香菱也遇到了好人，宝钗算一个，宝钗对她做了两件好事。一是把她带进园中，她才得以过了一年多清净的日子；二是第七十九回她母亲要卖香菱时，被她拦了下来，把香菱要到了自己名下，不仅解救了香菱，同时也保全了薛家的颜面。但宝钗这个人等级观念特别严重，是个要人尊敬的人，她虽喊香菱为菱姐姐，心里未必真重她。香菱央告她说："好姑娘，你趁着这个工夫，教给我作诗罢。"宝钗却道：我说你得陇望蜀呢！

香菱是一个非常可怜的人，她对别人没要求，对自己要求却很高。她羡慕园中姐妹，倾慕她们的才华，也希望自己能过上这种诗情画意高品质的生活，实是向往一种美好的精神生活。宝钗婉拒后，她等晚饭一过，宝钗往贾母那一去，便径直来找黛玉。

林黛玉，一个真正温暖，并把她当作朋友看待的贵族小姐，遇见她应该是香菱人生中的一大幸事。黛玉是一个伟大的女性，她的光芒足可以经受得起时间的检验，随着我们每一个人年龄的增长和生活阅历的增加，随着岁月流逝，朝代更迭，会有越来越多的人喜欢她。不喜欢她的人可以给她安上小性儿、爱哭、清高这样那样的缺点，但你永远不可能把她和虚伪、冷漠、世故、圆滑这样的字眼联系在一起。她和宝玉与别人的区别所在，就是身上永远闪烁着人性中最温暖、最动人的光芒。

黛玉是一个内心通透之人，她对香菱笑道："既要作诗，你就拜我作师。我虽不通，大略也还教得起你。"说得何其自然，没有半点扭捏之态。她还说："你又是一个极聪敏伶俐之人，不用一年的工夫，不愁不是诗翁了！"一下子就给香菱建立了信心。并且还是一个极好的老师，不仅教育方法好，尚有足够的耐心和爱心。她先给香菱布置作业，开出书单，也就是前期积累；还说作诗立意要高，不能墨守成规，流于俗套，此乃紧要之处。在黛玉循循善诱和香菱自己的刻苦努力下，香菱终在梦中吟出佳句，成为大观园里的诗人。

黛玉对香菱一生的重要意义，在于为她开启了一道通往精神世界的大门，从此香菱的人生有了一个质的飞跃。

但有一点不明，就是香菱最初的文化从何而来？她被拐时尚小，不知甄士隐是否教她识字，和拐子生活后就别谈了，房子都是租住的，到处流浪，到薛家也是不可能。脂批中说她且曾读书，唯一的解释应该是自学。她也说她读过一些书，喜欢陆放翁的诗："重帘不卷留香久，古砚微凹聚墨多。"这点就比袭人、晴雯强得多，她们在宝玉身边那么久，都不识字，也没有这种求知的欲望，故香菱颇令人感动。

有关香菱的年龄，很多人说她是三岁被拐，实际这是不准确的。在第一回里，书中开篇交代英莲三岁。说一日，炎夏永昼，是夏天，甄士隐抛书午倦，伏几少憩，梦见一僧一道且行且谈，论及灵河岸边三生石畔，有绛珠仙草一棵，因神瑛侍者日以甘露灌溉，才得以存活，修成女体，腹中缠绵了一段情意。近日因神瑛侍者凡心偶炽，绛珠仙草也愿随其下凡，以泪还之，这就有了《红楼梦》的诞生，同时也为我们开启了一段伟大的爱情故事。神瑛侍者贾宝玉是也，绛珠草林黛玉也，我们从中可知，香菱三岁时，宝黛尚未出生，香菱的年龄至少比宝玉大三岁，比黛玉大四岁。文中时间推移到八月十五，中秋节士隐宴请雨村，并助他进京。倏忽又到元宵佳节，这个"倏忽"也不知道倏忽了几年，但最少是转过年，也是第二年了，霍启（祸起）抱着幼小的英莲看社火花灯，不幸把英莲丢失，也就是说，英莲丢时至少是四岁而不是三岁。书中第四回葫芦僧乱判葫芦案，由雨村口中得知"闻得养至五岁被人拐去"与门子之话相符，应该是事实。拐子卖她那年她十二三岁，薛蟠十五岁，宝钗比薛蟠小两岁，香菱的年龄和宝钗差不多，应该稍大一些。因《红楼梦》中人物的年龄比较混乱，我们不做深究，但读的人也不能凭臆想草率定论。

香菱貌美，有多美，书中没有正面描写，但我们可从不同人的眼光中得知。第七回，周瑞家的送宫花，就对金钏儿说："倒好个模样儿，竟有些像咱们东府里蓉大奶奶的品格儿。"金钏儿也回说："我也是这么说呢！"秦可卿号称红楼第一大美女，以此我们可知香菱的纤细袅娜和文静美好。脂砚斋在第四十八回也批："细想香菱之为人也，根基不让迎探，容貌不让凤秦，端雅不让纨钗，风流不让湘黛，贤惠不让袭平，所惜者幼年罹难，命运乖蹇，致为侧室。且曾读书，不能与林湘辈并驰于海棠之社耳。然此一人岂可不入园哉。故欲令入园，终无可入之隙，筹画再四，欲令入园必呆兄远行后方可。"是说香菱这个人长得不比凤姐和秦可卿差，并且各个方面都很优秀。贾琏第一次遇见香菱也是眼馋肚饱的，大有艳羡之意，对凤姐说："生的好齐整模样。我疑惑咱家并无此人，说话时因问姨妈，谁知就是上京来买的那小丫头，名唤香菱的，竟与薛大傻子做了房里人，开了脸，越发出挑的标致了。那薛大傻子真玷辱了他。"仔细看"玷辱"二字，薛蟠实实不配也。

香菱不美，拐子也不会把她拐出来养大，再卖个好价钱。冯渊是名乡宦，家境殷实，酷爱男风，最厌女色。但一见香菱就一改原意，并立马破价买下，应该是惊为天人，才能如此决绝。并说再也不近男色，也不续娶，唯香菱一人是也，并定下三日后正式迎娶，也足见重视，不能不说动了真心，同时也可知香菱之美好！这种美好不光是容貌上的，想冯渊其人也该见过多少容貌俏丽之女子，香菱若是庸常之辈，他怎会动心。一个人除了容貌还应该有个气场，恰是香菱那种恬静和纯洁深深打动了他。

拐子人卖两家，薛家势大，冯家难以抗衡。但冯渊并没退却，亲自上门索人，结果搭上了小命。薛蟠初见香菱也觉其相貌不俗，他是个俗中又俗之人，竟也知人之好坏，可见美好的东西足以打动任何人，便在十五岁那年做下命案，惊动金陵、京城两地，弄得香菱未进贾府，已尽人皆知。假使香菱果能嫁于冯渊，也算不失为一个好的归宿，正像她自己说的"今日孽债已满了"，说不定还能找见自己的亲生父母，就因为

半路杀出这么个程咬金来把她死拉硬扯地拖走了，她的命也只能一薄再薄了。

我们再说香菱的品格。香菱是个内心非常明净之人，故书中多次叫她憨香菱、呆香菱，是说她像碗清水，没有任何心计城府，看问题也单纯。我们每个人无非就是一个目光问题，香菱喜欢用自己的眼光看待别人。当听到薛蟠订婚的消息后，这个处境将是最危险的人，反而最高兴。她巴不得夏金桂早点过门，好有个伴，卸去一半责任，诗社也多个才貌双全的姐妹。她以为自己喜欢吟诗别人也喜欢，她以为她心有草木之情别人亦有，只可惜事与愿违，夏金桂的出现，直接导致了她的死亡。倒是宝玉一直为其忧虑，反遭她嗔怪。

薛蟠被柳湘莲暴打后，我们不见薛姨妈和宝钗咋样，倒是她先把眼睛哭肿了。这个丫头心太实，对阿呆兄那是真心实意的好，可惜薛蟠不知惜福。

香菱一直心有诗意，虽然她生活的天空是灰暗的，但她眼睛却是纯净的。她丝毫没有因为生活的丑陋，而把自己的心灵挤压变形。她有一颗最为干净的心，像一颗露珠那样纤尘不染。第八十回，夏金桂找茬要给她改名字，说谁闻到菱角花还有香味的。香菱道："不独菱角花，就连荷叶莲蓬，都是有一股清香的。但它那原不是花香可比，若静日静夜或清早半夜细领略了去，那一股香比是花儿都好闻呢。就连菱角、鸡头、苇叶、芦根得了风露，那一股清香，就令人心神爽快的。"这样的善感倒有点像宝玉，一点渣滓都不曾有，在她的眼里世间万物皆是可爱的，都有着自己清香的轨道和美好，这岂是夏金桂之流能比能知的！

她对黛玉说她读王维的诗："大漠孤烟直，长河落日圆。"就想起当年上京时的情景，说那日下晚，便湾住船，岸上又没有人，只有几棵树，远远的几家人家做晚饭，那个烟竟是碧青，连云直上。你看，这就是香菱，她的眼睛始终是清澈的，即便是在惊慌失措被买卖的途中，皆充满诗意的平静。

我们再说香菱的出身。香菱的父亲是甄士隐，甄士隐是一个性情恬淡，不以功名为念的隐士，每日种花修竹，吟诗弄月，是个神仙一流的人物。英莲被拐后，又遇火灾，投人不着，丈人半哄半赚，他也就逐渐落魄下来，最后看破红尘随疯道人出了家。实际曹雪芹在大荣枯前写了这么一段小枯荣，是一个帽子，也就是一个总纲。甄士隐家住姑苏城，金陵也，亦十二钗出生之地。十里街，势利也。仁清巷，人情也。家傍是葫芦庙，糊涂也。丈人名风肃，风俗也。作者活画出个炎凉的世态。葫芦庙炸供，牵三带四，把一条街都烧了，说的是皇家内讧，把四大家族都牵连了，应了一荣俱荣，一损俱损这句话。甄士隐实是宝玉的化身，甄士隐的结局便是宝玉的结局。香菱原名甄英莲，真应怜也，真应该可怜的意思，系整个红楼女子的总括，囊括了她们全部的命运，所以她的身上兼具了许多女性美好的气质。

我们读香菱，也就是读众女儿，她们都是从英莲开始，从一朵美丽的荷开始，一直到香菱“根并荷花一茎香”，最后到秋菱“平生遭际实堪伤”，哀婉之叹，“致使香魂返故乡”，也就彻底凋零了。但那份纯洁和美好依在，那份感动和温暖依在。就让我们记住吧！ 记住这群可爱的女子，她们曾来过这个美丽的人世间，并且干干净净活着过。

黛玉，你是个假清高的大俗人

周淑娟
江苏省徐州市作家协会

黛玉之雅，尽人皆知。黛玉之俗，谁人知道？

黛玉是什么人？孤标傲世，目下无尘，秉绝代姿容，具稀世俊美，她看的琴谱被宝玉当作“天书”，写诗夺魁的她堪当香菱的老师。可是，这样的黛玉却自称“俗香”，还有人竟然说她是“俗人”，且是“大俗人”。

第十九回“意绵绵静日玉生香”，是在元宵佳节元妃省亲后。那天，宝玉步入潇湘馆，揭起“绣线软帘”，唤醒午休的黛玉，闻到一股“醉魂酥骨”的幽香。此时，宝玉悔不该追问黛玉之奇香从何而来，引得黛玉恶向胆边生，因为她有“情景记忆”“气味记忆”。

第八回，宝玉曾惊讶于宝钗的一股冷香。在此之前，宝钗和周瑞家的一问一答，说明了“冷香丸”的药方和来历。这“冷香丸”由宝钗的哥哥薛蟠负责炮制，历时良久，原料复杂，所以才有黛玉这次的冷言冷语：“难道我也有什么‘罗汉’‘真人’给我些香不成？便是得了奇香，也没有亲哥哥亲兄弟弄了花儿、朵儿、霜儿、雪儿替我炮制。我有的是那些俗香罢了。”①

宝钗有冷香，宝玉就得有暖香吗？黛玉的香在宝玉眼里是奇香，黛玉却说自己是俗香。“冷香丸”虽由纯天然材料做成，在黛玉嘴里却并不是高雅的东西，是俗香。关于俗香，黛玉明着说自己，暗中指向宝钗。如果你体会不到黛玉的用意和语境，你可以参照黛玉的惯用句式和思维模式。

“你有玉，人家就有金来配你；人家有‘冷香’，你就没有‘暖香’去配？”黛玉骂过宝玉“蠢才，蠢才”后，便对宝玉说了这么两句话。

黛玉才华横溢，妙语如珠，说过无数话，写过很多诗，首推这句话高明。此言一出，你就知道黛玉心里高悬着明镜，一下子戳穿了“金玉良缘”人工炮制的假象。

有人撒泼，有人撒娇。黛玉在撒娇时、闲聊中一语道破“天机”。先看看黛玉口中的对应关系：你 — 人家；人家 — 你。玉 — 金；冷香 — 暖香。

“人家”，自然指宝钗。“你有玉，人家就有金来配你”一句，黛玉意指宝钗主动来配宝玉。第二句：“人家有‘冷香’，你就没‘暖香’去配？”反过来了，黛玉挖苦宝玉为何不主动去配合宝钗。

说曹操，曹操到。两个人正打情骂俏，宝钗偏偏来了。哈哈，难道宝钗感应到有人说她坏话，耳朵发热了？

可惜了，宝黛“二玉”的恋爱生生被打断。你看，刚才他俩是多么甜蜜啊，哪怕含着酸、带着刺：黛玉骂过宝玉“放屁”后意犹未尽，接着骂他“蠢才”，宝玉随口就能编出“耗子精”的“故典”，为林老爷家的小姐取名“香玉”。

后来，贾府来了好多美丽的女孩子，就连冬天都跟着温暖热闹起来。终于盼到下雪，恰如宝玉所愿。

> （宝玉）出了院门，四顾一望，并无二色，远远的是青松翠竹，自己却似装在玻璃盆内一般。于是走至山坡之下，顺着山脚刚转过去，已闻得一股寒香拂鼻。回头一看，恰是妙玉门前栊翠庵中有十数枝红梅，如胭脂一般，映着雪色，分外显得精神，好不有趣！

宝玉赏红梅，湘云吃鹿肉。黛玉身体弱，不吃也就罢了，偏偏话多，笑着说：“那里找这一群花子去！罢了，罢了，今日芦雪广遭劫，生生被云丫头作践了。我为芦雪广一大哭！”湘云当即冷笑道：“你知道什么！‘是真名士自风流’，你们都是假清高，最可厌的。我们这会子腥膻大吃大嚼，回来却是锦心绣口。”

“割腥啖膻”的脂粉香娃，正是“锦心绣口”的魏晋名士。这样的自夸还不够，湘云又送给黛玉两个标签：假清高、最可厌。

冬天，喝酒吃肉的史湘云惊动了林姑娘和李婶。到了夏天，则是“醉眠芍药裀”，吃醉了图凉快，在山子后头一块青板石凳上睡着了，“四面芍药花飞了一身，满头脸衣襟上皆是红香散乱，手中的扇子在地下，也半被落花埋了……”睡着了，也不闲着，嘴里忙着作睡语、说酒令、背文章。湘云确实做到了“真名士”，“自风流”。

在芦雪广，黛玉被湘云嘲笑。在栊翠庵，妙玉也嘲弄了黛玉一番。同样不是热讽，而是冷嘲。黛玉被妙玉嘲弄为“大俗人”，还在湘云说她“最可厌”之前。

应该是金秋时节，贾母带着刘姥姥到栊翠庵吃茶，妙玉用的是旧年蠲的雨水。趁贾母众人吃茶，妙玉拉着黛玉、宝钗吃梯己茶，宝玉悄悄跟了来。宝钗、黛玉喝茶用的杯子是古玩奇珍，妙玉“仍将前番自己常吃茶用的那只绿玉斗来斟与宝玉”。宝玉笑说自己用的是个“俗器”，妙玉先是说了句“狂话”，接着正色道：“你这遭吃的茶是托他两个福，独你来了，我是不给你吃的。”宝玉笑道：“我深知道的，我也不领你的情，只谢他二人便是了。”妙玉听了，方说：“这话明白。”

妙玉和宝玉如此撇清，颇有点“此地无银”的意味。偏偏黛玉多嘴，问妙玉：“这也是旧年的雨水？”和湘云一样，妙玉冷笑起来：“你这么个人，竟是大俗人，连水也尝不出来。这是五年前我在玄墓蟠香寺住着，收的梅花上的雪，共得了那一鬼脸青的花瓮一瓮，总舍不得吃，埋在地下，今年夏天才开了。我只吃过一回，这是第二回了。你怎么尝不出来？隔年蠲的雨水那有这样轻浮，如何吃得。”

湘云说过黛玉“最可厌”，李纨也公开声称讨厌妙玉的为人。妙玉发难，黛玉什么反应？“黛玉知他天性怪僻，不好多话，亦不好多坐，吃完茶，便约着宝钗走了出来。”对了，宝玉呢？是继续陪着妙玉喝茶还是跟着黛玉走了？

我赶紧翻书，唯恐自己出现纰漏。果真，黛玉和宝钗结伴出去后，宝玉和妙玉单独相处，还有一大段对话，关于刘姥姥用过的腌臜杯子该咋办、众人踩过的腌臜之地该咋洗。

> 宝玉和妙玉陪笑道：“那茶杯虽然脏了，白撂了岂不可惜？依我说，不如就给那贫婆子罢，他卖了也可以度日。你道可使得？”妙玉听了，想了一想，点头说道：“这也罢了。幸而那杯子是我没吃过的，若是我吃过的，我就砸碎了也不能给他。你要给他，我也不管你，只交给你，快拿了去罢。”宝玉笑道：“自然如此，你那里和他说话授受去，越发连你也脏了。只交与我就是了。”妙玉便命人拿来递与宝玉。
>
> 宝玉接了，又道：“等我们出去了，我叫几个小幺儿来河里打几桶水来洗地如何？”妙玉笑道：“这更好了，只是你嘱咐他们，抬了水只搁在山门外头墙根下，别进门来。”宝玉道：“这是自然的。”说着，便袖着那杯，递与贾母房中小丫头拿着，说：“明日刘姥姥家去，给他带去罢。”交代明白，贾母已经出来要回去。妙玉亦不甚留，送出山门，回身便将门闭了。不在话下。

宝玉和妙玉说的是家常话、大俗话，却传递着某种微妙的情愫，是欣赏又不止于欣赏，是爱慕又不止于爱慕。你一句，我一句，好不热闹。

湘云嘲弄过黛玉，后续是什么？黛玉也无反驳也不恼，跟着大家即景联诗去了。

黛玉的小心眼向着宝玉而去，那是爱的试探和表达。黛玉的大气象被很多读者忽略、抹杀，源于功利性阅读和选择性评判。

注释

①本文《红楼梦》引文皆出自人民文学出版社出版、中国艺术研究院红楼梦研究所校注本2008年版《红楼梦》，以下皆同，不再详列。

薛宝钗随感：淡极始知花更艳

丛子倩（Cindy）
河北大学

顾城说："宝钗屋子一片雪白。她是天然生性空无的人，并在'找'和'执'中参透看破。她一件件事都做的合适，是因为并无所求。她知道有所求也没有意义。"《红楼梦》最后是彻底的悲剧，在贾宝玉悬崖撒手，探春还在满怀希望地改革之前，薛宝钗早就知道最后会落得白茫茫真干净，她没有贾宝玉那种悟的过程，只是天性如此，一开始就能看破。

薛宝钗外热内冷，天性淡然，堪称山中高士，冷心冷情。刘禹锡有诗云："庭前芍药妖无格，池上芙蕖净少情。唯有牡丹真国色，花开时节动京城。"牡丹：艳冠群芳众女儿怡红夜宴，作者借"占花名"巧妙地把抽签人的性格、命运隐喻其中。宝钗先掣出一支"牡丹"，其评为"任是无情也动人"，正与其"艳冠群芳"的判词相照应。牡丹从不与百花争艳，并不是不屑于争，而是牡丹与百花都有着深深的距离感，就像"蘅芜君"，单单一个"君"字，就显得淡漠疏远了。刘姥姥二进大观园那回，曹公描写了所有人的笑法，就连向往青灯古佛的惜春，也笑得让乳母"揉揉肠子"，唯独没有写薛宝钗，显得她没有参与其中。薛宝钗懂史湘云，懂林黛玉，也可能懂贾宝玉，然而这些人全部不懂她。"淡极始知花更艳，愁多焉得玉无痕"更像是咏牡丹花，自矜自重，淡雅疏离。

行文里的感觉宝钗表面上似乎颇为热心，连对赵姨娘也颇为热络。第五回描写薛宝钗"年岁虽大不多，然品格端方、容貌丰美，人多谓黛玉所不及。而且宝钗行为豁达，随分从时，不比黛玉孤高自许，目无下尘，故比黛玉大得下人之心。便是那些小丫头子们，亦多喜与宝钗去顽"。写到这里世人对薛宝钗有诸多误解，认为她心机深沉处事圆滑，与谁都想搞好关系。认为咏絮词“好风凭借力，送我上青云”彰显了她的野心。然而这句诗的前一句“万缕千丝终不改，任他随聚随分”却被忽略掉了。薛宝钗幼年丧父，与母亲哥哥相依为命而哥哥又不争气，寄人篱下又没有什么依靠，早已明白人间悲苦。所以她早已看透，知道那种无力的执着并不能改变什么，表面是热内心却冷。另一方面不想他人过得太累，于是劝贾宝玉读书，帮助史湘云和林黛玉，宽慰王夫人。能写出“眼前道路无经纬，皮里春秋空黑黄”的蘅芜君早已明白这世界的千疮百孔与腐朽不堪，哪能看得上功名利禄。野心与抱负是两回事，蘅芜君有的是干一番事业的抱负，绝无上位的野心，宝玉不懂她，她又何尝看得上宝玉，所以元春给了她和宝玉一样的赏赐觉得“越发没意思起来”。

宝钗内心里的“空”似乎带着参禅般的“悟”。在第二十二回“听曲文宝玉悟禅机”中宝钗说了五祖弘忍传衣钵给六祖惠能的故事，并道了组偈语：“菩提本无树，明镜亦非台，本来无一物，何处惹尘埃？”禅宗的修行原则是：世人外迷著相，内迷著空。若能于相离相，于空离空，即是不迷。若悟此法一念心开，是为开佛知见。薛宝钗一开始就悟透不执着外相，不沉迷内性，内外都不取法这等禅机，就像心中有“物”，才需“勤拂拭”，心中无“物”，便无尘埃。她与宝玉那种一步步“感悟”不同，是一开始就从娘胎里带的慧根，不以物喜，不以己悲。她给宝玉念戏文：“赤条条来无牵挂，芒鞋破钵随缘化。”宝玉这方顿悟，然而宝钗就像是早已彻悟的禅师，在等着宝玉。

宝钗的空性似乎也来源于她的博学，第二十二回庚辰双行夹批所言：“宝钗可谓博学矣”“总写宝卿博学宏览，胜诸才人”，就连贾政也认可薛宝钗的才华。曹公在薛宝钗博学上着墨颇多，烘托了她“山中高士”的形象。读书越多越了解世间百态，知道执着的无力。在整本书中宝钗是求得最少的。你懂得越多，懂你的人就越少，这大概是宝姐姐的真实写照。

杨丽萍说：“我是生命的旁观者，我来世上，就是看一棵树怎么生长，河水怎么流，白云怎么飘，甘露怎么凝结。”我想，在《红楼梦》中，薛宝钗无疑是生命的旁观者，像一叶轻舸飘忽在生命里，参透了玲珑的生和从容的死，可惜这飘忽的过程并不是美丽的梦。郑愁予说，我那哒哒的马蹄是个美丽的错误，我不是归人，只是个过客。或许贾宝玉是归人，薛宝钗是过客，留下自己过客般的生命。

在《红楼梦》里，无论你是消极避世如惜春，带着一腔热血改革的探春，还是机关算尽的王熙凤，到头来终究是大梦一场，落得“白茫茫真干净”。与他们不同的是，宝钗缘起于“空”，他们缘起于“有”。林黛玉总算还有一知己贾宝玉，薛宝钗却连一知己也没有。缘起于空也好、有也罢，悲剧所在，最后结局却是相似的，这是一些殊途同归的故事。

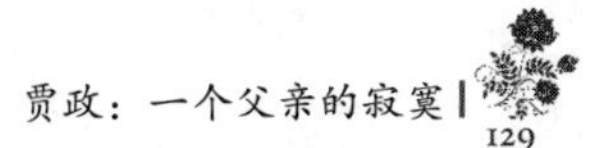

贾政：一个父亲的寂寞

司丽娟
山东青岛市市北区

《红楼梦》为闺阁作传，几百年来读者们为这些在男权压制下的女儿们的命运哀婉叹息，殊不知那些拥有着权力的男人们同样有着不为人知的苦处，贾政便是其中之一吧！作为全书最重要的人物、唯一的男主人公贾宝玉的父亲，贾政有着怎样的寂寞与辛苦？让我们在文本中仔细梳理，从细节中分析解读，或许别有一番感悟。

一

其实算起来，我们所看到的贾府上上下下为人父者，贾政应该是最正面的一位父亲了。这一点，我在少时读红楼的过程中根本无从体会，想来那时中毒太深，不知是从哪里听来的说法，贾政，即“假正人”或“假正经”，于是一直将贾政视为一个伪善的人，是主人公贾宝玉的对立面，是需要被狠狠批判的典型。这个认识根深蒂固，直到这些年，年龄渐长，人生经验愈加丰富，这时才发现，原来有些事情并不是别人所说的那样，每个人都有自己的地狱，人性如此复杂，不要轻易地对一个人下定论，否则偏见会蒙蔽我们的双眼。

作者对贾政的性格、为人以及性情描写，多是通过他人之口点出简短的一两句，如冷子兴、林如海；再就是通过一些不太引人注目的家常小事或对话进行侧写，同样笔墨不多，但将这些零散的内容集合在一起看，就会发现曹雪芹对于贾政的描述几乎都是褒扬之词。

在开场不久的第四回，写薛姨妈一家到了贾府之后：

> 贾政便使人上来对王夫人说："姨太太已有了春秋，外甥年轻不知世路，在外住着恐有人生事。咱们东北角上梨香院一所十来间房，白空闲着，打扫了，请姨太太和姐儿哥儿住了甚好。"

这一段着实可见贾政的细心与体贴，连脂批都说："用政老一段，不但王夫人得体，且薛母亦免靠亲之嫌。"

这一回后面又写他们住进贾府后，薛蟠与贾府的子侄辈沆瀣一气，"比当日更坏了十倍"。紧接着笔锋却一转，引到贾政的性情与为人：

> 虽说贾政训子有方，治家有法，一则族大人多，照管不到这些；二则现任族长乃是贾珍，彼乃宁府长孙，又现袭职，凡族中事，自有他掌管；三则公私冗杂，且素性潇洒，不以俗务为要，每公暇之时，不过看书着棋而已，馀事多不介意。

在"训子有方，治家有法"有处脂批"八字特洗出政老来，又是作者隐意"，意思很明显，是指薛蟠所结交的让他坏了十倍的贾府子侄们应该是宁国府的，即所谓"造衅开端实在宁"。而作为家长，贾政要比整个贾府的其他家长合格得多，他的几个儿女，元春早早便被选进宫去，后来还加封为贤德妃；贾珠，十四岁便进了学，只可惜早夭；而衔玉而生的贾宝玉，更是聪明乖觉，是全家上下的宝贝；还有庶出的一对儿女，探春有着不俗的品貌和才情，只有贾环是个另类，这和他的生母赵姨娘不无关系。整体来说，贾政有贤妻美妾，人丁兴旺，儿女几乎个个是人中龙凤，当然是"训子有方"。至于"治家有法"也绝不是妄言，否则不会以次子身份与贾母住在荣国府正殿荣禧堂，主理荣府事务。

上面这段话还透露出了几个重要信息：

第一，贾政是个知分寸的人，贾家现任族长是贾珍，所以贾政不会插手不该他管的家族事务。

第二，贾政是个以公事为重的人，换现在的话说，他是个典型的事业型男人，家长里短的俗务并不放在心上。

第三，也是很重要的一点，有关贾政的性情。贾政的业余时间主要用来读书下棋，这说明他是个内敛安静之人。他之所以心思细密，体察入微，肯定与他的性情喜好不无关系。从脂批中可以看到，关于涉及贾政的文字点评，用得最多的一词便是“严父”。书中非常重要的一回，第十七回“大观园试才题对额”除了对大观园做了一次全景式扫描，也从侧面刻画了贾政和贾宝玉微妙的父子关系。不仅如此，从这一回的文本中也可以捕捉到“严父”贾政不太为外人所知的性格与情趣。贾政一行人到了日后的潇湘馆、稻香村、蘅芜院时，贾政对这三处居所均做了点评，分别为：

“若能月夜坐此窗下读书，不枉虚生一世。”（潇湘馆）

“此时一见，未免勾起我归农之意。”（稻香村）

“此轩中煮茶操琴，亦不必再焚名香矣。”（蘅芜院）

此处有脂批道：“前二处，一曰‘月下读书’，一曰‘勾起归农之意’，此则‘操琴煮茶’，断语皆妙。”可见，月下读书、归农、操琴煮茶才是贾政心中的理想生活图景，正像第七十八回中所说贾政“起初天性也是个诗酒放诞之人”。年轻时的贾政，其实和贾宝玉有得一拼，也是一个吟风弄月的文学青年。而且他的文艺修养和审美品位绝对不输给宝玉、黛玉及宝钗他们，这一点，在第十七回中体现得颇为详尽，就不在此赘述。倒是后文中的一个小细节值得一提，第七十六回写那个清冷的中秋夜，黛玉和湘云两人偷偷离了席，到凹晶馆赏月联诗。黛玉便说起当年大观园各处的命名，除了采用了宝玉的几处命名，众姐妹也参与了其余各场所的命名，贾政对众姐妹拟的名很是喜欢，特别是黛玉拟的几处，一字不改都留用了。由此可见，贾政对家族中这些女孩子的才情是十分欣赏和认可的。

因此来说，贾政其实是个性情中人，只是这个“真性情”被掩盖在他“严父”的外表之下，不太为人所发现而已。

二

而正是因为贾政的性情，才注定了他的寂寞。

在家族中，他无疑是寂寞的。宁府贾敬一心求仙好道，长年住在城外道观和道士们胡混，家事一概不闻不问；贾敬的儿子，也是现任贾家族长贾珍，更是个“不肯读书，只是一味高乐不已，把宁国府尽翻了过来，也没人敢来管他”的主儿。再看自家荣府，哥哥贾赦，一把年纪只是一味好色，为几把古扇能把人家搞得家破人亡，为几千银两事不惜将亲生女儿嫁给虎狼之人；他认为母亲偏心而心怀不满，可想兄弟二人平日的关系不会太好。这个兄长与贾政无论从性格、情趣，还是价值观、道德感上都没有相通之处，只是徒有血缘关系而已。曾经的钟鸣鼎食之家，翰墨诗书之族如今一代不如一代，周遭尽是些安享富贵的纨绔子弟，而酷喜读书，端方正直的贾政与他们并不同路，在这样的家族大环境下，贾政怎能不感到寂寞？ 若论同辈中能和他有共同志趣的恐怕只有妹夫林如海了，这一点可以从第三回林如海向贾政举荐贾雨村时的一番话中可以得到证明，他是这样说的：“二内兄名政，字存周。现任工部员外郎，其为人谦恭厚道，大有祖父遗风，非膏粱轻薄仕宦之流，故弟方致书烦托。”林如海是前科的探花，钦点的巡盐御史，他对贾政有如此之高的评价，并且向贾政举荐贾雨村，而不是向世袭了一等将军的贾赦举荐，可见他与贾政是互相欣赏的。只是这个远在扬州的妹夫不久便去世了。

婚姻中的贾政也是寂寞的。正妻王夫人，大户人家的小姐，只是连贾母都说王夫人跟“木头似的”，可想而知她的无趣和木讷；两个妾，周姨娘影子一般，赵姨娘俗不可耐，每每惹是生非，丝毫看不出与贾政情趣相投的迹象，或许贾政年轻时贪恋赵姨娘的美色也未可知。

至于贾政身边的众多清客们，多是阿谀奉承之辈，真正有才学之人也不会依附在富贵人家帮闲凑趣，贾政自然知道这个，与清客们的交往不过是他这样身份地位之人必不可少的社交活动而已。贾雨村倒是与贾府来往频繁，只是这人才学固然不错，但他的人品，贾政未必欣赏。为讨好贾赦逼得石呆子家破人亡，贾赦还将贾琏毒打一顿，这件事的来龙去脉贾政一定是知道的。官场中的贾政是个怎样的人呢？开头冷子兴向贾雨村介绍贾府时，说到贾政先是外赐了一个主事之衔，后升至工部员外郎，从第三十七回又讲他被点了学差，返回途中又被派去查看赈济，第七十一回才回到家中。前文有提到他为人方正，谦恭厚道，所以必须说，贾政可称得上是个勤勉清廉的好官，能在官场上做到如此，亦属不多见了。

除了在家族、婚姻、官场等各种关系中可看到贾政的寂寞，他的另一层寂寞便是来自子女对他的疏离了。在这样的大家族里，父权高高在上，子女对父亲因敬畏而疏远倒也寻常，但在贾政家中，两个儿子见到父亲就如同老鼠见了猫似的，可见贾政平日之严厉已到了令儿子十分惧怕的地步。庶出的三子贾环形容猥琐，举止荒疏，贾政本来就不甚喜欢他；而生来不凡、品貌又继承了其祖父神采、被祖母及全家视若珍宝的二子宝玉，偏偏从小好在内闱厮混，不喜读正经书，无意功名仕途经济之道，这真是让贾政又爱又恨。前面提过，贾政年轻时也是诗酒放诞之人，之后规以正路，这“正路”便是儒家正统。可以说，贾政算得上归入正途的贾宝玉，并且归顺得十分彻底。笃信儒教的贾政和离经叛道的宝玉，二人在价值观上的根本分歧，造成父子之间沟通的最大障碍，也注定了他们父子两人像两条平行线，渐行渐远，永无相交的可能。

三

贾政对自己在家中被孤立的情况是有所感觉的，他也努力想要改变，只可惜这努力并不成功。

第二十二回“制灯谜贾政悲谶语”。上元佳节，宫中的元妃和姐妹们互动猜灯谜玩，贾母也来了兴致，组织了猜谜会，邀请众姊妹们来玩乐。贾政上朝归来，“见贾母高兴，况在节中，晚上也来承欢取乐”——这句话着实有趣，可见贾政也是颇有些向母亲邀宠撒娇的童心的。贾政将原本娘们几个的小范围聚会，搞成了好几席的大家宴。他甚至细心地发现，孙子贾兰不在场，特别派人去叫了来。素日里，喜欢热闹的贾母都是带着众媳妇和孙子孙女们说笑玩乐，快活自在的，这次有贾政掺和进来，气氛好像不那么对劲了。来看这一段：

> 往常间只有宝玉长谈阔论，今日贾政在这里，便惟有唯唯而已。馀者湘云虽系闺阁弱女，却素喜谈论，今日贾政在席，也缄口禁言。黛玉本性懒与人共，原不肯多语。宝钗原不妄言轻动，便此时亦是坦然自若。故此一席虽是家常取乐，反见拘束不乐。

这个平日里忙于公务、不惯俗事、绝少有机会和儿女们亲近的父亲，这一天突然就想卸下面具，放松一下，在母亲膝下承欢，与妻儿们同乐，只是不幸的是，他端得太久，不但融不到母亲与妻儿们一起其乐融融的气氛中，反而破坏了原本的欢乐温馨。更加令贾政难过的是，无论是母亲大人，还是儿女子侄辈，每个人所做的灯谜，似乎都透露出不那么吉祥的命运预示。贾母的灯谜是荔枝，意味着“离枝”；元妃所作的爆竹，一响而散；迎春的算盘，打动乱如麻；探春的风筝，飘浮之物；惜春的海灯，清净孤独。皆为不祥之物，贾政因此心内甚是烦闷，以至于回到自己房中，思前想后，竟翻来覆去夜不能寐。

被孤立的“严父”贾政对家庭、对儿女的爱和柔情，令人动容。

他关心宝玉他们的学业，时不时来番即兴考查，出公差前，也不忘布置百十篇必读书目的功课。

结束了几年的学差之后，他因能“复聚于庭室，自觉喜幸不尽”。在一个月的假期里，他“一应大小事务一概发付于度外，只是看书，闷了便与清客们下棋吃酒，或日间在里面母子夫妻共叙天伦庭闱之乐”。

中秋家宴上，他也会为讨得母亲妻儿的喜欢说上一个不怎么入流的笑话。

他甚至会暗自为宝玉和贾环物色两个将来做妾的丫头……

因为爱之深，痛之切，所以当他听说宝玉“在外流荡优伶，表赠私物，在家荒疏学业，淫辱母婢”时，才会气到失去理智，将宝玉一通毒打。正如戚序本脂批的点评：“严酷其刑以教子，不情中十分用情。”

到了第七十八回，贾政对宝玉的态度似乎有了一些转变，这个转变也是贾政对一直想要将宝玉“规以正途”却不成功这一现状的妥协。这一回写贾政与众清客们闲谈，将宝玉、贾环、贾兰叫去命他们各做一首《姽婳词》，其间贾政心中对三人的才学进行了一番比较，尤其肯定了宝玉的才情，后面这段话令人玩味：

> 近日贾政年迈，名利大灰，然起初天性也是个诗酒放诞之人，因在子侄辈中，少不得规以正路。近见宝玉虽不读书，竟颇能解此，细评起来，也还不算十分玷辱了祖宗。就思及祖宗们，各各亦皆如此，虽有深精举业的，也不曾发迹过一个，看来此亦贾门之数。况母亲溺爱，遂也不强以举业逼他了。

这段话里有贾政对自身的反省，有对宝玉的理解，更多的则是无奈。是对眼看着这个百年大族一步步走向末世却无力回天的无奈，是对儿孙中无人可振兴家业这一现状的无奈，这才是这位寂寞的父亲心中最大的痛苦吧！

平儿——《红楼梦》中理想人格的典型

于　烨
山西省太原市语文报社

生活在现实中的人都符合一句话——金无足赤，人无完人。在文学上，这叫作“圆形人物”，和“扁平人物”相对应。也就是说，人都是复杂的、多面性的。中国文学史上存在不少“扁平人物”，一般来说，“扁平人物”是不成功的人物塑造，但是在某些特定时期，由于时代、历史甚至政治等因素，“扁平人物”的创作成了标榜的对象。例如，在中华人民共和国刚成立时期或“文革”时期，“高大全”式的英雄人物就得到提倡。即使是被人们赞不绝口的四大名著之一的《三国演义》也难逃其桎梏。鲁迅先生在《中国小说史略》里谈到：“与显刘备之长厚近似伪，状诸葛亮多智而近妖。”这就是说，作者写诸葛亮的智慧，写得有些夸张，就像妖仙一样，真正现实中的人，不可能那么神机妙算，什么也懂的。诚然，罗贯中的描写是精彩的，但其中弊病也是显而易见的。

明清时期，小说这种文体在中国文学史上逐渐占据了重要的地位，四大名著的出现是个很好的证明，以及《三言二拍》、“晚清四大谴责小说”等，都很具有代表性。《红楼梦》被称为思想与艺术结合的最完美的顶峰之作，原因之一是它是18世纪中晚期社会生活的写实图景，其现实性非常突出。而它之所以成为现实生活的写照，最大原因就是塑造了一批栩栩如生的“圆形人物”。这是明清时代，小说得到发展以来取得的一个重大成就，它已经由塑造“扁平人物”发展到塑造“圆形人物”。《红楼梦》大大小小近400个人物，形象几乎都是非常鲜明的，也由于曹雪芹写的人物都极具现实性，太像是生活在我们身边的人物，而使得很多人物有了不小的争议。其争议不是对人物塑造笔法的异同，而是对人物优劣的评价。比如王熙凤、比如袭人、比如薛宝钗，甚至林黛玉、贾探春等，都是有争议的人物，不过在《红楼梦》中，越有争议，意味着这个人物形象越是成功。那么作者曹雪芹为什么会对各种性格的人都如此了解并能加以如此客观的评价呢？要知道每个人由于身份背景、成长经历的不同，都会对他人和世界有不同的认知，所以我们才会对书中某个人物有偏好或者厌恶。而作者曹雪芹真能秉持一颗绝对公正之心对每个人都完全理性地刻画吗？书中是否有作者比较偏爱并且不吝笔墨进行正面描写的人物呢？作者心中的理想人格又是哪种呢？综观《红楼梦》全书，有一个人可以算是争议较少的，那就是王熙凤光圈笼罩内的她——平儿。

平儿，早有人提出她的名字是有深刻寓意的。“平”，就是“平和、平均、平等、平衡”的意思，现在人也很多以此为名的，其希望不外乎这几个意义。而平儿，就是将这些意义都做到的人。可能有人有疑问说，作者最理想的人物应该是宝黛二人，他们承载着作者愤世嫉俗的先驱思想。我向来不愿把《红楼梦》的思想仅限制在“反封建”三个字内，如果那样，就不能很好地体会全书的思想性。就连黛玉，作者也是直接给以“孤高自许，目无下尘”“小性儿”“行动爱恼”这样的字眼的，然而找遍全书，平儿没有。

平儿的为人处世符合中国传统儒家文化提倡的“中庸”。《礼记·中庸》载，仲尼曰:“君子之中庸也，君子而时中。”就是说，君子的言行符合中庸，因为君子的言行时刻都不偏不倚。这是很难做到的。在书中，将“中庸”思想中的“不偏不倚”做得最好的就是平儿。平儿不仅能平衡贾琏和凤姐，而且可以平衡其他更多的事情。“判冤决狱平儿行权”一回就是平儿的正传。这件事平儿可以说办得相当漂亮，既洗脱了柳嫂的嫌疑，又压制了秦显媳妇的邪行。柳嫂这个人，也是一个很出彩的人物。综观书中对她的描写，柳嫂其实也不是我们所理解的满腹冤屈的“好人”，风起于青萍之末，若不是她先努力钻营，想把“有点姿色”的女儿柳五儿送到怡红院那么个“好去处”而巴结芳官，也就没有后来这些事。所以凤姐的一句话也不失公道，说“苍蝇不抱无缝的蛋，到底有些影儿，人才说他”。平儿跟着凤姐办事，自然贾府上下所有的人情世故她都是了然于心的。柳嫂到底是怎样的人，她心里想什么，平儿一清二楚，平儿知道贾府中但凡有些体面的管家娘子都很难缠：

> 你们素日那眼里没人，心术利害，我这几年难道还不知道？二奶奶若是略差一点儿的，早被你们这些奶奶治倒了。饶这么着，得一点空儿，还要难他一难，好几次没落了你们的口声。众人都道他利害，你们都怕他，惟我知道他心里也就不算不怕你们呢。

柳嫂管着小厨房，自然也是有点体面的人。秦显媳妇是走了林之孝媳妇的后门，况且又是迎春房里司琪的人，这各方势力都不容小觑，但是平儿却讲究事实，以自己的威信弹压众人，却又能见好就收，不用武力，一面又能劝和凤姐，所以这件事以凤姐说“罢了，凭着你去发落”而告终。

在《红楼梦》中，作者直接给以“君子”命名的是宝钗，给她起诗号叫作“蘅芜君”，又说她是“山中高士晶莹雪”，蘅芜苑中的布置直让贾政感叹“煮茗操琴”的君子生活。宝钗的一言一行，的确是符合谦谦君子的态度。平儿虽没有直接予以君子之称，但是平儿的一言一行，也是非常符合君子态度的。

曹雪芹直接给平儿的是一个“俏”字。比君子更少了一份距离感，多了一份女子的妩媚。“俏”除了形容人相貌美丽以外，还有一层意思，就是指“内在圆滑，处事精明，与傻相对”，“俏”本义指“小巧灵活的人”，强调灵活。这个“灵活”又主要指内心的灵活和圆融。平儿身材是否小巧，我们不清楚，但是应该是比较理想的。比如，司琪，作者就直接描写她

“身材高大”。以“俏”形容平儿，应该是更偏重指她内心的机巧。平儿是贾琏的侍妾，但是他们两个很少在一起，因为平儿深深了解凤姐，她也知道凤姐为什么能容下自己在贾琏身边，所以她好不容易有机会和贾琏在一起，也“夺手跑了”，说“叫他知道，又不待见我”。这是平儿内心真实的想法，但是平儿也清楚地知道男人的弱点，若即若离则更让他们欲罢不能。所以贾琏和平儿那段文字煞是好看：

平儿指着鼻子，晃着头笑道：“这件事怎么回谢我呢？”喜的个贾琏身痒难挠，跑上来搂着，“心肝肠肉”乱叫乱谢。平儿仍拿了头发笑道：“这是我一生的把柄了。好就好，不好就抖露出这事来。”贾琏笑道：“你只好生收着罢，千万别叫他知道。”口里说着，瞅他不防，便抢了过来，笑道：“你拿着终是祸患，不如我烧了他完事了。”一面说着，一面便塞于靴掖内。平儿咬牙道：“没良心的东西，过了河就拆桥，明儿还想我替你撒谎！”贾琏见他娇俏动情，便搂着求欢，被平儿夺手跑了，急的贾琏弯着腰恨道：“死促狭小淫妇！一定浪上人的火来，他又跑了。”平儿在窗外笑道：“我浪我的，谁叫你动火了？难道图你受用一回，叫他知道了，又不待见我。”贾琏道：“你不用怕他，等我性子上来，把这醋罐打个稀烂，他才认得我呢！他防我像防贼的，只许他同男人说话，不许我和女人说话，我和女人略近些，他就疑惑，他不论小叔子侄儿，大的小的，说说笑笑，就不怕我吃醋了。以后我也不许他见人！”平儿道：“他醋你使得，你醋他使不得。他原行的正走的正，你行动便有个坏心，连我也不放心，别说他了。”贾琏道：“你两个一口贼气。都是你们行的是，我凡行动都存坏心。多早晚都死在我手里！”

平儿“指着鼻子，晃着头笑”，贾琏喜的“身痒难挠”，平儿“咬牙”…… 这一系列的动作，作者给以一个词 —— 娇俏动情。而平儿此刻并没有趁凤姐不在屋里答应贾琏的求欢，反而“夺手跑了”，跑就跑了，还继续隔着窗户撒娇，这肯定让贾琏更是喜不自胜，于是在没有得手的情况下脑袋发热，说出凤姐的坏话来。平儿这种张弛有度，任谁也会觉得舒服。

平儿虽有权势，但却能做到不仗势欺人，这点实属难能可贵。兴儿的话 —— 倒是跟前的平姑娘为人很好，虽然和奶奶一气，他倒背着奶奶常做些个好事。小的们凡有了不是，奶奶是容不过的，只求求他去就完了。这点在书中得到了正面印证，就是有小厮跟平儿请假，说家里有事，平儿也做情放他去了。宝玉屋里坠儿行窃，平儿知道后，没有直接发落，又顾及晴雯的病，悄悄告诉了麝月。除了照顾宝玉和晴雯麝月的面子以外，也是可怜坠儿贫寒，坠儿为什么行窃，这也是有原因的。平儿凭着自己的“平和”态度为自己树立了威信，就连那些管家娘子们，对她也是敬畏三分：

> 平儿忙答应了一声出来。那些媳妇们都忙悄悄的拉住笑道：“那里用姑娘去叫，我们已有人叫去了。”一面说，一面用手帕撢石矶上说：“姑娘站了半天乏了，这太阳影里且歇歇。”平儿便坐下。又有茶房里的两个婆子拿了个坐褥铺下，说：“石头冷，这是极干净的，姑娘将就坐一坐儿罢。”平儿忙陪笑道：“多谢。”一个又捧了一碗精致新茶出来，也悄悄笑说：“这不是我们的常用茶，原是伺候姑娘们的，姑娘且润一润罢。”平儿忙欠身接了。

平儿说众管家娘子的不是之处，这些专管“调三窝四，心术厉害”的“媳妇们”却对她毕恭毕敬：用手帕撢石矶、拿坐褥铺下让平儿坐，又捧了一碗精致新茶出来给平儿喝，这全是因为平儿的人格魅力。

贾府的规矩，下人们也是分等级的，年长伺候过祖辈父辈的下人，

比年轻的主子也有体面，例如赖大的母亲，和贾母聊天的时候，她可以坐着，李纨、凤姐反而只能站着。书中对于这些有体面的下人们有过不止一次的描写，像是晴雯训斥小红和坠儿，司琪大闹厨房，就连芳官也敢欺负赵姨娘。诚然，赵姨娘为人可恶可气，自己就上不了“高台盘”，但是芳官之所以敢直接和她大打出手，也不过仗着自己是怡红院宝玉的人；芳官敢把给宝玉吃的、极尊贵的“玫瑰清露”拿给柳五儿吃，也是因为仗着宝玉对她们好。但凡有点权势的，谁不拿大呢？这也算是人之常情。司琪被赶走时，林之孝家的说“你如今不是副小姐了”，可见平时，这些媳妇们拿这些主子贴身的丫头当副小姐待，虽然心里不情不愿，可也不敢怠慢，所以柳嫂才在司琪发飙后赶紧蒸好鸡蛋送过去，而司琪也敢将鸡蛋泼到地上。她们的地位可以说很高很尊贵了，“差不多的寻常人家的主子也赶不上”，连宝玉这么有体面的主子直接叫伺候他的人的姓名还不行，“老太太屋里的猫儿狗儿也轻易伤他不得”。而这些丫头们，也都理所当然地拿自己当副小姐，对待比自己低等的人，都有高高在上的优越感。麝月那么厚道的人，对付春燕和坠儿的娘，也要说“这个地方岂有你们叫喊的道理”，也有强烈的等级观念。但是平儿却没有这样的行为。

平儿的特色就是“平”，就连她的容貌衣着，作者的刻画也是独树一帜。对于人物，作者或着重描写其衣着（王熙凤、贾宝玉），或着重描写其眉目神态（林黛玉、香菱），或着重描写其身材（司琪、晴雯），但是对平儿，描写却异乎寻常，平儿的出场是这样的：刘姥姥见平儿遍身绫罗，插金带银，花容玉貌的……这个出场一点也不惊艳，试想《红楼梦》中的女子，哪个不是插金戴银、花容玉貌的？对平儿这样一个重要的人物竟没有半点有特色的着意刻画，让人生疑。但是从作者对平儿的定位和态度来看，“平”就是她的特色，没有特别之处就是她的特点。平儿的特色从不特色中来，其为人如春风拂面，非常舒服。

《红楼梦》中评价秦可卿是“合家之中，从上到下，没有不好的”，其实平儿才是这样一个人。凤姐虽说当时听了鲍二媳妇的话打了平儿，然而那不过是气头上的举动，她对平儿也可说是挺重情义了，完全把平儿当姐妹，贾琏送林黛玉回家，凤姐叫平儿和她一起睡觉。打了平儿过后冷静下来，也要问她“打哪了”“疼不疼”的话。李纨也对平儿赞誉颇高，说“可惜这么个好体面模样儿，命却平常，只落得屋里使唤。不知道的人，谁不拿你当作奶奶、太太看”。宝玉也感叹“且平儿又是个极聪明、极清俊的上等女孩儿”“又思平儿并无父母兄弟姊妹，独自一人，供应贾琏夫妇二人。贾琏之俗，凤姐之威，他竟能周全妥帖……”“极聪明、极清俊”虽说是从宝玉心里道出，但却是作者的想法。可见作者对平儿这个人是颇为喜欢的。

书中我们没有看到平儿办了什么错事，唯一让平儿后悔的，可能就是把尤二姐的事情告诉了王熙凤，但是尤二姐心里清楚这不怨平儿。平儿初闻贾琏偷娶之事，并不知道是尤二姐，也不了解尤二姐是什么样的人，以为贾琏又像以前一样“腥的臭的都往屋里拉”，以为也是和多姑娘一样的淫妇，因此忠心耿耿，很快告诉了凤姐。尤二姐被凤姐发现是迟早的事，平儿在这件事上不应该承担什么责任。而且随着事态的发展，她越来越同情尤二姐，偷偷给她弄好吃的，安慰她，在她死后还偷出凤姐的体己银子给她做丧葬费用。从后来的情况看，凤姐对这银子的去向一清二楚，也知道是谁干的，但是在和贾琏关系破裂之前一直没有追究，无非是因为尤二姐已经对她不构成威胁，况且和贾琏还要继续做夫妻，但还有一条原因，就是因为是平儿干的，她多少还是疼爱她的。平儿的正义感也不止这一处，对于贾赦和贾雨村害死石呆子一件事，也是非常愤怒，说贾雨村是“饿不死的野杂种”。

从作者对平儿的整体刻画看，作者非常喜爱平儿这个人物，她是理想人格的典型，所以在书中几乎没有给她贬斥的笔墨，用了“扁形人物”的方法去塑造她，但却没有让读者觉得这是失败的人物塑造，反而使其形象非常精彩，而永立中国文学史上。

贾探春的绝情与深情

赵立群
中煤建设集团工程有限公司

贾探春一直是《红楼梦》中较有争议的人物：一方面，她出众的才貌和卓越的管理能力让人心生敬慕；另一方面，她强硬的个性也惹人侧目，尤其是其对于生母赵姨娘的态度，更让现代读者不解、不满。

> 谁是我舅舅？我舅舅年下才升了九省检点，那里又跑出一个舅舅来？我倒素习按理尊敬，越发敬出这些亲戚来了。

在探春理家的时候，赵姨娘的亲弟弟赵国基死了，按照贾府的规矩要赏一些烧埋费。因为赏银的多寡，赵姨娘和贾探春之间发生了激烈的争执，贾探春气急之下说出了这样一番话。读到这里，大概很多读者也和赵姨娘一样霎时间觉得心底里冷冰冰，凉飕飕的。

在旧社会制度之下，形成了一系列严格的礼教规范，要求人们时时恪守，不得僭越。清代学者凌廷堪曾经说过："上古圣王所以治民者，后世圣贤之所以教民者，一礼字而已。"意思是说，上古圣王以及后世圣贤教育民众的方法，终归都可以归结为一个字——"礼"。

尊卑有别就是礼教中最重要的一条准则。过去稍有身份地位的男人就可以纳妾，而且不止一个，所谓"妻妾成群"大概就是如此来的吧。妻和妾虽然都是丈夫的女人，地位却有显著的尊卑之别。《礼记》曰："妾合买者，以其贱同公物也。"常言道"娶妻""纳妾"，"妻"是明媒正娶来的，而"妾"通常是买来的，如同入手一件物品一样曰"纳"。妾在家庭中虽然承担着生儿育女的义务，却享受不了"妻"的待遇。《春秋·谷梁传》中说："毋为妾为妻。"意思是说，妾没有资格扶正为妻，即使嫡妻死了，哪怕姬妾满室，也要另寻良家聘娶正妻。

《红楼梦》里的赵姨娘，本是"家生子"，也就是在贾府世代为奴的仆人，后成为贾政的"妾"。赵姨娘自己曾经说过的"我这屋里熬油似的熬了这么大年纪"，可见做妾室的日子是何等艰难！具体的体现可以结合《红楼梦》的叙述，简要归纳几点：

在家庭地位上：妻为主，而妾是仆。第二十三回中写道："宝玉只得挨进门去。原来贾政和王夫人都在里间呢。赵姨娘打起帘子，宝玉躬身进去。只见贾政和王夫人对面坐在炕上说话，地下一溜椅子，迎春、探春、惜春、贾环四个人都坐在那里。"不要说贾政、王夫人坐着说话，连孩子们都有指定的座位，可赵姨娘只有站立伺候的份。即使在自己亲生的孩子面前，孩子是主子，自己却是仆人。

在社会生活中：妻子的亲戚是客人，要以礼相待，而妾的亲戚还是仆人。贾府素有"诗礼簪缨之族"的美誉，对待亲戚非常讲究礼节。例如，薛姨妈是王夫人的亲姊妹，王子腾是王夫人的亲兄弟，贾府与薛家、王家不断礼尚往来。每次宴饮，薛姨妈都被请上座，这就是贾府的待客之礼。而赵国基是赵姨娘的亲兄弟，仍然是贾府的奴才，伺候贾环上学，贾环坐着，他却要站着。

在子女问题上：妻的子女是嫡子嫡女，而妾的子女是庶子庶女。虽然妾所生的子女仍然是主子，享受主子的待遇，但是庶子不能承奉祖庙的祭祀和承袭父祖的爵位；在遗产继承上，嫡子女和庶子女也有多寡之分；在婚嫁中庶子女也经常会受到不平等的对待。凤姐就曾经感慨探春"命薄，没托生在太太肚里""虽然庶出一样，女儿却比不得男人，将来攀亲时，如今有一种轻狂人，先要打听姑娘是正出是庶出，多有为庶出不要的"。

赵姨娘虽然是贾探春的生身母亲，但在家庭地位上赵姨娘是仆，而贾探春是主。按照封建社会的纲常伦理制度，贾探春只能称王夫人为"母亲”，王子腾为“舅舅”，而对赵姨娘，则和其他人一样称之为“姨娘”。探春的所言所行完全没有一点错误。可是在读者心目中，却给贾探春贴上了“绝情”的标签，为什么呢？

也许你认为这很好理解，因为现代人不了解封建社会的妻妾制度和尊卑礼节。这诚然是原因之一，但应该还有更深层次的原因。中华民族拥有着源远流长的文化史、文明史，那些传统的礼仪规范和优秀的文化传承已经融入到了每一个中国人的血液里，其中最重要的一条就是孝道。“首孝悌，次见闻”，“孝悌”是作为一个人的最重要的事情，是立身、立世的基础。《劝孝歌》云：“十月胎恩重，三生报答轻。”生育之恩比天大。贾探春的行为与人们脑海里的“孝”观念产生了激烈的冲突，因此人们对于贾探春的言行才会如此的难以接受。

而事实上，作为当时人的贾探春又何尝不是生活在矛盾和痛苦之中呢？ 一方面，她严格地遵循着礼教制度，取得贾母、王夫人等核心权力层人员的信任和爱护，成为了众人眼里的“明白人”；另一方面，那剪不断理还乱的亲情却在时时刻刻地牵扯着她，让她自觉或者不自觉地去关心贾环和赵姨娘的生活状态。《红楼梦》中相关笔墨虽然不多，但细读之下，仍能发现贾探春和赵姨娘、贾环之间的密切联系。例如：

第五十二回：一语未了，只见赵姨娘走了进来瞧黛玉，问：“姑娘这两天好？”黛玉便知他是从探春处来，从门前过，顺路的人情。

第五十八回：探春因家务冗杂，且不时有赵姨娘与贾环来嘈聒，甚不方便。

乃至第二十七回中，贾探春给宝玉做了双鞋，赵姨娘的唠叨马上就传到了贾探春的耳朵；而在第六十一回，贾探春刚向小厨房要了一份油盐炒枸杞芽，赵姨娘就立刻跑去打秋风。这都是日常生活中极细微的小事，母女之间都能悉知悉闻，何况是有大事的时候呢？

再看第六十回“茉莉粉替去蔷薇硝”，赵姨娘要找芳官算账，贾环说：“你不怕三姐姐，你敢去，我就伏你。”可见贾探春也会经常过问赵姨娘和贾环的事情，在贾环心目中，贾探春是有威严，也是值得依赖的，他生怕又惹恼了亲姐姐。

血永远浓于水。传统伦理制度隔断的是母子之间的称呼和礼节，但却隔不断人性和亲情。透过这些只言片语，仍能感受到赵姨娘与贾探春之间浓浓的母女情谊。在贾探春看似无情、绝情的背后，正是对自己亲生母亲的满腔深情。

> “太太满心疼我，因姨娘每每生事，几次寒心。”
>
> “太太满心里都知道。如今因看重我，才叫我照管家务，还没有做一件好事，姨娘倒先来作践我。倘或太太知道了，怕我为难不叫我管，那才正经没脸，连姨娘也真没脸！”
>
> “我细想，我一个女孩儿家，自己还闹得没人疼没人顾的，我那里还有好处去待人。”口内说到这里，不免又流下泪来。李纨等见他说的恳切，又想他素日赵姨娘每生诽谤，在王夫人跟前亦为赵姨娘所累，亦都不免流下泪来。

这字字句句，让我们读到了贾探春内心深处的万分委屈和痛苦。因为自己是庶出的，本就低人一等，因此要付出格外的努力，来获得大家的认可。贾探春的优秀在贾府有口皆碑，上下人等无不敬服，却往往因为赵姨娘的无理取闹受到连累。从另一个角度说，如果探春心里完全没有赵姨娘，王夫人又何必顾及贾探春是赵姨娘的女儿，而感到“寒心”呢？贾探春又怎会为赵姨娘“所累”呢？

而且，无论是李纨、宝玉等主子，还是平儿、袭人等有脸的奴才，平时对赵姨娘都比较客气，保持着应有的礼貌。尤其是“投鼠忌器宝玉瞒赃”一节，众人都知道王夫人的玫瑰露是被彩云偷去送给了贾环，却不予追究，并代为掩饰。

> 平儿笑道："这也倒是小事。如今便从赵姨娘屋里起了赃来也容易，我只怕又伤着一个好人的体面。别人都别管，这一个人岂不又生气。我可怜的是他，不肯为打老鼠伤了玉瓶。"说着，把三个指头一伸。袭人等听说，便知他说的是探春。大家都忙说："可是这话。竟是我们这里应了起来的为是。"

赵姨娘本身地位卑下，性格莽撞，为人行事总是冒冒失失的，再加上心胸狭隘，目光短浅，自私自利，王夫人、凤姐恨之入骨，墙倒众人推，连小丫鬟也根本不把赵姨娘放在眼里。处理这样的事情，不过小事一桩。只是大家顾及了探春的面子和尊严，才会网开一面。如果探春真的从心里就不在乎赵姨娘，对她真的那么无情，众人当然也不会对赵姨娘这么客气了。

李纨无意间道出了实情："姨娘别生气。也怨不得姑娘，他满心里要拉扯，口里怎么说的出来。"探春忙道："这大嫂子也糊涂了。我拉扯谁？谁家姑娘们拉扯奴才了？ 他们的好歹，你们该知道，与我什么相干。"这段对话细品之下，有无限意味。贾探春对于赵姨娘的感情恰恰是这一句"满心里要拉扯，口里怎么说的出来"最能概括。而贾探春听见，赶忙回道大嫂子糊涂了。一方面也是说中心底痛楚的应激反应，另一方面要急于表明自己的立场。母子连心，天下哪里有不认自己亲生母亲的女孩呢？又哪里有不相互牵挂、相互爱怜的母女呢？

因为赵姨娘和芳官的大吵大闹，让探春气恼万分，她和尤氏、李纨说："耳朵又软，心里又没有计算。这又是那起没脸面的奴才们的调停，作弄出个呆人替他们出气。"哀其不幸，怒其不争。贾探春非常清楚赵姨娘的性格，"耳朵又软，心里又没有计算"，还摆不正自己的位置，总被人当枪使而不自知。面对这样的生身母亲，贾探春有苦难言，对赵姨娘又心疼，又气恼，又怜惜，复杂的心绪一览无余。之后，探春命人查是谁挑唆的，媳妇们则敷衍了事，并没有认真盘诘。从探春的追查可以看到她对于生母的在意，在有理的事情上是竭尽所能关照赵姨娘的；从众人敷衍的态度也可以看出贾探春的生存环境有多么恶劣，但凡探春不是一个要强的性格，就会像迎春一样任人摆布和欺负。我们也完全可以想见贾探春能够获得如今的地位和尊严，又是付出了怎样艰苦的努力和抗争！

贾探春是庶出的主子，虽然“文采精华，见之忘俗”，治国齐家，能力卓绝，但要摆脱世俗的偏见，做一个“有脸”的主子，却要付出比别人更多的努力。她在情与理之间徘徊，在血缘关系与纲道伦常之间抉择，她的心无时无刻不在备受煎熬，而她向往的总是那么遥不可及，她为之一生的努力不过为了两个字——“尊严”！

对礼教的恪守，对孝道的要求，对人性的拷问，这三重标准折磨着读者的认知，也折磨着贾探春的人生。东边日出西边雨，道是无晴却有晴。这就是我们看到的看似绝情、无情，而实际上却满怀深情的贾探春！

注释

本文征引《红楼梦》原文均为（清）曹雪芹著，无名氏续：《红楼梦》，人民文学出版社2008年版。

贾兰：不采而佩，于兰何伤

柳　倩
中国移动通信集团河北有限公司

一

贾兰乃荣国府嫡派玄孙，从“艹”字辈。曹公以“兰”名之，有偏爱之意。

兰草生于深谷幽涧，美丽高洁，淡泊修远，深受文人雅士喜爱。在我国传统文化中，兰草与寒梅、修竹、秋菊一并称为“四君子”，可见君子应具备兰草淡泊清远的高尚品德。历代文人咏兰的作品不计其数，个人比较喜爱的是唐代韩愈的《猗兰操》：“兰之猗猗，扬扬其香。不采而佩，于兰何伤。”

清风凉月，兰草依依。汉河皎皎，我心悠悠。你采或不采，佩或不佩，又有什么关系呢？

我存在，就很美好。

二

贾兰本是贾政嫡长孙，因父亲贾珠不寿，二十岁即英年早逝，留下妻儿母子相依度日。

“度日”似乎言重，因为贾府系钟鸣鼎食之家，物质生活极其丰盛，甚至奢华，如何能比平民百姓“捱”日子的辛苦。可是，封建社会对守寡妇女的苛刻，使得其母李纨到底成了韶华里的“槁木死灰”。她泯灭了大好青春的一切闪耀和欲望，面不施粉、衣不着饰，素颜素心，连着房里的丫鬟都抹去了华彩唤作素云。加之贾母的“隔辈亲”似乎也只“隔”到了宝玉，再无多余的疼爱惠及重孙，连带着祖母王夫人、邢夫人也一并对兰小子自动忽略。在这样的家庭氛围中，贾兰似乎自然而然又迫不得已的摒弃了红尘繁杂，长成了清谷山涧里的一株幽兰。

贾兰知礼懂事，一半是命运赋予的无奈，一半是主动的洗尽铅华，是“看破”的早慧。第九回“起嫌疑顽童闹学堂”一事中，家学里闹出了“恋娈童”的不堪不雅风流事，又被好事者大肆宣扬，接着一众公子王孙哄起，终于动起手来。

> ……早见一方砚瓦飞来，并不知系何人打来的，幸未打着，却又打了旁人的座上，这座上乃是贾兰、贾菌。
>
> 这贾菌亦系荣府近派的重孙，其母亦少寡，独守着贾菌。这贾菌与贾兰最好，所以二人同桌而坐。谁知贾菌年纪虽小，志气最大，极是淘气不怕人的。他在座上冷眼看见金荣的朋友暗助金荣，飞砚来打茗烟，偏没打着茗烟，便落在他桌上，正打在面前，将一个磁砚水壶打了个粉碎，溅了一书黑水。贾菌如何依得，便骂：“好囚攮的们，这不都动了手了么！”骂着，也便抓起砚砖来要打回去。贾兰是个省事的，忙按住砚，极口劝道：“好兄弟，不与咱们相干。”①

“省事”二字隐藏了多少心酸。孤儿寡母，他知道自己在这热闹险恶中的孤独和无助，所以隐藏了自己本应该有的童年顽劣。这是生活的智慧，是与宝钗一般的安分从时，更进一步讲，母亲的清素在他幼小的心灵里早早埋下了淡泊清远的种子。他知道生活的本质是什么，知道热闹背后的虚无。胡闹，是不值和不屑的。

又到第二十二回“听曲文宝玉悟禅机，制灯谜贾政悲谶语”中：

……贾政因不见贾兰，便问："怎么不见兰哥？"地下婆娘忙进里间问李氏。李氏起身笑着回道："他说方才老爷并没去叫他，他不肯来。"婆娘回复了贾政。众人都笑说："天生的牛心古怪。"贾政忙遣贾环与两个婆娘将贾兰唤来。贾母命他在身旁坐了，抓果品与他吃。

贾母带众人猜灯谜，那时候元妃刚省亲，贾府正值"鲜花着锦、烈火烹油"的热闹。然而贾兰却躲开，没去叫就不肯来。或许有一点点自卑，但笔者认为这种热闹的缺席更多的是一种冷静和清醒。有个不太贴切的比喻叫"穷人的孩子早当家"，与宝玉等人相比，贾兰是"穷人"，他不曾被过多地关注与关爱，所以他冷静而清醒。他一定不会说"凭他怎么后手不接，也短不了咱们两个人的"这种话。他能够体味普通百姓能体会的冷暖炎凉，也知道生活的路很长且充满了未知，或易或难都需要自己走完。他知道热闹总会像烟花一样散去，生活最终要以怎样的姿态呈现。"天生的牛心古怪"是生活强加予的"冷眼旁观的清醒"。

朱自清在《荷塘月色》的文末写到了蝉声和蛙鸣，一派热闹，然而"热闹是它们的，我什么也没有"。高雅者如听戏猜谜好比蝉声，不堪者膏粱子弟聒噪争执也似蛙鸣，二者均是热闹，而真真是除了热闹毫无意义。贾兰懂得这些不堪不雅不值不屑，于是他按住砚台，也按住自己的坚守，其他的"不与咱们相干"。

"两耳不闻窗外事，一心只读圣贤书"，似乎是贾兰的全部生活。这并非缘于贾兰远离红尘诱惑，恰恰相反，他是除宝玉外唯一住在大观园的男性，可以说美人美景的热闹就在窗外，然而"不与咱们相干"。其淡如水，这是君子的姿态，他始终知道自己的初心，所以才会心无旁骛。

三

“芷兰生于深林，不以无人而不芳。”[②]兰草的君子之心并不仅仅在于善独自守，更在于德之馨香。越是林深无人，越能品其美妙。

第二十四回故事中，贾赦病了，宝玉代表贾母请安。邢夫人因贾母疼爱宝玉，也赶着拉到炕上同坐，又喊人倒茶，又紧着留饭。而贾兰同贾环前来，邢夫人没有留饭，淡淡的，只是给了两把椅子坐：

> 贾环见宝玉同邢夫人坐在一个坐褥上，邢夫人又百般摩挲抚弄他，早已心中不自在了，坐不多时，便和贾兰使眼色儿要走。贾兰只得依他，一同起身告辞。

邢夫人看人下菜碟的功夫似乎练到化境，家人也分三六九等。宝玉是同坐一褥、百般摩挲抚弄，贾琮是“活猴儿”，贾兰贾环只给椅子坐就可以晾着不理了。贾环庶出，甚是不忿，于是拉贾兰，贾兰“只得依他”。

“只得”说明贾兰并不在意，并不想走。长辈有恙，小辈来探望是本分，做自己该做的事便好，其他的就都不重要了。然而贾兰又“依他”了，因为问候礼数已到，邢夫人又不便接待，所以不至于和贾环掰扯纷争。

君子之伤，君子之守。

后不久的第二十六回，宝玉自于园中散步，忽然箭也似的跑出两只小鹿，后面跟着贾兰，手拿一把小弓——

> 正自纳闷，只见贾兰在后面拿着一张小弓追了下来，一见宝玉在前面，便站住了，笑道：“二叔叔在家里呢，我只当出门去了。”宝玉道：“你又淘气了。好好儿的射他做什么？”贾兰笑道：“这会子不念书，闲着作什么？所以演习演习骑射。”宝玉道：“把牙栽了，那时才不演呢。”

这里且不谈贾兰的用功，单只说贾兰的回答和鹿的形象意义。

对于贾兰的回答庚辰本侧批："答得何其堂皇正大，何其坦然之至！"读书与习武，本是正事，把所有的时间精力用在正事上，自然坦然。然而面对宝玉这个"富贵闲人"，贾兰又无半丝不屑和顾忌。对于长辈，他仍是"站住""笑道"，没有因忌讳宝二叔的喜好而怯懦退缩，坦坦荡荡。

鹿，自古就是高贵与优雅的象征。《诗经·小雅·鹿鸣》中写道：

> 呦呦鹿鸣，食野之苹。我有嘉宾，鼓瑟吹笙。
> 吹笙鼓簧，承筐是将。人之好我，示我周行。
> 呦呦鹿鸣，食野之蒿。我有嘉宾，德音孔昭。
> 视民不恌，君子是则是效。……

有鹿的地方，有嘉宾，有礼仪大道，有高尚的品德，有君子和贤人。这是鹿的映射，贾兰与小鹿一起出现，暗示了贾兰高雅尊贵，品质高洁。此与"堂皇正大，坦然之至"相互呼应，在清澈的溪涧投射出一株清远高洁的茂兰。

四

有一种优秀，来自"比你聪明又比你努力"。贾兰注定是优秀的。

上文说到他平日读书，闲暇时间把演习骑射当作休息娱乐，贾府是武官出身，骑射是正事。忙也正事，闲也正事。努力，即是如此。

而聪明从何看出呢？首先从基因上讲，其父贾珠，原是王夫人和贾政最疼爱的儿子，因其聪慧读书知礼皆似贾政；如果基因的说法不太靠谱，那么在第二十二回，元妃制的灯谜让众人猜，贾兰也遵命参与其中，结果没猜中的只有贾环和迎春。

……一并将贾环、贾兰等传来，一齐各揣机心都猜了，写在纸上。然后各人拈一物作成一谜，恭楷写了，挂在灯上。

太监去了，至晚出来传谕："前娘娘所制，俱已猜着，惟二小姐与三爷猜的不是……"

贾兰年幼却猜得到，聪慧可见一斑。

聪明又努力，再加上"两耳不闻窗外事"的心境，可知这棵兰草定会茂密青翠，最终开出一朵奇异清丽的兰花。

第七十五回"赏中秋新词得佳谶"的故事中，贾府已然是昏惨惨大厦将倾的末路了，贾母带众人过最后的中秋节。席上，贾政考宝玉写月亮，基本满意，后贾兰也交上了自己的作品，贾政看后大为赞赏，很是喜欢。

贾政看了喜不自胜，遂并讲与贾母听时，贾母也十分欢喜，也忙令贾政赏他。

又第七十八回"老学士闲征姽婳词"，贾政命宝玉、贾环、贾兰三人各吊一首，谁先做成者赏，佳者额外加赏。

贾环、贾兰二人近日当着多人皆做过几首了，胆量愈壮。今看了题，遂自去思索。一时，贾兰先有了，贾环生恐落后，也就有了。二人皆已录出，宝玉尚自出神。

这些情节均说明贾兰的聪慧努力经过时间的积累和孕育已开始显现出令人欣喜的华彩。年幼，但文章却更得祖父偏爱，又比叔辈先得，这应该得益于那些苦读的日日夜夜。当宝玉和一干众人闹学堂的时候，当曾祖母带着众儿孙猜谜、听戏、吃螃蟹的时候，当大家拥着刘姥姥赏园子、行酒令的时候，贾兰是否羡慕过，是否自悲过？但是无论如何，他守住了那份清素和淡然。在明亮的纱窗前，在跳跃的豆灯下，他读着圣贤书，芬芳在无人的山溪间，不采而佩，于兰何伤。

李纨的判词中写道："桃李春风结子完，到头谁似一盆兰。如冰水好空相妒，枉与他人作笑谈。""到头谁似"说明贾兰最后求得其所，使其母得以"凤冠霞帔"，"冰清水洁"可以形容李纨，也适用于这盆守得初心的兰草。

然而"枉与他人作笑谈"与《晚韶华》中"梦里功名""抵不了无常性命""也须要阴骘积儿孙"等语又同时暗示着贾兰的不寿。兰君子虚怀若谷，不苟求，求必有义。其死必得其所，只是自古忠孝难两全。

空留兰花正好。采而佩之，奕奕清芳。

注释

①本文中对《红楼梦》文本的引用均来自人民文学出版社2008年版。下不赘述。

②出自《孔子家语·在厄》，后半句为："君子修道之德，不为困穷而改节。"

朴而不俗，直而不拙

——兼论探春的理性、诗性与独特的女性内涵

任　煜
山东大学

西方传统文论认为，“理性”作为较完美的一种情感处理方式，与“感性”相对，意味着深刻的认识、清晰的理智、明确的目标以及冷静客观的态度。在中国传统文论及文学发展过程中，“理性”虽有着近似意涵，但女性人物的塑造似乎一直缺乏“理性”特征以及独立个体的自由价值。值得注意的是，与《红楼梦》中大多为情所缠绕，较为“感性”的女儿相比，探春可以说是最为明显地体现出了“理性”所具有的深度意涵。

作为丰满的、复杂的艺术典型，探春对“朴而不俗，直而不拙”的物件的喜爱，也近似可以看作自身情感倾向的表白。她作为贾府庶出的姑娘，自尊、自重、自爱，第五十五、五十六回的兴利除弊，掌管家事，是她公正严谨，独具“直而不拙”的理性并实现自我价值的深刻体现。此外，探春才志兼美，文彩精华，令人见之忘俗。她素喜阔大爽朗的境界、高远简淡的格调，颇具君子固乐的诗性传统。并且，在对人生有着丰富感悟的《红楼梦》的世界中，探春同生母赵姨娘的决裂、对抄检行为的激烈反抗、想自立一番事业的非凡气概，是她人格发展的过程、自我实现的需要，更是女性个体追求的完成。

正如清代西园主人所言：“探春者，《红楼》书中与黛玉并列者也。以情言，此书黛玉为重；以事言，此书探春最重。以一家言，此书专为黛玉；以家喻国言，此书首在探春。”[①]凭借着清明睿智的理性、高远爽朗的诗性与自身独具的不断探索的女性意识的高度融合，探春成为了《红楼梦》

中最具近代意义并极富启示性的女性形象。

一、理性:"直而不拙"的洞见、行事

《红楼梦》第二十七回中，探春托付宝玉去外面给她买些小物件回来，宝玉一时想不出有什么可买，对她说外面"左不过是那些金、玉、铜、磁，没处撂的古董"。探春直接点明:"谁要这些。怎么像你上回买的那柳枝儿编的小篮子，整竹子根抠的香盒儿，胶泥垛的风炉儿，这就好了，我喜欢的什么似的。""你拣那朴而不俗、直而不拙者，这些东西，你多多的替我带了来。"

在此，"直而不拙"是探春认同的价值标准，也是她独具的理性看待事物、处理事情的方式方法。《红楼梦》第五十五、五十六回可近似看成探春的小传，在此回目下，因王熙凤小产，王夫人便让探春、李纨、宝钗三人协同理家。相比于李纨的尚德不尚才、厚道多恩无罚，探春和宝钗虽是年青未出阁的小姐，却也是精细不让凤姐。对此，曹雪芹冠探春以"敏"字，冠宝钗以"识"字，是对两人责权利相结合与以人情为本的处理方式的盖棺定说。《红楼梦资料汇编》中即有言道:"探春看得透，拿得定，说得出，办得来，是有才干者，故赠以'敏'字。宝钗认的真，用的当，责的专，待的厚，是善知人者，故赠以'识'字。'敏'与'识'合，何事不济？"②

从为贾府兴利除弊的事情看来，探春以"敏"先声夺人，提出为了兴利节用可派本分老诚、知园圃之事的老妈妈们来收拾料理园子，并同时清楚地列举了四项好处:一则园子有专人修理，不用临时忙乱；二则不至于作践，辜负东西；三则老妈妈们不枉年日里的辛苦，可有所得；四则省了花儿匠山子匠等人打扫的费用。对探春的这一想法，宝钗笑道:"善哉，三年之内无饥馑矣"；李纨也连连称赞道:"使之以权，动之以利，再无不尽职的了。"相较于宝钗的小惠全大体，探春的理性在于清楚认识到了

贾府亟待改革的宿弊，她在清明的理性的指引下，洞悉事情的细枝末节，谨慎全面地考虑问题。虽然她的公正近乎严酷，但却不似王熙凤的私心藏奸，而是正直且率直地表现在了理家上的。并且，探春又处处识大体，并不凭借暂时的权势作威作福，她在提出自己的改革措施前，说道："宝姑娘也在这里，咱们四个人商议了，再细细问你奶奶可行可止。"在兴利除弊的想法受到宝钗、李纨的肯定并征得王熙凤同意后，才一一明示诸人，又共同斟酌出几个素日冷眼取中的。难怪王熙凤也不由赞叹道："他虽是姑娘家，心里却事事明白，不过是言语谨慎；他又比我知书识字，更厉害一层了。"

其他再如第四十六回中，探春在众人不敢辩也不能辩的情形下，挺身而出为王夫人辩护，有着明眼人的清醒与犀利。由此，探春的洞见与行事便显得尤为可贵，是在正统的礼的规范下一个女性所能实现的最完满的"理性"精神。

二、诗性："朴而不俗"的才志、追求

在海棠诗社成立之时，探春起先自命为秋爽居士。宝玉却说太过累赘，用秋爽斋里尽有的梧桐芭蕉起个名字倒好，因此，探春便有了蕉下客的雅名。观及探春所住的秋爽斋："一张花梨大理石大案，各色笔筒，笔海内插的笔如树林一般""那一边设着斗大的一个汝窑花囊""当中挂着一大幅米襄阳的《烟雨图》"。因探春素喜阔朗的环境，屋内陈设也便和别的姑娘大不一样，有的只是大和阔。

由此可见，"朴而不俗"作为阔朗境界的体现，同样为探春认可，涵盖在了她自身的诗性特征上。在较为正式的诗社聚会时，探春分别写了两首诗，一为《咏白海棠》："斜阳寒草带重门，苔翠盈铺雨后盆。 玉是精神难比洁，雪为肌骨易销魂。芳心一点娇无力，倩影三更月有痕。莫谓缟仙能羽化，多情伴我咏黄昏。"一为《簪菊》："瓶供篱栽日日忙，折

来休认镜中妆。长安公子因花癖，彭泽先生是酒狂。短鬓冷沾三径露，葛巾香染九秋霜。高情不入时人眼，拍手凭他笑路旁。”在这两首较有代表性的诗中，探春的审美倾向于绝对的纯粹与高远的格调，玉是精神、雪为肌骨是她的价值取向，“高情不入时人眼”则是她与流俗有别的志向、追求。即如徐瀛评价探春道：“春华秋实，既温且肃，玉节金和，能润而坚，殆端庄杂以流丽，刚健含以婀娜者也。其光之吉与？其气之淑与？吾爱之旋复敬之，畏之亦复亲之！”③

探春的诗性，不仅基于超脱世俗的情志、追求，更基于本身已有的才气。她的诗性与才气互为表里，达到了“才自精明志自高”的不俗境界，超越了个人情感层面的细小纠缠，因此显得更为高远和爽利。

三、女性内涵：独立的个体价值

在对探春进行历史性定评时，多数人因其与生母赵姨娘的不和而鄙薄探春。但从更深层面来看，探春同阴微鄙贱的赵姨娘的决裂，实在是追求个人独立的理性做法。庶出的身份是探春的暗疾，但这不在于身份地位上的略低一层，而在于生母的狭隘和鄙陋。对此，白盾给出了较为公正的评价：“探春果断地舍弃赵姨娘这样的生母和胞弟，坚决地站在王夫人和宝玉这一边，既是合乎封建宗法之礼，同时又合乎舍恶就善、舍非就是、舍丑就美这个‘礼’。”④

在对待赵姨娘时，探春显得格外偏激、严峻，而这也正是她竭力挣脱原生家庭的束缚，获得应有的尊重并寻求个体独立价值的唯一方式。在赵姨娘大闹议事厅后，探春气得滚下两行泪来，自白道：“我但凡是个男人，可以出的去了，我必早走了，立一番事业，那时自有我的一番道理。偏是女儿家，一句话也没有我乱说的。”不难看出，探春在女子受限与生母辖制的境况下，依然有着与男子分庭抗礼、并驾齐驱的非凡气概。她反击环境与人的重重限制，理直气壮、个性强烈，自是有着一般女子所缺乏的自觉意识、先觉意识。

再如第七十四回中，探春“命众丫鬟秉烛开门而待”，言辞激烈地反对王熙凤等人的抄检并打了王善保家的一巴掌，为维护自己以及丫鬟们的尊严而愤怒抗争。正如季学原所言：“探春惩奴表明了对女性异己力量的警告，已将对姐妹的关系扩大到众丫头即整个女儿世界中去了，是女性群体意识的进一步发展。”⑤总之，不论是与生母的决裂、对抄检行为的抗争抑或是自立事业的气概，都是探春作为受限的女性个体所能表现出的最高精神价值，是实现其女性价值的必然阶段。

四、结语

综而言之，在封建男权社会的长久压迫下，探春始终有着清明的理性。并且，她维护女性的自尊和个体价值，更有自身不同于流俗的、高远阔朗的诗性与才志。“直而不拙”“朴而不俗”在这一女性身上得到了近乎完美的呈现，而探春时刻表现出来的个体意识、行为方式，更是在理性、诗性的指引下更具探索和启示意义，深刻诠释了女性应有的独立价值与内涵。

注释

①西园主人：《红楼梦论辩》，中华书局1964年版，第58页。

②朱一玄：《红楼梦资料汇编》，南开大学出版社1985年版，第473页。

③俞平伯：《红楼梦研究》，上海古籍出版社2015年版，第66页。

④白盾：《红楼梦新评》，上海文艺出版社1986年版，第120页。

⑤同②，第130页。

那美韶华去之何迅——李纨形象解读

朱　萍
中国传媒大学文法学部

《红楼梦》第五回对李纨的判词是：

> 桃李春风结子完，到头谁似一盆兰。
> 如冰水好空相妒，枉与他人作笑谈。①

此回《红楼梦曲》中咏李纨的【晚韶华】曲词也是同样的基调：

> 镜里恩情，更那堪梦里功名！那美韶华去之何迅！再休提绣帐鸳衾。只这带珠冠，披凤袄，也抵不了无常性命。虽说是人生莫受老来贫，也须要阴骘积儿孙。气昂昂头戴簪缨，气昂昂头戴簪缨；光灿灿腰悬金印；威赫赫爵禄高登，威赫赫爵禄高登；昏惨惨黄泉路近。问古来将相可还存？也只是虚名儿与后人钦敬。②

判词和曲词都强调李纨的“晚韶华”是一场空幻：“镜里恩情，更那堪梦里功名！”夫妻恩情如镜中幻影，儿子功名似梦中荣耀。虽说是“带珠冠，披凤袄”，也不过“枉与他人作笑谈”，自己并没有真正享受到生命的快乐。判词和曲词的基调，仿佛表明作者在否定李纨这一形象的生存状态与生命价值。然而第六十三回中李纨抽中的花名签上“画着一枝老梅，是写着‘霜晓寒姿’四字，那一面的旧诗是：‘竹篱茅舍自甘心’”③。

又以隐喻手法赞美李纨的清淡自守。作者对李纨形象生存状态的评价究竟是褒扬还是贬抑？

其实，细读判词和曲词就可以发现：四句判词全是针对李纨的，但曲词中却只有前半部分针对李纨，后半部分变成了与李纨无关的泛泛之论。清代张新之的评点就已说明此意：

> 【晚韶华】申明【留余庆】之旨，而著其效也。曲文通体高一层着笔，勘透《红楼梦》尽头处，是为中人以上说法。中间“虽说是”“也须要”二语，则是脚踏实地，无人不当知者，发明《红楼》作用也。即此已收束全部，不必俟【飞鸟各投林】一曲也。[④]

李纨的一生，并非只在别人羡妒交织的眼光中活成一个虚幻的概念，却也实实在在遭受了命运之手的荼毒。

她有过短暂的“美韶华”时光。当初嫁入荣国府，那是何等的风光荣耀、前程似锦。嫁的是贾政的嫡长子，大好前景尽可期许。尤其为荣国府老祖宗贾母生下长重孙之时，一个女子富贵亨达的一生仿佛已是铁定。青年佳偶，有多少两情相悦的旖旎时光。总以为这就是地久天长，谁承想转眼间已成明日黄花。

造化弄人，死生有命。贾珠的早逝，受伤最深的是两个人：王夫人、李纨。王夫人在宝玉挨打时对“珠儿”的不住哭喊，怒逐金钏时的决绝，撵晴雯时的无情，都来自对自己地位不保的恐惧。贾珠若在，王夫人身边有贾珠、宝玉两个嫡子，何来如此之深的恐惧啊！贾珠早逝，对李纨来说，不但失去了恩爱情侣，实际上也同时失去了荣国府长孙媳的家族地位。旧时寡妇不可抛头露面，荣国府家务只能委托王熙凤暂理。李纨唯一的希望，落在儿子贾兰身上。所幸的是，日后贾兰没有辜负她的殷殷期盼和谆谆教诲，复兴家业，在母亲与命运的博弈中，最终为母亲扳回一局。

美韶华已然远逝，一眼望不到头的日子还要打发。对寡妇之苦的描述古今众多，如夜撒金豆等。李纨却未露任何苦相在别人眼中，她的日常生活忙碌充实。除了课子，照看、监护小姑子们也是她的职责。她组织诗社，写诗评诗。评诗标准提倡薛宝钗含蓄浑厚的风格，不推崇林黛玉风流别致的风格。与宝玉的评诗标准起了冲突，就拿出自己的权威，维护自己的标准。不屈己，不从人（第三十七回）。从凤姐替她算的经济账来看，她的小日子也过得笃定踏实，颇为丰足（第四十五回）。

失偶之后，众人眼中的李纨充实、快乐，更因儿子的优秀而充满希望。在众人看不到的时候呢？《红楼梦》中没有描写，只在宝玉挨打、王夫人哭叫贾珠名字时，提到“别人还可，唯有宫裁（李纨）禁不住也放声哭了”⑤。这是书中唯一一次写李纨之哭（第三十三回）。则李纨平日独处时的心境可想而知。但李纨体面地维护了自己的尊严，没有落下任何闲言碎语。对比宁国府长孙媳秦可卿的名声，不啻天上地下。

年轻丧偶的李纨，坚韧地接受命运，把独子教养成才。谁说她的一生不是成功的人生呢？更何况，什么样的人生才是成功人生应有的样子呢？平民小夫妻，往往可以一夫一妻厮守终生。而嫁给有身份有地位的男子，则往往要接受人性的挑战，终其一生都要与其他女性分享爱人。贾珠在世时已有几房妾室，若不早逝，以后会源源不断纳进更多年轻的姨娘（按贾府常例）。

所以，如果贾珠长寿，李纨终生都要与其他女性分宠乃至争宠。就像年长的王夫人身边一定会有年轻一些的赵姨娘，互相看作眼中钉；就像年轻的王熙凤时时刻刻要小心提防贾琏身边的众多女性，一不留神自己的身份地位难保。王熙凤在自己生日当天的大日子里，猝然遭遇在自己房里、自己床上、与自己丈夫偷情的鲍二家的，还听到鲍二家的咒她早死、算计着等她死后把她最亲信的平儿扶正，真正是忽然间四面楚歌。这是何等的难堪、失重、令人抓狂。一向心机过人的王熙凤真的抓狂到毫无章法，直接冲上去与鲍二家的厮打。这就留下嫉妒、强悍、凌驾于夫权之上的明显把柄在别人手里。贾琏不但不认错，还作势要杀她。连贾母都说："什么要紧的事。小孩子年轻，馋嘴猫儿似的，那里保得住不这么着。从小儿世人都打这么过的。"[⑥]怪她妒心太重、不顾大局。最后虽然贾琏向她赔礼了，她们的夫妻情分已是千疮百孔（第四十四回）。所以，当后来无意间得知贾琏偷娶了尤二姐时，王熙凤的言行举止、一招一式都极有章法，滴水不漏（第六十八回）。当尤二姐怀了男胎时，王熙凤连一句不好听的话都没有说，只暗中操作、覆灭对手（第六十九回）。当然，王熙凤把尤二姐逼到死路是很不道德、很不得人心的，连一向不言他人是非的袭人也未免兔死狐悲，往林黛玉处说王熙凤的闲话。而当时王熙凤的委屈、寒心、恐惧，有谁看到？谁关心？对王夫人和王熙凤而言，夫妻之情难道不是虽存犹亡，一样是"镜里恩情"？

当然，贾珠的品行可能与贾琏不同。然而，方正古板如贾政，身边不也有一个不省事的赵姨娘屡兴事端吗？

对李纨来说，良人已逝，只有追忆中的"美韶华"永存心底，反而可得心安与清静。这倒与贾宝玉犯起情急之时祈愿"焚花散麝"有些类似。宝玉还要"戕宝钗之仙姿，灰黛玉之灵窍"，因为他认为"彼钗、玉、花、麝者，皆张其罗而穴其隧，所以迷眩缠陷天下者也"[⑦]（第二十一回）。确实，"恩情"的本质本来就只在"镜里"，本就只关乎精神世界，而与物质世界无关。

李纨比王熙凤省心省力之处何止一时一事！对比王熙凤"枉费了意悬悬半世心""一从二令三人木"的悲惨结局，[⑧]李纨的一生，也可以说是另一种的成功人生吧。人生成败本就难有定论，得失悲喜更只在一念之间。谁有能力、有权力评价他人的得失成败？李纨的"镜里恩情"与"梦里功名"，谁说不是，或不曾是实实在在的"功名"与"恩情"？

考察全书对李纨形象的描写，可知作者对李纨的态度基本上推崇有加。第五回【晚韶华】曲词中的否定性倾向是针对普遍人生的一种泛论，是借李纨青年丧偶的极端遭遇表达对人生"恩情""功名"终归虚幻的感叹，并非否定李纨这一形象的生存状态和生命价值。

注释

①（清）曹雪芹、高鹗:《红楼梦》，人民文学出版社2000年版，第55页。

②同①，第58—59页。

③同①，第691页。

④曹雪芹、高鹗著，护花主人、大某山民、太平闲人评:《红楼梦》，上海古籍出版社1988年版，第83—84页。

⑤同①，第353页。

⑥同①，第470页。

⑦同①，第218页。

⑧同①，第58、55页。

平儿的世界里有没有爱情

管先恒
安徽大学外国语学院

最懂平儿的自然是宝玉。平儿遭了折辱后宝玉让她到怡红院来，尽心替她重理了妆后，想的是“平儿并无父母兄弟姊妹，独自一人，供应贾琏夫妇二人”，这里“供应”二字，残酷得让人心惊。又想“以贾琏之俗，凤姐之威，她竟能周全妥帖，今儿还遭荼毒，想来此人薄命，比黛玉尤甚”。整个贾府里，能这样入心入肺地怜惜一个通房丫头的，也只有宝玉一人了。

平儿的底色如此凄惶，然而表面上却是风风光光的。刘姥姥初见平儿时，见她“遍身绫罗，插金戴银，花容玉貌的”，甚至错以为是凤姐。刘姥姥是庄稼人，但好歹当年也是去过金陵王府，见识过王夫人年轻时候的风采的，也不至于眼皮子太浅，所以可想见平儿确是“上等女孩儿”一枚，样貌气度差不多可与主子们比肩的。

平儿的日常看上去也颇体面，平日里随着凤姐儿无所不至，见着有烤鹿肉吃，连凤姐的召唤也可以不管不顾的。主子们因着她的聪明清俊体贴周全，也都另眼相看。比如，探春知道平儿的生日后，特特命小厨房另收拾了两桌酒席来，“今儿倒要替你过个生日，我心才过的去”——很有面子了。至凤姐卧病在床时，平儿更是判冤决狱威重令行，用婆子们的话说：“你当是哪个平姑娘？ 是二奶奶房里的平姑娘。她有情呢，说你两句，她一翻脸，你吃不了兜着走！”

然而平儿看似风光的生活其实是不堪一击的，甚至分分钟便可能堕入万劫不复的火坑。

第十六回里，贾琏才从苏州回来，因赞了两句香菱标致，凤姐便道：“…… 你要爱他，不值什么，我去拿平儿换了他来如何？”这也就是夫妻间漫不经心的几句调笑而已，然而越漫不经心就越让人惊心的事实是：究其根本平儿不过是猫儿狗儿一般的物什，谈笑间等闲就能货出易手。可以换给薛大呆子，更腌臜的人自然也可以换。当然，因为平儿的忠心和伶俐，凤姐轻易也是舍不得出手易货的 —— 即便是猫儿狗儿，处久了也会有感情。凤姐儿对平儿也是有这点感情的。只是，再有感情，对凤姐来说，也不过是交易价码合算与不合算的区别吧？

再凤姐生日那一节，且不说二人都是且打且踢拿平儿煞气，单看平儿的反应也让人心酸，从“也把鲍二家的撕打起来”，到被贾琏踢骂而“气怯”“忙住了手”…… 一个“忙”字，也不知写出了平儿多少卑贱多少委屈。只能去找刀子寻死了 —— 认真替平儿想了一回，也只有假借寻死这一个法子，才能勉强暂时脱身那夫妇二人的淫威。

然而以上种种也就罢了，倒是接下来贾母的一番话更让人凛然一惊替平儿出身冷汗。那贾母笑着评点完贾琏“馋嘴猫儿似的”之后，话锋一转骂道：“平儿那蹄子，素日我倒看他好，怎么暗地里这么坏。”贾母厌弃的人物岂能有好下场。还好有尤氏等立刻替平儿解释，还好贾母也算从善如流，否则一怒之下还不知会怎样处置了平儿。

所以，平儿的命运实在是飘萍风絮一般。鲜花着锦的日常里其实常有危机，哪怕一个小小的、随机的事件，都有可能令其沦落到不可知的悲惨境遇中。

其实身份卑微者的命运大抵如此吧，可是也是因为平儿除了贾府，除了凤琏二人之外，其他确也再无一人、一处，可以倚身立命了。平儿大约同晴雯类似，幼年时便被卖入王家，做了王熙凤的小丫头，后又陪嫁到贾家，因此“并无父母兄弟姊妹”。曹公把“平，鸳，紫，袭”一干人并列，其中平儿倒是名分上最高。虽然连个姨娘也没挣上，好歹作为通房大丫头，有个“姑娘”的名分。可是鸳鸯在南京有老子娘，在本地有哥哥嫂子——虽说是个见利浓上水的哥哥和九国贩骆驼的嫂子，但是到底心理上更踏实些吧，不至于孤魂野鬼似的。紫鹃也是合家在本地。袭人家更是有母有兄的小康之家，且距贾府不过数箭之地。相较之下，凤姐贾琏再如何不堪，竟就成了平儿唯一的生存之依了。

难怪兴儿说平儿"一味忠心赤胆服侍他（凤姐）"——要不然呢？毕竟这是平儿全部的世界了。也难怪宝玉叹她"命薄比黛玉更甚"，身份高低且不论，黛玉到底还有拿她当心肝肉的外祖母，有一心一意怜她爱她的宝玉，有这两个至亲的人托底，黛玉就不至于太过凄惶。然而平儿一个也没有。她除了无比忠顺地、紧紧地，依附着凤姐，别无其他生路可走。

所以，总算言归正传：平儿的世界里到底有没有爱情？大概是没有的。平儿的世界里，生存尚且维艰，遑论爱情。还是搬出老掉牙的马斯洛金字塔理论吧，平儿且在安全需求的第二层上挣扎着呢，只怕不能，也不敢，仰望第三层上的爱情需求。

而且，平儿的生命里也只有贾琏这一个男人，爱情不爱情的，也只看有没有投射在贾琏的身上了。再次引用一下在下最服气的，用灵魂在八卦的兴儿同学的一段话吧："虽然平姑娘在屋里，大约一年二年之间两个有一次到一处，他（凤姐）还要口里掂十个过子呢，气得平姑娘性子发了，哭闹一阵，说'又不是我自己寻来的，你又浪着劝我，我原不依，你反说我反了，这会子又这样'……"所以，虽说一日夫妻百日恩，这前有凤姐劝逼着，后有凤姐敲打着，气氛实在太糟糕……只怕平儿再多情，也难对贾琏生出什么眷恋柔情来吧？

爱情和柔情大约没有，只是对贾琏的亲情还是有一点的。二姐死后，贾琏抱着她的衣裳簪环哭哭啼啼时，平儿"又是伤心又是好笑"之余，背着凤姐偷出二百两银子来与贾琏办丧事，这对忠心耿耿的平儿来说大概也并不容易，可见对这个男人是怜惜的。贾琏为了石呆子的扇子遭贾赦毒打后，平儿痛骂此中大有干系的雨村是"饿不死的野杂种"，而且还是

“咬牙骂道”，看得出是真心心疼贾琏了。

然而怜惜也罢，心疼也罢，仍然与爱情无关。平儿根本无力去奢想爱情这种事儿。一边是“卧榻之侧岂容他人鼾睡”的凤姐，一边是浪荡世间无甚担当的贾琏，夹缝中的平儿能得自保已是万幸。她的人生巅峰处，大概不过是做成凤姐的一把“总钥匙”。

对一把钥匙来说，爱情是个什么劳什子？

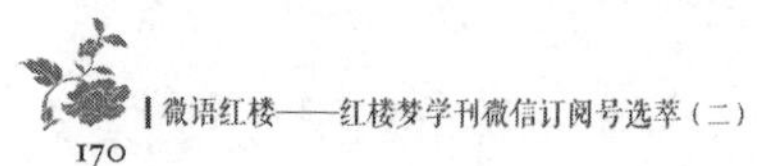

黛玉小性儿不小气

廖峥嵘
中国社会科学院和平发展研究所

林黛玉这个人物很有意思，是贾宝玉的最爱，也是作者的最爱。但是不喜欢她性格的读者也不在少数。林黛玉是个什么性格呢？一般的看法，就是“小性儿”，动不动就使性子，好抹眼泪儿，不大让人。表现黛玉小性儿，有一段情节非常有名，就是第七回写周瑞家的受薛姨妈之托，送宫花给各房几位姑娘、奶奶。这出戏带出来十几条线索，应着后来的发展；又交代了贾府的内部空间结构，各位主人公居室的关系——当然这是对人物关系的重要补充；然后又通过一个个场景展示了人物个性。行文如流水，花团锦簇，精彩迭呈，峰回路转，柳岸花明。不同的主题分次呈现。送花最后送到黛玉这儿，正巧贾宝玉也在一块儿解九连环。听是薛姨妈给林姑娘送的宫花，宝玉抢在头里拿过来，还没出声，林黛玉在旁边就着宝玉手里一看，立即问周瑞家的，这是单送我的呢，还是大家都有？别人接了花都高高兴兴、客客气气道谢，只有黛玉想起问这个。周瑞家的据实道来：送的琏二奶奶、三位姑娘和林姑娘，别人都有了，这是给林姑娘的。林黛玉的回答是：我就知道别人不挑剩下的也不会给我！周瑞家的听了一声不言语——这是她做下人的本分，不敢说什么，也不知道该说什么。完了！周汝昌先生那么喜欢林黛玉这个角色，也因为这个批评她性格太不好、脾气太臭，难免不招喜欢！周瑞家的本来是受亲戚所托，也不是她分内事儿。人家辛苦一趟，按薛姨妈要求送到了，却白白受了这口气。林黛玉这是小气得没有道理，无端得罪人。

薛姨妈交代的顺序是：你家的三位姑娘，每人一对，剩下的六枝，送林姑娘两枝，那四枝给了凤哥罢。周瑞家的实际送的顺序是：二姑娘迎春、三姑娘探春正好在一处；四姑娘惜春处；凤姐处（由平儿代收）；最后一站是林黛玉。周瑞家的这个顺序是有心而为还是顺路而为？根据专家研究，我们可以大致了解贾府及大观园的内部结构，周瑞家的的确没有绕路，真是“顺路”这么过来，恰好最后一站是林黛玉这儿。林黛玉的确是自己多心、吃心，当面让人下不来台，性格乖戾无疑。这样的结论可以接受。《红楼梦》描写人物的高度和深度，本令人望尘莫及。作者力图还原生活的真实，黛玉有她的好儿，当然也有明显的缺点，这是人物性格丰富的表现。

但是这个情节还是有点突兀。黛玉的反应也多少出乎了阅读者的意料。为什么要这么反应？光拿“小性儿”来解释，会不会忽视了其中更丰富的内涵？首先，宫花是薛家姨妈送的。这是第七回的事儿，薛家来的时间不长，宝钗和贾家姐妹们刚开始接触，其“品格端方，容貌丰美，人多谓黛玉所不及”。外加宝钗“行为豁达，随分从时，不比黛玉孤高自许，目无下尘，故比黛玉大得下人之心”。因此“黛玉心中便有些悒郁不忿之意”[①]。“天敌”出现了。黛玉对薛家送东西，本能地有点抵触。薛家很会送东西。宫花不一定花费巨资，但是稀罕、贵重，因为是“上用”，市面上见不到。薛家是皇商，办这种事儿很顺手。反衬黛玉孤身一人，没有家庭给她做靠山，当然也没有人帮她张罗买这种好儿。第三回回目是“荣国府收养林黛玉”[②]，“收养”二字，何其触目！林黛玉家袭过列侯，是“钦点的巡盐御史”，其中一件工作就是帮皇帝选购西洋货儿。[③]黛玉在家时什么没见过，什么拿不出来？可现在都没有了。再者，十二枝宫花是装在一个匣子里，这个匣子不会小。迎、探、惜三位拿走六枝，平儿替凤姐一下拿走四枝，最后两枝，有点孤零零，“剩下”的特征就比较明显了。既然是花儿，色彩、花样很重要，作者特别狡猾，就是不写这关键的特征，难道这十二枝宫花是一模一样，连花色都相同？女孩儿挑首饰，是不是需要从一大堆里挑？先选后选差别是不是挺大的？当然，以贾府的规矩，就算花色、样式不一样，先到的也只能顺着拿，没有左挑右选的理儿。即使这样，至少心理上，先选后选还是有差别的。所以，我觉得不要被表面的文字骗了，林黛玉这个小性儿，固然是有的，但这种反应并不是特别地没有道理。

林黛玉的性格，多疑，多心，是无疑的。你看第三回她初进贾府，一步一小心，担心行错一步，“怕人笑话了去”。她是被这个家“收养的”，当时还不到十岁，但是要装出一副懂事的样子，保持自己大家小姐的尊严！后面还有很多例子，写她的语言比较有攻击性，其实都是在保护自己，常常不免过度。但是，要读懂作者的“障眼法”——其实也是生活的“障眼法”。随着故事的深入，我们可以慢慢体会，林黛玉的确比较“小心眼”，但这个“小心眼”和薛宝钗的“有心眼”完全不一样。

表面看，大家更喜欢宝钗，多愿意和她在一处。在书的前半段大体上是这样的。湘云来做客，偏要和宝钗挤一处睡。宝钗使“金蝉脱壳”计，为了躲是非，把自己的事儿安在黛玉身上，丫鬟的反应是：这话宝姑娘听了也就罢了，林姑娘平时嘴尖，要是说出去，可就糟了。黛玉的群众基础似乎不怎么好。

然而，我们看，香菱打小被拐卖，后又经薛蟠打死冯渊，横刀抢来，进入薛家，小小年纪历经坎坷。香菱跟宝钗、黛玉这些人在一起，也起了学诗的念头。第一个当然找宝钗。对于这个可怜的姑娘来说，耽于文学艺术之美未尝不是忘掉过去、超度苦难的最好手段。宝钗不是很会疼人的吗？这是她嫂子求她，她怎么说：女儿家连识字都是多余的，写诗更是不务正业。你找别人去吧。宝钗平时喜欢帮人，但是只是帮到情面上，看利害，没有帮到心里。香菱又找黛玉，两人一拍即合，痴到了一处。帮香菱对黛玉有用吗？实际的用处一点没有，但是精神交流的享受很多，人生的收获很大。再一个，史湘云快人快语，刚开始不喜欢黛玉尖酸刻薄，嘴不饶人，叫刘姥姥“母蝗虫”之类。但是后来，两人深夜联诗，俨然成为灵魂知己。

荣宁二府是非不断，只有一处没是非，那就是潇湘馆。周瑞家的受过黛玉的抢白，估计别的下人也受过类似的气，但是真正记恨她的，一个没有。两府里出了这么多事，被人背后议论，特别是下人议论主子，不在少数。但有人非议黛玉吗？没有。用男仆兴儿的口说出，大家都打心里认为她花容月貌，气质不凡，必须般配宝玉。在能够近距离接触的女仆心中，她真正的价值反映得更加充分。黛玉自己没是非，潇湘馆的跟着她的几个女孩儿，也没有一个有是非。她与紫鹃的关系，亲姐妹来形容毫不为过。是紫鹃第一个站出来，央求薛姨妈出面，替黛玉向宝玉提亲。然后被人打趣："是不是要早点让你们姑娘嫁了，你也好一起嫁过去。"羞得紫鹃满脸绯红。其实，人人都盯着宝玉，谁好把意思表露出来呢？袭人这等人，背地里使足手段，表面上完全不敢这样表示。紫鹃敢大大方方这么说，恰好证明心底无私，完全是为黛玉着想。这段话也显示，宝钗似乎已不在宝玉的择偶范围内，否非，紫鹃姑娘绝不可能向薛姨妈提这个要求。紫鹃是老太太派来照顾林姑娘的，没犯过什么错儿，绝不会缺心眼。薛姨妈如何反应？一点不意外，反而点点头，表示赞同这个提议，等我有了机会，一定向老太太提。证明薛家自己也放弃了"金玉良缘"。在荣国府这个大染缸，矛盾错综复杂的环境下，黛玉最得宝玉和贾母的疼爱，她是多少人暗里嫉恨的对象？但是，她能够让自己与身边人不染一丝是非，还把身边人培养得这么有情有义，建立起真挚的感情，没有非常高的情商、智商，没有善良博大的胸怀，没有很好的管理能力，绝对做不到。

黛玉小性儿，可决不小气。晴雯有一次气不过贾环，骂他：一个爷们，跟我们赌钱，还真的伸手拿。人家林姑娘跟我们闹，不管输赢多少，最后都是让我们一抢而散。第二十六回，怡红院小丫头佳蕙替宝玉送茶叶给黛玉，黛玉正给自己的丫头们分钱，见者有份，随手就抓了一把塞给佳蕙。黛玉不缺钱是真，但是她是乱撒钱做好人吗？跟宝玉一样对钱没概念吗？非也。《红楼梦》中描写了三位女性很会理财，会管理。一位当然是凤姐，另一位是兴利除弊的大改革家探春，还有一位是无所不知、无有不会的薛宝钗。但是，还有一位千万不能遗漏。林黛玉天天在屋里，不怎么交流，不食人间烟火，这是表面现象。林家只有一个独女，从小受过良好教育，悟性又高；父亲替皇上管理盐务，兼理采买。她见过的买卖多了去了。有一次，她提醒宝玉，我没事替你们算了算，你们家可能后手不接！林黛玉不可能没事算这个。主要是凤姐不识字，又特别信任这个没是非、从小当妹妹对待的林姑娘。敏感的字据找林姑娘帮着看看，是非常合适的。找别人凤姐不一定信得过。第二十五回写凤姐问黛玉，上次送你的茶怎么样，味道好不好。宝玉奇怪，送茶干什么？凤姐说你别问，我有事求妹妹帮忙。黛玉嘴快，回一句，看看才吃一口茶，就开始给人派活儿。哪想到凤姐嘴更快，你吃了我们家的茶，还不给我们家当媳妇儿！[④]羞得黛玉一个大红脸。凤姐找黛玉，应当就是帮着看看账单字据（针线活儿这种，贾母有话，不能让黛玉累着，是不敢让黛玉帮的）。黛玉的心眼够用，只是不乱用，凤姐放心。她稍一核计，再加上日常留心观察，当然明白贾家的处境了。宝玉可以万事不愁，只有他非常的走运，如果真有宝、黛姻缘的话，黛玉除了是灵魂伴侣，说不定也是一把当家好手。

注释

①冯其庸辑校：《重校八家评批红楼梦》，青岛出版社2015年版，第254—255页。

②关于第三回回目，各版本不尽一致。《己卯本》《庚辰本》《梦稿本》皆作：贾雨村夤缘复旧职 林黛玉抛父进京都；《靖藏本》《戚序本》《蒙府本》《列藏本》为：托内兄如海酬训教，接外孙贾母惜孤女；《舒序本》《甲辰本》以及《程甲本》《程乙本》类此。唯《甲戌本》用：金陵城起复贾雨村，荣国府收养林黛玉。

③史景迁（Jonathan D. Spence）在《曹寅与康熙》里提到，曹寅与李煦自1708年起，就轮流出任两淮巡盐御史的肥缺，从盐务的剩余填补织造的亏空。而织造和巡盐御史实际上是为皇上办差的职司，也是为皇上采买西洋奇货的总代理。详见史景迁《曹寅与康熙》，温洽溢译，广西师范大学出版社2014年版，第93、112页。

④凤姐对黛玉的真心关爱在书中随处可见，包括她拿宝玉、黛玉的缘分开玩笑。对宝钗倒没有特别的表示，虽然论血缘，凤姐与宝钗更亲。

浅谈王熙凤的“礼”与“立”

高南南
北京市西城区

提起王熙凤，就会想到她“粉面含春威不露”的霸气威严。很多艺术作品也都着重渲染凤姐的泼辣狠毒，不信阴司报应，无所忌惮，甚至一些影视剧中的凤姐竟然是活脱脱的泼妇形象，动辄叉腰吊眉大呼小叫——这无疑是有悖于原著本身的。事实上，王熙凤是一个非常知礼、懂礼并且能够将“礼”作为日常行为规范的大家闺秀。

古语也曾有云：“不知礼，无以立。”简单说来就是不知道礼数的话，就不能立身处世。王熙凤年纪轻轻能在贾府得以“立”，大权在握，很重要的一个原因就是她乃知礼之人。

贾母喜欢她，是她的坚强后盾，是因为她深知凤姐只是嘴巴伶俐，但素日言行举止，是完全合乎“礼”的。王夫人信任她，给她管理荣国府的大权，除了内侄女的关系，更是因为知道她“是个细心的人儿”“大家子姑娘出身”。她作为一个晚辈，却经常打趣贾母，贾母非但不生气，反而乐在其中：“我倒喜欢他这么着，况且他又不是那真不知高低的孩子。家常没人，娘儿们原该说说笑笑，横竖大礼不错就罢了。”

除了贾府当权者的信任和支持，在下人面前的“立”也是极其重要的，王熙凤自知“况且我又年轻，不压人，怨不得不把我搁在眼里”，所以“一句也不敢多说，一步也不敢妄行。你是知道的，咱们家所有的这些管家奶奶，那一个是好缠的？错一点儿他们就笑话打趣，偏一点儿他们就指桑骂槐的抱怨”，所以她更是行事不肯错一步，努力使自己的言行举止不脱离“礼”字的范围。

虽然管理严格，日常生活里的凤姐，并不是横眉竖眼，动辄叉腰吆喝的泼妇样貌，她赏罚分明，也经常和下人们笑吟吟地说话打趣，对长辈房里的丫鬟嬷嬷更是礼待三分。

拉着贾琏的奶妈赵嬷嬷一起吃饭，怕她年纪大嚼不烂，特意交代："早起我说那一碗火腿炖肘子很烂，正好给妈妈吃，你怎么不拿了去赶着叫他们热来。"席间一直亲亲热热，"妈妈，你尝一尝你儿子带来的惠泉酒"。

就是对宝玉的乳母，那个絮絮叨叨骂骂咧咧、让人讨厌的李嬷嬷也是礼让三分。听见宝玉房中吵嚷，明知道是"李嬷嬷老病发了，又值他今儿输了钱，迁怒于人，排揎宝玉的丫头"，却并不责怪，反而安慰她，"你说谁不好，我替你打他。我屋里烧的滚热的野鸡，快跟了我喝酒去罢"，一面说，一面拉着走，又叫："丰儿，替你李奶奶拿着拐棍子、擦眼泪的绢子。"对服侍贾母的鸳鸯更是非常恭敬，一口一个"鸳鸯姐姐"，生日宴上，凤姐已经被灌的"真不能了"，鸳鸯一句话，她便强撑着"拿过酒来，满满的斟了一杯喝干"。也正因为平时对鸳鸯的"礼"，才助了凤姐的"立"——鸳鸯答应悄悄挪出贾母的财物，凤姐才得以缓解府里的财政危机。

后来嫌隙人有心生嫌隙，凤姐受了委屈，鸳鸯"便回贾母说凤姐还哭呢，那边大太太当着人给二奶奶没脸"，然后禀明事情原委，替凤姐拨乱反正。贾母也更疼凤姐了——"这才是凤丫头知礼处，难道为我的生日由着奴才们把一族中的主子都得罪了也不管罢"。

合府上下人尽皆知凤姐性格泼辣，不是好惹的。生日宴上泼醋，迫使贾琏不得已给她当面赔礼道歉；大闹宁国府，尤氏贾珍敢怒不敢言。要说王熙凤再怎么有手段，说到底也只是一介女流，只是贾府一个年轻的孙媳妇，在男尊女卑的封建社会，她为何敢如此"放肆"，又怎能在这个极重规矩的钟鼎之家立足站稳？如果一味蛮横无理、撒泼吵闹，王夫人不会让她管家，贾母也不会护佑她，因为她们本身就是礼教的维护者，纵然私心喜欢凤姐，但过分偏袒则有失体统，乱了大家长风范。细数凤姐每次“滋事”都绝非无脑撒泼，而是有“礼”傍身。

她撞见丈夫和鲍二家的丑事，一时间失去理智，“气的浑身乱战”“并不忖夺，回身把平儿先打了两下子。一脚踢开了门，进去也不容分说，抓着鲍二家的就撕打”“一头撞在贾琏怀里”“怕贾琏走了，堵着门站着骂”。然而等到众人来了，她马上就恢复理智，“凤姐儿见人来了，便不似先前那般泼了，撂下众人，便哭着往贾母那边跑”“爬在贾母怀里”，开始当着众人控诉丈夫的不是。看看凤姐对这件事的描述：“我才家去换衣裳，不防琏二爷在家和人说话。我只当是有客来了，唬得我不敢进去。在窗户外头听了一听，原来是鲍二家的媳妇商议，说我利害，要拿毒药给我吃了治死我，把平儿扶了正。我原气了，又不敢和他吵，原打了平儿两下，问他为什么要害我。他臊了，就要杀我。”——回家换衣服，以为丈夫有客在说话，所以不敢贸然进屋，怕影响丈夫与人谈事，这才“无心”撞破了丈夫的丑事，并非自己偷听墙根儿。而且重点是控诉丈夫和鲍二家的正商量要毒死他，扶正平儿。即便这样，自己也没有敢和丈夫吵，而只是打了平儿两下，琏二爷恼羞成怒，所以要追着杀自己。这么一描述，一个贤惠知礼又委屈无比的小媳妇形象即刻展现在众人面前了。

因为在古代，主子和丫鬟苟合并不罕见，丈夫纳妾更是天经地义，绝非诟病的理由。相反如果妻子为丈夫纳妾的事吵嚷起来，反而会落个妒妇的骂名，甚至可以成为被休掉的理由。就连真正的泼妇夏金桂也要强调一下自己不是“那种拈酸吃醋、容不下人的人”，更何况出身名门的凤姐。所以凤姐控诉的不是贾琏纳妾，而是意图“宠妾灭妻”——这点是违礼甚至是违法的。而事实上，她自己心里也清楚，贾琏和鲍二家的并没有要用毒药害她。

事实上贾母同样心知肚明，凤姐大闹就是因为吃醋，但也还是当仁不让地充当了她的保护伞，狠狠教训了贾琏。但倘若凤姐一开始就哭诉贾琏竟然大白天和鲍二家的苟合，那么即使贾母想帮她说话也不占理，而且很可能还会说教她："多喝了两口酒，又吃起醋来了！真不懂规矩！"所以即使情绪处于非常激动的凤姐，也还不忘"礼"字，并能迅速找到用"礼"来给自己出气的路径。

同样，凤姐在对付尤二姐一事上，也是在礼教的范围内大做文章。明明恨得牙根痒痒，但却笑盈盈地与尤二姐"以礼相见"，字字在理，让尤二姐无法拒绝从而被骗入大观园。她恨贾蓉给自己丈夫乱做媒，知情不报，所以大闹宁国府，又是啐尤氏，又是骂贾蓉："你尤家的丫头没人要了，偷着只往贾家送！"但是她得强调一下自己"给你兄弟娶亲，我不恼"，恼的是"国孝家孝两层在身，就把个人送了来""使他违旨背亲""国孝一层罪，家孝一层罪，背着父母私娶一层罪，停妻再娶一层罪"，句句在理，直击人心。尤氏是宁国府的大奶奶，论地位也不比凤姐低，平日和凤姐说话嘴巴也不饶人，然而此次面对凤姐的责骂，自知理亏，一点反驳的余力都没有，完全被"揉搓成一个面团儿，衣服上全是眼泪鼻涕，并无别话"，赔完笑脸还得赔银子。

凤姐爱憎分明，对于她不喜欢的人，惹得起的就当面数落，惹不起的则暗自小心、步步留意，但都不会乱了规矩失了礼。看不上赵姨娘，听到赵姨娘教训自己的儿子贾环，几句话就把她驳斥得不敢出声。按理赵姨娘虽然出身低微，但好歹是贾政的妾，之所以凤姐敢数落她，很大原因是赵姨娘言行举止不合礼——"大正月里，怎么了？兄弟们小孩子家，一半点儿错了，你只教导他，说这样话做什么？凭他怎么着，还有老爷太太管他呢，就大口家啐他？他现是主子，不好，横竖有教导他的人，与你什么相干？"首先是大正月就打骂小孩子不合礼；其次小孩子如果犯了错就好生教导，说这些污言秽语甚至啐他不符合礼仪；再次，贾环是贾府的正经主子，有教导他的奶妈嬷嬷，而且论理他的嫡母是王夫人，更轮不上一个奴才出身的姨娘去教导。层层递进，句句有理，让赵姨娘躲在屋里一句不敢吭。

她也看不上邢夫人，这位婆婆只是个填房，娘家破败，行事狭促，没有子女，也不得贾母待见。但表面上凤姐对她十分小心谨慎，礼数周全，即使是病中，还不忘来请安。可惜邢夫人并没给她好话，只说“请她自去养病，我这里不用她来侍候”——虽一直不满凤姐，时不时无事生非想找茬，但她也挑不出这位儿媳妇的大错儿来。

王熙凤的礼，并不只见于大事，而是已经深入生活中的细微末节。贾芸上门贿赂，刚打上照面，凤姐虽然“连正眼也不看，仍往前走”，脚步都没停，但张口就是问他母亲好，还客套“怎么不来这里逛逛”，对刘姥姥，明知道只是个八竿子打不着的“亲戚”，也猜到了来意，可仍旧礼数周全。“满面春风的问好”，还请祖孙俩吃了早饭，又赠予了二十两银子。即便是馈赠，言语也是十分周到，并没有站在高处施恩的姿态，反而还强调“你不嫌少，先拿了去用罢”。刘姥姥喜出望外竟然口不择言道：“瘦死的骆驼比马还大呢。凭他怎样，你老拔一根寒毛比我们的腰还壮哩。”不仅粗鄙，还有点不吉利。连周瑞家的都觉得很不妥使眼色制止她，凤姐却表现了极高的涵养，只是“笑而不睬”，还说：“改日没事，只管来逛逛，才是亲戚们的意思。天也晚了，不虚留你们了，到家该问好的都问个好儿罢。”这并不全是心血来潮偶尔为之的善举，而是她作为一个“大家子姑娘出身”的基本待客之道。

王熙凤的“礼”是发自内心的善意，还是源于家庭的教养，抑或仅仅就只是为了“立”，正如“凤姐是好人还是坏人”这个问题一样，并不能简单去定论。有人赞她是“脂粉堆里的英雄”，也有人斥她为“两面三刀、嘴甜心苦”。作为一个艺术形象，她是如此的丰满立体，亦是如此的生动真实。读罢掩卷，窗外和风流畅，恍惚间，那个通身彩绣辉煌，恍若神妃仙子的凤姐正在春花烂漫的大观园中，款款踱步，笑语吟吟。

好一架玻璃屏风

——说说平儿和丰儿

王荧荧
河南省文化艺术研究院

平儿和丰儿，都是凤姐的丫头，平儿的名气更大。将她们的名字连读，谐音恰好为“屏风”。

曹公用谐音给人物命名，并非空穴来风，而是有情节作支撑。比如，卜世仁谐音“不是人”，经过曹公穷形尽相的刻画，一个吝啬、刻薄的小奸商跃然纸上，让人恨不得骂他：“真不是人，太对得起你的名字了！”

同样的写法，平儿和丰儿，谐音“屏风”，也有事例加以表现。而且，曹公巧妙地点出，这架屏风是玻璃的，关系着主子的不可告人的隐秘。

屏风，“屏其风也”，由最初的挡风功能，发展至遮掩、装饰等。那么，平儿和丰儿，怎样发挥她们“屏风”的作用？

先说小将丰儿。

第四十六回，“鸳鸯女誓绝鸳鸯偶”，贾赦想讨鸳鸯做小老婆，让邢夫人去说合。邢夫人先将凤姐找来商量，凤姐明知不妥，但也不敢深劝。回家后，凤姐把这件事告诉了平儿，怕邢夫人劝说鸳鸯不成，来找自己商议，有下人在场，“脸上不好看”，便命平儿“且别处逛逛去”。果然，鸳鸯婉拒了邢夫人，躲进大观园里，正巧碰见平儿和袭人。鸳鸯把赶来劝她的嫂子大骂一顿，平儿、袭人也为鸳鸯帮腔。鸳鸯的嫂子找到凤姐家，向邢夫人告状。邢夫人质问，这件事下人怎么知道了，是谁向她们走漏了风声。凤姐眼看要露馅儿，连忙对鸳鸯的嫂子说道：

> 你不该拿嘴巴子打他回来？我一出了门，他就逛去了，回家来连一个影儿也摸不着他！他必定也帮着说什么来呢！

在这个关键时刻，丰儿挺身而出护主，说道：

> 林姑娘打发了人下请字请了三四次，他才去了。奶奶一进门我就叫他去的。林姑娘说："告诉你奶奶，我烦他有事呢。"

笔者脑子转得慢，把丰儿的话读了两遍，才读出她的心机。这个小丫头，实在是不简单！

凤姐故意说："回家来连一个影儿也摸不着他！"丰儿则补充："林姑娘打发了人下请字请了三四次，他才去了。"主、仆的话实现完美对接。按照丰儿的说法，平儿到林姑娘那里帮忙，她和凤姐连面也没见，更谈不上说话了，自然凤姐不会向她走漏消息。即使平儿在大观园中遇见鸳鸯，帮着鸳鸯说了什么，那也是鸳鸯告诉她讨小老婆的事，和凤姐哪有一毛钱的关系？丰儿真机灵，一下子就领会了凤姐的意思，把主子择了个干干净净。"林姑娘说：'告诉你奶奶，我烦他有事呢。'"这个小鬼头，还不忘加入一处细节，把瞎话编得跟真的一样。

丰儿一出手，又准又稳。邢夫人一进门，小鬼头就察言观色，自动切入"战备状态"，支棱着耳朵听。主子一有需要，这架"屏风"便"啪"地张开遮掩。谁让她的主子是王熙凤呢，训练有素！可以想象，邢夫人走后，凤姐至少会给丰儿一个口头嘉奖，"好丫头，算我没白疼你！"

再说大将平儿。

平儿会做人，红迷朋友都知道。但平儿会做"屏风"，就不一定是谁都晓得了。作为"屏风"的主体，平儿不仅会遮掩，还很会装饰。

论起遮掩，平儿的任务要比丰儿艰巨得多。

第五十五回，凤姐小产了，需将养身体，探春等代替她理家。为了压服口声，探春拿凤姐等人“作筏子禁别人”。她先训斥了管家媳妇吴新登家的，说其是凤姐“素日当家使出来的好撒野的人”，接着大刀阔斧砍掉了贾环、贾兰上学的八两银子。平儿小心翼翼地服侍探春，又走到房外向媳妇们训话。“山雨欲来风满楼”，偏在这个时候，秋纹一头撞了来，要找探春，“问一问宝玉的月银我们的月钱多早晚才领”。

注意，“屏风”悄悄地张开了，平儿对秋纹说道：

> 这什么大事。你快回去告诉袭人，说我的话，凭有什么事今儿都别回。若回一件，管驳一件；回一百件，管驳一百件。

平儿劝阻秋纹找探春问月钱的事，理由是怕探春生气时会驳回。我们想一想，这个理由可笑不可笑？贾环、贾兰上学领的八两银子，属于额外发的津贴，砍了也无大碍。而月钱是基本工资啊，探春难道还敢砍？她要砸大家的饭碗吗？平儿的说辞，根本就经不起推敲。可怜的秋纹，听了平儿的话，吓得直吐舌头，还急忙道谢。秋纹被平儿骗了，我们可不能被她骗，因为我们知道这里头的弯弯绕儿——众人的月钱，被凤姐拿去放高利贷，还没有收回来呢！

你看，平儿这架屏风，遮掩得多及时，不然就要出大事了。探春新官上任三把火，如果知道了迟发月钱，就会追查是怎么回事，而这无异于点燃了火药包。贾府表面上莺歌燕舞，实际却是内斗不断，“一个个不像乌眼鸡似的。恨不得你吃了我，我吃了你”。主子间矛盾重重，下人们也各有站队，相互都安插了眼线。凤姐用月钱放高利贷，已被不少人察觉，暗地里叫她“放账破落户”。探春铁面无私，还有点愣头青的劲儿，要是在众目睽睽之下，把月钱的事抖搂出来，那些早就虎视眈眈的人，趁机煽风点火，非得把贾府炸开锅。事情一旦发展到这个地步，就不是探春所能掌控的了，连贾母、王夫人也不好为凤姐说话。而荣国府的当家奶奶，竟然挪用公款、以权谋私，这样的丑闻传扬出去，还不把贵族大家庭的脸都丢尽了？

平儿跟随凤姐理家多年，深知其中的利害，因此，一见苗头不对，就果断地张开“屏风”，把危险因素隔离在外。说到这里，告诉你一处曹公的笔法之妙。秋纹刚来时，看见平儿在训话，便和她开玩笑，“你又在这里充什么外围的防护”。这“外围的防护”，讲的不正是屏风吗？如此寓玄机于戏谑，读者当会心一笑也。

平儿充当“屏风”，还在贾琏、凤姐之间遮掩。

我们看曹公的人物设置：凤姐贪财，贾琏却连“油锅里的钱还要找出来花”。贾琏是色中饿鬼，不管“脏的臭的”，都拉到屋里去，凤姐则堪称“醋缸醋瓮”。这对夫妻，真可谓针尖对麦芒，要不是平儿在中间遮掩，他们早就撕破脸皮了。第十六回，凤姐的心腹旺儿媳妇，来送高利贷的利钱，凤姐听见了，问是谁说话，由于贾琏也在场，平儿就谎称是香菱，把放贷的事掩盖了过去。第二十一回，贾琏和多姑娘私通，女方送的一缕头发，被平儿发现，恰好凤姐进来，要查贾琏那里有没有相好的送的东西。平儿三言两语，替贾琏掩饰，无意中也救了多姑娘一命。

这架“平儿”牌屏风，质量真是杠杠的！

但其实，平儿的处境很难，主要体现在“装饰”上。

第六十五回，小厮兴儿向尤二姐介绍荣国府的情况，说到凤姐醋性大：

> 人家是醋罐子，他是醋缸醋瓮。凡丫头们二爷多看一眼，他有本事当着爷打个烂羊头。虽然平姑娘在屋里，大约一年二年之间两个有一次到一处，他还要口里掂十个过子呢，气的平姑娘性子发了，哭闹一阵，说：“又不是我自己寻来的，你又浪着劝我，我原不依，你反说我反了，这会子又这样。”

书中交代，平儿的身份，是通房大丫头，说白了，就是男主人的泄欲工具，地位在丫头之上、姬妾之下。古代休妻有“七出”的罪名，第四条便是“妒”，即不允许丈夫纳妾。贾琏起先还有五个“屋里人”，两个是按照贾府的规矩，在娶亲前就服侍他的，另外三个是凤姐的陪嫁丫头。这五个丫头，都被凤姐“寻出不是来”打发了，“死的死，去的去”。贾琏的身边原本花团锦簇，却被扫荡得光秃秃，真符合休妻的标准啊！兴儿说，“别人虽不好说”，但凤姐“自己脸上过不去，所以强逼着平姑娘作了房里人”。

平儿！让你当通房大丫头，不过是借你装装样子，好衬托我贤良！

在凤姐手下讨生活，平儿她容易吗？那五个“屋里人”，都是年轻姑娘，好好的大活人，怎么就“死的死，去的去”？其间经历了多少血泪，平儿看得清清楚楚。平儿也是凤姐的陪嫁丫头，但不像其余三个丫头心存幻想，她们“叛变”了女主人，用身体取悦男主人，结果却丢了饭碗，甚至搭上了性命。所以，第二十一回，“俏平儿软语救贾琏”后，贾琏抱着平儿求欢，“被平儿夺手跑了”，在窗外说道：

难道图你受用一回，叫他知道了，又不待见我。

平儿心里清楚，她这个通房大丫头，只是一件摆设、装饰品，放在贾琏、凤姐身旁，制造“贤妻美妾”的假象。为了生存，平儿必须抹杀人性欲望，将自身的一部分“物化”。

“屏风”平儿啊，又有谁知晓你心底的苦楚？

或者遮掩，或者装饰，平儿和丰儿，常侍奉在凤姐左右。文章开头说了，这架“屏风”是玻璃的，何以见得？曹公有两处伏笔。

第一处伏笔，在第四十五回里，大观园中起诗社，李纨带着众小姐找凤姐要活动经费。她们刚说了几句话，凤姐就猜着来意，李纨笑道：

真真你是个水晶心肝玻璃人。

李纨的意思，是说凤姐聪明，像玻璃那样剔透、玲珑。请注意，凤姐是“玻璃人”。也许你会说，难道“玻璃人”的屏风，就一定是玻璃的？好，我们再看第二处伏笔。

第六回，宁国府的贾蓉向凤姐借一件东西，以便请客时摆放。这件东西是什么？恰恰是玻璃炕屏，也就是陈设在炕上的玻璃屏风。

为了深入理解，我们需要了解一下“玻璃”。

玻璃？不是最平常的物品吗？你说的是现在的情况，在清初，玻璃可是件“罕物儿”，贵比黄金。玻璃从欧洲进口，而制作工艺却没有传入，因此成品数量很少，只有皇家和贵族才能使用，在当时属于奢侈品。至于玻璃屏风，那就更稀少了。所谓玻璃屏风，是在屏风上镶嵌几块玻璃，与其他材质、工艺相配合，制造出精美的效果。明白了这一点，就可以解释，为什么堂堂的宁国府，竟连一架玻璃炕屏也找不到。听见贾蓉要借玻璃炕屏，凤姐有意卖个关子，显摆了显摆：

也没见你们，王家的东西都是好的不成？你们那里放着那些好东西，只是看不见，偏我的就是好的。

凤姐强调，这架玻璃屏风，是“王家的东西”。“偏我的就是好的”，说这种话，凤姐还真有底气。凤姐的娘家，怎么会有这么珍稀的东西？因为王家是管理洋务的，第十六回，凤姐说道：

那时我爷爷单管各国进贡朝贺的事，凡有的外国人来，都是我们家养活。粤、闽、滇、浙所有的洋船货物都是我们家的。

“县官不如现管”，玻璃是舶来品，管理洋务的王家，自然近水楼台先得月了。而在书里，凤姐就显得特别洋气，她手里的洋货很多。从“玻璃炕屏”这一笔，我们也能看出，曹公作文，心思缜密。贾府是公爵，王家仅是伯爵，前者地位更高，家中的藏品也应该更贵重、更丰富。贾蓉要借的屏风，如果不是镶嵌有玻璃的，而是木、石等其他材质的，在情理上就讲不通了。你看，这“玻璃炕屏”里的“玻璃”两字，貌似简单、平常，却点明了凤姐的出身，凸显了四大家族中王家的特别之处。

凤姐既聪明又高贵，她在贾府能够长袖善舞，一方面因为她“有一万个心眼子”，另一方面因为她娘家实力雄厚。“玻璃人”和“玻璃炕屏”，就是凤姐这些特点的形象化说明。丰儿的来历，曹公语焉不详，而“屏风”的主将平儿，和玻璃炕屏一样，也来自王家，算是凤姐的“活嫁妆”。在平儿和丰儿身上，有着凤姐的影子，她们都脑子活，心眼儿多，自觉地维护女主人的利益。最突出的例子，是平儿向凤姐告发贾琏偷娶尤二姐。这一次，平儿怎么不替贾琏遮掩了？因为贾琏和多姑娘的一夜情，仅是露水情缘，对凤姐构不成实质性威胁。而贾琏偷娶尤二姐，尊她为“二奶奶”，日后若再产下男孩，那么，一直都没能生儿子的凤姐，正妻的地位就岌岌可危了。平儿虽然在贾琏、凤姐之间遮掩，但从根本利益上讲，她还是凤姐的人，是保护这个“玻璃人”的屏风。

第三十一回，湘云和翠缕论“阴阳”，说太阳、主子是阳，月亮、仆人是阴。这种比拟，很适合用来形容凤姐与平儿、丰儿的关系。凤姐称得上“治世之能臣，乱世之奸雄”，对金钱、权力有着近乎病态的欲望。凤姐滥用职权、大肆敛财，私用月钱放高利贷，只是她不可告人的行径之一。在贾府，凤姐不是一个人在战斗，而是拥有一个团队。正如上文所述，旺儿和他的媳妇，勇当先锋，给凤姐捞钱；平儿和丰儿，则巧扮屏风，为她善后、打掩护。在凤姐眼皮子底下，仆人们必得忠心、竭力。封建主仆的依附关系，被凤姐这个控制欲极强的人演绎得更加严苛、紧张。月亮不会发光，只能反射太阳的光芒。平儿和丰儿，必须服从凤姐的意志，执行她的命令。“玻璃人”的屏风，如果不是玻璃的，还能是什么的？ 而像凤姐这样的大权在握者，谁又没有几架“屏风”呢？

凤姐是“玻璃人”，平儿、丰儿谐音屏风，曹公用“玻璃炕屏”，将凤姐和平儿、丰儿联系在一起。“有其主必有其仆”，通过平儿、丰儿这架“玻璃屏风”的映射，凤姐的性格特征，就更为鲜明地显现出来。

下面，向你提一个有意思的问题，屏风的种类很多，曹公为什么写明是“炕屏”呢？

除了炕屏，屏风还有座屏、桌屏、挂屏等。座屏摆放在地上，是最常见的屏风。曹公特意写作“炕屏”，还是与平儿、丰儿的职责有关——当男、女主人云雨时，她们要张开“屏风”，挡住外人。

第七回，“送宫花贾琏戏熙凤”，周瑞家的送宫花，来至凤姐院内。

走至堂屋，只见小丫头丰儿坐在凤姐房门槛上，见周瑞家的来了，连忙摆手儿叫他往东屋里去。

小将丰儿当了门神，里面到底在干什么？

正说着，只听那边一阵笑声，却有贾琏的声音。接着房门响处，平儿拿着大铜盆出来，叫丰儿舀水进去。

大将平儿出来，我们方才看出端倪。

这一段文字，是隐晦的情色描写，被脂砚斋称作“柳藏鹦鹉语方知”。大天白日，贾琏和凤姐正享受鱼水之欢呢。通房大丫头，是要在旁边伺候的。古人真开放啊！ 但细想想，在那个时代，根本不把仆人当人看！贾琏、凤姐“嘿咻”后，想清洗一下，还得由两个丫头提供服务。一看平儿、丰儿这个阵势，周瑞家的就知道不便打扰，把宫花交给平儿送进去了。可见，“玻璃炕屏”中的“炕屏”二字，也有具体情节来诠释。

而“丰儿坐在凤姐房门槛上”，让人不禁想起，第七十四回，王夫人拿着绣春囊向凤姐兴师问罪，在房外，平儿也是这样“坐在台矶上，所有的人，一个不许进去”。平儿和丰儿，这对“屏风”搭档，连挡人的动作也是一样的。

在文章的结尾，再说两句题外话。贾蓉向凤姐借玻璃炕屏，还引出一段著名的疑案。二百多年过去了，这段疑案仍然没有定论，即凤姐和贾蓉有没有乱伦关系，像焦大所骂的“爬灰的爬灰，养小叔子的养小叔子”？怪不得红迷们浮想联翩，因为两人的对话、神情，曹公写得太暧昧。笔者无意于探讨这个问题，却也想借“玻璃炕屏”一用，当然不是为了请客摆放。我们借它打个比方。在玻璃屏风的掩映下，凤姐的香闺秀帏，越发显得影影绰绰。对凤姐的情事，曹公似乎并不想让读者看得很清楚，他运用烟云模糊的写法，使之蒙上一层神秘的色彩。毕竟，凤姐既是“风月宝鉴”镜中的风流女，也是“太虚幻境”正册上的薄命人……

透过这架玻璃屏风，你看到了什么？

贾宝玉的爱洛斯人格

张晓冰
北京华樾教育研究院

读了李建中、尹玉敏所著《弗洛伊德：爱欲与升华》[①]之后，很受启发。尽管弗洛伊德把人格的形成都归结于“性”，受到不少后来学者的批评，朱光潜就说，弗洛伊德的毛病“是把快感和美感混淆，把艺术的需要和实际人生的需要混淆”[②]。但用弗洛伊德人格理论来分析贾宝玉这个形象，我觉得有趣有味，有教育意义。

一、“本我”四处“泛滥”

弗洛伊德的精神分析中有两个基本的命题，就是“潜意识”和“性冲动”。前者被视为“爱洛斯本能”，后者为“爱洛斯冲动”。“爱洛斯”即“eros”的译音，意为“爱欲”或“爱本能”。“爱洛斯本能”是人格构成的要素，“爱洛斯冲动”是人格流变的动力。爱洛斯人格由“本我”“自我”和“超我”组成。“本我”是人格中最原始的部分，是构成生命的核心，是爱洛斯冲动的贮藏库。“本我”坚持“唯乐原则”，无所顾忌地寻求满足与快感。“本我”处于一种完全的无意识状态，是人一出生就固有的心理积淀，是被压抑的人的无意识的生命力。人格结构的第二要素是“自我”。“自我”在人格结构中处于调停或执行外界、“本我”“超我”指令的角色。人格结构中的第三要素是“超我”，代表理想和道德，是人格的象征，是人格的最后形式。“超我”是从“自我”中分化出来的一部分，它反过来监督“自我”的活动，观察和批评“自我”，为“自我”提供行为规范，“自我”若不遵从，“超我”便惩罚“自我”，使“自我”产生自卑感或罪恶感。“自我”只好服从“超我”的命令来获得自尊感和自豪感。

根据爱洛斯人格模型，回到《红楼梦》中贾宝玉的人格上来。第三回的词《西江月》：

无故寻愁觅恨，有时似傻如狂。纵然生得好皮囊，腹内原来草莽。潦倒不通世务，愚顽怕读文章。行为偏僻性乖张，那管世人诽谤！

富贵不知乐业，贫穷难耐凄凉。可怜辜负好韶光，于国于家无望。天下无能第一，古今不肖无双。寄言纨袴与膏粱：莫效此儿形状！

“似傻如狂”“行为偏僻乖张，那管世人诽谤！”这一阙词把贾宝玉爱洛斯人格中的“本我”基本上都概括了。

在第二回，冷子兴介绍贾宝玉：“那年周岁，政老爹便要试他将来的志向，便将那世上所有之物摆了无数，与他抓取。谁知他一概不取，伸手便只把些脂粉钗环抓来。”他说：“女儿是水作的骨肉，男人是泥作的骨肉。我见了女儿，我便清爽，见了男子，便觉浊臭逼人。”

这些恰恰是弗洛伊德所指的“本我”在幼儿时期和儿童时期表现出来的爱洛斯冲动。

稍微长大，贾宝玉“本我”中的爱洛斯便四处泛滥。李建中、尹玉敏在解读时说：“本我”或“潜意识”在爱洛斯人格结构中是受“超我”和“意识”压抑的。或者说，当个体处于“醒”的状态时，其种种愿望是被压抑在意识之下的，只有在“梦”的状态中，在“超我”或“意识”暂时地放弃了它的职责时，受压抑的愿望便会趁机溜出来，或直接或间接，或原形毕露或乔装打扮地获得替代性满足。[③]所以弗洛伊德将梦定义为“梦是愿望的达成”“梦是主观心灵的动作”[④]。最能说明这个判断的是第五回，贾宝玉要睡午觉，秦可卿带着他到上房，宝玉就是不肯在这里睡。秦可卿不顾嬷嬷的质疑，把宝玉带到自己的房间去睡，正合宝玉之意，连声笑着说好。就在这里，贾宝玉梦游了太虚幻境，与秦可卿发生了儿女之事，“柔情缱绻，软语温存，难解难分”。这个梦恰恰证明，贾宝玉对秦可卿这个侄儿媳妇是有非分之想的，在现实中无法实现，这个愿望只能在梦中满足。

二、“自我”与“超我”

贾宝玉人格流变中的“本我”经常出轨。在现实中无法与秦可卿实现爱的愿望，则与大丫鬟袭人实现了。第六回“贾宝玉初试云雨情”，因为袭人是婢女，也没有产生不良后果，所以宝玉对袭人并无愧意。但是与金钏的打情骂俏却酿成了严重的后果，金钏被王夫人撵出贾府之后跳井自杀。这时候，宝玉人格中的“超我”则出来谴责，让宝玉产生道德性焦虑。第七十七回，凤姐生日的早晨，宝玉“遍体纯素，从角门出来，一语不发跨上马，一弯腰，顺着街就颠下去了”。他要找一个地方去祭奠因和他调情而致死的金钏。“宝玉掏出香来焚上，含泪施了半礼”，然后由“焙茗代祀，磕了几个头才爬起来”。只有这样，宝玉爱洛斯人格中的“超我”才算心安，那种羞耻感和罪恶感才得以解脱——这是爱洛斯人格中“心理防御机制”的反应。

在贾宝玉的爱洛斯人格中，尽管“本我”经常四处泛滥，但是“自我”仍然不折不扣地履行着调节的职责，以保证“超我”始终占据着主导地位。比如：

第二十四回：宝玉坐在床沿上，褪了鞋等靴子穿的工夫，回头见鸳鸯穿着水红绫子袄儿，青缎子背心，束着白绉绸汗巾儿，脸向那边低着头看针线，脖子上戴着花领子。宝玉便把脸凑在他脖项上，闻那香油气，不住用手摩挲，其白腻不在袭人之下，便猴上身去涎皮笑道："好姐姐，把你嘴上的胭脂赏我吃了罢。"一面说着，一面扭股糖似的粘在身上。

第二十八回：宝钗生的肌肤丰泽，容易褪不下来。宝玉在旁看着雪白一段酥臂，不觉动了羡慕之心，暗暗想道："这个膀子要长在林妹妹身上，或者还得摸一摸，偏生长在他身上。"

贾宝玉爱洛斯人格中的"本我"虽然对美女的肉体有着胡思乱想，甚至"把脸凑在他脖项上，闻那香油气，不住用手摩挲"，但是"超我"随时都起着监督的作用，阻止"本我"的泛滥，以保证人格的理性和符合道德的要求。

不仅如此，爱洛斯冲动在"超我"的引导下，朝着美的意境而不是纯粹的性向往的时候，爱洛斯人格便得到了升华。这主要体现在贾宝玉和林黛玉的恋爱过程中。宝玉可以和袭人上床，可以和金钏调情，但是在林黛玉面前，有的只是爱慕、尊重、向往，不敢有半点轻薄，唯恐玷污自己所爱的人。有时虽然也想向黛玉暗示爱的要求，但被黛玉拒绝时则痛悔不已。这就像我们面对一颗晶莹剔透、光彩夺目的宝石一样，虽然爱不释手，但却小心翼翼，生怕为一星半点污渍所染。宝玉和黛玉从小就吃在一起，睡在一个床，青梅竹马，两小无猜，尽管常常互相生气，吵吵闹闹，但那不过是爱情信息的试探和传递。纵观《红楼梦》全书，贾宝玉对林黛玉从来没有过性方面的胡思乱想，即便是面对美丽庄重的薛宝钗时也曾有过"摸一摸"一闪之间的邪念（第二十八回）。可以这样说，贾宝玉和林黛玉的爱情发展到魂牵梦萦、至高无上的程度，是典型的爱洛斯人格的升华，以至于紫鹃开了一个玩笑，说黛玉要回苏州，就让贾宝玉急痛迷心，神志不清，差一点丢了性命（第五十七回）。

另一方面，贾宝玉的爱洛斯人格也升华到对众多女性不幸命运的同情和悲悯。

第四十四回，凤姐过生日，贾琏却在家偷情被凤姐抓着，可是他们两口子都把气撒在平儿身上。看到平儿受到委屈，宝玉便给平儿赔不是，又要平儿换袭人的衣服，“把头也另梳一梳”，并劝平儿擦了粉脂，还把一枝并蒂秋蕙也簪在她的鬓上。让平儿“自觉面上有了光”。想到“贾琏惟知以淫乐悦己，并不知作养脂粉”“平儿并无父母兄弟姊妹，伺候贾琏夫妇二人，贾琏之俗，凤姐之威，他竟能周全妥帖，今儿还遭荼毒。想来此人薄命…… 便又伤感起来。”

第六十二回，香菱不小心把裙子污湿了，宝玉发现后跌脚道：“你们家一日糟踏这一件也不值什么。”只是担心姨妈说香菱不会过日子，只会糟蹋东西，解释不清楚。于是就叫袭人把一件同样的裙子拿来给香菱换上。宝玉低头心下暗想：“可惜这么一个人，没父母，连自己本姓都忘了，被人拐出来，偏又卖与了这个霸王。”

第七十七回，抄检大观园之后，宝玉一看见司棋要被撵走，不觉如“丧魂魄一般”，便拉着不让走。四儿、芳官和晴雯都被撵出去了，宝玉“心下恨不能一死”！ 他担心芳官年龄太小，出去以后怎么办？ 四儿只是和自己同一天的生日，也是自己连累了他。特别是晴雯，原本是赖大家的买来孝敬贾母的，贾母见其模样言谈、针线女红均人所不及，便给了宝玉使唤。只因模样儿好，性格刚烈，便遭忌被逐，抱屈而亡深感悲痛，因而作长篇《芙蓉女儿诔》，赞颂她，纪念她。

贾宝玉爱洛斯人格中的“超我”是“自我”发展的高级阶段，“超我”是孤独的“自我”，“超我”是博爱的“我”，“超我”是完善的“自我”。⑤

三、从“滥淫”到“意淫”

贾宝玉爱洛斯人格的升华还体现在曹雪芹对“淫”的全新的解读，即从“皮肤滥淫”到精神“意淫”的升华。什么是“意淫”？ 曹雪芹在第五回借警幻仙姑之口解释：

> 警幻道："尘世中多少富贵之家，那些绿窗风月，绣阁烟霞，皆被淫污纨袴与那些流荡女子悉皆玷污。更可恨者，自古来多少轻薄浪子，皆以'好色不淫'为饰，又以'情而不淫'作案，此皆饰非掩丑之语也。好色即淫，知情更淫。是以巫山之会，云雨之欢，皆由既悦其色，复恋其情所致也，吾所爱汝者，乃天下古今第一淫人也。"
>
> 宝玉听了，唬的忙答道："仙姑差了。我因懒于读书，家父母尚每垂训饬，岂敢再冒'淫'字？况且年纪尚小，不知'淫'字为何物。"警幻道："非也。淫虽一理，意则有别。如世之好淫者，不过悦其容貌，喜歌舞，调笑无厌，云雨无时，恨不能尽天下之美女供我片时之趣兴，此皆皮肤淫滥之蠢物耳。如尔则天分中生成一段痴情，吾辈推之为'意淫'。'意淫'二字，惟心会而不可口传，可神通而不可语达。汝今独得此二字，在闺阁中固可为良友，然于世道中未免迂阔怪诡，百口嘲谤，万目睚眦。"

从"皮肤滥淫"到"意淫"，是贾宝玉这个艺术人物形象的升华。人物形象的升华，其实也是小说家曹雪芹人格的升华。脂砚斋在批书中曾多次提到宝玉"情不情"的性格，也在"意淫"的范围："按警幻情榜，宝玉系情不情。凡世间无知无识，彼俱有一痴情去体贴……"[⑥]他自己烫了手，倒问人家疼不疼，大雨淋的水鸡似的，他反告诉别人："下雨了，快避雨去罢。""看见燕子，就和燕子说话，河里看见了鱼，就和鱼说话，见了星星月亮，不是长吁短叹，就是咕咕哝哝的。且是连一点刚性也没有，连那些毛丫头的气都受的。爱惜东西，连个线头儿都是好的；糟踏起来，那怕值千值万的都不管了"。（第三十五回）天津大学周义教授说："意淫"是一个艺术地对待由性别携带而来的全部诗意之美的概念。它超越了“沉重的肉身”，超越了“视觉霸权”。而最终从嗅觉达至心灵契合的惊喜、羞怯与战栗，这是一种“人迹罕至”之美，“因此，每一位鼎礼者当从自身的修习与妙悟中抵达”⑦。

再来看爱洛斯人格：弗洛伊德的性欲论超越了那种言性必指生殖器之结合的狭窄的性论。只有在超越之后，性欲论才能进入“爱洛斯模式”，“性本能”才得以与“爱洛斯”画等号。当弗洛伊德谈“性”的时候，它实际上是在谈“爱”；而且他所指的“爱”，不仅仅是以性结合为目的的性爱，还应包括自爱、友爱、对双亲的爱、对子女的爱、对具体对象的爱，对抽象观念的爱——这不就是贾宝玉的人格形象吗？

人格中“本我”的泛滥是爱洛斯冲动的结果，是人先天所固有的本能。而人格中的“自我”和“超我”，则是可以在后天获得的，这就是教育。贾宝玉见到林黛玉时，之所以其人格能够升华，是因为林黛玉的美丽与高雅。从对象客体来说，美丽高雅也会影响到对方爱洛斯人格得到升华。当贾宝玉碰到袭人、金钏时，其人格中的“本我”便开始泛滥，其行为便出现轻薄。这是因为，袭人、金钏她们虽然也美，但是她们只是一种满足快感的美，而没有到达黛玉那样的艺术美的高度。所以，爱洛斯人格在现实中便具有重要的教育意义：只有在“自身的修习与妙悟”达到美丽高雅的时候，无论是本体或是客体，其人格才会移位升华！

注释

①李建中、尹玉敏：《弗洛伊德：爱欲与升华》，东方出版社2013年版。

②朱光潜：《谈美》，华东师范大学出版社2012年版，第28页。

③同①，第44页。

④［奥］西格蒙德－弗洛伊德：《梦的解析》，叶凡编译，北京联合出版公司2015年版，第72页。

⑤唐震：《接受与选择——关于对象视域与人的主体性研究》，社会科学出版社2015年版，第272—274页。

⑥《脂砚斋重评石头记（甲戌本）》，人民文学出版社2010年版，第248页。

⑦周义：《〈红楼梦〉中的“意淫”解》，《红楼梦学刊》2001年第3辑。

因为懂得 所以怜惜——看见黛玉的真性情

小石子
上海市长宁区

很多人评价起林黛玉就说她尖酸刻薄小心眼，其实这是对黛玉的一种误解，也是对曹公的小觑。伟大的作品里没有一个人物是刻板的、一成不变的，他们都是有生命的。就像不能够随意去评判一个人一样，没有深刻的解读，也不能够随意去评判一个小说中的人物。

"你如果认识从前的我，也许你会原谅现在的我"，这句话是张爱玲说的，我觉得对于黛玉也是适用的：如果你知道我的生活和遭遇，也许你会原谅我的伪装和刻薄。

"孤标傲世偕谁隐，一样花开为底迟？"她有菊花的傲气，却没有菊花傲对霜雪的心胸和体力。她像是一只受伤的小猫，一边舔舐自己的伤口，一边对着外界充满防备、龇牙咧嘴。

由于父母双亡，寄居贾府，需要看别人脸色过活，凡事要率先考虑后果，不能像自己家里一样随心所欲，林黛玉的内心远比别人敏感得多。

虽然黛玉也是出身书香世家，但是排场远没有贾府的大，所以初入贾府，凝神屏气，步步小心，一步都不敢错。从她与贾母初见关于读书的一个小细节可见一二。

> 贾母因问黛玉念何书。黛玉道："只刚念了《四书》。"黛玉又问姊妹们读何书。贾母道："读的是什么书，不过是认得两个字，不是睁眼的瞎子罢了！"

贾母这样的回应让黛玉明白自己说错了话，封建家长们都认为女子无才便是德，李纨就是当时典型的优质忠贞妇女，只懂孝亲爱子、女德女红。后来见了宝玉，宝玉又问她读了什么书，她赶紧顺着贾母的意思改了口。

> 宝玉便走近黛玉身边坐下，又细细打量一番，因问："妹妹可曾读书？"黛玉道："不曾读，只上了一年学，些须认得几个字。"

在贾府，她是要小心翼翼，去迎合她投奔的那些人，即使是宠爱她的贾母。

甚至是对待下人们，她也知自己这个远来亲戚比不得本家小姐，即便贾母宠爱，为了减少麻烦，基本上是能少一事便是一事。

当宝钗建议她平肝健胃每早一碗燕窝粥滋阴补气的时候，她说：

> 虽然燕窝易得，但只我因身上不好了，每年犯这个病，也没什么要紧的去处。请大夫，熬药，人参肉桂，已经闹了个天翻地覆，这会子我又兴出新文来熬什么燕窝粥，老太太、太太、凤姐姐这三个人便没话说，那些底下的婆子丫头们，未免不嫌我太多事了。你看这里这些人，因见老太太多疼了宝玉和凤丫头两个，他们尚虎视眈眈，背地里言三语四的，何况于我？况我又不是他们这里正经主子，原是无依无靠投奔了来的，他们已经多嫌着我了。如今我还不知进退，何苦叫他们咒我？

这样一个通透的人，她深知自己的处境，表现得既乖巧又省事。父母不在，无所依靠，不能像宝玉一样一下子滚到贾母怀里，或者被王夫人抱着叫"我的儿"；甚至不如宝钗尚且有母亲兄弟，在抄检大观园的时候凤姐讲“要抄检只抄检咱们家的人，薛大姑娘屋里，断乎抄检不得的”，同样是亲戚，避开蘅芜苑却来到了潇湘馆。

难怪黛玉会有红消香断无人怜的凄苦和随花飞到天尽头的痴愿！

到荣国府后，黛玉和宝玉“日则同行同坐，夜则同息同止，言和意顺”，从未对谁挑剔刻薄过。不想品格端方，容貌丰美的薛宝钗来了，还带来了“金玉良缘”的说法，她就感受到了威胁，身体里自我防备自我保护的意识突然觉醒了，尤其是后来林如海去世，她的这种不安全感一下子又喷涌出来。父母早逝，兄弟俱无，在那个父母之命的年代，自己的终身，真的是难有定夺了。

要命的是宝钗还如此出色，不仅才情斐然，还会做人会做事，不仅贾母王夫人喜欢，连下人都喜欢，而贾宝玉又是那种“情不情”的人，对女孩子表现得很博爱，就算不喜欢他的女孩子他也是要关心的，何况是带着金锁的宝钗。

于是黛玉更加草木皆兵了。

由于寄居的一无所有、宝钗的优秀，黛玉更加不能将自己的姿态摆低，所以孤傲是她防备反击的武器，她不能倒下不能认输，不能失了气势，甚至还时不时要挫一挫宝钗的锐气。吵闹、敏感，时不时用“金玉良缘”戳一戳宝玉，试一试他的真心，否则，总是不放心。

所以在别人看来可能是小气、刻薄的时候，或许只是她内心渴求倚重与关注的表现。比如，第七回周瑞家的替薛姨妈给姑娘们送宫花的时候，当黛玉得知其他的姑娘们都有了，这最后两枝是她的时候，冷笑道：“我就知道，别人不挑剩下的，也不给我。”她并不是要那花，她只是觉得自己受到了冷落。

葬花时，是她内心的不安全感达到顶峰的时刻。

因为白天发生过口角没来得及解释清楚宝玉便被政老爹找去了，因为担心，所以晚间过来怡红院看一看情况。走到怡红院门口，听见里面传来宝钗宝玉说笑的声音，犹豫了一下还是去拍了门，正闹别扭的晴雯没听出是她的声音说，“凭你是谁，二爷吩咐的，一概不许放人进来”。可是一转身，宝玉送了笑语盈盈的宝钗出门。

一瞬间，寄居的孤寂无助悲伤之情一股脑全都涌上了心头。父母离世，这是永远也抹不去的伤，时时都会被提醒：假如这里是我自己的家，假如我也有父母宠爱疼惜，我绝对不会深夜被拒，即使被拒还可以由着性子高声质问，绝不会一个人暗自哭泣。但是终究我只是一个人，所依仗的不过是外祖母的疼爱，而这种疼爱也如此脆弱；想依靠的只有宝玉，素日当他是个知己，今夜看来不过一厢情愿了。

不知道是过了怎样的日子才会说出“一年三百六十日，风刀霜剑严相逼”的话来，即使是多愁善感地夸大了，想必也是极不顺心的。贾母的疼爱是有的，但是作为大家家长，又上了年纪，难免会有想不到的地方；凤姐嘛，自然是看着贾母和王夫人的风向转的；王夫人，从她对待晴雯便可窥她待黛玉的情形了；下人们也不是省心的，凤姐之威尚且难以辖制，何况亲戚家的小姐。而且物质上的关心也不算得是真正的关心，黛玉更需要心灵上的交流。到了贾府，除了宝玉大概也没人会跟她谈心，所以后来黛玉才会对宝钗和薛姨妈这么依赖。

刘姥姥二进大观园，大家一起行酒令的时候，黛玉怕输，脱口而出了《西厢记》《牡丹亭》里面的诗词，被宝钗说教之后，黛玉对宝钗有一段剖心之语：

> 黛玉叹道：“你素日待人，固然是极好的，然我最是个多心的人，只当你心里藏奸。从前日你说看杂书不好，又劝我那些好话，竟大感激你。往日竟是我错了，实在误到如今。细细算来，我母亲去世的早，又无姊妹兄弟，我长了今年十五岁，竟没一人像你前日的话教导我。怨不得云丫头说你好，我往日见他赞你，我还不受用，昨儿我亲自经过，才知道了。比如若是你说了那个，我再不轻放过你的，你竟不介意，反劝我那些话，可

知我竟自误了。若不是从前日看出来，今日这话，再不对你说。”

黛玉是充满感恩的在说这些话，绝不是讨好应付，她很真诚地跟宝钗认错，说自己误会她、自己多心，感激她对自己宽容、跟自己说了这样的话，以后会真心把她当作姐姐一样对待。

自此以后，便真的再也没有黛玉使小性子的事情发生过。即使是宝钗的妹妹——那个才貌双全似在宝黛之上，更甚被贾母议亲要说给宝玉的薛宝琴来到大观园。就以往来讲，黛玉肯定是要闹小性子不开心的，甚至湘云等都这么认为，但是不然。既待宝钗真心，她的妹妹，也待的像是自己的亲妹妹，而宝琴在大观园也是与黛玉“亲敬异常”。薛宝琴年纪虽小，却本性聪敏，极有见识，若不是真心，她必然不会与之“亲敬异常”。

所以黛玉其实是个简单且真性情的人，她有不满有忧伤有感激都会表达出来。送宫花时，她难道不知道小鬼难缠？葬花悲吟，她难道不怕贾母王夫人知晓心有不快？宝钗说教，她接受就好，难道一定需要剖心相对？

简单真实而已。

无论是程乙本、庚辰本还是其他各种版本，且无论争论为何，都不外乎黛玉香消殒、贾府大厦倾的结局。因为怜惜，所以会有庆幸，还好，还好，黛玉见不到这样的破败，不用忍受这些凋零，否则，她会是怎样的结局呢，她在这样的结局中要怎样自处呢？单看妙玉“可怜金玉质，终陷淖泥中”就觉得触目惊心，生不如死。曹公终究是怜惜颦儿的，才会让她早早离去。

黛玉爱情的模样：愿你我做共伞的人

樵 髯
河北省清河县王官庄中学

桃树下的情话

暮春时节，风光正好，二玉在大观园桃花树下的一块石头上一起看《会真记》。这本书“词藻警人，馀香满口”[①]；桃树上的花瓣纷纷飘落，“落的满身满书满地皆是”，而眼前这个女孩也正是自己想时时表达情意的，宝玉忽然就有了一种说情话的冲动，于是他借了书上的话，对黛玉说，“我就是个‘多愁多病身’，你就是那‘倾国倾城貌’”[②]。脂砚斋侧批：看官说宝玉忘情有之，若认作有心取笑，则看不得《石头记》[③]。

我认同脂砚斋的分析，宝玉确实忘情了，一点也没有取笑之心。但为什么林妹妹听了，却“不觉带腮连耳通红，登时直竖起两道似蹙非蹙的眉，瞪了两只似睁非睁的眼，微腮带怒，薄面含嗔”[④]，声称要告诉舅舅去呢？有人说，这是一个贵族女孩该有的矜持，即使勇敢如黛玉，也不敢随时随地面对心中的爱情。但我还是觉得有未尽之意，对，是宝玉的情话说得太溜了，这溜，隐隐的少了一份尊重。凡真爱的女孩，谁听了会开心？

桃树下的情话，让我想起张爱玲的《倾城之恋》。范柳原和白流苏分别时，说她穿着绿雨衣像个药瓶，流苏不悦，然后范柳原凑近一点说，“医我的药”。这情话有点做文章惯用的欲扬先抑的味道，因为经常拿来用，所以说得溜，从他似笑非笑、欲擒故纵、驾轻就熟的姿态上，白流苏读不出他对自己的爱。尽管白流苏是想寻找一张长期饭票，但她要的是，对方为自己的魅力甘心倾倒自愿拿出饭票，而不是这种对谁都可以说的花花肠子。宝玉自然不是范柳原，但此时的宝玉正处于青春躁动时期，渴望得到所有漂亮女孩的眼泪，所以，他像一只蝴蝶整日穿梭于花丛中，做小伏低，甘心伺候众丫头。这种做派不小心用到黛玉身上，敏感的黛玉自然就检出了若干“调情”的成分。

宝玉只有穿越过浮躁的青春泡沫表层，一路舍弃种种缤纷诱惑，抵达灵魂深处，认识到各人只能得各人的眼泪时，他才真的懂得了爱情。他没看清是袭人还是黛玉，就急急地把自己的心里话掏出来的时候，那才是他的爱情。他听到林妹妹要回家乡，瞬间急成植物人的时候，那才是他的爱情。林妹妹配得到这样的爱情，因为她同样以眼泪、伤痛，甚至整个生命相回报。

我们喜欢林妹妹，很大程度是喜欢冰雪聪明的林妹妹对爱情的执着自重。毕竟大多数现代人在快节奏的生活中，在真假难辨的感情纠纷中，因着趋利避害的本能，最先抛弃的就是爱情。然后剩下调情。竟有言论说，调情比爱情更有益于身体健康，它不会让你的人生天塌地陷，然而，又能让你的人生不那么寂寞。即便如此精明算计了得失，我仍然看到很多事业成功的女性，在感情上，却很容易被攻陷，黯然神伤收场，以致人财两失。归根到底：还是被虚荣遮蔽了眼，那个人肯说情话，寂寞的人生已经有了颜色；还是被枯燥弄烦了心，既然有个人说情话，权且就当爱情吧。林妹妹对自己情感的珍重，已经“随花飞到天尽头”⑤了吗？天尽头，有没有一个香冢埋着我们渐逝的爱情？

栊翠庵里的故事

贾母领着众人来到栊翠庵。妙玉稍作招待之后，便把钗黛的衣襟一拉，仨人来到另一居室，开始喝梯己茶。宝玉眼尖也跟着来了。

大家都赞妙玉的茶好。黛玉随口问了句：“这也是旧年的雨水？”不

想妙玉冷笑道："你这么个人，竟是个大俗人，连水也尝不出来……隔年蠲的雨水那有这样轻浮，如何吃得。"⑥不知道别人读到此是什么滋味，我心里不免有点疑惑：妙玉不是拉着人家来喝梯己茶的吗？难道真的如某些读者所猜，不好当众拉宝玉来，就先拉来了黛玉和宝钗？和黛玉其实没那么知己，同时对黛玉还有小小的不能出口的嫉妒在心里，不然怎么忽然变了脸色？

女人之间确有说不出口的嫉妒在，尤其是在文艺女青年之间。冰心当年那篇《我们太太的客厅》，凭着女性的直觉，我看第一页纸，就觉得写出这种文字的女人内心一定有嫉妒，嫉妒人家的沙龙怎么就有那么多优秀的顶级的男士在。妙玉对黛玉大约也有天然的嫉妒，大家同是苏州来的，凭什么你尽得风光：姥姥宠着，哥哥哄着，一年三百六十日你那潇湘馆都笑语喧哗？

总有一样要压过你，所以，妙玉有点炫耀地说："这是五年前我在玄墓蟠香寺住着，收的梅花上的雪，共得了那一鬼脸青的花瓮一瓮，总舍不得吃，埋在地下，今年夏天才开了，我只吃过一回，这是第二回了，你怎么尝不出来？"⑦妙玉想表达的，无非是，你看看我的生活品质、生活理念，小妹妹你还差了点儿。

凭空我们的林妹妹就矮了一截，又被人无端嘲笑成"大俗人"，我若是林妹妹，没准当场撂下脸走了。没想到，"黛玉知他天性怪僻，不好多话，亦不好多坐，吃完茶，便约着宝钗走了出来"⑧。既不哭，也不闹，甚至连脸都没变，就这么懂事地走了。

还有更奇怪的，是约着宝钗走了，留下宝玉一个人和妙玉在那里说话。黛玉怎么就不防备一下，这俩人万一哪天擦出火花呢？

要知道，黛玉之前可没有这么大意，不仅防备着有金锁的宝钗，还防备着有金麒麟的湘云。究其原因，我觉得是黛玉通过"诉肺腑"明白了宝玉的心，认定宝玉是自己的知己，放心了。放心了，便会从心底深处散发出自信的光芒，某些东西便再不会放在心上，卸去了沉重的心理包袱，剩下的便是一个轻盈的笃定的走在人生路上的爱着的女孩。

自信的女孩懂得给爱人一片空间，懂得各自的安好便是最好。她懂宝玉对女孩的怜惜，正如她对落花的怜惜，他们对美丽的东西都有着天然的呵护之心。她也懂妙玉对器物近乎苛刻的洁净癖好，由此附带的不合时宜的居高临下，因为她也有类似不自觉的行为。

所以，我们看，林黛玉的爱情也可以这样理性而优雅。我认为在这样的理性与优雅里，更有爱情的尊严与力量。呼天抢地地辩解“我不俗”只能尽失身段，不断琐碎的念叨我不俗只会成为笑柄。一而再再而三的怀疑、不放心，不仅会惹烦对方，也会让对方重新打量你、审视你，考量你值不值得他那样用心呵护你。

风筝里的安然

第七十回。大家正在黛玉房中作诗取乐，忽然听到窗外竹子上一声响，赶出来看，原来是一个蝴蝶风筝挂在竹梢上了，紫鹃喜欢得不行，要收起这个风筝，但大家都说放风筝就是放晦气，明白过来的紫鹃赶着将风筝送出园子外了。于是黛玉说把咱们的拿出来，咱们也放晦气。因此，大家也都有了兴趣，宝钗、探春、宝玉都纷纷命小丫头去拿自家的风筝。

宝玉先要大鱼样的，没有，再要螃蟹样，也没有，最后小丫头们抬了一个美人样的来，结果怎么也放不起来，这是要惹宝玉发火的节奏呀。宝玉恨得掷在地下，指着风筝道：“若不是个美人，我一顿脚跺个稀烂。”黛玉笑道：“那是顶线不好，拿出去另使人打了顶线就好了。”[⑨]宝玉一面使人去拿打顶线，一面又取一个来放。此处，黛玉用自己的体贴与温柔，悄无声息地化解了宝玉逐渐升腾起来的烦躁之火。

宝玉跺着美人样的风筝，说，若不是个美人，我一顿脚跺你个稀烂。这种情景，在宝钗看来简直就是一个小孩子的行径嘛；湘云又要感叹她

的爱哥哥不务正业，而探春则会觉得荒凉，家里没有一个真正能担当的男儿。她们的想法无可非议，但细想想，是不是多少透露出一些，凡是人都要负重前行，否则便没了立足于社会的位置的紧张和惧怕？所以她们无语，不接宝玉的话。

黛玉剪断了手里的风筝，宝玉道："可惜不知落在那里去了。若落在有人烟处，被小孩子得了还好；若落在荒郊野外无人烟处，我替他寂寞。想起来把我这个放去，教他两个作伴儿罢。"[⑩]于是也用剪子剪断，照先放去。两人的爱情，已经和光同尘，融入日常状态。那宁静的广阔的爱意，早已包裹了他们年轻而自由的灵魂。

黛玉的"风流袅娜"，连薛蟠也能感受到，远远地看到就"酥倒"了。黛玉的才华，宝玉早早就懂得，但她的才华未必就比宝钗甚至湘云高出多少。闫红说得好，"黛玉之所以吸引到宝玉，或者迥异于众人之处，在于情怀，在于对生命直接敏锐的感触"[⑪]。他们发现了灵魂的伴侣。但世俗的力量却要求他们疏远。这让他们惊慌、迟疑。更何况不需外力，爱情本身已是一场天灾，像地震，像洪水，像泥石流，把人变惊慌变无助。但好在，他们终于穿越过世俗的雾霾，走到一起，稳下来了，沉下来了。在第七十回，我们看到他们彼此体贴的甜蜜，岁月静好的安然。

黛玉的爱情之所以显得异常可贵，除了她的情怀、对生命直接敏锐的感触之外，与传统主流价值观不一致而能勇敢地坚持也是重要原因。宝钗、湘云、探春不喜欢如此模样的宝玉，也与此有关。林妹妹的爱情不是改造你，而是让你成为你心底的那个自己。成为你自己，不是戴上伪装的坚硬的面具活在别人的希望里，而是以柔软的舒适的放松的姿态活在这个世界上。

由此，我想，那些找不到真爱的人，其实是自身出了问题。他们不去想自身的问题，总爱抱怨他人或环境。剥开外壳，其实是他们觉得诉说委屈比提高魅力容易，跟污泥浑水较劲，比奋而展翅更省力。于是好多女孩抱怨着抱怨着就过完了这一生，终生都不知道爱情是个什么模样。

如果死亡是一场黑雨凄凄，幸而我还有一段爱情，一把古典的小雨伞，撑开一圈柔红的气氛，愿你我做共伞的人，伴我涉过湿冷的雨地。[⑫]

这是余光中的《伞盟》，送给在爱中闪烁着光彩的林妹妹。

注释

①②④⑤⑥⑦⑧⑨⑩吴铭恩校订：《脂砚斋重评红楼梦》，人民文学出版社1975年版。

③同①，第524页。

⑪闫红：《诗经往事》，天津教育出版社2010年版，第8页。

⑫余光中：《余光中经典》，海峡文艺出版社2007年版，第72页。

惜春的冷眼

洞　烛
上海兰籍文化传媒有限公司

虽说惜春和尤氏的那场冲突是有点突兀，但尤氏那句“可知你是个心冷口冷心狠意狠的人”倒不能当作气话。

只是还缺了一个“冷”：冷眼。

惜春年纪小，气场也一般，所以存在感不足。但她每个场面都在。三春中，唯有她是宁府的人，所以算半个客居。另外，她是嫡出。

在整部《红楼梦》中，宁府的存在方式非常古怪。

贾敬是官三代，很早就进士出身，显然是极聪明的。聪敏而有权势，看得多，想得多，人生的目标就不太好设立。所以，贾敬的后半辈子，大致就是在搞行为艺术。学道、出家，这种放诞弥漫在整个宁国府里，也刻到了子孙的基因里。

贾珍扒灰，肆无忌惮，连下人都知道；听到尤二尤三来了，贾珍贾蓉亲父子，“相视一笑”；尤二已经嫁了贾琏，贾珍居然还独自去“拜访”；父子人伦，清规戒律，完全不存在。“箕裘颓堕皆从敬，家事消亡首罪宁”，这句话很重。

箕裘颓堕，出典：《礼记·学记》“良冶之子，必学为裘；良弓之子，必学为箕。”

贾敬并没有贾珍的荒诞，就算学道，也并没有造孽，作者何以指责如此之深？

因为贾敬塑造的，是一种绝望。这种绝望，是最深刻的绝望，是对生命本身的绝望。别人出家，是向死而生；他的学道，却是向生而死；贾敬早就活够了，他最后的服丹，是用生命在实验。

贾珍父子的胡闹，充满了末日狂欢一般的气息。仿佛每一天都是最后一天。

惜春比较正式的出场，是送宫花，和小尼姑智能儿讨论出家。

出家在宁府不算避讳的话题，所以，大家也都当笑话；智能儿自己也是当笑话，所以她和秦钟偷情。结果，她把自己活成了一个笑话。

我们不知道惜春是不是还有其他朋友，但这个朋友的结局，她想必是知道的。这是很多读者忽略的一个细节。

我们看到了黛玉和紫鹃的亲厚；看到了莺儿对宝钗的推崇；看到了湘云和袭人、翠缕的打趣；看到了迎春对司棋的不舍；更不用提，我们早就看惯了怡红院中的“没大没小”；我们想当然地认为，惜春一定会维护几乎没有过失的入画。但是，惜春却把入画赶走了。

不作狠心人，难得自了汉。

因为惜春后来是出家为尼的，所以这句话很容易被读者理解为佛教的表达方式。惜春自己应该也是这样理解的。其实，这是错的。用一句佛教术语，这叫“野狐禅”。

佛教虽分大乘和小乘，但都讲“业”和“度”。造业在人，佛不度人，向佛者，均靠自度；因避嫌而谴责尤氏，这是口业；以小过而赶走入画，这是身业；所以，抄检大观园以后，惜春的所有做法，其实都与佛教无涉。

旁白说得很对：惜春虽然年幼，却天生成一种百折不回的廉介孤独僻性，任人怎说，他只以为丢了他的体面，咬定牙断乎不肯。

廉介孤独，这两个词，连在一起，回目里有个缩写，叫孤介；陶潜《戊申岁六月中遇火》诗：“总发抱孤介，奄出四十年。”

惜春的“勘”，无非是冷眼旁观的孤介自持。惜春的出家，恰如陶渊明，不是“破”，而是“隐”。

整部《红楼梦》，十二钗均在薄命司。惜春如果真是“悟”而出家，就算青灯古佛，内心应该是安逸而欢喜的，哪里还有“薄命”这一说。

将那三春看破，桃红柳绿待如何？把这韶华打灭，觅那清淡天和。说什么，天上夭桃盛，云中杏蕊多。到头来，谁见把秋捱过？则看那，白杨村里人呜咽，青枫林下鬼吟哦。更兼着，连天衰草遮坟墓。这的是，昨贫今富人劳碌，春荣秋谢花折磨。似这般，生关死劫谁能躲？闻说道，西方宝树唤婆娑，上结着长生果。

生关死劫谁能躲？

惜春到底还是贾敬的女儿。自以为下得狠心，看得透，逃得开。然而，还是躲不过。整座宁府，处处都是矛盾，处处都是荒唐：父不像父，子不像子；惜春出场时，身量未足，贾蓉却已经娶妻。

惜春是贾珍的“胞妹”。“胞妹”的意思，是同母。但书中并没有关于贾珍母亲的任何叙述。

按冷子兴的说法，贾敬和道士鬼混，应该已经好几年了。贾敬这个父亲，对惜春而言，可能只是一个传说，大概是连见都没有见过的。

惜春是嫡出，但惜春入荣府，我们并没有看见任何人出面婉拒。

那么，惜春的母亲呢？这位勋贵夫人呢？她怎么会舍得呢？似乎没有其他猜测，这位夫人应该是过世了。

贾母把惜春接来，除了“喜欢女孩儿”，是担心，也是怜惜。出生没多久，母亲就不在了。父亲扔下一切工作和家务，开始寻觅“长生”。从这个角度说，惜春，何尝不是一位孤女。

再看这一句“生关死劫谁能躲”，母亲的死劫躲不过；父亲的生关，对她而言，更像一种抛弃。

再想一下送宫花时，小小年纪的惜春，就如此轻松地拿出家来开玩笑。我唯一能想到的词，是荒凉。

前文说过，贾敬塑造的，是一种绝望。这种绝望，是最深刻的绝望，是对生命本身的绝望；绝望之后，是荒凉。

这位从未出场的贾敬夫人，高龄之际，诞下惜春。然后，她死了。从此，宁国府的所有人，都开始变了。

从此，箕裘颓堕皆从敬，家事消亡首罪宁。

宝玉喊你回家读书

侯　莉
山西财经大学

贾宝玉，是《红楼梦》中塑造得极为形象生动的一个人物，书中多次对他的外貌性格喜好进行描述。看过书中各色人物对宝玉的评价，看过书中宝玉的言行举止、为人处世的方式，一般读者似乎都会有一个印象，宝玉是典型的官宦富家子弟，整日厮混于大观园的姐姐妹妹之中，和以薛蟠为首的纨绔子弟、以琪官为首的优伶一起吃喝玩乐，不爱读书，不学无术，无管家治国之才。

书中第一次提到贾宝玉，是第二回通过冷子兴之口："那年周岁时，政老爹便要试他将来的志向，便将那世上所有之物摆了无数，与他抓取。谁知他一概不取，伸手只把些脂粉钗环抓来。政老爹便大怒了，说：'将来酒色之徒耳！'"

抓周的习俗在古时被人们认为是对未来的预测，可以不负责任地说，宝玉从一岁起就被认定是"酒色之辈"了，并且是被自己的亲生父亲所评价！首先，正因为是被自己的父亲所评价和定位，所以这个评价就变得"货真价实"，被认可被传播。其次，可怕的是这个"标签"又逐步被证明是真实可靠的，贾宝玉长大了果然如此。冷子兴补充说贾宝玉有个著名的论断被广为传播，就是："女儿是水作的骨肉，男人是泥作的骨肉。我见了女儿，我便清爽，见了男子，便觉浊臭逼人。"此言语放在男权主义时代的背景之下，当然是胡言乱语、大逆不道。冷子兴感慨："你道好笑不好笑？将来色鬼无疑了。"可见，在民间诸多关于贾府的传闻中，贾宝玉是"酒色之徒"的定论早已是满天飞了，"酒色之徒"已然是宝玉的代名词。

读者读到此处，心中一定隐隐约约对贾宝玉有了第一判断和印象。

到小说中第二次提及宝玉，是在宝黛初会的场景之中，王夫人给黛玉打预防针，说："只是有一句话嘱咐你：你三个姊妹倒都极好，以后一处念书认字学针线，或是偶一顽笑，都有尽让的。但我不放心的最是一件：我有一个孽根祸胎，是家里的'混世魔王'，今日因庙里还愿去了，尚未回来，晚间你看见便知了。你只以后不要睬他，你这些姊妹都不敢沾惹他的。"（第三回）王夫人对宝玉的介绍，完全是一副上天入地、捣乱成性的淘气鬼形象，让人不敢有半分亲近之念。

黛玉的母亲贾敏，也就是宝玉的姑姑，对宝玉的描述是"顽劣异常，极恶读书，最喜在内帏厮混，外祖母又极溺爱，无人敢管"（第三回），贾敏与王夫人的描述是大同小异的。其实，贾敏是没有见过宝玉的，那评价从何而来？来源之一可能是家信，之二必定是传闻。言外之意，众所周知，宝玉是个色鬼、顽童！

对于读者而言，读到此处，对宝玉的印象已经非常清晰了：第一次来自亲生父亲的评价"酒色之辈"，第二次来自亲生母亲的评价"孽根祸胎""混世魔王"，第三次来自亲生姑姑的评价"顽劣异常，极恶读书"。可信不可信？不由得不信，亲爹亲妈亲姑姑都如是说。

黛玉就深受王夫人、贾敏言论的暗示和引导，对宝玉的印象就是"不知是怎生个惫懒人物，懵懂顽童？——倒不见那蠢物也罢了"（第三回），如果没有后面宝黛初会的似曾相识之感，可能宝玉会一辈子被林妹妹贴个"蠢物"标签！

宝黛初会时，对宝玉的外貌、衣着进行了详细的描写，用《西江月》二词评价宝玉："无故寻愁觅恨，有时似傻如狂。纵然生得好皮囊，腹内原来草莽。潦倒不通世务，愚顽怕读文章。行为偏僻性乖张，那管世人诽谤！富贵不知乐业，贫穷难耐凄凉。可怜辜负好韶光，于国于家无望。天下无能第一，古今不肖无双。寄言纨袴与膏粱：莫效此儿形状！"历来很多红学家都认为“后人”用二词来评价是曹雪芹反其意而用之，世俗之人的眼光与观点评价恰好与作家的本意相反。

现在认为曹雪芹这种“欲扬先抑”“明贬实褒”的构思巧妙，能更好地烘托出贾宝玉的性格、人品。但读者常常会在固有的印象中，宝玉“不通世务，怕读文章，无能第一，不肖无双”，继续文本的阅读，受限于此，就无法更深入、更客观、更全面地了解人物和故事情节，甚至谬以千里。

宝玉，到底爱不爱读书呢？

首先要明确一点：古人的“读书”不同于今人的概念。古人的“读书”指通篇背诵下来，能理解其中深意，知道典故出处，比今时今日“读书”的标准高很多。其中的“书”，指的是狭义的书，专门用于科举考试的书。因为古人的“读书”二字就是做学问求取功名、参加考试的代名词。

在文本中，可以找到很多关于宝玉不读书、不爱读书的“言论”，而且这些言论由不同的人在不同的场合讲出来，不断地影响着读者对宝玉的印象。

第十七回，宝玉的私塾先生对其评语“专能对对联，不喜读书，偏倒有些歪才情似的”。可想而知，宝玉一定是私塾里的“差学生”。

第十九回，袭人劝说宝玉好好读书：“第二件，你真喜读书也罢，假喜也罢，只是在老爷跟前或在别人跟前，你别只管批驳诮谤，只作出个喜读书的样子来，也教老爷少生些气，在人前也好说嘴。他心里想着，我家代代读书，只从有了你，不承望你不喜读书，已经他心里又气又愧了。”袭人是宝玉的贴身大丫头，对宝玉的日常生活了如指掌，宝玉常读书，只是她不确定是真喜还是假喜，读的是什么书。

第三十二回，史湘云来大观园小住，和宝玉、袭人闲聊。“还是这个情性不改。如今大了，你就不愿读书去考举人进士的，也该常常的会会这些为官做宰的人们，谈谈讲讲些仕途经济的学问，也好将来应酬世务，日后也有个朋友。”湘云的话里提到两点，第一，宝玉从小就不喜欢读仕途经济的书，第二，宝玉不喜欢和所谓仕途之人交往。可见，湘云知道宝玉不是不爱读书，是不爱读考取功名需要读的书，比袭人的认知更深一层。

第六十六回中，尤氏姐妹和仆人兴儿聊天，说到宝玉，兴儿说："他长了这么大，独他没有上过正经学堂。我们家从祖宗直到二爷，谁不是寒窗十年，偏他不喜读书。"

父母姐妹、亲戚友人、私塾先生、丫鬟仆人的评价，反复在小说中出现，串联起来，似乎都在论证一件事：宝玉不读书、不爱读书。但细细思考，就会发现实际情况绝非如此。

且不论宝玉有无治家治国之才，单就读书这点，宝玉绝对是爱读书、博览群书之人；而且最爱的是"四书"，其精神内核也以"四书"为准则。

首先，宝玉读过很多书，童子功扎实，奠定了良好的文学基础和生活品味。

第九回中，贾政询问宝玉在私塾读书的情况，跟班李贵回答："哥儿已念到第三本《诗经》，什么'呦呦鹿鸣，荷叶浮萍'。"可见，宝玉在学校系统学习过《诗经》，必定倒背如流，这成为了宝玉诗歌创作的奠基石和文学修养的基础。在后面文本中，多次提到宝玉引用《诗经》中的内容，可见宝玉对《诗经》烂熟于心。

第十八回元春省亲，写到元春对宝玉的关心，特别提到"那宝玉未入学堂之先，三四岁时，已得贾妃手引口传，教授了几本书，数千字在腹内了。"三四岁，几本书，数千字，在今天是神童了。可见，宝玉从小读书就不少，不论是在私塾里还是在家里，文字文学的功底是非常坚实的。

第七十三回中，总结了宝玉读了哪些"应该读"的书，"如今打算打算，肚子内现可背诵的，不过只有'学''庸''二论'是带注背得出的。至上本《孟子》，就有一半是夹生的，若凭空提一句，断不能接背的；至'下孟'，就有一大半忘了。算起'五经'来，因近来作诗，常把《诗经》读些，虽不甚精阐，还可塞责。别的虽不记得，素日贾政也幸未吩咐过读的，纵不知，也还不妨。至于古文，这是那几年所读过的几篇，连‘左传’‘国策’‘公羊’‘谷梁’汉唐等文，不过几十篇，这几年竟未曾温得半篇片语，虽闲时也曾遍阅，不过一时之兴，随看随忘，未下苦工夫，如何记得”“虽贾政当日起身时选了百十篇命他读的，不过偶因见其中或一二股内，或承起之中，有作的或精致，或流荡，或游戏，或悲感，稍能动性者，偶一读之，不过供一时之兴趣，究竟何曾成篇潜心玩索”。由此可以推之，宝玉平日读书是按照兴趣去选择书籍，都说“兴趣是最好的老师”，有兴趣读书自然感悟颇深；还有一部分书是被迫去读的，虽然是被迫去读，能背诵下来、看完注释讲解，也是一个学习的过程，“熟读唐诗三百首，不会诵来也会吟”。这些都是宝玉不可或缺的文学基础。

其次，宝玉爱读书，博览群书，博闻强记，活学活用。

第十七回贾政带领众人验收大观园，让宝玉的“歪才情”充分展示了出来，歪才情的基础正是博览群书和活学活用；不仅自己要创造，还要去品评其他人的楹联匾额，这更需要广博的知识和灵活机变的能力。

读过欧阳修的《醉翁亭记》，将“泻”字改为“沁”。有理有据，滴水不漏，“但是如今追究了去，似乎当日欧阳公题酿泉用一‘泻’字，则妥，今日此泉若亦用‘泻’字，则觉不妥。况此处虽云省亲驻跸别墅，亦当入于应制之例，用此等字眼，亦觉粗陋不雅。求再拟较此蕴藉含蓄者”。

熟读《诗经》。淇水、睢园出于《诗经·卫风·淇奥》；“新涨绿添浣葛处，好云香护采芹人”，“浣葛”出于《诗经·周南·葛覃》、采芹出于《诗经·鲁颂·泮水》。

读过《尚书》，“这是第一处行幸之处，必须颂圣方可。若用四字的匾，又有古人现成的，何必再作”“莫若‘有凤来仪’四字”。

读过晋陶渊明的《桃花源记》，深知“武陵源、秦人旧舍”之含义，忌用于贵妃省亲之所的命名。

读过的诗词更是不计其数，会灵活化用，深知出处与含义，能辩证点评他人之作。“蓼汀花溆”出于唐罗邺《雁》；“红杏梢头挂酒旗”出于明唐寅的《题杏林春燕》诗；“柴门临水稻花香”出于唐许浑《晚自朝台津至韦隐居郊园》诗；“杏花村”出于唐杜牧《清明》诗；“崇光泛彩”出于宋苏轼《海棠》诗；“曲径通幽处”出于唐常建《题破山寺后禅院》。

熟读《离骚》《文选》。能够辨认出诸多植物，藤萝薜荔、杜若蘅芜、茝兰清葛、玉蕗藤紫芸，将现实和文学作品相结合，将读过的书与生活相结合。

在第十七回中，宝玉读过的书、读过的诗词歌赋、题联的灵秀聪慧淋漓尽致地展现了出来，“歪才情”全面爆发。虽然政老爹说这个不好那个更不好，但最后却全部采纳，很是认可。在第七十七回中，贾政充分肯定了宝玉的“歪才情”，要带宝玉、贾环、贾兰出门应酬，评价三人读书之水平，“宝玉读书不如你两个，论题联和诗这种聪明，你们皆不及他”；第七十八回中，贾政意识到人的才华不尽相同，宝玉对于诗词歌赋的理解却是超于常人，“细评起来，也不算十分玷污了祖宗”。

宝玉还曾熟读医术，第二十八回中大家讨论药方，宝玉说“八珍益母丸？ 左归？ 右归？ 再不，就是麦味地黄丸”。这几个药方都出自明代张景岳的《景岳全书》。宝玉不仅熟读医术，还可以在日常生活中应用，甚至比一般医生都厉害。在第五十一回中，晴雯风寒生病，先请来的大夫用药过重，宝玉一眼就看出了问题。

再次，宝玉将读书变成了生活的一部分，不能说日日手不离卷，但也是常常读书的。比如，宝玉无聊的时候做什么？

第二十一回中，宝玉因袭人生闷气，不与大家说笑玩乐，“拿一本书，歪着看了半天”“这一日，宝玉也不大出房，也不和姊妹丫头厮闹，自己闷闷的，只不过拿着书解闷，或弄笔墨”。宝玉无聊的时候，不是打闹游乐，而是读书写文章。如果没有向来的读书的习惯，哪里会在无聊的时候读书呢？ 可推知，宝玉已将读书变成了日常生活的一部分，当成宣泄情绪的一种途径。

第二十三回中，贾政奇怪袭人的名字，宝玉解释道：“因素日读诗，曾记古人有一句诗云：‘花气袭人知昼暖’。因这个丫头姓花，便随口起了这个名字。”麝月的名字大概来自南朝徐陵《玉台新咏》中的“麝月共嫦娥竞爽”。宝玉读诗，便把诗用到了生活中，生活中也许没有远方，但一定有诗意。

第二十三回，元妃将大观园变成了女儿们的王国，让诸位姐妹和宝玉一起进园子里居住。“且说宝玉自进花园以来，心满意足，再无别项可生贪求之心。每日只和姊妹丫头们一处，或读书，或写字，或弹琴下棋，作画吟诗，以至描鸾刺凤，斗草簪花，低吟悄唱，拆字猜枚，无所不至，倒也十分快乐。”贵族公子小姐的生活丰富多彩，不仅仅是读者想象中只有吃喝玩乐、女红礼教的场景。其中特别提到“或读书，或写字”，可见宝玉日常生活中，读书是必不可少的活动。受周围环境的影响，姐姐妹妹们都爱读书，宝玉耳濡目染，怎么会不爱读书呢？

最后，宝玉最爱“四书”，喜爱之深已经深入骨髓，让“四书”的思想成为他精神的核心，指导着他的言行举止，完全融入了他的生活。四书，指《大学》《中庸》《论语》《孟子》四种儒家经典，四书思想就是儒家思想的体现。

第十九回中，袭人劝宝玉好好学习，提到宝玉常说的一句话“只除‘明明德’外无书”“大学之道，在明明德，在亲民，在止于至善”，这是《大学》的第一句。可见，宝玉认为《大学》是真正应该读的书，而《大学》又是四书之首。

第二十三回，宝玉在园子中偷读《西厢记》，被黛玉撞到，黛玉问他看什么书，宝玉随口便说道：“不过是《中庸》《大学》。”可见在宝玉心目中，所有书籍中《大学》《中庸》是首位、是最爱。

第二十八回中二玉又起争执，宝玉对黛玉说：“我心里的事也难对你说，日后自然明白。除了老太太、老爷、太太这三个人，第四个就是妹妹了。要有第五个人，我也说个誓。”宝玉很真诚，没有口出狂言诳语，他没有说“在我心里妹妹是第一位的，其他人都靠后”，而是把爱情摆在了亲情之后。宝玉秉承了儒家思想中的“孝悌”精神，对于长辈是出于心底的尊敬与爱护，对待祖母贾母、父亲贾政、母亲王夫人的亲情是不能让位给爱情的。但在爱情的排序里，林妹妹是第一位。

第二十八回中，宝玉与冯紫英、薛蟠、蒋玉菡饮酒玩乐，宝玉认为“如此滥饮，易醉而无味”，不如行酒令，而酒令的规则是：“如今要说悲、愁、喜、乐四字，却要说出女儿来，还要注明这四字原故”，最关键的是要引用“或古诗、旧对、《四书》《五经》成语”。古往今来，在纨绔子弟的酒席上，要求大家行酒令必须出自《四书》《五经》的人大概只有宝玉一个。

第三十六回中，宝玉对于宝钗、湘云等人的读仕途之书、走仕途之路的劝导，很是生气，说“好好的一个清净洁白女儿，也学的钓名沽誉，入了国贼禄鬼之流。这总是前人无故生事，立言竖辞，原为导后世的须眉浊物。不想我生不幸，亦且琼闺绣阁中亦染此风，真真有负天地钟灵毓秀之德！”因此，就采取极端行为以示自己的厌恶，“除四书外，竟将别的书焚了”。宝玉焚书，唯独留下了四书，可见他是欣赏与赞同四书中所蕴含的儒家思想与观点的。言外之意，宝玉读过的书很多，最起码知道哪些书的思想是自己不认同的，是那些禄蠹必读的书。

如果说《红楼梦》中有人不读书，和宝玉相比就高下立现。

第二十六回中，薛蟠请宝玉去喝酒，他以贾政的名义诓骗宝玉出来赴宴，见到宝玉后解释原因，“要不是我也不敢惊动，只因明儿五月初三日是我的生日”，并说古董行的程日兴送了他很多佳肴美馔，“他不知那里寻了来的这么粗这么长粉脆的鲜藕，这么大的大西瓜，这么长一尾新鲜的鲟鱼，这么大的一个暹罗国进贡的灵柏香熏的暹猪”。薛蟠对于东西的描述只会一个词，就是“这么”！

后薛蟠聊到他看到一张画画得非常好，“上面还有许多的字，也没细看，只看落的款，‘庚黄’画的”。宝玉听了画家的名字，心里想：“古今字画也都见过些，那里有‘庚黄’？”后来知道了薛蟠把“唐寅”读成了

“庚黄”。

第二十八回中，冯紫英、薛蟠、蒋玉菡和宝玉喝酒，宝玉提出滥饮无趣，要行酒令，要求“或古诗、旧对、《四书》《五经》成语”，别人听了都没意见，只有薛蟠跳起来，“我不来，别算我。这竟是捉弄我呢！”当宝玉说完酒令，众人都认同赞许时，只有薛蟠摇头，“不好，该罚”，原因是“他说的我通不懂”。

可见，薛蟠才是那个不读书、不喜读书的人。

附录：宝玉读书书目

书文：

《诗经》

（楚）屈原：《离骚》《九辩》

（南朝梁）萧统：《文选》

（宋）范成大：《四时田园杂兴》

（晋）陶渊明：《桃花源记》

《四书》（《大学》《中庸》《论语》和《孟子》）

《五经》（五经是《诗经》《尚书》《礼记》《周易》《春秋》）

韩非子：《五蠹》

庄周：《南华经》（即《庄子》）

（清）林云铭：《庄子因》

（南朝）徐陵：《玉台新咏》

（明）张景岳：《景岳全书》

（东汉）班固：《汉书》

《金刚经》

《保安延寿经》

《左传》《国策》《公羊》《谷梁》

（南朝梁）周兴嗣:《千字文》

（楚）宋玉:《大言赋》《招魂赋》

（北周）庾信:《枯树赋》

（汉）东方朔:《答客难》

（汉）扬雄:《解难》

《山海经》

（南朝梁）任昉:《述异记》

（宋）吴淑:《茶赋》

（三国）曹植:《洛神赋》

（宋）郭茂倩:《乐府诗集》

（汉）司马迁:《史记》

（唐）欧阳询等:《艺文类聚》

（唐）孟棨:《本事诗》

（唐）陈鸿:《长恨歌传》

（南朝梁）宗懔:《荆楚岁时记》

（东晋）葛洪:《西京杂记》

（唐）房玄龄等:《晋书》

《处州府志》

（唐）李商隐:《李长吉小传》

（西汉）刘安:《淮南子》

刘孝标:《文选》

（唐）柳宗元:《龙城录》

（明）董斯张:《广博物志》

（汉）刘向:《列仙传》

（明）叶绍袁:《续窈闻记》

（清）尤侗:《钧天乐》

《旧唐书》

《太平广记》

《太平御览》

（南朝宋）刘义庆:《世说新语》

（南朝宋）范晔:《后汉书》

（元）左克明:《古乐府》

《晋文》（疑《西晋文纪》明梅鼎祚）

（东晋）王羲之:《兰亭序》

禁书类：

《西厢记》

“飞燕、合德、武则天、杨贵妃的外传与那传奇角本”（具体书名不详）

诗词：

（宋）陆游:《村居书喜》

（宋）苏轼:《海棠》

（明）唐寅:《题杏林春燕》

（唐）许浑:《晚自朝台津至韦隐居郊园》

（唐）杜牧:《清明》

（唐）罗邺:《雁》

（唐）崔国辅:《采莲》

（唐）鱼玄机:《闺怨》

（唐）常建:《题破山寺后禅院》

（唐）杜牧:《赠别》

（唐）钱珝:《未展芭蕉》

（南朝）谢灵运:《登池上楼》

（唐）李商隐:《雪》

（唐）王昌龄:《闺怨》

（宋）李重元:《忆王孙》

（宋）秦观:《鹧鸪天》

（南朝）王僧孺:《咏宠姬诗》

（宋）杨万里:《癸巳省宿咏南宫小桃诗》

（明）徐渭:《钱王孙饷蟹》

（宋）苏轼:《老饕赋》

（唐）罗隐:《淮南高骈所造迎仙楼》

（南朝宋）范泰:《鸾鸟》

笑入西风散菱香——香菱小传

李岱宸
中国人民大学附属中学

金陵十二钗，各负前缘，各承使命，降生在这软红十丈的人间。不同的是，正册诸芳生处花柳繁华，得享钟鸣鼎食；又副册众女儿亦守在小小角隅，演绎悲喜一生。唯有她，茕茕一身，几被遗忘，副册里一页脆黄的纸张，便注定她渡尽劫波，一生坎坷。但你若问她，此生苦否？她定会噙着浅笑，无言一如清秋菱叶，月下白莲。

一、逐流

旁人想起香菱，总禁不住扼腕，叹一句“真应怜”。我想起香菱，只觉雪飞炎海、心下清凉，唇角不觉衔起一抹微笑。不是吗，菱荇莲荷心中苦，其花合应笑相应。

初见香菱，迎面而来的便是一个笑嘻嘻的她。梨香院里，青石阶旁，众人各怀心事。唯她，眼神清透，望向远方。这深深庭院藏有百年故事，青石阶也不知经历了多少流年。唯这小小女孩儿尚不知人事，不知道那看不见的远方，会有怎样的际遇等待着她。

周瑞家的问香菱乡籍姓氏，父母何人，甚至她自家的年纪，她只淡然一句“不记得了”，便将前尘悉数泯去。书中人听了，便也略不经意。只是，书外的我们是知道的，“她是被拐子打怕了的，万不敢说”。昔日得尽爱怜的英莲，一朝落入人贩子之手，那数载折磨是何等情状，今人不忍卒思。及至邂逅有情人冯渊，只差一步便脱离苦海之际，偏又遭逢飞来横祸，被呆霸王薛蟠夺去，此后人生亦不堪展望。

“根并荷花一茎香，平生遭际实堪伤。”经历了人生这番无涯的苦难，换作旁人、填胸满臆的大约只剩“仇”与“恨”二字了。但时间与命运的精炼之火烧得死鸦族，烧不死凤雏，也唯有香菱，独能于逆境之中展开襟怀，展颜一笑，带给我们一重又一重惊喜。

恍惚间，香菱似化身千万亿，我们每个人身上都晃动着她的幢幢形影。我们注定看不到写好自己命运的簿册，注定做风中飘蓬。没有谁会为谁永远停留，即使慈父母、金兰友、痴情人，也不能。红尘中瞬息间此消彼长，乐极生悲，我们只得以踉跄的姿态，在熙攘的市井中寻一方栖息之地。

你也许会失望——难道说，我们注定挣不脱命运的罗网？难道说，我们只有因循苟安？那就请看香菱是如何做的罢。

二、散香

“浮萍寄清水，随风东西流”，一朵莲无论飘到何处，都能根植于此，香远益清，并在其中诗意地栖居。

因薛蟠外出而暂居大观园的时光，大约是香菱生命中少有的鎏金岁月。拜诗女林黛玉为师的她灵犀一点即通。“长河落日”“墟里孤烟”，一则则精辟的诗论，糅合了她半生漂泊所见，宛从肺腑中流出。

传说缪斯女神所要的祭品是诗人的热忱和忠贞。看着香菱苦吟的情状，看她“只在池边树下，或坐在山石上出神，或蹲在地下抠土”，书中人尽皆惊诧，书外的我们也不由折服。原来，她虽身处奴婢之列，却始终是当日那朵莲，根植泥淖之中，茎叶却执拗地向上，向上，穿透清波，出水亭亭，迎接天风吹拂，初日照耀。她所爱的又岂是诗，更是自己心头一寸万顷清澈的情怀。

她的咏月诗开篇便是“精华欲掩料应难，影自娟娟魄自寒”，仿佛全不问无边暗夜，四季流转，她总能守在那片月影清辉。人皆言："辛苦最怜天上月，一夕如环，夕夕都成玦。"抵不过盈虚晦朔，抵不过阴晴圆缺。但聪慧如香菱，自然懂得在心中悬一轮万古皓月。所以她的生命里尽管有许多残缺，我们见到的却是"清光皎皎影团团"的花好月圆。

最后当香菱梦中得诗，笑出声来，我们也不禁欣慰。仿佛离乡之痛、漂泊之苦，都在这一刻得到了报偿。有了诗社的请柬，有了诸芳的接纳，她在那一刻将大观园变成了自己永久的家园。

遂想起东坡先生那阕《定风波》：

万里归来年愈少，
微笑，
笑时犹带岭梅香，
试问岭南应不好，
却道，
此心安处是吾乡。

三、归去

书中说："香菱之为人，无人不怜爱的。"

的确，痴到了极处，憨到了极处，永远含笑的香菱，令我不禁要为她默诵一句"朔风如解意，容易莫摧残"。然而，目睹她一步步走向"莲枯藕败，水涸泥干"的命运而不自知，总忍不住"哀其不幸，怒其不争"。听闻夏金桂（那个她后半生悲剧的根源）即将被迎进门时，香菱竟依然笑着道："我也巴不得她早些过来，又添一个作诗的人了"，令宝玉也不由齿冷。这个受尽恶人折磨却始终不知邪恶为何物的纯真女儿，博得众人为她担心忧虑后，自己却恍如活在一个心醉神迷的梦境里。不知在雪芹的佚稿里，身染干血之症的香菱在生命的最后一息，是否仍然含笑？就像花谢的残荷褪不去那抹绿意一样。

我宁愿她长乐未央、长梦不醒，梦回三岁时的姑苏，梦回士隐怀抱里那个灯火喧阗的上元节。

请不要为香菱叹息吧，因为你我皆如香菱。“世界以痛吻我，要我报之以歌。”在书页间俯视着她的形颜，看她再展眉头，解颐一笑，我就可以再相信一次人世，就可以义无反顾地拥抱这万丈尘寰。

我一直努力不让花凋落

哲人之石
湖南醴陵李畋镇塘坊学校

一

生命首先是悲剧。一定没有羽化这回事，滴翠的青山，是我们唯一的归路……

每次读黛玉葬花一节，心中最柔软的部分都会被触动。童年的夜雨春阑，少年的纯真情怀，犹如昨梦的爱情，都在这一瞬密匝匝涌上心头。若是在室内，我会闭目，一唱三叹。若是在室外，我便极目远眺，挣力与造化沟通，拟想尘网之外，到底有何物。我需要捕捉一种情绪，藉以润泽干涩的眼睛。这情绪是经验中最可宝贵者：生命的幻灭感。

这幻灭感不仅哭倒于山坡的宝玉有，相信每一个读者也都有。在宝玉，它引发的是一个思想者对于生命、存在和时间的巨大迷茫和追问：我是谁？何处来？何处去？如果一切没有意义，造我作甚？这几乎是个无从把握的思想黑洞，一种暴虐无痕的巨大悲哀，被它挟持，由不得宝玉不痛心疾首。在我，它先就带来一种缠绵悱恻而又飘然远引的审美体验。后来，这美感领会得久了深了，一种现实的疏离感就由衷而生。于是小心地努力，试着摆脱对符号系统的依赖，并有意模糊主体与对象、艺术与生活之间的传统界限，将二者纠结于一种称为“人物命运”的共同遭遇中，最后将自己幻化为某个可能的角色。是种完全由“我”做主的阅读实践。这读法也许过头了，可是，为什么不呢？实在的，一部用十年血泪凝成的伟大小说，除了真情真性，我找不出别的方式可以去依偎她。

她是超越真实的真实，那里有人性最美最真的部分，而身处物化时代，我们的生活总是不小心就假了丑了。更重要的是，我们活在一本更大的书里，你怎样读决定了你怎样写。

回到黛玉。黛玉的美无以复加、无法言说，她是美的化身。然而这种美总是柔弱的。面对她，我想谁都不忍心固守一个阅读者的传统身份，游离在文本之外，作冷酷的审美。落花在黛玉眼中，黛玉在我眼中，因为柔弱和幻灭而获得生命，并悄悄潜入血脉，积淀成情结。《葬花吟》读到最后，一朝春尽红颜老，花落人亡两不知，萦绕缠结，此身此际分不清书里书外了。当此时，唯觉生命楚楚可怜，青春是唯一的不幸，恨不能随风而去，乘化以归。心中，如浮士德对着瞬间呼喊：你真美啊，请你停留。当此刻，认定美是纯粹，死何惧哉！生命戛止于青春，反倒保全了一段辉煌。——张爱玲谓“三恨红楼梦未完”，完成又怎样呢，那不过是美——女儿的大毁灭，千古的悲愤罢了。且书外的红楼故事一直都在继续：那些毁灭女儿的异质力量数千年来亘古如斯、绵延难绝，无数的香消玉殒充斥着“男权”两字的注解。我不是作家或批评家，不要后四十回！

一个沦落人间的世外仙姝，风露清愁；一个彻底的唯美主义者，洁癖，精致；一个将灵性、才情发挥到极致的天才诗人，过于敏锐。这就是最初读到的黛玉了。她的纯粹和羸弱总让我有种错觉：人不要身体也能活着。

春天，每当湘帘风细，碧窗人静，这位“情无所治，志无所求”的贵族小姐总要斸一些闲愁给那入户飞花，度寮斜晖。及至花事阑珊，眼见“姹紫嫣红开遍，似这般都付与断壁残垣”，联想到时序迁流、生命速朽，她便再也禁不住涕泗滂沱了。

此处，曹雪芹可谓大笔淋漓，下足了功夫。我自信还是个紧跟时代、坚硬、冷漠、视眼泪为煽情的臭男人，但读到这却无法不动情。

此情谓何？“睹木而兴叹，代有之矣。”这情是“此在”的人永远的叹息：生命等似空花，她不过是我们与时间签订的不平等的临时合约；荣辱兴衰如梦似幻，那不过是一切的身体和事物在时间代言人死亡的统筹安排下，奔向虚无。

二

在生与死之间有个令人绝望的矛盾空间，哲学、宗教和艺术便栖身其间。为了敉平这矛盾，三者创设了许多伟大的谎言或转义，比如上帝、不朽、爱。马克思："死亡是不朽的本原。"让凯列维奇："爱情、自由、上帝比死亡更强。"而《牡丹亭》里的杜丽娘，则用死而复生完美地诠释了什么是"爱情比死亡更强大"。是的，只要你信，爱和信仰足可粉饰死的丑陋，隔绝死的黑暗，抵抗死的强悍，抚慰我们虚冷的人生。

然而，企图将死亡溶解在他物或抽象法则里，赋予死亡以诗意或形而上的意义，这是要冒很大的风险的，曹雪芹放弃了这种努力。他冷静客观地向读者呈现着死的本相：死就是死，它既抽象空洞，又真实具体；它是枵腹的巨兽，无情、暴戾、狰狞地噬走一切，哪怕鲜妍如花朵，美好如黛玉；它是凋谢、破灭、归零；它拿走你一度认为值得追求与拥有的东西，而最残忍的是，它切断你与挚爱之间的所有联系：从你爱的人手里拿走你或者从你手里拿走你爱的人。

在死亡面前，曹雪芹是绝望的。"天尽头，何处有香丘？"彼岸是灵魂的皈依之处、庇护之所，但是它太虚无缥缈了，无人可以确证它的存在。该如何是好啊？此生只是临时的寄托和感受，而来生终究是不可把捉的虚妄，曹雪芹让黛玉和宝玉，这双多情敏感的人儿，面对死的无奈与生的荒诞无解，一个悲泣，一个痛哭，一个为逝去，一个为虚无——也许，他写葬花这段时，是边哭边写的。

一直到最后，曹雪芹也没有为这绝望找到好的出路或解决方案。"白茫茫大地真干净"，他让女儿们一个个渐次死去，这是在用更大的死亡对抗小的死亡。他让宝玉悬崖撒手遁入空门，这是在用更大的虚无对抗小的虚无。其实，宝玉并不喜欢和尚，对一个有着热烈情怀的人来说，佛门绝不会是他的主动选择。而且，佛家的空，本质上是一种把生异质化为死的语义转换手段，所以，宝玉的出家与其说是万念俱灰之后合乎人生剧情的逃避，不如说是不甘心、不情愿、违背本性的自我埋葬。

与死亡和虚无对立的不是生和希望，不是奋斗和超越，而是死和虚无本身。这便是绝望，《红楼梦》冷彻骨髓的地方。

三

所以，在《红楼梦》那里，你读不到希望和超越——这也是很多人对它不屑一顾的原因所在。

所以，《红楼梦》积极的一面，是一个意义再生成的过程，它有赖于读者的主动建构。

所以，只要你愿意，你可以从黛玉葬花的哀婉悲戚中翻转出一片“照破山河万物”、照亮“主体的黑暗”的阳光。这片阳光，我称之为：向着黛玉存在。

上帝被启蒙主义罢黜以后，人成为了孤儿，只能返回自身，为自己立法，为自己立命，在成己中实现意义。比如尼采，早期的他企图通过复兴酒神精神来抵抗虚无主义的侵蚀，在他看来，世界只有作为艺术或审美现象才有存在的理由，人要艺术（酒神艺术）地活着才能回归存在母腹。尼采有句名言“成为你自己”，他的酒神救世方略简单说就是：成为美的自己。与尼采的美学主张相似，向着黛玉存在，首先就是向美存在、成为美的存在。当然，这里的美，与主客二元模式下的知识论（美学）立场无关，而是一种生存方式。what？是的，就是黛玉的方式。

以黛玉的方式活着会怎样呢？你会用全部的身心去感怀一朵花的凋零。这是一份高度温柔的关系，在这关系中，你听得见花瓣落在心上的声音，它与你的叹息有着同样的频率；你忧伤满怀、柔情似水，仿佛成为存在的一部分或者存在成为你的一部分。重要的是，你发现了自己，原来人的感受越细腻，他的生命就越鲜活、丰富、成熟；未哭过长夜的人，不足以语人生，没有为凋谢感怀过，生命都是轻的。想想吧，有多少人，年纪轻轻就槁木死灰，情感的触须蜕化萎缩，但嘴里却嚷嚷着诗和远方。你也发现了美，原来人是经由感伤、忧郁、感动、细腻、沉静才进入美的世界；在美的世界里，你像花朵一样展开，迎向真实的自己。

酒神救世主义是诗人尼采为世界奉献的激情浪漫的生存主张，但它因其对理性的反拨而难以践行。海德格尔认为尼采关注的对象依旧是存在者而非存在，算不上真正的存在主义，他提出了自己的生存论哲学：生的本质是向死存在，人的本质是能在，是能在或可能性将人从日常的沉沦中救拔出来。然而，可能性是中性的，它不涉及，也不承诺道德。向着可能性存在，这里面隐藏着某种道德的风险，比如，一个屌丝可能把西门庆当作他全部的可能性、他人生的奋斗目标。的确，人应该勇敢去追求自己的理想，在超越中实现自我，但是，怎样去追求才是对的呢？不择手段可以吗？

向着黛玉存在回答了这个问题。《葬花吟》里有句诗“质本洁来还洁去”，堪称全诗的文眼，它把黛玉从感时伤逝的纤弱中拔擢出来，赋予其某种超越性：在黛玉的心里，花非花，它是“绿叶清词的本质”，至善至美至纯至坚。如果把花比作人，那么黛玉葬花追求的不是行为艺术或名士风范，而是人的本质的持存：表面上，黛玉是在担心、害怕外面的污水糟蹋了那些落花，实际上，她是在控诉浊世对人的本质的污染，是在抵抗人的异化（由珍珠变成鱼眼睛）；表面上，她在掩埋花朵的躯体，实际上，她是在保护、培育人的最宝贵最本真的东西。这个世界被许多事物所攻陷，一朵花谢了，它就真的谢了，但是在黛玉的心里，花朵持续绽放。庞德说：“我一直努力不让花凋落。”这句话是对黛玉葬花最好的诠释。

黛玉是这样一个女孩：她身体柔弱，但内心却无比强大，风骨峻嶒，决不向苟且与犬儒低头。而这份强大来自于她对本质的坚贞信仰。所以，向着黛玉存在，其另一个重要内涵是：向着本质存在。这个本质是人性的完满状态，一个将现实性与可能性、实然与应然统一起来的奇妙综合体；它先于人的存在和能在，人要做的就是守住它。守住了，人就能获得自由：人们总说可能性的实现就是自由，但有时候，真正的自由是灵魂的自由，而本质正是灵魂的安顿之所。倘若丧失了它，人在杼轴未来的时候，或者以肉体空间的扩张为目的，或者将手段凌驾于目的之上，其结果，不仅不能造就、成就、实现自己，反而将自己引入局限、黑暗、苦难甚至罪恶之中。

四

当柔弱的黛玉将葬花升华为灵魂的仪式，她便不再是那个读者眼里楚楚可怜的问题女孩，而是更大的人生问题的答案。

我常常想，生而为一个中国人真是幸运：有《红楼梦》可读，能体验《葬花吟》的伤感唯美，关键是，精神世界里有黛玉存在。

荒唐一“梦”

锤　土
天津科技大学

曹雪芹在开头便写道：“满纸荒唐言，一把辛酸泪，都云作者痴，谁解其中味？”[①]他将无限的感慨凝聚在这二十个字中。

究竟谁有这种痴？谁懂这份荒唐与辛酸？谁能品出他道不明的味？

一、荒唐：说到辛酸处，荒唐愈可悲

曹雪芹写这《红楼梦》便是头一件荒唐事，《汉书·艺文志》中将小说列为九流十家之末，“小说家者流，盖出于稗官”[②]，曹雪芹性放浪，不拘常理，不好好研究经济学问，一生未曾成名立功，却为写这“稗官野史”耗费十年工夫。

曹雪芹自云：“今风尘碌碌，一事无成……当此，则自欲将已往所赖天恩祖德，锦衣纨袴之时，饫甘餍肥之日，背父兄教育之恩，负师友规训之德，以至今日一技无成、半生潦倒之罪，编述一集，以告天下人。”这是曹雪芹的自我忏悔。

他把这种荒唐描述成一块原本“天不拘兮地不羁，心头无喜亦无悲”的石头，通了灵后，却无补天之用，占据了三万六千五百零一分之一的概率，被淘汰，被放弃，做了个可有可无的废物，自怨自叹，日夜悲号惭愧，历经几千几百年的辛酸。[③]

它实在太寂寞了，闻得僧道二人大谈红尘中的繁华热闹，苦求带它去人间游历一番，可它既无才补天，入了尘世，又能补哪块空缺？它补天不成，便痛恨补天，将补天看作庸俗至极的事，走了一条堕落情根、不求功名、毫无建树的荒唐路，“枉入红尘若许年”。[④]

最终悟得一切都是过眼云烟。离合悲欢，如红楼一梦，万境归空，又回来成了大荒山无稽崖青埂峰下的一块石头。

对于贾宝玉人物的塑造，无论是衔玉而生，还是中魔 、发疯 、爱脂爱粉等，都具有荒唐性质。

书中反复出现的虚构与想象，更不乏荒唐之处。但曹雪芹在第一回中偏要强调，“事迹原委 …… 至若离合悲欢，兴衰际遇，则又追踪蹑迹，不敢稍加穿凿”“虽其中大旨谈情，亦不过实录其事”“不过只取其事体情理罢了”，他说此书是符合真实逻辑的，是他的亲见亲闻亲历。他用荒唐的语言与虚构，将真事隐去[⑤]，却又希望人们能感受到假中的真，感受到他实实在在的生活经历与哭成这部书的辛酸。

曹雪芹认为女儿的真才情、行止见识远在男子之上，作此书也是为了怀金悼玉，不使闺阁中的女子泯灭。“书中并无大贤大忠理朝廷治风俗的善政，其中只不过几个异样女子，或情或痴，或小才善微，亦无班姑、蔡女之德能。”在古代，女子本低男人一等，写女子就算了，不写大才大善，不写武则天，不写穆桂英，不写曹娥，偏写小才微善的几个异样女子，写这么边缘化的人物，着实荒唐。

当时富贵人家家中广蓄奴婢，以供享乐，将女性看作附属品，是性消费的对象，甚至是祸水。[⑥]女子的不幸处境使曹雪芹对女性产生怜爱，并将广大妇女的命运与自己家族的血泪史联系在一起，作成大旨谈情的《红楼梦》。

在宝玉身上，他寄予了太多感情，是责备，是嘲弄，是辩护，是偏爱，是原谅。

曹雪芹对宝玉的负面描写有太多太多：说他是“潦倒不通世务，愚顽怕读文章；行为偏僻性乖张，那管世人诽谤”“纵然生得好皮囊，腹内原来草莽”“天下无能第一，古今不肖无双；寄言纨袴与膏粱：莫效此儿形状”，贾宝玉确实一无用处，他不管家业，不劳动，不赚钱，不治学，不求职，只作诗看闲书，在大观园里当个混世魔王，宝钗因此笑他真真是个“富贵闲人”。

贾宝玉虽无用无事却多情多思，时不时便愣怔得直淌眼泪，发个疯病。他喜春风秋月、粉淡脂莹，将男子视为不懂得怜香惜玉的浊物、蠢人。宝玉因真情为千红一哭，万艳同悲大放恸声。女儿出嫁他要悲哀，女儿受苦他要悲哀，女儿过世他更要悲哀，他烦恼多，忧愁多，是真正的“爱博而心劳”。[7]

他是个情种，被警幻称为“天下古今第一淫人”。

情和欲的不同，是灵与肉的不同。宝玉的“情”不是对皮肤淫烂的渴望，而是在其天分中生成一段痴情，是对女儿的体贴，是“意淫”。他看紫鹃衣裳薄，便伸手去摸她的衣服，却被紫鹃因说男女有别而避开，他为此如失魂魄，若泥塑木雕一般独坐院中不动，与只知玩弄女子的男性大为不同，这是种注定不被世俗所解的对女性的博爱。宝玉通过对众女儿人生悲剧的思考认识了社会与人生，向悲剧女性奉献了自己全部的爱与同情。[8]

情和欲的不同，是自私与博大的不同，欲是占有，情是给予，是一种为万千悲剧女性悲哀的情怀。

黛玉情情，宝玉情不情[9]。宝玉有着对女孩儿的泛爱，他处在男性为尊的礼教之中，处在众人优宠的环境中，他可以三妻四妾，可以见一个爱一个，有了宝姑娘，还可以有贝姑娘。但林黛玉孤身一人，寄居贾府，“无人做主”的苦楚，宝玉体会不到，无论宝玉再怎么辩白，再怎么痴狂到想要剖出心给黛玉看，也不能让黛玉心安，黛玉对宝玉的爱是无望的爱，是献身式的纯情的爱，期待的越多，痛苦也就越多。

中国人极重视家庭人伦，讲究四世同堂、父慈子孝，但荣、宁二府中却充满了罪恶与欺瞒，除了门口的石狮子，没有一个干净的。“爬灰的爬灰，养小叔子的养小叔子”，那些隐秘的情事，像化了的糖，脏，却让人忍不住想尝。

家庭不干不净，家道也由盛转衰，树倒猢狲散之时，站得有多高，摔得就有越疼。贾宝玉对于贾府的腐败没落过程的体验，及对这种没落的预感，都是一种悲凉，他目睹身历了一场美伴随着丑恶而毁灭的大悲剧，是作者从人生刻骨铭心的记忆中真实感受到的东西，是一把哭不尽的辛酸泪。

而最大的荒唐就是人生的荒唐，《红楼梦》开始便宣布：书里的一切都已经消失了，只剩下大荒山、无稽崖、青埂峰，剩下这块记载往事的石头。我们从开始就得知了所有的死亡与消逝，曹雪芹一边在书中让人尝尽镜花水月，一边时刻提醒你，最后什么都留不下。茶余饭饱后消遣消遣就够了，不要再追求那些追不到的东西，因为人生莫过于无常。⑩

生老病死，爱憎别离，是人生之苦。

宝玉怜惜还未出阁的未沾染上社会恶习的女儿，认为女儿一嫁汉子，染了男人的气味，就混账起来，比男人更可杀了，但女儿终究是要衰老，要嫁作他人妇的，俏生生的丫头终会变成满院子面目可憎的老妈妈。⑪

死亡，是最可信的预言，但我们却没有因为一出生便得知自己要在若干年后便要死亡而每天都感到莫大的悲哀，孔子说“未知生，安知死”，但是宝黛二人是常常想到并提到死的：“比如说我此时若果有造化，该死于此时的，趁你们在，我就死了，再能够你们哭我的眼泪流成大河，把我的尸首飘起来，送到那鸦雀不到的幽僻之处，随风化了，自此再不要托生为人，就是我死的得时了。”第五十七回中“慧紫鹃情辞试忙玉”，宝玉咬牙切齿地说：“我只愿这会子立刻我死了，把心迸出来你们瞧见了，然后连皮带骨一概都化成一股灰——灰还有形迹，不如再化一股烟，——烟还可凝聚，人还看见，须得一阵大乱风吹的四面八方都登时散了，这才好！”一面说，一面又滚下泪来。⑫

我们读《红楼梦》往往会忘记宝玉的年龄，但他确实是被花自芳抱出轿，被贾母搂进怀里的那个小公子哥儿。仅十几岁、享尽了荣华富贵，做此感悟，不是小打小闹受委屈时说的气话、糊涂话，而是发自肺腑的悲哀，他不想着积德以盼来生，不想着造福子孙后代，偏要幽幽静静的死了，要做风吹散的烟，干干净净，再不托生为人，这是何等的荒唐。

二、辛酸：人生的荒唐感就是一种辛酸感

美是被背弃的世界，美是脱俗，而“美”的世俗化便是“情”，宝玉沉浸在女儿的脱俗中，却因有了情，坠入了俗，而不得不抛弃尘世，走向逃离，真情与“逃大造，脱尘网”本就是矛盾。[13]

宝玉的精神生活是相当痛苦的，在荣国府大观园中，物质欲望得到完全的满足，但精神依然是不满足的，于是在大观园的一方园子里，寻求超脱，寻觅精神价值的实现。[14]

而唯一能与他分担这份价值失落的哀痛的人就是黛玉。黛玉是极注重“洁”的一个人，她称北静王的念珠为“什么臭男人的东西”，就连落花扫入流水都怕沾染上脏污，却将宝玉视为知己。

当宝玉听到黛玉葬花时的哭吟后，“不觉恸倒在山坡之上，试想林黛玉的花颜月貌，将来亦到无可寻觅之时，宁不心碎肠断！…… 推之于他人，如宝钗、香菱、袭人等，亦可到无可寻觅之时矣。…… 则自己又安在哉？…… 则斯处、斯园、斯花、斯柳，又不知当属谁姓矣！…… 反复推求了去，真不知此时此际为何等蠢物，杳无所知，逃大造，出尘网，使可解释这段悲伤”。黛玉听闻悲声，心想除却我，竟还遇到另一个痴子。这是同一维度的精神沟通，是一种惺惺惜惺惺的幸福与痛苦。

但二者有一处不同：宝玉喜聚不喜散，黛玉喜散不喜聚，若是聚完了还要散，倒不如一开始就不要聚，省得白受别离苦楚。

金尊玉贵的元春对于聚散该是别有体会，元春省亲中的仪式、礼法、场面都被描写到了极致，“打扫街道，撵逐闲人”“大观园内帐舞蟠龙，帘飞彩凤，金银焕彩，珠宝争辉 …… 静悄悄无一人咳嗽”“一队队过完，

后面是八个太监抬着一顶金顶金黄绣凤銮舆”“说不尽这太平景象，富贵风流”，神气张扬。为着她回一次娘家，盖了幻境般的大观园。可她却哭了：“当日既送我到那不得见人的去处，好容易今日回家娘儿们一会，不说说笑笑，反倒哭起来。一会子我去了，又不知多早晚才来！”“田舍之家，虽齑盐布帛，终能聚天伦之乐，今虽富贵已极，骨肉各方，然终无意趣！”可除了哭一哭还有什么办法呢？站得高，就要承受高处的凄冷。

宝钗对宝玉说：那上头穿黄袍的才是你姐姐呢。而“黄袍”之下，帘子之外，贾政跪着，开口称臣，“臣草莽寒门，鸠群鸦属之中，岂意得征凤鸾之瑞……虽肝脑涂地，臣子岂能得报于万一！”“贵妃切勿以政夫妇残年为念”。没有嘘寒问暖，只是交代自己的骨肉不要挂念父母，要在宫里好生侍候皇帝。既然选择了忠，便意味着不得不将自我得失放下。

贾政不辛酸么？跪女儿、打儿子的时候不痛苦么？身为一家之主，指望着贾宝玉早日成就大业，以延贾府兴旺，不料宝玉冥顽不化，与优伶厮混，还“强奸”金钏，他有此逆子，若不将他死命狠打，不知要闯下多少祸事，贾政流的眼泪不是眼泪么？

可眼泪不能冲垮宿命，面对宿命，只有无计可施的无奈。

秦可卿早把家道的衰落看作宿命，谁也没个辙，谁也没办法。“痴男怨女，可怜风月债难偿。”这情债是前世定好了的，宝黛初见便有种恍如前世的感觉，这种宿命感，是令人心口发甜的悸动，可是宝钗有金锁，湘云有麒麟，黛玉一无所有，有的只是还了一辈子的眼泪，泪竭而死便是她的自我救赎。这让宝玉在睡梦中也要苦苦挣扎，“俺只念木石前盟，却偏有金玉良缘”。

“若说没奇缘，今生偏又遇着他；若说有奇缘，如何心事终虚化？”奇缘是宿命的捉弄。面对这段爱情，宝玉何尝不苦？他中了魔般将袭人当作黛玉：“好妹妹，我的这心事……大胆说出来，死也甘心……我为你也弄了一身的病在这里，又不敢告诉别人，只好捱着。等你的病好了，只怕我的病才得好呢！睡里梦里也忘不了你！”这是何等的煎熬！“一个枉自嗟呀，一个空劳牵挂”，宝玉“活着，咱们一处活着，不活着，咱们一处化灰化烟”的祈盼，终究在宿命的面前落了空。

《金陵十二钗》中各女子早就有段判词定了命数[15]，命运的暗示是很恐怖的，像是毫无征兆的灾难。黛玉的命里，没有玉，没有锁，没有麒麟，她什么都没有，这命运的灾难有着足够将她吞噬的不安全感，可她偏偏想要去掌握这场爱情。

我们也是黛玉，我们不知道世界何时出现，如何出现，怎样结束，就突然跳到这世界上，老老实实地经历并无数次经历着所谓的一切，我们作为有限的存在，却有着无限的需求，于是拼命去控诉，去死缠烂打，去做一场永远不能结束的梦。

三、痴：至诚至感作痴人

痴是痴迷、是痴狂，是曹雪芹对情的痴，对艺术十年如一日的痴。

> 曹雪芹笔下的宝玉太痴情，他身上有种古怪的痴傻之气，“自幼生成有一种下流痴病”“是个迂阔呆公子的性情”“听见奉承话又厌虚而不实，听了这些实话又生悲感”“他自己烫了手，倒问人疼不疼。这可不是个呆子？”因着刘姥姥讲的少女抽柴，他寻根问底，派茗烟寻找小神庙；凤姐寿辰时，私自出城祭奠金钏；被紫鹃试探，说黛玉要回苏州老家时，惊得痴病发作，不省人事……这都是他的痴，痴者，情之自已，弃而不舍，百折不回。

宝玉也太真情，他的情毫无扭捏造作，他反假礼，但不是礼教的叛逆者，相反，他重礼，对礼有审美享受，只不过厌恶虚假的繁文缛节罢了，他解救烧纸钱的藕官后，托芳官告诉她：“这纸钱原是后人异端，不是孔子遗训…… 一心诚虔 …… 甚至荤羹腥菜，只要心诚意洁，便是佛也都可来享，只在敬不在虚名……”这就是他的真情的体现。

儒家避免多谈“情”，道家主张忘情，佛家最忌情（如：第七十七回“美优伶斩情归水月”）。而《红楼梦》却大旨谈情，于曹、贾而言，儒道释不可谓不懂，懂，却终究不能忘情，他们坚守的这份“痴”，为普天下女儿的不幸流下英雄血泪，是世人眼中的荒唐。

四、此味无解

人们做了很多的尝试，很多的解读，总是希望发现《红楼梦》中一些未知的秘密，但是究竟谁能解其中味？像是2012年世界末日的玛雅预言，至今仍有人拼命地解释，地球已经消亡了，我们现在的这波人类，已经住在平行时空了，诸如此类，人们总是在寻找一个承载未知的载体，费尽心思地破解，仿佛能嗅到有关未知的一丝气味。

谁解其中味？曹雪芹问得绝望，很多道理、痛苦与喜悦是说不出，讲不清道不明的，若能道明，曹雪芹干脆不要写小说了，写篇散文，写篇日记就好了，为什么还要如此大费周章？

因为曹雪芹的不被理解，所说之话也被认为是荒唐言，因为思想的超脱，他就成了世界的遗弃者。

正是别人笑我太疯癫，我笑别人看不穿。

注释

①本文所引用《红楼梦》，均据（清）曹雪芹、高鹗《红楼梦》，人民文学出版社 1982 年版，恕不另注。

②（东汉）班固：《汉书·艺文志》。

③⑩⑭ 参见王蒙《王蒙的红楼梦·讲说本》，湖南文艺出版社2010年版。

④⑬ 参见周汝昌《红楼小讲》，中华书局2007年版。

⑤⑮ 参见蔡义江《蔡义江新评红楼梦》，龙门书局2010年版。

⑥⑧⑫ 参见朱淡文《贾宝玉形象探源》(上),《红楼梦学刊》1996年第1期。

⑦ 鲁迅:《中国小说史略》,江苏文艺出版社2007年版。

⑨《情榜》评曰:"宝玉情不情,黛玉情情。"

⑪参见胡传吉《无立足境,是方干净——〈红楼梦〉的解脱之道》,《东吴学术》2014年第3期,第59—61页。

自具一种性情

周　霄
上海师范大学人文研究与传播学院博士生

著名哲学思想家唐君毅先生认为：中国文化不同于西方，西方谈人性、理性，往往为了区隔于其他生命，从种类出发论“人性”。然而中国人谈人性，则面对天地万物，反省人性之何所是，天地万物之性何所是。故此春秋时期有“比德”一说。香草美人在《楚辞》里也成为了特殊的象征。《红楼梦》儿女也多比德草木。究其根源所在，似可从中国人性论的角度深入思考下去，进而引发对《红楼梦》里若干现象的思考。

傅斯年在《性命古训辨证》中言：“周代钟鼎器中生字屡现，性字不见。”傅斯年通过其严谨的训诂、考证，得出“性”字晚出于“生”字。唐君毅、徐复观以傅斯年先生的研究为参照，得出结论，生字初指草木之生，衍生为万物之生，再到具体生命（学生、众生、书生、先生）。这样，“生”字来源于天地自然，归纳出生命的核心，即朗格所说的生命即无休止地变化。生命在生在变化，生老病死是一个动态的过程，而万物生命变化的方向则各不相同，此即生命之性。唐君毅在《中国哲学原论·原性篇》中曾提出一个重要命题：就是区隔性与性相。他解释为，性不是存在之性相性质之为何，而是生命存在之所向之为何。即草木开花草木未开花时，亦有开花之性。而性相则表现为草木开何色何形之花，苏珊·朗格的“幻象”指涉的是性相，仅仅诉诸于视觉形色。性相乃草木生长之可能性，而性则是草木生长之方向性。

在《红楼梦》里，三生石畔，神瑛侍者日以甘露灌溉绛珠仙草，遂得脱却草胎木质，得幻人形。这种由草化人形的变形过程（绛珠仙草 — 林黛玉）其实就是生命的生长变化。黛玉的下世为人、历劫只是为了了结此案。顽石、绛珠仙草为性，规定了宝玉、黛玉的生命导向，故此必有劫终复还本质之日。而大观园里的宝玉、黛玉则是性相，性规定了其生命的导向，故此顺性而生的宝黛与天道堕落、悖性、悖伦理的社会环境是不兼容的。大观园则不然，大观园是顺女儿天性的青春王国，充满诗意，归乎自然。

僧道明万境归空之理，但仍知不可强制，同意顽石下世历劫，是因为顽石灵性已通，生命导向已定，“此亦静极思动，无中生有之数也”。现在回味僧道说的这句话，觉得大有深意，生命的变化生长的宇宙大前提是静极。《中庸》有言：“致中和，天地位焉，万物育焉。”朱熹《四书章句集注》注解道：“以至于至静之中，无少偏倚，而其守不失，则极其中而万物位矣，极其和而万物育。”故此生长变化的宇宙大前提是至静与其守不失。而曹雪芹创造性地将“情”纳入进来。情乃人性所特有，以情为生命导向的男女在天道沦落的时代，注定是走向悲剧的。情有分定，即天地位焉，然情难长守，则造就了有情人的悲剧结局。从情石到情僧，从《石头记》到《情僧录》，始终是以情为生命导向的。这与传统中国规定的以文教修身，以成三不朽大业的生命导向相比，显然是别具一格，自是一家的。

然而率先思考这个问题的，我以为不是曹雪芹，曹雪芹只是集大成者。在唐传奇《古镜记》里提到王度携带辟邪古镜，来到好友程雄家，见其有一婢女，名唤鹦鹉。鹦鹉原是狐妖，被古镜一照，知道命之将尽。于是将身世告诉王度，并且说自己虽为狐妖却不曾害人，王度想放她一命。鹦鹉则曰：“辱公厚赐，岂敢忘德。然天镜一照，不可逃形。但久为人形，羞复故体。愿缄于匣，许尽醉而终。”于是婢顷大醉，奋衣起舞而歌曰：“宝镜宝镜，哀哉予命！自我离形，而今几姓？生虽可乐，死必不伤。何为眷恋，守此一方！”歌讫，再拜，化为老狸而死。一座惊叹。这个故事里鹦鹉虽为狐仙，但已有灵性，更重要的是她久为人形，已经有了人性，耻于恢复故体的她，未被食色之欲间隔，并且产生了孟子所云的羞恶之心。“何为眷恋，守此一方”则是其对于人之生命导向的坚守。“生虽可乐”乃是红尘乐事，是顽石思凡，鹦鹉眷念人生的起点。然“不能永远依持”则是生命的哀哉。狐仙鹦鹉选择的生命结束，是像个人一样死去，酒醉歌舞后再拜而亡。如果仅仅是歌讫之后就死亡的，则说明其尚还未完成人性化，一个“再拜”则使得鹦鹉的形象有了人性的光芒。读到这里，不禁不让我联想到《红楼梦》的结尾：

> 抬头忽见船头上微微的雪影里面一个人，光着头，赤着脚，身上披着一领大红猩猩毡的斗篷，向贾政倒身下拜。贾政尚未认清，急忙出船，欲待扶住问他是谁。那人已拜了四拜，站起来打了个问讯。贾政才要还揖，迎面一看，不是别人，却是宝玉。贾政吃一大惊，忙问道：“可是宝玉么？”那人只不言语，似喜似悲。

狐妖鹦鹉酒醉歌舞后，再拜完成生命；顽石宝玉中乡魁后，再拜完成生命。白茫茫的一片旷野，并无一人，人类生命的结局回到生命的本有，湖州师范学院马明奎老师在其红学著作《暗夜孤航》一书里曾将其与佛学里“洞照万物，无不明了的大圆镜智”相比照，是极为贴切的。归于生命本有前的“再拜”，体现的是人情的练达。狐妖鹦鹉与顽石幻化人形走人间一遭，最终人世的生命都给予了他们对于“情”材的修炼。顽石不是“补天材”，却在人间修得为“情材”。飘然而去前似喜似悲的宝玉，体现的是性相（幻象）的退隐，生命的终结，而性并不伴随性相的隐退，生命终结而消亡，直到如今宝玉及十二钗们的生命历程，依旧为我们所品赏，白茫茫的旷野又是一个新的生命起点，只待情根重新破土之时，暗夜孤航将变成朝阳千舸。贾政总结的好：“你们那里知道，大凡天上星宿，山中老僧，洞里的精灵，他自具一种性情。你看宝玉何尝肯念书，他若略一经心，无有不能的。他那一种脾气也是各别另样。”

“自具一种性情”，生命多彩，人生精彩，古今无数中国文人在文章里、诗里、戏曲里、绘画里一直寻觅的就是这样的“自具一种性情”，能够“自具一种性情”的人生真可谓是至美的、诗意的、自然的。而真能如此，也就可以体悟出鹦鹉的哲言：“生虽可乐，死必不伤。何为眷恋，守此一方。”红楼女儿比德花草，恰恰是曹公发现了她们自具的性情。即在人间红尘规范下，仍能自有独特的性情。守住自具的性情完成生命，即使生命消亡也不必忧伤。这样的人生远远好过那些恍惚百秋却一生充满逼迫紧张、求之不得的苦闷人生。故此黛玉之焚稿而亡的悲剧美同狐妖鹦鹉是类似的，美在哀而不伤，美在守住了自具的性情。

“自具一种性情”的人生，实可羡也！

论“鱼眼睛”兼曹雪芹思想源流微探

刘莉莉
山西省绛县作家协会

众所周知，在《红楼梦》中曹雪芹借贾宝玉之口，做出一番关于女儿和女人的相对论，可谓独步古今的奇创之谈。他认为：“女孩儿未出嫁，是颗无价之宝珠；出了嫁，不知怎么就变出许多的不好的毛病来，虽是颗珠子，却没有光彩宝色，是颗死珠了；再老了，更变的不是珠子，竟是鱼眼睛了。”[①]这种从“宝珠”到“鱼眼睛”的转变，从而形成了“女儿”和“女人”的本质区别，是曹雪芹所痛心的人性由清至浊的转变，这种人性之转变也是《红楼梦》的主要题旨之一。

相对于“清净女儿”对立面的女人们，曹雪芹不仅用了很多笔墨来描写，并且通过对这些人物的塑造，向读者诉说着他对人性复杂的深邃理解，也警醒读者去更深地理解生命的意义。而且，我们还可以通过对这一系列转变的深入理解，从中探寻曹雪芹的思想源流。

一、《红楼梦》中“鱼眼睛”们的几种生存形态

书中被称之为“鱼眼睛”的年长女人们，分属在各个不同的阶层，如陪房、管家婆子、乳母、粗使婆子等，这些不同类型的人物被赋予不同的丰富内涵，随着她们在书中的穿插、活动，贾府这个浓缩的大千世界也变得生动鲜活起来。虽然她们都被归为“鱼眼睛”之列，但还是有较大区别的，故分而析之。

(一)仗势横行的陪房们

陪房，是指古代贵族小姐出嫁时从娘家带去的奴才，即活的嫁妆。在《红楼梦》中具体指以家庭为单位的全家陪嫁到夫家的奴才，是一个独特的群体，也是当时社会群体中常见的一个阶层。在书中，陪房的媳妇被称为“××家的”或“××媳妇”，如王夫人的陪房周瑞家的、邢夫人的陪房王善保家的、王熙凤的陪房旺儿媳妇等。她们和主子关系密切，往往都是主子的心腹，故主子对她们多有依赖，她们也倚仗主子的势力横行无忌，可以说是主仆一体，同荣共辱。

1.周瑞家的，书中各位陪房的代表人物。作为荣国府当家人王夫人的陪房，颇有地位、权力，但平日为人乖滑，善于见风使舵。对于她及家人的描写有多处，是理解这一人物的重要基础。第一，女婿与人打官司。周瑞的女婿冷子兴，因与人纷争，被告到衙门中递解还乡。她女儿急得什么似的，周瑞家的听了不过一笑，说“这有什么大不了的事！”[②]张新之评其“气焰之旺，自在言下”[③]，认定其为“势利财色，统于一人”[④]，李辰冬先生在《红楼梦的世界》一文中也以冷子兴打官司一事来说明：“贾府对奴隶们既这样多恩少罚，仁慈厚德；然就由这宽厚，而奴才们藉主子的势力，在民间胡作乱为。”[⑤]果不其然，周瑞家的仗着主子的势力，晚间只求求凤姐便完事。再者，后文对其子在凤姐生日时醉酒纵性也有点染。对其女婿、儿子的两次描写，前是明叙，后是暗点，前文的满不在乎，后文的肆无忌惮，其实都是在突出周瑞一家如何倚仗陪房身份在贾府作威作福。

第二，送宫花事件。第七回，薛姨妈得了新鲜样法的宫花十二枝，让周瑞家的送给贾府的姑娘们，她嘱咐道：“你家的三位姑娘，每人一对，剩下的六枝，送林姑娘两枝，那四枝给了凤哥罢。”[⑥]其实，薛姨妈把赠送次序安排得明明白白，但周瑞家的仗着自己的身份，擅自改变赠送次序，搞得送花者好意错付，领花者被人指摘。说到底，这中间不必要的误会都是因她而起。

第三，角门风波。在贾母八旬大寿期间，周瑞家的违背凤姐的意愿，把处罚两个婆子的缓期执行私自改为立即执行，从而被邢夫人揪住生事，使凤姐处于尴尬境地，被尤氏占了便宜还卖乖，说什么“连我并不知道，你原也太多事了”[⑦]。其中的主要原因有二：其一，她想借此讨好尤氏，“因他素日仗着是王夫人的陪房，原有些体面，心性乖滑，专管各处献勤讨好，所以各处房里的主人都喜欢他”[⑧]；其二，为了借机整治那两个“时常我们和他说话，都似狠虫一般”[⑨]的管家奶奶。

2. 王善保家的，邢夫人的陪房。第七十四回“惑奸谗抄检大观园”中的“奸谗”之人，即指王善保家的。她自谓是荣国府大房太太的陪房，本该人人奉承，只因其主子不被贾母喜欢，自己也被边缘化，因此多有不满。绣春囊事发后，王善保家的便乘机挑拨是非，状告晴雯与园里众丫头。姚燮评其曰“乘机报服，小人之常”[⑩]，此等丑恶嘴脸被曹雪芹三言两语即描绘得活灵活现。她自谓得了报复良机，故每到一处，头一个翻箱倒柜，一副疾言厉色的模样，活脱脱一个跳梁小丑。探春骂她“狗仗人势，天天作耗，专管生事”[⑪]，凤姐也说她“疯疯颠颠”。其实她是个表面张狂，内心愚笨的人，满心要拿别人的错，反被拿住自己外孙女儿司棋的私通证物，她自导自演的这幕丑剧也就此滑稽地落下帷幕，真是搬起石头砸了自己的脚，令人可恨又可笑。

3. 旺儿媳妇，王熙凤的陪房。因是凤姐的心腹，常为其放账收债，故做起事来也毫无忌惮。她纵容自己儿子在外头酗酒赌博，无所不为。其子不仅容颜丑陋，且被宠溺得一技不知。但旺儿媳妇倚仗凤姐的威势，逼迫彩霞之母忍气吞声地答应这门亲事，所以她不仅是众多奴才中“恶霸型”的代表人物，也是“鱼眼睛”的典型之一。

（二）见风使舵的管家婆子们

管家婆子在贾府都有一定的职权，她们之间为了排除异己而明争暗斗，不仅显露了人性中丑恶的一面，也表达了曹雪芹对这类人物的痛恶和贬斥，因此，她们也属“鱼眼睛”之列。

1. 林之孝家的，荣府内管家之一。按凤姐评价，林之孝家的和她丈夫“都是锥子扎不出一声儿来的…… 一个天聋，一个地哑”[12]，但细品有关她的零散描写，会发现这是一个表面内敛低调，实际却善于察言观色、能说会道的人。林之孝家的首次出场就是其有条不紊地向王夫人汇报妙玉的情况，且还给出相应的解决方案。再次露面是在由贾母委任尤氏主管，为凤姐攒金过生日的时候，尤氏还未梳洗，她就巴巴地把下人们所凑的份子送上门来。虽只是一笔带过，但这种变相巴结讨好主子的模样已悄然纸上。在“茯苓霜”一事中，林之孝家的迫不及待地安插秦显家的顶替柳嫂子之职，因而得了秦显家的偷送的“一篓炭，五百斤木柴，一担粳米”[13]。从这些内容不难看出林之孝家的很善于拉帮结派，并从中获得丰厚的回报。

2. 吴新登家的，荣国府管家娘子之一，对她的描写主要集中在第五十五回探春理家之时。赵国基死了之后该如何赏赐，荣府自有一套依律而行的旧账。但吴新登家的仗着王夫人凤姐不理论，李纨是个“佛爷”，就倚老卖老利用此事大胆试探探春，令其难堪。她的这种行为，确实如王熙凤所说:“咱们家所有的这些管家奶奶们，那一位是好缠的？错一点儿他们就笑话打趣，偏一点儿他们就指桑说槐的抱怨。‘坐山观虎斗’‘借剑杀人’‘引风吹火’‘站干岸儿’‘推倒油瓶不扶’，都是全挂子的武艺。”[14]她的这次试探，确实有“引风吹火”之嫌，惹得愚顽的赵姨娘借机闹腾一番，虽然精明干练的探春，及时识破了她的伎俩，毅然决然地给了她一个下马威，让她在众多奴仆面前栽了跟头。但这段插叙足以说明贾府这些管家娘子的心机深重，作为主子也得时刻警惕才能不被糊弄。

（三）欺软怕硬的奶妈们

《红楼梦》中，那些特立独行的乳母，也是“鱼眼睛”的代表人物，她们自私贪婪、飞扬跋扈，令人厌恶，就连对人性充满悲悯的曹雪芹也难以一一包容，所以才用毫无掩饰的笔触来描绘她们。

1. 李嬷嬷，贾宝玉的乳母。李嬷嬷是贾宝玉的乳母，地位特殊，所以贾母、王夫人都对她另眼相看。其也自谓有功于贾府而倚老卖老，是《红楼梦》中为数不多的几位奶嬷嬷中最具代表的一位。其中“豆腐皮包子事件”“枫露茶事件”与“糖蒸酥酪事件”都是由她引发的。究其缘由，是因为她的年老解事，不再被众人看重，所以多次借乳母身份犯浑。通过这些描写，可以了解李嬷嬷是个爱贪小便宜的人，不仅私自拿走宝玉留给晴雯的“豆腐皮包子”，还喝了宝玉的“枫露茶”，气得宝玉借酒大闹，害得无辜的茜雪被撵出贾府。茜雪被撵之后，李嬷嬷更是变本加厉地排揎绛芸轩众丫头，越性赌气吃完留给袭人的糖蒸酥酪，袭人怕为此“又生事故”，便设法转移宝玉注意力，为李嬷嬷开脱。但李嬷嬷对于袭人的好意并不领情，反而变本加厉谩骂袭人：“忘了本的小娼妇！我抬举起你来，这会子我来了，你大模大样的躺在炕上，见我来也不理一理。一心只想妆狐媚子哄宝玉，哄的宝玉不理我，听你们的话。你不过是几两臭银子买来的毛丫头，这屋里你就作耗，如何使得！好不好拉出去配一个小子，看你还妖精似的哄宝玉不哄！”[15]又拉住黛玉、宝钗唠唠叨叨说个不清，故脂批评其曰：“奶母之倚势亦是常情，奶母之昏愦亦是常情。”[16]总之，李嬷嬷的糊涂昏聩、不知收敛的跋扈行为，皆因乳母身份之故，李嬷嬷的形象也是作者“特为乳母传照”，怕独写一人不足以概括“乳母”形象，所以后文再写迎春乳母王嬷嬷，是为“乳母”倚势的重要补写。

2. 王嬷嬷，迎春的乳母。众所周知，《红楼梦》中的乳母身份虽然不高，但因与小主子非常亲近，地位还是要比一般奴仆高一些的，这种特殊的身份与地位，也是她们在众人面前擅作威福的重要原因。王嬷嬷仗着乳母的身份聚众赌博，并且偷窃迎春的“累丝金凤”做抵押，被贾母查出惩戒。其媳妇胆敢要挟主子去求情，实是看准迎春的性子，才欺软怕硬。王住儿媳妇的这一行径，与吴新登家的如出一辙，都是贾府管理中

“奴大欺主”的一种现状，但也确实是倚仗自己婆婆是迎春乳母的身份而胆大妄为。贾母对乳母的倚势深有体会，所以她认为：“大约这些奶子们，一个个仗着奶过哥儿姐儿，原比别人有些体面，他们就生事，比别人更可恶，专管调唆主子护短偏向。”⑰

（四）爱财如命的粗使婆子们

处于大观园最底层的粗使婆子们，吝啬小气，见钱眼开。另外还借机挑拨是非来发泄个人怨气，不仅破坏了原有的规章制度，还加剧了各方矛盾。这些婆子在曹雪芹的眼里，不仅愚笨糊涂，且唯利是图，因此，也属“鱼眼睛”之列。

夏婆与何婆、何婆的大（或小）姑子，是这类人物中的典型代表。芳官的干娘何婆，藕官的干娘夏婆，都是托赖照顾干女儿才得入园。这何婆自私小气，平日里克扣芳官的月钱，非得用自己女儿洗发的剩水给芳官洗头，由此引发一场口角。因不知规矩，又不知收敛，闹得怡红院不得安宁，连袭人、麝月、晴雯也难以镇服。后为了缓和关系，涎皮赖脸地进入内房，争着替芳官给宝玉吹汤，真是令人哭笑不得。何婆的大（或小）姑子是个小肚鸡肠的人物，因为莺儿摘了些花草而撒泼混闹。夏婆子也是个搬弄是非的人，因为藕官“烧纸钱”祭奠药官，与藕官结怨，故挑唆愚笨的赵姨娘为了“茉莉粉”之事与芳官藕官等人大闹怡红院，实在是居心不良。

综上所述，在《红楼梦》中，与“清净女儿”相对应的这群“鱼眼睛”们，不论是背有靠山的陪房们和握有大权的管家婆子，还是倚老卖老的奶妈子和那些苦苦挣扎的粗使婆子，确实都是非常令人厌恶的人物，但她们作为一个不可忽视的群体，成为贾府整个参天大厦结构中不可或缺的组成部分。从她们身上折射出来的人性的丑陋与恶浊，与曹雪芹所颂扬的“清净女儿”形成了鲜明的对比。通过对比，我们可以看到在大观园内外，除了那些青春靓丽的生命之外，还有一批被世俗浸染，又不得不在世俗的混沌中挣扎求生的生命。她们的悲哀，在于她们耽于世俗的浑浑噩噩，在她们的世界里，只有利益，只有权势，这或许恰恰是曹雪芹想通过她们来反映现实世界的残酷。

二、由“鱼眼睛”们所引起的浅思

惜墨如金的曹雪芹，对于这些被视为“鱼眼睛”的边缘人物，仍然用生动的语言、丰富的情感，层层铺垫，点滴渲染，精细地描绘出一个个鲜活的形象，又表现出曹雪芹对她们的悲悯、理解与同情。而在曹雪芹的笔下，女儿从“无价之宝珠”，到“死珠”，再到“鱼眼睛”，却并非是一蹴而就的，而是具有一个不断转变的过程。那么如何理解这种转变，势必涉及更深层次的几个问题。

（一）女孩儿为何会变成“鱼眼睛”？

其实对于这个问题，曹雪芹已经通过贾宝玉给出答案，即“奇怪，奇怪，怎么这些人只一嫁了汉子，染了男人的气味，就这样混账起来，比男人更可杀了！”[18]很显然，这些女人之所以混账起来，都是因为“染了男人的气味”。在贾宝玉的眼里，“男人是泥作的骨肉”，并且“浊臭逼人”，而以“水作骨肉”的女儿，一旦婚嫁，与男人共同生活后就会被污染，所以也变得“混账起来”。这种所谓的“男人的气味”，其实正是令宝玉十分厌恶的“世俗之气”，也就是世俗间的庸常、鄙俗的污浊气息。因此，那些仗势横行的陪房、见风使舵的管家婆子、欺软怕硬的奶妈子、爱财如命的粗使婆子，就成为这类沾染了世俗之气的“鱼眼睛”代表群体。

大观园，在《红楼梦》中是一个相对纯净的环境，也是曹雪芹为众多“清净女儿”所特意设置的“世外桃源”。那些生活在里面的青春生命，在悠闲恬淡的环境中，保持着纯净的天性，也成为曹雪芹一再颂扬的美好生命个体。但随着年龄的增长，这些年轻美好的生命，总会面临人生的选择，要么出嫁，要么配小厮，总之必要走出大观园，一旦走出，她们所面对的生活就是世俗的泥淖，为了在艰难的现实世界中求得生机，必然会失去原有的纯美自然，也就意味着她们会被“世俗之气”所污染。因此，也就被充满声色、物利的世俗之气掩盖了“无价宝珠”的光芒，失去原有的光彩，久而久之，就变成了黯淡无光的“鱼眼睛”。

除此之外，介于两者之间的还有一个更为隐晦的群体，即“死珠”群体，其中的代表人物有鸳鸯的嫂子金文翔家的、柳嫂子等，她们的典型事件就是劝说鸳鸯为妾，为女儿谋取怡红院丫鬟之职等。总之，曹雪芹是想通过对这些不同群体的细微描写，向读者展现从“无价宝珠”到“死珠”，再到“鱼眼睛”的层层转变。

不难想象，这些“鱼眼睛”们也曾青春美貌，也曾纯洁无瑕，也曾憧憬着美好的未来，但现实的残酷，使得她们变得庸俗市侩，争强好胜。当每日都浸润在柴米油盐的琐碎中，为了生计而奔波挣扎的时候，美貌与青春又算什么，理想与追求又有谁还会憧憬，反而是保障基本生存的金钱和检验生存能力的地位，成为她们的迫切追求。在这种情况下，“无价宝珠”变成“鱼眼睛”也就成为势所必然。但细思深虑下，我们会发现，被世俗同化，不是她们遗忘了初心，而是在生活的重压下，不得不做出对命运的妥协，描写她们，就是描写社会的真实，就是描写世事的艰辛。因此，在曹雪芹的指引下，我们才得以深窥她们的心灵秘境以及艰辛的成长之路，这些深入骨髓的描写，是曹雪芹在经历了世事艰辛之后的深深感触，也是《红楼梦》中“情”之主旨以外更加令人深思的部分。

（二）变成“鱼眼睛”之后她们失去了什么？

曹雪芹对于“鱼眼睛”的描写着重于生活在大观园中的婆子们，她们是大观园中沾染了“世俗之气”的特殊群体，也成为大观园内“清净女儿”的对立人物。但是不能因此就否定曹雪芹认为其他人物就不具备“鱼眼睛”的某些特质，如邢夫人、赵姨娘等，这些人物也应是曹雪芹主要刻画的“鱼眼睛”对象，甚至王夫人、李纨等，也不是没有沾染世俗之气，所不同的是，曹雪芹对于至亲之人，采用了“具菩萨之心，秉刀斧之笔”的手法，因而弱化了对她们这方面的描写。

那么，这些人变成“鱼眼睛”之后失去了什么？贾宝玉的这一怪论的基础又是什么？对于这些问题，纵观整个中国哲学史，恐怕只有明朝思想家、泰州学派一代宗师李贽的“童心说”可以解答。李贽在《童心说》一文中写道:“夫童心者，真心也。若以童心为不可，是以真心为不可也。夫童心者，绝假纯真，最初一念之本心也。若失却童心，便失却真心；失却真心，便失却真人。人而非真，全不复有初矣。童子者，人之初也；童心者，心之初也。夫心之初曷可失也！然童心胡然而遽失也？”[19]这里的所谓“童心”，即“真心也”“最初一念之本心也”“心之初也”，总之就是“赤子初心”。

然而，想要做到永葆初心何其艰难？正像鲁迅先生所说:“人性岂真能如道家所说的那样恬淡？”[20]《红楼梦》中所谓的“鱼眼睛”们，她们在成长的时刻，摒弃了初心，为世俗所驱，为庸常所惑，逐渐变成虚伪贪财、见利忘义的模样，而且沉迷其中，这些恐怕是她们青春年少时所不曾预想的吧？但她们在长年累月的磨砺中失去的光泽，却是曹雪芹最为珍视的，也只有曹雪芹能够领悟如此之深，并且用最精妙的笔触，用洞若观火的体察，呈现在世人面前。其中包含的悲悯、痛惜，又有几人能解？曹雪芹以贾宝玉的口吻道出自己的心声，这字字句句的描写，又何尝不是他自己的哀叹、怅惘和悲悯，他不能理解为何会有这样的转变，就像我们不能理解一样。

（三）针对“鱼眼睛”，曹雪芹的笔触是贬斥，还是其他？

说实在的，相对于书中贾宝玉一再褒扬的“清净女儿”，那些被称之为“鱼眼睛”的年长女人，确实是作为“清净女儿”的对立面来描写的。

曹雪芹的笔触在针对这些“鱼眼睛”的描写时是作了很大的区分，只是对于身为陪房、管家婆子、奶妈、粗使婆子等的“鱼眼睛”式的描写更为严苛，甚至略带批判的刻画，但这并不能说明这些人有多么可恨。其实，曹雪芹只是借以对这些人物的描绘来体现在世俗的沾染下，是什么把本来纯真的“清净女儿”一步步变为“鱼眼睛”的。所以站在作者的视角，是一种人生的感触，站在读者的视角则又是另一种理解的感触了。《红楼梦》处处是悲悯、字字现觉悟，作者泣血，读者体察，但各自理解不同，也是无法改变的现实。

鲁迅先生说“悲凉之雾，遍被华林，然呼吸而领会之者，独宝玉而已”[21]，而对于从“无价宝珠”到“死珠”，再到“鱼眼睛”的这些人，在读者眼里不过是人在现实中生存的必然法则，但在宝玉眼里则是各种不同的状态，对“死珠”的状态，他还有些许悲悯，对“鱼眼睛”的状态则是恨大于悯的。这些所谓的“鱼眼睛”，她们的处事态度与宝玉截然不同，她们都在力求适应这个世间，或者试图改变一些事物的发展方向而顺应世间法则，而贾宝玉不同，他是坚守自我，虽然他的坚守也在成长，但却依然想要按照自己的样子成长。

事实上，这些所谓的“鱼眼睛”们，曾经也有美好的青春，只是尝尽了世事的艰辛之后，无奈地咽下了人生不易的苦果，为了生存不得不斤斤计较，不得不争长论短，因为这每一次的坚持都可能是她们赖以改变生活现状的重要机遇。饫甘餍美、众星捧月的贾宝玉，是不能理解她们的苦楚的。之所以不理解，才会对她们的行为侧目而视、充满愤懑。可是在历尽繁华，家族败落之后，不仅姐妹离散，自己也流落街头，过着“寒冬噎酸齑，雪夜围破毡”的生活。此时的贾宝玉倘若回顾往昔，恐怕对于那些生命中坚守“初心”的女儿们更加充满了崇敬和疼惜，而对于那些被世俗沾染的所谓“鱼眼睛”们也会有了更多的悲悯和谅解。

但曹雪芹终究是曹雪芹，在经历由盛至衰的锤炼中，在现实与梦想的不可调和下，他依然坚守初心，把生活的欢乐与苦难，凝结成滴滴绛珠，并饱含深情地记录下来，呕出了这一部悲天悯人的《红楼梦》。他怀念的是那些曾经美好的日子，他悼念的是那些逝去的鲜活生命。而这些在经历美好之后所陷入沉沦的生命，也是他所深深悲悯的。所以，他在《红楼梦》中，不仅绘声绘色地刻画了诸多珍珠般的青春女儿，也惟妙惟肖地刻画了诸多“鱼眼睛”般的迟暮女儿，对于她们的转变，曹雪芹从难以妥协到逐渐接受，正视，直至毫不留情地剖开自我的心灵，用最真实的笔触描绘出人性从本真到迷失的过程，也描绘出形成这一变化的诸多无奈因素。

贾宝玉与这些“鱼眼睛”不同，恐怕才是曹雪芹所着眼关注的。由此而产生的问题，如人性是如何转变的，人性的弱点又有哪些等，才是他思索的重点。而对人生价值以及人生意义的追寻，也应是他著立《红楼梦》的本意。事实上，第一回的《好了歌》已经把这一点说得很清楚，功名、金银、娇妻、儿孙，凡此种种，都是每一位普通世人的人生追求，大多数人也至死不改，曹雪芹所做的不过是把这些人性的本质剖露在读者面前，通过对这些以“鱼眼睛”为代表的人物进行真实化的塑造，来向读者诉说他对人性复杂的独到理解，也警醒读者更深地理解生命的意义。因此，《红楼梦》虽是残卷，却包含了太多太多，包含着人生的起始，包含着人性的多变，包含着人世的沧海桑田……所以，《红楼梦》是非常宝贵的，也必将成为永恒的。

（四）这种转变的结局是不是一种悲剧形式？

《红楼梦》未完，曹雪芹的手稿仅存八十回，但在第一回、第五回已经清晰地给出了全书的结局，因此，《红楼梦》最终以悲剧结局是没有异议的。虽然程伟元、高鹗刊刻的程甲程乙本，对人物以及贾府的种种描写，未必符合曹雪芹的原意，但其所延续的悲剧结局却是续书最大的亮点，也是其在众多续书中脱颖而出的重要原因之一。所以，《红楼梦》一直被誉为中国古典文学中最具有悲剧意义的一部作品，是极其恰当的。

鲁迅先生说“悲剧将人生的有价值的东西毁灭给人看”[22]，事实上也确实如此，《红楼梦》就是一部从繁华绮丽到衰败消亡的小说。书中的人物、情节，无不遵循从美好到绝灭的规律，“千红一哭，万艳同悲”，正是曹雪芹把众多的人物运用各种不同的悲剧形式来呈现，而这些形式变化下必然会有不同的悲剧结局。

那些洋溢着青春活力的生命，或早夭，或出家，或苟活，或流离，尽皆不能自主的选择命运的航向，只能夹裹在世俗的潮流中被动而行，黛玉、迎春、香菱、晴雯、金钏等，眼见她们无力抗争命运的摆布而悄然陨落；宝钗、湘云、探春、妙玉、芳官等，眼见她们绝望地挣扎在世俗的泥淖中。而那些在挫折中不断屈服于世俗的人物，如王夫人、邢夫人、李纨、凤姐等，不得不在人生的曲折中求得一丝生机，更有那些卑微到尘土里的生命，也在人生激烈冲突的旋涡中苟活，如赵姨娘、周瑞家的、林之孝家的、夏婆、马道婆、净虚等，这些构成整个《红楼梦》世界的生命，哪一个的结局不是欲哭无泪的结局？哪一个不是从青春鲜活走向了各自的悲剧？

在曹雪芹所构建的《红楼梦》世界里，这些人物要么被人生遗弃，要么被社会同化，别无他路，而这些所谓的“鱼眼睛”只是众多悲剧形式中的一种。她们的悲剧意义在于以同化之后的状态进入读者眼中，而曹雪芹所褒扬的“清净女儿”，则是以同化之前的美好状态留在读者心中。所以，认识两者不能仅仅局限于褒贬二字。王国维评论《红楼梦》是“悲剧中之悲剧”[23]，正基于此。他说《红楼梦》“哲学的也，宇宙的也，文学的也”[24]，也是基于此。

（五）为什么“鱼眼睛”这一论说只针对女性？

或者有读者问，“鱼眼睛”之论为什么只针对女性呢？对于这个问题，甲戌本凡例中有一段作者自云已经道出此书主旨：

> 今风尘碌碌，一事无成，忽念及当日所有之女子，一一细推了去，觉其行止见识皆出于我之上，何堂堂之须眉诚不若彼一干裙钗？实愧则有馀、悔则无益之大无可奈何之日也。当此时，则自欲将已往所赖——上赖天恩，下承祖德，锦衣纨袴之时，饫甘餍美之日，背父母教育之恩，负师兄规训之德，以致今日一事无成、半生潦倒之罪，编述一记，以告普天下人。虽我之罪固不能免，然闺阁中本自历历有人，万不可因我不肖，则一并使其泯灭也。虽今日之茅椽蓬牖，瓦灶绳床，其风晨月夕，阶柳庭花，亦未有伤于我之襟怀笔墨者。何为不用假语村言敷演出一段故事来，以悦人之耳目哉？故曰“（贾雨村）风尘怀闺秀”，乃是第一回题纲正义也。开卷即云“风尘怀闺秀”，则知作者本意原为记述当日闺友闺情，并非怨世骂时之书矣。㉕

引文中提到的“当日所有之女子”“一干裙钗”“闺阁中本自历历有人”“闺友闺情”，都是指作者生命中一些很重要的女子，而《红楼梦》一书正是作者为了怀念哀悼这些女子而作。因此，《红楼梦》又被视为一部为“闺阁昭传”的书。既然是以写女子为主的书，那么此书必然会从不同程度、不同角度来描写各种女子，而女子生命中所呈现的各个阶段，自然而然也会成为曹雪芹所关注和描绘的部分。相对于曹雪芹始终褒扬的“清净女儿”，褪去光彩的“死珠”，黯晦的“鱼眼睛”也成为全书的一个重点。

很显然，曹雪芹的“女儿论”以及“为闺阁昭传”都不属于原创，从某种意义上说，这种思想应当是对明末李贽的“妇女平等”论的一些承继。但曹雪芹对李贽的思想并未全盘接受，因此，曹雪芹的“女儿论”与李贽的“妇女平等论”还是有很大区别的。李贽将“童心说”反映在其家庭观中，他充分肯定了女子在家庭中的地位和作用，他还主张维护女子合理的家庭权益，反对随意休妻，主张夫妇和睦，希望女子得到适意的爱情婚姻，等等。他的这些主张，总体而言是具有历史进步性的，但也实在难以抹去儒家旧思想的烙印。与李贽不同的是，曹雪芹把自我的“女儿论”寄托在小说人物贾宝玉身上，从他的角度来代替众女子发声，“老天，老天，你有多少精华灵秀，生出这些人上之人来”[26]“凡山川日月之精秀，只钟于女儿，须眉男子不过是些渣滓浊沫而已”[27]。在贾宝玉的眼里，每一个灵魂都是平等的，每一个女子都是高贵的，他期望她们永葆美好的天性，纯洁的初心，永远不被世俗种种所玷污。但是现实面前，总有这样那样的因素，使得这些女子被玷污，即使被世人誉为“世外桃源”的大观园也不能例外，有人的地方就有世俗，有人的地方就有被扼杀天性的可能，这才是他最痛心疾首的，也是曹雪芹最痛心疾首的！

（六）“鱼眼睛”与“禄蠹”之间有何关联？

细心的读者可以发现，曹雪芹在《红楼梦》中的“女儿论”并非是一以贯之的，从“宝珠”到“死珠”，再到“鱼眼睛”，这中间是有变化的。也就是说，随着贾宝玉的成长，他的“女儿论”也在不断变化，“鱼眼睛”也只是这种变化后的一种形态。在贾宝玉心目中，女儿一旦嫁人以后，就受了男人的熏陶，受社会的影响也更多，结了婚的女人年龄越大，沾染的世俗恶习也就越多，不论是统治阶级的妇女还是她们的女仆，这些人都将成为他所说的“鱼眼睛”了。另外，他还认为，“好好的一个清净洁白女儿，也学的钓名沽誉，入了国贼禄鬼之流”[28]，最是可气。且琼闺绣阁中亦染此风，实在“有负天地钟灵毓秀之德”[29]，可见他远离世俗，拒绝同化的决心是多么坚决。

事实上，在书中贾宝玉既懒与士大夫诸男人接谈，又最厌峨冠礼服贺吊往还等事，对于男人，但凡读书上进的，他便称之为“禄蠹”。他还说“除‘明明德’外无书，都是前人自己不能解圣人之书，便另出己意，混编纂出来的”[30]，而且言必行，“除四书外，竟将别的书焚了”[31]。这种种奇创之谈，怪诞之行，在当时的社会实在是一个异类。女子之“鱼眼睛”、男子之“禄蠹”，都是因世俗沾染所致，也是人性从纯真到虚伪的一种异化，贾宝玉不愿与仕途之人结交以及对仕途经济的拒绝，都是他拒绝长大，拒绝踏入世俗，拒绝被世俗所沾染的一种表现。因此，贾宝玉的烦恼不只是爱情的不可得，还有人与人之间的不可理解，更有在社会的压抑扭曲下人性的转变。而他坚执地怀抱着那与众不同的人性真纯，决不妥协。

综观全书，始终保有“赤子之心”的，恐怕只有贾宝玉与林黛玉两人。林黛玉的“童心”在于真，在于纯，是与生俱来的，也是后天坚守的；贾宝玉的“童心”，在于痴，在于执，是天赋异禀的，也是不可妥协的。所以，两人有对落花而泣的真挚，有对鱼鸟而语的热诚。他们二人的精神追求高度一致，已经达到了神魂相交的地步。但等到林妹妹夭亡，家族衰落，尘世的所有都化作一场空的时候，贾宝玉才真正的了悟。

贾宝玉与这些“鱼眼睛”“禄蠹”有着本质的区别，他明白有些追求是不值得的，所以他不能理解为什么他们会迷失本性，为什么要那么孜孜不倦的追求。而贾宝玉对于“真善美”的本真之维护，对世俗的不能妥协，何尝不是另一种坚执？ 因而贾宝玉对生与死的感悟，是与众不同的。贾宝玉为什么不能同薛宝钗共同生活，因为他不想妥协，也不可能妥协。诸钗之结局无非死亡或被社会同化，死亡的是宝玉所沉痛悼念的，而活着的，与其看着一个个美好的生命在自己面前逐渐衰老转变，不如选择“悬崖撒手”后留在记忆里怀念那一份美好。所以，他注定是孤独的。而贾宝玉的可贵之处就在于，历经繁华与衰败，饱尝聚合与离散，依然坚守着一颗赤子之心，终未妥协。

三、曹雪芹思想源流微探

除了《红楼梦》，曹雪芹遗留于世的作品，还有观敦诚《琵琶行》传奇而题咏的两句诗：“白傅诗灵应喜甚，定教蛮素鬼排场。”[32]所以，想要了解曹雪芹究竟是怎样的一个人，除了《红楼梦》以及那两句诗，还需从其他方面着手，比如从其友人敦氏兄弟的有关诗词中寻觅一二。古人作诗常用典来抒发情感，也用典来描摹友人，敦氏兄弟亦如是。他们遗留下来的有关曹雪芹的诗词中，所引用涉及的名人轶事颇多，除了"唯我独醒"之屈原，还有唐代李昌谷、苏源明、王司直，晋时山简、王猛、阮籍、刘伶、孟嘉、褚裒等。这些诗中所用典故的深刻寓意，可以作为分析曹雪芹性格的重要依据，私以为其主要性格特征有四：第一，才比昌谷；第二，嗜酒如命；第三，傲骨嶙峋；第四，颇具魏晋时期狂荡不羁的名士之风。

第一，才比昌谷。昌谷，指有"诗鬼"之称的李贺。他胸怀抱负而生不逢时的人生境遇与曹雪芹有着相似之处，且其人想象力丰富。敦氏兄弟常把曹雪芹比作李昌谷，称其"诗笔有奇气""诗胆昔如铁"，其中"牛鬼遗文悲李贺"[33]句，被敦诚运用两次，可见曹雪芹在诗才方面与李贺的诗才诡谲有共通之处。

第二，嗜酒如命。刘伶一直被后世认为是蔑视礼法、纵酒避世的典型。雪芹友人用"司业青钱留客醉"[34]"醉余奋扫如椽笔"[35]"卖画钱来付酒家"[36]"燕市悲歌酒易醺"[37]来形容曹雪芹"无酒不活，饮而必醉"的生活状况。可见雪芹嗜酒如命，与魏晋名士刘伶颇为相像。敦诚的《佩刀质酒歌》一诗，就体现了敦诚与雪芹偶遇，雪芹"酒渴如狂"，敦诚"解佩刀沽酒而饮之"[38]，畅饮之后，"雪芹欢甚，作长歌以谢余"[39]，敦敏亦答曰："曹子大笑称快哉，击石作歌声琅琅。"[40]敦敏与其偶遇，亦有"……隔院闻高谈声，疑是曹君，急就相访，惊喜意外，因呼酒话旧事……"[41]的轶事。所有这些，无不从侧面反映出曹雪芹是个嗜酒如命的人。

第三，傲骨嶙峋。屈原所具有的不与世俗妥协的孤傲个性，也是曹雪芹所具有的，所以敦诚在缅怀他时写到"何处招魂赋楚蘅"。另外，敦诚的《寄怀曹雪芹霑》中的"接䍦倒著容君傲，高谈雄辩虱手扪"[42]、《赠曹雪芹》："司业青钱留客醉，步兵白眼向人斜"[43]、《佩刀质酒歌》："我今此刀空作佩，岂是吕虔遗王祥”[44]“君才抑塞倘欲拔，不妨斫地歌王郎”[45]、《挽曹雪芹》与《挽曹雪芹甲申》中共用的：“鹿车荷锸葬刘伶”[46]，敦敏的《芹圃曹君霑别来已一载余矣。偶过明君琳养石轩，隔院闻高谈声，疑是曹君，急就相访，惊喜意外，因呼酒话旧事，感成长句》：“雅识我惭褚太傅，高谈君是孟参军”[47]等，这些诗中提到的吕虔、山简、王猛、刘伶、孟嘉、褚裒等，都是魏晋时期的名士，他们崇尚风流潇洒、不滞于物、不拘礼节，具有独立特行、率直任诞、清俊通脱的行为风格，他们常常雅集一处，以酒会友，清谈纵歌。而这种逍遥自在、不屈于俗世的孤傲特质，在曹雪芹乃至敦氏兄弟身上都可以窥见一二。因此，曹雪芹也势必是一个傲骨铮铮、不与世俗妥协的世外奇人。

第四，颇具魏晋时期狂荡不羁的名士之风。在敦氏兄弟以诗摹友的情境中，常常以魏晋时期的名士比雪芹，其中尤以阮籍之典最多。“竹林七贤”之一的阮籍，崇奉老庄之学，他对后世的影响，主要是他“离经叛道”的人格典型及其生活态度，经过历史文化的长期积淀，从而形成一种特定的思想文化形态，也是老庄思想在魏晋时期的一个承继。曹雪芹，字梦阮，这“梦阮”二字，应该就是表达了他对阮籍的爱慕，也希望自己做阮籍一样的人。可以说，曹雪芹对阮籍的思想是认可的，他为人处世的狂傲态度也颇像阮籍，因此，敦诚赠诗曰“步兵白眼向人斜”[48]，追忆诗句又有“狂于阮步兵”句。

《红楼梦》中曹雪芹泣血塑就的主人公贾宝玉，也是作为一种特定的“正邪两赋”的文学人格典型而存在的，在他的身上，我们或多或少确实可以看到阮籍的影子。贾宝玉被谓之“古今第一情痴”，他的“痴”使他不被身边的人理解，从而成为一个异于世俗之情、乖僻邪谬的人。他对“清净女儿”的同情、爱怜，很容易使人联想到阮籍对待“邻妇”和“兵家女”的态度；他的不喜贺吊往来，厌恶世俗应酬，也很容易使人联想到阮籍以“青白眼”拒人于千里之外的情景。另外，他的“恶劝”，他蔑视“仕途经济”等，都与阮籍有着微妙的联系，这些也都说明曹雪芹深受阮籍的影响。

《晋书》本传称阮籍“当其得意，忽忘形骸。时人多谓之痴”[49]。总之，阮籍之“痴”与贾宝玉之“痴”颇为相像，皆是源于情性之真挚，心灵之自然。因而，曹雪芹在对阮籍的思想旨趣或生活情趣有种虽隔世不遇，却惺惺相惜的同时，又与李贽“童心说”有所融合。李贽有《焚书》之作，宝玉有焚书之举，这恐怕不仅仅是巧合。再者，李贽有“夺他人之酒杯，浇自己之块垒”[50]的思想，曹雪芹则有“醉余奋扫如椽笔，写出胸中磈磊时”[51]的画作，二人都是以酒为媒，借助文章或画作来排遣心中郁积着的不平之气。这种跨越时间空间的相知，唯有思想契合的人才能做到。因此可以说，曹雪芹与阮籍、李贽，都是同道中人。

总之，曹雪芹是个性格狂荡不羁，神采超凡脱俗，崇尚真性情，但又敢于讽刺现实的人，同时也是一个令俗世所不容的人。他的这些难以与世俗妥协的卓殊性情，表现在《红楼梦》中，就是以贾宝玉的“女儿论”和“禄蠹”论的形式而出现，实在也是用贾宝玉和众女儿的本真与“鱼眼睛”和“禄蠹”做对比。这些“鱼眼睛”和“禄蠹”是人被世俗同化的状态，也是人之本真在现实中被揉搓磨砺后的异化状态，而这两种状态都是曹雪芹内心深处无法妥协的部分。所以，他的悲苦也在于此。虽然傲然于世，却不能改变什么，辗转流离中，唯有用一部《红楼梦》来表达自我对人生的独到见解和认识。

因此，上至老庄，次至阮籍，再至李贽，都是曹雪芹的隔世知音。虽然关于曹雪芹的资料寥寥无几，但根据其友人的遗作，以及对《红楼梦》中所包含的曹子思想的解读，我们可推知，曹雪芹的思想正是在老庄、阮籍、李贽等人的基础上进一步深入、广博的。《红楼梦》的传承，也必将成为我国道家文化得以相承于后世的一种特殊形式。

注释

①（清）曹雪芹、高鹗:《红楼梦》，人民文学出版社1982年版，第811页。

②同①，第108页。

③冯其庸纂校订定:《八家评批红楼梦》，文化艺术出版社1991年版，第177页。

④同③，第178页。

⑤吕启祥、林东海主编:《红楼梦研究稀见资料汇编》，人民文学出版社2001年版，第526页。

⑥同①，第105页。

⑦同①，第986页。

⑧⑨同①，第982页。

⑩同③，第1804页。

⑪同①，第1031页。

⑫同①，第368页。

⑬同①，第843页。

⑭同①，第205页。

⑮同①，第269页。

⑯朱一玄:《红楼梦脂评校录》，齐鲁书社1986年版，第151页。

⑰同①，第1010页。

⑱同①，第1078页。

⑲李贽:《焚书·续焚书》卷三《童心说》，中华书局2009年版，第91页。

⑳鲁迅:《华盖集·这个与那个》，北新书局1926年版，第170页。

㉑鲁迅:《中国小说史略》，中华书局2014年版，第207页。

㉒鲁迅:《再论雷峰塔的倒掉》，引自《朝花夕拾》，北方联合出版传媒（集团）股份有限公司万卷出版公司2013年版，第140页。

㉓王国维:《红楼梦评论》，引自王国维、蔡元培、高语罕《石头记索隐·红楼梦评论·红楼梦宝藏六讲》，吉林出版集团股份有限公司2016年版，第58页。

㉔同㉓，第54页。

㉕吴铭恩汇校:《红楼梦脂评汇校本》，万卷出版公司2013年版，第1页。

㉖同①，第654页。

㉗同①，第274页。

㉘同①，第473页。

㉙㉛同①，第474页。

㉚同①，第263页。

㉜（清）爱新觉罗·敦诚撰:《四松堂集》，中国环境出版社2005年版，刻本卷五，第14页。

㉝㊻敦诚:《挽曹雪芹》《挽曹雪芹甲申》，见一粟编《红楼梦资料汇编》卷一，中华书局2008年版，第2页。

㉞㊸㊽敦诚:《赠曹雪芹》，见一粟编《红楼梦资料汇编》卷一，中华书局2008年版，第1页。

㉟㊿敦敏:《题芹圃画石》，见一粟编《红楼梦资料汇编》卷一，中华书局2008年版，第6页。

㊱敦敏:《赠芹圃》，见一粟编《红楼梦资料汇编》卷一，中华书局2008年版，第7页。

㊲㊶㊼敦敏:《芹圃曹君霑别来已一载余矣。偶过明君琳养石轩，隔院闻高谈声，疑是曹君，急就相访，

惊喜意外，因呼酒话旧事，感成长句》，见一粟编《红楼梦资料汇编》卷一，中华书局2008年版，第6页。

㊳㊴㊵㊹㊺敦诚：《佩刀质酒歌》，见一粟编《红楼梦资料汇编》卷一，中华书局2008年版，第1页。

㊷敦诚，《寄怀曹雪芹霑》，见一粟编《红楼梦资料汇编》卷一，中华书局2008年版，第1页。

㊾（唐）房玄龄等撰：《晋书》卷四十九《列传第十九·阮籍》，中华书局2000年版，第899页。

㊿李贽：《焚书·续焚书》卷三《杂说》，中华书局2009年版，第91页。

人间有味是清欢

——从贾宝玉“以情悟道”的角度来解读《红楼梦》的“色空”主题

陶飞跃

江苏省江阴市

关于《红楼梦》的主题仁者见仁、智者见智，笔者认为通部《红楼梦》皆为贾宝玉悟道而设。通读《红楼梦》不难看出全书到处弥漫着虚幻无常的凄凉氛围，正如鲁迅先生所言：“悲凉之雾，遍被华林，然呼吸而领会之者，独贾宝玉而已。”[①]本文即以贾宝玉在“悲凉之雾”中的“呼吸”“领会”取道于“情”，来作为《红楼梦》“色空”主题的阐述路径。

一、《红楼梦》“色空”主题的确立

作者在《红楼梦》的第一回中写道：“此回中凡用‘梦’用‘幻’等字，是提醒阅者的眼目，亦是此书的立意本旨。”由此我们有理由相信曹雪芹是在有意且明确地向我们透露一个信息，即《红楼梦》的本旨即是一“梦”字、“幻”字，以及与此属同一范畴的“等”字。尽管“梦幻”的道家“玄”的色彩更浓重一点，但我们知道在《红楼梦》中作者有意将佛、道的概念朦胧化[②]。故而我们可以将这一范畴归结为佛教中的“空”。有鉴于此我们再联系一点，即《红楼梦》通部书都是建立在一个虚无缥缈的神话传说的基础之上的，从而使得“梦幻”的基调更加浓重，“空”的范畴更加明朗清晰。

又，作者在书中言：该书“大旨谈情”。我们知道“情”在佛教中乃是

因“色”而产生的种种虚妄的情感，因而我们可以将曹雪芹“大旨”谈的“情”归结为“色”的范畴。而书中又说到“空空道人因空见色，由色生情，传情入色，自色悟空”，遂改《石头记》为《情僧录》，笔者认为这正是贾宝玉“以情悟道”具体路径的展现，同时也是对“色空”主题的归结。

二、“色空”主题的展开 —— 以情悟道

如果说《红楼梦》的“色空”主题是在一片“悲凉之雾”中展开的，展开的载体是贾宝玉，展开的方式是“以情悟道”—— 在温情当中来体悟人世百态的“无常”。那么具体的过程就应该是：因空见色、由色生情、传情入色、自色悟空。而在此过程中贾宝玉的情感相继发生变化，依次是：情识、情困、情悟、情绝，又分别以痴情、泛情、至情、绝情的样态加以呈现。具体论述如下。

（一）因空见色 —— 宝玉“情识”

“因空见色”是贾宝玉以情悟道的第一环节，在此环节中贾宝玉因意识的初萌，而粗略地领略了“情”的滋味，因为其呈现的样态是荒唐的，故而可定义为“痴情”。

所谓“因空见色”，包含着两层意思：一是因空“见”色，“空”指的是大荒山、无稽崖、青埂峰下的顽石虽禀赋性灵却空空如也，人情百态一无所知；“色”指的是因茫茫大士、渺渺真人点化所触动的凡心，所恋慕的红尘中“昌明隆盛”“诗礼簪缨”“花柳繁华”“温柔富贵”等诸色相。二是因空“现”色，即指禀赋灵性的顽石因“凡心已炽”于“无”中而生“有”（“无中生有之数”），所幻化出来的“宝玉”。

然而，无论是幻化之前的顽石还是幻化之后的宝玉，都已经有了意识的初萌，但是真正领略情之为何物者，还在于第五回作者用梦幻的笔法将诸般色相在贾宝玉面前一一呈现，令其历尽“饮馔声色”，并借警

幻仙子之口让贾宝玉明确了自己“天分中生成的一段痴情”乃千古奇情（“意淫”）。值得深味的是，警幻仙子的初衷本是想让贾宝玉在“饮食男女”中有所醒悟，而渐弃此道，进而“留意于孔孟之间，委身于经济之道”，不期反而让贾宝玉反向认定了自己“乃天下古今第一淫人”[③]，自命“怡红公子”“绛洞花王”。笔者认为这正是贾宝玉“情识”的最佳体现，而贾宝玉被许多夜叉、海鬼拖入迷津更是有着深层的意味，这无疑象征着贾宝玉在情感上陷入追慕风流而无法自拔，从此沐浴在风流与性情交织的雨露之下“呼吸而领会”。而贾宝玉与袭人偷试云雨就是“痴情”所表现出来的样态，同时也是将贾宝玉的“痴情”放到现实层面上来加以展现和落实，让贾宝玉在更加真实的层面上来“呼吸”“领会”，为“由色生情”做好铺垫。

（二）由色生情——宝玉“情困”

所谓“由色生情”者，即指作者将贾宝玉置身于“女儿国”中，面对园中女儿们的风流通脱、华光异彩、真性情的自然呈现，而导致情感泛化，并由此所引发的种种纠结。亦即鲁迅先生所说的“爱博而心劳”[④]的大苦恼。

在第九十一回宝黛互对禅机之前，我们很难比较在贾宝玉的情感上谁占的分量更重，只能说在此之前的贾宝玉是“博爱”[⑤]的，情感是泛化的，是倾注在一切美的形式之上的。这一点曹雪芹借傅家的两个嬷嬷之口清楚地说出，言宝玉“时常没人在跟前，就自哭自笑的；看见燕子，就和燕子说话；河里看见了鱼，就和鱼说话；见了星星月亮，不是长吁短叹，就是咕咕哝哝的”。若再联系第二十四回宝玉见了桃花“落红成阵”遂与黛玉葬花的惜花之情；第五十八回感慨“把杏花辜负了！”，并由“绿叶成荫子满枝”引发对红颜易逝的惋惜。不难看出这些都是贾宝玉对美的真情倾注，然而这些美的形式虽然是以花的样态呈现出来的，但却隐射着大观园中的女儿们，因为在《红楼梦》中，作者正是将女子作为花的生命来塑造的。如果我们沿着这一思路展开，可以说贾宝玉的情感所依托的正是“一切景语皆情语”式的温情氛围，也正是因为此，贾宝玉满眼是“景”，满心是“情”，情感在温情中流于泛化而陷入“博爱”的困境。如第二十一回因宝玉恋慕林黛玉和史湘云而在彼处梳洗，从而引发袭人、麝月的醋意。又如第二十二回宝玉为了调和林黛玉和史湘云之间可能会产生的误会，反而将两人都得罪了。笔者认为作者之所以将两回文字承接得如此紧密，乃是刻意将贾宝玉因泛情、博爱致使情感陷入纠结这一问题明显地暴露出来，让贾宝玉的情感接连受创，从而使得贾宝玉不得不思考“何以会如此”？ 而我们从贾宝玉所续的《南华经》即可以清楚地看到贾宝玉确实在艰难地思考着在风流通脱的朗照下何以安放自己的情感。然而此时他所理解的情感陷入纠结的原因在于“她”而不在于“己”，虽然“焚花散麝”“戕宝钗之仙姿，灰黛玉之灵窍”以及信誓旦旦的“管谁什么相干”“也与我无干”“我是‘赤条条来去无牵挂’”，似乎是他体悟到了“不作狠心人，难成自了汉”，然而却恰恰是他内心情感纠结的大暴露。至于他所作的偈语，更是掩耳盗铃式的自欺，为黛玉一语道破。凡此种种，我们有理由说当下的贾宝玉正陷入情感的纠结难以自拔，但同时也必须指出的是，虽然此时未能超脱，却已朦胧地体会到了一些意味，正如作者借薛宝钗之口说出的“存了这个意思”，为日后继续思考、参悟“一生情感将何以安放”埋下伏笔。

（三）传情入色——宝玉“情悟”

从小说中我们不难看出，贾宝玉由“泛情”达于“至情”，是一个艰难和痛苦的割舍过程，因为在“泛情”阶段，贾宝玉是将真情自然地投放到一切美的形式之上，而到了“至情”阶段则是因真情的放空而无法回融的被迫压缩，虽然最后在林黛玉那里得到回应和落实，但毕竟过程中割舍的烙印还是异常清晰的。

如果要将这一结论在小说中落实，那么首先我们要将目光投射到第三十六回，贾宝玉目睹了龄官对贾蔷的情意缠绵，而对自己却“厌弃”非常、不理不睬之后，深有所悟，一向以获得女儿们的眼泪为“有造化”、死得其所的贾宝玉，此时醒悟到女儿们的眼泪并不是单为了葬自己，自己并不能全得，无奈地说出“从此后只是各人得各人眼泪罢了”。由此我们可以看出，作者是从爱情的层面第一次让贾宝玉的情感接受洗礼，让他初步体悟到“人生情缘，各有分定”。贾宝玉不愧为“情种”，准确体悟、不错不爽，成功地将情感由“泛情”指向“至情”的终极目标。然而在这一问题上曹雪芹并没有将视角仅仅停留在爱情的层面，在亲情的层面上也同样展开了探讨，如在第七十九回贾宝玉“天天到紫菱洲一带地方徘徊瞻顾”见“岸上的蓼花苇叶，池内的翠荇香菱”“摇摇落落，似有追忆故人之态，迥非素常逞艳斗色”，在一片“寥落凄惨”的情景中贾宝玉“情不自禁”地吟出“故人惜别怜朋友，况我今当手足情”。而当贾宝玉听到迎春的悲惨遭遇后向王夫人献策“咱们索性回明了老太太，把二姐姐接回来”就是他所能做出的最有力的挽留了。怎奈“人生情缘，各有分定”，尽管万般的不愿、不忍，亦回天乏术。贾宝玉在经过这两番的困顿之后，深切地体会到了要想超脱只能从自己的情感出发，让情感在回应中得以落实，只有情感得以回融，才能使心灵在无名的“恐怖、颠倒、梦想、缠碍”诸烦恼中得以慰藉。而在此作者又特意让林黛玉来将贾宝玉点破，笔者认为是有着极其深刻的意蕴的，回顾书中贾宝玉曾不止一次地说过林黛玉的性灵比自己强，又言“我虽丈六金身，还借你一茎所化”，不难看出这些都是贾宝玉在心灵深处所做出的对“知己”的指认和悬系情感的落实。至此我们可以说贾宝玉完成了由“泛情”向“至情”的过渡，而“宝玉呆了半晌，忽然大笑道：‘任凭弱水三千，我只取一瓢饮。’”即是在达于“至情”后，所做出的宣言式的结论，而“禅心已作沾泥絮，莫向春风舞鹧鸪”“有如三宝”更是对林黛玉这份至情所做出的至死不渝的承诺。

（四）自色悟空——宝玉“情绝”

如果说寻找到林黛玉这份“至情”是贾宝玉在精神上建立起来的“理想国”，那么曹雪芹的创造性和深刻性还在于他并没有将思想停留下来，让情感沉浸在温情当中自我玩味、自我珍惜，而是很快地将这个贾宝玉赖以生存的精神家园，放到现实的悖谬中遭受冲击，以林黛玉的死和大观园的荒废来向贾宝玉呈现至情的消逝、风流的散尽，在真情遭受危机的悲凉氛围中将贾宝玉的情感陷入苍茫，从而不得不思考人生的意义何在。

在这一过程中，贾宝玉并非一朝悟道，而是渐悟，逐步体悟到荣华富贵、温柔香艳、风流性情与无常的关系，彻底地穷心绝路后进而走向佛的怀抱。如在第九十八回当贾宝玉得知林黛玉已死，“不禁放声大哭，倒在床上”，接而进入“阴司泉路”访寻林黛玉。在此，如果我们联系《长恨歌》中的两句“上穷碧落下黄泉，两处茫茫皆不见”，便不难看出这正是贾宝玉对至情难舍，在精神上做出的向上和向下的苦苦追寻，而第一百零九回中贾宝玉在“候芳魂”时所吟出的“悠悠生死别经年，魂魄不曾来入梦”便是对此所做出的更加明确的展开。然而此时的贾宝玉尚未了悟，“不能撩开”的原因一方面是亲情难舍；而另一方面就是依旧恋慕脂粉香艳。这足以说明此时的贾宝玉仍然没能“打破胭脂阵，坐透红粉关”。而贾宝玉因为丢了通灵玉而迷失本性，也正是贾宝玉对情缘难以割舍，在悟与不悟之间徘徊所表现出来的尴尬。而和尚“送玉”“发问”，所象征的即是佛的点化。终于，在和尚第二次出现的时候贾宝玉彻悟了：“石头”之所以成为“宝玉”，正是因为荣华富贵、温柔香艳、风流性情所包裹，致使本性迷失。所以贾宝玉坚持“还玉”正是彻底的“明心见性”的表现。从此“走出名利无双地，打出樊笼第一关”。

三、"色空"主题的归结

综上所述，我们讨论了贾宝玉"以情悟道"的具体心路历程，即"因空见色、由色生情、传情入色、自色悟空"，而在这一过程中我们不难看出，四个环节既是深入的依次展开，同时又是循环往复的暗接。如果我们将首尾两句连在一起来看，便可一目了然，即"因空见色、自色悟空"。这也就是说，整个过程正是一个"色空"的展开和归结，而"情"不过是充斥其中的一个"桥梁"罢了。换句话来说，贾宝玉"以情悟道"，"情"是具体的载体，是过程的展开；"道"才是"色空"主题的全部内涵和归结。具体就是指：作者让贾宝玉在"悲凉之雾，遍被华林"中"呼吸而领会"，体证到了荣华富贵、温柔香艳、风流性情的"无常"，用和尚来象征佛的点化，在"信了和尚"之前只信"情"，追求"此身甘向情中老"⑥；"信了和尚"之后自绝于"情"，认可"人间有味是清欢"⑦。以"色"的破来作为"空"的立，同时又以"空"作为"色"的诠释及充实的内涵。从而得出：一切有为法，如梦幻泡影，如露亦如电，因作如是观。

注释

①④鲁迅：《中国小说史略》，人民文学出版社1958年版，第193页。

②如在《红楼梦》中，僧、道通常并行出现、结伴而行，贾宝玉也是被僧、道合力点化（见第一回）。且，如果我们根据《红楼梦》的谐音特点，亦可将"一僧一道"理解为"亦僧亦道"。

③书中所谓"淫"者，曹雪芹将其定义为"意淫"，即指"痴情"（见"甲戌影印本"，第155页）。脂砚斋将其解释为"体贴"（见"甲戌影印本"，第155页夹批）。胡文彬在《今古未见之人——贾宝玉之"痴"与"悟"》一文中用欧阳修《玉春楼》中的"人生自是有情痴，此恨不关风与月"来解释贾宝玉的"意淫"（见胡文彬《胡文彬点评〈红楼梦〉》，团结出版社2006年版，第219—220页）。余英时在《红楼梦的两个世界》一文的注（62）中，认为"情又可以叫作'意淫'"（见余英时《红楼梦的两个世界》，上海社会科学院出版社2006年版，第54页）。据此，笔者认为此处的"淫"即可理解为"情"，所谓的"天下古今第一淫人"即是"开辟鸿蒙"的"情种"。（见"甲戌影印本"，第154页。且脂砚斋与此处亦批："非作者为谁？余又言：亦非作者，乃石头耳。"）又，在"蒙府本"中脂砚斋更是直言"宝玉是真情种"（见《红楼梦》四大名著经典汇评本，夹批，山东文艺出版社2007年版，第179页）。

⑤贾宝玉的“博爱”散见在书中。如第十五回在为秦可卿送殡的路上，打尖时偶遇的“二丫头”，宝玉见“迎头二丫头怀里抱着他的小兄弟，同着几个女孩子说笑而来。宝玉恨不得下车跟了他去，料是众人不依的，少不得以目相送”（见“甲戌影印本”，第305—306页）。这是偶遇即此的，而他身边的女孩子更有金钏、鸳鸯、香菱、平儿、晴雯、袭人，甚至于袭人穿红的两姨妹子，更甚至于通过爱“乌”来及“屋”的傅秋芳，而更有胜者，贾宝玉博爱的“情极之毒”乃至于流及宁国府书房中的画美人。

⑥欧阳修:《踏莎行》，见唐圭璋编《全宋词》（第一册），中华书局1965年版，第123页。

⑦苏轼:《浣溪沙》，见毛德富等编《东坡全集》（卷三），燕山出版社2009年版，第1593页。

一片花事付禅心

桃花月球
山东省莱芜市茶业口镇

一

《红楼梦》好看很重要的原因，大概是“草蛇灰线，伏延千里”这一艺术手法的应用。

同一事物（意象）在小说行文中有意无意地反复出现，直到后文关键处才点破，使读者如入迷局，于伏笔、照应、隐喻中关联人事，“众里寻他千百度，蓦然回首”方见通幽处，可谓高妙至极。

而曹公博学杂收，为使红楼大厦仰之弥高，将这一艺术手法叠加应用，多条伏线交错其中，大概是“红学”显耀的诱因。那么从文本信息，细细剖琢这些意象的回环起落，也才可见曹公匠心独具处的深意。

红楼“花”事当是这些伏线中重要的一脉。

《红楼梦》写了很多与“花”有关的故事。

或以“花”喻人，或以“花”造境，或以“花”言事，或以“花谶”预示各人命运结局，作者将“花”的意象附着在一群造历幻缘的红楼儿女身上，以“花”之命运遭际书写人之悲欢离合，最是不惜笔墨。

雷广平先生在《那堪风雨助凄凉 —— 谈〈红楼梦〉是如何通过花来表现悲剧主题的 》有一个数据，他说:“几乎每一章节都有涉猎。整章整节以花为题材的就有二十七回之多 ，二百余首诗词曲赋 、对联匾额 ，百分之六十以上与花有关。”

由此可见“花”事在红楼的比重。而如此费尽笔墨，也就不由人不生疑窦：一朵花里面究竟是怎样的世界？

二

我们知道《红楼梦》是一部将结局提前告诉你的书，是空空道人求仙访道，偶阅石上之书而悟正果传抄于世的，而书中内容是“几个异样女子，或情或痴，或小才微善”的闺阁故事。这样的故事竟让空空道人参透色空法门，那么曹公将“花事”附着在《红楼梦》中的“异样女子”和闺阁事件上，似乎有了“果报花业”、渡尽劫波的深层禅意。

那么，何为“花”？

《大日经疏·卷八》说：“所谓花者，是从慈悲生义，即此净心种子，于大悲胎藏中，万行开敷庄严佛菩提树，故说为花。”

禅宗达摩更是以“花偈”传法。

他说：“吾本来兹土，传法救迷情，一花开五叶，结果自然成”，以“花果”的无常空性，作为契证的法印。

故佛法中“花”华不二，实为一体。大乘佛法道场以“花”之六度（布施、持戒、忍辱、精进、禅定、般若）做修行法门，尤喜世人以“花”供奉；《华严经探玄记·卷一》以“花”之十义（微妙义，开敷义，端正义，芬馥义，适悦义，巧成义，光净义，庄饰义，引果义，不染义）阐述美好；《阿毘昙毘婆沙论》以“花”之十二因缘（无明、行、识、名色、六处、触、受、爱、取、有、生、老死），来譬喻有情众生对各种境界的贪爱、染著和执取。

可见，“花”中世界实为菩提度化。

三

我们且从红楼的第一回说起，看作者如何以“花”来契证红楼女儿的悲情度化。

第一回曹公“花”分两枝，讲了两段故事，一段来自天界，一段起于人间姑苏，着重点出故事的因由前情。

> 只因西方灵河岸上三生石畔，有绛珠草一株，时有赤瑕宫神瑛侍者，日以甘露灌溉，这绛珠草始得久延岁月。后来既受天地精华，复得雨露滋养，遂得脱却草胎木质，得换人形，仅修成个女体，终日游于离恨天外，饥则食蜜青果为膳，渴则饮灌愁海水为汤。只因尚未酬报灌溉之德，故其五内便郁结着一段缠绵不尽之意。

交代了故事的发生实是由慈悲处生意，因“花”而起，芯子里便是禅意。

故僧道二人携补天余石入凡尘时曾说：“携你到那昌明隆盛之邦，诗礼簪缨之族，花柳繁华地，温柔富贵乡去安身乐业”；甄士隐之女名叫英莲，在花灯节走失；贾雨村“风尘怀闺秀”是在娇杏撷花之时，实是花为媒；作为神瑛和绛珠转世的男女主人公宝玉和黛玉，也是以“花”来写，一个是“色如春晓之花”，一个是“娴静时如姣花照水”。

俱都着力于一个“花”字，以花为譬喻。

四

“花业”以“花”为契证，红楼儿女也便由“花”入境。

第五回金钗册页一节，贾宝玉是在会芳园赏梅花时忽有睡意，卧榻之处是在有《海棠春睡图》的房间，入太虚幻境听到的第一首歌诀是以“花”喻众儿女。

> 正胡思之间，忽听山后有人作歌曰：
> 春梦随云散，飞花逐水流。
> 寄言众儿女，何必觅闲愁。

之后，警幻仙子先携贾宝玉去“花容月貌为谁妍”的薄命司，看尽“首冠女子们”的命运册页，再引他闻“异卉之精”制的“群芳髓”香，品“仙花灵叶”之露烹的“千红一窟”茶，饮“百花蕊”制成的“万艳同杯”酒，听以“如花”女子命运谱就的十二种曲，又以“如花美眷”为聘，让其阅尽男女情事，以警其心。

天上人间，“虚”“幻”交叠中皆是以“花”度人，人在“花”中，由“花”入迷局。

五

故第七回，作者以“花”之因缘“十二”之数，来写命运的因缘际会。此处笔法，同样是“花”开两枝，既有天之意，也有人之为。

这一回借薛宝钗之口说事：自小胎里带来了一股“热毒”，巧有海上仙方“冷香丸”得以医治。

> 春天开的白牡丹花蕊十二两，夏天开的白荷花蕊十二两，秋天的白芙蓉蕊十二两，冬天的白梅花蕊十二两。将这四样花蕊，于次年春分这日晒干，和在药末子一处，一齐研好。又要雨水这日的雨水十二钱，白露这日的露水十二钱，霜降这日的霜十二钱，小雪这日的雪十二钱。把这四样水调匀，和了药，

再加十二钱蜂蜜，十二钱白糖，丸了龙眼大的丸子，盛在旧磁坛内，埋在花根底下。若发了病时，拿出来吃一丸，用十二分黄柏煎汤送下。

“花之十二数”，机缘造就，本章又有“宫花十二朵”穿起，再写未尽之数。

薛姨妈说：“这是宫里头的新鲜样法，拿纱堆的花十二支。昨儿我想起来，白放着可惜了儿的，何不给他们姊妹们戴去。”

小小宫花便随周瑞家的一路走来，照见了闺阁生活的艳丽、纯真与闲适。

唯林黛玉最后得了“宫花”，冷笑着派了送“花”人的不是：“我就知道，别人不挑剩下的也不给我。”

众人皆由此黑林黛玉尖刻，但从千般命运来看黛玉这冷笑里，似乎暗藏了曹公对命运造就的一丝抗争，这抗争透过黛玉悠悠的敏感和哀痛展现出来。

这哀痛红楼女儿似乎都有。

六

此后曹公便以“花”造境，于“繁花着锦之盛”里建了一座大观园，写尽“花”事之兴衰胜败。

此园“佳木茏葱，奇花烱灼，一带清流，从花木深处曲折泻于石隙之下……”

元妃省亲，见“园中香烟缭绕，花彩缤纷，处处灯光相映，时时细乐声喧，说不尽这太平气象，富贵风流”，叹息太过奢华。不久，她便令家中诸姊妹与“绛洞花主”宝玉入园居住。

自《红楼梦》第二十三回起，至丢失的残本，这些芳菲儿女们便在这样一个世外桃源里，“或读书，或写字，或弹琴下棋，作画吟诗，以至描鸾刺凤，斗草簪花，低吟悄唱，拆字猜枚，无所不至”。

她们的住处或是奇花异草、或是翠竹环抱、或是梅杏吐芳，皆在花间。她们的生活便附着在不同意义的“花”事上绽放。

七

大观园中转世“还泪”的宝黛之恋也于“花”下开始。

黛玉有“葬花”之癖，又于桃花树下巧遇宝玉。“落红成阵”，宝黛共读西厢，情思撩动。

宝玉说：“我就是个多愁多病身，你就是那倾国倾城貌”。

黛玉说：“原来是苗而不秀，是个银样镴枪头”。

这些言语激起黛玉心中的涟漪，回转潇湘馆经梨香院墙角下时，听“如花美眷”“流水落花春去也”更是暗动离怅。所以怡红院外“苍苔露冷，花径风寒”，她百般纠结，为爱而不得“独立墙角边花阴之下”“呜咽之声”，使“落花满地鸟惊飞”。她的悲伤于来日再次“葬花”之时尽数叹尽。

于是落红无数，落花轻锄，为“红消香断”，为“质本洁来”，黛玉以诗为歌发出“随花飞到天尽头”“花落人亡两不知”的悲凉之音。

宝玉听了这残红之泣，哭倒花阴。所谓知己在侧，不过就是这样的情景。等到“蔷薇花下”他悟得“世间眼泪各有分证”，也才于“花径”之上听紫鹃一席话语，痴呆枯骨。

曾经宝玉体贴地要黛玉等他放学回来，制胭脂膏子；他每有所得必要黛玉先挑；“秋花惨淡”的风雨之夜，他到潇湘馆抚慰黛玉，案上的“秋窗风雨夕”的诗，令他柔肠百转；他理解与生命意识完全相融的诗词创作是黛玉的印记，所以哪怕未署名也能辨别《桃花行》实是黛玉所作，但命运终不能左右，他只有悄悄摸去眼角之泪来做守护。

世间的情起情灭，正如花谢花飞，四时轮回，日日煎熬。

八

暗隐的黛玉之殇，在潇湘馆九曲回肠，但是大观园的天空却也被青春少女们的瑰丽，涂抹得艳丽旖旎。

交芒种节这日，“众花皆卸，花神退位”，她们“花枝招展，更兼这些人打扮得桃羞杏让，燕妒莺”，“设摆各色礼物，祭饯花神”，“或用花瓣柳枝编成轿马的，或用绫锦纱罗叠成干旄旌幢的，都用彩线系了。每一棵树上，每一枝花上，都系了这些物事。满园里绣带飘飞”。

元宵节她们“制灯谜”，猜谜取乐；无事时传“花笺”结“海棠社”；开螃蟹，赏“桂花”也“咏菊花诗”；冬来雪落，也于芦雪广赏雪联诗，去栊翠庵“乞梅”插瓶，将平静的闺阁生活打造得风生水起。

这里凡与“花”有关的人事，都暗涌迭起，皆有深意。白玉钏尝过的“荷叶羹”里，是姐姐投井的血色暗影；莺儿结的“梅花络”里是宝钗的一片闺心；女孩子们编一个花篮，也能引起利益纠纷；“茉莉粉替去蔷薇硝，玫瑰露引来茯苓霜”，怡红院里更是闹剧上演。

但这些烟云来得急也去得快，并未影响红香圃姑娘们各序年庚，开夜宴，占花签。名花有主，宝钗得“牡丹”“艳冠群芳”；黛玉得“芙蓉”“莫怨东风当自嗟”；探春得“杏花”“瑶池仙品”；湘云得“海棠”“香梦沉酣”…… 直至麝月最后得“荼蘼”“开到荼蘼花事了”。

一场“花”之隐喻也便尘埃落定：这世界的春色终是起于慈悲，终于佛之“荼蘼”。

九

恰如“花谶”，红楼的结局很多女孩凋零。但是这凋零里，作者又斜

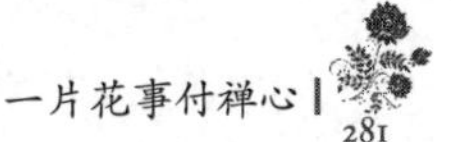

意旁出，另开一枝，写了一个刘姥姥的故事。

> 一面说，一面碧月早捧过一个大荷叶式的翡翠盘子来，里面盛着各色的折枝菊花。贾母便拣了一朵大红的簪于鬓上。因回头看见了刘姥姥，忙笑道："过来带花儿。"一语未完，凤姐便拉过刘姥姥来，笑道："让我打扮你。"说着，将一盘子花横三竖四的插了一头。

刘姥姥满头是花，畅游大观园。前文周瑞家的"送宫花"，不过是浮光落影般地见证闺阁生活的大概，刘姥姥的视角却是深入芯子里，将红楼女儿们美好的外表和精神内在悉数阅尽。

判词说"偶因济村妇，巧得遇恩人"，巧姐的命运转折恰应在她身上。

王熙凤说，她不信"阴司报应"，偏是她有了当世便得业果。恰如刘姥姥所说："花落结个大倭瓜。"

这个倭瓜不美，不雅，平淡，平凡，却真实。

十

巧姐因刘姥姥成为"花"事结局唯一的例外。可叹，"人生本就是业报相尽，无老死亦无老死尽"，红楼亦然。其余众花萎谢。

有花无果，花亦禅心。一朵"花"落，它的花托，总是如佛禅定，禅心朝圣。

红楼女儿的凋零也便警醒世人。

曾经王熙凤走过秦可卿门外，见"黄花满地"，已经提前预示了场景。秦可卿离去时曾于梦中向她警语"三春去后诸芳尽，各自须寻各自门"，俱都慢慢变成现实。

第七十二回，贾府赏中秋，击鼓传"花"，人丁稀少；黛玉湘云于月下吟出“冷月葬花魂”的悲音；薛府更是引进了一枝有毒的“桂花”，搅乱家境，香菱亦成了干血之症……怡红院里的海棠花枯萎了，红楼女儿的萎谢自贾府内部自我抄检开始。晴雯、司棋、入画、芳官、四儿……都走出了大观园的梦境。

无奈上演，“护花使者”贾宝玉没有力量左右。他将晴雯的逝去寄托于“花神”归位，以“芙蓉女儿诔”叠唱翻咏的形式，提前将未来的“花祭”举行。

红楼营造了一个“花境”，做了一场“花梦”，最后埋葬于一场“花事”。

而转念细想之下，也只有“花”的馥丽才可承担起闺阁美好的全部，也只有它表面的灵动、绚丽，颓败后的“轻”与“空”才可比拟群芳流散的生命大悲慨。而以“花”为意象将人的精神和性灵扎成脆薄的浮筏，任巨澜轻易掀翻，也便如花之契证。

未完的结局如有重回太虚“幻”境的意象，便如落英重回枝头，似是圆满了。

《红楼梦》中的佛心道情

喜 石
上海市浦东新区

女娲炼石补天，单余一块未用，弃于青埂峰下。石兄灵性渐通，嗟悼之际，一僧一道远远而来，生得骨格不凡，丰神迥异，正是茫茫大士与渺渺真人。

石兄央两位仙师携其至红尘中受享一番，两仙师却齐憨笑，“到头一梦，万境归空，到时谁舍谁收”？

花柳繁华地，温柔富贵乡。红尘旖旎，恩怨纠缠。

宝黛自幼承欢于贾母膝前，言和意顺，略无参商，亲密友爱，与众不同。

宝玉衔玉而生，集万千宠爱于一身，然心性宽和仁厚，少有分别心。视姊妹兄弟尊长仆佣皆出一意，并无主仆亲疏之别。

黛玉风露清愁，喜静，爱独，洁身自好，不乐群处。从扬州至金陵，自小国寡民的纯粹之态流放至热闹富贵之市井红尘，以凤凰翔毕落地的轻盈与庄重，“不肯轻易多说一句话，多行一步路”。

宝玉心中，我愿无穷，爱众生，不独林妹妹，不独园中姐妹，不独花鸟虫鱼。

黛玉意中，你好我便好，你失我亦失。心心念念，唯一人耳。你即是我，我即是你。

宝玉爱博而心劳，宽泛的爱意形成一道又一道的波涛，而波涛的中央唯独一个妹妹。“凭他是谁，除了林妹妹，再不许姓林的来！”

世人都责黛玉心眼小，实非心眼小，而是心深意阔。不管他人随分从时抑或随波逐浪，独她将心安于波涛之下的深深海底，静水流深，海面的波涛于她只是小小浪花。“我为的是我的心”，为了守住这颗心，不惧风刀霜剑严相逼。

宝玉慈心悲怀之下，不懂世间仍有恶，不懂为何女孩儿未出嫁，“是颗无价之宝珠，出了嫁，不知怎么就变出许多不好的毛病来，虽是颗珠子，却没有光彩宝色，是颗死珠了，再老了，更变的不是珠子，竟是死鱼眼睛了”。但他仍罪责于己，“这些人只一嫁了汉子，染了男人的气味，就这样混帐起来，比男人更可杀了！”

“孤标傲世偕谁隐，一样花开为底迟”，黛玉的口齿噙香、临霜高情，当也属举世无谈者，谁懂解语花了。好在有他，“你皆因总是不放心的原故，才弄了一身病。但凡宽慰些，这病也没得一日重似一日”。闻声救苦，有求必应，佛心也。

书中第一回即云，及至几世几劫之后，空空道人访道求仙，从青埂峰下经过，再遇石兄，石上字迹分明，编述历历。遂从头至尾抄录回来，因空见色，由色生情，传情入色，自色悟空，由道而佛，易名情僧，改《石头记》为《情僧录》。再假曹雪芹之手，于悼红轩披阅十载，增删五次，纂成目录，分出章回，题曰《金陵十二钗》。

众人皆知，真事隐去，故曰“甄士隐”，而此句之先，“作者自云：因曾历过一番梦幻”句，“梦幻”者，何为？

再见僧道，乃于甄士隐梦中。士隐听及两仙谈及三生石畔绛珠草与赤瑕宫神瑛侍者之缘、与绛珠草修成女体起还泪之愿，亦是慧根深具。梦醒之时，即遇癞头僧与跛足道，僧人更是直要他舍了有命无运的苦英莲，此时，英莲年方三岁。士隐他日亦随了跛足疯道人去了，他乡是他乡，终于返故乡。

同样三岁之时，黛玉家中亦来一癞头和尚，欲化其出家，其父母固是不从，故而她的病“一生也不能好的了”。

而宝钗从胎里带出来的一股热毒，亦赖专治无名之症的秃头和尚，给了其海上方，即大名鼎鼎的“冷香丸”，方有些效验。

宝玉也是自小娇弱，玉上镌有癞头和尚之篆文，“莫失莫忘”者，初心也。空无所得，方能“仙寿恒昌”。既名“通灵宝玉”，若灵气受蔽，则邪祟生耶。

可见一堕红尘，业力流转之病，远非凡医可治。

当日宝玉与姑娘们怄气，欲“焚花散麝”“戕宝钗之仙姿，灰黛玉之灵窃”，只因“彼钗、玉、花、麝者，皆张其罗穴其隧，所以迷眩缠陷天下者也”。

黛玉读之，又气又笑，续曰:“不悔自己无见识，却将丑语怪他人。”黛玉读懂了宝玉怨怪外因的初识之陋。

宝玉依旧深陷于群芳旋涡，初识“赤条条来去无牵挂”之味，大哭而书曰:“你证我证，心证意证。是无有证，斯可云证。无可云证，是立足境。”这可爱的孩子“写毕，自虽解悟，又恐人看此不解，因此亦填一支《寄生草》，也写在偈后。自己又念一遍，自觉无挂碍，中心自得，便上床睡了”。此时他的烦恼仍自外而起、并求诸外。

而他企图斡旋的钗黛湘袭早已和好如初，主动上门来打机锋:“无立足境，是方干净。”这确是黛玉所思所语，外求不如内求。而宝玉之“无我原非你，从他不解伊”，也果将“无事忙”之名落了实。

袭人规劝宝玉不可再毁僧谤道的，果如此乎？

文末宝玉雪地拜别贾政，为一僧一道夹持而去，贾政于众细述三见僧道之缘，先前以为宝玉果真有造化，有高僧仙道护佑。“岂知宝玉是下凡历劫的，竟哄了老太太十九年！ 如今叫我才明白。”明明是哄他自己十九年，却偏要抬出个老太太，赤裸裸的心口不一，尚是书中人的心口不一。

又有第一一八回，“惊谜语妻妾谏痴人”一节，宝玉以“尧舜不强巢许，武周不强夷齐”驳宝钗之“古圣贤原以忠孝为赤子之心，并不是遁世离群无关无系为赤子之心”，至于袭人之“至于神仙那一层更是谎话，谁见过有走到凡间来的神仙呢”一席话，“宝玉听了，低头不语”。鸡同鸭讲，低头不语倒也贴切。只是其后，“那宝玉拿着书子，笑嘻嘻走进来递与麝月收了，便出来将那本《庄子》收了，把几部向来最得意的，如《参同契》《元命苞》《五灯会元》之类，叫出麝月秋纹莺儿等都搬了搁在一边”。

想前八十回，原作者俱都化为书中百千人，一一说话各各行事，而不露自己痕迹。及至八十回后，掉书袋、显学问，续作者痕迹忍不住于文中一显再显，跳跶不迭，同了宝玉“恐人看此不解”而作的《寄生草》曲子一般，陷入“你证我证”之状，岂不“胶柱鼓瑟”？ 这是作书人的心口不一了，且当别话。

一部《红楼梦》，自石兄无才补天、红尘历劫，借诸仙与雪芹之手，最终以未完而完结。

亦如宝黛之情，以不了而了之，成就大情。

情情，情众生。

情不情，情至深处，众生无解，更似无情。

不情者，乃专也，一即众也。

从物质到精神 ——略论四大名著的悲剧色彩

刘中山
张掖市民乐县第三中学

余秋雨先生在散文《废墟》中写道:“中国历史充满了悲剧，但中国人怕看真正的悲剧，最终都有一个大团圆的结局，以博得情绪的安慰，心理的满足。只有屈原、杜甫、曹雪芹、孔尚任、鲁迅、白先勇不想大团圆。他们保存了废墟，净化了悲剧。”其实细细品味，中国古代文学史上除了屈杜曹孔诸人的作品，具有悲剧精神和悲剧意味的作家作品还有很多，被誉为四大名著的《三国演义》《水浒传》《西游记》《红楼梦》所具有的许多共性之一，就是其故事内涵都充满了深刻的悲剧色彩。所谓悲剧性，用鲁迅先生的话说，就是把人生有价值的东西毁灭给别人看。换言之，就是在文学作品中一边创造真善美的形象，一边又无情地撕毁它。

一

《三国演义》贬曹褒刘，加重刘蜀在三国历史语境中的分量，大量的笔墨用于刘蜀一脉人物的刻画与塑造上。后人评三国人物形象塑造，有“智绝、义绝、奸绝”的“三绝”之论。然，终其一书，“奸绝”曹操，乃小说里的反面角色，虽令《三国演义》的读者恨得牙痒痒，但终成为乱世奸凶、治世能臣，占据整个北方，挟天子以令诸侯，一时天下无人可与之交锋，邪终压正，成为一段历史的隐痛。纵观曹操一生，他始终未敢称帝，一统华夏成梦，其人生之悲剧充满了强烈的政治色彩。“义绝”身首异处，殒命疆场;“智绝”呕心沥血，未捷先死。诸葛亮的去世，成为继刘备崩殂后刘蜀由盛转衰的又一个重要转折点，也是三国英雄传奇由悲壮转向悲怆的转折点。蜀终亡于魏后，刘备、诸葛亮的人生悲剧，自然上升为家国悲剧。

两起悲剧的大潮次第退落，在唏嘘不已里，读者又看到一起更大的悲剧之潮铺天盖地而来，那就是曹魏不幸祸起萧墙，被司马氏暗算。可见，“义绝”“智绝”“奸绝”之悲剧，终究是人生悲剧，是有价值的人无法实现其人生价值，最终为自己的人生价值陪葬的悲剧。在这样一个风起云涌的大时代里，人们只关注时事所造就的最终的英雄，如曹魏之灭蜀吴，司马氏之篡魏，才是真正之大悲剧，也是《三国演义》这部书要表现的悲剧主题。这是个人、家国与时代相交织的政治悲剧，在这场大悲剧里，一切有价值的，一切无价值的，一切的一切，注定都只有一个结局，那就是毁灭！

二

提到悲剧的毁灭性，那就必须提到《西游记》。尽管整本书取材于玄奘取经，但玄奘及其经历，已退居于线索地位。更多的笔墨集中于神魔世界，可以说其主旨更倾向于凡人（神魔）所面临的“一念即佛（神），一念即魔”的困境，这无疑有明显的教化意义。其实按佛家的观点“凡所有相，皆是虚妄”，凡执着于“神”与“魔”，都是着了相，“是故所见诸相非相，即见如来”。从这个意义上讲，孙悟空正是经历了这样一个看似虚妄的观念世界的打压和围剿，才终究成为观念世界里的“佛”。孙悟空由魔成佛的经历，正是天性一点点被扼杀，人对自由的追求一点点萎缩，人对不合理现实的反抗一点点被镇压，人对梦想的一点点远离与抛弃。从被压五行山到师从唐三藏，从诳戴紧箍到成为斗战胜佛，其在观念世界的身份越确定，其作为天地之灵的天性越削弱。

这是典型的个人悲剧，比突遭横祸式的生命悲剧更深刻，更具有普

遍性；更重要的是，《西游记》把目光从政治舞台转移到人之天性上，是人之天性毁灭之悲剧！

三

《水浒传》与《红楼梦》的悲剧意义有相似的地方，就在于这两部小说所反映的基本是现实悲剧，远离了庙堂之上运筹帷幄的神秘和神魔世界变幻莫测的神圣，显得更接地气，充满了人间的烟火气。

《水浒传》反映的是每一个具体的人的生存悲剧，这种悲剧是特定时代特定历史环境里人如何才能生存的悲剧。具体而言，在这样的时代，要么放弃反抗等屠戮，要么通过反抗求生存，总之，《水浒传》是一部关于反抗的悲剧。

具体来说，《水浒传》所呈现的世界里，不反抗是死，譬如林冲，妻子被高衙内调戏，忍；自己被朋友陆安出卖，忍；自己被董超薛霸恶意烫脚，忍。可这一切忍却换不回一份平淡的安定的生活，在草料场虽未烧死，罪亦当诛。反抗亦是死，譬如江南方腊，占据江南，猛将如云，勇士无量，反抗的可谓彻底而坚决，虽然小说未直接提及此次起义的原因，但通过杨志等十制使押运花石纲亦暗暗指出，正是由于统治者的横征暴敛激发了此次反抗行动，但这次反抗终究还是被梁山人马给镇压。反抗后受招安亦是死，譬如宋江，与方腊同样是官逼民反，却费尽心思走上了受招安之路，与之互相厮杀，两败俱伤，更加悲怆的是，获胜者宋江最终被高俅等人阴谋下毒而死，令招安之路亦成为死路。被反抗者呢，则推行“顺我者昌，逆我者亡”的原则，拉拢和屠杀两手抓，两手都很硬，但综观一部书，发现这些被反抗者亦没有什么出路，顺我者可能会死于逆我者之手，譬如蔡九，譬如高廉；那些高高在上暂时的得势者们，亦逃不脱历史的惩罚（徽宗蔡京之类），与他们的惩罚同时到来的，还有整个国家所受的惩罚（历史维度）。

四

当然，从悲剧的深刻性和广泛性来讲，《水浒传》还远远未能达到《红楼梦》的境界。《红楼梦》虽表现的也是人的悲剧，但这种悲剧意味远远超过了生存层面。《红楼梦》里的人物大多不会有生存层面的危机，因为生存是寻求物质保障和生命安全，刘姥姥那样的赤贫人家显然不是小说要着力刻画的人物。四大家族占据了巨大的社会资源，无论是政治上还是经济上都是显赫一时。这样的大富人家该是当时社会里贫寒家族所奋斗的目标，譬如家族已经没落的贾雨村。

在这样的家族里，往往“一荣俱荣，一损即损”，评议者往往习惯用这八个字来评价四个大家庭，但这八个字事实上也代表了一个大家族内部的生存境况。家庭是由家庭成员构成的，家族的兴衰离不开家族的每个成员的人生故事，可以说他们每个人的命运都与家族命运息息相关，正如纪伯伦说：“假如一棵树来写自传，那也会像一个民族的历史。”我们查看《红楼梦》中四大家族的子弟的生存状况就会发现，大家族成员内部精神的危机，显然超过了生存的意义。

许多论者的目光仅停留在《红楼梦》浅层次的即生存层面的悲剧意味上，譬如宝黛爱情的悲剧，归因为社会环境（贾家家长）所不允许。事实上，从宝黛相恋的过程来看，二人已经从大时代里以貌取人、以家庭门第取人的桎梏中挣脱出来，走进各自的心灵世界，共同构建出已经存在的且独立于世俗世界的一个理想世界。这个世界并不遥远，它就存在于此时此刻。同时，这份感情也从现实存在的男女关系即皮肤淫滥中挣脱了出来，自然、纯洁而异彩纷呈。婚姻绝非这份情感的终极目的，这种灵魂伴侣和精神知己本就存在于当下。这种精神上的追求内在于两人的心灵世界，不像是李逵恼了提板斧砍人那样具有可操作性。如鲁迅所言，他们始终面临的是一个无物之阵，他们找不到敌手，但始终被团团围绕的敌手的阴影所笼罩。这就涉及他们所生活的国度、时代、文化、礼俗

等方方面面的内容。个人与国度、时代、文化、礼俗即整个生存大环境产生了巨大的冲突，令这份追求本身就如飞蛾扑火一般，意味着牺牲和死亡。这是一份早于这个时代产生，却在这个时代灭亡之后还不一定产生的感情。因此，这种感情存在，本身就是一种悲剧，就像莲盛放于严冬，雪怒飞于盛夏，美丽的诱惑与死亡的威胁同在。

再如，一些论者认为贾府由盛转衰的悲剧是《红楼梦》主要表现的悲剧，且列举了许多导致衰落的原因，其实这些原因细究起来，更像是大家庭衰落时家族成员的表现，比如铺张奢侈，比如道德败坏，比如争权夺利，等等，这种种表现，孙绍振先生归结为贾府男性接班人的精神危机。这种精神危机表现为“既没有道德，又没能耐，更没有责任感”[①]。这种理解显然更加深刻，可是说到底，贾府接班人的精神危机何以产生却仍然没能点明。

如果说宝黛爱情的悲剧的根本原因是太超前，超越当时的时代，那么贾府产生衰败的危机的原因，则是合府上下人等沉湎于现实的富有，从而丧失掉了生存的危机感，用孟子的话叫作“生于忧患，死于安乐”。小说所写的时代正是贾府走向鼎盛的时代，安逸享乐成为整个大家庭的主旋律。这个时代的贾府就是一锅温水，温水里挤满了享乐的青蛙。

先看主子们，贾敬一心当神仙；贾珍父子一味高乐；贾赦虽袭官，却终年在家，嗜好收藏小妾和古董；至于贾政，第四回有如下文字：

> 虽然贾政训子有方，治家有法，一则族大人多，照管不到这些；二则现任族长乃是贾珍，彼乃宁府长孙，又现袭职，凡族中事，自有他掌管；三则公私冗杂，且素性潇洒，不以俗务为要，每公暇之时，不过看书着棋而已，馀事多不介意。

从这段文字可以看出，此人“治家有法”徒有虚名，家中诸事根本不管也无能力可管。

主子们的精神意志的衰退，与家业的逐渐兴隆密切相关，这种生活态度自然也传递给奴才们，一个重要的表现就是贾府虽屡屡禁止下人们赌酒耍钱，但下人们赌酒耍钱的行为却屡禁不止。之所以会出现这种原因就在于，在主子们最好的时代，也是下人们最好的时代，主子有资财享受生活，奴才也有资财耍钱取乐——这样的时代，享受生活似乎成为一种共识，花钱如流水恰恰是身份与地位的象征。贾府的衰败只是表象，贾府合府上下精神的萎缩腐朽和没落才是作者要着力表现的内容。

从这种意义上讲，贾府的兴衰的悲剧性就具有样本意义，它已经超越了小说中的贾府，成为中国历史上一切大家族的一个缩影。“月满则亏，水满则溢”，这本是自然规律，然而中国历史上一切大家族何以总会走向“登高必跌重”的老路？曹雪芹明智地绕开了前三部名著对外在世界完全的否定和批判，而是把目光敏锐地投入人的精神世界。他深刻地察觉到随着物质世界的衰落过程，在人物的精神世界也在发生着生动而细致的变化：一方面是精神世界的萎缩腐朽没落，另一方面是新的精神萌芽的生发。曹雪芹的目光始终关注着浮冰之下深邃的人的心灵世界，完成了对前三部名著从外在世界索取生存价值的超越。因此，《红楼梦》的深刻不仅仅停留在社会哲学的层次，更指向构成这样的大家庭的每一成员的心灵深处，重在探究人的精神世界颓塌的根本原因。

综上可知，《红楼梦》的悲剧性超越了前三部名著所表现的形而下的“人的悲剧”，即从重在表现人对物质世界的追求中产生的困境和悲情，上升为一种对精神世界的病态现实的探询，亦即人的精神力量何以在物质世界萎缩与何以从物质世界超越的问题，从而具有了普遍性的哲学意义。

四大名著所表现出来的悲剧，各具风貌，各具特色。四部书所涉及的内容，由个人而家国，由人生而政治，由个体而群体，由江湖而庙堂，由黎民而奸凶，由凡人而神魔，由现实而神话，由物质而精神……可以说涉及了我国古代生活的方方面面、深深浅浅，共同构成了我国古代人民命运的悲怆交响曲。

注释

①孙绍振:《〈红楼梦〉中男性接班人的危机》，“名作欣赏”微信平台，2017年1月12日。

贾宝玉到底反不反儒

——论贾宝玉对儒教态度的复杂性

孙龙飞
上海市长宁区

很多人认为，贾宝玉是一个反儒的人物，而实际上这种看法并不准确。说贾宝玉反儒，主要原因是其对于情，尤其是男女之情持一种高度肯定的态度。

在《红楼梦》中，贾宝玉作为主人公是特立独行的，堪称是诗礼贵族之家的异端和叛逆。作者甚至为他量身打造了一套价值系统，这套价值系统即是第二回贾雨村所言的“正邪两赋”。在这套价值系统里，正邪两赋之人“上则不能成仁人君子，下亦不能为大凶大恶。置之于万万人中，其聪俊灵秀之气，则在万万人之上；其乖僻邪谬不近人情之态，又在万万人之下”，按照这套系统而言，贾宝玉正属于生于公侯富贵之家的情痴情种。

另外，在《红楼梦》的世界中，司风情月债、掌女怨男痴、相机布散相思的是一位类似于爱神的警幻仙子。第五回贾宝玉神游太虚幻境之时，看到了薄命司诸女子的命运图册，根据脂批的透露，在《红楼梦》的末回会有一个警幻情榜，情榜中除贾宝玉之外其他都是女儿，其判词均涉及该人物身上“情”这方面的特质。正如作者所说，本书的创作是要为闺阁昭传，“闺阁中自历历有人，万不可因我之不肖，则一并使其泯灭”。

这种描写思路即站在了肯定情欲的角度，论述这些闺阁中人因其有情，故而能见识行止胜于作者。而这与朱熹“人之一心，天理存，则人欲亡；人欲胜，则天理灭，未有天理人欲夹杂者”[①]的理论颇为凿枘，也就与宋明理学的“存天理，灭人欲”之说产生了对立。

不过，贾宝玉对于情的肯定虽然有悖于程朱理学，但犹离陆王心学不远，如王阳明也曾说过“七情顺其自然之流行，皆是良知之用”[②]。但贾宝玉身上对欲的肯定倾向即使是在陆王心学范畴内也找不到位置，更何况他还有相当一部分的观点是儒学没有涉及甚至直接与儒学相抵牾的。例如，在第三十六回中的一段话：

> （宝玉）笑道：“人谁不死，只要死的好。那些个须眉浊物，只知道文死谏，武死战，这二死是大丈夫死名死节。竟何如不死的好！必定有昏君他方谏，他只顾邀名，猛拼一死，将来弃君于何地！必定有刀兵他方战，猛拼一死，他只顾图汗马之名，将来弃国于何地！所以这皆非正死。”袭人道：“忠臣良将，出于不得已他才死。”宝玉道：“那武将不过仗血气之勇，疏谋少略，他自己无能，送了性命，这难道也是不得已！那文官更不可比武官了，他念两句书汙在心里，若朝廷少有疵瑕，他就胡谈乱劝，只顾他邀忠烈之名，浊气一涌，即时拼死，这难道也是不得已！还要知道，那朝廷是受命于天，他不圣不仁，那天地断不把这万几重任与他了。可知那些死的都是沽名，并不知大义。比如我此时若果有造化，该死于此时的，趁你们在，我就死了，再能够你们哭我的眼泪流成大河，把我的尸首漂起来，送到那鸦雀不到的幽僻之处，随风化了，自此再不要托生为人，就是我死的得时了。”

在这段描述中，贾宝玉强烈抨击了儒学传统所推崇的“文死谏，武死战”，并且明确宣称“情死”要优于“沽名而死”。而贾宝玉又时常对“仕途经济”露出反感之态，说读书上进之人皆是“禄蠹”，这些无疑也都表现出贾宝玉对儒学的不满。

细究贾宝玉对儒学不满的根由，则跟他的人生经历息息相关。在《红楼梦》中，贾府虽是钟鸣鼎食之家，但也可算得上是书香门第，第十九回借袭人之口讲“我家代代读书”，而书中也屡次表示贾政酷爱读书，贾兰甚至贾环在举业方面都高过了贾宝玉。自然这里的书指的就是四书五经尤其是朱熹注解的四书五经，而这些儒门子弟，却是一代不如一代，书中对于贾敬、贾珍、贾蓉、贾赦、贾琏等形象的塑造往往是反面形象。

贾宝玉对于这种污浊世界是颇为不满的，这也就导致了他烧书、痛骂等行为的产生，《西江月》所谓“行为偏僻性乖张，那管世人诽谤”正是贾宝玉不满心态的反映，这种心态与明末学者李贽颇为相似，李贽也曾讲过“今世俗子与一切假道学，共以异端目我，我谓不如遂为异端何如”③。

然而，必须要指出的是，儒学是一个相当大的概念，即使是在儒学内部，也存在相互对立的学说，最典型的莫过于宋明以来的程朱理学之争及陆王心学之争。而无论是陆九渊、王阳明、李贽还是贾宝玉，或者是与曹雪芹同时代的对程朱理学颇有微词的袁枚、戴震，说他们是反儒都不合适，他们的思想确实不是正统的程朱理学，但是却是以同样的儒学眼光看到了现实中程朱理学的无力与虚伪而产生不满与困惑，进而去寻求解答。贾宝玉虽然不像陆九渊、王阳明、李贽、戴震一样形成了一套完整的、完善的思想体系，但从《红楼梦》一书观之，足以知其思想的范式（paradigm）依旧是儒学的范式。

诚然，贾宝玉是反科举的，这种反对主要针对两个层次，其一，是以朱熹所注的四书为纲未必正确，贾宝玉虽然未必像李贽一样反对“以孔子之是非为是非”，却毫无疑问是反对以朱熹之是非为是非的，正可谓“都是前人自己不能解圣人之书，便另出己意，混编纂出来的”“更有时文八股一道，因平素深恶此道，原非圣贤之制撰，焉能阐发圣贤之微奥，不过作后人饵名钓禄之阶”。其二，通过科举选出来的官吏未必是德才兼备的人才，甚至不止选不出名臣循吏，反而是产生大批的贪官污吏，如

第三回里，贾雨村说到“事关人命，岂可因私而废法”时，门子听了冷笑道：“老爷说的何尝不是大道理，但只是如今世上是行不去的。”而于举业一途强于贾宝玉的贾环，其人品恶劣，尤为不堪，可见科举与人格高低并没有多强的相关性。

而科举仕途之人道德的日渐沦丧，其危害性较之一般人则更为猛烈，正如王阳明所说：

> 盖至于今，功利之毒沦浃于人之心髓，而习以成性也，几千年矣。相矜以知，相轧以势，相争以利，相高以技能，相取以声誉。其出而仕也，理钱榖者则欲兼夫兵刑，典礼乐者又欲与于铨轴，处郡县则思藩臬之高，居台谏则望宰执之要。故不能其事则不得以兼其官，不通其说则不可以要其誉。记诵之广，适以长其敖也；知识之多，适以行其恶也；闻见之博，适以肆其辨也；辞章之富，适以饰其伪也。④

贾宝玉所接触到的士人中正多是这种利欲熏心、言辨而伪、才足以济恶之人，其对现实的不满也就在情理之中了。

在贾宝玉的成长过程中，儒学的浸润是其学习生活中最重要的一部分，书中第七十三回几乎用一个完整的“书单”的形式向我们列明了其儒学学习的主要成果：

> 如今打算打算，肚子内现可背诵的，不过“学”“庸”“二论”，是带注背得出的。至上本《孟子》，就有一半是夹生的，若凭空提一句，断不能接背的；至“下孟”，就有一大半忘了。算起“五经”来，因近来作诗，常把《诗经》读些，虽不甚精阐，还可塞责。别的虽不记得，素日贾政也幸未吩咐过读的，纵不知，也还不妨。

> 至于古文，这是那几年所读过的几篇，连“左传”“国策”“公羊”“谷梁”汉唐等文，不过几十篇，这几年竟未曾温得半篇片语，虽闲时也曾遍阅，不过一时之兴，随看随忘，未下苦工夫，如何记得。这是断难塞责的。
>
> 更有时文八股一道，因平素深恶此道，原非圣贤之制撰，焉能阐发圣贤之微奥，不过作后人饵名钓禄之阶。虽贾政当日起身时选了百十篇命他读的，不过偶因见其中或一二股内，或承起之中，有作的或精致、或流荡、或游戏、或悲感，稍能动性者，偶一读之，不过供一时之兴趣，究竟何曾成篇潜心玩索。

从这份特殊的“书单”来看，儒学经典中贾宝玉可以背诵《大学》《中庸》《论语》及朱子注解，于《诗经》颇有造诣，《孟子》则掌握不深，《尚书》《春秋》《周易》《礼记》四经较为生疏，熟读的古文有几十篇，通读的更多。这样的儒家典籍阅读量对于一个不满十五岁的少年来说应当说是相当庞大的。当然，这些入学典籍也会自然而然地对贾宝玉世界观的形成造成巨大影响。

必须承认，从这份“书单”来看，贾宝玉对于科举持有明显的强烈反对态度。然而反对科举亦不等于反对儒学，对于科举尤其是其八股文形式的考察方式早已有人认识到其弊端，自隋唐以降，各朝士人对于科举均有反思，但大的趋势却是在通过不断更正科举制度中暴露出来的问题，从而不断完善科举制度。

就贾宝玉而言，其对儒学的肯定屡屡见于书中，如在第三回，林黛玉进贾府，宝玉笑道：“除《四书》外，杜撰的太多。”第十九回，借袭人之口言，除“明明德”外无书，都是前人自己不能解圣人之书，便另出己意，混编纂出来的。第二十回言，孔子是亘古第一人。第三十六回，宝玉除四书外将所有的书一焚而尽。

从以上描写中，可知贾宝玉虽有魏晋遗风，尚有尊孔之心，犹不敢像同为“正邪两赋之人”的嵇康那样“非汤武而薄周孔”。贾宝玉如此痛恨后人妄解圣人，绝非批判孔孟，而是感叹后人误读了孔孟，痛惜贾雨村之流大言孔孟而仁义全无。贾宝玉这种肯定孔孟而否定后人的观点，较李贽所批判“咸以孔子之是非为是非，故未尝有是非”(《藏书·世纪列传总目前论》)的观点尚有不及。故贾宝玉对当时儒教之逆反，更像是一种原教旨主义。贾宝玉出现这种态度是其对于现实中种种阴暗现实的一种反应。

不过，即使是对于程朱理学，曹雪芹也不敢从逻辑、价值等维度展开正面批判，作为作者，曹雪芹虽然站在客观角度刻画了贾雨村的不法、贾政的古板，却又依旧借贾雨村之口把“周、程、张、朱”放在了“大仁”之人之列。再如第五十六回，“敏探春兴利除宿弊，时宝钗小惠全大体”中写道：

> 宝钗笑道：“真真膏粱纨绔之谈。虽是千金小姐，原不知这事，但你们都念过书识字的，竟没看见朱夫子有一篇《不自弃文》不成？”探春笑道：“虽看过，那不过是勉人自励，虚比浮词，那里都真有的？”宝钗道：“朱子都有虚比浮词？那句句都是有的。你才办了两天时事，就利欲熏心，把朱子都看虚浮了。你再出去见了那些利弊大事，越发把孔子也看虚了！”

这一段描写仍是借宝钗之口赞扬朱熹之文并无虚比浮词而皆有济世之用，并认为“学问中便是正事。此刻于小事上用学问一提，那小事越发作高一层了”。从而站在形而上的高度肯定了朱熹。

通过以上的论证，可以看出，《红楼梦》所体现的思想是复杂的，无疑，其中蕴含有不少传统儒学没有涉及，甚至与儒学相违背的东西，尤其是在对情与欲的肯定方面。但是虽然贾宝玉这个角色内部有一定反儒的因子，但是在根本的价值观方面仍没有离开儒学的范畴。

需要指出的是，一个时代的人总会有其时代局限性，再伟大的人也不会超出他的时代太远，即使是当今也不例外。儒学作为传统中国社会的基本意识形态，对于中华文明的塑造发挥了巨大的历史作用，当然也暴露过种种问题。而曹雪芹通过贾宝玉这一角色的塑造，来展开他对现实的反思，对儒学的反思，这虽然与李贽、戴震等哲学家的思辨之路不同，但依然有着伟大的意义。虽然贾宝玉不是一个反儒学的斗士，但并不是只有反儒学才具有进步性，更不是只有反儒学的才是经典的。曹雪芹正是以其丰富的阅历、充沛的感情、出色的文笔塑造了贾宝玉这一经典的立体的人物形象，从而使《红楼梦》得以立于全人类文学的不朽之林。

注释

①（宋）黎靖德编:《朱子语类》（第一册），中华书局1994年版，第224页。

②（明）王阳明撰，邓艾民注:《传习录注疏》，上海古籍出版社2012年版，第240页。

③（明）李贽撰，陈仁仁校释:《焚书·续焚书校释》，岳麓书社2011年版，第28页。

④同②，第116页。

情到深处人孤独

——谈宝黛爱情中的孤独感

王玉玉
中国艺术研究院电影学研究生

宝黛不管是作为下世为凡的神瑛侍者与绛珠仙子，还是作为贾府的继业者与外孙女，有一点不可置疑：彼此视对方为佳人良偶，意欲成就一段圆满婚姻。然世间之事竟“但愿不如所料，以为未必竟如所料，却每每恰如所料的起来”，贾宝玉不得与林黛玉结成连理，反与金玉良缘的薛宝钗“齐眉举案”；林黛玉终究只得以绛珠仙子的身份，“偿还得”神瑛侍者的灌溉之恩惠后而重返离恨天，最终宝黛的爱情以生死相离的痛苦悲剧收场。其实，爱情的痛苦本质还有另外一个表现，情到深处人孤独，即爱情会给恋爱主体带来一种深刻的孤独感。

一

“都道是金玉良姻，俺只念木石前盟。空对着山中高士晶莹雪，终不忘世外仙姝寂寞林。”恋爱中的贾宝玉和林黛玉都是孤独的。在《红楼梦》中，尽管林黛玉和贾宝玉“木石前盟”的儿女真情，是在两小无猜中自然生成的；他们爱情炽热的发展，又是在大观园共同生活的环境中自然培植起来的。但是这两情之间在生成发展中经常出现曲折和波澜，有喜，有悲，有试探，有猜疑，有口角，有“悲寂寞”，甚至像“情重愈斟情”的爆发，或者是像“慧紫鹃情辞试忙玉”那样的轩然大波。然而，再回首宝黛相恋的过程，种种矛盾纠结，喜、怒、忧、伤、悲、痛、惊的情绪跌宕无一不与欲望相关。因爱便有所求，恋爱双方都希望对方方方面面都与自身的愿望相符，稍有违背，烦恼痛苦就会产生，孤独感就会随之而来。

恋爱中的人往往都是孤独的，恋爱中的两个玉儿亦是如此。纯粹的爱情兼具形而下的生物性和形而上的精神性两个方面。前者属于生理感觉，主要来自于对方的容貌、气质和性感程度等，后者属于心灵层次，比如对方的思想、品行、价值观等。[①]处于爱情中的恋爱双方往往都追求对方与自己的期望高度一致，这种一致性不仅体现在两个人外在的言行举止，而且也体现在两个人精神交流和心灵沟通上。恋爱中的人也都是自私的，爱情的自私性要求对方与自己的意愿趋同，不能有违背甚至出格出轨之事。爱情的生物性层面是外在的，比较容易把握；但精神性层面则较为隐秘，实在难以完全契合。此外，恋爱双方又是两个独立的个体，有着各自不同的精神世界，因此，完全求同便很难实现。同时，爱情的自私属性又常常带来自我封闭，这样一来，即便一致，也很难顺利沟通，心灵的孤独便由此而生，所谓“情到深处人孤独”。

二

黛玉是孤独的，黛玉的孤独是家族的孤独，是青春的孤独。张爱玲说过：“能够对花落泪的日子是一生中最美好的日子。”林黛玉正是生活在最美好的时光里，她的悲凉是处于将要进入真正青春转折点上的少年的悲凉。在她小小年纪进入贾府时，就知道步步留心，时时在意，不肯轻易多说一句话，多行一步路，唯恐被人耻笑了她去。对黛玉来说，长大意味着婚嫁，但是她和宝玉的婚姻却无人主张。最重要的是，婚嫁意味着进入成年人的生活，做贾府客人的林黛玉和做贾府媳妇的林黛玉是不同的，前者可以任性，而后者必须贤良。然而，对于封建贵族世俗的礼教和婚姻来说，林黛玉的身份和身体显然都是不甚符合的。“一年

三百六十日，风刀霜剑严相逼”，成人的世界是如此令林黛玉迷惑，林黛玉内心的孤独无助感使她产生一种无法掌握前途命运的茫然和畏惧。

第三十回“情中情因情感妹妹　错里错以错劝哥哥”中，宝玉遣晴雯给黛玉送去“半新不旧的两条手帕子”。黛玉“体贴出手帕子的意思来，不觉神魂驰荡……也想不起嫌疑避讳等事，便向案上研墨蘸笔，便向那两条旧帕子上走笔”题诗。作者没有直接写出这“手帕子的意思”到底是什么。其实，宝玉送给黛玉旧手帕，就是含蓄地告诉她：宝玉一直是把黛玉当作“自己人”来看待的，不仅过去一直如此，而且将来永远如此。由于孤独无依的生存状态，使林黛玉得以从小和贾宝玉一同住在贾母身边，两小无猜，耳鬓厮磨，为他们日后深挚的爱情打下了深厚的基础。黛玉孤独的生存状态，无论在宝黛爱情的萌芽时期，还是在宝黛爱情的发展时期，都为他们的爱情提供了适宜的场所和心境。

在贾府中，王熙凤对宝黛婚姻的态度，只能是顺从贾母和王夫人、贾元春等人的意旨。从元春分给宝钗和宝玉相同的端午节礼物中，可以看出贾元春是完全支持“金玉良缘”的。对王夫人来说，宝钗是王夫人亲姊妹薛姨妈的女儿。从王夫人对袭人和晴雯一爱一憎判然分明的态度中可以看到，即使没有这层亲缘关系，单纯从个人“品性”方面，王夫人也是赏识宝钗而排斥黛玉的。第二十九回中，贾母在清虚观打醮时，贾母当众让张道士替宝玉寻亲事，条件是“只要模样性格儿难得好的”，似乎是表明不承认元春的选择。尽管如此，时过境迁，“木石前盟”最终还是会被“金玉良缘”所取代。在“凤尾森森，龙吟细细”的潇湘馆中，林黛玉宁静而深刻地体验着生命的孤独感。在孤独环境中成长，又在孤独环境中匆匆凋谢，是“世外仙姝”林黛玉的唯一来路和去路。

三

贾宝玉的孤独是痴的孤独，傻的孤独。有学者说，“贾宝玉是为情为爱而痴，痴在心里是心理上所产生的一种痴迷”，“贾宝玉对爱情的痴，亘古无一人能够做到。他是古今第一大情人，也是天地间第一大痴人”。[②]确实，从“摔玉”到“砸玉”，从“意绵绵静日玉生香”“诉肺腑心迷活宝玉”到“病神瑛泪洒相思地”，在贾宝玉与林黛玉相爱的整个过程，我们都在领略他的痴。然而，那林黛玉偏生也是个有些痴病的，其间琐琐碎碎，难免有口舌之争。第二十九回作者以叙述者的口气自云，“两个人原本是一个心，但都多生了枝叶，反弄成两个心了”，两个痴傻之人纠结在一起，因你也将真心真意瞒了起来，只用假意，我也将真心真意瞒了起来，只用假意。原本相爱两人都是求近之心，但结果反而弄成疏远之意。两颗原本可以非常融洽的心被分割开来，沟通无法实现，孤独随即产生。

第二十八回，两个玉儿为了“金玉”之事再次争吵：

> 林黛玉昨日所恼宝玉的心事早又丢开，又顾今日的事了，因说道：“我没这么大福禁受，比不得宝姑娘，什么金什么玉的，我们不过是草木之人！”宝玉听他提出“金玉”二字来，不觉心动疑猜，便说道：“除了别人说什么金什么玉，我心里要有这个想头，天诛地灭，万世不得人身！”林黛玉听他这话，便知是他心里动了疑，忙又笑道：“好没意思，白白的说什么誓？管你什么金什么玉的呢！”宝玉道：“我心里的事也难对你说，日后自然明白。除了老太太、老爷、太太三个人，第四个就是妹妹了，要有第五个人，我也说个誓。”林黛玉道：“你也不用说誓，我很知道你心里有‘妹妹’，但只是见了‘姐姐’，就把‘妹妹’忘了。”宝玉道：“那是你多心，我再不的。”

在宝黛的爱情生活里，“金玉”纠葛占有如此重要的位置，特别是在林黛玉的心目中，这似乎是淤塞她心灵不可摆脱的重压。究其原因，大抵是两个人毕竟不能完全融为一体，每个人都有自己的小心思，正如林黛玉不全懂贾宝玉爱与痴的孤独，贾宝玉也不全懂林黛玉害怕与无助的孤独。

庚辰本第二十一回脂批曰：“至颦儿于宝玉实近之至矣，却远之至也。不然，后文如何反较胜角口诸事，皆出于颦哉？以及宝玉砸玉，颦儿之泪枯，种种孽障，种种忧忿，皆情之所陷，更何辩哉？”又说：“钗与玉远中近，颦与玉近中远，是要紧两大股，不可粗心看过。”[③]脂砚斋品评宝黛爱情着实中肯，宝黛爱情表面近，实际远。“情不知何起，一往而深；恨不知所终，纠结流离。”因为爱情让恋爱中的两个人变得非常自我，时时小心翼翼，处处如履薄冰。爱情中的男女不允许也不包容对方做丝毫有违背自己心愿的事，天长日久，心的距离被逐渐拉开，情的距离也变得越来越远，孤独由此产生，在所难免。反观薛宝钗和贾宝玉之间，正是因为没有爱情困扰，也没有人为的心灵阻隔，两个人的心灵反而由远及近了。爱情越炙热，孤独感越沉重，爱得越深的人，爱得越多心越困惑。

宝黛相恋，二者的根本所求是今生永远相随，就如宝玉所说，“活着，咱们一处活着；不活着，咱们一处化灰化烟”。宝黛双方都执着地寻求一致，也确实找到了心灵的契合点，他们都厌恶仕途，追求精神自由。然而，尽管如此，误会还是时时产生，孤独挥之不去。而一生永随的唯一途径便是婚姻，然而，情真真意切切之宝黛，竟在“焚稿断痴情”之凄苦与“出闺成大礼”之欢乐中生死两相离。其情之痛，景之哀，情之切，直叫人肝肠寸断！而“提了林妹妹”就“觉得明白些”的贾宝玉，在洞房花烛夜掀开新娘盖头，看见的却是宝姐姐，又该是怎样的滋味呢？恐怕是“油儿酱儿糖儿醋儿倒在一处”“甜苦酸咸，竟也说不上什么味儿来了”吧。所以当婚姻之欲求破灭的时候，宝黛的痛苦便达到了顶点，林黛玉痛极而逝，魂归太虚，贾宝玉“由色悟空”，撒手悬崖。

注释

①陶小红：《宝黛爱情的佛学启示》，《红楼梦学刊》2014年第3辑。

②胡文彬：《贾宝玉的痴与悟》，《温州师范学院学报》（哲学社会科学版）2003 年第 6 期。

③曹雪芹：《脂砚斋重评石头记》（庚辰本）影印本，人民文学出版社1975 年版，第 464 页。

败家的根本

水　溶
上海市宝山区

一

贾赦是个好色的人。

连一向言语谨慎的袭人都背地里说他“论理这大老爷也忒好色了”。其实在《红楼梦》时代，一个男人好色原算不得什么。把贾赦推到风口浪尖的是纳鸳鸯不成的“抗婚门”。这件事闹得沸沸扬扬，使得贾大老爷成为一时关注的热点，他的好色才被特别地凸显出来。

若鸳鸯顺顺当当答应了，这件事便显得顺理成章，贾府中只是多了个姨娘。鸳鸯的同事——那些丫鬟们或真心或假意地说着恭喜恭喜，一点儿也不会显得大老爷好色。

只怪鸳鸯太刚烈、油盐不进。主要是贾赦两口子都没想到，这府中还真有放着半个主子不做，却愿意做个丫头的人。若早知道，也不会去惹这场尴尬。

贾赦爱上的东西，一般是必定要搞到手的，比如石呆子的扇子，谋石呆子的扇子和谋鸳鸯，这两件事竟是十分相似：石呆子是死活不肯卖，给多少钱也不卖，这应了那句俗话叫“有钱难买我不卖”。鸳鸯是不肯嫁，宁愿一死，或剪了头发当姑子去，一辈子不嫁人也不肯嫁贾赦，这说穿了就相当于“天下男人死绝了我也不找你”。

还有一个共同点是贾赦不亲自出手。他只在家中高卧，要扇子派的是贾琏，要鸳鸯派的是邢夫人。

两件事的过程也有些相似：派贾琏要扇子未成功，雨村接手办了这件事。派邢夫人要鸳鸯也未成功，贾赦接着又找了金文翔接手。所不同的是，半路上杀出来个老祖宗。若不是贾母干预，只怕鸳鸯也同扇子一样，成了贾赦的囊中物。这么胡子苍白又做了官的一个儿子，要个丫头做屋里人，贾母愣是没给。

贾赦之所以后来买个嫣红回来，一半是赌气，一半也是给自己找台阶下，好像跟前真的缺那么个可靠的人似的。老妈既然不肯割爱，儿子只好花钱买一个。于是在中秋节举家夜宴的时候，也许是无意，也许是有意，贾赦讲了那个偏心的笑话。然后回去的时候，他就遭了报应：被石头绊了一下，崴了脚。

二

黛玉初进贾府，邢夫人带了她去拜见大舅舅时，黛玉便见“有许多盛装丽服之姬妾丫鬟迎着”，可见屋里人着实不少。袭人曾说这位大老爷“略有个平头正脸的就不放手”，则又说明了两点：一是贾赦果然经常纳妾收屋里人，二是贾赦的要求不是太高，“略平头正脸”即可。比如他看中的鸳鸯，“鸭蛋脸面，乌油头发，两边脸上微微几点雀斑”，也就是一个秀气的女孩儿，比不上晴雯那般惊艳，平儿那般俊俏。

贾赦谋石呆子的扇子，自然不是扇风纳凉用的，看来他喜欢收集这些东西。他纳屋里人也似乎是如此，也像是一种收集：看到花园里一朵好花，便要采下插入瓶中，用水养着，或实用或做摆设都好。毕竟他现在老了，精力半朽，有色心无色力。

第六十九回写道：“况素习以来因贾赦姬妾丫鬟最多，贾琏每怀不轨之心，只未敢下手。如这秋桐辈等人，皆是恨老爷年迈昏愦，贪多嚼不烂，没的留下这些人作什么。因此除了几个知礼有耻的，馀者或与二门上小幺儿们嘲戏的，甚至于与贾琏眉来眼去相偷期的，只惧贾赦之威，未曾到手，这秋桐便和贾琏有旧。”

我常想这秋桐到底是贾赦的房里人呢还是丫鬟呢？若是屋里人，又怎么能赏与贾琏呢？大约在贾赦那里，屋里人与丫鬟也没多大区别。以贾赦好色的性子，他那里所有看得上眼的丫鬟迟早都是他的屋里人，只是精力所限，一屋子鲜瓜嫩枣只没那么大胃口吃，也有咬过一口半口的，也有没尝过的。秋桐大概便属于没尝过的那类吧，留在身边便是屋里人，既给了贾琏，那自然是以丫鬟的身份给的。

只是他那个弟弟贾政，平时只爱和清客相公们厮混，不理会家中诸事。若那个最讲究礼义廉耻的贾政知道如此，一定会大摇其头，十分不屑。

三

如果说贾琏哪一点像他爸爸，那便是好色。贾琏完全遗传了他老爹这一特点，而且青出于蓝。

他正当青春，大好年华，得天独厚，体健貌端。绝不似他爹爹那般“贪多嚼不烂”，他“只一离了凤姐，便要寻事”。

可是他娶的老婆是王熙凤，“龙王来请金陵王”家的千金万金小姐，自幼假充男儿教养，少说些有一万个心眼子，十个会说话的男人也说她不过。

贾琏本来成婚之前有几个屋里人的，他们家规矩如此。但凤姐是女权主义的先驱，在那个时代下艰难地想要维护一夫一妻制——于是不到一年，几个屋里人都被寻出不是来，打发了出去。

而且连家里不入流的小厮都知道，凡丫头，贾琏多看一眼，她就有本事当着二爷的面打个烂羊头。

于是便出现了这样一幕状况：胡子一大把的老爹小妾一大把，胡子没一根的儿子小妾没一个。

只有一个平儿——但那是凤姐的心腹，只和摆设差不离，平儿和贾琏两个一年中大约一二次到一处，凤姐嘴里还要掂十个过子。

而且平儿也毫无积极性。做凤姐的助理才是她的主业，通房不过是兼职，她对这份凤姐强派给她的兼职缺乏工作热情，“难道为图你受用一回，叫她知道了，又不待见我”，在聪明的平儿看来这样实在得不偿失，蠢得紧。

凤姐曾经和鸳鸯开玩笑：“你知道你琏二爷爱上了你，要讨了你去做小老婆呢。”

后来，贾赦要鸳鸯不遂的时候，曾经怀疑过，“自古嫦娥爱少年，她多半看上了宝玉，只怕也有贾琏”。

贾赦看上了鸳鸯，要邢夫人去说，邢夫人便去说。若贾琏看上了鸳鸯，只怕他连做梦都不敢想让凤姐去说。你以为贾琏不想看上么？只是他敢看上谁！

再后来，贾母对凤姐说，让她把鸳鸯带了去给琏儿罢——“看你那没脸的公公还要不要了”。贾母虽是玩话，凤姐怕不是心头一惊？赶紧强作镇定：“琏儿不配……”

之所以说贾琏的好色青出于蓝，就是因为他在这样的重重困难和阻力下，还能创造条件开发资源。

他会偷情。

他能充分利用一切可利用的机会：女儿出花花儿供了痘疹娘娘，他搬到书房睡了几夜，便结识了多姑娘。妻子过生日摆酒设宴有半日的空儿，他便约来了鲍二家的。

贾赦是有条件要上，贾琏是没有条件创造条件也要上。

四

贾赦强谋了石呆子的扇子，贾琏曾作死地鄙视道："为这点子事弄得人坑家败业，也不算什么能为！"——他瞧不上他老子这个腔调儿，他好色偷情讲究你情我愿。睡在书房那次，多姑娘是一日没事也要门口走两遭儿，知道他好这口儿，专为浪给他看，这桩买卖就差吆喝叫卖了。给鲍二家的又是银子又是簪子缎子，更是先付了费的，公买公卖，握手成交。不像他老子那样，见鸳鸯不肯，便放狠话："凭她嫁到谁家去，也难出我的手心！"

贾琏和多姑娘的隐秘约会几乎是完美的——若不是平儿发现那绺头发的话。但总归有惊无险，这让他更迷恋这冒险刺激的游戏：原来做这事儿也没那么容易被发现。他有些放松了弦儿，像个不急于逃离盗窃现场的笨贼，还在那里慢慢欣赏所偷的赃物，他和鲍二家的大约在完事后情谈款叙时被凤姐捉奸捉双。

事情很快闹开了又很快平息了，什么后果也没有——鲍二家的之死，在贾琏心上即使有那么一丝愧疚难过，只怕也是一闪即逝，或者根本都没有。最大的付出也就是花了二百两银子，老太太骂了不痛不痒的几句，最后的结案陈词是："小孩子们年轻，馋嘴猫儿似的。"

这样的结局助长了贾琏的色胆，原来事情败露也不过这么着。终于有一天，他在小花枝巷金屋藏下尤二姐。偷情还是偷情，不过天真的尤二姐喜滋滋地，以为自己真的成了二房奶奶。

贾琏对女人，是典型的走肾不走心。用宝玉的话说，"惟知淫乐悦己，并不知作养脂粉"。家有凤姐这样的美貌娇妻，动不动要"改个样儿"，又或大白天关起门来，倒也是浪漫和谐。但一遇到尤二姐，便许诺"凤姐的病是不能好的了，只等一死了，便接她进去"，也真够凉薄。他这样打算的时候，一定不会想起凤姐说"国舅老爷大喜"时笑吟吟的样子。他这边正看尤二姐"越看越爱，越瞧越喜"，转过脸去便是和秋桐的干柴烈火。

他搂着多姑娘的时候，哪里管什么痘疹娘娘；拥着尤二姐的时候，又哪里管什么国孝家孝。什么神仙皇帝，亲人长辈，全抵不过一枕风流，半床云雨。

只是，一个人的爱好若只剩了本能那点子事儿——那和咸鱼还有什么区别。

五

自从贾敬去了城外的道观修神仙，贾珍便成了宁国府真正的老大，唯我独尊，过着神仙一般的日子。

把贾赦贾琏父子俩的条件加在一起，也比不上贾珍。

贾珍没人管着，他的老婆尤氏和邢夫人一样“又不是那容不下人的人”，像邢夫人这样给丈夫说媒的事儿，只怕尤氏也干得出来，这一点是贾琏望尘莫及的。而贾赦更加上有老下有小，上有母亲嫌他“放着身子不保养，整日价和小老婆喝酒”，下有儿媳妇又说“老爷如今上了年纪”“如今兄弟、侄儿、儿子、孙子一大群，还这么闹起来，怎样见人呢”。

而贾珍恰恰好，处在凤姐所说的、贾赦比不得的那个阶段：年轻，做这些事无碍。

所以贾珍左一个小老婆右一个小老婆的放在屋里，便是合理的事情，家里上上下下没人觉得不妥，贾母也不会嫌他“官儿不好生做去”。

贾赦有众多的姬妾，但书中连个名字也没给她们，除了后来买的那个放过蝴蝶风筝的嫣红。贾珍的妾，书中提到的便有佩凤、偕鸳、文花。这几位女子个个有才艺，吹箫唱曲，喉清嗓嫩，可以看出贾珍的精挑细选，可不是只满足于“平头正脸”。

贾府这三位好色的爷，好的各有特色。贾赦属于“偏爱吃嫩草”型，要鸳鸯，买嫣红，他似乎特别属意“一树梨花压海棠”的感觉。嫣红十七岁，鸳鸯也差不多，都和他女儿迎春的年龄仿佛。

贾琏属于“拈花惹草”型。他不挑拣，不管有主的草没主的草，芳草野草，肯上他床的都是好草。他不在乎对方是否有夫之妇，哪怕多浑虫就在旁边醉昏在炕，也丝毫不影响他的兴致。明知尤二姐和姐夫有些首尾，依旧毫不犹豫地收在外面做了二房。

而贾珍，属于专吃窝边草型。

六

贾珍是宁国府的主人，一家之主大权在握 ，有钱任性。可卿丧事，他想买多贵的棺材便买多贵的棺材；过年的时候，他可以一边负暄闲看贾府子弟们领年货，一边和贾蓉议论荣府的财政危机。他一味高乐不了，把个宁国府翻过来也没人敢去管他。他想怎么嗨便怎么嗨，想纳多少姬妾便纳多少姬妾，但这些快乐因为太唾手可得，可能反而让他觉得索然无味。他需要超出常规剂量的兴奋剂，才能让他提起精神来。于是他挑战禁制、触碰雷区，把目标瞄向儿媳妇、小姨子。

他太会乐了，乐到已经不知道该怎么乐才好了；他太放纵了，放纵到什么道德约束都不顾了。

在贾珍看来，像贾琏那样偷情太小儿科，充其量只算和下人的媳妇勾搭，相当于偷掐路边绿化带一朵夹竹桃的水平，离“偷”字还差得远。像鲍二女人死了，鲍二连屁没敢放一个，这像小偷与失主么？毫无挑战性。

贾珍的偷情是彻底反人伦的偷，底线都不要了。越是见不得光越是世法不容，他便越觉得有吸引力，纵然这偷吃窝边草，是兔子都不屑做的事情。

《红楼梦》读者只怕都会对可卿的豪华香艳卧房留下深刻印象，还有卧房里的细细甜香，以及那张神秘的床。睡在那张床上可以经由梦的通道去往另一个空间，我怀疑可卿经常在真与幻之间往返。但又想到那床上混杂了贾蓉的味道，便让人心中一堵。也许张爱玲的那句话，最能形容可卿在人世间的状态：生命是一袭华美的袍，上面爬满了虱子。

而我读到这里会联想埃及艳后，总觉得秦可卿，应该是一个美丽到可以颠倒众生的女人。

同时又是一个神秘的、谜一样的女人。

好像两府里没有不喜欢她的，就连阅人无数的老祖宗，也看她是“重孙媳中第一得意之人”，甚至她的脉象都带着“心性高强聪明不过”。她风流袅娜行事又极稳妥细腻，可以堪做凤姐的好友。她对上孝顺对中和睦对下疼爱，她死了无人不哭，临死托梦给凤姐的一番话，更足见她的智慧高于所有人。

她为什么和公公贾珍有特殊关系呢？

若说她是被迫的吧，在那样一个礼数森严的时代，男女授受不亲，公公儿媳更是礼教大防，出出入入有多少下人仆妇侍奉着，一举一动有多少丫头婆子眼看着，本来基本上就没有什么独处的机会，若她不给机会不配合，贾珍怎能得手？

若说她是情愿的吧，通透如她，智慧如她，行事稳妥的人心如她，把未来把隐忧把后路都能算得清清楚楚的她，怎么肯做这样一件事，怎么肯将自己置身于这样的境地，陷自己于丑闻之中呢？

百思不得其解。她美丽短暂的生命只留得一句“画梁春尽落香尘”。

七

老天在贾珍身边安排了这样三个女子：美貌绝伦的可卿，“真真是尤物”的二姐三姐，这不知是艳福呢，还是老天要往深渊里推他一把。烈性的尤三姐搂过两兄弟脖子灌酒，清脆脆一句“便宜不过自家”，便如一个巴掌反掴，硬生生揭掉了贾珍的面皮。天香楼逗蜂轩，何处不雕梁画栋，御笔的牌匾尽是肃穆庄严，可什么钟鸣鼎食，什么诗礼簪缨，全都不过是塞进焦大嘴里的马粪。

“汉皇重色思倾国”“恒王好武兼好色”，在这两句诗里，好色这个词，似乎也没有太大的贬义，食色性也。但好色这种行为，真的可以让人行为失衡，身不正影自斜。玩物尚且丧志，玩风月，丧的是心。

比如这几位贾家爷们，便因为这一“色”字，父不像父，子不像子。

贾赦要鸳鸯时曾放言，“我要不成，以后谁还敢收”，原来美女面前长辈优先。贾蓉却又说过，“大老爷那样厉害，琏二叔还和那小姨娘不干净”，而他撺掇贾琏偷娶尤二姐，也只不过为了自己寻找机会，好吃一吃他二姨的豆腐。贾珍更简单粗暴，直接给亲儿子带了一顶绿帽子。

风月宝鉴的两个面，一面美女一面骷髅，诱惑的另一面便是死亡。一个家族的衰败过程中，大都会出几个败家子。《红楼梦》本就写了红尘的两个面：清澈与污浊，一面是水，一面是泥。一面是花落吟诗花开起社，一面是阴暗房间里的调情与苟合。

黛玉的书架上垒着满满的书，探春的桌案上笔插得如树林一般，凤姐天天盘算着出去的多进来的少，生了多少省俭的法子……而这些理应读书的男子们谁在读书明理？这些理应继承家业的男人们谁虑到过可卿托梦时所说的那番话？

也难怪宝玉说，我见了女儿我便清爽，见了男子，便觉浊臭逼人。童言无忌，对于他家的现状却是一针见血。

忽喇喇似大厦倾，也要梁柱自己先朽起来。这个家族当年出兵放马挣功名的铁脊梁，早已经在风月的锈蚀消磨中，肾亏成挺不起的软腰杆。不用等焦大往祠堂里哭太爷去，那间供奉着他们福泽根源的建筑，隐隐槅扇开阖，便已经有若有若无一声长叹，比下半夜的残月悲凉多了。

玉上的字迹：将面纱慢慢揭开

——《红楼梦》阅读笔记

袁春波
江苏省板浦高级中学

《红楼梦》叙事，不疾不徐，娓娓道来。不疾，是不急着将话说尽，如河流随风鼓浪，杨柳因风起舞，每每预留伏笔，一步步细加分说，将面纱慢慢揭开。试以通灵宝玉上的文字为例来说明。

在第一回“甄士隐梦幻识通灵，贾雨村风尘怀闺秀”中，首次提到玉是这样一段文字：

> 那僧便念咒书符，大展幻术，将一块大石登时变成一块鲜明莹洁的美玉，且又缩成扇坠大小的可佩可拿。那僧托于掌上，笑道：“形体倒也是个宝物了，还只没有实在的好处。须得再镌上数字，使人一见便知是奇物方妙。”……石头听了，喜不能禁，乃问：“不知赐了弟子那几件奇处，又不知携了弟子到何地方？望乞明示，使弟子不惑。”那僧笑道：“你且莫问，日后自然明白的。”

此处设下悬念，让读者心里也存疑惑：是啊，玉落何地？ 上镌何字？有何妙处？ 存疑，才有释疑的冲动，读下去的愿望才更强烈。作者是如何引领我们慢慢品赏这块玉的呢？ 在本回中，又写到了玉与甄士隐的一面之缘：

士隐接了看时，原是块鲜明美玉，上面字迹分明，镌着“通灵宝玉”四字，后面还有几行小字。正欲细看时，那僧便说已到幻境，便强从手中夺了去……

至此，我们知道玉名为“通灵宝玉”，但小字是什么，仍不说明，留待细看。到了本书第二回“贾夫人仙逝扬州城，冷子兴演说荣国府”中，第三次提到玉上字迹：

不想次年又生一位公子，说来更奇，一落胎胞，嘴里便衔下一块五彩晶莹的玉来，上面还有许多字迹，就取名叫作宝玉，你道是新奇异事不是？

此处人玉合一，虽轻描淡写、一笔带过，那玉上“字迹是什么”的问题必将再次叩响读者的心扉，促其生出尽快弄个明白的冲动：那玉上到底是什么样的文字呢？

第三回“托内兄如海酬训教，接外孙贾母惜孤女”里更是多次提到这块玉。一次是黛玉初见宝玉时，“项上金螭璎珞，又有一根五色丝绦，系着一块美玉”。二次是摔玉：宝玉听了，登时发作起痴狂病来，摘下那玉，就狠命摔去，骂道：“什么罕物！ 连人之高低不择，还说通灵不通灵呢！我不要这劳什子了！”

林黛玉该是贾宝玉生命里最重要的人了吧，可接下来这第三次就是写林黛玉也没能看清玉上的字迹。文中说：

黛玉道：“姐姐们说的，我记着就是了。究竟那玉不知是怎么个来历，上头还有字迹？”袭人道：“连一家子也不知来历，上面有现成的眼儿，听得说，落草时从他口里掏出来的。等我拿来你看便知。”黛玉忙止道：“罢了。此刻夜深，明日再看不迟。”

林黛玉这一阻止，我们读书的也只好跟着闷在葫芦里，等着以后的机会了。不料这一等，第四回宝钗一家来了贾府，第五回宝玉去了太虚幻境，第六回刘姥姥一进荣国府，第七回宝玉忙着会秦钟，各式人物纷纷登台，大小事件绵绵不断。直到读者或许都要忘记这块玉的时候，谜底揭开。此时，已是第八回“比通灵金莺微露意，探宝钗黛玉半含酸”。

宝钗托于掌上，只见大如雀卵，灿若明霞，莹润如酥，五色花纹缠护。…… 那顽石亦曾记下他这幻相并癞僧所镌的篆文，正面乃“通灵宝玉”“莫失莫忘，仙寿恒昌”；反面乃“一除邪祟，二疗冤灾，三知祸福”等字。

所谓宝物呈示有缘人，在小说中，宝玉、宝钗之间是有金玉良缘的。这里接下来便写到宝钗项圈上“不离不弃，芳龄永继”这八字吉谶。而且宝玉念了两遍，又念了自己的两遍，还笑问：“姐姐这八字倒真与我的是一对。”如此，前文黛玉错过与美玉的相认，我们是否隐隐会觉着那是因为“无缘”呢。因此，玉上的字迹于第八回奇缘巧合中呈示，实在是作者精心着意的一笔。

一、奇妙宝物，须慢慢走近，方能看得清楚，辨得分明。即如读《红楼梦》，等你认识到贾宝玉才是“真”宝玉，甄宝玉实在是只知追名逐利的“假”宝玉时，一定已经走过了更为长远的道路。二、且先设悬念，容后说分明，将面纱慢慢揭开，读来才觉很含蓄，有兴致，有味道。三、“玉”既是小说中的物线，又是富含象征意义的重要形象，至坚，至贵，当然需要绘制草蛇灰线，让读者循之而得意脉。

这里就“玉上的字迹”呈示过程所体现出的精微构思说道一二，大家巧思，往往于细微处见出，真是这样。至于这块“玉”在构架整部著作中的重要作用与丰富含义，也留待日后慢慢读，细细想。

《红楼梦》中的“草蛇灰线”析论

任世权
南京市建邺区沙洲街道莲花北苑社区

作为《红楼梦》中一种重要的创作技法，“草蛇灰线”一词在甲戌本第一回、第八回、第二十六回、己卯本和庚辰本第三十一回、戚本第五十六回及庚辰本第八十回等处的批语中被提及。那么，究竟什么是“草蛇灰线”？《红楼梦》前八十回文本中是如何体现这一技法的？这一技法在《红楼梦》中的使用又具有怎样的意义？

一、何谓“草蛇灰线”

“草蛇灰线”最早出现于唐代杨筠松所撰堪舆学典籍《撼龙经》中，明代堪舆类著作《灵城精义》中也有记载，指的是山势（龙脉）似断非断，似连非连的态势。[①]明代以来，“草蛇灰线”一词逐渐转变为对文体文法评批的术语，被广泛运用于对诗词、散文、戏曲、小说的评批中。最早将“草蛇灰线”作为一种小说创作技法术语来用的人是金圣叹。[②]

金圣叹在《读第五才子书法》中说：“有草蛇灰线法：……骤看之，有如无物，及至细处，其中便有一条线索，拽之通体俱动。”[③]由此看来，所谓“草蛇灰线”，是以蛇行草中，可见其行迹，灰线留于纸上，可辨其脉络，来喻指某一事物在作者行文中经常被提及，初看似是偶然，细看下去，却有一丝脉络可寻。[④]除《读法》外，金圣叹在《水浒传》各回的评批中亦多次提及。由金圣叹对《水浒传》的评批，学者将“草蛇灰线”在小说行文中的运用总结为作为结构线索、作为“伏笔”及“照应”和作为“隐喻”式表达方式三个方面。[⑤]

二、“草蛇灰线”在《红楼梦》中的运用

作为明清小说中的后起之秀，《红楼梦》在创作上对其之前的小说有诸多借鉴之处，张新之曾言：“《红楼梦》脱胎在《西游记》，借径在《金瓶梅》，摄神在《水浒传》。”[⑥]《红楼梦》对“草蛇灰线”这一技法的运用，即对《水浒传》有着十分显著的延续，仍可以分作三方面。

（一）作为“结构线索”

如果同一事物（意象）在小说行文过程中有意无意地反复出现，直至后文关键处才得以点破，从而显现出一条清晰连贯的线索，那么可以认为其作为行文的“结构线索”。[⑦]

在甲戌本第八回宝钗看通灵宝玉一段有批语道：“前回中总用草蛇灰线写法，至此方细细写出，正是大关节处。”[⑧]小说对通灵宝玉的描写正是作为“结构线索”的体现。

小说在第八回以前有多次对“通灵宝玉”的叙写：

> 第一回：那僧托于掌上，笑道：“形体倒也是个宝物了，还只没有实在的好处。须得再镌上数字，使人一见便知是奇物方妙。”[⑨]
>
> 第二回：子兴叹道：“…… 不想次年又生了一位公子，说来更奇，一落胎胞，嘴里便衔下一块五彩晶莹的玉来，上面还有许多字迹，就取名叫作宝玉。”
>
> 第三回：黛玉亦常听得母亲说过，二舅母生的有个表兄，乃衔玉而诞，顽劣异常，极恶读书，最喜在内帏厮混；外祖母又极溺爱，无人敢管。

第三回：众人不解其语，黛玉便忖度着因他有玉，故问我有也无，因答道：“我没有那个。想来那玉是一件罕物，岂能人人有的。”

第三回：黛玉道：“…… 究竟那玉不知是怎么个来历？上头还有字迹？”袭人道：“连一家子也不知来历，上面还有现成的眼儿，听得说，落草时是从他口里掏出来的。”

从上述引文可以看出，在小说前三回中就对“通灵宝玉”进行反复的叙写，重点突出其两个特征：一是通灵宝玉上有“许多字迹”，是一件“罕物”；二是宝玉是衔玉而生的。通过开篇时僧人与顽石（通灵宝玉）的对话、冷子兴对贾雨村进行的“演说”、黛玉从母亲处“听说”、黛玉的“忖度”及黛玉与袭人的对话等多处描写，让读者加深印象，直至第八回中通过“比通灵”的情节，借宝钗的“细细的赏鉴”，才将通灵宝玉“大如雀卵，灿若明霞，莹润如酥，五色花纹缠护”的特点一一写出，并注明其正反面图式。

通灵宝玉正面的“莫失莫忘，仙寿恒昌”与宝钗金锁正反两面“不离不弃，芳龄永继”相互对应，从而揭示出了第五回《终身误》曲中“都道是金玉良姻”一句的含义，表明了宝玉和宝钗之间在后文的婚姻关系。通灵宝玉反面镌刻的“一除邪祟，二疗冤疾，三知祸福”数语，在第十五回，北静王问询是否应验，第二十五回“魇魔法姊弟逢五鬼”一节，“被声色货利所迷”即与通灵宝玉“除邪祟”的功能相对应。由甲戌本第八回、己卯本第十七到十八回及庚辰本第二十三回等多处的批语可知，后文中与通灵宝玉有关的情节还有“误窃”“凤姐扫雪拾玉”等多处，可以推想，在后文中出现的这些情节将同“疗冤疾”“知祸福”相互对应，通灵宝玉确实承担起了行文的“结构线索”这一重要作用，而第八回对通灵宝玉的细致描写，也正应了批语所说，是“大关节处”。

除了通灵宝玉以外，在《红楼梦》前八十回中，还有以“人参”充当贾府由盛及衰的结构线索[10]，以“药方”充当黛玉添病的结构线索[11]等例，可见，通过时隐时现的某一事物（意象）来为关键情节铺垫是《红楼梦》中常用的技法之一。

（二）作为“伏笔”和“照应”

通过前文的某一些人物或情节，对后文的情节和内容进行暗示，则可称之为“伏笔”和“照应”。在抄本批语中常见的表述有“伏线法”“伏脉”“千里伏线”“伏某某事”等。

第十七到十八回，元春在“荣国府归省庆元宵”一节中点了《豪宴》《乞巧》《仙缘》和《离魂》四出戏。己卯本有批语道：“所点之戏剧伏四事，乃通部书之大过节、大关键。”分别伏下了“贾家之败”“元妃之死”“甄宝玉送玉”及“黛玉死”四件后文中的大事。

《豪宴》一出，出自李玉所作《一捧雪》。该曲主要讲述的是太仆寺卿莫怀古因九代相传玉杯“一捧雪”而招致横祸，为严世蕃陷害，后严世蕃势败，又得以复职的故事。而《豪宴》一出所讲述的是莫怀古到京为官，以世交之谊到严府拜会，举荐门客汤勤后，众人在严府纵酒观剧。[12]根据《一捧雪》全剧及《豪宴》一出所叙的内容，“贾家之败”，被推断为因第四十八回中提及的贾赦与贾雨村为侵占石呆子的古扇而罗织罪名致其“坑家败业”的事有关。[13]

《乞巧》一出，即洪昇所作《长生殿》中的《密誓》。此出戏讲述了七夕之时，杨玉环在长生殿中乞巧，唐玄宗与她对天盟誓“生生世世，共为夫妇，永不分离”。[14]通过《长生殿》中的曲目，结合第五回元春判词及《恨无常》曲，关于“元春之死”的一种推断是其成为政治斗争的牺牲品；[15]还有一种观点认为，其是因为失宠而导致的忧愤急难和灰心绝望而终。[16]

《仙缘》一出，即汤显祖所作《邯郸记》中的《合仙》。《邯郸记》所述吕洞宾以磁枕让穷儒卢生经历富贵，建功立业，醒来后原是黄粱一梦。

而《合仙》则是说其梦彻顿悟，随吕洞宾上天与八仙会合，从何仙姑手中接过花帚，在阆苑扫花的情节。[17]据此推测，关于“甄宝玉送玉”，一种观点认为甄宝玉可能送回了被“误窃”的通灵宝玉，对贾宝玉最后的“悬崖撒手”起到牵引作用，[18]还有一种观点认为，可能甄宝玉所送的是“通灵宝玉”的本原，即大荒山的顽石，使之“石归山下无灵气”。[19]

《离魂》一出，即汤显祖所作《牡丹亭》中的《闹殇》。其所述的是杜丽娘后园寻梦，杳无所得，积郁成疾，于中秋节的夜雨中离开人世。[20]对“黛玉之死”，其中一种观点是依据批语推断而来，即宝黛爱情被扼杀后，黛玉和杜丽娘类似，不惜一死，在死后的执着追求中取得了胜利。[21][22]

除元妃点戏外，《红楼梦》中通过“草蛇灰线”技法为后文情节提供“伏笔”和“照应”的，还有第三十一回中，史湘云捡到的那只金麒麟（宝玉从张道士处所得）。第三十一回回目作“因麒麟伏白首双星”，己卯本回末总评道：“后数十回若兰在射圃所佩之麒麟正此麒麟也。提纲伏于此回中，所谓草蛇灰线在千里之外。”由第三十一回回目及批语内容，较为令人认可的一种观点是两只金麒麟为后文中史湘云与卫若兰之间的婚姻关系埋下了伏笔，但同时因为两只麒麟在一起的时间很短，所以也象征了史湘云与卫若兰之间的婚姻存续时间不长，很快就如同牵牛星和织女星般分开。[23]类似的还有以第二十一回贾琏、多姑娘儿之事为凤姐泼醋及宝玉探晴雯作“伏线”，以第二十四回黛玉与香菱间的谈话为香菱学诗“伏线”；以第四十一回大姐儿的柚子换了板儿的佛手为后文中两人的姻缘作“伏线”等。

（三）作为“隐喻”式表达方式

所谓“隐喻”式表达方式，一是指情节构思上，以一件事来影射另一件深层意蕴上与之关联的事；二是指人物刻画上，以一个人物为另一个人物的“影子”，即“影子”说（“影写法”）。

第一回中叙述甄士隐作为姑苏城中的一户“乡宦”，被当地推为“望族”，每日“观花修竹，酌酒吟诗”，但先是在元宵之夜，因家人霍启的疏忽而让英莲走失，后又由于相邻的葫芦庙因为炸供而“油锅火逸”受到牵连，而导致其家宅变成一片“瓦砾场”。又因“投人不着”，甄士隐“竟渐渐露出那下世的光景来”。虽仅一回的文字，但将甄家在变故中的起落描写得淋漓尽致。甲戌本批语道：“不出荣国大族，先写乡宦小家，从小至大，是此书章法。”由此可见，在全书第一回，以一回文字来讲述甄士隐家的“小荣枯”实际上也正是影射了在后文中贾府这样“最有权有势、极富极贵的大乡绅”家族最终的命运 —— 与甄士隐家类似，贾府在经历了“烈火烹油”“鲜花着锦”之后，最终也会“好一似食尽鸟投林，落了片白茫茫大地真干净”。甄士隐家与贾家之间由盛转衰的经历是类似的，而甄士隐在经历人生起落之后所领悟到的《好了歌》解注也就成了对当时社会中家族兴衰荣辱之间迅速转递的写照了。除了第一回以甄士隐家的变化来影射贾府将来的结局外，还有第十五回宝玉见到的正在纺绩的二丫头来影射青年时期的巧姐[24]等。

洪秋蕃在第六十三回对芳官醉酒一段有评批道：“芳官醉眠，纯是为湘云写照，明眼人自可看出。而作者犹恐文不周匝，复接写道‘大家黑甜一觉，不知所之’，以喻湘云出席，满园踪迹不着。天明，袭人睁眼向对面床上一瞧，只见芳官头枕着炕沿上，睡犹未醒，以喻探春等人看湘云在石磴上眠犹未醒也。芳官起来，犹发怔揉眼睛，听袭人笑他不害羞，方知是与宝玉同榻。此即‘湘云慢起秋波，见了众人，又低头看了一看自己，方知醉了’。芳官忙笑的下地来说：‘我怎么吃得不知道了。’此即湘云反觉自愧之意。笔笔写来，无一挂漏。明白晓畅，无以复加。”[25]由洪秋蕃此段评批来看，第六十三回“寿怡红群芳开夜宴”一节中芳官的种种表现与第六十二回“憨湘云醉眠芍药茵”中的表现是相互对应的，而这一种对应又是在细节上几乎是“一一对应”的，也正是因为这种细节对应，使得“芳官醉眠”成为“湘云醉卧”的写照，也就是说，芳官在此处成为湘云的“影子”。

张新之曾言道：“是书钗、黛为比肩，袭人、晴雯乃二人影子也”[26]，这与甲戌本第八回批语“余谓晴有林风，袭乃钗副，真真不错”异曲同工，都看到了袭人与宝钗、晴雯与黛玉在性格、处事上的共通之处。而涂瀛也曾归纳过《红楼梦》中的“影子”，如司棋潘又安是宝黛“有情影”、柳湘莲尤三姐是宝黛“无情影”、傻大姐是醉金刚的“影子”[27]等。

三、“草蛇灰线”技法运用的意义

作为一种创作技法，“草蛇灰线”在《红楼梦》中的运用，在《红楼梦》全书的结构、探佚、人物的刻画等多个方面都有十分重要的意义，具体来说：

“草蛇灰线”让小说结构更紧凑。关于《红楼梦》的结构，李辰冬曾有一个形象的比喻：读《红楼梦》“…… 好像跳入大海一般，前后左右，波浪澎湃；而且前起后拥，大浪伏小浪，小浪变大浪 ……”[28]《红楼梦》之所以能形成“波浪式”的结构，与其在情节塑造上使用“草蛇灰线”的技法是分不开的。既有某一反复出现的事物（意象）作为线索，又有前文的事物或情节为后文的情节埋下伏笔，在此种情况下，事件之间的彼此联系更加凸显出来，也突破了章回小说只以一回或连续的几回就叙述一个完整故事的模式。在《红楼梦》中，前部的某一人物、某一事件对后文，甚至全书的结局都有深重的影响，批语中常说的“草蛇灰线，伏延千里”的意义就在于此 —— 全书俨然是一个完整的故事，而并非单个故事的拼接。

“草蛇灰线”让佚文探索更便捷。自胡适以后，《红楼梦》的前八十回与后四十回作者并非一人逐渐成为共识。虽然我们需要对高鹗、程伟元整理印行《红楼梦》全本在《红楼梦》传播过程中的功绩予以肯定，但是不能否认的是，如果要充分了解全书的主题和作者的思想，我们就不得不对全书有整体的感知，基于此，探佚学成为“红学”的一个重要组成部分。“探佚”的依据之一就是原著未佚部分中的伏笔、隐喻、暗示和文章发展的必然趋势。[29]可以说，正是由于“草蛇灰线”技法的使用，才巧妙地为后文埋下伏笔，作出照应，也正是因此，我们才能通过前八十回中的蛛丝马迹一窥佚稿中的内容，进而为了解全书主题和作者思想奠定基础。

“草蛇灰线”让人物形象更丰满。从前文所举的例子来看，“影写法”这一“草蛇灰线”技法在人物塑造上的使用在《红楼梦》中广泛存在。洪秋蕃在对以芳官影射湘云的评价中曾道：“…… 然则此回书仍是写湘云，不是写芳官。故标目略之。”[30]也就是说，写芳官的本质是为了进一步去烘托湘云的形象。张新之、涂瀛等人所谓的“影子”，也大体与洪秋蕃所理解的相仿，可见“草蛇灰线”这一技法在写人上的运用，恰是在刻画人物上的一种衬托，从而让人物的形象更加充实和鲜明起来。

《红楼梦》在继承前人对“草蛇灰线”这一技法的表现形式上，又使其于无形中对前人章回小说的结构和人物塑造有了革新，既藏在其中让人不觉，又意在言外让人明了。

“美人细意熨帖平，裁缝灭尽针线迹”—— 圆融贯通，一气呵成，正是《红楼梦》中“草蛇灰线”技法的高妙所在！

注释

①②⑤⑦谭帆等：《中国古代小说文体文法术语考释》，上海古籍出版社2013年版，第241—249页。

③朱一玄、刘毓忱：《水浒传资料汇编》，南开大学出版社2012年版，第223页。

④⑫⑭⑰⑳冯其庸、李希凡：《红楼梦大辞典》（增订本），文化艺术出版社2010年版，第438、284、464页。

⑥张新之：《红楼梦读法》，原载于一粟编《红楼梦资料汇编》，中华书局1964年版，第154页。

⑧本文所引抄本批语均据朱一玄《红楼梦资料汇编》，南开大学出版社2012年版。

⑨本文所引《红楼梦》原文均据曹雪芹著，无名氏续，中国艺术研究院红楼梦研究所校注《红楼梦》，人民文学出版社2008年版。

⑩王人恩：《〈红楼梦〉中的人参描写意象探微》，《红楼梦学刊》1997年第3辑。

⑪甲戌本第二十八回回末总评道:“自‘闻曲’回以后，回回写药方，是白描颦儿添病也。”从第二十三回后，在第二十六回中通过小红和佳蕙的对话补叙黛玉时常吃药，又在第二十八回通过宝玉向王夫人说了“天王补心丹”的方子，如此多次描述，在行文结构中描写出黛玉的病况。

⑬丁维忠:《红楼探佚》，京华出版社2006年版，第186页。

⑮梁归智:《红楼探佚红》，作家出版社2007年版，第20—22页。

⑯同⑬，第84—104页。

⑱周汝昌:《红楼梦新证》(增订本)，中华书局2016年版，第756页。

⑲孙逊:《红楼梦脂评初探》，上海古籍出版社1981年版，第186页。

㉑同⑲，第159页。

㉒对“黛玉之死”，观点各异，总的来说，俞平伯先生与周汝昌先生主张相近，他们的主要观点是认为黛玉因“还泪”而死，蔡义江先生则认为黛玉是因贾府的重大变故而死。(《红楼梦大辞典》，第464页)

㉓朱彤:《释“白首双星”——关于史湘云的结局》，《红楼梦学刊》1979年第1辑。

㉔张锦池:《巧姐漫论》，《红楼梦学刊》1991年第2辑。

㉕冯其庸辑校:《重校八家评批红楼梦》，青岛出版社2012年版，第1610页。

㉖同⑥，第155页。

㉗涂瀛:《红楼梦问答》，原载于一粟编《红楼梦资料汇编》，中华书局1964年版，第144页。

㉘吕启祥、林东海:《红楼梦研究稀见资料汇编》，文化艺术出版社2006年版，第495—496页。

㉙姚奠中:《写在〈石头记探佚〉的前边》，原载于梁归智《红楼梦探佚》，北京师范大学出版社2010年版。

㉚同㉕，第1607页。

试论韩愈对《红楼梦》创作的影响

汤东亚
上海市静安区

一、创作启发

韩愈，这位被苏轼誉为“文起八代之衰”①的百代文宗，和中国说部最高峰《红楼梦》之间究竟有何渊源，迄今为止鲜见有人论及。因为《红楼梦》以外雪芹文字传世甚少，我这里主要就韩愈诗文和《红楼梦》文本之间的联系发表一些粗浅看法。

在创作上，韩愈是以作文的技法作诗，是“以文为诗”的开山鼻祖，宋朝陈师道说：“退之以文为诗……”②清朝赵翼说：“以文为诗，自昌黎始；至东坡益大放厥词，别开生面，成一代之大观。”③现代著名学者刘大杰说：“韩愈的诗歌，在反对当日流行的轻浮靡荡的诗风上，是起了很大的作用的。他以文为诗，别辟蹊径，同他反骈复古的散文运动的思想是一致的。”④而《红楼梦》则是反其道行之，“以诗为文”，全书写进大量诗词歌赋和不同场合吟诗联句的情节，一部以家庭琐事为主体内容的小说因诗而丰，因诗而雅，反弹琵琶，别开生面。《红楼梦》亦诗亦文，字字珠玑，较之明清流行的一些狎昵粗劣的才子佳人小说有霄壤之别。韩愈和曹雪芹，对当时诗文艺术风格都企图有所革新，并且都身体力行作了伟大的尝试，就这一点而论，韩愈对《红楼梦》创作肯定有所启发。

二、思想传承

（一）尊儒

《红楼梦》中真正提到韩愈只有一次，在第二回冷子兴“演说荣国府”时贾雨村这样说：“天地生人，除大仁大恶两种，余者皆无大异。若大仁者，则应运而生，大恶者，则应劫而生。运生世治，劫生世危。尧、舜、禹、汤、文、武、周、召、孔、孟、董、韩、周、程、张、朱，皆应运而生者……”⑤这里的“韩”无疑就是指崇尚儒学，以恢复儒家正统地位为己任的一代大儒韩愈。有人肯定会提出质疑，不是说《红楼梦》是反封建的伟大作品吗？贾宝玉最是唾弃贾雨村那样的“名儒”，这和韩愈思想背道而驰呀。其实不然。曹雪芹呕心沥血塑造的典型人物贾宝玉并不反儒，相反他对真正具备儒家思想光辉的“圣贤”可以说是推崇备至。儒，《说文解字》解释为“柔”。贾宝玉反的是贾雨村那种权欲熏心不仁不义的假儒。《红楼梦》中对贾雨村的外貌描写特别详细，娇杏眼中的贾雨村是“腰圆背厚，面阔口方，更兼剑眉星眼，直鼻权腮”。这种形象和我们意识中的传统儒生形象明显相违和，或许真如某些红学家所言，贾雨村，假儒生之谓也！

《红楼梦》文本中写到很多宝玉尊儒的情节。

第二回贾宝玉的“影身”甄宝玉这么说过：“这女儿两个字，极尊贵，极清净的，比那阿弥陀佛，元始天尊的这两个宝号还更尊荣无对的呢！”这一段甲戌眉批这样说：“如何只以释、老二号为譬，略不敢及我先师儒圣等人？余则不敢以顽劣目之。”

韩愈在《原道》中则言“不塞不流，不止不行”，强调只有塞止佛老，儒道才能得以流行。

第五回贾宝玉说：“《四书》之外杜撰的也多，偏只是我杜撰？”到第三十六回他把“四书”之外的书全部烧了。足见宝玉也很尊重儒家经典。

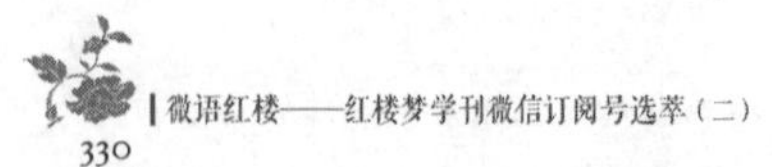

第二十回写宝玉对待贾环之态度时也有一番论述：

> 他便料定，原来天生人为万物之灵，凡山川日月之精秀，只钟于女儿，须眉男子不过是些渣滓浊沫而已。因有这个呆念在心，把一切男子都看成混沌浊物，可有可无。只是父亲叔伯兄弟中。因孔子是亘古第一人说下的，不可忤慢，只得要听他这句话……

第五十一回写宝玉不敢自比松柏，因为孔子说过“岁寒，然后知松柏之后凋也”！

第五十八回宝玉让芳官转告藕官——“以后断不可烧纸钱。这纸钱原是后人异端，不是孔子遗训。以后逢时按节，只备一个炉，到日随便焚香，一心诚虔，就可感格了……”这些情节无不说明一个事实，宝玉再怎么“行为偏僻性乖张”，他对孔子言论还是能够不打折扣地奉行。

真士隐，假儒存。可能是写书人愤愤不平的一大心结。贾雨村为巴结贾赦构陷石呆子是为不仁，弃恩人之女不顾乱判葫芦案是为不义，贾宝玉反对的是这种开口圣贤闭口报国，其实利字当头欺世盗名的假儒，因为这种人不能阐发圣贤之微奥只会给儒家脸上抹黑。全书对附庸风雅、奴颜婢膝的帮闲清客也是极尽嘲讽。可以说《红楼梦》尊儒思想和韩愈是相通的。

（二）反“佛老”

这里把佛老二字打上引号，旨在表明《红楼梦》中反的并非佛老教义本身而是披着宗教外衣坑蒙拐骗的牛鬼蛇神。

第十九回“情切切良宵花解语”，写到袭人对宝玉“约法三章”，其中有一条是再不可“毁僧谤道”。这四个字不由令我们想到因为毁僧谤道而遭厄运的文学大宗师韩愈。韩愈一生写了大量“抵排异端，攘斥佛老”⑥

的诗文，《原道》《华山女》都是不朽名篇，一道《论佛骨表》得罪了唐宪宗还差点被处以极刑，最后在宰相裴度力求之下才得以贬至潮州保全性命。

贾宝玉有“毁僧谤道”吗？书中有两处文字可供参考，一处是清虚观打醮后宝玉发誓再也不见张道士了，原因是张道士在贾母面前为他提亲。另一处则是“梦兆绛云轩”那一回宝玉在梦中喊骂：“和尚道士的话如何信得？什么是金玉姻缘？我偏说是木石姻缘。”大家难道不觉得奇怪，和尚道士不务清修却来插手红尘俗世的婚姻之事，是不是管得有点多了？

仅从宝玉“小孩子口无遮拦”，就认定《红楼梦》排斥“佛老”理由似乎不够充分。但是文本中塑造的大量宗教人物和设计的许多具体情节从不同角度表达了作者对“佛老”的戏谑。

细心的读者肯定会发觉一个问题，《红楼梦》中僧道是不分的。开篇写空空道人因空见色，由色生情，传情入色，自色悟空，遂改名情僧，改《石头记》为《情僧录》，道士变和尚，这是一处。

第二十五回写宝玉干妈马道婆在老太太面前讲佛法念“阿弥陀佛”。

第四十三回写水月庵的老尼姑见宝玉来了连忙问好、急命老道过来牵马，这老道难不成是在尼姑庵修炼？

第六十六回写瘸腿道士引渡柳湘莲出家，柳湘莲当时是掣出鸳鸯剑把三千烦恼丝一挥而尽，后面薛蟠说柳二弟做了柳道爷，难道说道观里有光头道士？

第八十回写卖假膏药的王道士是住在天齐庙，既然住在庙里应该是和尚呀？

妙玉“文墨极通，经文极熟”，天分比宝黛钗都高，师父还是得道高人，她在栊翠庵带发修行，结果还不是凡心难却，成了岫烟口中的“男不男，女不女；僧不僧，俗不俗”？我们应该看懂妙玉赐茶的文外之意。妙玉尚且如此，智能儿私会秦钟就更不奇怪了。王夫人“吃斋念佛，斋僧布施，最是有善心”，果真如此吗？打金钏逐金钏时声色俱厉，可有一点宽容？撵晴雯时让病中的弱女子除去贴身衣物外什么都不准带走，可有半分良善？

贾敬学道最为虔诚，可是死得令人警醒——“大夫们见人已死，何处诊脉来，素知贾敬导气之术总属虚诞，更至参星礼斗，守庚申，服灵砂，妄作虚为，过于劳神费力，反因此伤了性命的。”

《红楼梦》中还以漫画笔墨写了很多出家人的丑恶嘴脸，做了奸猾门子的小沙弥，怂恿凤姐拆散人家好姻缘的净虚，拐走芳官的智通，蛊害宝玉的马道婆，卖假药的王道士，他们和韩愈《华山女》⑦中那些装神弄鬼坑蒙拐骗的出家人有的一比！

作者借宝玉“毁僧谤道”来表达自己对当时现实的不满，这一点和韩愈惊人地相似。清朝两百多年皇室特别信奉佛教，据史书记载，仅乾隆四十五年，王公大臣们进献的无量寿佛就达19934尊，史家分析这种现象是因为清朝宠信佛教是为了压制儒教对抗汉族知识分子，用众生平等的思想对抗儒家华夷之分。《红楼梦》一书写了那么多令人啼笑皆非的出家人，想必现实生活中曹雪芹是和韩愈一样反对朝廷过度尊佛，尤其不屑那些名利场中打滚的出家人。宝玉“和尚道士的话如何信得”就是他自己的心声。另一种可能是他和宝玉有过相似经历，都曾通过参禅悟道寻求救赎而终无所得，如同比他略晚的大诗人黄仲则《杂感》中写的——“仙佛茫茫两未成，只知独夜不平鸣。”⑧

三、文字影响

上面提到韩愈的《华山女》，我对其中“抽钗脱钏解环佩，堆金叠玉光青荧”这一句特别有感觉。窃以为《红楼梦》“清虚观打醮”那一回的排场描写多少受了这首诗的启发，抽钗脱钏更令我想起“薛宝钗羞笼红麝串”那段文字——“宝玉笑问道：‘宝姐姐，我瞧瞧你的红麝串子？’

可巧宝钗左腕上笼着一串，见宝玉问他，少不得褪了下来。宝钗生的肌肤丰泽，容易褪不下来。宝玉在旁看着雪白一段酥臂，不觉动了羡慕之心，暗暗想道：'这个膀子要长在林妹妹身上，或者还得摸一摸，偏生长在他身上。'"

钏是古代戴在胳膊上的装饰品，宝钗的红麝串就是其中一种。

《红楼梦》在第十六回赵嬷嬷说："别讲银子成了粪土，凭是世上有的，没有不是堆山积海的。"这"堆山积海"一词别处从未见过，想必也是从《华山女》"堆金积玉"中化出。

《红楼梦》吸收韩愈诗文营养的地方还有很多，在第十七回"大观园试才题对额"有一段描写——"步入门时，忽迎面突出插天的大玲珑山石来，四面群绕各式石块，竟把里面所有房屋悉皆遮住，而且一株花木也无。只见许多异草：或有牵藤的，或有引蔓的，或垂山巅，或穿石隙，或如翠带飘摇，或如金绳盘屈，或实若丹砂，或花如金桂，味芬气馥，非花香之可比。"

脂批明确指出这段文字是学自韩愈的《南山诗》——"连用几'或'字，是从昌黎《南山诗》中学得。"

第五十四回写女先儿击鼓传花用了同样笔法——"那女先儿们皆是惯的，或紧或慢，或如残漏之滴，或如迸豆之疾，或如惊马之乱驰，或如疾电之光而忽暗……"

韩愈才华过人、想象奇特，惯用排比铺张以写文写赋的笔势笔调写诗，"或散若瓦解，或赴若辐凑。或翩若船游，或决若马骤……"一首《南山诗》连用五十一个"或"字，雪芹对此肯定极为欣赏。第七十六回凹晶馆联诗更有王希廉批语："妙玉足成三十五韵，是仿韩愈《怪道士传》文法。"⑨

韩愈对曹雪芹影响巨大，《红楼梦》中有两处诗词明显模仿昌黎，这里不妨比较一下。

《葬花词》中有句"柳丝榆荚自芳菲，不管桃飘和李飞"是"反剥"自韩愈的诗《晚春》——草木知春不久归，百般红紫斗芳菲。杨花榆荚无才思，惟解漫天作雪飞。

探春的判词《分骨肉》明显受韩愈《左迁至蓝关示侄孙湘》影响。

分骨肉

探春

一帆风雨路三千，把骨肉家园齐来抛闪。
恐哭损残年，告爹娘休把儿悬念。
自古穷通皆有定，离合岂无缘？
从今分两地，各自保平安。
奴去也，莫牵连。

左迁至蓝关示侄孙湘

韩愈

一封朝奏九重天，夕贬潮州路八千。
欲为圣明除弊事，肯将衰朽惜残年。
云横秦岭家何在？雪拥蓝关马不前。
知汝远来应有意，好收吾骨瘴江边。

探春远嫁是“一帆风雨路三千”，韩愈左迁是“夕贬潮州路八千”，一个是为家族除弊事，一个是圣明除弊事，一个损残年，一个惜残年，都是惊人的相似。

有一种奇怪的现象，就是我们之前读过一篇很有感觉的诗文，经过漫长的岁月洗礼，大脑中似乎已经没有什么痕迹，但在潜意识中它会融入自己的文字。某位上过“百家讲坛”讲《红楼梦》的老师也曾有过“灵光乍现，偶得佳句”的经历，他梦中所得妙句“桃李春风一杯酒，江湖夜雨十年灯”原来是黄庭坚九百年前写过的，这只能说在特定环境下他恢复了之前的读书记忆。韩愈是古代举足轻重的文学大家，曹雪芹受他文字影响也属正常。

关于韩愈和《红楼梦》之间的联系，我林林总总讲了这么多，旨在说明一个道理，文学具有一定传承性，好作品总是有破有立，有继承有创新，没有谁生下来就是天才，曹雪芹也一样。海纳百川成其大，没有博大精深、浩若烟海的古代文学遗产作为基石，就没有今天光耀千秋的惊世巨著《红楼梦》！

注释

①苏轼:《苏轼文集》，中华书局1986年版，第508页。

②陈师道:《后山居士诗话》，商务印书馆1939年版。

③赵翼:《瓯北诗话》，人民文学出版社1963年版。

④刘大杰:《中国文学发展史》中册，复旦大学出版社2011年版，第104页。

⑤本文所有《红楼梦》引文皆出自《脂砚斋重评石头记》，人民文学出版社2014年版，影印庚辰本，以下概同，不再详列。

⑥韩愈:《进学解》。

⑦《华山女》全文:

街东街西讲佛经，撞钟吹螺闹宫庭。广张罪福资诱胁，听众狎恰排浮萍。
黄衣道士亦讲说，座下寥落如明星。华山女儿家奉道，欲驱异教归仙灵。
洗妆拭面著冠帔，白咽红颊长眉青。遂来升座演真诀，观门不许人开扃。
不知谁人暗相报，訇然振动如雷霆。扫除众寺人迹绝，骅骝塞路连辎軿。
观中人满坐观外，后至无地无由听。抽钗脱钏解环佩，堆金叠玉光青荧。
天门贵人传诏召，六宫愿识师颜形。玉皇颔首许归去，乘龙驾鹤来青冥。
豪家少年岂知道，来绕百匝脚不停。云窗雾阁事恍惚，重重翠幕深金屏。
仙梯难攀俗缘重，浪凭青鸟通丁宁。

⑧《杂感》全文:

仙佛茫茫两未成，只知独夜不平鸣。风蓬飘尽悲歌气，泥絮沾来薄幸名。
十有九人堪白眼，百无一用是书生。莫因诗卷愁成谶，春鸟秋虫自作声。

⑨韩愈:《怪道士传》已经失传。

跛足道人与铁拐李

——论《红楼梦》对传统道教人物形象的继承和发展

刘祺莹
天津科技大学

《红楼梦》中的跛足道人是广大读者既熟悉又陌生的神仙人物。说熟悉是因为他每次的出场都令人印象深刻，陌生是因为在这部巨著中关于他的文字很少。这一人物非常值得我们注意，在太虚幻境和青埂峰下，他“生得骨格不凡，丰神迥异”[①]。而到了人间，便化作了跛足道人，形象很不堪。这种反差一直贯穿全文，使其成为在实与虚之间穿针引线的重要人物。

曹雪芹为什么要这样塑造跛足道人？通过跛足道人和铁拐李在形象、宝物、度化众生这三方面的对比，我们可以较清晰地感受到作者对于传统道教人物形象的继承和创造。进一步挖掘其原因，能够让我们更加深入地思考《红楼梦》的深刻内涵和思想观念。

一、形象塑造的继承

《红楼梦》对跛足道士的具体描写分为两种，一种是他在仙界时形象的描写，另一种是他在红尘中的形象描写。跛足道人在仙界是渺渺真人，第一回中有对他的描写：“俄见一僧一道远远而来，生得骨格不凡，丰神迥异，说说笑笑来至峰下，坐于石边高谈快论。”可见他是一位风流倜傥的仙人。而在人间的形象，第二十五回中描写的最具体。文中这样写道：

“一足高来一足低，浑身带水又拖泥。相逢若问家何处，却在蓬莱弱水西。”由此可见，仙人到了凡间面貌大大改变了。跛足道士在凡间的形象与“八仙”中的铁拐李有异曲同工之妙。《历代神仙通鉴》卷五在记载铁拐李的形象时，以“黑脸蓬头，卷须巨眼，跛右一足，形极丑恶”来描写。《八仙得道》中的铁拐李形象为：“又黑又丑，一只脚儿长一只脚儿短”“黑如铁铸，浑身不见一点白肉”。可见，这“蓬头跛走，巨眼如环”的铁拐李和跛足道人一样形貌不堪。这种写法并非出于随意想象。道教经典《真浩》中讲，那些后世肉身成仙的“真人”，常常“隐其道妙而露其丑形，或衣败身悴，状如痴人”。曹雪芹在构思跛足道人的形象时显然是参照了道教经典中这类人物的描写。

这样类似的形象在我国古典小说中反复出现，几乎成为一种模式。这种模式的特征为：两副形象，入尘则穷、则脏、则病，归仙界、显真身则庄严妙丽②。至于为什么会有这样形貌的变化，笔者认为可能有以下三点原因。

第一，由于道教神仙形象的“世俗化”“人性化”趋势。这样的趋势带来了神仙形象宗教色彩的进一步减弱以及人性化色彩的逐渐加强。通过道教神仙“平民化”的变化，神仙形象被融进了更多世人的形象、情感甚至作为一般人的各种复杂状态。正是通过类似于“八仙”中的铁拐李和跛足道人这样的“新”的神仙形象，使得“神仙”形象得以逐渐走出宗教领域，进入一般人特别是下层民众的生活范围之内。基于此原因，道教的神仙观念才得以更加接近于普通大众，更接近于普通人的生活观念和思想意识，并渗透着一种活泼泼的生活气息，使人感到平易近人，从而使道教神仙在普通民众之中得到更好的传播和继承。

第二，为了甄选并度化有慧眼的人。俗世中人处于各种认知层次杂糅的状态中，于是他们就会有真中幻、幻中真、幻中幻、真中真，表里不一，虚实错置。于是，跛足道人形象上的神俗变化因此而生。由于有“弥勒真弥勒，时人皆不识”的误解，因此，出入于仙界与凡间的中介者便刻意变其容貌，不以真视，从而考验出“以世眼观，则无真不俗；以法眼观，则无俗不真”的圣人与凡人之别。相貌只是一个外壳，若有不为表象所蒙蔽的法眼，便可以瞥见智慧的闪耀，从而得到精神的救赎。

第三，受老庄“畸人”思想的影响。《老子》有“信言不美，美言不信”之说，实质是在提倡外拙内秀的一种精神状态。在《大宗师》中，庄子更进一步提出了“畸人”的观念：

子贡曰：“敢问畸人？”曰：“畸人者，畸于人而侔于天。故曰：天之小人，人之君子；人之君子，天之小人也。”

这一观念对后世影响很大，成为了那些不满于社会、愤世嫉俗、有异端思想的知识分子的人格典范。在潇洒、阔达的“魏晋风度”中，也普遍渗透着“畸于人而侔于天”的精神。其特点在于以反世俗文化的态度来表现对社会价值标准及社会伦理秩序的批判，以抛弃社会或者说“被社会抛弃”为代价来追求个体人格的完整性，以消极怠慢、玩世不恭的态度来反抗现实。由于其体现出夸张而近乎变态的自我肯定，所以特别得到了受挫知识分子的青睐，曹雪芹也是其中的一员。③

二、宝物运用的超越

道教神仙都随身携带有宝物，铁拐李的宝物是葫芦。他的葫芦里据说装的都是仙丹妙药，哑巴吃了里面的药，能够开口说话；瞎子吃了里面的药，就能重见光明；生病的人吃了里面的药可以祛除病痛。可以说他身后背的大葫芦是稀世珍宝，里面装着的是灵丹妙药，能治各种疑难杂症。这个葫芦对于铁拐李这个道教形象来说可以算是镇物法器了。而葫芦这个物件本身就拥有很深的道教意味。首先，因道教“壶中日月”和“壶天”一类的仙境与葫芦有关，于是葫芦便象征着仙境和追求的理想境界。其次，葫芦身形优美，天然就能给人以圆润、吉祥之感，自古以来就被人们视为可以辟邪、祈福的镇物法器。最后，道教的长生思想经常与葫芦嫁接在一起。人们日常口语中的“你葫芦里卖的什么药”即与道教“悬壶济世”的传统有关。“悬壶济世”的故事几经流传，不变的细节是壶公卖药的标志——悬挂一个葫芦。道教徒认为以药可以养生，可得长生，因而葫芦里又增加了一层治病养生、追求长生的思想内涵。④

铁拐李的宝物是葫芦，而跛足道人的宝物则是“风月宝鉴”，其继承了一些葫芦作为镇物法器的作用，但“风月宝鉴”远比铁拐李的葫芦构思更加新奇，内涵更加高妙。

那风月宝镜“出自太虚幻境空灵殿上，警幻仙子所制”，是跛足道人送与贾瑞的宝物。跛足道人的这面镜子具有道教法器的特点。道教用来驱鬼避邪的法器通常是印、剑、镜等，而关于镜的神秘功能是从镜可鉴物的功能上想象出来的。⑤人们认为镜子是“金水之精，内明外暗”。所以一切为害于人的魑魅魍魉都不能在它面前隐匿。葛洪《抱朴子·登涉》中说，妖魅能假托人形，以眩惑人目，但“唯不能于镜中易其真形”。《红楼梦》中的“风月宝鉴”也是从这种道教意象引发想象而构思的结果。另外，我国古代较正规的医书中，不乏对镜子医疗功效的记载。例如，李时珍在《本草纲目》第八卷《金石一》中有关于“古镜”的一条记载。此外，还有神乎其神记载，如《医心方》卷十四所引《范汪方》中有“治魇死符法——魇死不久故可活方”：“书此符，烧令黑，以少水和之，置死人口，悬镜死者耳前，击镜呼死人。不过半日即生。”这里所描述的镜子的医疗功效竟能神奇到使人起死回生，其中也着重提到了法术丹符，这显然含有道教的特点。⑥可见，作者在创作“风月宝鉴”这一意象时借鉴并吸收了道教法器中的镜子能驱鬼辟邪的功能和在医术上镜子能发挥神奇治疗的功能。

“风月宝鉴”不仅构思新奇，还内涵高妙。风月宝镜的正面是凤姐，反面是骷髅；正面是假，反面是真；正面是现象，反面是本质。因此，从哲学的观念来看，风月宝鉴不仅仅是一面镜子，它蕴含着丰富的抽象化的哲理意味。它代表着正与反、真与假、现象与本质等方面的对立统一，充满了虚实正反的辩证智慧。

首先，“风月宝鉴”体现出了清晰的“真假观”。文中凤姐对待贾瑞完全是虚情假意，她的表现是：“假意含笑道”“假意笑道”“故意的”，可见凤姐之“假”。而痴蠢的贾瑞却以假为真，说“来，来，来，死也要来”。于是贾瑞的执着成为了不幸，害了自己。贾瑞死后，贾代儒烧风月宝鉴时，“风月宝鉴”做出了“你们自己以假为真，何苦来烧我”的嘲讽。可见，贾瑞之死与他自己的“以假为真”是分不开的。命运无常，仕途艰险，真假不定，你所认为的“真”并不一定可靠，“假”说不定也真。太虚幻境中的对联“假作真时真亦假，无为有处有还无”也暗示了这一点。这副对联可以这样来理解：真就是假，假就是真，真假可以互相转化，真和假是事物的一体两面。清人王希廉也说：“《石头记》一书，全部最要关键是‘真假’二字。读者须知真即是假，假即是真；真中有假，假中有真；真不是真，假不是假。”

其次，“风月宝鉴”有暗示主旨的作用。上文详细介绍了“风月宝鉴”中体现的“真假观”，其实这“真假观”也是《红楼梦》作者想传达的一个主旨思想。《红楼梦》所展示的是“盛筵必散”、生命不再、一切都将归于毁灭的必然趋势。那些鲜花着锦、烈火烹油之事都是人世中繁华假象，在这背后存在的是家破人亡的真实危机。这就提醒我们，万不可被世俗中的假象和幻相所迷惑，沉迷于表面的“真”而忽视了真实的“假”。

最后，“风月宝鉴”是一种象征。首先，它象征了“风月之情”，同时也象征了人性的弱点和心魔。贾瑞第一次从镜子正面里出来的时候，“心中到底不足”，后又进入镜子里，最后精尽人亡。这个情节直接以贾瑞的事例作为反例教训来告诫世人，不能沉迷于风月之事中。从更深层次来看，风月宝鉴“鉴”的不仅是风月之事，它还能够照出人性的弱点和缺陷，同时也向读者说明了“幻由心生”的道理，命运的结局如何就看能不能自己战胜自己的心魔了。除此之外，贾瑞和“风月宝鉴”对全书其他人物还有象征意义。“风月宝鉴”拥有正反两面，于是美女就是骷髅，骷髅就是美女，美女可以变成骷髅，骷髅就是曾经的美女，美女和骷髅可以互相转化，是“风月宝鉴”两极悖反的一体两面。贾瑞不管是照正面还是反面，都必死无疑，因为贾瑞的欲求始终都得不到恰当的引导与接纳。正照与反照象征了贾瑞情欲的深陷与压抑这种相悖的情感状态，情欲的压抑导致情欲的深陷，而情欲的深陷来源于情欲的压抑，这样的矛盾使得他必然走向死亡。⑦贾瑞、凤姐、秦钟、尤三姐等悲剧人物都是因偏于一端而走向了人生的终点。可以说，人物的生命状态总是处于两极悖反的矛盾状态，如果最终走向某一极端，必然会以悲剧来收场。

三、度化情节的变异

铁拐李作为“八仙”中的一员，其事迹大多在民间故事和戏曲里流传。据说铁拐李乐于打抱天下不平，还用他的丹药治好了很多人，除此之外还曾度化过人。杂剧《铁拐李度金童玉女》就是一例，该剧演述的是天上的金童金安寿和玉女童娇兰下凡了却尘缘的故事：金童与玉女起了凡心，被玉皇大帝贬谪人间，降凡投胎为女真族的金安寿和童娇兰。结为夫妻，享尽世上的荣华富贵，了却了在天上无法实现的姻缘。最后，复经铁拐李度化，再脱凡胎上天为仙。由此可见，铁拐李成功度化了二人。

但《红楼梦》中的跛足道士与铁拐李在度化人方面是不同的。文中一共写了三处跛足道人度化人的情节，他分别度化过甄士隐（第一回）、贾瑞（第十二回）和柳湘莲（第六十六回）。从性别上看跛足道士的脱度行动的对象都是男性，在这点上与铁拐李男女均度不同。

对于为什么让跛足道人度男，而且只有跛足道人成功度化两人这个问题，笔者认为似乎从以下两个方面可以解答。

第一，受到宗教中男女观念的影响。《红楼梦》所叙只有甄士隐和柳湘莲两人被成功度化了，其余和尚欲度化过的小姐们都没能成功。由此可见，无论是佛还是道真正发挥功效，能够成功度脱的对象都是男性，度化的方式也都是利用“言语机锋”，使其完成“内在超越”，从而真正的大彻大悟。似乎可以说，只有男性才是可能到达智慧的彼岸的，而女性则是超越世俗的绝缘体。这可能是受到了佛教中“女身不能成佛”的影响。另外，西蒙·波伏娃曾认为：相对于男性生命是“超越”的化身，女性被编派传宗接代和操持家务的任务，她的功能是“内囿”的。她被禁闭在“内囿”和“无常”的牢里，她的生命意义永远操控在他人手中。⑧以上这些观点和看法就证明了女性在成长道路上的缺失情况，也说明了为什么安排跛足道人度男而不度女。

第二，道教的思想对于曹雪芹的创作影响更深。似乎作者更加青睐于利用道家的方式使人得以解脱。跛足道人度柳湘莲而去，意在告诉读者：人生如旅途，世间只能暂时歇歇脚，并无安身立命处，真正的归宿在于出家修道。柳湘莲有如此结局，可见作者在思想上对于道教的度世理想和出世哲学是向往并且欣赏的，对于道行较深、远离富贵、清修德高的道教人物是钦佩的。他的这种心态在《红楼梦》的主题思想中留下了鲜明的印记。除此之外，“人生如梦”的思想对其创作也有很大的影响，《红楼梦》中的一个“梦”字就暗示了作者的本意就是要用这本书来阐述人生如梦的道理。而人生如梦的思想正是庄子首先提出来的。庄子认为，人生在世不过是一场梦而已。笔者看来，这个道理似乎是作者用来着重提醒男性的。因为男性在传统的社会中有很重的家庭责任和社会责任，信奉传统的儒家思想使得他们认为“入世”做官、手握大权是最好的出路，是值得炫耀、光宗耀祖的头等好事。曹雪芹是“大觉”之人，当他经历人世沧桑、再回首往事时，深感人生不过是一梦而已。因此，作者通过“人生如梦”的展示，想让追名逐利的男性知道权势和富贵就如“黄粱梦”或“邯郸梦”一样，都是过眼的云烟。很显然，道家的度世理想、出世哲学和“人生如梦”的观念，使得《红楼梦》有了浓厚的道家文化色彩。正因如此，作者安排了跛足道人度男，且成功度化两人。

四、结语

通过跛足道人与铁拐李的一系列对比，我们可以看出曹雪芹对于民间传说故事中人物的借鉴和艺术上的再创造。形象的转变，宝物的绝妙，度化众生的分配，这些用心良苦的创造使得《红楼梦》一书具有磅礴的气势和高深的思想。红楼之梦是一场富贵荣华之梦，纵有千样乐事、万般喜庆亦不可长久，到头来却是大梦一场、万境归空。无论一僧一道怎样努力，也总是事与愿违，无论是佛还是道都没能阻止这场悲剧的到来。这种巨大的冲击力启发人们去思考命运，去体悟梦幻一场的虚无。

注释

①引文均来自（清）曹雪芹、高鹗《红楼梦》，人民文学出版社2008年版。

②③参见陈洪《论癞僧跛道的文化意蕴》，《红楼梦学刊》1993年第4辑。

④参见张庆松《葫芦里的道教文化》，《云南政协报》2013年11月25日第8版。

⑤参见胡绍棠《〈红楼梦〉与道教》，《红楼梦学刊》1988年第4期。

⑥参见刘艺、许孟青《神奇宝镜的背后——“风月宝鉴”的宗教思想文化蕴含》，《宗教学研究》2008年第2期。

⑦参见方莉玫《论贾瑞和“风月宝鉴”对〈红楼梦〉中人物的象征意义》，《广东技术师范学院学报》（社会科学）2016年第4期。

⑧参见欧丽娟《大观红楼1：欧丽娟讲红楼梦》，北京大学出版社2017年版，第476页。

浅议小戏子在《红楼梦》故事架构中的镜像作用

夜何其
山东省寿光市

我常想，曹公为什么要在他的《红楼梦》中写上一群小戏子呢？小戏子们占的笔墨还不少，单是龄官和芳官，就出现在十几回中。曹公总共才写了八十回呢。这两个小戏子竟比李绮、李纹、邢岫烟、薛宝琴这几个名门小姐占的篇幅更多些。首先，对那时的豪门贵族来说，看戏听曲是常见的娱乐活动；其次，曹家当年就有一个戏班子，曹公对小戏子们的生活不陌生；最后，曹公著书，意在为闺阁昭传，《红楼梦》是一部女性的集体悲歌，曹公力图在一个最小的范围内覆盖最多的女子——贵妃、小姐、少奶奶、尼姑、丫鬟，小戏子是比丫鬟更低的一个阶层，写上一个小戏子群体，才让这个悲剧群芳谱的覆盖人群扩展到最底层。

我想还有一个原因让曹公对这些小戏子们着迷，这跟戏剧的特点有关。中国的传统戏剧高度程式化，经常以虚拟的言行来表现生活，一个簪花的动作就是簪花，一个拉门的动作就是开门，“台上六七人雄兵百万，出门三四步走遍天下”。中国的戏剧天然是有暗示与喻意的。读过《红楼梦》的人不难发现，《红楼梦》是一本充满暗示与喻意的书，中国传统戏剧这种充满暗示与喻意的表达方式非常贴合曹公之意。由于种种不便言说的原因以及受《道德经》等东方哲学和佛教思想的影响，《红楼梦》中弥漫着真与假、虚与实、有与无的对比，实体与镜像交错反复。三生石畔的神瑛侍者与贾宝玉、贾宝玉与甄宝玉、甄宝玉与曹公本人，互为镜像与实体，这层层镜像给整本书蒙上了迷离梦幻的神秘色彩。我曾经逛过一个小商场，这个商场的二楼装修颇为奇特，柱子上墙壁上嵌了许多镜子，这些镜子把这个狭小空间里的人与物反射又反射，影像层层叠叠。我站在那里，像站在一个万花筒的中心，周遭是一个缤纷陆离的世界，读《红楼梦》也是这样的感觉。《红楼梦》的感情线索很简单，就是二女一男的感情纠葛；人物塑造摆脱了旧式小说脸谱化的套路，人物形象仍然有些单薄。我们没有这样的感觉，一是这个故事放在了一个宏大的背景之中；二是作者巧妙运用镜像原理，给几个主要人物设置了不同的镜像，高低错落，明暗交织，人物形象以几何倍数丰富起来。

戏剧演出有模拟性，可以再现过去已经发生与预演未来将要发生的事情。曹公写上一群小戏子，除了扩大悲剧人群的覆盖面，还有个重要作用，让龄官与藕官这两个小戏子模拟贾宝玉以往与未来的感情模式。

一、龄官：林黛玉的镜像与宝黛恋情的重现

龄官首次出现是在元妃省亲时，宝黛钗等人的诗会结束，小戏班子献戏，贾贵妃称赞龄官唱得好，让她再唱两出。管理戏班子的贾蔷让龄官唱两出《游园》《惊梦》，龄官说不是她的本角戏，说什么也不肯，非要唱两出《相约》《相骂》，贾蔷拗不过她，只好由她唱了。

龄官出场就给人印象深刻。戏子在古代是下九流，与倚门卖笑的娼妓差不多，龄官的架子比小姐们还大。贾贵妃让小姐们写诗，迎春、惜春不擅写诗，也不敢说“我们不会写诗，我们不写了”。龄官的直白执拗与她的成长环境有关，她在梨香院这个高度封闭的环境中日复一日学戏，不懂得人情世故。但是别的小戏子与她在相同的环境中成长，并不像她这样。说到底，还是跟她的性格有关。

龄官的性格像谁呢？如果我们在小姐中给她找一个性格近似的，是不是想起林黛玉？林黛玉也是这样直白，周瑞家的送宫花，最后送给林黛玉，林黛玉张口就说：“我就知道，别人不挑剩下的也不给我。”贾宝玉把北静王赠的鹡鸰香串念珠转送黛玉，黛玉说：“什么臭男人拿过的，我

不要他。”

龄官第二次出场是第二十二回。宝钗生日，贾母院子里搭了一个家常小巧戏台，唱了一天戏。贾母最喜欢一个小旦和一个小丑，傍晚散场时把两个孩子叫到跟前问话，凤姐说那个小旦“扮上活像一个人”，心直口快的史湘云说：“倒像林妹妹的模样儿。”贾宝玉连忙向史湘云使眼色。结果引发了一场风波，史湘云气呼呼地收拾衣包要回家，林黛玉把贾宝玉拒之门外。贾宝玉见两个青梅竹马的表妹都不理他，不禁大哭起来，自以为悟透人生，提笔立占一偈：“你证我证，心证意证。是无可证，斯可云证。无可云证，是立足境。”袭人拿着偈子给黛玉看，黛玉拿给湘云看，第二天两人又给宝钗看。三个人一起去找贾宝玉，黛玉、宝钗就偈子内容提了几个问题，把宝玉问得哑口无言。宝玉方知自己的悟性比黛玉、宝钗差得远，既佩服且惊喜，四人和好如初。

这个“扮上”活像林黛玉的小旦是不是龄官有争议。争议在于，这个小戏班子是贾府的还是从府外定的？我以为，即使王熙凤从外面定了一个小戏班子，也不排除贾府的小戏子们登台。联系前后文看，这个唱小旦的小戏子应该就是龄官。

下次龄官出场，我们发现，龄官不仅“扮上”活像林黛玉，她生活中就酷似林黛玉的模样。那是第三十回，贾宝玉在王夫人屋里挑逗金钏惹了祸，匆匆跑回怡红院。夏日中午，园中寂寂无人，他忽然听到有哭泣之声，透过蔷薇花架，看到一个女孩儿一边哭一边用簪子在泥地上画字，画来画去，都是一个“蔷”字，一阵急雨，女孩儿的衣服淋湿了也不察觉。这个女孩儿，用贾宝玉的眼光看去“眉蹙春山，眼颦秋水，面薄腰纤，袅袅婷婷，大有林黛玉之态”。这里借贾宝玉的眼光肯定了龄官是个翻版林黛玉。不过当时贾宝玉没认出是龄官，他日常与小戏子接触不多。

直到第三十六回，贾宝玉才知道这个画蔷的女孩儿是龄官。那天他去梨香院，想让龄官给他唱一套“袅晴丝”。曲子没有听成，却目睹了一场爱情大戏。原来这个情感早熟的女孩儿喜欢上了管理戏班子的贾蔷。

贾蔷最初出场时，给人的印象不算好，遇到爱情以后，他像变了一个人，在龄官面前，他慌手慌脚不知怎么讨好她，当初的敏捷机灵都不知跑哪去了。他花一二两银子买了一只会表演节目的雀儿给龄官解闷，龄官说贾蔷拿雀儿来形容打趣她。贾蔷连忙赌身立誓，说他绝无打趣龄官之意，当即拆了笼子，把雀儿放了生。龄官哭诉自己咳血，埋怨贾蔷不关心她。贾蔷连忙要去请大夫，龄官喝止他“这会子在毒日头地下，你赌气子去请了来我也不瞧”。

宝玉在那里看呆了。龄官不止纤薄的身子、精致的眉眼像林黛玉，她表达爱情的方式也像林黛玉，贾蔷那失魂落魄的样子又多么像贾宝玉。这分明是有人在贾宝玉面前立了一面镜子，把他与林黛玉的恋情常态播放了一遍。只是，不是每个林黛玉都爱他，这个戏班子里的“林黛玉”就不爱他，他往她身边坐，她赶快把身子移开，仿佛他会脏了她似的。

这对贾宝玉来说是个石破天惊的发现。他自幼生长富贵丛中、锦绣堆里，长得又得人意，差不多人人喜欢他。他爱世间一切美好的东西，那些花儿，那些女儿，他怜惜她们，呵护她们，亲近她们，他希望在她们温暖的爱中活着，在她们深情的泪水中死去。有女儿们的眼泪托着，死亡也变得诗意盎然了。

此时他明白，这不可能了，人生情缘，各有分定，这些水做的女儿眼中汪着再多的泪，他也不可能全得，只能得到属于他的那一份儿。

“情悟梨香院”是贾宝玉情感道路上的里程碑。贾宝玉与林黛玉最初是耳鬓厮磨的亲情，随着青春期来临，两小无猜的亲情转化为爱情。贾宝玉的滥情给林黛玉脆弱的内心带来极大的不安全感，他向林黛玉发誓“你放心”，然而他根本没有认识到自己的滥情。龄官出现在贾宝玉的情感转折点上。贾宝玉以旁观者的角度观看了他与林黛玉的恋情，一个新世界的门在他面前哗啦打开，多情而聪慧的他瞬间领悟了爱情的真谛。明白那些女孩子是一个个独立个体，有自己的情感与需求，为他流泪的女孩子，他要好好珍惜。从那以后他告别滥情，与女孩子保持了安全的距离，他说让林黛玉“放心”，就让林黛玉放了心。

二、藕官：贾宝玉的镜像与宝玉婚姻的预演

藕官出现的时候，正是宝玉一场大病之后。宝玉这场病来得蹊跷，黛玉的丫环紫鹃跟他说黛玉长大了，林家要接她回苏州。宝玉就痴了。贾宝玉的这场病，人人皆知是怎么回事，这不是两个一起玩大的孩子的依恋，而是一个人对另一个人刻骨铭心的爱恋。如果说“情悟梨香院”是给宝黛爱情上了一道保险，“紫鹃试莽玉”是给宝黛爱情又上了一道保险，至此，宝黛爱情固若金汤，不会再生罅隙。可是爱情与婚姻是两码事，爱情可以自己做主，婚姻由不得自己。这是继“逢五鬼”和“承笞挞”之后，贾宝玉第三次病重，前两次王夫人“儿”一声“肉”一声地大哭，儿子有什么要求无不满足，这次她却一语不发。贾母明白儿媳的沉默意味着什么，所以她只是安慰宝玉：“林家的人都死绝了，没人来接他的。”而不敢跟宝主说“你放心，林妹妹以后就是咱们的人了”。

林家没人来接林黛玉并不意味着林黛玉会嫁给贾宝玉，贾宝玉心里不踏实。我们读者心里也不踏实。宝黛爱情是什么走向？贾宝玉梦游太虚幻境时已经给出答案：“空对着山中高士晶莹雪，终不忘世外仙姝寂寞林。”贾宝玉最终跟薛宝钗生活在一起了，虽然他始终忘不了逝去的林妹妹。

贾宝玉没有守着一份感情到终了，他接受了命运的安排。贾宝玉对林黛玉的爱深入骨髓，为什么他还能接受“山中高士晶莹雪”？作者安排藕官预演了贾宝玉未来的婚姻。

藕官在戏班子里扮小生，扮得久了，自以为是小生，喜欢上了扮小旦的药官。生活中你恩我爱，俨然一对小夫妻。后来药官病死，补了蕊官做小旦。藕官跟蕊官又是你恩我爱，俨然夫妻。人们说藕官见新忘旧，她辩解道：“这又有个大道理，比如男子丧了妻，或有必当续弦者，也必

要续弦为是。便只是不把死的丢过不提，便是情深义重了。若一味因死的不续，孤守一世，妨了大节，也不是理，死者反不安了。”宝玉遇到藕官时，正值清明，藕官在哭祭死去的药官。

如果说龄官画蔷让贾宝玉领悟了爱情的本质，藕官烧纸让贾宝玉明白了婚姻的本质。爱情是精神领域的事情，婚姻关乎现实，是两个人相帮相扶过日子。爱情与婚姻是可以分离的，一个人离去之后，接受了另一个人的陪伴，并不意味着对当初爱情的背叛。

这与其说是藕官启示了宝玉，不如说是作者给自己找个台阶下，你把贾宝玉写成一个大情圣，他怎么会忘记世外仙姝林妹妹，娶了山中高士宝姐姐呢？ 通过藕官的演示，我们就知道，宝玉还是那个情圣，他心中始终有个林妹妹，虽然生活中跟宝姐姐齐眉举案。

藕官烧纸像一剂预防针，读者打了这一针，心中就有了免疫力，黛玉死后，宝玉娶宝钗，读者心里难过，也能接受了。

三、芳官：藕官故事的讲述者与大观园的搅局者

藕官与药官、蕊官这“一凤二凰”的故事，对应着宝玉与黛玉、宝钗这一男二女的故事。“藕官烧纸”中藕官的形象就是未来宝玉的镜像。但是，这在叙事上有个难题，“龄官画蔷”留下的悬念是宝玉看到龄官与贾蔷的恋情而解开的，“藕官烧纸”留下的悬念怎么解开？ 总不能让宝玉到黛玉屋里去，看到藕官跟蕊官你恩我爱、依情妾意。藕官虽然在戏台上扮小生，可她是个女孩子，她跟蕊官是同性“恋人”，两个女孩子偎依在一起秀恩爱，太污眼睛。藕官与蕊官的故事是不能出现画面的，出现画面就污了。只有通过第三者讲述，这个故事才会纯洁感人。何况藕官烧纸时，药官已死，藕官跟她的恩爱场面已经不可能以画面再现，只能通过讲述的方式再现。

这个讲述的任务就留给了芳官。

芳官这个角色很有意思，藕官、药官、蕊官跟她都是好友，藕官、药官、蕊官轰轰烈烈谈恋爱，她当电灯泡，既不尴尬，也不羡慕。她好像对感情免疫，十二三岁了，一点性别观念没有，纯洁得像个新出生婴儿似的。

从写作角度讲，芳官只能是这样的人设。只有如此，她才不会掺和藕官、药官、蕊官等人的恋情，她的讲述才是客观真实的；也只有如此，她才会在大观园里闹得天翻地覆，跟贾宝玉却没有感情瓜葛。试想，她像龄官那样，俨然一个翻版林妹妹，天天跟贾宝玉在一起，谁敢保证她不会爱上贾宝玉？

芳官还有个任务是搅局。曹公把藕官、芳官一干小戏子放进大观园时，就已经着笔写群芳悲剧，群芳悲剧的主体是宝黛悲剧。这个悲剧不是个人造成，而是环境使然，是随着贾府的崩溃而形成的大悲剧。贾府的崩溃有外因也有内因，外因是政敌构陷，子弟无能，内因是财政危机与人际矛盾。但是贾府是百年钟鼎之族，有一套完整的明规则与潜规则，主子仆人心知肚明，虽然寅吃卯粮，矛盾重重，看上去仍是一片和谐景象。谁来挑破这层窗户纸，把潜藏的矛盾勾动出来？只能是个不懂规则的初来者。曹公把这个任务交给了小戏子和她们的干娘。

这些搅局的小戏子为首的就是芳官。芳官成为这群搅局小戏子的为首者，有三个条件，一是她在戏班子里扮正旦，是戏班子里的台柱子之一，个性张扬。二是她分到了贾宝玉屋里，贾宝玉向来不约束丫头，由她们按着性子来。贾宝玉屋里大大小小十几个丫头，用不着芳官服侍，她有的是时间到处滋事。三是芳官这种没心没肺大大咧咧的性格，天然适合惹是生非。她像龄官那样心细如发、多情善感，怎么可能到处捅娄子呢？

毫无性别意识的芳官最后以“狐狸精”的罪名被赶出大观园，无处存身，水月庵的智通趁机拐骗她出家。这真的很荒唐。

芳官是谁的影像呢？非要找一个，她最像的应该是晴雯。她跟晴雯

同时以“狐狸精”的名义被赶出贾府，一死一流离，贾府的大厦还没倾倒，她俩就登上了悲剧群芳谱的名录。“晴为黛影”，晴雯有几分似黛玉，芳官有几分似晴雯，她俩一定程度上是黛玉的影像，她俩的悲剧也预示了黛玉即将到来的悲剧命运。

恨水笔墨，曹公遗意

——试析《春明外史》与《红楼梦》两篇祭文的三条共同脉象

庞惊涛
成都商报社

初读《红楼梦》的时候，张恨水先生的作品尚未接触。前八十回临近尾声，一篇全面展现曹公才情的《芙蓉女儿诔》才倾情而出。其后不久读张恨水先生的《春明外史》，也是一书将结束的时候，读到了李冬青祭主人公杨杏园的那篇祭文，才猛可里惊觉，恨水先生的这篇祭文，继承了曹公《芙蓉女儿诔》的脉象，沿着这条脉象，两部隔了近三百年的巨著，接上了情感的血脉。

关于张恨水先生小说创作受《红楼梦》影响之深，历来多有论家论及。美国威斯康星州立大学博士王晓薇认为：《春明外史》和《金粉世家》“这两部作品深受18世纪名著《红楼梦》的影响，尤其在故事结构上，显示出了作者对传统章回小说艺术灵巧的运用。”[①]比起《金粉世家》来，《春明外史》的成就和影响虽稍有不及，但作为张恨水先生早期的代表作，其遵循曹公“以社会为经，以情感为纬”的写作手法，比起《金粉世家》来，也毫不逊色。因此，说《春明外史》是恨水先生“仿效红楼之作”实不为过。李冬青悼杨杏园的那篇祭文，和《芙蓉女儿诔》在情感脉象上的一脉相承，当是最好的证明。

从文本和体例来看，两篇祭文确实大有差异。《芙蓉女儿诔》是男主祭女仆，后者是女友祭男友；《芙蓉女儿诔》是前序后歌，后者有序无歌；《芙蓉女儿诔》对仗工整，音和律同，读来有音韵之美，后者以半古半白贯穿全文，汪洋恣肆，读来有不竟之悲；《芙蓉女儿诔》想象瑰丽，后者写实沉着。虽则有以上诸多不同，但两篇祭文所饱含的真挚浓烈的感情，喷薄而出的悲伤和缠绵悱恻的追忆，以及悲凉沉郁的感情基调，则完全是两样文字、一样笔墨。试分别论之。

一、文本脉象：悲伤是共同的情感基调

两篇祭文的主角，虽然死因、性别有异，但都年少早逝。晴雯是“迄今凡十有六载”[②]，杨杏园病死的时候，“年且不及三十”；晴雯是“偶遭蛊虿之谗，遂抱膏肓之疚”；杨杏园是情感受挫而生心病，最后不治。因此，两篇祭文的作者悼早逝的逝者，悲伤就成为共同的情感基调。

《芙蓉女儿诔》始悲后欣，但“欣”的想象源于“悲”的无可排遣和寄托；而李冬青悼杨杏园，则是一气呵成、贯穿全文的悲，让人不忍卒读。《芙蓉女儿诔》的悲，在于对晴雯早逝的无可奈何，在于对相与共处的青春无忌，在于对“惭违同穴之盟”的悔恨。而这样的无可奈何，这样的共同追忆和悔恨，转移到李冬青身上，则得以一一体现在她祭杨杏园的祭文中。李冬青在祭文里备极详尽地追忆了她和杨杏园认识、诗文交往、相互萌情的过程，更详细申说了自己“不祥之身不足以偶吾兄”的因由和希望“李代桃僵”以绝杨杏园和自己成为佳偶的愿望。悲之不可抑处，乃发出了“天道茫茫，果愈长厚者天愈以不堪待之乎”的呼问。最后，又以“虽然，不随兄以入地者，身耳，心则早赠与吾兄”一句，阐明了自己对杨杏园隐含的情深爱重，这和宝玉“惭违同穴之盟”“愧迨同灰之诮”以及“红绡帐里，公子情深；黄土垄中，女儿命薄”的悲伤何其相似，何其触动人心。两对男女，虽然都没有真正经历男女之事，但于祭文中透射而出的婉转深情，则早已超越于情欲层面而上升到了心身融合之境。

此外，在这条粗的脉象里，还有一条细的脉象隐伏其中。《春明外史》中，妓女梨云病逝，杨杏园可谓用情至深。从天津一回来看见梨云尸体停在门板上，他就痛哭以至于发癫，抱着枕头要给梨云用，拿起梅花要

为梨云戴上，问梨云“在板上睡着可冷啦”，直至“看见无锡老三，心里明白过来，哇的一声，吐了一口血，一阵昏迷，头重脚轻，站立不住，便倒在地下”。安葬梨云之日，杨杏园再次昏倒在墓园雪地上。而后，杨杏园以写祭文等各种方式表达着自己对梨云的怀想。这诸多细节让人想起《红楼梦》中宝玉之痴情。由此观之，这条情感脉象，很难说恨水先生在刻画杨杏园这个痴情角色时，没有受到《红楼梦》对宝玉性格刻画的影响。

二、祭主脉象：清高是共同的性格基调

两篇祭文的作者，一男一女，在性格上却有一个共同点：多情、清高。宝玉在祭文中虽然屡称“浊玉”，但其实是礼赞晴雯的谦词，内心里，他看不惯也看不上大观园里的种种世俗人情，以为能懂他的人，不外黛玉晴雯少数花仙而已。正因清高，他的祭文才出奇见新，而态度也是备极虔诚，以“群芳之蕊，冰鲛之縠，沁芳之泉，枫露之茗”以致祭“芙蓉女儿”，非其自清，而不能献以四件清物，也正因为清高，他才对晴雯“生侪兰蕙，死辖芙蓉”深信不疑。他是从自己本心本性出发，给晴雯想象了一个无比高洁无垢的神仙境界，并以长歌的形式，描绘了这样一个仙界的风光。这样一种清高的性格，在更为清高自许的黛玉面前，宝玉自然常常自甘卑贱。这样一种性格基调，注定了他在黛玉晴雯死后，再难在现实生活中找到知心人、说上体己话。

李冬青在祭杨杏园一文中，则将这种清高自许，说得更为透彻直接。两人原本诗文相交、惺惺相惜。原也处于出入尘世之间的李冬青，似乎因这一尘缘已了，再不愿在此红尘裹挟。祭文中的心志表白，读来让人肝肠寸断。“今而后，妹除力事砚田，以供吾母外，不仅声色衣食之好，一例摈弃，即清风明月不费一钱买者，妹亦不必与之亲且近也。”清风明月，本是自然之赐，天然享受，然而李冬青却不与之亲近，可见其内心

清高已经到了不沾凡尘的境界。

再说多情这条性格脉象。宝玉的多情非滥情。在这篇祭文中，宝玉的多情展现得淋漓尽致。《芙蓉女儿诔》中，宝玉对晴雯的多情一任铺陈、毫不压抑和拘束；而在李冬青祭杨杏园这篇祭文中，李冬青的多情则较为含蓄隐忍，反复言说两人“遇之奇而境之惨”以及李代桃僵之策反添杨杏园创痕的负疚感。所以，她在离开北平时给好友史慕莲的信中这样表白自己：“我非忘情之人，亦非矫情之人，乃多情之人也。”衷言出于肺腑，这样的多情，在于他们都是最后一次言说。也只有这样的多情，才能写就这样多情的祭文，对曹公和恨水先生而言，也只有这样的多情，才写出了这样多情的作品。

三、叙事脉象：出离是共同的结构基调

从叙事的结构来看，《芙蓉女儿诔》出现的时间，离整部小说的高潮尚有不小的一段距离，但以八十回本而论，这几乎就是一本著作的尾声；而李冬青祭杨杏园文，则已在最后一个回目，结构上何其相似。李冬青飘然出世，在祭文中已露端倪。她的理由是：“一则妹已无心领略之，二则声色衣食之好，以及清风明月，皆足动我今昔不同之悲思，而成伤心之境也。”而贾宝玉此时虽尚未遭遇致命的打击，但晴雯一死引发的心里波动，已经深深触动了他心底对这个钟鸣鼎食之家的厌恶和反感，出离的种子已经在心里深埋，黛玉之死，就成为最后的催化剂。因此，无论后四十回本是否完全命中曹公本人的创作意旨，但是从叙事的结构来看，宝玉的出离都是必然的，只是，表现形式不一定是出家。因情变世异而出离尘世，正是两部小说又一条共同的脉象。

李冬青的出世是明言，宝玉的出离则是暗自谋划。《春明外史》中，李冬青说明了出世的缘由：人世富贵姻缘，自知与我无份，今复遭此奇变，愈增感慨。凄凉旧事，本为池底之灰，惆怅前途，永作井中之水。自后

化鹤归来，闭门忏悔，养母而外，不作他事。

因此，在叙事上，恨水先生是吸取了《红楼梦》一百二十回本对宝玉出家的结构基调，然后移植到《春明外史》大结局中，以此增强小说的感染力。

综上三条脉象，我认为恨水先生创作《春明外史》，是受《红楼梦》影响很深的，在叙事结构上、人物命运性格安排上，甚至在部分情节和文章的设计创作上，都进行了有意识的仿写。将两篇祭文比较来看，这样的影响痕迹在在可见。就文本而言，《芙蓉女儿诔》的文辞和才情自然是远远高过李冬青祭杨杏园文的，但两篇祭文流露出来的情感，其深沉真挚浓烈，恨水先生的笔墨，确已堪合曹公遗意。

注释

①《春明外史》，中国新闻出版社 1985年版。下文均引自此版本，不另注。

②《脂砚斋批评本红楼梦》，岳麓书社2006年版。下文均引自此版本，不另注。

圣洁的人格，苦闷的灵魂

——贾宝玉与令狐冲形象比较论

钱　海
中国艺术研究院研究生院

将古典名著的巅峰之作《红楼梦》与社会通俗小说《笑傲江湖》进行比较，“说起根由虽近荒唐，细按则深有趣味”[①]。盖因《红楼梦》冲破了传统小说“叙好人完全是好，坏人完全是坏”的机械写法[②]，将所叙人物置于现实生活中，展示出既有长处也有缺陷的真实面面观；《笑傲江湖》同样跳出了历来武侠小说黑白分明、正邪不两立的刻板偏见，呈现出正派中人会行邪恶之事，邪派中也有一心向善的正人君子的通达手笔。“在继承发扬并反思批判文化传统（包括文学）这一点上，金庸小说和《红楼梦》是一致的。”[③]在这两部作品中，两位作者皆超越固执呆板的文化传统，大笔一挥塑造了具有“正邪两赋”特点的主人公。而这种人物形象定位的改变，造成了两位主人公与主流价值观格格不入的现象。

“他们无意于追求社会地位和事业成功，而致力于经营一种非功利的审美人生。”[④]一方面，在他们“非功利的审美人生”中，他们有着质性天然的圣洁人格，不求闻达于诸侯，乃一心追求真善美的心灵境界。另一方面，也正因为“他们无意于追求社会地位和事业成功”，他们种种的性灵行为往往逾越社会标准，这使得他们备受社会主导观念的摧残，在对生命的思考和实践中充满了苦闷与挣扎。

一、圣洁的人格

（一）悲悯情怀

梁启超在《论中国学术思想变迁之大势》中提到："屈原以悲悯之极，不徒厌今，而欲反之古也，乃直厌俗而欲游於天。"悲悯源自主体对感受对象的发自心灵深处的高度关注，意即一种来自灵魂深处的凝视，具有强烈的社会良知和人文关怀。"故有悲悯意识的作家必能审视人类生存的困境，观照底层人的生活，以一种悲悯风格来建构他们的文学世界……"⑤无论是《红楼梦》中的贾宝玉，还是《笑傲江湖》中的令狐冲，都代表着作者，展现出一种"已识乾坤大，犹怜草木青"的悲悯意识。他们站在书中，为书中的弱小人物带去关怀，用深挚的同情去观照人间百态。

刘再复在《贾宝玉论》里提出："贾宝玉是人类文学史上最纯粹的一颗心。"刘先生进一步解释道："贾宝玉这种无分别的纯一之心，使他在世俗世界里呈现出一种十分罕见的精神状态……这种特异的精神状态，如果逐一来说，恐怕太烦琐，这里只说他对任何人的绝对信赖，绝对不猜忌，绝对不设防。从而容纳一切人，心灵向一切人开放。"⑥贾宝玉守着这"纯一之心"，展示出一种"情不情"的悲悯。自来"天分中生成一段痴情"，不论是对侯门公府的千金小姐，还是对"身为下贱"的丫鬟村姑，不管是对王孙公子，还是对贫民小子，无论是世间对他有情，或是对他无情之人，他俱以一痴情去体贴。他为麝月梳头，为博美人一笑让晴雯撕扇，为给平儿调脂弄粉而喜出望外，包括对袭人的姨妹、村头的二丫头、刘姥姥信口开河胡诌的抽柴火的姑娘等，无不上心。这种异乎常人的悲悯意识来自于作者赋予他的人类原始朴实的生命感动，有一种直逼灵魂深处的崇高感。

行走在诡谲江湖中的令狐冲，也常常以悲悯情怀观照一切众生。在风起云涌、尔虞我诈的门派之争中，令狐冲胸中自有大丘壑。他不仅为所谓的“正派中人”排忧解难，而且逐渐摒除非黑即白的门户之见，和“邪魔外道”田伯光喝酒解颐，和“魔教中人”向问天称兄道弟，更与“魔头”任我行的女儿任盈盈成就姻缘。无论黑白两道、正邪好坏，令狐冲无不仗义相助、诚心交往。“禅宗讲‘不二法门’，意义极为丰富，它包括慧定不二、天人不二、物我不二、内外不二等，但从心地上说，则是尊卑不二的平等。”⑦令狐冲正是把持“不二之心”，从最初根正苗红的“正派中人”到逐渐放下偏见，向整个武林世界投去关怀，多次挽江湖中人于危难，这是对人性洞悉之后的命运承担和救赎众生的悲悯之心。

（二）自然人格

“自然”这一概念，首见于《道德经》。“人法地，地法天，天法道，道法自然”，原是指“道”的一种存在、运动、变化的特性。这状态延伸到社会体系中，便引申为一种生活态度和人生观念——顺其自然，顺应自己的自由意志、无拘无束、自由自在、强调心灵的绝对自由。无论是“纨绔”贾宝玉，还是“浪子”令狐冲，他们都意欲超越世俗束缚，进入自然诗性的生存境地中。

曹雪芹被朋辈敦诚比作阮籍——“狂于阮步兵”，他的号也是“梦阮”，可见其对阮籍的褒扬与向往。“礼岂为我辈设邪”，是阮籍超越名教礼法，追求真率自然的表现。于是，曹雪芹也给他笔下的贾宝玉赋予了这一恣情任性的魏晋风骨。在世俗身份上，贾宝玉是富贵大家族的接班人，担任着中兴家族大业的重担，理应向和其父贾政那般方正古朴、不苟言笑的宦途中人靠近。然而他却脱离既定社会身份，不去“留意于孔孟之道，专注于仕途经济”，而是超越世俗、专注于追求内心的爱与美。他装病逃学，照顾青春女性，葬花，唱《红豆曲》，向鱼儿和燕子等大自然的生灵抒发襟怀，做尽一切随心自然的事，表现出一种无目的的、超功利的审美情怀。《西江月》批其“行为偏僻性乖张”，其意却是在褒扬他的自然人格和诗性生存意识。

“越名教而任自然”，是魏晋另一名士嵇康的激昂发声。在《笑傲江湖》里，《笑傲江湖曲》正是日月神教曲洋和衡山派刘正风根据嵇康的《广陵散》改编创作而成的，代表了他二人跨越门户之见的友谊，其后交与令狐冲和任盈盈手中，一琴一箫的潇洒演奏展现出令狐冲的狂放不羁性子，与嵇康的名士风度一脉相承。在人格上，他崇尚性灵、注重自由意志、厌恶江湖上的争名夺利尔虞我诈，认为诸多武林规矩、门派教条必将导致人性的扭曲与变异。于是，他反感日月神教教徒对教主的阿谀奉承之辞，面对任我行的几次盛情邀请入教，他都予以拒绝，这是与他的性子不符的。他所推崇的，是风清扬那般逍遥飘逸、质性天然的品格。最终，他和任盈盈辞掉一切繁俗事务归隐田居，过着一种不为物役、风流超然的生活，这是庄子“逍遥于天地之间而心意自得”的理想人生境界的体现。

二、苦闷的灵魂

（一）生命的苦闷

中国几千年的封建社会，形成了宗法人伦高于一切的社会结构。在这种社会形态中，个人自由意志难以得到发挥，文学艺术作品也难以摆脱“文以载道”的桎梏。[⑧]《红楼梦》和《笑傲江湖》则力图撇开这一点，一方面对传统社会面面观提出了质疑并给予了批判，另一方面着力刻画了传统的宗法政治文化下人性的异化，意在展现具有个性解放意识的人物的苦闷与挣扎。

贾雨村在冷子兴演说荣国府时，曾用“正不容邪，邪复妒正，两不相下”的理论来阐释贾宝玉——“其聪俊灵秀之气则在万万人之上；其乖僻邪谬不近人情之态，又在万万人之下”。贾宝玉的苦闷与挣扎正是源于“聪俊灵秀之气”与“乖僻邪谬不近人情之态”两者之间。“聪俊灵秀”使得他崇尚性灵，追求个人天性自由；“乖僻邪谬”使得他藐视世俗礼制，乏有事业心、名利心和使命感，厌弃赦珍琏蓉之流的虚娇之气，无意于禄鬼作风。在这种逼窘的状态下，他自行进行了精神出逃，然而行动上偶尔还是要敷衍几分“学而优则仕”的传统规矩。另外，纵使他逃到了清净灵秀的女儿王国中，也无法做到彻底的个性解放与张扬，一切行为举止仍然时刻受到传统价值观的制约与束缚，对生命价值、人生理想产生了巨大的无法解决的苦闷。他无法自行选择生活方式和人生道路，自我的性灵和俗世的喧嚣相互碰撞，引发了他在世俗规矩下自主意识的觉醒和挣扎。

令狐冲和贾宝玉皆为未经雕琢的璞玉，同时也是不堪塑造的顽石。他们最大的“罪过”是不曾丧失赤子之心，苦闷便由此而生。令狐冲的苦闷在于对正邪两派的选择上，由于主体认知的超前导致了精神上的巨大痛苦。[9]他无意于参与门派纷争，而展现出一种更高的、为所有生人立命的人文关怀。这让正派人士排挤他，如被华山派逐出师门；也让邪派中人对他恫以威吓，如任我行几次三番邀他入教否则不把女儿许配给他。在两面夹击中，他不断地撕毁传统价值规范的污浊面具，一方面想要保全自我，向往脱离俗世遗世独立；另一方面又心存大爱，不得不拯救苍生积极入世，为寻求一个两全的出路，陷入了巨大的矛盾和痛苦当中。

（二）爱情的苦闷

“父母之命、媒妁之言”的家长包办式婚姻制度，长期存在于中国几千年的封建社会中。这种形势下的婚姻，多不是男女双方思想、情感投合交契的结果，而是与阶级利益相紧密挂钩的。情投意合的自由恋爱，是对传统伦理道德标准的挑战和反叛，这便造成了许许多多有情人的苦闷与抑郁。

“开辟鸿蒙，谁为情种？”贾宝玉也。宝玉作为一个崭新人类和痴人情种，自然是不甘受封建礼法束缚的。在代表父母之命的传统婚姻范式“金玉良缘”，与代表个人意志的自由恋爱“木石前盟”上，宝玉长期饱受压力与痛苦。“都道是金玉良姻，俺只念木石前盟”，“金玉良缘”是人力扭曲而成，是封建贵族大家长权衡家族利益后做出的考虑，并非是贾宝玉内心深处的向往和期待。贾宝玉深爱的是和他言和意契的林黛玉，他们二人对主流社会价值观与传统宗法礼教有着同样憎恶的主张，他们厌恶世俗思想，鄙夷国贼禄鬼之流，他们追求自由、平等，体察人情，注重性灵，他们的感情来源于相同的价值观和人生观。然而在严酷的宗法制度下，宝黛这两个叛逆者的命运，必将以悲剧告终，只留下了“纵然是举案齐眉，到底意难平”的哀叹。

令狐冲爱情上的苦闷，则是来源于他不同时段的不同感情困扰。先是苦恋小师妹岳灵珊，却遭到对方移情别恋，陷入深深的痛苦和颓唐之中，而后邂逅任盈盈，日久生情，而任盈盈的“魔教”身份，致使外界给他带来诸多麻烦和困扰。像林黛玉和贾宝玉一样，任盈盈与他有着相通的思想和情感。而与贾宝玉不同的是，令狐冲经过一番挣扎后，最终实现了他的爱情理想，战胜了世俗规范。

三、结语

曹雪芹和金庸，一个巨笔微雕，打破了中国古典小说的传统思想和写法；一个在通俗小说的世界里乘风破浪，开创了新派武侠小说先河。他们笔下的贾宝玉和令狐冲，代表着作者脱离社会既定观念，对社会纲常规范的反思，和宿命中人对人生解脱和超越之道的探索。这个问题贯穿人类社会的过去和将来，有其独立的广度和深度，必将引起一代又一代人的思考。

注释

①（清）曹雪芹著，无名氏续，中国艺术研究院红楼梦研究所校注:《红楼梦》，人民文学出版社2008年版。本文所引小说原文，如无特别标注，均出于此。

②《鲁迅全集》第9卷，人民文学出版社1981年版，第338页。

③饶道庆:《一脉相承: 金庸小说与〈红楼梦〉》，《红楼梦学刊》2000年第1辑。

④⑨杨林昕:《贾宝玉与令狐冲形象的比较性思考》，《河西学院学报》2013年第1期。

⑤罗维:《论中国文学之悲悯意识》，《求索》2007年第11期。

⑥⑦刘再复:《贾宝玉论》，生活·读书·新知三联书店2014年版，第10页。

⑧黄立华:《浪子的颂歌——令狐冲论》，《世界华文文学论坛》1999年第4期。

《红楼梦》与明清女子文学创作漫谈

陆　离
江苏省南京市

《红楼梦》问世三百年来，创造了许多经典的人物形象。颦钗如二水分流，双峰对峙。令多少人为之痴迷、争辩，几挥老拳者大有人在。

作者开篇自云“闺阁中本自历历有人，万不可因我之不肖，自护己短，一并使其泯灭也”。所以披阅十载，增删五次作此书。

书中描写了诸多家世、出身、性情不一的女子。但是她们有一个共性。就是对于诗书的热爱及对自由的向往。女主黛玉更是诗的化身，诗的精灵。全书中数她创作的诗词最多。抒发性情，追求真我。又如史湘云，在史家劳苦做活到深夜，一旦来到大观园，整个地放飞自我，诗才敏捷，不让黛玉，《海棠诗》一气就写了二首。又如香菱，原为甄士隐之女，被拐子所卖，要嫁与冯渊之际，又被薛蟠看中，几经辗转，来到大观园中，陪伴宝钗住在蘅芜苑。她素慕园中女子吟诗作对。后有湘云来住，更是香菱人生中学诗的最佳时机。她每天都向湘云请教，惹得诗疯子湘云整天念叨如“杜少陵之沉郁温八叉之绮靡”之类尽情谈诗。湘云回家，香菱又常去潇湘馆向黛玉请教，黛玉亦倾心相教。

书中浓墨重彩地叙写了她们几次结社的情形。春有海棠诗，秋有菊花诗，作者和读书人均意犹未尽，复为螃蟹咏。最后一次诗社的活动是次年春的咏柳絮词。她们去除叔嫂姐妹等称呼，各各起了号做诗翁，在诗社这方净土中暂避世俗。“琉璃世界白雪红梅，脂粉香娃割腥啖膻”中，她们抢着联句，锦心绣口，咳珠唾玉。最后一次是黛湘中秋夜联诗，意境清冷，佳句惊心。

曹公塑造了以贾家为中心的一群文艺女子，赏花吟月，结社赋诗，互拈佳句，源于当时的社会现象。明末清初，江南一带经济繁荣，文化昌盛。特别是元宵、上巳、清明、中秋等佳节良辰，仕女结伴，士子偕行，如张岱的《西湖七月半》《虎丘中秋夜》，以及余怀的《板桥杂记》等明末清初的文人小品文，皆具有重要的史学价值。这些精美的文字，反映了当时市井阶层的社会风气。晚明时期人们的思想，已非旧时可比。在王阳明、李贽、汤显祖等一些闪耀人类思想火花的大思想家、哲学家们的不断启蒙下，尊重人性和个体需求，渴望脱离礼教的桎梏枷锁，注重艺术的生活和生活的艺术。文化教育也颇为兴盛，各种书院、私塾深入乡野民间，如贺双卿，绡山人（地址不可考，大致为今句容、金坛一带），据载属于比较偏僻的农村地区。她的舅舅就是一位私塾先生，年幼的贺双卿就经常去舅舅开的私塾馆听课。而比较开明的仕宦之家，通常都鼓励女子读书。涌现了诸多一门风雅的家族。这些家族所起到的引领作用，更促进了江南女子诗教的繁荣。其中比较有名的，如吴江叶家、山阴祁家以及闽川郑荔乡一家、梁章钜一家等世家大族，皆重视女子诗文教育。

吴江叶绍袁沈宜修一家。叶绍袁（1589—1648），字仲韶，晚号天寥道人，吴江人。天启五年进士，官工部主事，不耐吏职，以母老告归。妻沈宜修，工诗。有《鹂吹集》。三个女儿叶小纨、叶纨纨、叶小鸾，及幼子叶燮并有文藻。明亡后，隐遁为僧。著作今存《叶天寥四种》，皆为其年谱及日记；又有诗集《秦斋怨》。他还将妻女所著诗编成《午梦堂全集》行世，其中尤以幼女叶小鸾最为出色。后详叙。

会稽祁彪佳商景兰一家。祁彪佳（1602—1645），明代政治家、戏曲理论家、藏书家。字虎子，一字幼文，又字宏吉，号世培，别号远山堂主人。山阴（今属浙江绍兴）梅墅村人。天启二年进士，崇祯四年升任右佥都御史，后受权臣排斥，家居8年，崇祯末年复官。清兵入关，力主抗清，任苏松总督。清兵攻占杭州后，自沉殉国，卒谥忠敏。夫人商景兰，字媚生，明吏部尚书商祚之女。《静志居诗话》云：商夫人有二媳四女咸工诗。每暇日登临，则令媳女辈载笔床砚匣以随，角韵分题，一时传为盛事；而门墙院落，葡萄之树，芍药之花，题咏几遍，过梅市者，望之若十二瑶台焉。秀水黄皆令慕其名，入梅市访之，赠送唱和之作甚盛。商景兰在祁彪佳殉明后，收拾残局，抚育子女。晚年的她，率领众女媳亲友亲邻等，组成了一个颇有影响力的才女社团，令人称道。

另有闽南郑荔乡，一门九女，皆工吟咏。以及著有《闽川闺秀诗话》的梁章钜一门，亦是风雅工诗之大族。

一、女子结社

（一）前期的蕉园五子与后期的蕉园七子

先是钱塘御史钱肇修之母顾玉蕊夫人，工诗文骈体。尝招诸女，作蕉园诗社。蕉园五子的组成人员，往往与后期的七子成员混在一起。根据各家史料记载，通常认为：徐灿、柴静仪、朱柔则、林以宁、钱云仪。以上五人合刊诗集。五子者，也非单指这五人。还有顾玉蕊的另一个女儿钱静婉，柴静仪的妹妹柴贞仪等。

后期的蕉园七子有林以宁、顾启姬、柴静仪、冯又令、钱云仪、张槎云、毛安芳、李淑、钱静婉、姚柔嘉等人。由林以宁发起。人们称她为蕉园诗社中兴的功臣。林以宁，字亚清。钱肇修之室。是顾玉蕊的儿媳。能诗善画，工梅竹，且善为骈俪四六之文，著有《墨庄诗钞》《凤箫楼集》。后期人员有所变更。徐灿随夫陈之遴、朱柔则随夫沈用济均仕宦在外。顾长任早逝。林以宁在若干年后，感叹诗社零落，遂重新倡议发起，又增添了如张槎云、毛媞、冯又令等几个新成员。名七子者，不止七个人。她们规定每月都要召开诗创作讨论会数次，每次都要拈韵选题各自创作。然后相互切磋，吟咏竟日。她们雅善丹青，焚香参禅，品茗挥弦，且相互为对方的画作题诗作词，极风雅之能事。每于春秋佳日，诗社都雇船在西湖或西溪中“练裙椎髻，授管分笺”。一如《红楼梦》中结社分韵的情景。

林以宁在事隔多年后，回忆当时情景，心中仍充满了怀念。她到了白发苍苍之暮年，清雍正八年（1730），为后辈女诗人梁瑛的著作《字字香》作序，犹在序中感叹：“忆予从顾太君卧月轩时，六十年间，犹昨日事耳。”落款为“雍正八年春三月望，七十六老妪钱林以宁题于墨庄。”

蕉园诗社前后期总计约有二十二位成员，直接影响了有清一代二百余年女子词坛，她们用灵心彩笔为古代女子文学留下美丽夺目的一篇。

红楼中的女子结社是蕉园诗社的微缩影。但有红学研究者直接将蕉园诗社里的成员往红楼人物上生搬硬套，如指宝玉以洪昇为原型，黛玉以林以宁为原型，则不可取也。小说创作，来源于生活又高于生活。有借鉴之处，完全画等号则大谬。

（二）袁枚的性灵说对于女子诗文的影响

自严羽云：诗有别才，非关学也。性灵说，一直被人们所钟爱。明有袁宏道三兄弟，清有袁枚，皆主此论。清代当时的诗坛主流观念，如沈德潜强调“格调说”，崇尚复古雅正、温柔敦厚。他所选的《国朝诗别裁集》中的一些女子作品，皆是大家闺秀，品节端庄者。名妓比丘道姑以及行事不符合正统士大夫观点的女子，纵然作品再优秀，亦一概不选。袁枚所以强调“性灵说”，就是对主流诗坛观念的纠偏拨正。

正统士大夫表示，自倡“诗有别才”以来，让人们有了理由，不深入学习经史子籍，专拣一二家，学些辞藻皮毛，就依葫芦画瓢学写诗了。此说贻害深远。

女子综合学力浅，这是她们自小所受的限制多。就算有条件的家庭，也要看父母的观念。像仕宦之家林如海，可以给爱女聘请家庭教师。是以黛玉在小小年纪就读了《四书》，为日后写诗文打下了很好的基础。而四大家族之王家的女子，皆是不怎么读书。还有皇商之家薛家，也不甚重视教育。“起先祖父手里也爱藏书。族中人也有爱诗词的 …… 后来大人打的打，骂的骂，烧的烧，才丢开了。”（宝钗语）又如，李守中曾为国子监祭酒，族中男女无有不诵读诗读书者，到了他女儿这里，只是给她看些《女四书》《烈女传》《贤媛集》等三四种书。认得几个字，记得前朝几个贤女便罢了，却只以纺绩井臼为要，造就了一槁木死灰般的李纨。至于贫寒之家，倘若经济稍可，接受教育的机会也是族中男子优先，如刘姥姥家，得了贾府的资助，板儿可以上学，女孩青儿只能在家。不说清代，就算在当今社会，特别一些农村偏远地区，也是女生辍学率更高。所以不是每个女子能像男子那样，能够幸运地在幼年受到良好的教育。

袁枚是乾隆时代反对理学崇尚性灵的主要人物。他提倡写诗者只要有诗心，夕阳芳草寻常物，触我之情境，皆可入诗。虽村妪也可为之。女子天性敏感多情，注重性灵，天机触发，偶尔吟咏辄为天籁，虽饱学儒士亦不能为。《随园诗话》虽未列有专门的闺秀一卷，但是整本书中，闺秀之作随处可见。他一生收多名女弟子，并广为搜罗作品，大力弘扬并鼓励女子为诗，为她们刊发《随园女弟子诗选》。

大浪淘沙。事实证明，攻击他的理学道德家和夫子们观念陈腐，已然不足道。而袁枚的性灵说，经历了二百多年，依旧是当今研究清代文学史不可忽视的一章。

二、徘徊于传统妇德与抒写性灵之间的她们

宝钗是曹公极力塑造的封建社会完美仕女。“罕言寡语，人谓藏愚；安分随时，自云守拙。”一言一行，无不符合“德、言、容、功”的范围。她对黛玉等园中姐妹的劝言，几乎都是女子应当以针黹女红为主，至于诗词，只能乃闺中闲暇时偶尔为之，甚至都不应该接触。“所以咱们女孩儿家不认得字的倒好 …… 就连作诗写字等事，原不是你我分内之事 …… 你我只该做些针黹纺织的事才是。”在第四十二回“蘅芜君兰言解疑癖”，

如是劝黛玉。对于黛玉把诗视作生命的创作态度，她既表示心疼，也委实不能理解。“颦儿，颦儿，你非得把心呕出来吗？”

宝钗博识，于诗词亦是作手。咏白海棠诗自写身份，螃蟹咏讽时骂世为一绝。至咏絮词，端庄述志，一扫素来咏柳絮作品零落无根之哀愁，都赞翻得好。似乎黛玉在这次诗会上拿第一，宝钗就在另次诗会上大展风采，让人难分轩轾。对于钗黛诗词的喜好，余更喜黛玉的作品。感觉宝钗之诗，学识有余性灵不足。况周颐《蕙风词话》卷一：吾听风雨，吾览江山，常觉风雨江山外有万不得已者在。此万不得已者，即词心也。太过于注重现实的人，风怀不足，缺少一种在诗词中舞蹈的快乐。她在很委屈的时候，情愿哭一整夜，也不会去写诗。如果说宝钗有不能动人处，正是在于少了一点词心吧。是以，她的精力也不会用在诗词上。帮助家里做事分担责任，才是她日常最主要的工作。

与宝钗相对照的性灵派的代表人物当仁不让数黛玉。

桃花开谢，秋雨飘飞，乃至读史有感，她都以诗记之。她将生活过成了一首诗。就连她经常哭，亦是充满象征性的寓意——“还泪”。葬花是充满诗意的行为艺术。她的住处潇湘馆内有茜纱窗、七弦琴、满架书，以及院子里“幽僻处可有人行，点苍苔白露泠泠”的清幽小径，她还关照紫鹃给大燕子留巢，一言一行皆是诗意再现。她的诗作中，七古成就最高。有《葬花辞》《桃花行》《秋窗风雨夕》等。七律《菊花诗》，一举夺冠。海棠诗、柳絮词亦很有特色。只是李纨所评愚以为可略。宝玉是知己，他欣赏黛玉之作，一再提出：只是蘅潇二首，还要再酌。有此语已然足够。

黛玉在某些方面可能不是那么符合社会对仕女的要求。受宝玉影响，她爱看禁书《西厢记》，越看越喜欢，并暗暗记诵，以至于不自觉地在公共场合，金鸳鸯三宣牙牌令那回，念出了书中的诗句“纱窗也没有红娘抱”，可见她记得很深刻。人在心急怕罚时，只顾拣最熟悉的道来。她给宝玉饮酒，把酒杯放至宝玉嘴边。情之所至，竟不避众人眼光。当时贾母王夫人都在场，众目睽睽。至于在人情世故方面，更是不屑讨好别人。不给周瑞家的面子（送宫花一回）。还有一回，赵姨娘进屋来，别人都让，只有黛玉和王熙凤说笑，看也不看赵姨娘一眼。十顿饭有九顿，喊她也不去，不和大家一起吃。和宝玉闹得小别扭，几次摔玉，引得宝玉“痴”病发作。凡此种种，都让王夫人心生怨恨。她说是看不上晴雯的轻狂样儿，实则是已经非常嫌恶黛玉了。

之前说到宝钗借牙牌令上黛玉说了西厢里的诗句，后推心置腹劝导她。黛玉因从没有别人跟她说起这些教导之言，听了心下暗服。只有答应“是”一字。强大的礼教力量，使得她对宝钗暂时地心悦臣服。从此视宝钗为亲姐姐，连对宝琴都很亲热地唤妹妹。某次听到宝玉说诗外传，她和探春都表示反对：我们闺中之作，不可以传到外面。听到宝玉用西厢里的语言引她，立刻气恼得直哭。凡是封建仕女该有的素质标准，她都遵守。并非如一些观念所说的她和宝玉是离经叛道反封建斗士云云。可是一时的约束，也无法成为禁锢黛玉心灵的力量。她，终究不是宝钗。

女红，是那时女子必须掌握的技能。书中还专门讲了一个关于苏州绣女慧娘的故事。谁的女红做得好，是值得称扬羡慕的，如晴雯的女红功夫在园中算数一数二。至于黛玉，“他可不做呢……旧年好一年的工夫，做了个香袋儿，今年半年，还没见拿针线呢”，这是袭人对着湘云说的黛玉。也看得出黛玉对于女红，确实不怎么在心。

当然小说中的人物表现手法是比较极致的。绝大多数人，处于一个在宝钗（妇德）和黛玉（性灵）之间的中间带。她们在现实中又是如何安排平衡这种纠结呢？吾在检阅资料时，发现了一个有趣的现象。且看清代许多女子的作品集名，如冯思慧《绣馀吟》、归懋仪《绣馀小草》《续绣馀草》、袁棠《绣馀吟稿》、吴秀珠《绛珠阁绣馀草》、许蘅《绣馀遗稿》、钱念生《绣馀词》、秀蕙《女红馀艺》、许燕珍《黹馀小草》，等等。作品集名如此众多且雷同的现象，颇可玩味，不由不引人深思。愚以为从某种程度上可以反映她们普遍的心态，即主要工作以针黹女红为主。但是单调的深闺日常生活并不能满足心灵的需要，所以每于风晨月夕春恨秋悲之际，吟诗填词就成了她们最好的排遣和寄托。她们不约而同起如此相似的集名，就不怕重名吗？出于一种自我保护意识，是想向外界表示自己主副业分得很清，该完成的工作早已完成，并没有“不务正业，不要动辄用妇德的大棒来讨伐我”。实际上她们非常看重自己的作品，如蕉园七子之毛媞，字安芳。她刻苦吟诗，年老无子。尝自持其诗卷曰：“是我神明所钟，即我子也。”又如，许多才媛都希望投入随园、碧城门下。希望诗作得以入选，被刊刻，才名可以流传。她们一方面看重自己的作品，一方面又想告诉别人，写诗只为闲时消遣。是为普遍矛盾的心态。

三、齐家治国的她们

“金紫万千谁治国，裙钗一二可齐家。”曹公不吝对凤姐的赞誉。凤姐治秦可卿之丧，用了几招就将混乱无序的宁府整顿得井井有条。由于凤姐识字不多，而且私心重，种种为了谋取私利的手段，可谓机关算尽，不是本文要论述的对象，重点要说的是探春治家。凤姐是脂粉队里的英雄，她最欣赏的人就是探春，亲口对平儿说，探春又比她知书识字，更厉害一层了。钦佩之情不在话下。可以说探春能诗，善书，是大观园中最具有经济才略、有英气的女子。

探春改革，用现在的观点看就是“个人承包制”。安排一些她们认为言行可靠的人接管某块区域。由于牵涉到承包人的利益所在，园中发生了诸多口角。婆子们认真看管，不许轻折一花一木。同时大观园也变得异常热闹了。“柳叶渚边嗔莺咤燕，绛云轩里召将飞符”之事就是发生在这阶段。由于触及一些现实中的根本利益，探春的改革最终没有成功。但也是针对贾府入不敷出的种种弊端做了一次有意义的尝试。

我们再看看闺阁中那些具有齐家治国之才的奇女子。前面提到蕉园诗社那节中，林以宁回忆她在顾太君身边成长的岁月。其中提到的这位顾太君，有人把她比作贾府的史太君，且不在讨论范围内。梁乙真在《清代妇女文学史》中记道："明遗民中，以才媛而负有经济之才者，当推钱塘顾若璞和知。著有《卧月轩稿》。顾氏自沧江西岩悦菴友白四世，皆有文名。和知以不栉之贤，缵其家业，故其文多经济大篇，饶有西京气格。"《名媛诗话》称其："与闺友宴坐，则讲究河漕、屯田、马政、边备诸大计。"王西樵尝言："和知卧月一集，多经济理学大文，率经生所不能为者。其子妇张姒音，才学与和知相亚，尝做讨逆闯李自成檄，词义激烈，读者如听易水歌声，真奇才也。"

又《闺秀诗话》载："辽阳蔡婉，为高文良其倬继室。绥远将军蔡毓荣女。于书无所不读，尤谙政治。"在高其倬的有关史籍中常见到"文良公名重一时，奏疏移檄，与夫人商定""奏疏移檄等项，每与商酌定稿""文良扬历中外，奏疏文檄，出自闺中者居多"等的记载。据说经过蔡婉润色的奏疏，常常得到雍正的赞赏，"每奏事，天语褒嘉"。是闺阁中具经济才者。

她们之才略识见均不在男子之下。可惜出于时代原因，囿于闺阁珠帘内，不能有更广阔的发展空间。诚如探春所恨言：我但凡是个男子，早走出去了。不知她日后做了异域王妃，会做出一番何等的事业来。

四、未嫁而卒的她们

辜鸿铭在《中国人的精神——中国妇女》中提出："中国女性观念的所有特性中最为重要、卓越的独特性，虽然在世界上任何文明的国家和民族的女性观念所共有，但在中国发展到的完美程度，是世界上任何别的地方都望尘莫及的。用两个字描述，就是'幽闲'……'幽'字，其字面意思是幽静僻静、害羞、神秘而玄妙。'闲'的字面意思是'自在或悠闲'。"

愚以为辜老先生提取的这两个字，确是相当精练。最近和几个红友重新开启了细读共批红楼之旅，字里行间，仍然为黛玉的一颦一笑而倾心不已，可谓深得“幽、闲”二字之神韵。真正的“以兰为心，以玉为骨，以莲为舌，以冰为神”。可以说“黛玉”的形象，百分百符合中国式审美对传统淑女的所有想象。一干园中女子，黛玉是出类拔萃者（系后来入园的宝琴眼中评出）。她来历不凡，前身是西方灵河岸边的一棵绛珠草，因为神瑛灌溉而修成女体，因“还泪”之愿下世为人。她生有幽香，秋水为神玉为骨是也。她和园中姐妹们玩笑雅谑，处处闪现着她的冰雪聪慧，锦心绣口。她读书丰赡，内心敏感又孤傲，种种缠绵郁结之情，一发为诗，清思捷才，风流婉转。秋爽斋偶结海棠社一回，“待预备下四份纸笔，便都悄然各自思索起来，独黛玉依抚梧桐，或看秋色，或又和丫鬟们嘲笑”。旁有脂批：“可知黛玉国女，宝钗众人。”她还异常痴情，只为自己的心而活。是为“情情”。“所以绛珠之泪至死不干，万苦不怨。”（脂批）

不禁痴想，世间果有如此妙人乎？曹公为何要塑造这样的女子？并且又“残忍地”安排她的结局是未嫁而卒。“一朝春尽红颜老，花落人亡两不知”，逝于最灿烂的华年。似乎越美好的人、事物、时间，越是短暂容易消逝。那明倩窈窕的身姿，轻盈地舞蹈着跳跃着，迅急如流星般一闪而逝；又似一夜优昙，旋开旋落，你只能无助地凝望着她，已然是香魂一缕随风散。只留给这人间的空春，无尽地惆怅。

前人研究者认为，黛玉的原型极可能为吴江叶小鸾。叶小鸾，字琼章，又字瑶期。为吴江叶绍袁和沈宜修的第三女。载她“工诗词，多佳句，能模山水，写落花，皆有韵致。十七岁许昆山张立平为妻，未嫁而卒。著有《疏香阁词》”。短短几句话的介绍如同她短暂的一生。这显然不足以让我们了解这位美而慧的少女。据载她出生后，因母亲少乳，送给舅父沈自征、舅母张倩倩抚养，张倩倩与沈宜修是姑表姐妹，也是当时有名的才女。她所生的子女不幸夭折。为了安慰张倩倩，沈宜修将刚出生的叶小鸾送给她抚养。张倩倩对小鸾视如己出，非常珍爱。尝对沈宜修夸赞：“是儿灵慧，日后当齐班蔡，姿容亦非寻常比者。”待稍长，教她识字读书，一心一意抚养小鸾。小鸾长至十岁方被送回叶家。回到自己家后，周围环绕着爱她的母亲和友爱的兄弟姐妹。特别两个姐姐叶纨纨和叶小纨，多才多艺，对这位归来的小妹妹，百般爱护。她们一起养花吟草，抚琴邀月，经常在长辈生日时呈上贺诗。可惜闺阁少女的美好时光总是很短暂，姐姐们相继出嫁了。她们姐妹情深，与小鸾书信往来，思念甚切。两三年后，张倩倩也病逝，让她很伤心。张倩倩十载抚育之恩，与小鸾情同母女。早慧的小鸾体验到人生种种生离死别之苦，以至于她的作品中出现了与年龄不相称的过多的“哀愁”之音。

五、“风刀霜剑”从何而来？

如果说黛玉以小鸾为原型，她们的相似处在于：咏絮才高，清美出尘，生有夙慧。说得更玄一点，她们都有飘渺的仙缘。黛玉来自灵河岸边。小鸾逝后，父母舍不得下葬。七日夜后，颜色如生，身体极轻。后又请人扶乩，言已归入广寒宫。

还有，她们都是苏州人氏；幼年即在舅舅家生活；虽得长辈深怜爱护，生活无忧，但都过早体验到亲人离世之苦。宝玉读《桃花行》时滴泪，有人骗他说此诗是宝琴所作，他表示此诗绝非蘅稿，比不得林妹妹曾经离丧，做此哀音。也许有人会说，黛玉在贾府，得到贾母的诸般宠爱。比起若干底层纺绩劳苦的贫家女子，她锦衣玉食的生活如在天堂，可她却写出“风刀霜剑严相逼”的诗句来。是否夸张了一点？同样，小鸾在沈家得到舅母的钟爱，回到母家，也是备受父母兄弟姐妹的关爱。可以说她所处的成长环境还是相当不错的。可她的诗词中，那莫可名状的哀愁，无处不在。据沈宜修在《季女琼章传》中记载，小鸾十岁时，母亲出上句：桂寒清露湿。小鸾出口对出下句：枫冷乱红凋。不仅才思敏捷，对仗工稳，而且显得极有才调。家人都赞她有咏絮之才。“悲夫！岂竟为不寿之征乎？”她在小鸾离世后回想起来，更是心痛异常。

这就是诗谶吗？小鸾在十七岁出嫁前五日，朗诵佛号而逝。小鸾逝后，父亲叶绍袁将她的作品整理成集，名为《返生香》。《十洲记》曰：西海中洲上有大树，芳华香数百里，名为返魂，亦为返生香，笔墨精灵，庶几不朽，亦死后之生也。故取以名集。再说黛玉的葬花吟。“伤心一首葬花词，似谶成真自不知。安得返魂香一缕，起卿沉痼续红丝？”这是清代富察明义（曹雪芹友人）题红之诗。诗中所用“返生香”之典故，直接将黛玉和小鸾联系在了一起。黛玉有“冷月葬花魂”之句。小鸾亦有“戏捐粉盒葬花魂”之语。不难看出二者的联系。

据载曹家与叶家颇有渊源。曹寅与叶绍袁六子叶燮为好友，常相往来。曹雪芹应该自幼就听说过叶小鸾之事，日后以她为原型塑造了黛玉这样的文学形象。

且说一则阮籍的小故事。《世说新语》中仕诞一节，有许多则都是关于阮籍的事迹。他恃酒放旷，出言玄远，从不臧否人物。时人莫识，经常驾车至穷途而恸哭。据说某天邻村有少女离世，阮籍也不认识那家人，这未妨碍他径往这户人家哭悼少女，尽哀而返。这不知名的少女，如花如梦一般短促存在的虚无感，引发当下存在意义的思考，让阮籍得以宣发他自己那深邃内心中不可言说的苦痛。他哭的是生命的伤逝，青春的凋零。再说曹公，无论是思想上、性情上，他一贯都非常欣赏阮籍，并以“梦阮”为字。堪称异代知己，同气相投。人生存在的意义是什么？彩云易散琉璃碎。那些美好而短促的生命，果真是天妒红颜吗？抑或是老天偏爱她们，使她们早早离开这无味的人世间。曹公之天问，通过黛玉的诗表达：“天尽头，何处有香丘？未若锦囊收艳骨，一抔净土掩风流。质本洁来还洁去，强于污淖陷渠沟。”宇宙茫茫，何处才能逃大造出尘网，拥有真正的身心自由，归彼净土？数千年男权社会以及为维护男权统治所制定的礼教，那有形的规诫无形的密网所束缚的世界，对于弱势的女性群体，几乎逃无可逃，除非一死。她们的愁吟哀怨与早夭的生命，正是对这诗句最好的注解。

如果说她们有所不同之处，就在于小鸾没有过爱情的体验。她的春恨秋悲，是建立在对周遭人事环境的敏感体会上。姐姐们出嫁了，然而并不幸福。这给早慧的小鸾内心带来极大的忧惧。她知自己亦终将走进那不可知的婚姻，重复母亲舅母姐姐们的命运轨迹。她没有像别的少女那样，憧憬着未来的如意郎君。“待将满报中秋月，吩咐萧郎万首诗”，这些非她所想，待嫁之前，她只是清冷地写道：“陶令一樽酒，难浇万古愁。”没有任何对未来的幻想。曹公偏爱黛玉，在以小鸾为原型的基础上，赋予了黛玉特别的爱情经历。明清时代，礼教越发森严。自由恋爱是不被允许的。男女婚姻一律是父母之命媒妁之言。宝黛之间，青梅竹马，两小无猜。并经历了试探、吵架诸多曲折的心路历程，终于进入情感稳定期。这时期的黛玉，善解人意，雅谑娇俏。谁说她哭的时候多？她笑的时候更多。在一些聚会场合，她领着头闹（李纨语）。这一时期黛玉所绽放的华彩正所谓不可方物。她的忧伤复转为自嗟薄命，无人为她做主，对未来命运的深深担心。她还泪而生，为爱而来。别具一格的爱情体验，使得黛玉这一文学形象散发永恒的光芒。

可以说，儿女真情的清流，是曹公为这尘世间所寻找的唯一可解之路。当然若展开，可作另外一篇文字了。

六、遁入空门的她们

《红楼梦》写了各色闺中女子，却没有忘记还有一位特别的槛外人，以及日后看破红尘，注定出家的四姑娘惜春。妙玉的身世无从知晓，她的带发修行，象征着六根未净。她的心灵是一片秘密花园，我们只能从文本的只言片语中，探得一点这个好女儿心中的梅清神逸，冷月香风。大观园也非人间最后的净土。栊翠庵，在一片娇红软玉中，显得那样的出尘与凄清。黛湘中秋夜联句，“寒塘渡鹤影，冷月葬花魂”，二人已是力尽。这时妙玉出现制止了她们，她诗才超群，腕力甚大，“钟鸣栊翠寺，鸡唱稻香村”，给她们的联句续上了存有一线希望的结尾。不得不佩服曹公的鬼神莫测之笔。草蛇灰烬，伏线千里。他把绝望后的希望，让一位身在空门的女子闲闲道出，不能不说是很玄妙的事。

妙玉是个特殊的存在。梅花鲜艳如血，否定槁木死灰式的生存，自喻为寄生于天地的畸零人，向往隐者、文人、名士的境界，并且有严重的精神洁癖，绝对纯粹的赤诚之心，这些意象所指，均不容于世。只能说，在她身上，曹公寄托了太多自己的情怀。

而惜春的出家，则是覆巢之下无路可走的选择。“说什么天上夭桃盛，云中杏蕊多。到头来谁见把秋捱过？则看那白杨村里人呜咽，青枫林下鬼吟哦，更兼着连天衰草遮坟墓。”这位孤介的少女，在家时没有得到家人的几许关心。更是由于从几位姐姐的不幸遭遇，“勘破三春景不长”，悟出了好梦难留，一切都如过眼云烟，由繁华走向空寂。出现在她生活中天翻地覆的变化，促使了她心灵的觉悟，从此枯坐于青灯古佛旁，期盼能泅渡至光明的彼岸。

自佛教传入中土，不仅仅是佛教徒的终极信仰，说句极为实在的话，亦是诸多女子最后的避难所。不论是宫娥妃嫔、良家女子还是青楼红粉，她们由于战乱、失亲，或情伤、婚姻不幸、被出、流离尘世等遍历人生种种失意之悲，最终或参佛或入道。深山古刹是她们的归宿，在一卷卷泛黄的经书，一声声弥长的佛号中，消磨余生。空门，包容了多少可怜女子的不幸身世。碧云暮霭，黄叶钟声，能安慰她们饱经创伤的灵魂吗？抚得平她们的泪与痛吗？然而一切的一切，终将随风而逝。她们，如大自然的霜草，荣枯自定，多数为世人所忘。

历史封存了女性太多的眼泪。并将她们遗忘在寂寞的深海。然怀抱高情者，虽栖心佛阁，亦不能完全湮灭她们的风采。桐城方维仪，年轻早寡，“酷精禅藻，文章宏赡，亚于曹大家也”（陈其年《妇人集》载），余生长斋向佛。钱塘李因，工诗善画，暮年夫亡，以卖画为生，时常寄寓空门。有着“李清照之后，一人而已”的清代女词人徐灿，于塞外苦寒之地饱经风霜，扶陈之遴柩归乡后，便一心向佛寂度残生。她们的出家，殆半遭遇不幸，寄心佛法，求得精神上的解脱。亦有心向往之者，忏除文字，潜心奉佛。认为此身不幸为女子，终不免沉沦之苦。其实她们内心更有一层隐秘的期盼在。都云佛修来世，希望来生可转世为男子。如关锳，即《秋灯琐忆》中的女主秋芙，明慧异常。夫为诸生蒋坦。书中记录了闺中诸多赌书泼茶绿窗论诗琴棋相伴之乐事。字里行间，不难看出蒋坦对她爱情甚笃。而秋芙多病善愁，心慕空王，视诗词为文字障。最终出家而去。又如汪端，夫君为陈裴之，翁为一代名士陈文述，陈文述视汪端如亲女。陈氏是一个有着浓厚道教氛围的家族，汪端受夫家影响，于夫君陈裴之逝后，中年奉道。她尝语人云：名士牢愁，美人幽怨，都非究竟，不如学道。与其说看破红尘，不如说她们于参禅悟道之余寻求一种精神上的寄托。

据手边粗略数去，入佛者有方维仪、徐冰若、李因、徐灿、吴藻、关锳等以及不计其数名为《绣佛楼》《绣佛阁》的女子们。奉道者有王微、卞赛、汪端等人。由此可见信佛者比奉道者在数量上占绝对的优势。其实不拘佛道，随缘而定，能收容安放她们的灵魂就好。

本来还想再写一章“殉道守节的她们”。却发现守节这样的内容，实在是过于沉重冰冷悲凉，尤其是她们自觉为这千载吃人不吐骨头的礼教祭坛献上自己的生命与所有的一切，才让人倍感窒息和绝望。漫漫长夜，她们数遍了一颗颗石子、串珠，她们的眼睛，从横波目到流泪泉再至干枯的深井。遂作罢，不复为继。因予很喜欢古诗词，又深爱《红楼梦》。近来读了众多明清女子的作品。一种感觉渐渐由模糊到清晰，深感一切文学的产生都离不开当时的社会人文环境。曹公创造了一场华丽的梦，文中所言的“闺阁中历历有人”，都能在现实中找到相似相近的原型。梦里梦外，都是如花般美好的女子。纵然不免凋零，她们的清香仍穿透时空而来。关注她们的命运，她们的喜怒哀乐，对于生活在现代的我们，仍然有着借鉴和思考的意义。所以就有了以上这篇文字。

透视《红楼梦》抄本

李南俊
广东省广州市

自从20世纪《红楼梦》抄本的陆续发现，吸引了众多学人对抄本中异文进行研究探索。其中因抄手笔误产生的一般性异文相对容易判别，另有大量不影响文本阅读理解的异文构成了各抄本的基因，对于版本源流的探索梳理有极大的价值。

版本校勘的重点、难点在于一些较难判断成因的异文，曾经引起了学人们的广泛争论，引经据典、似是而非终难定夺。笔者涉红以来曾致力于版本源流的探索，体会出有必要将各版本异文视作一个有机的整体来研究解读，方不至于各行其是、盲人摸象。现将笔者一得之见就教于方家。

一、几处异文

这里先分析一下抄本中的几处异文。

1.成者王侯败则贼（第二回，甲戌、庚辰、舒序）；

成者公侯败则贼（己卯、杨藏、列藏、蒙府、戚序、卞藏、甲辰、程甲）。

2.二十年来辨是非（第五回，甲戌、庚辰、蒙府、戚序、舒序、甲辰、程甲）；

二十年来辨是谁（己卯、杨藏、卞藏）。

3.虎兔相逢大梦归（第五回，甲戌、庚辰、蒙府、戚序、舒序、甲辰、程甲）；

虎兕相逢大梦归（己卯、杨藏、卞藏作虎兒）。

4.箕裘颓坠皆从敬（第五回，甲戌、庚辰、蒙府、戚序、舒序、甲辰、程甲）；

箕裘颓坠皆荣玉（己卯、杨藏作莹玉，卞藏脱落后3字）。

分析以上异文首先涉及己卯本的特殊性，冯其庸先生提出己卯本正文避国讳“玄”和“禛”，避两代怡亲王胤祥和弘晓的名讳“祥”“晓”，由此判定为清代怡亲王弘晓府中的原钞本，也有人认为是怡府本的过录本。弘晓之父怡亲王胤祥为康熙第十三子，曹家与之关系匪浅，故己卯本所据底本极有可能来自曹家。下面我们不妨来分析一下上述异文里“敏感词”的成因。

“成者王侯败则贼”，很明显由于己卯本的抄主是怡亲王府（至于现存己卯本是否过录本并非关键），因避碍改为“公侯”，至于何人修改可综合其他地方的异文来分析判断。

“二十年来辨是非”“虎兔相逢大梦归”，小说第一回提到“曹雪芹于悼红轩中披阅十载，增删五次，纂成目录，分出章回”，至乾隆十九年（1754）“脂砚斋甲戌抄阅再评”可看成小说基本完稿，从作者写作判词的时间（大约在小说创作的早中期）上溯二十来年，正指向虎兔年康雍之交。雍正1723年登基，先后查抄了李煦和曹頫家，作者借写判词“辨是非”之心昭然若揭。为避碍，元春的判词文字分别改成“是谁”和“虎兕”。

“箕裘颓坠皆从敬”，此处甲戌本有侧批“深意他人不解”。老舍在《从宝玉生日贾敬暴亡看红楼后面隐藏的史实》一文中，谈到了雍正与“贾敬”的诸多相似之处，其中认为：“敬”。雍正谥号为“敬天昌运建中表正文武英明宽仁信毅睿圣大孝至诚宪皇帝讳胤禛”，在清朝所有皇帝的谥号中，以“敬”开头的只有雍正一家，别无分店。而小说此处“从敬”改成“荣玉”看似为了前后文对称，其中深意实不为人道。

上述这些“敏感词”局外人未必能体味出来，但怡亲王是曹家的监护人却深知底里，因此作为己卯祖本的“送抄本”就不得不考虑做一些技术性处理。或有人以为是怡府抄手所改，然而再结合下面抄本里的其他异常点来分析，其可能性为零。

二、几条脂批

甲戌本里有不少脂批的内涵值得注意。

第一回“好防佳节元宵后”，批语：“前后一样，不直云前而云后，是讳知者。”李煦和曹頫被抄家均发生在元宵节前，所谓“讳知者”正指此。

同一回“将一条街烧得如火焰山一般”，批语：“写出南直召祸之实病。”南直隶简称南直，为明朝行政区划两京地区之一，区别于北直隶，与今江苏省、安徽省以及上海市二省一市相当。顺治二年清沿明制设江南承宣布政使司，南直隶被改为江南省。此批语也指向江南抄家之事。

第五回“箕裘颓坠皆从敬”，批语：“深意他人不解。”见前述。

同一回“家富人宁，终有个家亡人散各奔腾。枉费了，意悬悬半世心；好一似，荡悠悠三更梦”，批语：“过来人睹此，宁不放声一哭。”批者作为作者圈内的知情人，情不自禁写下此批。

现存的抄本中还有不少牵扯到作者、批者自身，以及谐音揭示等批语，作为“送抄本”同样要考虑技术性处理这些碍语。而面对着琳琅满目批语的本子却难于下手，如只简单涂抹碍语部分反倒欲盖弥彰。权衡利弊安全起见，重新抄写一个白文本，兼且修改掉正文中的违碍字眼不失为一种稳妥选择。

至于第十一回后己卯本与庚辰本保留了批语，一因时间仓促，二因无明显碍语，故没重新抄写。至于庚辰本中的朱批多涉家事而己卯本未见，或为从别本过录。

三、两节夺文

现存不同抄本间互有夺漏，多为抄手过录时无心之失，但有的地方恐非如此，现分析一下以下两节夺文产生的原因。

1. 第三十七回起首写道：“这年贾政又点了学差，择于八月二十日起身。是日拜过宗祠及贾母起身，宝玉诸子弟等送至洒泪亭。”此段文字列藏、杨藏、舒序本阙如。

安鸿志先生在《红楼梦中如何暗藏雍正忌日》一文中列出了一个时间表：

8月20日：贾政出差；
8月21日：起诗社；
8月22日：接湘云；
8月23日：写菊花诗、螃蟹咏；
8月24日：茗烟出城；
8月25日：两宴大观园。

从列表中可以看到8月23日大观园里吟诗作乐欢天喜地，继林黛玉菊花诗夺魁后还给了薛宝钗一个“螃蟹咏”安慰赛，而这天正是雍正的忌日，书中写道：

桂霭桐阴坐举觞，长安涎口盼重阳。
眼前道路无经纬，皮里春秋空黑黄。
酒未涤腥还用菊，性防积冷定须姜。
于今落釜成何益，月浦空馀禾黍香。

“众人看毕，都说这是食螃蟹绝唱，这些小题目，原要寓大意才算是大才，只是讽刺世人太毒了些。”作者借小说人物痛快淋漓地骂出了心里话，其指向不言自明。面对如此“大逆不道”的描述，知根知底的作者圈内人心虚地删除了回前碍眼的时间叙述段落，以防被人看破。

2.第六十三回中芳官改名一节：

> 因又见芳官梳了头，挽起纂来，带了些花翠，忙命他改妆，又命将周围的短发剃了去，露出碧青头皮来，当中分大顶，又说：“冬天作大貂鼠卧兔儿带，脚上穿虎头盘云五彩小战靴，或散着裤腿，只用净袜厚底镶鞋。”又说：“芳官之名不好，竟改了男名才别致。”因又改作“雄奴”。芳官十分称心，又说：“既如此，你出门也带我出去。有人问，只说我和茗烟一样的小厮就是了。”宝玉笑道：“到底人看的出来。”芳官笑道：“我说你是无才的。咱家现有几家土番，你就说我是个小土番儿。况且人人说我打联垂好看，你想这话可妙？”
>
> 宝玉听了，喜出意外，忙笑道：“这却很好。我亦常见官员人等多有跟从外国献俘之种，图其不畏风霜，鞍马便捷。既这等，再起个番名，叫作‘耶律雄奴’。‘雄奴’二音，又与匈奴相通，都是犬戎名姓。况且这两种人自尧舜时便为中华之患，晋唐诸朝，深受其害。幸得咱们有福，生在当今之世，大舜之正裔，圣虞之功德仁孝，赫赫格天，同天地日月亿兆不朽，所以凡历朝中跳梁猖獗之小丑，到了如今竟不用一干一戈，皆天使其拱手俛头缘远来降。我们正该作践他们，为君父生色。”芳官笑道：“既这样着，你该去操习弓马，学些武艺，挺身出去拿几个反叛来，岂不尽忠效力了。何必借我们，你鼓唇摇舌的，自己开心作戏，却说是称功颂德呢。”宝玉笑道：“所以你不明白。如今四海宾服，八方宁静，千载百载不用武备。咱们虽一戏一笑，也该称颂，方不负坐享升平了。”芳官听了有理，二人自为

妥贴甚宜。宝玉便叫他“耶律雄奴”。

此段文字列藏、杨藏、甲辰、程甲阙如。这节文本的解读颇有争议，这里姑且不去追究作者的写作动机。然而在当时一般汉人眼中视为异族的清统治者，对夷狄之防的言论难保不心存芥蒂，为了规避风险还是删除稳妥。

四、删碍本

以上所述或者有人会认为流于索隐，但如果从版本视角来分析，我们可以发现列藏本和杨藏本不约而同将这些隐晦的碍语改动或者删节（列藏本第五回佚失，从前几回的文字基因分析来看，其与己卯、杨藏本血缘关系密切），而其中碍语一般只有作者圈内人才会敏感意识到。永忠《延芬室稿》书中弘旿的眉批：“此三章诗极妙。第《红楼梦》非传世小说，余闻之久矣，而终不欲一见，恐其中有碍语也。”作为作者交游圈中的交集者，所言当非空穴来风。

结合其他抄本做一个总体分析：这个删碍本缘起怡亲王府索抄之前，整体完成在其后一段时间。之后作者圈内同时拥有己庚系和列杨系两个祖本，通过这两个祖本传抄而裂变出众多抄本，甲戌祖本当为秘不示人的箧中秘籍。另外，颇有争议的卞藏本有一个值得注意的现象，此本避碍严谨，甚至一般性的碍眼文字也作了规避。

庚辰本第二十一回眉批：“赵香梗先生《秋树根偶谭》内，兖州少陵台有子美祠为郡守毁为己祠。先生叹子美生遭丧乱，奔走无家，孰料千百年后数椽片瓦犹遭贪吏之毒手。甚矣，才人之厄也！因改公《茅屋为秋风所破歌》数句，为少陵解嘲：‘少陵遗像太守欺无力，忍能对面为盗贼，公然（折克非）[拆去作]己祠，旁人有口呼不得，梦归来兮闻叹息，白日无光天地黑。安得旷宅千万间，太守取之不尽生欢颜，公祠免毁安如山。'读之令人感慨悲愤，心常耿耿。壬午九月，因索书甚迫，姑志于此，非批《石头记》也。"此批语系于壬午年九月，或为畸笏叟追记怡府索书之事有感而发，姑系于此。

五、结语

综上所述，我们可以窥视到风月宝鉴背面的一个侧影。戚序本戚蓼生序文道："吾闻绛树两歌，一声在喉，一声在鼻。黄华二牍，左腕能楷，右腕能草。"可算作者在小说里借题发泄心里的不满情绪的一个注脚。

作者在写作时使用了一些春秋笔法，探讨小说里的这些"画外音"对于读者了解作者的背景及思想状况有一定帮助。但我们没必要将《红楼梦》当作谤书从头到尾来索隐，而应整体将其视为一个艺术精品来阅读欣赏。

对于作者及成书时间的质疑者来说，要面对抄本中透露出小说完成于雍正身后的信息做出解释。对于脂伪论者来说，同样要对抄本这些异文的产生作出合理的解释。

参考文献

①冯其庸:《石头记脂本研究》，人民文学出版社1998年版。
②安鸿志:《数理话红楼》，科学出版社2016年版。
③吴铭恩:《红楼梦脂评汇校本》，万卷出版公司2013年版。

再论脂、程系统中尤三姐形象的变化及对程本描写的评价

——基于诸种版本之比较

许鎏源

中央民族大学文学与新闻传播学院

《红楼梦》一书中，对尤三姐的描写所占篇幅虽然只是全书的一小部分，但其鲜明的艺术形象深刻地印在读者心里，她毫无疑问是《红楼梦》中的一位重要人物。在《红楼梦》的脂本和程本两个版本系统中，尤三姐的形象有着明显的不同。关于这一问题，论者逌多，成就斐然，其中讨论最集中的就是脂、程两个系统中的尤三姐形象孰优孰劣。有鉴于此，兹在前人研究基础上，试以各本相关部分进行比较，对尤三姐形象在脂本和程本中的变化再申论之。

一、程本对脂本的修改

对于《红楼梦》脂本和程本中尤三姐形象的不同之处，已有学者做过分析，但仍有不足，如中国艺术研究院红楼梦研究所校注的《红楼梦》[①]，是现今校勘较好的一个本子，但脂本、程本间明显存在的诸多异文则未能在校勘记中反映出来。胡文炜在《尤三姐的形象变化》[②]一文中举出了脂本和程本中涉及尤三姐部分不同之处12例，然未对此12例之异同进行分析。陶建基从内容不同的角度对脂本和程本中尤三姐形象的不同之处进行了分类[③]，可以说比胡文炜的研究前进了一大步。然而，上述研

究并没有穷尽各版本中的相关文字。通过比较各本，我们发现，以往认为的程本对涉及尤三姐部分情节所作的修改，实际上大多在梦稿本中就已经被修改成与程本相同的样子了。同时，既有分类仍不足以显示出改动后的尤三姐形象与除梦稿本以外的脂本中的尤三姐形象相比，有怎样不同的表达效果。故此处按表达效果的不同，将程本对脂本尤三姐形象的修改之处进行分类。大致来说可以分为三类。第一类是将尤三姐的形象纯洁化，第二类是将贾琏、贾珍兄弟二人的形象污浊化，第三类是单纯地为使上下文连贯统一而做的修改。

第一类是程本中将尤三姐形象纯洁化的修改，这是所有修改中最多的，具体详列如下，并做简要分析：

1.第六十三回中，各本中贾珍、贾蓉父子听见二尤来到宁府时反应的比较：

庚辰本、己卯本、戚沪本、戚宁本、蒙府本、甲辰本	贾蓉当下也下了马，听见两个姨娘来了，便和贾珍一笑。
梦稿本、程甲本、程乙本	贾蓉当下也下了马，听见两个姨娘来了，喜的笑容满面。

若按庚辰本等所叙，则二尤与贾珍有聚麀之诮，若按梦稿本与程本所述，则从这里看不出这层意思，而只是显示出了贾蓉与二尤关系颇为亲密。

2.第六十三回中，各本中贾蓉回到宁府后和二尤调笑情节的比较：

（1）

庚辰本、己卯本、戚沪本、戚宁本、蒙府本、甲辰本、梦稿本	贾蓉只管信口开河胡言乱道之间，只见他老娘醒了，请安问好……
程甲本、程乙本	贾蓉当下也下了马，听见两个姨娘来了，喜的笑容满面。

庚辰本等中所叙，只反映了贾蓉的荒唐无耻，程本中的文字则不仅反映了贾蓉的荒唐无耻，也体现出了尤三姐对贾蓉此种行径的厌恶。

（2）

庚辰本、己卯本、戚沪本、戚宁本、蒙府本、甲辰本	二姊妹丢了活计，一头笑，一头赶着打。说："妈别信这雷打的。"连丫头们都说："老天爷有眼，仔细雷要紧。"又值人来回话……
梦稿本、程甲本、程乙本	尤二姐丢了活计，一头笑，一头赶着打。说："妈妈别信这混账孩子的话。"三姐儿道："蓉儿，你说是说，别只管嘴里这么不清不浑的。"说着，人来回话说……

在梦稿本和程本中，上引文字不仅将尤三姐从与贾蓉的嬉戏打闹中摘出，还反映了尤三姐对贾蓉胡言乱语的不满。

3.第六十五回中，各本对尤三姐和贾珍之间不雅行为描写的比较：

庚辰本、己卯本、戚沪本、戚宁本、蒙府本、甲辰本	尤二姐知局，便邀他母亲说："我怪怕的，妈同我到那边走走来。"尤老也会意，便真个同他出来，只剩小丫头们。贾珍便和三姐挨肩擦脸，百般轻薄起来。小丫头们看不过，也都躲了出去，凭他两个自在取乐，不知作些什么勾当。
梦稿本、程甲本、程乙本	二姐恐怕贾琏一时走来，彼此不雅，吃了两钟酒便推故往那边去了。贾珍此时也无可奈何，只得看着二姐自去，剩下尤老娘同三姐相陪。那三姐虽向来也和贾珍偶有戏言，但不似他姐姐那样随和儿，所以贾珍虽有垂涎之意，却也不敢造次了致讨没趣。况且尤老娘在旁边陪着，贾珍也不好意思太露轻薄。

此段在梦稿本和程本中完全改变了脂本中尤三姐和贾珍的不正当关系。

4.第六十五回中，各本关于尤三姐痛骂贾珍、贾琏一段的比较：

（1）

庚辰本、己卯本、戚沪本、戚宁本、蒙府本、甲辰本、梦稿本	尤三姐站在炕上，指贾琏笑道……
程甲本、程乙本	三姐儿听了这话就跳来炕上，指着贾琏冷笑道……

（2）

庚辰本、己卯本、戚沪本、戚宁本、蒙府本、甲辰本、梦稿本	（尤三姐）搂过贾琏的脖子来就灌，说："我和你哥哥已经吃过了，咱们来亲香亲香。"唬的贾琏酒都醒了。
程甲本、程乙本	（尤三姐）搂过贾琏来就灌，说："我倒不曾和你哥哥吃过，今日倒要和你吃一吃，咱们也亲近亲近。"吓得贾琏酒都醒了。

（3）

庚辰本、己卯本、戚沪本、戚宁本、蒙府本、甲辰本、梦稿本	贾珍也不承望尤三姐这等无耻老辣。
程甲本、程乙本	贾珍也不承望尤三姐如此拉的下脸来。

（4）

庚辰本、已卯本、戚沪本、戚宁本、蒙府本、甲辰本、梦稿本	这尤三姐松松挽着头发，大红袄子半掩半开，露着葱绿抹胸，一痕雪脯。底下绿裤红鞋，一对金莲或翘或并，没半刻斯文。两个坠子却似打秋千一般，灯光之下，越显得柳眉笼翠雾，檀口点丹砂。本是一双秋水眼，再吃了酒，又添了饧涩淫浪，不独将他二姊压倒，据珍琏评去，所见过的上下贵贱若干女子，皆未有此绰约风流者。二人已酥麻如醉，不禁去招他一招，他那淫态风情，反将二人禁住。那尤三姐放出手眼来略试一试，他兄弟两个竟全然无一点别识别见，连口中一句响亮话都没了，不过是酒色二字而已。自己高谈阔论，任意挥霍洒落一阵，拿他弟兄二人嘲笑取乐，竟真是他嫖了男人，并非男人淫了他。一时他的酒足兴尽，也不容他弟兄多坐，撵了出去，自己关门睡去了。
程甲本、程乙本	这尤三姐索性卸了装饰，脱了大衣服，松松的挽个簪儿。身上只穿着大红袄儿，半掩半开，故意露出葱绿抹胸的一痕雪脯。底下绿裤红鞋，鲜艳夺目，忽起忽坐，忽喜忽嗔，没半刻斯文。两个坠子就和打秋千一般，灯光之下，越显得柳眉笼翠，檀口含丹。本是一双秋水眼，再吃了几杯酒，越发横波入鬓，转盼流光。真把那贾琏二人弄得欲近不敢，欲远不舍，迷离恍惚，落魄垂涎。再加方才一席话，直将二人禁住，兄弟两个竟全然无一点儿能为，别说调情斗口，竟连一句响亮话都没了。尤三姐自己高谈阔论，任意挥霍，村俗流言，撒落一阵，由着性儿，拿他兄弟二人嘲笑取乐。

贾珍、贾琏兄弟两个“本是风月场中耍惯的”，能够被尤三姐唬到，可见尤三姐当时的行为对于兄弟二人而言是出人意料的。但是，具体表达的内涵则脂本和程本各有不同。如果按脂本的叙述来看，这句话所表达的意思便是，尤三姐本来就淫荡，现在则更淫荡，甚至超出了“风月场中耍惯了的”贾珍、贾琏可接受的程度。如果按程本的叙述来看，则贾珍本来以为尤三姐虽然不像尤二姐那样任其作践，但没想到她选择了一种极为激烈的方式来进行反抗，看似自我作践，实则刚烈无比，正如王昆仑所说：“尤三姐是《红楼梦》诸女像中最后出现的一颗彗星。”④刘大杰分析得更为深刻：“我们更要注意的，不仅是这表面的形象，还要深入她的精神世界。我们完全可以体会到，她这时的心中充满了愤怒，满脸都是激情，她把她一切的力量，都投入了这一次的战斗……她知道对付贾珍、贾琏这一类的风流子弟，讲道理是讲不清楚的，只有采取主动，以毒攻毒，才能取得最后的胜利。”⑤

5.第六十五回中，各本对尤三姐大骂贾珍、贾琏后余波的比较：

（1）

庚辰本、己卯本、戚沪本、戚宁本、蒙府本、甲辰本、梦稿本	贾珍回去之后，以后亦不敢轻易再来，有时尤三姐自己高了兴悄命小厮来请，方敢去一会，到了这里，也只好随他的便。谁知这尤三姐天生脾气不堪，仗着自己风流标致，偏要打扮的出色，另式作出许多万人不及的淫情浪态来，哄的男子们垂涎落魄，欲近不能，欲远不舍，迷离颠倒，他以为乐。

（续表）

程甲本、程乙本	那贾珍回去之后，也不敢轻易再来，那三姐有时高兴，又命小厮来找，及至到了这里，也只好随他的便，干瞅着罢了。看官，听说这尤三姐天生脾气和人异样诡僻，只因他的模样风流标致，他又偏爱打扮的出色，另式另样做出许多万人不及的风情体态来，那些男人别说贾珍、贾琏这样风流公子，便是一般人老到铁石心肠看见这般光景也要动心的，及至到了跟前，他那轻狂豪爽、目中无人的光景，早又把人的一团高兴逼住不敢动手动脚，所以贾珍向来和二姐无所不至，渐渐的俗了却一心注定在三姐身上，便把二姐乐得让给贾琏却和三姐捏合。偏那三姐一般合他顽笑，别有一种令人不敢招惹的光景。

（2）

庚辰本、己卯本、戚沪本、戚宁本、蒙府本、甲辰本、梦稿本	他母姊二人也十分相劝，他反说："姐姐糊涂……他家有一个极厉害的女人，如今瞒着他不知，咱们方安。倘或一日他知道了，岂有干休之理，势必有一场大闹，不知谁生谁死。趁如今不拿他们取乐作践准折，到那时白落个臭名，后悔不及。"
程甲本、程乙本	他母亲和二姐也曾十分相劝，他反说："姐姐糊涂……他家现放着个极厉害的女人，如今咱们瞒着，自然是好的。倘或一日他知道了，岂肯干休，必有一场大闹。你二人不知谁生谁死，这如何便当作安身乐业的去处。"

从脂本和程本描写的对比可以看出，尤三姐在痛骂贾珍、贾琏兄弟

后仍未罢休的情节，程本比脂本要详细得多。而且，涉及贾珍的笔墨，程本也比脂本要多出许多。脂本只有一句："贾珍回去之后，以后亦不敢轻易再来，有时尤三姐自己高了兴悄命小厮来请，方敢去一会，到了这里，也只好随他的便。"程本则多出"贾珍向来和二姐无所不至，渐渐的俗了却一心注定在三姐身上，便把二姐乐得让给贾琏却和三姐捏合。偏那三姐一般合他顽笑，别有一种令人不敢招惹的光景"一段描写。使得上下文之间的联系比脂本更加紧密。程本对尤老娘、尤二姐规劝尤三姐，尤三姐作答一段情节的描写，则比脂本更加突出了二尤之间强烈的对比，尤二姐糊涂，尤三姐清醒。

6.第六十五回中各本对尤三姐自言择夫标准内容的比较：

庚辰本、己卯本、戚沪本、戚宁本、蒙府本、甲辰本	我如今改过守分，只要我拣一个素日可心如意的人方跟他去。若凭你们拣择，虽是富比石崇，才过子建，貌比潘安的，我心里进不去，也白过了一世。
梦稿本、程甲本、程乙本	向着人们看着咱们娘儿们微息，都安的不知什么心，我所以破着没脸，人家才不敢欺负。这如今要办正事，不是我女孩儿家没羞耻，必得要拣一个素日可心如意的人方跟他。若是凭你们拣择，虽是有钱有势的，我心里进不去，白过了这一世。

在程本中，不仅去除了原来脂本中尤三姐失脚的情节，而且借尤三姐自己之口，道出了自己以淫言浪态痛骂贾珍、贾琏的真实用意。择夫标准方面，相对于脂本所叙的"虽是富比石崇，才过子建，貌比潘安的，我心里进不去，也白过了一世"，程本则作了省略，改为"若是凭你们拣择，虽是有钱有势的，我心里进不去，白过了这一世"。若照脂本的描写，在尤三姐心目中的贾琏等人眼中除了财、势二字外，尚有才、貌二字；而经过程本修改后，尤三姐眼中的贾琏等人便只知财、势了。这样的描写在使尤三姐形象纯洁化的同时，也起到了附带批判贾琏等人的作用。

第二类是将贾琏、贾珍兄弟二人形象污浊化的修改，主要体现在贾琏意欲撮合贾珍和尤三姐成其好事的一段描写中。在尤二姐向贾琏表白心迹，追悔以往情形，并向贾琏询问如何为尤三姐作长久之计后，脂本、程本在第六十五回中各有如下两处不同的描写：

（1）

庚辰本、己卯本、戚沪本、戚宁本、蒙府本、甲辰本、梦稿本	贾琏听了，笑道："你且放心，我不是拈酸吃醋之辈。前事我已尽知，你也不必惊慌。你因妹夫倒是作兄的，自然不好意思，不如我去说破了这例。"
程甲本、程乙本	贾琏听了，笑道："你且放心，我不是拈酸吃醋之辈。前事我已尽知，你也不必惊慌。如今你跟了我来，大哥跟前自然要拘起形迹来了。依我的意思，不如叫三姨姐儿也合大哥成了好事，彼此两无拘束，索性大家作个通家之好。你的意思怎么样？"尤二姐一面拭泪道："虽然你有这个好意，但头一件，三妹妹脾气不好；第二件，也怕大爷脸上下不来。"贾琏道："这个无妨，我这会子就过去，索性破了例。"

（2）

庚辰本、己卯本、戚沪本、戚宁本、蒙府本、甲辰本、梦稿本	（贾琏找到贾珍向其请安后）又拉尤三姐说："你过来，陪小叔子一杯。"贾珍笑着说："老二，到底是你，哥哥必要吃干这钟。"说着，一扬脖。
程甲本、程乙本	（贾琏找到贾珍向其请安后）因又笑嘻嘻向三姐儿道："三妹妹为什么不合大哥吃个双钟儿？我也敬一杯给大哥合三妹妹道喜。"

通过脂本和程本的对比可知，脂本中的贾琏想要去撮合贾珍和尤三姐，是建立在前事已尽知的基础上，其中当然包括尤三姐平日也和贾珍、贾蓉父子有聚麀之诮的事。而程本中的贾琏虽然同样是在前事尽知的基础上想要撮合贾珍和尤三姐二人，但此时的前事却是尤三姐不像她姐姐那样随和，而且尤二姐还在旁边提醒贾琏“三妹妹脾气不好”。纵然如是，贾琏依然对尤二姐说：“这个无妨，我这会子就过去，索性破了例。”脂本中的贾琏只是委婉地向尤三姐表达了意欲撮合贾珍和尤三姐的想法，对尤三姐说：“你过来，陪小叔子一杯。”程本中的贾琏不仅表达得十分直露，而且当时的表情也可以说极不正经，他笑嘻嘻地向三姐儿道：“三妹妹为什么不合大哥吃个双钟儿？ 我也敬一杯给大哥合三妹妹道喜。”相比较而言，程本中的描写当然使贾珍、贾琏兄弟的形象更为污浊了。

第三类是单纯为使上下文连贯统一的。此类不同有如下两例：

1.第六十六回中，各本中尤三姐听见柳湘莲商议退婚时心理活动的比较：

庚辰本、己卯本、戚沪本、戚宁本、蒙府本、甲辰本	那尤三姐在房明明听见。好容易等了他来，今忽见反悔，便知他在贾府中得了消息，自然是嫌自己淫奔无耻之流，不屑为妻。
梦稿本、程甲本、程乙本	那尤三姐在房明明听见。好容易等了他来，今忽见反悔，便知他在贾府中听了什么话来，把自己也当作淫奔无耻之流，不屑为妻。

2.第六十九回中，各本中尤三姐死后托梦尤二姐时寄语的比较：

庚辰本、己卯本、戚沪本、戚宁本、蒙府本、甲辰本	你我生前淫奔不才，使人家丧伦败行，故有此报。
梦稿本、程甲本、程乙本	只因你生前淫奔不才，致使人家丧伦败行，故有此报。

从以上所举例子中可以看出，梦稿本是一个分水岭。梦稿本中有许多与程甲、程乙本情节相同的内容，也就是说，虽然在梦稿本中，尤三姐仍然是一个失过脚的女子，但在人物精神层面的描写上，梦稿本与其他抄本相比，已经有了明显的洁化现象。所以，程高本中呈现出来的作为“精神上的女神”（白盾语）的尤三姐形象，无论这样的描写好不好，这笔账都不能完全算在程伟元和高鹗两个人的头上。以现知的资料而言，在梦稿本之后出现的程高本，进一步修改了有关尤三姐的内容，最后完成了尤三姐形象从淫奔女向精神上的女神的转变。

二、程本之描写自有其优点

对尤三姐形象在脂本、程本中的不同做过详细分析后，便可对程本的描写进行评价了。这一问题，学术界目前主要三种观点。一种观点认为程本的描写不好。这一派又分为两个阵营。一个阵营是从崇脂抑程的观点出发来立论的，如梁归智[⑥]、杨光汉[⑦]、伍隼[⑧]等人。另一阵营则从脂本、程本具体情节的不同，作者创作心理等方面进行了分析，如陈毓飞[⑨]、张星[⑩]、陶建基[⑪]等人。第二种观点则认为程本中的描写好。此种观点以刘大杰为代表，他说：“尤三姐这一光辉的形象，是谁塑造出来的呢？是曹雪芹的初稿，经过高鹗改造而形成的？”接着，他又指出，相比于改动回目，程本中更重要的地方是“留其精华，补其不足，把一个风流放荡的‘淫奔女’，洗刷得干干净净，写成一个豪爽、勇敢、刚强、热情，而富于反抗精神的封建社会的叛逆女性”[⑫]。第三种观点则是认为脂本和程本中的尤三姐形象均达到了极高的艺术境界，同时又各有优缺点，如季学原[⑬]和刘永良[⑭]便持此种观点。总的来说，在学术界占主流的是第一种观点。虽然其中分为了两个不同的阵营，但实际上二者的思想根源都是崇脂抑程，只不过梁归智等人因其结论过于武断而使人易知，陈毓飞等人则因其分析得较为具体而不易察觉。实际上，正如刘大杰先

生所论，经过程本中的描写亦有其可圈可点之处。理由如下：

（一）脂本明显存在着前后情节相互矛盾的情况。白盾在《“淫奔女”与“精神上的女神”：论程脂两本两个尤三姐》[15]一文中，已经很明确地指出了脂本中涉及尤三姐的故事情节明显地前后矛盾，他举出了一个十分明显的例子，说：“既然三姐与珍、琏辈‘磨脸擦腮，百般轻薄’，连‘小丫头们’都‘看不过，也都躲出去，凭他两个自在取乐’，其间显已逾越最后界限。既然如此，珍、琏辈何以又觉得‘是块肥羊肉，只是烫的慌；玫瑰花儿又刺大扎手’呢？”此外，他还引87版《红楼梦》电视剧的观众来信来说明尤三姐大骂贾琏、贾珍这一段故事情节颇让人费解：“不过是一分钟之前，尤三姐还坐在贾珍的怀里任其取乐，并无丝毫的拒绝或勉强，怎么贾琏一来，她就一百八十度大转弯，说上这样一番洁身自好的话来？这岂不是自己打了自己嘴巴，前后形象是矛盾的、断裂的？”事实上，对于脂本中的矛盾之处，张爱玲在《红楼梦魇》一书中已经有所察觉。关于二尤与贾珍父子“素有聚麀之诮”这一情况，张爱玲说：“即在原书中，尤三姐也是尤二姐嫁后才失身贾珍。那么尤二婚前的秽闻只涉尤二，尤三姐是被姐姐带累的……作者常从不同的角度写得闪闪烁烁。”[16]以上所举，还是从细节上来说，若从《红楼梦》涉及尤三姐部分大的故事结构来说，很难想象一个与他人父子素有聚麀之诮的失脚女子会在转瞬间成了一个痴情女，更何况这个女子还自称痴心等待了柳湘莲五年。脂本中存在的这些矛盾之处在程本中便基本不存在了。这不能不说是程本的一大功绩。虽然有一些学者对脂本中存在的矛盾之处进行辩护，如上文提到的陶建基在《试论尤三姐：〈庚辰本〉与〈程甲本〉比较研究之一》一文中认为尤三姐的故事经过程本的一番改动后反而使得情节前后矛盾，但这自然是一种曲说，是崇脂抑程的固有思想在作怪，不是一种客观的分析。

（二）程本对脂本的修改是在认真阅读了诸种抄本的基础上进行的。程伟元和高鹗在用活字摆印《红楼梦》的时候宣称，他们汇集了各种抄本，广为校勘。从尤三姐的形象这个角度来看，他们的这一说法应非虚语。曹雪芹写作《红楼梦》的初衷继承了中国文学史上古已有之的“发愤著书”思想。《脂砚斋甲戌抄阅再评石头记·凡例》云：“作者本意，原为记述当日闺情，并非怨世骂世之书矣。虽一时有涉于世态，然亦不得不叙者，但非其本旨耳。作者切记之。”虽然有这样一段文字，但因《红楼梦》一书已经交代得很清楚，是将“真事隐去”用“假语村言”敷演出一段故事来，所以做出如此一番评述，不免有“此地无银三百两”之嫌，越发显出了《红楼梦》一书的“怨世骂世”之意，上述引文之后紧接着便是这样一首诗，其云：“浮生着甚苦奔忙，盛席华筵终散场。悲喜千般同幻渺，古今一梦尽荒唐。谩言红袖啼痕重，更有情痴抱恨长。字字看来皆是血，十年辛苦不寻常。”⑰此诗主旨直接点明了《红楼梦》一书具有“怨世骂世”之意。“发愤著书”的文学思想，最早是由司马迁在《史记》卷八十四《屈原贾生列传》和《报任少卿书》中做了具体表述的。司马迁在《屈原贾生列传》中评价屈原说：“夫天者，人之始也；父母者，人之本也。人穷则反本，故劳苦倦极，未尝不呼天也；疾痛惨怛，未尝不呼父母也。屈平正道直行，竭忠尽智以事其君，谗人间之，可谓穷矣。信而见疑，忠而被谤，能无怨乎？屈平之作《离骚》，盖自怨生也……上称帝喾，下道齐桓，中述汤、武，以刺世事。明道德之广崇，治乱之条贯，靡不毕见。其文约，其辞微，其志洁，其行廉，其称文小而其指极大，举类迩而见义远。其志洁，故其称物芳。其行廉，故死而不容。自疏濯淖污泥之中，蝉蜕于浊秽，以浮游尘埃之外，不获世之滋垢，皭然泥而不滓者也。推此志也，虽与日月争光可也。”⑱如果说，在《屈原贾生列传》中，司马迁只是说屈原的作品是发愤而作的话，那么在《报任少卿书》中，司马迁则把发愤而作概括为催生一切优秀文学作品的内在动因，这就是那段著名的论述：“盖西伯拘而演《周易》；仲尼厄而作《春秋》；屈原放逐，乃赋《离骚》；左丘失明，厥有《国语》；孙子膑脚，《兵法》修列；不韦迁蜀，世传《吕览》；韩非囚秦，《说难》《孤愤》。《诗》三百篇，大抵圣贤发愤之所为作也。此人皆意有所郁结，不得通其道，故述往事，思来者。”⑲

联系曹雪芹的身世及《红楼梦》的内容，可以说曹雪芹撰写《红楼梦》的初衷之一，便是继承了司马迁的这种“发愤著书”思想，这一点，梅新林也有相同的见解⑳。程本中对于尤三姐的描写，也是按照这种思想进行的，如上文所分析的，程本中的描写，一方面使尤三姐的形象纯洁化，一方面将贾珍、贾琏的形象污浊化。这样一来，就增强了作品的批判性。试问，一个出淤泥而不染的寒门女子，在四面楚歌之中艰难地守身如玉，好不容易熬到了出头之日，等来如意郎君，却不料只因和那“除了那两个石头狮子干净，只怕连猫儿狗儿都不干净”的宁府扯上联系，便被意中人柳湘莲误以为自己已非清白之身，迫不得已杀生明志，世间焉有比此更可悲、更可叹之事乎？柳湘莲说：“我不做这剩忘八。”脂批于此评云：“奇极之文，极趣之文。《金瓶梅》中言‘把忘八的脸打绿了’已奇之至，此云‘剩忘八’，岂不更奇！”㉑这一评语，正点出了曹雪芹在《红楼梦》中塑造尤三姐这一形象的骂世目的。从具体故事情节上来说，曹雪芹自己对《红楼梦》所做的修改说明了曹雪芹有意淡化“风月宝鉴”的因素。最明显的就是对“秦可卿淫丧天香楼”的修改㉒。梦稿本中涉及尤三姐部分与程高本相同的文字，也显示出了至少从梦稿本开始，抄本中的尤三姐形象已经有了明显的洁化趋势。因此，程本中的尤三姐形象由脂本中的淫奔女变为一位矢志守贞的烈女是有道理的。张星对脂本中尤三姐形象的细微变化做了研究。虽然他认为，程本的描写并没有充分理解作者的原意，但是面对脂本系统中不同本子间的客观差异也不得不承认，“从早期脂本到晚期脂本，尤三姐作为一个轻佻放荡女子的形象在逐渐淡化”㉓。

（三）程本的描写使得尤三姐这一形象与既往小说中已有的艺术形象同中有异，不落前人窠臼。脂本中的尤三姐形象是有着前代文学作品影子的，最与之相近的便是杜十娘。从人生轨迹来说，杜十娘与脂本中的尤三姐是大致相似的。他们都是早年为生活所迫而失去了贞洁，在经历长期忍辱苟活的生活后遇到了自己的意中人，并欲对之托付终身。可是却所托非人，对方因自己早年不可道的经历心生嫌弃，意欲违背之前的终生约定。为了证明自己人格的清白只得以死明志。尤三姐与杜十娘的这种相似，刘永良在其论文中已经指出，不过未做深入分析㉔。杜十娘的故事见于明代冯梦龙的《警世通言》第三十二卷《杜十娘怒沉百宝箱》，虽然目前没有证据直接表明曹雪芹看过冯梦龙的《警世通言》，但曹雪芹看过的可能性应比没看过的可能性大得多，这可以从一些侧面信息中推知。曹雪芹在《红楼梦》第一回中表达了对当时小说界的不满：

> 历来野史，或讪谤君相，或贬人妻女，奸淫凶恶，不可胜数。更有一种风月笔墨，其淫秽污臭，屠毒笔墨，坏人子弟，又不可胜数。至若佳人才子等书，则又千部共出一套，且其中终不能不涉于淫烂，以致满纸潘安、子建、西子、文君，不过作者要写出自己的那两首情诗艳赋来，故假拟出男女二人名姓，又必旁出一小人其间拨乱，亦如剧中之小丑然。且鬟婢开口即者也之乎，非文即理。故逐一看去，悉皆自相矛盾、大不近情理之话，竟不如我半世亲睹亲闻的这几个女子，虽不敢说强似前代书中所有之人，但事迹原委，亦可以消愁破闷；也有几首歪诗熟话，可以喷饭供酒。至若离合悲欢，兴衰际遇，则又追踪蹑迹，不敢稍加穿凿，徒为供人之目而反失其真传者。㉕

这是对当时小说界主流趋势的评点，而非专评某一书或某一种小说，此种议论，非博览群籍者不能为之。小说中的贾宝玉虽然不能与曹雪芹画等号，但却不能不说贾宝玉的形象与作者本人有极大的相似之处。《红楼梦》第八回中薛宝钗对贾宝玉说："宝兄弟，亏你每日杂学旁收的，难道就不知道酒性最热，若热吃下去，发散的快；若冷吃下去，便凝结在内，

以五脏去暖他，岂不受害？”[26]从“杂学旁收”四字中可见贾宝玉的知识结构是十分驳杂的，联系到曹雪芹的身世，以及他所著的《红楼梦》被誉为百科全书，因此可以说曹雪芹的知识结构也是十分驳杂的。具体到在当时不登大雅的小说戏曲方面，《红楼梦》中薛宝钗对林黛玉说：“我们家也算是个读书人，祖父手里也爱藏书。先时人口多，姊妹兄弟都在一处，都怕看正经书。弟兄们也有爱诗的，也有爱词的，诸如这些‘西厢’‘琵琶’以及‘元人百种’，无所不有。他们是偷背着我们看，我们却也偷背着他们看。”[27]这段话中，虽然没有提及明代小说，但“无所不有”一词，则是对所有杂书的概括。作为一部现实主义小说，再加上曹雪芹的家庭在没落前正是一个薛宝钗所说的读书、藏书的名门望族，这段描写可以说是曹雪芹早年读书生活的真实写照。而且现在已经明确知道，《红楼梦》受《金瓶梅》的影响很深，可见曹雪芹对明代小说是很有研究的。曹雪芹有着驳杂的知识结构，对小说、戏曲也很有研究，因此他看过冯梦龙《警世通言》的可能性是极大的。这样一来，尤三姐与杜十娘二者之间的相似性，则难免使脂本中的尤三姐形象给人一种与前代作品中人物形象雷同之感。程本的描写则恰恰避免了这种重复。

三、结语

通过诸种版本的比较，涉及尤三姐的部分，程本并非全部向壁虚造，其中很大一部分内容是杨藏本中已经有的。若按表达效果的不同，将程本与脂本中尤三姐形象的不同之处进行分类，大致来说可以分为三类。第一类是将尤三姐的形象纯洁化，第二类是将贾琏、贾珍兄弟二人的形象污浊化，第三类是单纯地为使上下文连贯统一的。

对于程本中描写的评价，目前学术界存在不同观点。然不论持何种观点者，皆不能使观点相异方信服。客观而言，《红楼梦》中涉及尤三姐的部分，程本中的描写自有其优点。理由有三：第一，脂本明显存在着前后情节相互矛盾的情况，这在程本便基本不存在了；第二，程本中的描写，无论是从创作意图，还是从具体情节方面来说，都是有道理的；第三，程本中的描写使得尤三姐这一形象与既往小说中已有的艺术形象同中有异，不落前人窠臼。

对待《红楼梦》的不同版本，大多数人的态度是凡脂本皆好，凡程本皆糟。实际上不能这么偏激地一概而论，应当就各版本间的不同之处进行实事求是的分析才能做出客观的评价。1921年胡适发表了著名的《〈红楼梦〉评论》，不仅指出了《红楼梦》的后四十回为他人所补，并指出了续书中的种种抵牾之处。尽管如此，胡适还是对续书进行了赞扬："我们平心而论，高鹗所补的后四十回，虽然比不上前八十回，也确有不可埋没的好处……作一个大悲剧的结束，打破了中国小说的团圆迷信。这一点悲剧的眼光，不能不令人佩服。"㉘程本与脂本的相异之处不只是有无后四十回，前八十回的内容中也多有不同，胡适于此只是举其大者。回望胡适当年对程本的评价，或许可以使我们有一些别样的体会。因此我们若摒除先入为主的崇脂抑程的观念、循着胡适所说的"悲剧的眼光"去审视程本与脂本的相异之处，则不只尤三姐一例，其他诸多情节亦自可见出其美学与伦理学上的辉光。

注释

①（清）曹雪芹著，（清）无名氏续：《红楼梦》，人民文学出版社2008年版。

②胡文炜：《贾宝玉与大观园》，华艺出版社1995年版，第108—116页。

③⑪陶建基：《试论尤三姐：〈庚辰本〉与〈程甲本〉比较研究之一》，《红楼梦学刊》1982年第4辑。

④王昆仑：《红楼梦人物论》，北京出版社2004年版，第100页。

⑤刘大杰：《尤三姐的悲剧》，《刘大杰古典文学论文选集》，湖南人民出版社1984年版，第250页。

⑥梁归智：《〈石头记〉探佚》，山西古籍出版社2005年版，第197—201页。

⑦杨光汉：《曹雪芹原著中的尤三姐》，《红楼梦学刊》1980年第2辑。

⑧伍隼：《再论尤三姐形象的改塑》，《红楼梦学刊》1991年第1辑。

⑨陈毓飞：《从脂本尤三姐形象看曹雪芹的创作心理》，《名作欣赏》2014年第8期。

⑩㉓张星：《脂本系统中尤三姐形象的细微变化：以第63回回末一段文字为例》，《红楼梦学刊》2008年第4辑。

⑫刘大杰：《刘大杰古典文学论文选集》，湖南人民出版社1984年版，第254页。

⑬季学原：《两个三姐皆豪杰》，《红楼梦学刊》1998年第4辑。

⑭㉔刘永良：《两个版本系统，两个尤三姐形象》，《浙江师范大学学报》（哲学社会科学版）2002年第1期。

⑮白盾：《“淫奔女”与“精神上的女神”：论程脂两本两个尤三姐》，《湖北大学学报》（哲学社会科学版）1997年2期。

⑯张爱玲：《红楼梦魇》，北京十月文艺出版社2007年版，第29—30页。

⑰（清）曹雪芹：《脂砚斋甲戌抄阅再评石头记》卷一，上海古籍出版社1985年版，第3b—4a页。

⑱（汉）司马迁：《史记》卷八十四《屈原贾生列传》，中华书局1959年版，第2482页。

⑲（汉）班固：《汉书》卷六十二《司马迁传》，中华书局1964年版，第2735页。

⑳梅新林、俞樟华：《〈红楼梦〉与〈史记〉：实录精神与托愤精神的二重变奏》，《浙江社会科学》1997年第5期。

㉑（清）曹雪芹：《脂砚斋重评石头记》，人民文学出版社1975年版，第1606页。

㉒曹立波：《红楼十二钗评传》，清华大学出版社2007年版，第168—186页。

㉕同①，第5页。

㉖同①，第123页。

㉗同①，第566页。

㉘胡适著，李小龙编：《中国旧小说考证》，商务印书馆2014年版，第304—305页。

荒谬至极——揭开《癸酉本石头记后28回》的面纱

流星白羽箭
山东蓝山集团

最近网络上出现一篇《旧时真本横空出世，红学大厦轰然坍塌》的文章，引起了很多的关注，也让所谓的《癸酉本石头记后28回》又“火”了一把。（其又称《吴氏石头记增删试评本》，简称“吴氏石头记”“癸酉本”或“吴祖本”“吴本”等，网友戏称为“鬼本”。既同出一源，为行文方便起见，本文一概统称其为《癸酉本》。）

《癸酉本石头记后28回》自2008年由化名何莉莉和刘俊俊的两人在网络上陆续“发布”，其人声称这个“抄本”（注：其原话如此，“钞本”似更妥）属于《红楼梦》脂评本系列，一共有一百零八回，其“母本”成书于农历癸酉年，即1753年，比红学界迄今发现的《红楼梦》最早钞本“甲戌本”的母本还要早一年！故命名“癸酉本”，且该书的作者是吴梅村而非曹雪芹！

事关《红楼梦》一书的任何线索、物品、资料，社会公众和红迷们都会给予极大的关注，甚至恨不得将其拿到放大镜下看个纤毫毕现，何况是这种石破天惊的“新发现”《红楼梦》古钞本呢？尤其涉及《红楼梦》的作者不是曹雪芹和《红楼梦》全本是一百零八回这样的观点，这是足以让整个红学界各种观点都要被颠覆的大事情！那么，让有关专家鉴定一下钞本实物的具体年代和其中内容，实属必要。可惜，《癸酉本》的后28回内容在网络发布迄今已逾十年，从不曾露出真容，不要说钞本实物了，就连一张钞本的实物照片或者影印件都没有。除了几张非常模糊的所谓民国“过录本”照片外，一直只有网络版文字，难免不叫人心存疑窦。

但这一点却不妨碍《癸酉本》的整理者对发布的内容每年推陈出新，至2011年《癸酉本》发布所谓的“三周年纪念版”网络版时，内容已经改动到了“凡第六版”（原文语）。2014年3月其推出“六周年纪念版”的同时，通过九州出版社出版了《癸酉本石头记后28回》的纸质书籍，注明作者是佚名。

而另一《癸酉本》拥趸王晓丰2013年2月在网上发布《癸酉本石头记后28回点评本》时，认为《癸酉本》的作者是吴梅村和严绳孙，且提出这个“癸酉年”非甲戌抄本之前的“癸酉年”，而是提前整整一个甲子，变成康熙年间的“癸酉年”，即1693年。同样由王晓丰整理、线装书局2015年出版的《吴氏石头记增删试评本》，作者却注为曹雪芹。同一人相差两年，观点变化如此之大，奇哉怪哉？同源出的两本书，《红楼梦》作者如此变化，奇哉怪哉？这些改动有无依据？是不是轻率了？

由《癸酉本》派生的所谓《吴氏石头记增删试评本》，因其植入性广告的做法植入了作者非曹雪芹这个概念，而且混淆了其不能自圆其说的1753年的“癸酉年”，2015年出版《吴氏石头记增删试评本》一书后，经过有心人推波助澜，通过公众号等新媒介广泛传播，最近风头很劲。其“编辑”中曾有人下了大力气研究明清史，梳理明末清初的各种史料、笔记、野史，把明末清初前后一百年间稍有名气的文人来了个大排查，并据此排列出一个令人咋舌的“吴梅村+N”的所谓康熙年间《红楼梦》文人创作集团。为了验证其观点无比正确，不但在所谓《癸酉本》后28回情节里“再创作”（翻新），还对脂评本的前80回文本根据需要进行“加工”（篡改文本，然后引申拓展转为自己观点的有力支撑）。前80回文本和脂批，凡与此派观点不合的，一律改之删之，改不了的也会假托畸笏叟等人口气假模假样地诌几句批语。由此，新版的所谓《吴氏石头记增删试评本后28回》新鲜出笼了，估计前八十回的《吴氏石头记增删试评本（前80回）》的影印件正在炮制中，可能还要很久“面世”，让我们拭目以待。而原件那是万万不敢炮制的，一来当时年代的纸张墨色的作伪技术还不达标，容易被高科技识破；二来会写漂亮的蝇头小楷又能俯身屈就《癸酉本》炮制这么大工作量的人才实在太少，所以只能在影印件上大做特做文章了。

可是一个“试评”就露了怯，你“评”就“评”呗，那也不叫“试评”，就叫作“评点”，第二次再“评点”就是“重评”“再评”，等等。“试评”算什么，这不是不打自招么，说明“重评本”在先，我做一个“评点”加塞进去，又不太自信，就改了个模棱两可的名字，叫作“试评”，“试评”什么呀？难道一开始就知道或者计划要“评点”几次么？

笔者之所以不厌其烦地提这些所谓的《癸酉本》不同之处，就是想说明，这些所谓的《癸酉本》不仅称呼不尽相同，标注的作者也不同，而且其声称的作品年代竟相差一个甲子之多。笔者不禁想要问问《癸酉本》的拥趸们，假设真的有这么个“版本”的话，既然所谓的钞本实物还不曾公之于世，就贸然出版相关的不同内容的纸质书籍，从学术角度看，是否合适呢？

从《癸酉本》发布的先后时间这个纵向轴来看，其所谓的各本“周年纪念版”的文字改动相差很大，如《癸酉本》第九十回的后半段，“三周年纪念版”比“一周年纪念版”增加了很多情节，本回文字扩容达11%以上（文字竟增加957字之多）。可以说，各本是越改越流畅，而且前本一些常识性的失误和错别字都没有了。

为何《癸酉本》各人前后“发布”的内容和情节相差这么大？同一个人“发布”的内容也相差这么大？《癸酉本》的拥趸们，请问这到底是在“发布”呢还是在“创作”呢？

另外，《癸酉本》除了不断翻新变化、炒作其内容外，文本各方面也饱受诟病，与前八十回《红楼梦》凝练的语言风格相比，《癸酉本》有着截然不同的现代化文风。试举一例请诸君一看，如《癸酉本》第八十三回文：

王夫人躺了两三天，省了人事，也不叫嚷了，只是身上依旧发热。贾政在外头请来一个名医，开了方子给王夫人抓药疗治。王夫人不但没有好转，反加重了，那名医也骗了钱卷铺盖跑了，不久王夫人便命绝气休了。

贾府深知全是名医所误，百般寻他不着，恨的叫骂不止，然又有何益？王夫人膏肓之际含泪拉着宝玉的手不肯放松，道："我的儿，为娘此去没有其他可挂虑的，只是牵念着我儿未能功成名就，又怕日后荒废了学业，再没人管你，可叫我怎么放心。又怕那促狭鬼嫉恨你，得空便拧一下，掐一下，也没有人护着你了，为娘怎不心痛？"

分析如下：

一、这里出现了一个清宫戏常见的称谓："为娘"，经检索《癸酉本石头记后28回》，王夫人和李纨等人频频自称"为娘"，一共有十处，令人反胃。而检索前八十回所有的钞本《红楼梦》和程高系列印刷本的《红楼梦》，则是一个"为娘"都没有。

二、上述引文中还有个词语"卷铺盖"，这个词也出现得很晚，经检索最早见于清末李宝嘉所著《官场现形记》第五回："叫他去开销蒋福，立时三刻要他卷铺盖滚出去。"不知《癸酉本》整理者对此作何解释呢？

三、从上述引文第一段来看，三句话里有四个"王夫人"，整体段落上行文啰唆，而且"膏肓之际"也疑似病句，这些特征都与前八十回《红楼梦》用词凝练的特征截然不符。

另外，《癸酉本》还有很多令人捧腹的情节。比如，有武侠小说的痕迹：卫若兰也拿着宝剑急忙赶来，大喊道："狗贼莫逃，吃我一剑！"邢夫人哭道："老爷已被环儿这孽障杀死了，快把贼婆娘和贱儿子杀了，给老爷报仇！"众人都燃起一腔怒火，奔到强盗群里和贼人拼杀了起来。只见剑光闪处，几个贼人倒地。（见《癸酉本》第九十二回）

再如，有现代同人文的痕迹：提到贾宝玉和蒋玉菡两人做龙阳之好："话说宝钗掀帘子进来，见宝玉和蒋玉菡在炕上紧抱着翻滚，捂着脸嗔道：'作死啊，羞杀人了。'"（见《癸酉本》第一百零三回）这么写实且直白，辣眼睛，这还是《红楼梦》么？

还有一些对话的用词令人啼笑皆非，比如：

例一，贾芸、小红急忙赶上去笑道："诸位混的威风了也不理老乡了，也帮衬帮衬咱们。"藕官乜斜着眼道："可是胡说！我们和你们又不熟，只是认识而已，谈何交情呢？"小红笑道："看在认识的份上就帮帮咱罢！咱是诚心来投奔众位大哥的，讨碗饭吃，诸位就忍心看俺夫妻俩饿死？"（见《癸酉本》第九十五回）先不说"十二官"们能否有战斗力作"强盗"，且说"老乡"这个如此现代、仅存在于《现代汉语词典》的词语，竟然也在这里出现了，不知说什么好了。

例二，夏金桂半夜调戏贾宝玉："又见他松挽着头发，披着衣裳，打扮得妖调非常，露出雪白肩膀，拿眼忒斜着笑望着他……金桂道：'自家人何必说这些套话。嫂子关心你，你难道不领嫂子的情？'宝玉道：'嫂子请回吧，我要吹灯睡觉了。果子放着我一会儿吃。'金桂忽然一把抓住了手道：'你嫂子现在死了男人，守着活寡，日子难熬的很。兄弟就跟我离了这里，咱们到外头度日去吧。'说着硬往外拽。"（见《癸酉本》第一百零一回）这段倒有些许《二拍》的感觉了。

仅仅看其以上几段摘录的《癸酉本》情节文字、对话语气、遣词造句，再随意选择前八十回《红楼梦》任何一回的文字读一读。我想，任何一个读过《红楼梦》一遍以上的读者，都不难得出结论，哪个真哪个假。要说这样粗制滥造的本子"绝大部分还是作者的原笔原意，文气一以贯之，情节与前回毫无脱节之感，更重要的是人物判词和'畸笏'等人的批语大都得以验证，当属真本无疑"（此语出自《旧时真本横空出世，红学大厦轰然坍塌》一文），实在是贻笑大方、指鹿为马了，更不用说什么契合脂批了。

正如《红楼梦学刊》微信公众号2018年3月5日刊载的《毁三观的“吴氏石头记”》一文提到的那样，《癸酉本》无论文字和情节，毫无《红楼梦》的神韵。

综上，这个起先流传于网络的《癸酉本》，根本不是什么“旧时真本”，无论情节和文字、诗词都是在网络上用简化字一步步完善的，从它逐年发布的内容变动便可发现这点。这无疑是现代人写出来的网络恶搞文，假托古人之名来混淆视听，沽名钓誉。

梅节先生曾说过，红学有一条行规必须遵守，就是不得作伪。红学如允许“造马”，红学就变成“哄学”。诚哉斯言！而所谓的《癸酉本》却将造假进行到底，一而再、再而三地挑战红学研究者和广大读者的忍耐极限，是可忍孰不可忍。这样造假的本子，根本不是《红楼梦》，更不是曹雪芹的《红楼梦》，而是彻头彻尾的当代网络式赝品、裸本、子虚乌有的本子。《癸酉本》拥趸们编织了第一条谎言，就要再编织一百条谎言来圆第一条谎言。我甚至可以断言，无论《癸酉本》或者什么“吴氏石头记”，永远都不会有所谓的“旧时真本”面世，《癸酉本》拥趸们之所以把这个所谓“版本”来源说得神乎其神天花乱坠，就是要保持它的神秘性，让谎言一直流传下去。

但谎言终究是谎言，终究会被明眼智者揭穿。作为一名《红楼梦》的爱好者，决不能允许他们这样恣意妄为，也希望广大读者能擦亮眼睛，识别并远离这个所谓的“旧时真本”。

从“秦可卿之死”看曹雪芹对《红楼梦》的修订

杨莹莹

中央民族大学

秦可卿是《红楼梦》“金陵十二钗”中最先香消玉殒的一位。从第五回首次出场到第十四回的葬礼，中间不过十回，而其中的第六回、第九回和第十二回都没有任何活动。全书涉及秦可卿形象的正面描写只有寥寥数百字，然而她的身世、婚姻、性格、葬礼等，都给读者留下了无限的解读空间。从出场到离场，秦可卿是《红楼梦》中唯一由曹雪芹亲自写定的主要人物。在曹雪芹笔下，秦可卿这一人物形象是否经历了由“淫丧天香楼”到“死封龙禁尉”的删改？由“淫丧”变为“善终”，作者在安排该人物命运时，又为何一改初衷？通过解读这一前一后的矛盾，我们能够看到曹雪芹在《红楼梦》创作过程中的修订痕迹。

学界对秦可卿的研究是一个持续的学术论争过程，主要研究角度有：身世背景、人物原型、死亡时间及死因，与贾珍、贾宝玉等人的关系、人物塑造的审美内涵，等等。具体到对秦可卿死因的探究，在程甲本问世不久即引起一些读者的兴趣。例如，乾隆五十九年（1794）徐凤仪在《红楼梦偶得》中认为第七回焦大骂中“连贾珍都说出来”七字，“足褫可卿之魄，所以绘其缢死之由”[①]。在徐凤仪看来，秦可卿并非病死，而是自缢。同时代的周春不同意这一看法，他在《阅红楼梦随笔》中认为：“因秦可卿死时有瑞珠殉主，所以鸳鸯死时秦可卿来，何得硬派可卿亦悬梁自缢也。”[②]清代《红楼梦》评点家王希廉、姚燮、张新之、洪秋蕃等人，也一致认为秦可卿死于自缢。例如，王希廉说：“秦氏诲淫丧身”“秦氏亦死于淫”“秦氏不足论”。[③]洪秋蕃评：“秦氏死，只由凤姐一边听得，不从东府叙来，以其死于自尽，略而不书也。”[④]等。

近代之后，俞平伯在《论秦可卿之死》一文中第一次明确提出了“自缢说”。他认为秦可卿虽然有病，“但不必死于病”，她的死是因为与贾珍私通，被贴身奴婢撞见，因此羞愤自缢而死。[⑤]发现“脂批”之后，“自缢说”一直在相关研究领域保持着很大的影响，但是围绕着秦可卿自缢原因的探究也是众说纷纭，主要观点如下：

第一，死于自己的淫乱之行。大部分研究者从秦可卿葬礼上贾珍的反常表现推测二人有私。也有研究者认为与秦可卿通奸的是贾敬。例如，洛地在《关于秦可卿之死》一文中认为秦可卿判词“箕裘颓堕皆从敬”一句中的“敬”，就是指贾敬，贾敬与秦可卿通奸，被丫鬟撞见，秦可卿羞愧自缢而死。[⑥]一些研究者认为是贾蔷。例如，周观武在《“秦可卿淫丧天香楼”新臆》一文中说贾珍因偶见秦可卿与贾蔷之间的越轨行为，“乘人之危爬了灰”，由此才有了秦可卿与贾珍的苟且之事被丫鬟看见，秦可卿自缢。[⑦]还有一些研究者认为是贾宝玉。第二，死于尤氏的逼迫。例如，王志尧、仝海天的《论秦可卿之死》认为秦可卿既非死于病，也不是自动地缢死，而是受人逼迫而死，而且逼迫她的不是别人，正是她的婆婆尤氏，“尤氏害秦氏之心日久，她利用探视秦氏病情可以随便出入秦氏卧房的合法身份夜入秦房，速令秦氏缢死”[⑧]。第三，死于对贾珍的绝望。例如，陈景河在《长白神女秦可卿》一文中指出贾珍虽然与秦可卿有些感情在，但终是皮肤淫乱之蠢物，在天香楼事件中大有暴露，引起“秦氏绝望”，以致自缢身死。[⑨]第四，死于对现实的忧虑和苦闷。张锦池在《论秦可卿》一文中认为“秦可卿不是个饱暖思淫欲的淫妇”，她最后自缢而亡，正是“死于以麀聚之诮为耻，而又无法摆脱厄运的重重忧虑和深沉苦闷”，是“死于贾珍对她精神上的无止无休的蹂躏”。[⑩]以上研究是在秦可卿“自缢说”的前提下进行的种种解读。

除了主流的“自缢说”之外，有研究者坚持秦可卿确是病死的。例如，朱斌如在《从秦可卿之死看秦可卿其人》一文中指出曹雪芹浓墨重笔描写张太医给秦氏看病的情节，就是要告诉读者秦可卿真的病了，五脏六腑都是病，以后又有两处实写王熙凤探病。因此，秦氏是病死的。[11]同样主张“病死说”，张乃良则认为秦氏的病因是私下堕胎的后遗症。[12]不管是“自缢说”还是“病死说”，以上研究者主要根据自己的理解，对秦可卿的死因进行了不同的推测。还有一些研究者着眼于小说文本和“脂批”来看待这一问题。例如，曹立波的《〈红楼梦〉中秦氏病重情节的诗意空间》一文认为“病逝是在淫丧的基础上删节、净化的结果”“作者在修改的过程中，没有照顾到前面的判词，第十三回只留有合家‘无不纳罕，都有些疑心’等初稿的文字，于是脂砚斋的眉批在此提醒读者：‘九个字写尽天香楼事，是不写之写。’也许是作者‘芹溪’听了‘老朽’的劝说，把淫丧之事删去了，写成了病逝，但有些文字处理的还不够自然”[13]。这一观点将秦可卿的死因放在了曹雪芹对《红楼梦》的修改过程中进行考察。

上述研究秦可卿死因的文章大多属于补白型，即研究者多在小说正文或“脂批”中某些细节的基础上，进行主观揣度和想象，以推衍秦可卿之死。至于哪一个更接近曹雪芹的创作意图，我们还需基于小说文本进行探究。本文在综合以上各家观点的基础上，通过《红楼梦》现存各版本的文字比对，再结合各家批语，探讨曹雪芹在创造秦可卿这一人物形象时艺术构思的变化，从而进一步了解《红楼梦》的创作和修订情况。文学作品中的人物，特别是主要人物的死亡描写往往能够体现出作者创作构思的发展及变化，也总是和整部作品的主题表达、人物刻画以及故事情节的发展密切相关。曹雪芹在《红楼梦》开篇不久就让秦可卿断然死去。他在塑造秦可卿这一艺术形象时，有着怎样的创作构思？这样的创作构思又经历了怎样的变化？这些都是值得深入探究的问题。

一、秦可卿死因：文本内部矛盾

《红楼梦》第五回写秦可卿主动向贾母领受照看贾宝玉午睡的任务，

这是秦可卿的首次登场。第七回秦可卿再次登场，并把自己的兄弟秦钟介绍给贾宝玉。从这两次出场中，还看不出秦可卿生病了。到了第十回便一病不起，大夫“三四个一日轮流着倒有四五遍来看脉”，后又请了名医张友士。之后，贾蓉对王熙凤说秦可卿病情不好。秦可卿自己也说：“未必能熬得过年去。”王熙凤对尤氏说该料理后事，“冲一冲也好”。接着，第十一回写王熙凤、贾宝玉二人去宁府探望病中的秦可卿。第十三回贾府叩云板报知秦可卿没了。从《红楼梦》现存的文本来看，秦可卿从生病到病死在小说情节中一气呵成。

如果再联系《红楼梦》中与秦可卿相关的情节，又可找出与其病死相矛盾的细节。例如，第五回中秦可卿的图册画着高楼大厦，有一美人悬梁自缢。判词是：“情天情海幻情身，情既相逢必主淫。漫言不肖皆荣出，造衅开端实在宁。”以及《红楼梦》曲子“好事终”：

> 画梁春尽落香尘，擅风情，秉月貌，便是败家的根本，箕裘颓堕皆从敬，家事消亡首罪宁，宿孽总因情。⑭

在《红楼梦》的现存各版本中，己卯本作“箕裘颓堕皆荣王”，这里的“荣王”可能是传抄过程中出现的讹误。在目前的小说文本中没有和秦可卿相关的风月文字，我们已经看不出她是个“必主淫”“擅风情”的人物形象了。“有一美人悬梁自缢”“画梁春尽落香尘”等文字似乎都暗示着秦可卿是自缢而亡。还有第十四回秦可卿葬礼上的诸多不合常理之处，正如大部分研究者指出的一样，秦可卿之死蹊跷之处太多，作者往往欲言又止，单凭小说正文内容，也似乎解释不通。基于小说自身文本的矛盾，俞平伯提出了“自缢说”，论证了秦可卿并不是死于疾病。俞平伯列举的主要“证据”是在秦氏死后各人的非正常反应：婆婆尤氏突犯旧疾，卧床不起；丈夫贾蓉出场很少，不见悲伤；公公贾珍倾其所有，料理丧事；贴身丫鬟触柱而亡，摔丧驾灵；等等。除了俞平伯列举的这些“证据”，我们还可以从《红楼梦》现存版本的异文中，了解秦可卿死因在《红楼梦》传抄过程中的文本矛盾和修订情况。《红楼梦》中涉及秦可卿死亡时的情形，只一句“东府蓉大奶奶没了”，再无其他笔墨，倒是在第十三回描写了贾府众人得知秦可卿死亡后的反应：

彼时合家皆知，无不**纳罕**，都有些**疑心**。（甲戌本、庚辰本、己卯本）

彼时合家皆知，无不**赞叹**，都有些**疑心**。（蒙府本）

彼时合家皆知，无不**纳叹**，都有些**伤心**。（戚序本）

彼时合家皆知，无不**纳闷**，都有些**疑心**。（甲辰本）

彼时合家皆无不**纳罕**，都有些**疑心**。（列藏本）

彼时合家皆知，无不**纳罕**。（杨藏本）

彼时合家无不**纳罕**，都有些**疑心**，**说他不该死**。（舒序本）

彼时合家皆知，无不**纳闷**，都有些**疑心**。（程甲本）

彼时合家皆知，无不**纳闷**，都有些**伤心**。（程乙本）

在以上《红楼梦》各抄本的异文中，甲戌本、己卯本和庚辰本相同。“纳罕”和“疑心”表示秦可卿的死在众人的意料之外。“纳叹”应是“纳罕”的音读之误。“纳罕”和“纳闷”的意思大致相近，都含有吃惊、怀疑的意思。蒙府本中的“赞叹”一词，在意思上说不通，应是传抄过程中的讹误。戚序本和程乙本中是“伤心”；杨藏本没有这一句；其余各本中均作“疑心”。“疑心”和“伤心”这两种写法中，“疑心”有怀疑“是否听错了”或“怎么突然就死了”之意，以解释“纳罕”或“纳闷”的原因。“疑心”和“伤心”并无褒贬之分，句意上也都说得通，但是表达出的感情色彩有区别。舒序本多出的“说他不该死”，更是直接表现出对秦可卿之死的“纳罕”和惋惜之情。

再有第十三回提到众僧为秦可卿超度：

这四十九日，单请一百单八众禅僧在大厅上拜《大悲忏》，**超度前亡后化诸魂，以免亡者之罪**。（甲戌本、庚辰本、己卯本、蒙府本、戚序本、杨藏本）

这四十九日，单请一百单八众禅僧在大厅上拜《大悲忏》，**超度前亡后化诸魂**。（甲辰本、程甲本、程乙本）

在甲辰本、程甲本和程乙本三本中无“以免亡者之罪”几个字。这里的“亡者”指的自然是秦可卿，那么在秦可卿为数不多的出场中，作者并未提及她有何罪过，反而是褒扬之词更多。例如，在贾母看来，秦可卿“是极妥当的人，生的袅娜纤巧，行事又温柔和平，乃重孙媳妇中第一个得意之人”。在她婆婆尤氏的口中，“再要娶这么一个媳妇，这么个模样儿，这么个性情的人儿，打着灯笼也没地方找去”。除了禀有花容月貌之外，秦可卿更是性格温和，贤惠孝顺，行事稳妥。贾府上上下下无不对她的早亡悲痛惋惜，“那长一辈的想他素日孝顺，平一辈的想他素日和睦亲密，下一辈的想他素日慈爱，以及家中仆从老小想他怜贫惜贱、慈老爱幼之恩”。可见，秦可卿在贾府深得人心。“以免亡者之罪”便很容易让读者产生困惑。可能甲辰本、程甲本、程乙本看到了这一矛盾，便将这几个字删去了。

类似的问题，还出现在第十三回中秦可卿灵位榜文的书写：

对面高起着宣坛，僧道对坛榜文，榜上大书“世袭宁国公冢孙妇防护内廷御前侍卫龙禁尉贾门秦氏**恭人**之丧”。（甲戌本、庚辰本、己卯本、蒙府本、戚序本、杨藏本）

对面高起着宣坛，僧道对坛榜文，榜上大书“世袭宁国公冢孙妇防护内廷御前侍卫龙禁尉贾门秦氏**宜人**之丧”。（甲辰本、程甲本、程乙本）

甲辰本、程甲本和程乙本将早期抄本中的“恭人”改为“宜人”。据《明史·卷七十二·职官一》记载：“外命妇之号九：公曰某国夫人，侯曰某侯夫人，伯曰某伯夫人。一品曰夫人，后称一品夫人。二品曰夫人，三品曰淑人，四品曰恭人，五品曰宜人，六品曰安人，七品曰孺人。”⑮贾蓉捐的龙禁尉为五品官职，那么秦可卿对应的品阶就应该是“宜人”，然而除了甲辰本和程刻本之外，其他的抄本中都是“恭人”。甲辰本、程甲本和程乙本修正了早期抄本中的这一错误。对此，有研究者就指出“恭人”对应的是贾珍的官阶，秦可卿不用“宜人”，却用“恭人”就暗含了其与贾珍的不正当关系。这种没有文本依据的解释，未免太过牵强。如果从判词和曲子所言，秦可卿是自缢而亡，那么小说从第十回到第十三回中，作者为何又用大段笔墨描述秦可卿生病，张太医看病，凤姐探病等情节？秦可卿又是为何自缢？直到“脂批”的发现，这些问题才渐渐有了解释的可能性。

从以上所举正文中的异文现象可以看出《红楼梦》的后期版本对早期版本，在内容上有一个修订的过程，修订的原则是渐渐淡化秦可卿死因的矛盾性。秦可卿是一个正当青春的少妇，身居宁国府长房嫡媳地位，颇得贾家上下的宠爱。因此，她的突然死亡应该有特殊的原因。曹雪芹对秦可卿死亡这一情节的艺术构思，也应该有其独特的考量。

二、秦可卿死因：“脂批”与文本的矛盾

学界对秦可卿死因关注度的提高是在相关的“脂批”被发现之后。研究者对秦可卿这个人物形象的解读和赏析，也就一直受“脂批”的影响。甲戌本第十三回回末，有这样一条总批：

秦可卿淫丧天香楼，作者用史笔也。老朽因有魂托凤姐贾

家后事二件，嫡是安福等荣坐享人能想得到处？其事虽未漏，其言其意则令人悲切感服，姑赦之。

在同页还有一条眉批，“此回只十页，因删去天香楼一节，少却四五页也”。由甲戌本中的这两条批语可以归纳为主要的两点：第一，《红楼梦》第十三回回目“秦可卿死封龙禁尉”原作“秦可卿淫丧天香楼”。曹雪芹在创作《红楼梦》的过程中，曾经把秦可卿的结局写成“淫丧天香楼”，而非现存文本中所写的因病而死。如果从回目的对称角度看，“秦可卿淫丧天香楼”比“秦可卿死封龙禁尉”要合适一些。封龙禁尉是贾蓉，并不是秦可卿。和官职“龙禁尉”相比，地点名词“天香楼”对应地点名词“荣国府”更恰当。《红楼梦》中的回目基本都是对称结构的。曹雪芹在最初写作第十三回回目的时候出于回目结构对称的考虑，用“秦可卿淫丧天香楼”，但是后来由于小说情节上删除了“淫丧”的情节，所以回目也得修改，就成了我们现在看到的“秦可卿死封龙禁尉”。第二，由于秦可卿临死时曾给王熙凤托梦，交代了贾府继往和开来的两件事，所以这位批者建议删去其“淫丧”的情节。所谓“史笔”，就是史学界常常提到的“不虚美，不隐恶”的“太史公笔法”。正如洪秋蕃所说，在曹雪芹的笔下，“凡属苟且之事，暧昧之行，虽笔不胜书，激扬其语如史笔之严，但莫不含蓄其词如诗人之厚。”⑯“老朽”又“命”曹雪芹删去“天香楼事件”，而曹雪芹也接受了“老朽”的“命令”。这是曹雪芹创作构思中的一次重要转变。

对于这两条“脂批”的可信度，学界有不同的看法：一种认为是可信的。例如，胡文彬在《红楼梦人物谈》中说：“脂砚斋和畸笏叟老人是曹雪芹写作《红楼梦》的合作者，最了解作者的写作计划和意图。因此，脂批所披露的有关细节，具有权威性，是我们断定秦可卿的最初死因的最有力的直接证据。”“经查早期抄本《红楼梦》证明，这一回正文连同夹批不足八页，如果除去文中的夹批和后来添加的文字，‘少却四五页’的批语是可信的。”[17]目前大部分研究者持此观点。还有一种观点认为“脂批”的这种说法是不足为信的。例如，刘广定提出:“不能想象今本作者在十三回竟将秦可卿写成一‘淫丧’之女，要等某一‘批者’‘因有魂托凤姐贾家后事二件’而‘命芹溪删去’后，才改成现有之内容。因此，至少在今本《红楼梦》之中，秦可卿应无淫行，第十三回原来即无。‘秦可卿淫丧天香楼’的故事，‘少却四五页’之说似不可信。”[18]持有相同观点的还有赖振寅，他认为:“像曹雪芹这样伟大的现实主义小说家，决不会仅仅为了这么一点儿‘慈悲’，而不从自己塑造的艺术形象本身的内在需要考虑，就轻易放弃自己的‘史笔’，作出如此重大删削的。这位老杇留下的这条批语，显然有倚老卖老，夸大自己作用的嫌疑。”[19]研究者之所以对甲戌本中的这两条“脂批”产生质疑，是因为“脂批”与小说文本本身也有矛盾之处。如果评点者建议曹雪芹删去“秦可卿淫丧天香楼”，那他为何又不断地在批语中向读者提及“天香楼”一事？如果确有“秦可卿淫丧天香楼”这一情节，那么这四五页的文字该穿插在秦可卿出场中的哪一处？

如果单从甲戌本第十三回篇幅来看，算上独占一页的回前总批，此回一共11页，如果只从正文算起，那么一共十页半。这与“脂批”中所说的“此回只十页”相差不多。如果按照“脂批”的说法，此回原本应该有14页或15页。从具体字数上来看，除去每回的开头和结尾，甲戌本现存的各回当中，每页前后各12行，每行18个字，每页大概共有432个字。“四五页”的字数范围大概是1700字到2000字。第十三回是否删去了“四五页”的篇幅，可与相邻几回的字数作以比较:第十三回正文4312个字，第十四回正文4090个字，第十五回正文4274个字，第十六回正文8704个字。假如删去了“天香楼”一节，以四页计算，原稿应加1700个字，大概共6012个字，以五页计算，则应加2000字，共6312个字。现存《红楼梦》各回篇目长短原不一致，少则三四千字，多则八九千字。因此，我们无法从篇幅长短来判断现存《红楼梦》抄本中第十三回是否确如眉批所言“少四五页”。还有研究者从小说情节的完整性角度认为第十三回“未见有明显参差的斧凿痕迹”[20]，以此来推断“脂批”是不可信的。

在《红楼梦》现存抄本第十三回的批语中，还有多条针对秦可卿“淫丧”情节所作的批点：

例1 正文“彼时合家皆知，无不纳罕，都有些疑心”处批语：

甲戌本眉批：“九个字写尽天香楼事，是不写之写。”

靖藏本批：“九个字写尽天香楼事，是不写之写。棠村。”

靖藏本眉批：“可从此批，通回将可卿如何死故意隐去，是余大发慈悲也。叹叹！ 壬午季春，畸笏叟。”（庚辰本作回末总评）

例2 正文“如何料理？ 尽我所有罢了”处批语：

蒙府本侧批：“‘尽我所有’为媳妇，是非礼之谈，父母又将何以代之。故前此有恶奴酒后狂言，及今复见此语，含而不露，吾不能为贾珍隐晦。”

例3 正文“贾珍哭的泪人一般”处批语：

甲戌本夹批：“可笑，如丧考妣，此作者刺心笔也。”

例4 正文“此时贾珍恨不能代秦氏之死，这话如何肯听”处批语：

蒙府本侧批：“代秦氏死”等句，总是填实先文。

例5 原文“另设一坛于天香楼上”处批语：

甲戌本夹批：“删却，是未删之笔。”

例6 正文：“秦氏之丫鬟名唤瑞珠者，见秦氏死了，他也触柱而亡”处批语：

甲戌本夹批：“补天香楼未删之文。”

靖藏本夹批：“是亦未删之文。”

通过《红楼梦》现存各抄本中批语的比较，例3“贾珍哭的泪人一般”处夹批与例5“另设一坛于天香楼上”处夹批为甲戌本独有。例1“彼时合家皆知，无不纳罕，都有些疑心”处眉批，例6“秦氏之丫鬟名唤瑞珠者，见秦氏死了，他也触柱而亡”处夹批，甲戌本与靖藏本相同。例

2“如何料理？尽我所有罢了”处批语与例4“此时贾珍恨不能代秦氏之死，这话如何肯听”处批语，仅蒙府本有侧批。以上各本中的批语。除了甲戌本和靖藏本言及“将可卿如何死故隐去”外，均未提“天香楼”之事，也未提“删书”之事。在小说第十回和第十一回有关秦可卿病情的文字描述中，蒙府本中还有如下批语：

第十回“肝木特旺，经血所以不能按时而至”处侧批：

恐不合其方，又加一番议论，一为合方药，一为夭亡证，无一字一句不前后照应者。

第十回回末总评：

欲速可卿之死，故先有恶奴之凶顽，而后及以秦钟来告，层层克入，点露其用心过当，种种文章逼之。虽贫女得居富室，诸凡遂心，终有不能不夭亡之道。我不知作者于着笔时何等妙心绣口，能道此等无碍法语，令人不禁眼花撩乱。

第十一回“或者好也未可知”处批语：“文字一变，人于将死时，也应有一变。”不管是“夭亡”，还是“人于将死时”，蒙府本侧批的批者明确认为秦可卿是因病而亡。不管出于何种原因，批者依据作品中不存在的情节进行评点的话，难免会与小说文本产生矛盾。

甲戌本上的“脂批”与现存文本出现矛盾的根源在于曹雪芹曾对秦可卿的“淫丧”情节进行过删改，可是并没有把相关的描写删削干净，这些原稿中自缢而死的残留文字，就与删改后的情节发生了抵牾。有研究者指出这是曹雪芹有意为之。例如，王昆仑认为：“曹雪芹在删去‘天香楼事件’时，还是犹疑再三的，这表现出他并没有彻底删除干净，还留下许多痕迹，特别是他对秦可卿的判词和曲子没有删除或改写。这就可以说明，曹雪芹在创作中，对于秦可卿的认识，始终处于矛盾之中。这就形成了现今《红楼梦》中二者都存在的自相矛盾的状况。”㉑类似的看法还有蔡义江在《红楼梦诗词曲赋鉴赏》中所说：“但有些地方，作者故意留下痕迹，如‘画中美人悬梁自缢’就是最明显的地方。”㉒张锦池也认为这是曹雪芹故意留下的“曲笔”，“曹雪芹塑造秦氏这一形象的主要意图，是要通过它揭露贾府统治者的精神空虚，道德败坏，借以揭露封建地主阶级的腐朽性，从而探讨贾府何以会子孙一代不如一代的原因，当然也就不能不以曲笔的形式让人们窥出秦氏之死的本相。”㉓这究竟是出于疏忽，还是有意而为之？目前还无法明确判定。

关于秦可卿之死，之所以会出现小说文本自身以及“脂批”与文本之间的矛盾，这与曹雪芹历时十年，五次增删《红楼梦》有很大的关系。这种矛盾的存在，可能有两种情况：一种是曹雪芹当时正急于写作《红楼梦》后部分内容，对于前部分已经写成的文字情节，只是从主要内容方面做些删除、修改，其余文字和细节上的推敲修改，还顾不得进行。对于秦可卿的判词和《好事终》的曲子，由于涉及秦可卿的整体人物形象以及宁国府的复杂情况，须在全书完成后经过通盘考虑后才能改写，只是由于曹雪芹过早的“泪尽而逝”才没有完成，致使现在《红楼梦》中留下了一些漏洞和破绽之处。另一种是曹雪芹对秦可卿性格特征的构思一直处于矛盾之中。在《红楼梦》中秦可卿是神、是人又是鬼，曹雪芹对这一人物的设计本身就比较复杂，再加上后来对人物态度有了变化，某些情节也就随之需要作相应的调整。这种变化和调整，便在《红楼梦》中留下了比较明显的痕迹。

三、秦可卿死因：矛盾的客观解读

曹雪芹将秦可卿由“淫丧”改为病死，有研究者认为这是作者的“隐微之意”，如胡文彬说：“曹雪芹如此写法，并非是一时疏忽，这只要联系一下《红楼梦》中对秦可卿生前死后的种种异样描写，我们就不难发现作者另有隐微之意，正是以此启迪读者去思考秦可卿的真正死因。”[24]类似的看法还有刘秉义在《曹雪芹对于秦可卿的创作》中所说“这是曹雪芹为掩盖秦可卿死亡真相而写的虚假文字。这是曹雪芹创作中极为少见的现象”[25]。还有研究者认为“秦可卿淫丧天香楼”是《风月宝鉴》中的旧稿遗留在《红楼梦》中所致。例如，俞平伯指出秦可卿的故事来自于曹雪芹旧作《风月宝鉴》一书，而《风月宝鉴》又是一部“意在戒淫”的作品，《风月宝鉴》中的一些旧稿，保存在了《红楼梦》中，而“秦可卿淫丧天香楼”一节，便被曹雪芹删去了。[26]张爱玲也认为秦可卿是《风月宝鉴》中的人物。在雪芹旧作《风月宝鉴》收入《石头记》后，书中才有了秦氏。[27]对此，有研究者指出曹雪芹对秦可卿死因的改动是曹雪芹文学创作上的一大失误，“曹雪芹删去‘天香楼事件’，对秦可卿采取‘速死’的处理，是他创作上的一次重大失误”[28]。曹雪芹对秦可卿这一人物结局的修订，也是文学创作中的正常现象。

我们对《红楼梦》的研究，不管是探讨其思想艺术，还是对人物形象的赏析等，都应该以《红楼梦》的实际描写为准，前人的评论和研究只能作为我们解读《红楼梦》的参考和借鉴，而不能把它们作为前提和根据。曹雪芹对《红楼梦》“披阅十载，增删五次”，改动地方之多不言而喻。我们无法具体说清曹雪芹对一些具体地方是如何修改的、究竟改了多少次。研究《红楼梦》的写作过程以及对书稿的修改过程固然重要，但是我们不能用主观臆断代替对文本和材料的合理解读。探讨秦可卿的死因，首先应当依据小说文本的具体内容，再加以旁证，最后辅以情理和逻辑上的推测。不管曹雪芹塑造秦可卿这一人物形象的最初想法是什么，我们现在看到的小说文本里秦可卿确实是病死的。“所以，我们还得尊重作者删改后的文字面目，没有必要在将小说改编成其他文艺形式时，再补出已被删掉的情节”[29]。我们应当尊重作者对小说的修改，尊重文本，不应该也没必要一定要还原到所谓人物形象的最初形态。

秦可卿的死因不管是我们现在看到的病死，还是如“脂批”所言由“淫丧”改为病死，有一点是没有变的，那就是秦可卿之死被安排在小说的第十三回。曹雪芹修改了过程，但是没有修改结果。因为“秦可卿之死”如果往后移，则后面的许多情节都要受影响，修改的工作量很大。所以，在删改之后的情节里，虽然秦可卿并非因淫事败露羞愧而死，但她仍然得在第十三回迅速地死去。于是，我们就看到了秦可卿病情的急速发展。曹雪芹在《红楼梦》开篇不久便对秦可卿之死的设定，无论是表达作品的主题思想还是从小说的总体结构来看，都有着不可替代的多种作用。

总之，秦可卿这一人物形象虽然在整部《红楼梦》中所占的篇幅不大，但是在她身上表现出的小说文本自身的“混乱”，以及与“脂批”的矛盾，成为《红楼梦》众多疑团之一。对作家、作品的研究，最可靠的依据应当是作品的最后定稿。但是，如果某一部作品在其成书过程中，出现差异较大的不同版本时，我们研究这种差异，对于了解作家在创作和修改过程中思想的发展、创作观的变化，甚至于环境条件的影响等问题，都是很好的研究角度。因此，研究曹雪芹在创作的过程中对秦可卿这个艺术形象处理上的某种变化，有助于我们理解曹雪芹“披阅十载，增删五次”的文学创作和修订过程。

注释

①一粟:《红楼梦资料汇编》，中华书局1964年版，第78页。

②同①，第70页。

③曹雪芹:《红楼梦》(三家评本)，上海古籍出版社1988年版，第201页。

④同③，第196页。

⑤俞平伯:《红楼梦研究》，人民文学出版社1988年版，第118页。

⑥洛地:《关于秦可卿之死》，《红楼梦学刊》1980年第3期。

⑦周观武:《“秦可卿淫丧天香楼”新臆》，《中州学刊》1989年第4期。

⑧王志尧、仝海天:《论秦可卿之死》，《河南大学学报》1984年第5期。

⑨陈景河:《长白神女秦可卿》，《松辽学刊》1995年第2期。

⑩张锦池:《红楼十二论》，百花文艺出版社1982年版，第322页。

⑪朱斌如:《从秦可卿之死看秦可卿其人》，《德州师专学报》1992年第1期。

⑫张乃良:《秦可卿病因及死期臆说》，《榆林高等专科学校学报》2002年第3期。

⑬曹立波:《〈红楼梦〉中秦氏病重情节的诗意空间》，《红楼梦学刊》2007年第6期。

⑭（清）曹雪芹:《红楼梦》，人民文学出版社1982年版，第89页。以下《红楼梦》引文均出自此书，故不赘述。

⑮张廷玉等撰:《明史》，中华书局1983年版，第3354页。

⑯洪秋蕃:《红楼梦考证》，上海印书馆1936年版，第26页。

⑰㉔胡文彬:《红楼梦人物谈》，文化艺术出版社2005年版，第77页。

⑱刘广定:《从“秦可卿淫丧天香楼”谈〈红楼梦〉的“脂批”》，《红楼梦学刊》1999年第4期。

⑲赖振寅:《刀斧之笔与菩萨之心——秦可卿之死与曹雪芹的美学思想》，《红楼梦学刊》1999年第1期。

⑳宛情:《脂砚斋言行质疑》，春风文艺出版社1992年版，第50页。

㉑㉘王昆仑:《红楼梦人物论》，北京出版社2003年版，第250页。

㉒㉙蔡义江:《红楼梦诗词曲赋鉴赏》，中华书局2001年版，第63页。

㉓同⑩，第324页。

㉕俞平伯等著，栖花编:《名家图说秦可卿》，文化艺术出版社2006年版，第243页。

㉖同⑤，第118—119页。

㉗张爱玲:《红楼梦魇》，北京十月文艺出版社2009年版，第110页。

从“老公”一词管窥《红楼梦》续书作者问题

杨喜娟

秦皇岛市新世纪高级中学

人民文学出版社日前推出“四大名著珍藏版”，其中《红楼梦》作者署名由原来的“曹雪芹、高鹗著”悄然改为“曹雪芹著，无名氏续”，意味着不再把高鹗当作续作者，而认定为编辑整理者。该变化引发读者广泛关注。

“《红楼梦》后四十回是谁写的”这个问题历来众说纷纭，不是今天探讨的主题，就我个人而言，比较倾向于曹雪芹“披阅十载，增删五次”完成了全书，虽经历变故，但后四十回应该有曹雪芹留下的部分原稿，缺失的部分由后人增补整理而成。上学的时候听老师分析“林黛玉焚稿断痴情”一节，觉得文字动人，颇有曹公神韵。

当然，每每重读《红楼梦》，还是看前八十回居多，经常信手翻开一回便读上一阵子。后四十回则看得断断续续、马马虎虎。不料近日翻看后四十回，有一个词却频频蹦到眼睛里来，那就是“老公”一词。先说这个“蹦”字，张爱玲曾经说过：“我唯一的资格是实在熟读《红楼梦》，不同的本子不用留神看，稍微眼生点的字自会蹦出来。”虽然这是两码事，而且像笔者这样的业余爱好者也远远达不到这样的功力，但“老公”这个词实在太突兀了，让我忍不住费了一番笨功夫。

“老公”一词首次出现在第八十三回：

> 门上人进来，回说：“有两个内相在外要见二位老爷呢。”贾赦道：“请进来。”门上的人领了老公进来。

“老公”交代了贵妃娘娘身体欠安等情况，吃了茶，然后辞了出来。“老公”一词在本回反复出现五次，同时还出现了“小内监”“小太监”等字眼。

本回书下给了一个注释“老公——老公公，即太监”，释义当然没有问题，但也间接证明了这个词在书中是第一次出现，前八十回并未出现过。接着读下去，第八十四回又出现一次：

有几个老公走来，带着东西银两，宣贵妃娘娘之命，因家中省问勤劳，俱有赏赐。

第八十五回宝玉去给北静王拜寿，“老公”一词再次出现：

说着，几个老公打起帘子，北静王说“请”，自己却先进去，然后贾赦等都躬着身跟进去。

因为贾府出了元春这位“贵妃娘娘”，再加上祖宗的爵位，所以贾府和宫中来往密切，这就少不了与宫中的太监打交道。太监在《红楼梦》中出现得很频繁，这并不奇怪，但称其为“老公”在第八十三回是第一次。

太监出现最多的一回应该是第十八回元妃省亲了：

展眼元宵在迩，自正月初八日，就有太监出来先看方向。……

又有巡察地方总理关防太监等，带了许多小太监出来。……

一时，有十来个太监都喘吁吁跑来拍手儿。这些太监会意……

忽见一对红衣太监骑马缓缓的走来……

这一回出现的太监至少有几十人，本回还有“执事太监”“执拂太监”等称呼，但无一处用到“老公”。

这是否可以确定，起码这几回书不是曹雪芹的原作？让我们再看《红楼梦》中最有名的太监出场时的称呼。第十三回，在秦可卿的葬礼上，大太监戴权出场：

> 可巧这日正是首七第四日，早有大明宫掌宫内相戴权，先备了祭礼遣人来，次后坐了大轿，打伞鸣锣，亲来上祭。
>
> ……
>
> 回手便递与一个贴身的小厮收了。

并未用到“老公”一词。再看对另一个大太监夏守忠的称呼，第十六回贾政生辰：

> 忽有门吏忙忙进来，至席前报说：“有六宫都太监夏老爷来降旨。”
>
> ……
>
> 早见六宫都太监夏守忠乘马而至，前后左右又有许多内监跟从。

第七十二回，用了更多笔墨来写夏守忠（手下小太监）：

> 一语未了，人回：“夏太府打发了一个小内监来说话。”
>
> ……
>
> 这里凤姐命人带进小太监来，让他椅子上坐了吃茶，因问何事。

以下均称“小太监”，紧接着还提到“周太监”，依然不曾出现“老公”一词。

这大概不能算作巧合了，一个人使用词语的习惯应该和生活中其他习惯一样，根深蒂固，难以改变。古代对太监的称呼有很多，包括黄门、内官、中官、太监、老公等，不同的称呼适用于不同的场合，也显示了不同的语言习惯。“老公”更像是一个民间俗称，这个词在《红楼梦》前八十回一次未用，在第八十三回至第八十五回却频繁使用，由此可以推断，这几回应该不是曹雪芹的原作。

那么后四十回是否是同一个人的作品呢？我觉得也不尽然。按照以上思路，如果后四十回是同一个人的作品，“老公”一词还应该出现才对。

后四十回还有一次太监集中出场是在第九十五回：

> 因娘娘忽得暴病，现在太监在外立等……
>
> 内宫太监即要奏闻……
>
> 不多时，只见太监出来，立传钦天监。……
>
> 稍刻，小太监传谕出来说……

本回未见“老公”一词，用语习惯又有变化。所以不妨做出以下推测：《红楼梦》后四十回可能经过多人的补充和完善，未必是一人所作。

红楼一梦深似海，自中学初读红楼至今已有二十余载，几乎每次翻阅都有不一样的体验和不一样的发现。管窥短文，聊以自娱。

注释

文中所引《红楼梦》原文均摘自（清）曹雪芹、高鹗：《红楼梦》，人民文学出版社1996年版。

“可叹停机德，堪怜咏絮才”中的“可叹”“堪怜”何解

宋长丰

绵阳日报社

炎夏将至，暑气渐来。闲暇时拜读敦煌学权威项楚教授论文集《柱马屋存稿》，书中颇多真知灼见，读来令人拍案叫绝，一咏三叹。

书中有《寒山诗籀读札记》一文，主要就寒山部分诗句诗意的理解作一番考辨。其中“可笑寒山道，而无车马踪”一句的“可笑”，有关诗注解读为愉快、高兴，未寓嘲笑之意味。项楚先生认为，没有嘲笑意味的解释，完全正确，若准确解释，应为可喜、可爱。他指出该意最早出自《世说新语·容止》，并举多例证明，此意在唐代已普遍流行。我赞同项先生的解读，而且联系陶渊明的“结庐在人境，而无车马喧”之意考虑，这是诗人在赞美激赏寒山道。

钱锺书先生曾说：“颇采二西之书，以供三隅之反。”论语中，便以举一反三喻触类旁通。我也试着类推一番，或有错谬，还请方家不吝赐教。

在《红楼梦》第五回中，罗列许多判词，其中薛宝钗、林黛玉并列。其判词云：“可叹停机德，堪怜咏絮才。玉带林中挂，金簪雪里埋。”我翻阅手中的本子，如红研所通行本、周汝昌校本、邓遂夫校本等，对该诗均无解读，我以前直接理解为叹息、怜惜之意。其余人是怎么理解的，无法统计，但从咨询的朋友来看，均与我理解一致。

但由“可笑”之解来看，其实“可叹”也可理解为感叹，值得赞美等意。那么，由“可叹”可知“堪怜”，也应该更多的是褒义方面的可爱、令人怜爱之意吧。反正这种解释绝对说得通。

然而当我翻阅王力主编的《古汉语常用字字典》时，被“怜”的意思震惊了。“怜”除了有怜悯、同情、怜爱、爱惜等意思外，字典还有一条“注意”：在古代，“怜”和“憐”是两个字。“怜”可读líng，聪明伶俐的意思。现“憐”简化为“怜”。

由这条注释可知，如果《红楼梦》的某些版本特别是脂本中，此处写作“怜”，那极有可能暗含聪明伶俐之意。通过查阅，在“庚辰本”和“梦稿本”中，均写作“怜”，而余下的脂本，皆作“憐”。而且我们还不能排除这样一种情况，曹雪芹的原笔底稿是“怜”，抄书先生们因为误解了曹公含义，以为是“憐”的俗写字，便干脆改作“憐”。

我们如果纵观全书之构思来看，曹雪芹对众女儿是饱含深情的，他写的判词除了有惋惜之意外，更多的应该是出于赞美激赏，也就是该句或可这样赏析：有德行的薛宝钗犹如乐羊子妻一般值得赞叹，而有才情的林黛玉则犹如谢道韫一样聪明伶俐。

尽管上下句用今天的语言解读并不完全对仗，而且这种解释下，“堪”字的意思几乎模糊。但放在古代语境下，这句诗是工整的对偶句。我觉得一首诗形式上对偶，却大可不必解释也必须完全相对，因为古人有时就是为了对偶才那样遣词造句，而实际理解时可以灵活不拘泥古板。

当然，以上所述只是探讨可能存在的一种观点。项楚先生曾在一篇文章中说：“一个治学者在学术的海洋中，一旦领悟到融会贯通、豁然开朗的境界，天下乐事莫过于此了。”

（本文得到学友何祎帆、李宝山的大力帮助，表示感谢！）

人物命运的巧妙暗喻

——《红楼梦》咏菊诗赏析

王传学
湖北省钟祥市实验中学

《红楼梦》第三十八回写贾母领着众女眷在藕香榭赏花饮酒吃螃蟹，欢乐非凡。宝玉和众姐妹们酒足蟹饱之后，诗兴大发，分题作了十二首咏菊诗。咏菊诗用韵与咏白海棠诗稍不同，即不限韵，各人可自由选择韵脚。

咏菊诸诗是以诗的内容排顺序的。

> 宝钗道："起首是《忆菊》；忆之不得，故访，第二是《访菊》；访之既得，便种，第三是《种菊》；种既盛开，故相对而赏，第四是《对菊》；相对而兴有馀，故折来供瓶为玩，第五是《供菊》；既供而不吟，亦觉菊无彩色，第六便是《咏菊》；既入词章，不可不供笔墨，第七便是《画菊》；既为菊如是碌碌，究竟不知菊有何妙处，不禁有所问，第八便是《问菊》；菊如解语，使人狂喜不禁，第九便是《簪菊》；如此人事虽尽，犹有菊之可咏者，《菊影》《菊梦》二首续在第十第十一；末卷便以《残菊》总收前题之盛。这便是三秋的妙景妙事都有了。"①

菊花诗十二题，咏物兼赋事。题目编排序列，凭作诗者挑选。限用七律，不限韵脚。诗作皆署"雅号"，即"蘅芜君"（宝钗）、"怡红公子"（宝玉）、"枕霞旧友"（湘云）、"潇湘妃子"（黛玉）、"蕉下客"（探春）。

十二首诗成后，李纨给这些诗排了名次，众人也对一些警句彼此称扬。这些可供我们欣赏时参考。

《红楼梦》第三十八回写道：

众人看一首，赞一首，彼此称扬不已。李纨笑道："等我从公评来。通篇看来，各有各人的警句。今日公评：《咏菊》第一，《问菊》第二，《菊梦》第三，题目新，诗也新，立意更新，恼不得要推潇湘妃子为魁了，然后《簪菊》《对菊》《供菊》《画菊》《忆菊》次之。"宝玉听说，喜的拍手叫："极是，极公道。"

黛玉道："我那首也不好，到底伤于纤巧些。"李纨道："巧的却好，不露堆砌生硬。"黛玉道："据我看来，头一句好的是'圃冷斜阳忆旧游'，这句背面傅粉。'抛书人对一枝秋'已经妙绝，将供菊说完，没处再说，故翻回来想到未折未供之先，意思深透。"李纨笑道："固如此说，你的'口齿噙香'句也敌的过了。"探春又道："到底要算蘅芜君沉着，'秋无迹''梦有知'，把个忆字竟烘染出来了。"宝钗笑道："你的'短鬓冷沾''葛巾香染'，也就把簪菊形容的一个缝儿也没了。"湘云道："'偕谁隐''为底迟'，真个把个菊花问的无言可对。"李纨笑道："你的'科头坐''抱膝吟'，竟一时也不能别开，菊花有知，也必腻烦了。"说的大家都笑了。

宝玉笑道："我又落第。难道'谁家种''何处秋''蜡屐远来''冷吟不尽'，都不是访，'昨夜雨''今朝霜'，都不是种不成？但恨敌不上'口齿噙香对月吟''清冷香中抱膝吟''短鬓''葛巾''金淡泊''翠离披''秋无迹''梦有知'这几句罢了。"又道："明儿闲了，我一个人作出十二首来。"李纨道："你的也好，只是不及这几句新巧就是了。"

下面对这十二首诗作简要解析。

忆　菊

蘅芜君

怅望西风抱闷思，蓼红苇白断肠时。
空篱旧圃秋无迹，瘦月清霜梦有知。
念念心随归雁远，寥寥坐听晚砧痴。
谁怜我为黄花病，慰语重阳会有期。

宝钗作了第一首。这一首用的是“四支”韵。对这首诗，李纨评为第八。

咏菊诗，把菊花拟人化了。忆菊，其实是忆人。诗中以菊拟所“忆”之人，所以诗一开始，就说在西风渐起、蓼红苇白之时菊尚未开，只好惆怅地暗中思念，令人“断肠”。颔联写花圃已旧，秋菊难寻，只有梦里能见，突出了一个“忆”字。探春评价说：“到底要算蘅芜君沉着，‘秋无迹’‘梦有知 ’，把个忆字烘染出来了。”确实，这是最精彩的两句。颈联写秋雁北归南飞，勾起自己无限思念之情。听着晚上捣衣的声音，更感寂寞空虚。尾联化用宋代女词人李清照《醉花阴》词“莫道不销魂，帘卷西风，人比黄花瘦”[②]，写对菊花的思念之切，以及重阳节再会菊花的期盼。

宝钗这首诗写对菊花的苦思追忆，情感颇为忧伤，显示其性格柔弱的一面，隐喻她所忆的人就是以后离家出走的宝玉，暗示了她未来独居时“闷思”“断肠”的凄凉情绪。“谁怜我为黄花病”，预示了她独守空房的悲剧命运。

访　菊

怡红公子

闲趁霜晴试一游，酒杯药盏莫淹留。
霜前月下谁家种，槛外篱边何处秋。
蜡屐远来情得得，冷吟不尽兴悠悠。
黄花若解怜诗客，休负今朝挂枝头。

宝玉选作了第二、三首。这一首用的是“十一尤”韵。

“访菊”是探访菊花、赏菊游乐的意思。

诗一开始，说要趁天气晴好出去游玩，不必因为饮酒或身体病弱而留在家中，写出了访菊的兴致。颔联点题，写菊花生长的环境，用“谁家”“何处”两词突出了“访”。颈联写出了与众姐妹尽情玩乐的得意心情。“情得得”“兴悠悠”，欢愉之情态毕现。尾联寄语菊花，希望其懂得诗人心情，长挂枝头，不要辜负我今天的乘兴游访。

贾政不在家，宝玉无拘无束地同众姐妹在大观园内尽情玩乐，这是他生活中最惬意的时刻，诗中充满了富贵闲人的情趣。

种　菊

怡红公子

携锄秋圃自移来，篱畔庭前故故栽。
昨夜不期经雨活，今朝犹喜带霜开。
冷吟秋色诗千首，醉酹寒香酒一杯。
泉溉泥封勤护惜，好知井径绝尘埃。

这一首用的是“十灰”韵。

这首诗吟诵了种菊、灌菊、护菊的过程，可喜的是，菊花在主人的辛勤培育下带霜盛开了。诗人对着菊花举杯饮酒作诗，兴致盎然；并希望菊花在主人的精心护理下茁壮生长，保持自己的芳洁，与尘世的喧闹隔绝。

第五回书中，警幻仙子曾赞宝玉是闺阁中的良友，并且说他可为闺阁增光。这是说宝玉喜欢女孩子同那些玩弄女性的纨绔子弟不同，他尊重女性、关心女性、保护女性，无论是千金小姐还是小家碧玉，也不论是奴婢还是戏子，他都把她们当作和自己一样的人来平等对待。如果以花喻女孩子，宝玉对菊花的态度，正表现了他对女孩子的关心与喜爱。

宝玉自己以为他的诗中“谁家种”“何处秋”“蜡屐远来”“冷吟不尽”写出了“访菊”，“昨夜雨”“今朝霜”写出了“种菊”的情景，但也心服口服地承认不如林、薛、史诸人之诗。

对 菊

枕霞旧友

别圃移来贵比金，一丛浅淡一丛深。
萧疏篱畔科头坐，清冷香中抱膝吟。
数去更无君傲世，看来惟有我知音。
秋光荏苒休辜负，相对原宜惜寸阴。

在十二首咏菊诗中，这一首被评为第五，属上乘之作。用的是“十二侵”韵。

对菊，就是与菊花相对而坐，赏菊吟诗。

史湘云生来“英豪阔大宽宏量”，颇具男性气度。“科头”是不戴帽子，只能是男人的形象；古代女孩子没有帽子，无所谓“科头”。这里借用来说不拘礼法的样子，与下联“傲世”关合，取意于唐代诗人王维《与卢员外象过崔处士兴宗林亭》诗：“科头箕踞（抱膝而坐）长松下，白眼看他世上人。”[③]写出了与菊相对，抱膝而坐，赏菊吟诗的豪爽之态。

后两联赞美菊花的傲世独立品格，表明只有自己才是菊花的知音。

要不辜负美好的清秋时光，珍惜宝贵光阴，与菊相对，尽情欣赏。

湘云从小就喜爱男装，甚至有一次贾母竟把她误认成宝玉。第六十三回书中写道："湘云素习憨戏异常，他也最喜武扮的，每每自己束銮带，穿折袖。"在诗中，湘云以一个男性抒情主人公出现，以"傲霜枝"的菊花为知音，正表现了她豪爽不羁的潇洒风度。

供　菊

枕霞旧友

弹琴酌酒喜堪俦，几案婷婷点缀幽。
隔座香分三径露，抛书人对一枝秋。
霜清纸帐来新梦，圃冷斜阳忆旧游。
傲世也因同气味，春风桃李未淹留。

供菊，是把菊花插在花瓶中放在房间里供人观赏。这首被评为第六。用的是"十一尤"韵。

诗中写主人公对着菊花弹琴饮酒，把插着菊花的花瓶放在案几上，与菊花为伴。菊花美丽，菊枝挺立，使房中环境显得更为幽雅。隔着书桌，闻到菊花的香气，读书时像面对着一方秋色。房内新供菊枝，使睡梦也增清香。"傲世"二句，说自己也与菊花一样傲世，并不迷恋世上的荣华富贵。表明了自己的高洁情操。诗人对着菊花弹琴饮酒，赏菊吟诗，蔑视富贵，佯狂傲世，颇具陶潜一类名士的风度。

黛玉很欣赏湘云这首诗，她评论说："据我看来，头一句好的是'圃冷斜阳忆旧游'，这句背面傅粉。'抛书人对一枝秋'已经妙绝，将供菊说完，没处再说，故翻回来想到未折未供之先，意思深透。"所谓"背面傅粉"，就是用了倒插笔的手法，写完插瓶的菊花后再写原来在园中赏菊的情景。这就扩大了诗的意境，丰富了吟咏的内容。

咏　菊

潇湘妃子

无赖诗魔昏晓侵，绕篱欹石自沉音。
毫端蕴秀临霜写，口齿噙香对月吟。
满纸自怜题素怨，片言谁解诉秋心。
一从陶令平章后，千古高风说到今。

黛玉“魁夺菊花诗”，她的三首咏菊诗是十二首咏菊诗的前三名，而这一首又是三首之冠，被评为第一。用的是“十二侵”韵。

“无赖诗魔昏晓侵，绕篱欹石自沉音”：无赖：无聊赖，无法可想。诗魔：佛教把人们有所欲求的念头都说成魔，宣扬修心养性用以降魔。所以，白居易的《闲吟》诗说：“自从苦学空门法，销尽平生种种心。唯有诗魔降未得，每逢风月一闲吟。”④后遂以诗魔来说诗歌创作冲动所带来的不得安宁的心情。诗一开始，写出了诗人从早到晚诗心冲动，不可遏止，绕篱倚石，心里默念，口中吟咏菊花的痴迷情形，突出了“咏”字。“毫端蕴秀临霜写，口齿噙香对月吟”：笔端藏着灵秀对着菊花抒写，口里含着香味对着明月吟诵。人美、花美、景美、情美、诗美，合诸美于两句诗中，构思新颖，造句巧妙，确实是精彩的咏菊诗句。“满纸自怜题素怨”，写出了黛玉平素多愁多病，自怨自艾的情状；“片言谁解诉秋心”，道出了自己一怀情愫不被人理解的苦闷。最后两句说，自从陶渊明在诗歌中评说、赞扬菊花以后，千百年来菊花的不畏风霜、孤标自傲的高尚品格，一直为人们所仰慕、所传颂，直到今天。陶渊明爱菊是出了名的，把同菊花关系最深的诗人陶渊明请出来，歌咏菊花的高风亮节，也把自己高洁的品格暗示出来了。

在这首诗中，直接写到菊花的字句并不多，但意在诗外。在《红楼梦》林林总总的人物中，只有林黛玉的品质与菊花最为相似。在评选过程中，包括社长李纨在内的众姐妹们交口称赞颔联“毫端蕴秀临霜写，口齿噙香对月吟”，本也不错。因为这一联展现了林黛玉的才情与潇洒。但是，细细品来，末联“一从陶令平章后，千古高风说到今”更具魅力，更意味深长！

画菊

蘅芜君

诗馀戏笔不知狂，岂是丹青费较量。
聚叶泼成千点墨，攒花染出几痕霜。
淡浓神会风前影，跳脱秋生腕底香。
莫认东篱闲采掇，粘屏聊以慰重阳。

宝钗这首诗被评为第七。用的是“七阳”韵。

从《画菊》这个题目说，这首诗写得很生动。首联谓诗后戏笔画菊，乃乘一时之逸兴，不经意所作，岂是存心绘画、苦苦构思而成？颔联具体写画菊：用“千点”泼墨把菊叶画得十分茂密，用“攒花”法点染出菊花的浓淡花瓣。颈联说对风前的菊花姿影心领神会，然后在纸上用浓淡来表现，戴着跳脱手镯使腕底暗生秋香。“攒花染出几痕霜”“跳脱秋生腕底香”两句，构思和造句都不落俗套。值得注意的是尾联“莫认东篱闲采掇，粘屏聊以慰重阳”，意谓不要将菊画错认为是真的菊花而随手去采摘。把画贴在屏风上以供观赏，可安慰一下重阳不得赏菊的寂寞心情。表现了菊画的生动逼真，以及对重阳赏菊的期盼。

宝钗此诗对画技的描写很细致，体现了她深厚的绘画功底和艺术水准。结尾句似有“画饼充饥”之意，曹雪芹似乎在这里暗喻宝钗同宝玉未来的夫妻关系有其名而无其实。

问　菊

潇湘妃子

欲讯秋情众莫知，喃喃负手叩东篱。
孤标傲世偕谁隐，一样花开为底迟？
圃露庭霜何寂寞，鸿归蛩病可相思？
休言举世无谈者，解语何妨片语时？

这一首被李纨评为第二。用的是“四支”韵。

在黛玉的三首咏菊诗中，写得新颖别致，并最能代表其个性的是这一首。全诗除首联之外，颔联、颈联、尾联全为问句，问得巧而且妙，正如湘云说：“真把个菊花问的无言可对。”按理说，这一首应该评为咏菊诗中的第一，李纨却把它评为第二。本来李纨自己也承认“不能作诗”，也就不必苛求了。

轻俗傲世，花开独迟，道出了黛玉清高孤傲、目下无尘的品格。“圃露庭霜”不就是《葬花词》中说的“风刀霜剑”吗？荣府内种种恶浊的现象形成有形无形的压力，使这个孤弱的少女整天陷于痛苦之中。“鸿归蛩病”映衬出她苦闷彷徨的心情。对黛玉来说，举世可谈者只有宝玉一人，然而碍于“礼教之大防”，何曾有痛痛快快地畅叙衷曲的时候？

“孤标傲世偕谁隐，一样花开为底迟？”这两句脍炙人口的名句，与其说是有趣的询问，莫如说是诗人内心的呐喊。林妹妹虽娇，却有着不娇不媚的思想。问菊，问得菊花羞，问得隐士惭愧。问菊等于问自己，吟的是自己的思想，自己的美丽，既歌咏了菊花的亮节高风，也道出了自己不为世俗理解的孤独和苦闷。

簪　菊

蕉下客

瓶供篱栽日日忙，折来休认镜中妆。

长安公子因花癖，彭泽先生是酒狂。
短鬓冷沾三径露，葛巾香染九秋霜。
高情不入时人眼，拍手凭他笑路旁。

簪菊，即把菊花插在头上。这一首被李纨评为第四。用的是“七阳”韵。

诗的意思是：天天忙着篱边种菊、插瓶供菊，现在以菊插头，不要将它错认作珠花。唐代诗人杜牧酷爱菊花，将菊花插满头上；陶渊明爱菊好酒，将葛巾漉酒后照旧着头。菊花插在头上，短鬓上沾着菊露，葛巾上染着菊香。那些世俗之人不能理解这种高尚的情操，那就让他们在路上见了我插花醉酒的样子而拍手取笑吧。李白《襄阳歌》：“襄阳小儿齐拍手，拦街争唱白铜鞮。旁人借问笑何事，笑杀山翁醉似泥。”[⑤]这里取此诗意化用之。

探春才清志高，精明干练不减于男人，因此诗中“短鬓”“葛巾”等字样都是以男人自况。她将荣府内部的矛盾和腐败看得很清楚，但也束手无策，只好保持洁身自好的态度。她同乃兄宝玉最亲密，情趣相投。所谓“高情不入时人眼，拍手凭他笑路旁”，正表明了她蔑视丑恶、不随世俗的清高态度。

菊 影

枕霞旧友

秋光叠叠复重重，潜度偷移三径中。
窗隔疏灯描远近，篱筛破月锁玲珑。
寒芳留照魂应驻，霜印传神梦也空。
珍重暗香休踏碎，凭谁醉眼认朦胧。

这是湘云的第三首咏菊诗，用的是“一冬”韵。

首联写阳光下菊花的影子重重叠叠，随着日光西斜，菊影也在不知不觉地移动。颔联写夜间，隔着窗子透出稀疏的灯光，在地上描下了浓淡不同的远近菊影。月光透过竹篱，就像把明净精巧的菊影封锁在筛子里面。颈联写菊花留下影像，花魂应该也留在菊影之中；而菊影虽能传花之神，但毕竟是虚像，像梦一样不能成真。尾联告诫人们，要珍惜菊影不要踏碎它，即使在醉眼中也能感受菊影朦胧的美。

诗人由爱菊花而爱及菊花的影子，极力描绘日光、灯光、月光下菊影的各种形象，从表面上看，这同一般有闲文人吟风弄月的诗作也无不同。但曹雪芹让湘云咏出这样一首情调暗淡的诗，是有其用意的。“寒芳留照魂应驻，霜印传神梦也空”，显然是暗示她未来凄凉的命运。

菊　梦

潇湘妃子

篱畔秋酣一觉清，和云伴月不分明。
登仙非慕庄生蝶，忆旧还寻陶令盟。
睡去依依随雁断，惊回故故恼蛩鸣。
醒时幽怨同谁诉，衰草寒烟无限情。

这一首被李纨评为第三。用的是“八庚”韵。

诗题是《菊梦》，以拟人的手法写菊花的梦境，实际上是写黛玉自己梦幻般的情思，带有明显的谶语的意味。

首联点题：篱笆旁边的秋菊一觉酣睡，梦境清幽；梦中和月亮在云朵中飞翔遨游，却又不甚分明。写得如仙似幻，引出下联：菊花梦入仙境并不是羡慕庄生化为蝴蝶，而是因为怀念过去而寻找像陶渊明一样爱菊的盟友。这两句是说逝去登上仙境不是我所羡慕的，重结绛珠仙子和神瑛侍者的“木石前盟”，才是自己真正的意愿。后两联说梦境已随着归雁远去而中断，却还留恋不舍，不由得对惊醒幽梦的蟋蟀鸣叫声感到烦恼。

醒来后心里的哀怨又能向谁诉说？只好把自己的无限情思寄托给衰草寒烟这凄凉的秋景。

诗中透露出一股哀怨凄凉的气氛，似乎对黛玉的结局又做了一次暗示。

残菊

蕉下客

露凝霜重渐倾欹，宴赏才过小雪时。
蒂有馀香金淡泊，枝无全叶翠离披。
半床落月蛩声病，万里寒云雁阵迟。
明岁秋风知再会，暂时分手莫相思。

这是十二首菊花诗的最后一首。用的是“四支”韵。

这首诗的前四句，是写菊花开始衰败之时的景象：露凝霜重的时候，菊花开始变得萎靡无力了，小雪节气刚过，美丽的菊花，已经开始凋敝了。虽然还散发着淡淡的清香，但有着金子一般颜色的花瓣却开始变得暗淡了；枝叶虽然还是翠绿的，但是已经开始残缺零乱了。接着两句描写了一幅凄凉的图景：落满床第的月色，蟋蟀的悲鸣声，万里的寒云，以及南归的飞雁。这些与其说是写菊花凋零的凄凉环境，不如说是在暗示探春将来被迫远嫁的悲剧命运，“万里寒云”正是她被迫远嫁时的况味。“明岁秋风知再会，暂时分手莫相思”，也可同“从今分两地，各自保平安。奴去也，莫牵连”的曲子对应起来。尾联的感叹虽显慰藉，但实则显示出全诗凄凉惨淡的气氛。

宝钗为十二首菊花诗排顺序时说：“末卷便以《残菊》总收前题之盛。”这就说得很明白，“盛”要以“残”作结。大观园金钗有十二个，菊花诗也恰好作了十二首，这不是偶然巧合，而是作者有意安排的。我们虽不能把十二首菊花诗作十二首判词看待，但应该把咏菊诗的总体看成咏人——咏十二钗总的命运，最后是叶缺花残，万艳同悲，归到“薄命司”去。贾家要“一败涂地”，《残菊》就暗含着一败涂地时群芳的最后结局，也包括探春自己的结局。

《红楼梦》第三十八回堪称全书中最为脍炙人口的一个篇章。菊是花中君子，曹雪芹将红楼群芳的婉约与金秋菊花的孤傲结合在一起，以女性诗章的流光溢彩，给菊花诗史平添了一抹不可多得的清新雅致。这些诗不仅本身对情对景，而且诗中有诗，以谶语性的弦外之音、言外之意，在抒发个人情怀的同时，也预示着红楼女子将有怎样的人生际遇。

将女人比作花是自然的事，但若将女人与菊花对上号，可就不一般。自古菊的疏野淡泊、孤标傲世、顽强清高，多与屈原、陶渊明、李白等豁达豪迈、铮铮傲世的一类人士相联系，而曹公笔下的红楼女子，却也纷纷忆菊、供菊、簪菊甚至问菊，寄托着各自不同的思绪和情怀。史湘云伴菊而欢，理想如月光下的菊影移动，模糊、虚幻、随遇而安。林黛玉怀秋心做菊梦，与菊同洁同傲同坚。贾探春精明严谨，又常故作豁达之菊习。薛宝钗在菊的陶染下一反雍容娴雅、稳重平和的淑女风度，憨情菊思，凄伤戚戚。

曹公笔下红楼女子的菊花诗，丰富了人物性格，也是对人物命运的巧妙暗喻，值得我们细心体味。

注释

①（清）曹雪芹:《红楼梦》，人民文学出版社2008年版。下文引述的《红楼梦》诗文，均引自该版本。

②朱孝臧选编:《宋词三百首》，中国文史出版社2016年版。

③赵殿成笺注:《王维诗集》，上海古籍出版社2017年版。

④《白居易诗集》，吉林大学出版社2011年版。

⑤《唐诗鉴赏辞典》，上海辞书出版社2004年版。

处方和切脉：红楼庸医札记两则

李宝山
绵阳师范学院文学与历史学院

诸联《红楼评梦》中说："作者无所不知，上自诗词文赋，琴理画趣，下至医卜星相，弹棋唱曲，叶戏陆博诸杂技，言来悉中肯綮。想八斗之才，又被曹家独得。"王希廉《红楼梦总评》亦说："一部书中……技艺则琴棋书画、医卜星相，及匠作构造、栽种花果、畜养禽鱼、针黹烹调，巨细无遗……"[①]他们两人对《红楼梦》描写内容之宏富所作出的论述，不约而同地提到了一个"医"字。对于《红楼梦》中的医事，各类研究已经蔚为大观，专著如有胡献国、胡爱萍、孙志海编著的《看红楼说中医》，陈存仁、宋淇著的《红楼梦人物医事考》；论文如有邵康蔚《〈红楼梦〉对医学的贡献》，周少林《从〈红楼梦〉冷香丸谈中医辨证论治》。如此等等，不一而足。本文的两则札记，是自恃心里有一点儿零散的中医学知识，便欲通过爬梳《红楼梦》文本，略谈关于书中"庸医"的问题，知之则论，不知则不论——若有强不知以为知的地方，还望专家和读者指正。

一、处方

第五十一回"胡庸医乱用虎狼药"[②]，晴雯受了凉后小病了一场，按胡庸医的说法，即是"外感内滞，近日时气不好，竟算是个小伤寒"。胡庸医针对病症开出的处方，"宝玉看时，上面有紫苏、桔梗、防风、荆芥等药，后面又有枳实、麻黄"。这个方子让宝玉连骂"该死，该死"，因为"他（胡庸医）拿着女孩儿们也像我们一样的治"，"凭他（晴雯）有什么内滞，这枳实、麻黄如何禁得”。枳实和麻黄两味药，为什么贾宝玉认为晴雯受不了呢？明代医家龚廷贤所撰的《药性歌括四百味》“麻黄”条云：“麻黄味辛，解表出汗，身热头痛，风寒发散。”一个“散”字，大致可以概括麻黄功用的性质。“枳实”条云：“枳实味苦，消食除痞，破积化痰，冲墙倒壁。”[③]歌诀中“冲墙倒壁”的说法，则是形容枳实有较大的行气破瘀的作用。两味药一散一破，而且药力都比较大，所以药书向来嘱咐体虚多汗、脾胃虚弱者慎用。正如李广柏所言：“第五十一回，批评‘胡庸医’乱用虎狼药，说女孩子不能用麻黄、枳实，这是很有见地的。麻黄发汗作用较强，枳实破气‘性酷而速’，一般应该慎用。曹雪芹在这里写宝玉对女孩子们的体贴，顺带也批评了‘胡来’的庸医，表达了对用药的见解。”[④]

况且那枳实性寒，寒凉药物在给女性和小孩的处方中应该更加谨慎地使用。可供参证的一个例子，是晚清绵阳红学家孙桐生长子孙知让的死。据孙桐生自编《生平大事记》（抄本，现藏绵阳市图书馆）记载可知，孙知让生于道光二十四年（1844）七月，死于道光二十六年（1846），虚岁也只有三岁。孙桐生对此事的记载里充满了对儿子的痛惜和对庸医的痛恨：“子知让因麻疹后误服冯医凉剂太多，遂至命门火败，元气大亏，驯至不起。儿慧甚，先慈与内人珍爱如宝，至此一恸几绝。悔为庸医所误，予始购药书，穷医理，凡家中人口患病者，延医诊治外，仍详查病源，核对药性，以后遂少贻误。”孙桐生因丧子而始读医书已是二十三岁（虚岁）的事情了，在这之前，他是老老实实地学习四书、对联、时文、试帖诗及古文、唐诗各种——如果他能像贾宝玉那样早一些“杂学旁收”，或许他的儿子就会逃过被庸医所杀的劫难了。值得注意的是，孙知让是因“误服冯医凉剂太多”而丧命，可与贾宝玉反对给晴雯用性寒的枳实互相参看。

后来王太医重新为晴雯“诊了脉后，说的病症与前相仿，只是方子上果没有枳实、麻黄等药，倒有当归、陈皮、白芍等，药之分量较先也减了些”，不仅去除了贾宝玉认为的“虎狼药”，还把分量减轻了，所以宝玉喜道：“这才是女儿们的药，虽然疏散，也不可太过。”用药之道，掌握好药性是一方面，调度好用量是同样重要的另一方面。针对用量，中医学家蒲辅周有着如下的经验之谈：“用药剂量不宜大，我年轻时，读叶天士《临证指南》，看到他用药甚轻，多年后，才理解，人病了，胃气本来就差，药多了加重其负担，反而影响吸收，这是很有道理的。”[⑤]虽然无法得知王太医给晴雯所开药物的具体剂量，但我们可以反观第十回张太医给秦可卿重症开的药方，就会发现基本上都是轻剂量，如炙甘草八分（约2.5克），川芎钱半（约4.6875克），人参二钱（约6.25克），云苓三钱（约9.375克），用量最多的熟地也才四钱（约12.5克）。这与目下的众多处方上15克、20克、30克触目即是相比，确实有着剂量较轻的鲜明特色。而胡庸医处方的剂量，虽也不知其具体数值，但从宝玉的反应和王太医的改动来看，或许真的重得不太合适。

二、切脉

陈诏《红楼梦小考》中亦有“庸医”条目，针对“胡庸医乱用虎狼药”写有按语道：“封建社会，男女大防，礼法森严，特别是豪富之家清规戒律尤多。所以妇女治病，医者只能搏脉，不能观颜察色，更不能作全身检查。这样，当然无法正确诊断，以至盲目投药，致死人命。清代朱彝尊《曝书亭集》卷六十四《李无垢传》中写道：‘且夫医难矣，医妇人尤难。目不辨病者之色，耳不审病者之声，止凭方寸之脉，分阴阳，决生死，而庸医乃敢自信，可怪也。’《红楼梦》中写胡庸医为晴雯治病，乱用猛药，还不知病者是位爷，是位小姐，真是写得入木三分。”[⑥]

中医主张通过望、闻、问、切四诊，综合判断病人的病情。“目不辨病者之色，耳不审病者之声，止凭方寸之脉，分阴阳，决生死”，则显然是错误的做法。《中医临证备要》中说：“四诊是中医的诊断方法，必须互相结合，尤其应与证状结合，片面地强调任何一方面，都是不恰当的。”⑦蒲辅周说：“脉之变化是中医辨证的重要依据之一，对分辨疾病的原因，推测疾病的变化，识别寒热虚实的真假，都有一定的临床意义。但必须与望、闻、问相互参照，不能把切脉神秘化，以切脉代替四诊，盲目夸大其诊断意义。”余新《中医是怎样看病的？》一文也强调：“切脉并不神奇，一定不要将之神化，它仅仅是‘四诊’之一，而且古人并没有把它放在首位。单靠切脉就能正确诊断，很少人能达到如此境界，多半也有玄虚的成分在里面。”⑧

陈诏《红楼梦小考》里所提到的“封建社会，男女大防，礼法森严”，其实只是医生们“止凭方寸之脉，分阴阳，决生死”的一方面原因。胡庸医是仅凭切脉论病开方，那位后来的王太医和之前能“穷病细论源”的张太医也是。尤其是张太医，在贾蓉欲先告诉他秦可卿病症时，他老中医范儿十足地推辞说：“依小弟的意思，竟先看过脉再说的为是。我是初造尊府的，本也不晓得什么，但是我们冯大爷务必叫小弟过来看看，小弟所以不得不来。如今看了脉息，看小弟说的是不是，再将这些日子的病势讲一讲，大家斟酌一个方儿，可用不可用，那时大爷再定夺。”语言表述相当谦逊，但其自负的形象也是呼之欲出了。曹雪芹在书中设置的情节，是让张太医大露了一把其切脉功夫的精深，似乎他已经在这方面达到了一定的境界——但不管怎么说，片面夸大切脉的作用都是不科学的。当然，这种不科学，也不能归咎于曹雪芹，因为向来就有这么一股神化切脉作用的歪风。

蒲辅周对这股歪风在现代的情况，有所述评：“现在尚有少数患者看病，只伸手臂，考验医生三个指头，不叙病之根由、病情变化等，实为自误。亦有个别人，自视高明，闭目塞听，但凭切脉诊病，哗众取宠，缺乏实事求是、认真负责的科学精神。”“尚有”一词，说明这股歪风向来就有。在张太医、王太医、胡庸医身上，都能看到这股歪风，可知在曹雪芹生活的时代，神化切脉作用的现象也是很普遍的。往前看，便有陈诏《红楼梦小考》所引的朱彝尊《曝书亭集》的记载："目不辨病者之色，耳不审病者之声，止凭方寸之脉，分阴阳，决生死，而庸医乃敢自信，可怪也。""可怪也"三个字，表明朱彝尊的脑袋还不糊涂，他知道不能仅仅凭切脉就论病开方——但他的记载，也可见出他那个时代的医界流俗。再往前看，我们很容易想起明代万历二十年（1592）刊印的小说《西游记》（即世德堂本，系现存最早的《西游记》刊本）中有精彩的"悬丝诊脉"故事，这是将切脉的作用神化到了极致。再往前看，我们还能发现明代医药学家李时珍于明嘉靖四十三年（1564）写下了一段针砭之言："世之医、病两家，咸以脉为首务，不知脉乃四诊之末，谓之巧者尔。上士欲会其全，非备四诊不可！"⑨这与蒲辅周的那段话，前后呼应，共同描绘并指责了这股沿袭数百年的歪风。

由此可见，《红楼梦》里胡庸医、王太医、张太医之所以有"止凭方寸之脉，分阴阳，决生死"的做法，陈诏所说的"封建社会，男女大防，礼法森严"，固然是一个原因，但也只是针对女性患者而言的一个方面而已；另一个更为重要的原因，则是当时有一股神化切脉作用的歪风。《红楼梦》中的描写，是那个时代医界流俗的生动反映。那么，胡庸医也好，王太医也好，张太医也好，从中医诊断学的角度来说，大概都只能算是庸医了。

【附说】

本文"证""症"两字，看似十分混乱，实则因引文不同而有所差异。《中医临证备要》（人民卫生出版社2005年版第250页）："证字的正写应作'證'，证和證本来两个字，训诂不同，习惯上多因简化借用……也有写作'症'字，系'證'字的俗写，在《康熙字典》里没有这字，《辞海》注为'證，俗字'。可见目前中医所用'證''证'和'症'，实际上是一个字和一个意义，正写应作'證'，简写可作'证'，也能俗写作'症'。

有认为证指证候，症指症状，把它们区别起来是没有根据的，而且在探讨文献时会发生错觉。”摘录于兹，一则是为本文辩白，二则可作《红楼梦》文本校勘之参考。

注释

①一粟编:《红楼梦资料汇编》，中华书局1964年版，第117、149页。诸联《红楼评梦》中“肯棨”一词原文如此，当作“肯綮”为是——此点承詹健先生指出，特此致谢。

②本文所引《红楼梦》原文，均出自（清）曹雪芹著，无名氏续，中国艺术研究院红楼梦研究所校注《红楼梦》，人民文学出版社2008年版，恕不另注。

③北京中医药大学中药教研室编:《药性歌括四百味白话解》，人民卫生出版社2002年版，第103、119页。

④李广柏:《曹雪芹评传》，南京大学出版社1998年版，第304页。

⑤中医研究院编:《蒲辅周医疗经验》，人民卫生出版社1976年版，第34页。下引蒲辅周的论述，均出自该书，恕不另注。

⑥陈诏:《红楼梦小考》，上海古籍出版社1985年版，第166—167页。

⑦秦伯未等:《中医临证备要》，人民卫生出版社2005年版，第254页。

⑧陈仁寿主编:《青囊》第一期，中国医药科技出版社2016年版，第126页。

⑨刘文龙等编著:《濒湖脉学白话解》，人民卫生出版社2013年版，第7页。

妆裹和寿衣的区别

古　风
河北省迁安市

《红楼梦》第三十二回，金钏自杀，王夫人想把小姐的衣服赏给金钏当妆裹，妆裹即装裹，装殓用品之意。一些读者误以为这种妆裹仅仅是给死人贴身穿的寿衣，其实这种理解是有误区的，“妆裹”包括寿衣在内，但是不限于寿衣，而是指给死人陪葬用品的统称。王夫人赏赐妆裹，并不是让金钏当贴身寿衣穿。

先看原文这段对话：

> 王夫人道：“刚才我赏了他娘五十两银子，原要还把你妹妹们的新衣服拿两套给他妆裹。谁知凤丫头说可巧都没什么新做的衣服，只有你林妹妹作生日的两套。我想你林妹妹那个孩子素日是个有心的，况且他也三灾八难的，既说了给他过生日，这会子又给人妆裹去，岂不忌讳。因为这么样，我现叫裁缝赶两套给他。要是别的丫头，赏他几两银子也就完了，只是金钏儿虽然是个丫头，素日在我跟前比我的女儿也差不多。”……宝钗忙道：“姨娘这会子又何用叫裁缝赶去，我前儿倒做了两套，拿来给他岂不省事。况且他活着的时候也穿过我的旧衣服，身量又相对。”王夫人道：“虽然这样，难道你不忌讳？”宝钗笑道：“姨娘放心，我从来不计较这些。”一面说，一面起身就走。王夫人忙叫了两个人来跟宝姑娘去。[①]

试着分析一下这段话：

第一点，古代死人穿的寿衣款式按照礼制通常以左衽居多，活人的穿着左衽并非便服的主流，以右衽为主，仅此一项，用小姐生前衣物给死者作贴身寿衣穿就不妥。当然此项原因并非判定衣物用途的决定性因素，如元明清三朝，尽管元英宗、明太祖、顺治帝都颁布了有关官员服色样式乃至士民兵商衣着的详细规定，但是民间仍然有左衽衣服出现，左衽衣物生者也曾有穿戴，且古代一些死者也有穿生前右衽衣物下葬的习俗，根据江陵马山一号楚墓考古报告，死者的贴身衣物（即“冒”里面的衣服）只有最外面一件是原右衽由里襟压外襟变左衽，而最里面贴身的两件都是交领右衽，因此右衽衣物也能当寿衣穿[②]。左右衽的区别只能作为衣物用途的证明之一，下面两点才是关键原因。

第二点，各位小姐高矮胖瘦不一，贴身穿的寿衣不可能哪个小姐的衣服都适用。钗黛三春中，迎春宝钗年长一些，惜春探春年幼，年长者个头比年幼者要高一些，所以黛玉初见惜春，书中写的是“身量未足，形容尚小”，年纪不同穿衣身量就不同；而且宝钗被比喻是杨妃，和其他姐妹比，是身材有些丰腴的美人，而黛玉是消瘦的飞燕类型的美女，根据两人身形，这两人衣物也不能尺寸完全一致，一定是有些差距的。以此钗黛三春的衣服不可能都刚好适合给金钏穿。王夫人最初考虑用三春衣物，后因非尺寸问题的其他原因没有用黛玉衣物，最后又接受宝钗帮助，用宝钗的新衣服当妆裹，足以见尺寸问题不是当妆裹要考虑的关键点，而如果给死人贴身当寿衣穿，不可能不考虑到尺寸是否合适能穿的问题。

第三点，金钏是自杀身亡，从她自杀到尸体被打水人发现，已经隔了一段时间，再加上捞起尸体后要停尸一段时间再入殓安葬，尸体身量和生前比会发生一些变形，即使她生前穿过宝钗衣服，此时再贴身当寿衣穿也不能完全合身了。

妆裹，书中还有一处提到此词，在第二十八回，宝玉胡诌用死人的头面配药，就提到了“妆裹”二字（一作“装裹”）：

> 宝玉又道：“太太想，这不过是将就呢。正经按那方子，这珍珠宝石定要在古坟里的，有那古时富贵人家装裹的头面，拿了来才好。如今那里为这个去刨坟掘墓，所以只是活人带过的，也可以使得。”王夫人道：“阿弥陀佛，不当家花花的！就是坟里有这个，人家死了几百年，这会子翻尸盗骨的，作了药也不灵！”

这里提到了古坟里当妆裹的头面，只要是死人用过的年代久远，不一定是非要戴在尸体头上，而是随葬即可。因此王夫人给的妆裹，指的是随着尸体安葬，随葬在尸体之侧的衣物。

根据马山一号墓的报告，墓葬规格是死者在棺内穿三件袍和一件裙，内穿一条棉袴，除了死者尸身穿戴之外，还有十多层衣衾覆盖在尸体上。其中用来包裹尸体的有十二件[③]。按照古代丧葬仪式，死者死后先是“袭”，也就是给死者穿衣，尸体经过“袭”之后，装入尸袋，实际上已经无法再为死者穿衣服了。小殓、大殓时皆是将殓服裹在尸袋（即“冒”）上下，而非直接穿在尸体身上成为“寿衣”。包裹完毕后，还会有一些叠放在包裹之上的衣衾，也随着尸体葬入棺材内，此类包裹、叠放的衣物都是右衽随葬。

那么宝钗为何提出她和金钏身量相对的话呢？其实王夫人最初打算以小姐的衣物赏赐金钏当妆裹是犯忌讳的事，迎春嫡母是邢夫人，邢夫人本身对二房就有嫌隙，更对凤姐攀高枝奉承二房不奉承自己有很深的心结，如果用迎春衣物当妆裹，邢夫人即使不告状贾母，也难免心中更加不忿认为扫了自己的面子；而探春生母是赵姨娘，无风能兴三尺浪的人，如果她得知此事，难免又会生出其他风波（即使没有此事，后面赵姨娘母子还捏造出宝玉逼奸母婢的谎话）；而惜春是宁国府小姐，只是暂住荣国府，如果不用荣国府自己小姐的衣物，却偏偏用她的衣物办犯忌讳的事，即使尤氏素来仁厚，也难免有不满之意，王熙凤并不赞同这个主意，但是又不好直接硬邦邦地提反对意见。所以王熙凤明知王夫人最初只是提及三春，却故意不谈三春却扯出黛玉来，提到黛玉自然会联想到贾母态度，想到贾母自然也会考虑到其他小姐的长辈态度，不管王夫人是否知道黛玉生日其实是二月初二，并非金钏死的端午节前后，但凤姐确实是一语点醒了王夫人，王夫人不仅放弃选黛玉衣物，就连三位小姐的衣物也不再提了。而宝钗提出和金钏身量相对，是为了说服王夫人接受自己帮助。潜台词意思是，如果宝钗真忌讳这种事，以前金钏穿过的她的衣服，她也不能再穿了，毕竟是死人穿过的也犯忌讳，而宝钗不忌讳这种事，王夫人无须担心；再者二人身量相对，尸体即使有些变形，用来覆盖在尸体外头，大小也和裁缝新制的金钏衣服尺寸差不多，虽然包裹、叠放用的衣服不用合身，但是如果大小差不多，也更适合陪葬，此话言之有理，因此听了宝钗的话，王夫人也满怀感激地同意接受宝钗帮助了。

综上所述，王夫人赏给金钏收殓用的妆裹，不是贴身穿的寿衣，而是用在包裹或者叠放在尸体上下或者身侧的陪葬品，王夫人之意是用主子的衣服作陪葬品，从而提高金钏丧葬规模，而不是让拿这些衣物给金钏当寿衣穿，读者切莫误会了。

注释

①（清）曹雪芹、高鹗著，中国艺术研究院红楼梦研究所校注：《红楼梦》，人民文学出版社2005年版。本文有关《红楼梦》引文皆出于此，恕不另注。

②③湖北省荆州地区博物馆：《江陵马山一号楚墓》，文物出版社1985年版，第16—24页。

瓜子臆想

胡淳艳
北方工业大学文法学院

偶然看到一个小说群里的热烈讨论，主题是《红楼梦》中人物吃的瓜子，究竟是西瓜子、南瓜子还是葵花子。有认为是葵花子[①]，也有主张是西瓜子的[②]。张箭之文根据文献记载，认为16世纪中叶向日葵传入中国进入大田栽培并逐步传开，成书于万历中叶的《金瓶梅》所说的瓜子应当是葵花子。而李昕升之文则旁征博引，力证明清时期流行的是西瓜子，晚清开始流行南瓜子，而葵花子的普遍食用要到民国时期。

在笔者看来，张箭之文所定中国食用葵花子时间偏早，李昕升之文直接将葵花子大量食用时间推到民国时期，又未免太晚。《金瓶梅》的时代，向日葵尚不可能在中国大面积引种、推广。但在康熙时代，已有方志明确记载向日葵子可食，何必要等到民国？即令可以证明《金瓶梅》中的瓜子不可能是葵花子，却不能说《红楼梦》中的瓜子就一定不是葵花子。同是瓜子，西瓜子、南瓜子、葵花子都可以称瓜子，《金瓶梅》时代流行的瓜子与百多年后《红楼梦》时代流行的瓜子，不见得非得是同一种。

其实，至少在《红楼梦》中，笔者更倾向小说中人所嗑的是葵花子。西瓜子的外壳与内仁挨得很紧，很不好嗑，要用门牙嗑开外壳，然后用手剥开壳，取出中间的瓜仁，才能吃到。南瓜子的外壳与内仁不像西瓜子那样无空隙，但也不是非常好嗑，很多时候也需要手剥瓜仁。相形之下，最好嗑的还是葵花子。丰子恺在《吃瓜子》一文中曾精细地描摹过人嗑瓜子的样子[③]：

> 女人们、小姐们的咬瓜子，态度尤其来得美妙：她们用兰花似的手指摘住瓜子的圆端，把瓜子垂直地塞在门牙中间，而用门牙去咬它的尖端。“的、的”两响，两瓣壳的尖头便向左右绽裂。然后那手敏捷地转个方向，同时头也帮着微微地一侧，使瓜子水平地放在门牙口，用上下两门牙把两瓣壳分别拨开，咬住了瓜子肉的尖端而抽它出来吃。这吃法不但“的、的”的声音清脆可听，那手和头的转侧的姿势窈窕得很，有些儿妩媚动人。连丢去的瓜子壳也模样姣好，有如朵朵兰花。

能如此顺利地将外壳与内仁剥离，轻松吃到瓜仁的，只能是葵花子。你可以想象，宝玉的丫鬟们一边下棋，一边闲聊，嘴里还吃着瓜子。如此一心几用，如果吃的瓜子还需要她们用牙嗑开，用手剥壳，取子送到嘴里，这样麻烦的小吃，吃着还有意思吗？毕竟人只有两只手。

不同于《金瓶梅》十余处频繁提到瓜子，《红楼梦》真正提及瓜子的只有三处。第八回“比通灵金莺微露意　探宝钗黛玉半含酸”，宝黛在薛姨妈处吃饭，宝钗劝阻宝玉喝冷酒。“黛玉磕[④]着瓜子儿，只抿着嘴笑。”第十九回“情切切良宵花解语　意绵绵静日玉生香”：“却说宝玉自出了门，他房中这些丫鬟们都越性恣意的顽笑，也有赶围棋的，也有掷骰抹牌的，磕了一地瓜子皮。”第六十五回“贾二舍偷娶尤二姨　尤三姐思嫁柳二郎”，尤氏姐妹与兴儿聊天时聊到宝玉，尤二姐打趣妹妹：“依你说，你两个已是情投意合了。竟把你许了他，岂不好？”“三姐见有兴儿，不便说话，只低头磕瓜子。”第六十四回“只见西边炕上麝月、秋纹、碧痕、春燕等正在那里抓子儿赢瓜子儿呢”[⑤]，此处的“瓜子”是“戏谑性的惩罚游戏”[⑥]。

有意思的是，这三处嗑瓜子的都是女性，贾府的老少爷们呢？这样的休闲食品、消磨时光的小吃，断乎不是女性的专利。正式的家族盛宴不见得有瓜子的身影，但薛姨妈的晚饭桌上却备有瓜子。这表明瓜子在比较随意的场合，出现的可能性较大。像元妃省亲后贾珍请宝玉看戏、薛蟠生日前诳宝玉出来吃酒等场合，瓜子并非不可能出现。可即令有瓜子出现，你能想象几个或粗豪、或精致的爷们儿“格”“呸”“格”“呸”地吃瓜子？《金瓶梅》中吃瓜子的多是女子，玳安是例外。第七十八回写他“在门首踢毽子儿、放花炮、磕瓜子”[⑦]。这完全是个半大男孩儿的样子。当然，我们也可想象，珍大爷、薛蟠甚至宝玉也会拈几个瓜子尝尝。更有豪放者，可能会抓一把瓜子一股脑塞进嘴里，表演仰头片刻、皮落子留的神技。但这样的笔墨，《红楼梦》中是不会出现的，因为太过市井气、江湖气。丰子恺说得有意思，“咬瓜子是中国少爷们的专长，而尤其是中国小姐、太太们的拿手戏”[⑧]。爱美、写美的曹雪芹，自然更倾向于美人贝齿嗑开瓜子的闲趣，也乐于表现女子嗑瓜子的热闹。

只看《红楼梦》中嗑瓜子的女性，黛玉是千金小姐，尤三姐是小户人家的女儿，还有宝玉的丫鬟们，恰好代表了不同的阶层。由此也可见瓜子作为小吃的普及性，无论身份高低贵贱，皆可食用。《红楼梦》中她们嗑瓜子的文本描写，既是叙事的自然流程，也是各人人生轨迹中饶有意趣的一幕。

宝玉房中的丫鬟本来就相对自由，当宝玉不在时，她们更是撒欢儿般地玩耍。只是，玩乐往往需要吃食相伴才有趣。各人拣各人爱玩的项目玩乐，瓜子则是她们各自玩乐时不约而同选择的小吃。如此自由自在的快乐时光中，一群花季少女叽叽喳喳，玩闹、吵嘴、扯闲篇，当然还伴随着一声声嗑瓜子的声音。瓜子吃完了随口就吐在地上，一片狼藉。此时却没人理会这些，因为她们都恣意享受着这难得的放纵。待到李嬷嬷走来，抱怨一番，又摆奶妈的款，倚老卖老，问东问西，打扰了丫头们的好兴致。敷衍地回答她问题的算是客气，有的直接表达对她的厌烦：“好一个讨厌的老货！”这样的奶妈实在无趣，既不得主子待见（远不及贾琏的奶妈赵嬷嬷的情商高），又常惹宝玉不高兴，更被一群毛丫头讨厌。难保她当年也曾经像这些丫鬟们一样，偷空嗑着瓜子玩闹。可是岁月侵蚀，到了晚年，居然变成了让人讨厌的“老货”。青春的记忆杂乱而易忘，这众多丫鬟凑在一起，玩玩游戏，聊个小天，吵个小架，热热闹闹，兴致盎然。待到各自散去，只剩下一地的瓜子皮。谁还记得当时游戏的输赢，聊天聊了什么？一片热闹与狼藉中，丫鬟们的人生就这样懵懂度过。她们的未来又有多少时间能如此恣意？又有多少人会变成李嬷嬷那样不招人待见的老太婆？

尤三姐和姐姐一起，与贾琏的小厮兴儿闲聊。兴儿聊到宝玉的种种行止，使尤二姐误会了宝玉。不料尤三姐以自己亲眼所见告诉姐姐：“我冷眼看去，原来他在女孩子们前不管怎样都过的去，只不大合外人的式，所以他们不知道。”尤二姐打趣妹妹，这样了解宝玉，还不如嫁了他。当着兴儿的面，尤三姐不好说什么，“只低头磕瓜子”。这一举动，表面看是女儿家害羞，至少在兴儿看来是。殊不知，低头不语如果勉强算娇羞，嗑瓜子却是十足的俏皮，包含着不以为然。因为在这之前，三姐已经明确告诉母亲和姐姐、姐夫，自己所爱之人不是宝玉：“我们有姊妹十个，也嫁你弟兄十个不成。难道除了你家，天下就没了好男子了不成？”⑨低头嗑瓜子的尤三姐恐怕在腹诽：二姐也真是，刚才已经告诉你我钟情的人不是宝玉，你却还乱点鸳鸯谱，叫兴儿看到多没意思。甚至可能还有几分不屑与傲骄，你们看宝玉是个宝，多少女子钟爱她，可我尤三姐偏偏剑走偏锋。不同于宝玉丫鬟们嗑瓜子的喧嚣，尤三姐安安静静地坐在那嗑着瓜子，在壳被咬开的“的”“的”声中，沉默的尤三姐内心的波澜与思绪却是异常复杂的。

娇弱的林黛玉，连茶都不能多饮，却喜欢吃瓜子。薛姨妈的晚饭桌上，家常吃食，加上一壶好酒，让宝玉好不惬意。却不料奶娘李妈妈出来扫兴。想喝冷酒，薛姨妈和宝姐姐母女又合体般地委婉劝阻。同在一桌吃饭的林黛玉的表情和身体语言有意思极了。她“磕着瓜子儿，只抿着嘴笑”。人比花娇的林妹妹不好好吃饭，优哉地嗑起了瓜子，还抿着嘴笑，大有“你们继续，我就看看”的意思。可她怎么可能只当看客？她需要的是一个借题发挥的契机。此时，送手炉的雪雁不幸成了靶子。黛玉似乎句句都在说雪雁和紫鹃多事，其实每句都在暗讽宝玉耳朵根子软。有趣的是，每一句又都是笑着说的。试想这样一幅画面：桌子上一小堆瓜子，黛玉不紧不慢，笑吟吟地嗑着。另一只手抱着手炉，半真半假地抱怨雪雁。雪雁一脸懵，薛姨妈可能摇头笑，宝钗则是了然一笑，宝玉厚脸皮地冲黛玉笑，黛玉却看都不看，仿佛她奚落的不是宝玉。没有声色俱厉，有的是真假参半。如果黛玉没有抿着嘴笑，没有嗑着瓜子，那么她对宝玉的敲打就太过严肃。小儿女的吵吵闹闹，真真假假，正在这种氛围中，妙趣横生。

由此，《红楼梦》三段嗑瓜子的文字，人物不同、身份各异，所具备的叙事功能也存在差异。瓜子这一日常的坚果小吃，在《红楼梦》的世界中只是沧海一粟，但细细品味，滋味各异。出入文本内外的品读间，仍可获得一份久违的审美愉悦。诸如像这样看似不经意的意象，在《红楼梦》中还有很多。精心架构与自然天成之间，给读者带来的是意味隽永的阅读体验。

注释

①张箭：《〈金瓶梅〉〈红楼梦〉之瓜子考》，《黑龙江社会科学》2010年第3期。

②李昕升、丁晓蕾：《再谈〈金瓶梅〉〈红楼梦〉之瓜子》，《云南农业大学学报》2014年第4期。

③⑧丰陈宝、丰一吟编：《丰子恺散文全编》（上），浙江文艺出版社1992年版，第235页。

④应为“嗑”，此处及后引文中遵从原文，仍作“磕”。

⑤此段中《红楼梦》原文分别引自（清）曹雪芹、高鹗《红楼梦》，人民文学出版社1996年版，第128、266、939、908页。

⑥白维国：《打瓜子》、纪三：《这瓜子不是那瓜子》、乐于时：《打瓜子补释》，分别见《红楼梦学刊》1990年第2期、1999年第2期、2000年第2期；张勃：《明清文学中的打瓜子》，《明清小说研究》2002年第4期。

⑦兰陵笑笑生著，白维国、卜键校注：《全本详注金瓶梅词话》，人民文学出版社2017年版，第2542页。

⑨此段中《红楼梦》原文分别引自（清）曹雪芹、高鹗《红楼梦》，人民文学出版社1996年版，第939、933页。

红豆尚有尽　相思无已时

——《红豆词》与宝黛爱情

初　夏
中国艺术研究院

宝黛爱情开始于何时？因为是青梅竹马，又有木石前盟之说，所以总感觉那是从鸿蒙之初，天地一开始就存在的一件事。但假如真是这样，他们的爱情与那些才子佳人又有什么不同。贾母说，这些书都是一个套路的。《红楼梦》显然不是。

小说开篇有一大段甄士隐在梦里所见所闻的铺垫，加上宝黛二人初次见面，便很自然地确定了眼神，觉得一定在哪里见过，仿佛前生注定，今生特意来相逢一般。然而，烈日炎炎，芭蕉冉冉，甄士隐梦醒之后，“所梦之事便忘了大半”。在宝黛相识之后近二十回的风月里，两个人大部分时间是“言合意顺，略无参商”，偶尔“言语有些不合起来”，也不过是“求全之毁，不虞之隙”。如果非要说他们之间有什么感情，大约更像是小时候的玩伴。特别是对贾宝玉来说，跟黛玉玩得当然最好，可是宝姐姐、云妹妹也不赖，见了姐姐，虽然没有立马忘了妹妹，但大家也算是从小一处玩着长大，跟谁都挺亲的。所以，在贾宝玉梦游太虚、大闹学堂、没心没肺的时候，林黛玉虽然因宝钗的到来悒郁不忿，但也不过是半含醋意地抿嘴笑着说：“怎么他说了你就依，比圣旨还快些。”

等到林黛玉返乡送别了自己的父亲，重新回到贾府时，没有父母的护持，没有兄弟可依，真正成了孤苦伶仃的一个人之后，宝黛爱情大约才开始进入“你证我证，心证意证”的阶段。

小说中的《红豆词》出现于第二十八回，冯紫英设宴，邀请贾宝玉、薛蟠、蒋玉菡和锦香院的云儿一同饮酒。席间行酒令，宝玉说除了要带出女儿来的“悲愁喜乐”四字，还要“一个新鲜时样曲子”作酒面，“席上生风一样东西”作酒底。于是，才有了这首新鲜时样的《红豆词》。关于这首《红豆词》究竟为谁而作，有人认为这是为黛玉而写，有人认为不是，觉得那会儿黛玉的身体没那么差，宝玉不至于如此忧郁。

是否为黛玉而作确实不好说，那时候的宝玉“爱博而心劳”，大观园刚刚建好，姐妹们一同搬进园子里才没多长时间，却正是一波未平一波又起。宝玉与黛玉虽然比其他姐妹更好，但也常有“焚花散麝”“戕宝钗之仙姿，灰黛玉之灵窍”“彼钗玉花麝者，皆张其罗而穴其隧”“迷眩缠陷天下者”的迷惑。戏班中有一小旦，与黛玉形容相似，宝玉既不想黛玉多心，又不愿湘云失意，结果两边着恼。宝玉“听曲文而悟禅机”，感慨于“赤条条来去无牵挂”背后的机锋，一时间觉得“茫茫着甚悲愁喜，纷纷说甚亲疏密”。当然，这也不过是一时的烦恼罢了，过后搬进大观园，依旧“心满意足，再无别项可生贪求之心”“每日只和姊妹丫头们一处，或读书，或写字，或弹琴下棋，作画吟诗，以至描鸾刺凤，斗草簪花，低吟悄唱，拆字猜枚”，依然是富家公子哥风流倜傥、人畜无害的模样。此时即使有新愁旧愁袭上心头，《红豆词》大约也只有个爱情最初的影子。

关于红豆相思的诗意，最著名的大约便是王维的那首《相思》了：“红豆生南国，春来发几枝。愿君多采撷，此物最相思。”文字简单，却富于形象，有人形容说“语近情遥，令人神远”，不一定与爱情有关，而是有一种少年般的单纯与热情。据说天宝之乱以后，李龟年流落江南，常常为人演唱此曲，听者无不动容，或许便是因为对盛唐气象的那种怀想。之后文学史上曾经有过几百首关于红豆与相思的诗词曲赋，都不及这首流传广泛。

相对于王维的“愿君多采撷”，贾宝玉显然不同。他希望黛玉放心，希望湘云不多心，希望袭人不操心，所以他没有王维那样单纯的热烈。

在“滴不尽”“开不完”“睡不稳”“忘不了”“咽不下”“照不见”，“展不开”“捱不明”之间，视线不断转变，可是“才下眉头，又上心头”，情绪一层层渲染的，是无法言明也无以为继的少年心事。

所以说，宝黛爱情是在一次次风波中彼此试探、彼此验证完成的。黛玉葬花、共读《西厢》，被《牡丹亭》“惊醒”的林黛玉感慨于“流水落花春去也”，生出万种闲愁。从“潇湘馆春困发幽情”到“埋香冢飞燕泣残红”，宝黛之间的爱情公案一段接着一段。《红豆词》中的爱情，是忧伤而不确指的。之后，元妃赐出了有差别的端午节节礼，清虚观张爷爷提起了亲事，道士们敬贺所呈上的法器中有个硕大美丽的金麒麟，宝玉一会儿要吃鸳鸯嘴上的胭脂，一会儿给金钏儿送一颗香雪润津丹，富家公子的心性，总也没个消停。当然，即便如此，贾宝玉依然视黛玉为知己，因为知道只有黛玉从来不说那些混账话。只不过，家里这么多美丽的姐姐妹妹，每一个都值得敬重爱惜，如果死后“能够你们哭我的眼泪流成大河”，那便是“死的得时”了。一直到金钏投井、龄官画蔷之后，宝玉才明白“人生情缘，各有分定”，只能“各人各得眼泪”。

不过，在后来的艺术改编中，宝玉渐渐失去了成长的过程，《红豆词》的指向渐渐集中于林黛玉。

20世纪40年代中期，有感于当时抗日战争所激发的中华民族的热情，并且担心这种“热情会很快消逝”“内心充满焦虑和期待”的南京师范大学剧作家朱彤打算借《红楼梦》为题材，创作一部话剧，“写出来我们这个古老民族精神生活的病态”，用“里面一个轮廓，几段情节，十来个人物，幻想说明一种态度，一种东方古老的生活态度”。读过不止一遍《红楼梦》的他邀请了另一位喜欢读《红楼梦》的作曲家——从上海国立音乐专科学校毕业的刘雪庵——来为他谱写《红豆词》。

这首日后被称作“为艺术而艺术”的歌曲，在当时影响很大。1946年以来，花腔女高音周小燕曾经多次在海外演唱，如法国巴黎的“中国之夜”，捷克首届布拉格之春音乐会等。1947年，百代唱片公司将这支曲子灌录成唱片出版，成为经典的文艺歌曲。2012年4月，世界三大男高音之一、著名歌唱家卡雷拉斯在人民大会堂也演唱过这首由刘雪庵作曲、具有浓郁中国特色的歌曲。

刘雪庵是四川铜梁人，1905年出生。虽然自幼失怙，但他还是接受了良好的传统文化教育。考入上海国立音乐专科学校之后，师从黄自、萧友梅，以及吕维钿、龙榆生等大师，系统而全面地学习了作曲理论、钢琴、诗词格律等。后来，他与贺绿汀、陈田鹤、江定仙被称为“黄自四大弟子”。

1931年，刘雪庵在上海国立音专的《音》上发表过一篇《如此天气》的文章，描述了一个叫“雪”的年轻人在秋风秋雨的晚上读《红楼梦》的一点感触：“最是秋风秋雨萧条万状的夜间，他却欢喜睡在床上一灯独对，静读红楼，自然啊！在那补裘，别玉，葬花，焚稿的时候，枕函红棉，怎能免掉他不湿透许多呢！”这当然也许并非刘雪庵的自况，但多少可以想象得出他就像当时的年轻人一样，在阅读《红楼梦》时依然会有一种代入式的感伤。

《郁雷》的创作年代虽不甚可考，但最终公演于1946年的重庆，是一出带有西洋韵味的话剧。它并非是一部忠于原著、以原著为立意的作品，它有导演自己的“诗意和哲趣”，“戏和书”之间的距离是非常明显的。在朱彤看来，《红楼梦》不是单纯的儿女情长，而是拥有冲破藩篱、获得自由解放的力量。从剧本来看，刘雪庵创作的这首具有古典诗词韵味的《红豆词》，出现于话剧的高潮和结尾处。

全剧有四幕，以小红向紫鹃倾诉她与贾芸的赠帕风波为开场第一幕，中间杂糅了薛蟠自苏州回来，莺儿带土仪上场，薛姨妈“爱语慰痴颦”等情节，宝黛爱情在剪香囊、葬花、失玉、情辞试探中渐渐公开，宝玉说“你不明白，我们这种人家，不能明白说的，我只有装疯才能叫他们知道”的时候，天空中传来郁郁的雷声。《红豆词》出现在第三幕，林黛玉归天，紫鹃被强行叫走陪亲，宝玉将宝钗误作黛玉倾诉衷情，宝钗昏倒，宝玉要去找林妹妹时，宝钗甦醒，宝玉回头，“屋内暂时寂静，外面有悠扬的歌声传来，歌词道：滴不尽相思血泪抛红豆，开不完春柳春花满画楼，睡不稳纱窗风雨黄昏后，忘不了新愁与旧愁，咽不下玉粒金莼噎满喉，照不见菱花镜里形容瘦。展不开的眉头，捱不明的更漏。呀！恰便似遮不住的青山隐隐，流不断的绿水悠悠”。

显然，小说中夹杂在冯紫英、薛蟠等人的酒令中出现的《红豆词》，在这出四幕话剧的第三幕中，突出了其中所蕴藏的浓烈真情，成为贾宝玉痛失黛玉后的情感表白。李纨说，“有时候，一个性灵自由的鬼，比一个不自由的人要快活”。

刘雪庵曾说，“当时朱彤同志《郁雷》上演，要我替他写插曲。正值我在不正确的恋爱问题上发生了难于解决的烦恼，我竟把过去热爱《红楼梦》、痛惜林黛玉的心情，如泣如诉地倾泻在《红豆词》的曲调上”。正如《乐记》所说：“凡音之起，由人心生也。人心之动，物使之然也。感于物而动，故形于色；声相应，故生变，变成方，谓之音；此音而乐之，及干、戚、羽、旄，谓之乐。”“情动于中而形于言，言之不足，故嗟叹之，嗟叹之不足，故歌咏之。”就《红豆词》而言，小说和话剧的区别，大约就是“情情”与“情不情”间的距离。

刘雪庵的《红豆词》是一首艺术歌曲，借助《红楼梦》中经典的文学片段，结合西方的音乐技法，将音乐的语言和结构与诗歌的语言结构完美结合在一起。歌曲为多句体乐段结构，全曲在数板式的节奏型上加以环绕性的音调进行，似吟似诵地表达了含蓄的情感。歌曲最后两乐句与开始两乐句相同，前后的呼应增强了全曲的统一性，也进一步艺术地体现了相思之情。整首歌曲可以说架构在抒情、婉转、规则、整齐、平和与伤感气氛上，非常典型地反映出民国年间艺术歌曲的特色。

不过，这首应朱彤之约创作的《红豆词》给刘雪庵带来的却不尽是那一代人借音乐表达的爱情观。有很多年，刘雪庵的歌曲不仅被禁止传唱，还成为被批判的对象。后来，随着黄自先生编写的《复兴初级中学教科书》在台湾地区的流传，刘雪庵的很多歌曲也随之编入台湾各时期不同的教科书中。《红豆词》在沉寂多年之后，也重新被赋予了新的音乐形式，继续讲述着人类最美好的感情。

87版电视剧《红楼梦》中由王立平作曲的《红豆曲》在剧中出现过两次，一次是在冯紫英的宴会上，贾宝玉面若桃花，凝神而唱，与小说情节相仿。另一次则是在贾府被抄之后，贾宝玉带着林黛玉那盏琉璃绣球灯的碎片流落人间，此时画外再次响起那首《红豆曲》，过去种种岁月重新涌入眼帘，正如屈大均说，“红豆尚有尽，相思无已时”。物是人非，曲在人亡，此后余生，尽付相思。

《红楼梦》诞生于清代中期，有才子佳人小说的痕迹，又具备了现代思想的萌芽。追求自我灵魂的自由，却又不能完全挣脱传统礼教的束缚。即使是中间最有资本任性、最有机会选择的贾宝玉，也需要一定时间去摆脱自己纨绔子弟的习惯，真正思考谁是自己的知己。小说中的《红豆词》虽然看得出一个少年的忧伤，但更多的是一种青春的烦恼。反而是在后来的话剧以及影视剧中，贾宝玉和《红豆词》才成为专门指向林黛玉的情感吟唱。

民国时期的越剧《红楼梦》与清传奇

佟　静
北京市海淀区

众所周知，1962年的越剧电影《红楼梦》是1949年以来最具影响力的一部《红楼梦》改编作品。其实，越剧对《红楼梦》的改编早在民国时期就开始了，1962年电影版是越剧改编实践了二十余年后的成果，它经历了民国以及五六十年代越剧人不断删改、完善、丰富的过程。而其肇始，即民国时期的越剧改编，与清代“红楼戏”有一定的渊源。本文追本溯源，仅谈一下民国时期的越剧“红楼戏”对清代昆曲“红楼戏”的承袭。

一、剧旨和叙事结构

清传奇“红楼戏”至今存留文献的有三十多部，从史料看，除仲振奎的《红楼梦传奇》在舞台上演出过，其他的昆曲多为案头读物，供文人吟赏。清“红楼戏”的改编结构主要有两种方式：一种是按顺序将原著内容全部搬演成戏曲，如仲振奎的《红楼梦传奇》和陈钟麟的《红楼梦传奇》；另一种是以宝玉、黛玉、宝钗的爱情婚姻悲剧为主要线索安排故事，删除旁支情节。民国越剧对《红楼梦》的改编策略采用后者，或者毋宁说，与越剧“红楼戏”同时代的其他民国时期的《红楼梦》电影也采用了同样的处理方式。无论越剧“红楼戏”还是电影《红楼梦》都发端于民国时期的上海，选宝黛钗婚姻爱情悲剧来讲故事可以说是民国时期上海大众文化对《红楼梦》改编共同的旨趣。

《红楼梦》人物、情节头绪繁多，仅开头就很复杂。在阿英《红楼梦戏曲集》[①]中收录的十部戏中，孔昭虔的《葬花》和许鸿磐的《三钗梦北曲》是从原著抽离出片段的折子戏，在剩下的八部戏中，只有周宜的《红楼梦佳话》是以宝黛初会为开场的，其他七部戏都是以太虚幻境的神话开场。考虑到清代社会佛教和宿命的普遍影响，保留原著的神话开头是彼时的审美和意识形态的选择，那么若抛开这一部分看，在进入正文故事的铺叙时，其中有四部是直接切入宝黛初会的，分别是仲振奎的《红楼梦传奇》、万荣恩的《潇湘怨》、吴兰徵的《绛蘅秋》和陈钟麟的《红楼梦传奇》，而吴镐的《红楼梦散套》和石韫玉的《红楼梦》以省亲为开场。所以说，除去《葬花》和《三钗梦北曲》两种折子戏外，其他八种在进入正文故事时有五种是以“黛玉进府”“宝黛初会”为开场，有两种是以“省亲”为开场。所以，以“黛玉进府”“宝黛初会”为开场可以说是清代《红楼梦》戏曲改编的多数选择。

在民国时期，早于越剧改编全本《红楼梦》的是电影改编。1927年孔雀电影公司拍摄的《红楼梦》以“省亲”为开场，1927年复旦电影公司拍摄的电影《红楼梦》和1944年周璇主演的电影《红楼梦》，采取了“黛玉进府”为开场，而同一年即1944年在电影之后演出的越剧《林黛玉》采取了和电影同样的开场。所以说，清以降的电影和戏曲改编都沿袭了清代“红楼戏”的两种开场方式：“元春省亲”和“黛玉进府”“宝黛初会”，尤以后者为多。

对于结局的处理，清代“红楼戏”的创作也起到开山作用。黛玉死后，以宝玉一哭而梦觉出走作为结局的清代“红楼戏”有《红楼梦散套》《十二钗传奇》《红楼梦佳话》。石韫玉的《红楼梦》在黛玉死后宝玉便与众人汇集太虚境，吴兰徵的《绛蘅秋》是以宝玉痛哭结尾，没有写出家。仲振奎、陈钟麟各自的《红楼梦传奇》都是照搬原著继续写其他人的故事，万荣恩的《潇湘怨传奇》在宝玉泪奠后继续交代了抄家、应试等事。因此就阿英《红楼梦戏曲集》中收录的八部全本戏中，有五部都是以黛玉死后宝玉或哭或出家或入太虚幻境为止，即宝黛感情终结便剧终。这也是越剧选择的结局。“宝玉哭灵”在越剧改编中一直占有重要地位，它超越了清时的简单抒情，充分发挥越剧擅长的哀怨唱腔和表演，令这一段成为越剧史上的经典。

对于原著各情节的选取，清以来就偏好的“葬花”“焚稿”“哭黛”，也是越剧改编永久选择的经典剧情。

在对“红楼戏”的承袭及创演中，越剧超越京剧以及其他地方戏。越剧与昆曲的确有某种因地缘关系的继承性，越剧在成长过程中，曾有意识地向昆曲学习，它一开始走的就是才子佳人的传奇戏路。20世纪40年代的越剧女伶们在进行越剧改革时选择了昆曲和话剧作为学习的对象，加以借鉴，她们还请“传字辈”的郑传鉴来教授昆曲的舞蹈、身段、表演。越剧能成为继昆曲之后改编《红楼梦》的第二大剧种，并非偶然。

二、价值立场

鲜明的道德评判是历往《红楼梦》改编的特点，“左钗右黛”是个恒定的命题，在清代“红楼戏”中，这个立场就比较鲜明。

仲振奎在为自己的剧作《红楼梦传奇》写的“自序”中言及他读《红楼梦》的感受：“哀宝玉之痴心，伤黛玉、晴雯之薄命，恶宝钗、袭人之阴险。”[②]他在剧作里投射了强烈的道德评判，使得《红楼梦传奇》的某些部分颇有冬烘道学味道。戏中袭人的行当是丑，“识金锁”一场里也着力刻画宝钗在“金玉姻缘”上的心思。比如，宝钗接过宝玉的玉后仔细端详并唱道：“他和我，分明成对，不住把八字吟哦。”万荣恩的《潇湘怨》使用了相对忠实于原著的白描基调，少见干预性的解读。吴兰徵的《绛蘅秋》是诸戏中比较特别的一种，表现在剧作者对薛宝钗的处理方式上，她并未如其他剧作者那样将其脸谱化、扁平化，塑造她为争做二奶奶的阴谋家，而认为她是一位“也自多情却未痴”之人。吴兰徵为宝钗的婚姻悲剧所感慨，认同她才德兼备的品质。吴兰徵对钗黛二人有着同样的认同和哀叹，这也能在她对自己剧作《绛蘅秋》的命名中看出。其他人的"红楼戏"基本上都表现出"扬黛抑钗"的立场，并对袭人甚至贾母等人给予了负面的塑造。

如果说清代"红楼戏"还在某程度上体现了不同剧作者个性化的认知和立场，那么民国时期的越剧改编就很鲜明地选择了同一立场——"左钗右黛"，这和同时代电影的处理方式是相同的。为了让戏剧冲突更加集中，剧作塑造了钗黛对立的两个阵营，并将宝钗描写成阴谋家，而宝钗的同党就是袭人。1945年的越剧《红楼梦》在演出介绍中这样写道："宝玉待之甚厚，然终不如黛玉，于是宝钗颇愤黛玉夺其所爱。"[③]而在1944年越剧《林黛玉》中，宝玉挨打后也描写了宝钗拉拢袭人，孤立黛玉的一场戏。民国时期越剧的改编虽然承袭了传统的道德评判立场，但是相比清传奇，显得简单化、平面化。

此外，清人喜爱的宝玉与晴雯之间的戏，如"祭晴雯"在民国时期的改编中被删去了（只有单独的晴雯戏才会演，如东山越艺社的《宝玉与晴雯》）。原著中宝玉与晴雯之间的关系在现代人看来比较含混，某些清人戏曲的意旨趋向令晴雯成为宝玉之妾，这在中国20世纪上半叶向现代国家转型的议程中，当然不合时宜，去掉比保留更有利于故事的完整及主线清晰。

三、民国越剧"红楼戏"概况

从笔者掌握的史料看，民国时期的《红楼梦》越剧改编共有三部演绎宝黛完整爱情故事的戏：一部《林黛玉》和两部《红楼梦》；三出折子戏：《黛玉葬花》《宝玉与晴雯》《怡红栊翠》；更早还有两段较简陋的折子戏：《黛玉葬花》《宝玉夜探》。1944年袁雪芬主演的《林黛玉》[④]和1945年尹桂芳主演的《红楼梦》[⑤]引起的社会影响较大。

角儿的名气是一出戏是否卖座的关键因素，所以编剧要根据名角儿

来写戏。雪声剧团由袁雪芬创立，她是旦角，因此1944年雪声剧团的《林黛玉》是一场旦角儿戏，戏份的重心在黛玉。芳华剧团由尹桂芳创立，她是生角，所以差不多同时期的芳华剧团的《红楼梦》是生角儿戏，戏份重心在宝玉，而这一版《红楼梦》的重大意义，在于创作了“宝玉哭灵”这场戏，并凭借尹桂芳深厚的小生功底唱红了“哭灵”，从此这一段便成为越剧《红楼梦》的经典段落，根植在越剧中成为传统传承了下去（唱词会有变化），正如越剧《梁祝》一定要有“十八相送”和“楼台会”，越剧《红楼梦》便一定要有“宝玉哭灵”，方能结束。

两部戏的剧旨都是批判包办婚姻、追求爱情自由，这也是民国时期、“五四”之后关于两性关系的主流话语。越剧对《红楼梦》的改编采取了立主脑、减头绪的方法，只围绕宝黛爱情故事选取情节和人物，集中制造戏剧冲突，情节紧凑。不过对于人物的塑造尤其是“反面”人物的塑造不免扁平化。民国时期《红楼梦》的越剧改编建立了基本的舞台演绎架构，为日后历次改编打下基础。

注释

①阿英:《红楼梦戏曲集》，中华书局1978年版。后面提到的清代“红楼戏”皆引自该书。

②同①，第113页。

③⑤芳华越剧团:《芳华剧刊》，民国36年（1947）6月，第4页。

④参见雪声越剧团《雪声纪念刊》，民国35年（1946）6月，第124页。由雪声局务部编辑，记载了袁雪芬及雪声剧团自1942年冬至1946年夏进行越剧革新的史实。

略谈《红楼梦》中的园林建筑艺术

杨少伟
中国艺术研究院研究生院

《红楼梦》是中国文化的百科全书，这几乎已经成为共识。既然是百科全书，那么园林艺术之表现自当不难在其中寻得。事实上，在曹雪芹笔下的大观园实在是明清园林建筑之典范，以至很多红学家都对曹雪芹深谙园林建筑艺术这一学术观点深信不疑。论述大观园的著作汗牛充栋，大到怡红院、潇湘馆、蘅芜苑，小到滴翠亭、沁芳桥、凹晶馆，都有专文论及。可以想见，大观园作为小说艺术里面出现的园林，自有一种异于实体园林如苏州拙政园、网师园和扬州个园等的魅力。正因为大观园如此被人牵挂，受人欢迎，人们不满足让其仅仅存在于小说文本中，所以在20世纪80年代，也借着电视剧《红楼梦》的搭景需要，在北京南城建成了一座大观园，尽管也有不足之处，但仍然褒多于贬，如今已成为北京的著名旅游景点。尽管大观园是曹雪芹虚构出来的园林，但仍然可作为明清园林建筑的缩影，正因为其太过真实，《红楼梦》问世之后，有很多学者便对寻找大观园的原型孜孜不倦，以至于出现了随园说、恭王府说、江宁织造府说。笔者以为，文学作品中的大观园作为一种文化存在，向读者展示了园林艺术的美，让其历史价值、认识价值得到了充分发挥，这才是文化工作者应该做的工作，而不是非得坐实大观园到底是哪个园子。很可能是曹雪芹采纳了当时很多园林的建筑风格，最后拼凑成了一个“大观园”。无独有偶，《红楼梦》电视剧大观园的拍摄取景遍布全国各地，有江浙地区的园林、西南地区的园林、华南地区的园林，还有北京附近的园林，就是这样组合出了一个集合式的“大观园”，观众们亦乐于接受。笔者以为，园林建筑决不能孤立于哲学、文学、史学之外，它们之间必然是有某种内在之联系，本文试图通过《红楼梦》文本中关于大观园的描写，说明三个问题：一、明清园林建筑风格在大观园之体现；二、大观园中的具体建筑与人物塑造之间的关系；三、大观园与小说情节发展之关系。下面分而述之。

一、明清园林建筑风格在大观园之体现

大观园作为《红楼梦》中人物活动的主要场所，可以说是贯穿整部小说，但是从整体上着眼于大观园具体建筑的布局是在第十七回和第四十回、第四十一回。这三回中关于园林的描写重点又有明显区别，第十七回主要是描摹大观园的外部轮廓。质言之，即通过“试才题对额”这一回来画出大观园的鸟瞰图，而第四十、四十一回是通过“刘姥姥进大观园”这一事件，来具体刻画各个主人公住处的内部摆设。在这一外一内、一略一详、一大一小之间，大观园基本算是交代清楚，人物的性格特征也展于人眼。在介绍大观园之前须先弄清楚明清园林建筑的整体风格，而明清建筑的风格多以明末清初文人住所为典范。

梁思成在《中国建筑史》上有：“北方诸苑囿，在布置取材方面，多以明末清初江南诸园为蓝本。”大观园无疑也深受南方园林的影响。那么明清园林建筑的总体风格是什么？笔者以为“写意”二字便可扼其大要。所谓写意，与绘画之“写意”相通，是以审美性为主导，表现为“纳须弥于芥子”，一草一木、一山一水都要有以小见大之含蓄表达，目的是塑造一个特定的能表达心灵世界的意境。我们知道先秦两汉典籍中的园林多为皇家园林，气势磅礴，吞吐宇宙，如阿房宫、上林苑之类。魏晋时期是文学自觉的时期，那时候的文人们“越名教而任自然”，绘画中也开始不追求塑形，而转为写意，所谓“传神写照，正在阿堵中”。园林中的“写意”亦滥觞于此，谢灵运之山水诗便可作为例证。魏晋南北朝以后，园

林艺术中运用“写意”方法的例子时时可见，如王维之辋川别业、白居易之香山居所在他们的诗文中都有所表现。然而从大量的文献资料中可以清楚地看到，园林“写意”方法的高度发展是在中唐以后，经两宋明清，其在园林艺术中的地位变得愈加重要，这种方法在园林创作中的运用也日益普遍和丰富。下面兹举《红楼梦》中以山石写意、以水写意、以题额写意、以建筑写意的描写，来说明大观园的典范意义。

以山石写意。兹举原文（以下《红楼梦》文本引用皆出自人民文学出版社2008年版）：“贾政先秉正看门。只见正门五间，上面桶瓦泥鳅脊；那门栏窗槅，皆是细雕新鲜花样，并无朱粉涂饰；一色水磨群墙，下面白石台矶，凿成西番草花样。左右一望，皆雪白粉墙，下面虎皮石，随势砌去，果然不落富丽俗套，自是欢喜。遂命开门，只见迎面一带翠嶂挡在前面。众清客都道：‘好山，好山！’贾政道：‘非此一山，一进来园中所有之景悉入目中，则有何趣。’众人道：‘极是。非胸中大有邱壑，焉想及此。’说毕，往前一望，见白石崚嶒，或如鬼怪，或如猛兽，纵横拱立，上面苔藓成斑，藤萝掩映，其中微露羊肠小径。”这是典型的“开门见山”的建筑风格，正如贾政所言，“非此一山，一进来园中所有之景悉入目中，则有何趣。”重点在一个“趣”字上，中国人更爱含蓄美，这从《诗经》《离骚》到唐诗、宋词、元曲都一脉相承，构成了我们民族文化心理结构。山的“写意”效果主要表现在为整座园林创造出一种隐藏着的、不外露的、待人探寻的意态和趣味。所以，后面宝玉提议将此山命名为“曲径通幽处”，自然是得到了激赏。

以水写意。兹举原文：“只见佳木茏葱，奇花烂灼，一带清流，从花木深处曲折泻于石隙之下。再进数步，渐向北边，平坦宽豁，两边飞楼插空，雕甍绣槛，皆隐于山坳树杪之间。俯而视之，则清溪泻雪，石磴穿云，白石为栏，环抱池沿，石桥三港，兽面衔吐。”这是描写了大观园中的水源。我们知道一个园林，没有水是不行的。水是连接各个建筑的纽带，在《红楼梦》中也是一种独特的象征，一方面“女儿是水做的骨肉”，有一种柔美和纯洁的象征；另外，它又有滋润“芳”的功用，所以宝玉将此处命名为“沁芳”，实在是极为恰当。抛开《红楼梦》，从园林的普遍意义上来说，水也是一种“上善”“善利万物而不争”的象征，亦能很好地体现出民族文化心理。

以题额写意。这在第十七回中随处可见，第十七回中的回目便是“试才题对额”。题额对园林景观的升华之功用如同诗句中“诗眼”的作用，题额甚至能赋予建筑独特的性格。譬如宝玉的住处里面有海棠有芭蕉，所以有“怡红快绿”的题额；黛玉住处“凤尾森森，龙吟细细”，又有娥皇女英洒泪湘竹的典，自然而然有“有凤来仪”的额，以及“潇湘馆”的名。从某种程度上来说，以文字为载体的题额在园林中是最富有写意性的，它能赋予亭台楼阁各种意义，能表达建筑主人的品格和审美。只言片语、一联一对即可将人们对人生和宇宙的理解与周围的园林景观融为一体。

以单体建筑写意。建筑是中国古典园林中的主题部分，亦是“写意”方法不可缺少的部分。《红楼梦》中这部分的描写主要体现在第四十、四十一两回中，由于这两回涉及的建筑太多，姑且仅举潇湘馆一例，兹举原文如下：“先到了潇湘馆。一进门，只见两边翠竹夹路，土地下苍苔布满，中间羊肠一条石子漫的路……刘姥姥因见窗下案上设着笔砚，又见书架上磊着满满的书，刘姥姥道：‘这必定是那位哥儿的书房了。’贾母笑指黛玉道：‘这是我这外孙女儿的屋子。’刘姥姥留神打量了黛玉一番，方笑道：‘这那像个小姐的绣房，竟比那上等的书房还好。’”结合第十七回中之外部描写“忽抬头看见前面一带粉垣，里面数楹修舍，有千百竿翠竹遮映。众人都道：‘好个所在！’于是大家进入，只见入门便是曲折游廊，阶下石子漫成甬路。上面小小两三间房舍，一明两暗，里面都是合着地步打就的床几椅案。从里间房内又得一小门，出去则是后院，有大株梨花兼着芭蕉。又有两间小小退步。后院墙下忽开一隙，得泉一派，开沟仅尺许，灌入墙内，绕阶缘屋至前院，盘旋竹下而出”。通过潇湘馆内部的陈设和外部的布局，已经能清晰地反映出林黛玉的性格。从某种程度上来说，建筑本身的性格又反哺林黛玉的性格，致使建筑和人物塑造相得益彰。

总之，在大观园中，“写意”的实例触目皆是，它们的具体表现虽千差万别，但作用却都是通过激发审美者的心理活动包括艺术想象，从而突破园林景观在时空等方面受到的限制，从而把园林审美引入更深广的境界。

二、大观园中的具体建筑与人物塑造之间的关系

木心先生说过：“《红楼梦》中的诗，如水草。取出水，即不好。放在水中，好看。”这几句判断用到大观园建筑上也是适宜的。如果我们把《红楼梦》中的人物抽离后，并不会觉得大观园有什么特别之处，它既没有皇家园林气派，也没有扬州个园那般随性。事实上，正是因为大观园是一个青春王国，是一群活泼可爱、天真浪漫的少男少女生活的地方，其内在逻辑是因为人物的存在，大观园才具有独特的审美价值。这样我们就不得不论及建筑与人的关系。魏晋之刘伶曾说：“我以天地为栋宇，屋室为裈衣。”换个角度来看，大观园中的建筑也可以看作人物的外衣。怡红院之于宝玉，潇湘馆之于黛玉，蘅芜苑之于宝钗，稻香村之于李纨，秋爽斋之于探春，栊翠庵之于妙玉……无一不是建筑和人物形成气质上的统一。

我们知道林黛玉的住处是潇湘馆，潇湘馆的院落里面布满了竹子，连房屋的墙壁和纱窗都是以绿为主，形成一种高洁的氛围。“竹子”这个意象有着丰富的象征含义，自古就是“四君子”之一，黛玉本人虽然寄人篱下，但却决不卑躬屈膝，而是有很强的自尊心，所谓“质本洁来还洁去，强于污淖陷渠沟”，与竹子的品格形成统一。另外，还有上文提到的娥皇女英洒泪湘竹的典故，更是象征了林黛玉的悲剧命运。

薛宝钗的住处是蘅芜苑，来看一下蘅芜苑的描写："迎面突出插天的大玲珑山石来，四面群绕各式石块，竟把里面所有房屋悉皆遮住，而且一株花木也无。只见许多异草：或有牵藤的，或有引蔓的，或垂山巅，或穿石隙，甚至垂檐绕柱，萦砌盘阶，或如翠带飘飘，或如金绳盘屈，或实若丹砂，或花如金桂，味芬气馥，非花香之可比。"薛宝钗是一个中规中矩的人，用王熙凤的话来说就是"不干己事不开口，一问摇头三不知"，她极其会做人，上至贾母，下至丫鬟仆人，无一不说她的好，而薛宝钗本人又十分素雅，从来不爱戴花的，也不涂脂抹粉。虽然很多红学家极其厌恶薛宝钗，说她藏奸，但笔者却不这么认为。正如王昆仑先生在《红楼梦人物论》中说的："作者对于这两个人（贾政、薛宝钗）是以十分郑重的心情加以处理，在他们身上，不能有一点任性与忽略。""香草美人"在屈原的《离骚》之中便有美好善良之象征意味，曹雪芹将宝钗置于了一种"香草"的环境中，极有可能是在肯定其人物气质。然而"草"和"竹"毕竟有很大的不同，竹子一心一意直耸云霄，而"草"却"垂檐绕柱，萦砌盘阶"，无处不至，曹公是否在"竹"与"草"的形态中就隐含了人物的性格，也未可知。再来看一下蘅芜苑的内部陈设："及进了房屋，雪洞一般，一色玩器全无，案上只有一个土定瓶中供着数枝菊花，并两部书，茶奁茶杯而已。床上只吊着青纱帐幔，衾褥也十分朴素。"连贾母也看不下去了，嗔着凤姐怎么不添些家具。从内部陈设又能进一步读出薛宝钗的性格。笔者始终认为一个人在众人面前表现得多么多么周到，多么多么体贴都是可以装出来的，但是衣食住行这些方面是装不出来的，是能深刻地反映出人物的性格的。宝钗对于这些身外之物可能真的是一点也不看重，绝没有很多人想的那么做作。曹公在建筑的陈设上再次点明宝钗的性格，奈何很多人视而不见，真是枉费了曹公的匠心。

最后再说探春的住处秋爽斋。先不说其建筑的外部布局，也不说其内在陈设，单是"秋爽"二字便可概括探春的人物性格特征。探春是一个很爽朗、有主见的女孩子，她喜欢集市上卖的小玩意就会托宝玉给她买，一点也不扭捏；她想干点有趣的事情，就号召园子里的众多姐妹开了个海棠诗社；她在王夫人被贾母误会的时候，敢于挺身而出替王夫人抱不平；她在王熙凤抱恙不能理家的时候，接下了管家的任务，并且管得井井有条，甚至被称为贾府中的“责任承包制”；她敢于在受到欺负的时候，一巴掌扇在王善保家的脸上……探春的性格如此丰富，不禁让我们也惊叹“怎一个‘爽’字了得”！兹举秋爽斋描写：“探春素喜阔朗，这三间屋子并不曾隔断。当地放着一张花梨大理石大案，案上磊着各种名人法帖，并数十方宝砚，各色笔筒，笔海内插的笔如树林一般。那一边设着斗大的一个汝窑花囊，插着满满的一囊水晶球儿的白菊。西墙上当中挂着一大幅米襄阳《烟雨图》，左右挂着一副对联，乃是颜鲁公墨迹，其词云：烟霞闲骨格，泉石野生涯。案上设着大鼎。左边紫檀架上放着一个大观窑的大盘，盘内盛着数十个娇黄玲珑大佛手。右边洋漆架上悬着一个白玉比目磬，旁边挂着小锤。”这样的房屋陈设仍是给人一种爽朗之感。“三间屋子不曾隔断”显得屋子宽敞，另外大理石大案、名人法帖、宝砚、笔筒、汝窑花囊、白菊、烟雨图、佛手等无一不是象征着大气开阔的性格，从秋爽斋的陈设中可以将探春的性格立起来。

三、大观园与小说情节发展之关系

建筑场所推动小说或者戏曲的情节发展在中国俗文学史上屡见不鲜，《西厢记》的普救寺，《牡丹亭》中的牡丹亭，《长生殿》中的长生殿等都烘托了人物活动的氛围，推动了情节的发展，《红楼梦》亦不例外。

我们知道，曹雪芹在构思这么多人物的前提就是要让人物有活动的场所，为事件的发生提供空间。那么为什么曹雪芹一出手就是大手笔，能描绘出这么华丽而又真实的大观园呢？还得从曹雪芹的家世说起，曹雪芹的祖父曹寅做了二十余年的江宁织造官，康熙南巡六次，有四次都是驻跸江宁织造府，可见曹家是有接驾的经验的，莫大的荣耀自然会在长辈的口中流传，以至于曹雪芹也对这么一桩盛事有很多的了解，这是其一。其二，曹雪芹之所以杜撰元妃省亲，是不得不这样做，大观园是必须要有的，在曹雪芹构思《红楼梦》之初大观园应该是先定下来的，其次才是为建造大观园寻找合适的理由。于是乎才会有元妃省亲，是这个逻辑关系。这样分析下来，我们可以从创作的角度得出一个结论就是，不是为了元妃省亲才建造大观园，而是曹雪芹已经在心中构思了众多女儿活动的场所，不得不杜撰元妃省亲。这么说是有根据的，大观园里面的建筑和每个女儿的气质相宜已可以充分说明。要不天下哪有如此凑巧之事？ 建造一个园林，园林建筑的性格和人物的性格竟如此统一？

既然大观园因为一个适宜的理由（元妃省亲）建造起来了，那么曹雪芹接下来就需要把这个场所展现给读者，让读者对主人公们生活的地方有形象的认知。于是乎，曹雪芹安排了“大观园试才题对额”和“刘姥姥进大观园”这两个重要回目，由粗到精，由远景到近景，由宏观到微观对大观园的场所进行细致的刻画。而在这两回之中，我们又能看到贾政和贾宝玉的关系，贾政的清客们的群体性格，刘姥姥的性格，贾母的性格，以及众多女儿的性格，几乎每个重要人物在第四十回、第四十一回中都有露脸，都有性格的展现。性格有所确立，才会有种种事件的发生，譬如湘云醉眠芍药裀、寿怡红群芳开夜宴、刘姥姥三进大观园等主要情节。

还有一个园林建筑推动情节发展的典型不得不提，那就是“滴翠亭事件”。我们先看一下滴翠亭是什么样：“原来这亭子四面俱是游廊曲桥，盖造在池中水上，四面雕镂槅子糊着纸。”事情是这样的，小红和坠儿在亭子里面说贾芸送给小红手帕的事儿，正因为滴翠亭是“四面雕镂槅子糊着纸”，才被宝钗无意中听到，才会有金蝉脱壳之计，宝钗情急之下潜意识中就说黛玉在亭子旁边藏着，于是小红误会刚才说的话都被林黛玉听到了。历来研究者都以此事件来责难薛宝钗，说薛宝钗藏奸陷害林黛玉，这是另外一桩公案，暂且不论。一个小小滴翠亭，既能推动小红和贾芸的后续事件，也将宝钗和黛玉微妙的关系表现得“羚羊挂角，无迹可寻”，园林建筑对小说情节的推动作用可见一斑。

四、结语

本文从大观园的建筑本身入手，继而发掘园林建筑对文学中的人物塑造和情节发展之关系。笔者以为园林建筑既然普遍存在于文学作品中，肯定是和文学有某种相合的气质。如果抛开人物独立研究建筑也无不可，但是终归是隔靴搔痒，建筑的性格立不起来。大观园作为一个文学作品虚构的园林建筑，却能代表明清园林建筑的典范，就很好地说明了这一点。与其说人们喜欢推崇作为园林建筑群的大观园，还不如说他们喜欢那个充满青春活力和理想主义的大观园。